윌리엄 셰익스피어 맥베스
다시 쓰기

★

맥베스

요 네스뵈 장편소설

이은선 옮김

HOGARTH
SHAKESPEARE 현대문학

작가의 말

친애하는 독자 여러분에게

　내 신작 『맥베스』의 무대는 실업과 마약 조직, 부패한 정부, 산업 오염으로 신음하는 1970년대의 어느 도시다. 하지만 강직한 덩컨이 범죄 조직과 경찰 내부의 부패를 소탕하겠다는 야심을 품고 경찰청장의 자리에 오르자 이 도시에도 한 줄기 희망의 빛이 깃든다.

　이런 덩컨의 조력자 가운데 행동 대장 맥베스와, 어린 시절 맥베스의 단짝 친구였던 야심만만한 더프 반장이 있다. 두 사람은 이후 소원해졌지만 그들을 하나로 묶는 과거의 연결 고리가 있다.

　덩컨이 더프가 아니라 맥베스에게 조직범죄수사반을 맡기자 그들의 과거에 얽힌 비밀이 수면으로 부상한다.

　이 도시를 주무르는 마약업계의 막강한 대부 헤카테가 맥베스에게 접촉해 덩컨을 살해하면 그를 경찰청장의 자리에 앉혀 주겠다고 한다. 그와 더불어 신변 보호를 약속한다.

　맥베스는 그의 제안을 일축하지만 애인 레이디에게 그 얘기를 전한다. 매춘부 출신으로 윤락업소 업주를 거쳐 인버네스라는 근사한 카지노의 주인이 된 레이디는 애인인 맥베스가 이 도시에서 가장 막강한 자리에 오르면 어떤 혜택을 누릴 수 있는지 단박에 알아차린다.

이런 상황에서 레이디가 덩컨 경찰청장과 주요 정치인과 경찰청 간부들을 카지노에서 열리는 만찬으로 초대한다. 검정 혹은 빨강. 탐욕 혹은 공포. 밤빛 혹은 핏빛.

모쪼록 재미있게 읽어 주시기를 바란다.

요 네스뵈

일러두기

* 이 책은 2018년 영국 호가스 출판사에서 출간된 영문판 『맥베스MACBETH』(Don Bartlett 옮김)를 번역 대본으로 삼았다.
* 본문의 주는 모두 옮긴이 주이다.

제1부

II

1

　반짝이는 빗방울이 하늘에서 어둠을 뚫고 항구의 어른거리는 불빛들을 향해 떨어졌다. 춥고 사나운 북서풍이 이 도시를 세로로 가르는 바다을 드러낸 강과 가로로 가르는 폐기된 철길 쪽으로 빗방울을 날렸다. 이 도시를 이루는 네 개의 사분면은 시계 방향으로 숫자가 매겨져 있었다. 숫자만 있을 뿐 이름은 없었다. 아무튼 주민들이 기억하기로는 그랬다. 고향에서 멀리 떠난 이 도시 주민들을 붙잡고 어디 출신이냐고 물으면 그들은 도시 이름이 생각나지 않는다고 주장할 가능성이 컸다.

　검댕과 유독성 물질을 통과한 순간 반짝이던 빗방울이 잿빛으로 바뀌었다. 최근 몇 년 동안 공장들이 하나둘씩 문을 닫았음에도 불구하고, 실업자들은 더 이상 난로를 켤 수 없었음에도 불구하고, 변덕스럽지만 거센 바람이 불고 끊임없이 비가 내렸음에도 불구하고 검댕과 유독성 물질은 안개처럼 이 도시를 계속 뒤덮고 있었다. 혹자의 주장에 따르면 사반세기 전에 제2차 세계대전이 원자폭탄 두 방으로 막을 내리기 전까지만 해도 그런 식으로 비가 내린 적이 없었다고 했다. 그러니까 케네스가 경찰청장으로 취임하기 전까지는 그랬다는 말이었다. 케네스 경찰청장은 시장이 누구이고 그가 어떤 일을 하건, 실세들이 캐피틀에서 무슨 말을 하건 경찰청 꼭대기에 있는 청장실에서 25년에 걸쳐 철권을 휘두르며 실정을 거듭했고, 그러는 동안 이 나라에서 두 번째로 큰 도시였고 한때는 가장 중요한 산업 거점으로 꼽혔던 이곳은 부패와 파산과 범죄와 혼돈의 수렁 속으로 가라앉았다. 그랬던 케네스 청장이 6개월 전에 여름 별장의 의자에서 굴러떨어졌다. 그리고 3주 뒤에 세상을 떠났다. 장례식 비용은 시에서 부담했다. 오래전에 케네스가 부수적으로 제정한 조례에 따른 조치였다. 독재자에 걸맞은 장례식을 치른 뒤 시의회와 시장은 이마가 넓은 주교의 아들이자 캐피틀의 조직범죄수사반장이었던 덩컨*을 신임 경찰청장으로 임명했다. 이 도시의 주민들 사이에서 희망이 다시 고개를 들었다. 덩컨은 정치적으로 실용주의 노선을 취하는 수구파가 아니라 개혁과 투명성과 현대화와 부패 척결을 지지하는 교양 있는 신세대 경찰이었기에 깜짝 인선이라고 할 수 있었다. 그는 일확천금을 노리는 이 도시의 대다수 민선 정치인들과 달랐다.

덩컨이 고위급 친위대를 그가 직접 선발한 경관들로 갈아 치우자 강직하고 정직하며 비전이 있는 경찰청장이 이 도시를 수렁에서 건질지 모른다는 희망이 점점 부풀었다. 젊고 때 묻지 않은 그 이상주의

---

* 셰익스피어의 희곡 『맥베스』에서 맥베스에게 살해당하는 스코틀랜드 왕의 이름.

자들은 이 도시가 좀 더 살기 좋은 곳으로 바뀌기를 **진심으로** 원했다.

바람에 실려 온 빗방울이 서4구와 이 도시에서 가장 높은 곳이라 할 수 있는, 방송국 꼭대기에 달린 방송탑 위로 떨어졌다. 그 안에서는 월트 카이트가 드디어 구세주가 등장했다며 혼자 분개한 목소리로 호들갑스럽게 희망을 외치고 있었다. 케네스 생전에 경찰청장을 공개적으로 비판하고 그가 저지른 일부 범죄를 용감하게 고발했던 유일한 사람이 카이트였다. 오늘 저녁에 카이트는 시의회에서 케네스가 이 도시의 진정한 실권자라 할 수 있는 경찰청장에게 부여했던 여러 권한을 철회하는 조치를 취할 예정이라고 보도했다. 그 말은 곧 그의 후임인 선량한 민주주의자 덩컨이 역설적으로 개혁을 추진하기가 만만치 않게 된다는 뜻이었다. 카이트는 얼마 남지 않은 시장 선거 소식도 덧붙였다. "워낙 가만히 앉아 있는 걸 좋아해서 전국 시장을 통틀어 제일 뚱뚱한 현직 토텔 시장의 상대가 없습니다. 전혀 없어요. 촌스러운 유쾌함과 때 묻지 않은 도덕성을 껍질처럼 뒤집어쓴 거북과 같아서 모든 비판을 튕겨 내니 어느 누가 당할 재간이 있겠습니까?"

동4구에서는 빗방울이 오벨리스크의 위를 통과했다. 오벨리스크는 거무스름한 4층짜리 폐허 같은 도시 위로 반짝이는 집게손가락처럼 우뚝 솟은 20층짜리 유리 호텔이자 카지노였다. 경기가 침체되고 실업자가 증가할수록 있지도 않은 돈을 이 도시의 두 군데 카지노에서 도박으로 탕진하는 주민들이 늘어났다는 데 모순을 느끼는 사람들이 많았다.

"이 도시는 주는 걸 멈추고 받기 시작했습니다." 카이트의 명랑한 목소리가 전파를 타고 흘러나왔다. "먼저 우리는 공장을 포기했고 아무도 도망치지 못하게 철도를 버렸죠. 그런 다음 그들을 손쉽게 강탈할 수 있도록 열차표를 판매하던 곳에서 우리 시민들을 상대로 약물을 팔기 시작했습니다. 제가 이윤에 혈안이 된 생산업자들을 그리워하게 될 줄은 몰랐습니다만 적어도 그들은 번듯한 사업을 벌였어요. 아직도 돈이 되는 다른 세 가지 업종, 그러니까 카지노, 약물, 정치하고는 달랐단 말이죠."

3구에서는 비를 머금은 바람이 경찰청과 인버네스* 카지노와 도로를 휩쓸고 지나가자 대부분의 사람들이 실내로 피신했지만 아직도 일부는 뭘 찾거나 도망치느라 종종걸음을 치고 있었다. 길 건너편의 중앙역에서는 이제 열차가 도착하거나 출발하지 않고 유령과 뜨내기들만 득시글거렸다. 자기 확신과 근면 성실, 하느님에 대한 믿음, 특유의 기술력으로 이 도시를 건설한 사람들—그리고 그 후손들—의 유령이었다. 뜨내기들은 스물네 시간 칵테일 시장에 진을 치고 있었다. 그들에게는 칵테일이 천국으로 가는 티켓이자 지옥으로 가는 티켓이었다. 2구에서는 바람이 그레이븐과 에스텍스의 굴뚝 속에서 휘파람 소리를 냈다. 이 둘은 이 도시를 통틀어 가장 큰 공장이었지만 얼마 전에 문을 닫았다. 양쪽 모두 금속 합금을 제조하는 공장이었지만 재료의 배합을 용광로 담당자도 잘 몰랐고 한국에서 똑같은 합금을 좀 더 저렴하게 생산하기 시작했다. 이 도시의 퇴락상이 더욱 도드라지게 느껴지는 것은 날씨 때문일 수도 있었고 그냥 상상

✦ 희곡 『맥베스』에서는 맥베스의 성 이름이었다.

에 불과할 수도 있었다. 어쩌면 파산과 붕괴의 조짐이 워낙 확실하기 때문에 말없이 작동을 멈춘 공장들이 카이트가 표현한 대로 "낙오와 불신으로 점철된 도시에서 약탈당한 자본주의의 대성당"처럼 느껴지는 것일 수도 있었다.

빗방울이 박살 난 가로등이 늘어선 길거리를 가로질러 남동쪽으로 이동했다. 이곳에서는 망을 보러 나선 자칼들이 하늘에서 끊임없이 쏟아지는 빗줄기를 피해 벽에 몸을 기댄 채 옹송그린 가운데, 그들의 먹잇감들은 좀 더 환하고 안전한 곳을 향해 황급히 발걸음을 재촉했다. 얼마 전의 인터뷰에서 카이트가 이 도시의 강도 사건 발생률이 캐피틀보다 여섯 배 높은 이유를 묻자 덩컨 경찰청장은 드디어 간단하게 답변할 수 있는 질문을 받아서 기쁘다고 대답했다. 그 이유는 실업률이 여섯 배 높고 약물 복용자의 숫자가 열 배 많기 때문이었다.

부두에는 낙서로 뒤덮인 컨테이너와 다 쓰러져 가는 화물선들이 정박해 있었다. 화물선 선장들은 외진 곳에서 썩을 대로 썩은 항만 관계자들을 만나 조속한 입항 수속과 정박할 자리 확보를 위해 갈색 봉투를 건넸고, 해운 회사에서는 그 금액을 잡비로 기록하며 다시는 이 도시와 얽힌 일거리는 맡지 않겠다고 욕을 했다.

그렇게 정박 중인 선박 가운데 레닌그라드라는 소련의 내연 기선은 비에 씻겨 나가는 녹물이 어찌나 많은지 꼭 피를 흘리는 것 같았다.

창고, 사무실, 문 닫은 복싱 체육관이 있는 2층짜리 목조건물 꼭대기에 달린 전등의 고깔 모양 불빛 속으로 떨어진 빗방울이 벽과 녹이 슨 선체 사이로 흘러내려 쇠뿔 위로 떨어졌다. 여기서 다시 쇠

뿔과 맞닿은 오토바이용 헬멧을 타고 흘러 고딕체로 '노스 라이더
NORSE RIDERS'라고 적힌 가죽 재킷의 등판 위를 미끄러져 내려갔다.
빨간색의 인디언 치프 오토바이 안장을 지나 천천히 회전하는 뒷바
퀴통 속으로 들어갔다가 다시 빠져나오자 이제는 빗방울이 아니라
이 도시를 덮은 흙탕물의 일부가 되었다. 이 도시를 이루는 모든 것
의 일부가 되었다.

빨간색 오토바이의 뒤를 열한 대의 다른 오토바이가 쫓아갔다. 그
들은 항구의 어두컴컴한 2층짜리 건물 벽에 달린 전등 아래를 지나
갔다.

1층에 있는 해운 회사 사무실 창문을 통과한 전등 불빛이 '글래미
스호의 조리실에서 근무할 선원을 찾습니다'라고 적힌 포스터 위에
놓인 한쪽 손을 비췄다. 손가락은 피아니스트처럼 길고 가늘고 손톱
은 깔끔하게 손질이 되어 있었다. 얼굴은 그림자로 덮여서 강렬한 파
란 눈과 결연한 턱선, 얇고 인색하게 생긴 입술, 공격적인 부리처럼
생긴 코는 보이지 않았지만 턱에서부터 이마까지 대각선으로 이어
지는 흉터만큼은 새하얀 유성처럼 반짝였다.

"저들이 도착했군." 더프⁺ 경감은 마약단속반의 부하 대원들이 자
기도 모르게 떨리는 그의 목소리를 알아차리지 못하길 바라며 이렇
게 얘기했다. 그는 노스 라이더에서 마약을 수거하러 보내는 조직원
이 세 명 아니면 네 명, 많아 봐야 다섯 명일 거라고 추측했다. 하지

✦ 『맥베스』에 등장하는 파이프의 영주 이름은 맥더프이다. 극 중에서 맥베스를 죽이고 덩
컨의 아들을 옹립하는 역할을 한다.

만 어둠 속에서 서서히 등장하는 오토바이 행렬의 대수를 세어 보니 열두 대였다. 맨 뒤의 두 대에는 보조 안장이 달려 있었다. 그들은 아홉 명인 데 비해 상대는 열네 명이었다. 그리고 노스 라이더들이 무기를 가져왔을 거라고 생각할 만한 충분한 이유가 있었다. 그것도 중무장을 했을 것이었다. 하지만 수적인 열세 때문에 목소리가 떨린 건 아니었다. 더프의 가장 간절한 소원이 이루어졌기 때문에 떨린 거였다. 그가 수송단을 이끌고 있었다. 그가 드디어 사정거리 안으로 들어왔다.

그는 몇 개월 동안 모습을 드러낸 적이 없었지만 그 헬멧과 빨간색 인디언 치프 오토바이의 주인은 딱 한 명일 수밖에 없었다. 들리는 소문에 따르면 그 오토바이는 1955년에 뉴욕 경찰이 철저하게 비밀에 부쳐 제작한 쉰 대 중 하나라고 했다. 옆면에 달린 둥그스름한 강철 칼집이 반짝였다.

스위노.[*]

누구는 그가 죽었다고 했고, 또 누구는 그가 금발의 땋은 머리를 자르고 신분을 세탁하고 외국으로 도주해 아르헨티나의 **테라차**[**]에서 연필처럼 가는 담배를 피우며 만년을 즐기고 있다고 했다.

하지만 여기 이렇게 그가 등장했다. 조직범죄 집단의 두목이자, 휘하의 병장과 함께 제2차 세계대전 직후에 노스 라이더를 결성한 경찰 킬러. 그들은 주로 하수로 오염이 된 강가의 다 쓰러져 가는 공장 노동자의 집에서 태어나 정처 없이 헤매던 청년들을 선발한 뒤 훈련

[*] 『맥베스』에 등장하는 노르웨이 왕의 이름.
[**] 테라스.

과 훈육과 세뇌를 거쳐 스위노가 마음대로 부릴 수 있는 용사 부대로 양성했다. 이 도시를 장악하고 점점 커져 가는 마약 시장을 독점하기 위해서였다. 한동안은 스위노가 승승장구하고 케네스와 경찰청에서 그를 막지 못하는 듯이 보였다. 그런데 알고 보니 정반대로 스위노가 모든 것을 돈으로 때우고 있었다. 경쟁자 때문이었다. 헤카테*가 자체 제작하는 칵테일이라는 약물이 훨씬 품질이 좋고 저렴하며 시장에서 언제든 구할 수 있었다. 하지만 더프가 입수한 제보가 맞는다면 이번에 배송되는 물량이 노스 라이더의 수급 문제를 일시적으로 해결할 수 있을 만큼 엄청난 분량이라고 했다. 더프는 타자로 쳐서 그에게 전달된 짤막한 편지의 내용이 사실이기를 바랐지만 믿지는 않았다. 너무 엄청난 선물이었기 때문이다. 하지만 제대로 처리한다면 마약단속반장에서 한 단계 더 승진할 수 있는 선물이기는 했다. 덩컨 경찰청장은 경찰청의 주요 보직을 아직 그의 수족들로 전부 채우지 않았다. 예컨대 조직범죄수사반만 해도 구체적인 증거가 아직 없기 때문에 케네스와 한 패거리였던 코더** 경감이 여전히 붙들고 있었지만 부패 혐의가 밝혀지는 건 시간문제였다. 그리고 더프는 덩컨의 라인이었다. 덩컨이 경찰청장으로 임명될 조짐이 보였을 때 그는 캐피틀로 전화해 시의회에서 덩컨을 신임 청장으로 임명하지 않고 케네스의 잔당을 선택하면 사표를 쓰겠노라고 분명하게, 어쩌면 호들갑스럽게 못을 박았다. 덩컨이 무조건적인 충성 서약의 이

---

* 『맥베스』에서 세 마녀를 이끄는 우두머리의 이름.
** 『맥베스』에서 덩컨왕이 반역자인 코더 영주를 처단했을 때 그의 작위를 맥베스에게 하사했다.

면에 어떤 의도가 숨겨져 있는지 의심했을 가능성도 없지 않지만 뭐 어떤가. 더프는 시민을 우선시하는 정직한 경찰을 만들겠다는 덩컨의 계획을 진심으로 지원하고 싶었다. 하지만 경찰청의 꼭대기 층과 가장 가까운 사무실로 발령받고 싶은 마음도 있었다. 누구든 그렇지 않겠는가. 그리고 그는 저기 등장한 남자의 머리를 베고 싶었다.

스위노.

그가 수단인 **동시에** 목적이었다.

더프는 손목시계를 확인했다. 쪽지에 적혀 있던 시간과 정확히 일치했다. 그는 손목 안쪽에 손끝을 갖다 댔다. 맥을 짚기 위해서였다. 이제 그는 쪽지의 내용이 사실이길 바라는 수준을 넘어 믿으려는 참이었다.

"몇 명입니까, 반장님?" 누군가가 속삭였다.

"엄청난 찬사를 누리고도 남을 만한 숫자다, 시턴*. 그리고 그중 한 명은 워낙 거물이라 그가 쓰러지면 전국에서 찬가가 들릴 거야."

더프는 창문에 서린 김을 닦았다. 긴장한 열 명의 경찰관들이 좁은 공간 안에서 땀을 흘리고 있었다. 평소에는 이런 임무를 맡은 적이 없는 경찰관들이었다. 쪽지의 존재를 비밀에 부친 것은 마약단속반장인 더프가 단독으로 내린 결정이었다. 그는 휘하의 부하들만 동원했다. 워낙 오래전부터 부패와 기밀 누설이 반복됐기 때문에 모험을 감행할 수가 없었다. 덩컨이 이유를 물으면 그는 이렇게 대답할 작정이었다. 하지만 트집을 잡힐 일은 별로 없을 것이다. 마약을 입수하

✦ 맥베스의 부관 이름.

고 열세 명의 노스 라이더를 현행범으로 체포할 수만 있다면.

그렇다, 열세 명이었다. 열네 명이 아니었다. 그중 한 명은 전장에서 쓰러질 것이다. 기회만 주어진다면 그럴 것이다.

더프는 이를 악물었다.

"네댓 명밖에 안 될 거라더니요." 창가로 다가온 시턴이 말했다.

"걱정되나, 시턴?"

"아뇨, 하지만 반장님은 걱정을 해야죠. 여기 있는 아홉 명 중에 잠복근무를 해 본 경험이 있는 사람이 나 하나뿐이니까요." 그는 언성을 높이지 않았다. 그는 군살이 없고 근육질에 대머리였다. 더프는 그의 경력이 얼마나 되는지 정확하게 알지 못했다. 케네스가 경찰청장이었을 때부터 경찰 생활을 했다는 것만 알았다. 더프는 시턴을 제거하려고 했다. 구체적인 이유가 있다기보다 콕 짚어서 말할 수는 없지만 그에게는 강한 반감을 불러일으키는 뭔가가 있었기 때문이다.

"왜 특공대를 부르지 않았습니까, 반장님?"

"개입하는 인원이 적을수록 좋으니까."

"공을 나누는 인원이 적을수록 좋은 거겠죠. 내가 잘못 본 게 아니라면 저자는 스위노의 유령이거나 스위노니까." 시턴은 레닌그라드호의 트랩 옆에 멈추어 선 인디언 치프 오토바이를 턱으로 가리켰다.

"지금 스위노라고 하셨어요?" 그들 뒤편의 어둠 속에서 누군가가 긴장한 목소리로 물었다.

"그래. 그리고 저들 숫자가 못해도 열두 명은 되겠어." 시턴은 더프에게서 시선을 떼지 않은 채 큰 소리로 말했다. "최소."

"젠장." 또 다른 누군가가 중얼거렸다.

"맥베스 대장님한테 연락해야 하는 거 아닐까요?" 제삼의 누군가가 물었다.

"들었어요?" 시턴이 말했다. "심지어 반장님 부하조차 특공대한테 맡기길 바라잖아요."

"입 닥쳐!" 더프는 쏘아붙였다. 그는 고개를 돌리고 벽에 붙은 포스터를 가리켰다. "여기 글래미스호가 금요일 오전 6시에 캐피틀로 출항하는데 조리실 직원이 필요하다고 하는군. 다들 이 임무에 동참하고 싶다더니 이 배에 취직하고 싶으면 마음대로 해. 보수도 그렇고 먹는 것도 그렇고 지금보다 나을 거다. 거수로 결정할까?"

더프는 어둠 속에서 꼼짝 않는 얼굴 없는 형체들을 빤히 쳐다보았다. 정적의 의미를 해석해 보려고 했다. 그들을 도발한 것을 벌써부터 후회하고 있었다. 실제로 손을 드는 사람이 있으면 어쩔 것인가. 평소에 그는 남에게 의지할 수밖에 없는 상황 자체를 만들지 않지만 지금은 앞에 있는 대원들이 한 명도 남김없이 필요했다. 아내는 그가 사람들을 좋아하지 않기 때문에 단독 작전을 좋아하는 거라고 했다. 맞는 말일 수도 있었지만 그 반대일 가능성이 더 컸다. 사람들이 그를 좋아하지 않았다. 모두가 그를 대놓고 싫어하는 건 아니었지만 그런 사람도 있었다. 그의 성격에 반감을 불러일으키는 구석이 있었다. 어떤 면이 그런지는 알 수 없었다. 하지만 그도 알다시피 어떤 여자들은 그의 외모와 자신감에 매력을 느꼈고, 그는 예의 바르고 유식하며 주변 대부분의 사람들보다 똑똑했다.

"아무도 없나? 그래? 좋아. 그럼 계획한 대로 강행하되 몇 가지 사소한 부분을 수정하겠다. 우리가 밖으로 돌진할 때 시턴이 세 명을 데리고 오른쪽으로 가서 뒤편을 엄호한다. 나는 세 명을 데리고 왼쪽으로 가겠다. 그리고 시바트, 너는 어둠을 틈타 왼쪽으로 빙 돌아서 노스 라이더 뒤편으로 달려가도록. 배를 타고 도주하는 놈이 없도록 트랩 위에 자리를 잡는 거다. 모두 알겠나?"

시턴이 헛기침을 했다. "시바트가 이 중에서 가장 어리고……."

"가장 빠르지." 더프는 말허리를 잘랐다. "이의 있느냐고 묻지 않았다. 모두 **알겠느냐**고 물었지." 그는 자신을 마주 보는 무표정한 얼굴들을 훑어보았다. "알아들었다는 뜻으로 받아들이겠다." 그는 다시 창문 쪽으로 고개를 돌렸다.

하얀 선장 모자를 썼고 키가 작고 안짱다리인 남자가 폭우를 맞으며 뒤뚱뒤뚱 트랩을 내려왔다. 빨간 오토바이를 탄 남자가 그를 붙잡아 세웠다. 남자는 헬멧을 벗지 않고 바이저만 올렸고 시동도 끄지 않았다. 안장 위에 다리를 쩍 벌리고 앉은 채 선장이 하는 말을 들었다. 헬멧 아래에서 땋은 금발 머리가 튀어나와 노스 라이더 로고 위로 드리워졌다.

더프는 숨을 크게 들이마셨다. 무기를 점검했다.

가장 걱정이 되는 부분은 맥베스가 연락을 **했었다**는 것이었다. 그도 전화로 똑같은 제보를 접하고 더프에게 특공대의 지원을 제안했다. 하지만 더프는 트럭만 수거하면 될 거라고 주장하며 맥베스의 제안을 거절했고 그에게 제보를 비밀에 부쳐 달라고 부탁했다.

바이킹 헬멧을 쓴 남자가 신호를 보내자 오토바이 라이더 한 명이 앞으로 움직였고 그가 선장 앞에서 서류 가방을 열자 가죽 재킷 팔뚝에 달린 병장 작대기가 더프의 눈에 들어왔다. 선장이 고개를 끄덕이고 한쪽 손을 들자 잠시 후 쇠와 쇠가 부딪치는 비명 소리가 들렸고 부둣가에서 팔을 흔들고 있던 기중기에 불이 들어왔다.

"거의 끝났다." 더프가 말했다. 좀 전에 비해 목소리가 덜 떨렸다. "서로 마약과 돈을 주고받을 때까지 기다렸다가 습격할 거다."

그들은 어둑어둑한 공간에서 말없이 고개를 끄덕였다. 그들은 아주 꼼꼼하게 계획을 점검했지만 운반책이 기껏해야 다섯 명일 줄 알았다. 경찰이 출동할 수도 있다는 제보가 스위노의 귀에 들어간 걸까? 그래서 저렇게 대규모로 등장한 걸까? 아니다. 만약 그랬다면 아예 취소했을 것이다.

"냄새 느껴집니까?" 시턴이 그의 옆에서 속삭였다.

"무슨 냄새?"

"저들한테서 나는 공포의 냄새요." 시턴은 눈을 감고 콧구멍을 벌름거렸다. 더프는 비 내리는 어둠 속을 빤히 들여다보았다. 특공대를 지원하겠다는 맥베스의 제안을 지금이라도 받아들여야 할까? 더프는 대각선으로 난 흉터를 긴 손가락으로 쓰다듬었다. 지금은 아무것도 생각할 겨를이 없었다. 그는 감행해야 했다. 예전부터 꿈꿔 오던 순간이었다. 스위노가 눈앞에 있었고 맥베스와 특공대는 잠을 자고 있었다.

맥베스는 똑바로 누운 채 기지개를 켰다. 쏟아지는 빗소리를 들었다. 몸이 뻐근하게 느껴져 옆으로 돌아누웠다.

흰머리의 남자가 방수포를 들추고 안으로 기어 들어왔다. 몸을 부들부들 떨며 앉아서 어둠에 대고 욕을 퍼부었다.

"비 맞았어요, 뱅쿼*?" 맥베스가 물으며 몸 밑으로 손을 넣자 거칠거칠한 옥상이 손바닥으로 느껴졌다.

"나처럼 통풍에 걸린 늙은이가 이런 똥통 같은 도시에서 살아야 하다니 이런 엿 같은 일이 있나. 연금이나 챙겨서 시골로 내려가야 하는 건데. 파이프나 그 근처에 작은 집을 얻어서 햇빛이 반짝이고 벌들이 윙윙거리고 새들이 지저귀는 베란다에 앉아 있어야 하는 건데."

"한밤중에 컨테이너항 옥상에 있을 게 아니라? 농담하는 거죠?"

그들은 킬킬대며 웃었다.

뱅쿼가 펜라이트를 켰다. "보여 주고 싶은 게 있다."

맥베스는 손전등을 들고 뱅쿼가 건넨 도면을 비추었다.

"네가 쓸 개틀링 기관총이야. 참 잘빠졌지?"

"생김새가 중요한 게 아니잖아요."

"그럼 덩컨한테 보여 줘. 특공대에 그게 필요하다고 해. 지금 당장 필요하다고."

맥베스는 한숨을 쉬었다. "보고 싶지 않다잖아요."

"헤카테와 노스 라이더를 화기 면에서 앞지르지 않는 이상 승산이 없다고 얘기해. 개틀링 한 대가 있으면 뭘 할 수 있는지 설명해. **두 대**가 있으면 뭘 할 수 있는지!"

"덩컨은 무기를 늘리는 데 찬성하지 않을 거예요. 그리고 덩컨의 생각이 맞을지 몰라요. 그가 청장으로 부임한 이래 총격 사건이 줄었

✦ 맥베스의 막료 이름.

잖아요."

"그래도 여전히 시민들이 범죄로 목숨을 잃고 있잖아."

"이제 시작인걸요. 덩컨에게도 계획이 있어요. 그리고 그는 정도를 걸고 싶어 해요."

"그래그래. 나도 아니라고 하지 않겠어. 덩컨은 좋은 사람이지." 뱅쿼는 앓는 소리를 냈다. "하지만 순진하단 말이지. 이 총만 있으면 우리가 소탕 작전을 펼쳐서……."

누군가가 방수포를 두드렸다. "그들이 짐을 부리기 시작했어요." 살짝 혀짤배기소리였다. 특공대에 새로 들어온 젊은 명사수 올라프슨이었다. 마찬가지로 젊은 앵거스⁺ 경관까지 합해서 그들 네 명에 불과했지만 맥베스도 알다시피 스물다섯 명의 특공대원 모두 주저 없이 여기 앉아서 그들과 함께 벌벌 떨어도 좋다고 했을 것이다.

맥베스는 펜라이트를 끄고 뱅쿼에게 돌려준 뒤 도면을 까만 특공대 가죽 재킷 안주머니에 넣었다. 그런 다음 방수포를 젖히고 옥상 가장자리로 기어갔다.

뱅쿼도 그의 옆으로 기어왔다.

레닌그라드호 갑판에 선사시대 유물로 보이는 국방색 트럭이 투광등 조명을 받으며 그들의 눈앞에서 대롱거리고 있었다.

"ZIS-5야." 뱅쿼가 속삭였다.

"전쟁 때 쓰이던 거요?"

"응. S가 스탈린의 약자야. 네가 보기엔 어때?"

✦『맥베스』에 등장하는 스코틀랜드 귀족의 이름.

"더프가 생각했던 것보다 노스 라이더의 숫자가 더 많은 것 같은데요. 스위노가 불안했나 봐요."

"경찰 귀에 정보가 들어갔을지 모른다고 의심하고 있을까?"

"의심했다면 오지 않았을 거예요. 그는 헤카테를 두려워해요. 헤카테가 우리보다 귀도 밝고 눈도 밝다는 걸 알거든요."

"그럼 어떻게 하지?"

"지켜보죠. 더프 혼자서 상대할 수 있을지도 모르잖아요. 그럴 경우에는 개입하지 않기로요."

"가만히 앉아서 **구경**이나 하라고 한밤중에 이 아이들을 끌고 나왔다는 거냐?"

맥베스는 껄껄대고 웃었다. "자원해서 온 거잖아요. 그리고 나는 지루할지 모른다고 얘기했어요."

뱅쿼는 고개를 저었다. "너는 남는 시간이 너무 많아, 맥베스. 가정을 일구어야 해."

맥베스는 두 손을 들었다. 미소가 넓고 까만 얼굴에 달린 수염을 환하게 밝혔다. "아저씨랑 특공대원들이 내 가족이에요. 그 이상 뭐가 더 필요하겠어요?"

올라프슨과 앵거스가 뒤에서 행복의 미소를 지었다.

"언제쯤 정신을 차리려나." 뱅쿼는 자포자기한 투로 중얼거리고 레밍턴 700 소총의 조준경에 묻은 물기를 닦아 냈다.

온 도시가 보너스의 발치에 있었다. 바닥에서 천장까지 이어지는 전면 유리창을 마주하고 있었기 때문에 얇은 구름으로 덮이지 않은 이상 도시 전체를 내려다볼 수 있었다. 그가 샴페인 잔을 내밀자 승마 바지에 하얀 장갑을 낀 두 남자아이 중 한 명이 달려와서 잔을 채웠다. 그도 술을 줄여야 한다는 걸 알았다. 그런데 이 비싼 샴페인을 공짜로 마실 수 있었다. 병원에서는 그의 나이가 되면 생활 방식을 고민해 보아야 된다고 했다. 하지만 너무 훌륭했다. 그렇다, 이유는 그렇게 단순했다. 너무 훌륭했다. 굴과 가재 꼬리처럼. 푹신하고 깊숙한 의자. 그리고 남자아이들. 그가 그들을 어떻게 할 수 있는 건 아니었다. 의사를 물어보지도 않았다.

오벨리스크의 프런트로 그를 마중 나온 사람이 꼭대기 층의 펜트하우스로 안내했다. 한쪽으로는 부두가, 다른 쪽으로는 중앙역과 워커스 광장과 인버네스 카지노가 보이는 곳이었다. 말랑말랑한 뺨과 상냥한 미소, 곱슬곱슬한 까만 머리, 차가운 눈동자가 특징인 거물이 보너스를 맞았다. 헤카테라고 불리는 남자였다. 혹은 보이지 않는 손이라고 불리는 남자였다. 그를 본 사람이 거의 없기 때문에 '보이지 않는'이라는 단어가 붙었다. '손'이라는 단어가 붙은 이유는 지난 10년 동안 이 도시의 거의 모든 주민들이 그의 사업, 그러니까 그의 제품에 어느 쪽으로든 영향을 받았기 때문이었다. 그는 자신이 제조하는 합성 약물을 칵테일이라고 불렀다. 보너스가 짐작하기로 헤카테는 그 덕분에 이 도시에서 가장 돈이 많은 네 명의 부자 가운데 한 명이 될 수 있었을 것이다.

헤카테는 창가의 스탠드 위에 놓인 망원경에서 고개를 돌렸다. "이렇게 비가 오면 잘 보이질 않아." 그는 승마 바지에 달린 멜빵을 당기며 이렇게 얘기하고 의자 등받이에 걸어 놓은 트위드 재킷에서 파이프를 꺼냈다. 보너스는 이들이 영국의 사냥꾼처럼 입고 있을 줄 알았더라면 평범한 양복이 아니라 다른 걸 입고 올 걸 그랬다는 생각을 했다.

"하지만 기중기가 움직이는 걸 보니까 짐을 부리고 있다는 뜻이겠지. 아이들이 먹을거리를 제대로 챙겨 주고 있나, 보너스?"

"아주 훌륭합니다." 보너스는 샴페인을 홀짝이며 대답했다. "그런데 이 자리에서 뭘 자축해야 하는 건지 솔직히 잘 모르겠는데요. 제가 여기 불려 온 이유도요."

헤카테는 웃으며 지팡이를 들어서 창문을 가리켰다. "풍경을 감상하자는 걸세, 친애하는 도다리 선생. 자네는 해저 어류라 세상의 밑바닥밖에 못 봤을 것 아닌가."

보너스는 미소를 지었다. 그는 헤카테가 쓴 호칭에 딴죽을 걸 생각조차 하지 못했다. 이 위인은 그에게 얼마든지 훌륭한 선물을 하사할 수 있는 능력의 소유자였다. 별로 훌륭하지 않은 선물을 하사할 수 있는 능력의 소유자이기도 했다.

"여기서 보면 세상이 훨씬 아름답지." 헤카테는 하던 이야기를 계속했다. "현실감은 떨어지지만 훨씬 아름다워. 그리고 물론 우리는 지금 저걸 감상하고 있는 중이기도 하지." 그는 지팡이로 항구를 가리켰다.

"저게 뭔데 그러십니까?"

"한 방에 이렇게 많은 분량이 밀수입된 적이 없었다네, 보너스. 4.5톤의 순수 암페타민이야. 스위노가 그 조직의 전 재산과 플러스알파를 투자했지. 자네는 지금 모든 달걀을 한 바구니에 담은 남자를 보고 있는 거라네."

"왜 그런 짓을 하고 있을까요?"

"그야 물론 궁지에 몰렸기 때문이지. 노스 라이더가 파는 2급 터키제로는 내 칵테일을 당할 재간이 없다는 걸 아니까. 하지만 소련에서 고품질을 대량으로 들여오면 할인도 받고 운송비도 절감되니까 가격과 품질 면에서 경쟁력이 생기거든." 헤카테는 이 끝에서부터 저 끝까지 깔린 두툼한 카펫 위에 지팡이를 대고 금을 씌운 손잡이를 쓰다듬었다. "스위노가 주도면밀하게 계획했다고 할까. 성공하면 이 도시의 힘의 균형이 뒤집힐 거야. 그러니까 우리의 존경스러운 경쟁자를 위해 건배."

그가 잔을 들자 보너스도 고분고분하게 따라 들었다. 하지만 헤카테가 잔을 입으로 가져가다 말고 한쪽 눈썹을 들고 빤히 쳐다보다 뭔가를 가리키며 잔을 건네자 한 아이가 당장 장갑으로 깨끗하게 닦았다.

"스위노로서는 유감스러운 일이겠지만." 헤카테는 하던 이야기를 계속했다. "완전히 새로운 공급처를 통해 그 정도 물량을 확보하려 들면 같은 업계 종사자가 눈치챌 수밖에 없거든. 이 '같은 업계 종사자'가 익명으로 시간과 장소를 경찰에 정확하게 제보할 수 있으니 그 또한 유감스러운 일이겠지."

"예를 들면 사장님 같은 분 말씀이죠?"

헤카테는 능글맞게 웃었다. 잔을 받아 들고 넓적한 엉덩이를 보너스 쪽으로 내밀며 망원경을 향해 허리를 숙였다. "이제 트럭을 내리고 있어."

보너스는 자리에서 일어나 창문 앞으로 다가갔다. "스위노를 직접 공격하지 않고 옆에서 구경만 하시는 이유가 뭡니까? 유일한 경쟁자를 제거하고 4.5톤의 품질 좋은 암페타민을 단칼에 입수할 수 있는데 말이죠. 그걸 길거리에서 팔면 수입이 대체 얼마겠습니까?"

헤카테는 망원경에서 눈을 떼지 않고 샴페인을 홀짝거렸다. "크루그." 그가 말했다. "사람들 말로는 샴페인 중에서 이게 최고라지. 그래서 나는 이것만 마신다네. 하지만 아무도 모를 일이지. 다른 걸 마셔 봤는데 입맛에 맞으면 그걸로 바꿀지도."

"시장에서 사장님의 칵테일만 팔리길 원하시는 거로군요."

"자본주의가 내 종교고 자유 시장이 내 신조야. 하지만 인간은 누구나 천성을 따르고 독점과 세계 지배에 반대할 권리가 있지. 우리를 저지하는 것이 사회의 의무고. 우리는 우리에게 주어진 역할을 수행하고 있을 따름이야, 보너스."

"아멘."

"쉬이잇! 저들이 돈을 건네고 있어." 헤카테는 손을 비볐다. "공연이 시작되겠군……."

더프는 문손잡이를 손가락으로 감싸고 앞문 옆에 서서 자신의 숨소리를 들으며 부하들과 눈을 맞추려고 했다. 그들은 그의 바로 뒤에서 좁은 계단에 일렬로 서 있었다. 저마다 머릿속이 복잡했다. 안전장치를 풀었다. 옆 사람에게 마지막으로 조언을 건넸다. 마지막으로 기도를 드렸다.

"서류 가방이 건네졌습니다." 시턴이 1층에서 소리를 질렀다.

"출동!" 더프가 외치며 문을 홱 열고 벽에 몸을 바짝 붙였다.

경관들이 그를 지나 어둠 속으로 뛰쳐나갔다. 더프도 따라나섰다. 머리 위로 떨어지는 빗방울이 느껴졌다. 움직이는 형체들이 보였다. 오토바이 두세 대가 주인 없이 방치돼 있었다. 그는 메가폰을 입에 갖다 댔다.

"경찰이다! 손 들고 그 자리에서 꼼짝 마라! 반복한다, 경찰이다! 손 들고……."

첫 번째 총탄은 그의 뒤편 문에 달린 유리창을 박살 냈고 두 번째 총탄은 바지 안쪽에 박혔다. 뒤를 이어서 그의 아이들이 토요일 밤에 팝콘을 만들 때 나는 것과 비슷한 소리가 들렸다. 기관총이었다. 젠장.

"발사!" 더프는 메가폰을 던지고 악을 썼다. 납작하게 엎드려서 총을 들려다가 자신이 물웅덩이 위로 몸을 날렸음을 알아차렸다.

"안 돼요." 누군가가 옆에서 속삭였다. 더프는 고개를 들었다. 시턴이었다. 그가 소총을 옆으로 늘어뜨리고 가만히 서 있었다. 지금 작전을 방해하려는 걸까? 혹시……?

"시바트가 잡혔어요." 시턴이 속삭였다.

더프는 흙탕물이 들어간 눈을 깜빡이며 조준경으로 한 노스 라이더를 계속 쳐다보았다. 그는 오토바이 위에 침착하게 앉아서 총으로 그들을 겨누기만 할 뿐 쏘지는 않았다. 도대체 어떻게 된 영문일까?

"다들 손가락 하나 까딱하지 않으면 이 녀석은 무사할 거다."

조명 밖에서 메가폰이 필요 없는 굵고 낮은 목소리가 들렸다. 내팽 개쳐진 인디언 치프 오토바이가 먼저 더프의 시야에 들어왔다. 잠시 후에 두 형체가 어둠 속에서 하나로 합쳐졌다. 키가 큰 쪽의 헬멧 위에 뿔이 달려 있었다. 그가 자기보다 머리 하나만큼 작은 누군가를 앞에 붙잡고 있었다. 까딱 잘못했다가는 거기서 머리 하나가 더 작아질 수도 있었다. 스위노가 젊은 시바트의 목에 갖다 댄 군도의 날이 번뜩였다.

"이제 어떻게 할 건가 하면……." 스위노의 저음이 바이저 구멍 밖으로 쏟아져 나왔다. "우리는 물건을 들고 떠나겠다. 조용히, 얌전하게. 우리 쪽 두 명이 남아서 너희들이 멍청한 짓을 하지 않는지 감시할 거다. 우리를 뒤쫓는다거나 그런 짓 말이다. 알겠나?"

더프는 몸을 웅크리고 일어서려고 했다.

"내가 반장님이라면 물웅덩이 속에 가만히 있겠어요." 시턴이 속삭였다. "이만큼 망쳤으면 충분하잖아요."

더프는 숨을 크게 들이마셨다. 내뱉었다. 다시 들이마셨다. 젠장, 젠장, 젠장.

"어때?" 뱅쿼가 부둣가의 주인공들 쪽으로 쌍안경을 돌리면서 물었다.

"아무래도 젊은 친구들을 출동시켜야 할 것 같은데요." 맥베스가 말했다. "하지만 아직은 안 돼요. 스위노와 부하들이 현장에서 떠날 때까지 기다려야 해요."

"뭐? 트럭이랑 물건을 들고 가게 내버려 두겠다고?"

"설마요. 하지만 지금 덤벼들었다가는 저기가 피바다로 변하게 생겼어요. 앵거스?"

"네?" 짙은 파란색 눈과 맥베스가 아닌 다른 대장 같았으면 용납하지 않았을 기다란 금발의 소유자가 냉큼 대답했다. 숨김없는 얼굴 위로 모든 감정이 드러났다. 앵거스와 올라프슨은 훈련을 받았고 이제 필요한 것은 약간의 경험뿐이었다. 특히 앵거스는 강해질 필요가 있었다. 면접 때 밝힌 바에 따르면 앵거스는 사제 수업을 받다가 신이 없다는 사실을 깨닫고 뛰쳐나왔다. 인간들끼리 서로 구원하는 수밖에 없기 때문에 대신 경찰이 되고 싶다고 했다. 맥베스로서는 만족스러운 답변이었다. 그는 녀석의 두려움을 모르는 태도와 믿음의 결과를 책임지는 자세가 마음에 들었다. 하지만 앵거스는 감정을 조절하는 법을 터득하고, 특공대원은 행동으로 보여 주는 실무자이자 광범위하게 법을 수호하는 철완이라는 사실을 깨달을 필요가 있었다. 심사숙고는 남들에게 넘겨도 됐다.

"뒤로 내려가서 차 몰고 문 앞에서 기다려."

"알겠습니다." 앵거스는 대답하고 일어나서 사라졌다.

"올라프슨?"

"네?"

맥베스는 그를 흘끗 쳐다보았다. 축 늘어진 턱, 혀짤배기 발음, 반쯤 감긴 눈, 경찰대학에서의 성적을 감안하면 올라프슨이 맥베스를 찾아와 특공대로 차출해 달라고 간청했을 때 그는 당연히 의구심을 품을 수밖에 없었다. 하지만 녀석이 부서 이동을 간절히 원했기 때문에 맥베스는 자신이 그랬던 것처럼 녀석에게도 기회를 주어 보기로 했다. 맥베스에게는 명사수가 필요했고 올라프슨이 이론에는 신통치 않을지 몰라도 사격에는 상당히 재능이 있었다.

"마지막 사격 평가 때 너는 저기 저 선배가 20년 동안 보유하고 있

던 기록을 깼다." 맥베스는 뱅쿼를 턱으로 가리켰다. "축하한다, 우라
지게 훌륭한 성적이었어. 그게 지금 이 자리에서는 무엇을 의미하는
지 알지?"

"어…… 아니요."

"좋아. 왜냐하면 전혀 아무 의미 없거든. 너는 여기서 뱅쿼 경감이
하는 걸 보고 들으면서 배우면 된다. 오늘은 네가 해결사 역할을 하
지 않을 거야. 그건 나중이다. 알겠나?"

올라프슨은 축 늘어진 턱과 아랫입술을 움직였지만 아무 소리도
내지 못하겠는지 그저 고개만 끄덕였다.

맥베스는 젊은 후배의 어깨에 손을 얹었다. "조금 긴장이 되나?"

"조금요."

"정상적인 반응이다. 긴장을 풀려고 노력해 봐. 그리고 한 가지 더
있다, 올라프슨."

"네?"

"일을 망치지 마라."

"어떻게 돼 가고 있습니까?" 보너스가 물었다.

"어떻게 될지 알겠어." 헤카테가 허리를 펴고 망원경을 부두가 아
닌 다른 쪽으로 돌리며 말했다. "그러니까 이제 이건 필요 없겠네."
그는 보너스의 옆자리에 앉았다. 보너스는 그가 종종 그런다는 것을
알고 있었다. 그는 그렇게 맞은편이 아니라 옆자리에 앉았다. 상대방
이 자신을 똑바로 쳐다보는 게 싫은 걸까.

"경찰이 스위노를 체포하고 암페타민을 압수했나요?"

"그 반대야. 더프의 부하가 스위노한테 붙잡혔어."

"뭐라고요? 걱정 안 되세요?"

"나는 절대 말 한 마리에만 베팅하지 않아, 보너스. 그리고 내가 걱정하는 건 좀 더 큰 그림이고. 자네는 덩컨 경찰청장을 어떻게 생각하나?"

"사장님을 체포하겠다고 약속한 거 말씀이세요?"

"그건 전혀 걱정하지 않아. 하지만 그가 경찰에 심어 놓은 내 연줄을 대거 자르는 바람에 벌써부터 시장에서 문제가 생기고 있단 말이지. 어이, 자네는 인물 분석을 잘하잖아. 그를 보았고 그가 하는 얘기를 들었지? 사람들이 얘기하는 것처럼 매수할 수 없는 인물일까?"

보너스는 어깨를 으쓱했다. "인간은 누구나 몸값이 있죠."

"그 말은 맞지만 몸값이 항상 돈으로 매겨지는 건 아니지. 모든 사람들이 자네처럼 단순하지는 않거든."

보너스는 그걸 모욕으로 받아들이지 않고 무시하고 지나갔다. "덩컨을 매수할 방법을 알아내려면 그가 원하는 게 뭔지 파악해야죠."

"덩컨이 원하는 건 민중에게 봉사하는 거야." 헤카테가 말했다. "이 도시의 사랑을 얻는 거야. 남들이 자기 동상을 세워 주는 거야."

"골치 아프네요. 덩컨 같은 사회의 기둥보다 우리처럼 욕심 많은 해충을 매수하기가 쉬운 법인데."

"매수에 관한 한 자네 생각이 맞아." 헤카테가 말했다. "사회의 기둥과 해충에 대해서는 틀렸고."

"그런가요?"

"자본주의의 근간이 뭔가, 보너스. 부자가 되려는 개개인의 노력이 민중을 살찌운다는 거야. 이거야말로 우리가 보거나 생각하지 않아도 자연스럽게 이루어지는, 그야말로 기계적인 과정이지. 덩컨처럼 착각에 빠진 이상주의자가 아니라 자네와 내가 이 사회의 기둥이라고."

"그렇게 생각하십니까?"

"윤리학자 애덤 핸드도 그렇게 생각했는걸."

"마약을 제조하고 판매하는 것이 사회에 봉사하는 길이라고요?"

"수요를 충족시키는 사람은 누구나 사회 건설에 이바지하고 있다고 보면 돼. 덩컨처럼 규제하고 제한하려는 사람들이 비정상이고 장기적으로는 우리 모두에게 악영향을 미치지. 그러니까 이 도시를 위해서 어떻게 하면 덩컨을 아무 힘 없는 존재로 둔갑시킬 수 있겠나? 그의 약점이 뭘까? 우리가 뭘 이용할 수 있을까? 여자? 마약? 가족의 비밀?"

"저를 믿어 주시는 건 감사한 일이지만 진짜 모르겠는데요."

"안타까운 노릇이로군." 헤카테는 남자아이 하나가 새 샴페인의 코르크 마개에 달린 철사를 푸는 것을 지켜보며 지팡이로 카펫을 가볍게 두드렸다. "덩컨에게 약점이 딱 하나 있는 것 같다는 생각이 들기 시작했거든."

"그게 뭔데요?"

"수명."

보너스는 의자에 앉은 채로 움찔했다. "설마 저를 이 자리로 부르신 이유가……."

"전혀 아니야, 친애하는 도다리 선생. 자네는 진흙 속에 가만히 누위 있어도 돼."

보너스는 코르크 마개를 따느라 끙끙대는 남자아이를 바라보며 안도의 한숨을 내쉬었다.

"하지만." 헤카테가 말했다. "자네는 잔인하고 의리를 모르는 성격을 타고났고 내가 마음대로 주무르고 싶은 사람들을 마음대로 주무를 수 있지. 도움이 필요할 때 자네한테 기댈 수 있길 바라네. 자네가 내 보이지 않는 손이 되어 주길 바라네."

요란하게 펑 하는 소리가 났다.

"성공이다!" 보너스는 웃음을 터뜨렸고, 공짜 샴페인을 최대한 가득 받으려고 애를 쓰며 남자아이의 등을 두드렸다.

더프는 아스팔트 위에 가만히 엎드려 있었다. 부하들도 그의 옆에 가만히 서서 노스 라이더들이 10미터도 안 되는 거리에서 떠날 준비를 하는 것을 지켜보았다. 시바트와 스위노는 원뿔 모양의 조명 밖에 서 있었지만 더프는 부들부들 떨고 있는 어린 경찰과 그의 목을 겨누고 있는 스위노의 칼날을 볼 수 있었다. 칼날을 조금만 누르거나 움직이기만 해도 살갗을 찢고 동맥을 터뜨려 몇 초 만에 피가 콸콸 쏟아져 나올 것이었다. 더프는 그 여파를 상상하면 공포가 느껴졌다. 부하 경관의 피가 그의 손과 기록에 남을 뿐 아니라 경찰청장이 조직범죄수사반장을 임명하려는 시점에 그가 개인적으로 추진한 작전이 처절한 실패로 막을 내리면 어떻게 되겠는가. 스위노가 고개를 끄덕이자 노스 라이더 하나가 오토바이에서 내려 시바트 뒤로 가더니 그의 머리에 대고 총을 겨누었다. 스위노는 바이저를 내리고 조명 안으로 들어가서 가죽 재킷에 병장 작대기가 달린 남자에게 뭐라고 얘기를 한 다음 오토바이에 오르고 헬멧에 두 손가락을 대며 인사한 뒤 부둣가로 내달렸다. 더프는 그를 향해 총알을 날리고 싶었지만 기를 쓰고 참았다. 병장이 몇 가지 명령을 내리고, 잠시 후 오토바이들이 으르렁거리며 어둠 속으로 사라졌다. 나머지는 스위노와 병장을 따라가고 빈 오토바이 두 대만 남았다.

더프는 공포에 무너지지 말라고, 머리를 쓰라고 자신을 다그쳤다. 심호흡을 하고 생각을 하라고 자신을 다그쳤다. 노스 라이더 복장을 한 네 남자가 부두에 남았다. 한 명은 어두컴컴한 시바트의 뒤편에 서 있었다. 한 명은 조명 안에서 AK-47 자동소총으로 경찰을 겨누었다. 뒤에 타고 왔을 것으로 추정되는 두 남자는 트럭 안으로 들어갔다. 그들이 열쇠를 돌리자 귀에 거슬리는 끼익 소리가 계속 이어졌고 더프는 잠깐 이 고철 괴물에 시동이 걸리지 않았으면 좋겠다는 생각을 했다. 나지막한 으르렁거림이 요란한 천둥소리로 커지자 욕을 퍼부었다. 트럭이 출발했다.

"저 친구들한테 10분의 여유를 줄 거다." AK-47을 든 남자가 외쳤다. "그동안 즐거운 상상을 하고 있어라."

더프는 어둠 속으로 서서히 희미해져 가는 트럭의 미등을 빤히 쳐다보았다. 즐거운 상상을 하라고? 4.5톤의 약물과, 마약과의 전쟁 사상 가장 많은 인원을 검거할 수 있는 기회가 그에게서 점점 멀어져 가고 있었다. 저들이 스위노와 그의 부하들이라는 건 **알지만** 열네 개의 우라질 헬멧을 본 것뿐이기 때문에 재판정에서 그들의 **얼굴**을 보았다고 할 수 없는 것도 환장할 노릇이었다. **즐거운** 상상을 하라고?

더프는 눈을 감았다.

스위노.

그가 손안에 있었는데. 젠장, 젠장, 젠장!

더프는 귀를 기울였다. 무슨 소리가 들리기를, **아무** 소리라도 들리기를 바랐다. 하지만 들리는 것이라고는 빗줄기의 의미 없는 속삭임뿐이었다.

"뱅쿼는 젊은 친구를 붙잡고 있는 녀석을 조준했다." 맥베스가 말했다. "올라프슨, 다른 녀석을 조준하고 있나?"

"네, 대장님."

"동시에 쏴야 해, 알았지? 셋에 발포하는 거다. 뱅쿼?"

"타깃 주변이 너무 어두컴컴한데. 내 눈이라도 젊었어야 하는데 이러다 저 친구를 맞힐 수도 있겠어."

"제 타깃 주변은 환해요." 올라프슨이 속삭였다. "저랑 바꾸실래요?"

"빗나가서 우리 친구가 사살당하더라도 빗맞힌 사람이 뱅쿼인 게 나아. 뱅쿼, 화물을 잔뜩 실은 스탈린 트럭의 최고 속력이 얼마나 될까요?"

"흠. 시속 60킬로미터 정도?"

"좋았어. 하지만 모든 목표를 달성하기에는 시간이 부족하니까 계획을 살짝 수정해야겠네요."

"단검을 쓰게?" 뱅쿼가 맥베스에게 물었다.

"이 정도 거리에서요? 제 능력을 믿어 줘서 감사하긴 하지만 아니에요. 조만간 보면 알아요. **보면 알아요.**"

뱅쿼가 쌍안경에서 시선을 들어 보니 맥베스가 자리에서 일어나 옥상 조명이 달린 기둥을 잡고 있었다. 맥베스의 건장한 목에서 핏줄이 도드라졌고 이가 번뜩이는데, 얼굴을 찡그려서 그런 건지 씩 웃어서 그런 건지 뱅쿼로서는 알 수가 없었다. 1년 열두 달 중에서 여덟 달 동안 부는 사나운 북서풍을 견디도록 나사로 단단히 고정한 기둥이었지만 뱅쿼는 전에도 맥베스가 눈 더미 속에서 자동차를 들어 올리는 것을 본 적이 있었다.

"하나." 맥베스가 끙끙거렸다.

첫 번째 나사가 구멍에서 튕겨져 나왔다.

"둘."

기둥이 느슨해졌고 아래 벽에 연결된 전선이 홱 뜯겨 나왔다.

"셋."

맥베스는 조명으로 트랩을 가리켰다.

"발사."

채찍을 두 번 휘두르는 것과 비슷한 소리가 났다. 더프가 마침 눈을 떴을 때 자동소총을 들고 있던 남자가 앞으로 고꾸라지며 헬멧으로 바닥을 때렸다. 이제 조명이 시바트가 서 있는 곳을 비추었고 더프는 그와 그의 뒤에 서 있는 남자를 선명하게 볼 수 있었다. 남자는 시바트의 머리에 대고 총을 겨누는 대신 시바트의 어깨에 턱을 얹고 있었다. 조명 덕분에 바이저에 뚫린 구멍이 더프의 눈에 들어왔다. 잠시 후에 남자는 해파리처럼 시바트의 등을 타고 스르르 바닥으로 쓰러졌다.

더프는 고개를 돌렸다.

"더프, 여기!"

그는 손차양으로 눈을 가렸다. 눈부신 불빛 뒤편에서 요란한 웃음소리가 들렸고 거대한 남자의 그림자가 부두 위로 드리워졌다.

하지만 웃음소리만으로 충분했다.

맥베스였다. 보나마나 맥베스였다.

2

갈매기 한 마리가 정적과 달빛을 가르며 구름 한 점 없는 파이프의 밤하늘을 날았다. 그 밑에서는 협만이 은빛으로 반짝였다. 협만의 서쪽에서는 시커멓고 경사가 가파른 산이 거대한 성벽처럼 하늘로 솟았다. 예전에 어느 수도회에서 정상 바로 밑에 대형 십자가를 설치했지만 파이프 쪽으로 설치됐기 때문에 이 도시에서는 실루엣이 거꾸로 보였다. 산등성이에서는 위풍당당한 철교가 요새의 해자 위에 걸쳐 놓은 도개교처럼 고개를 비죽 내밀고 있었다. 길이가 360미터, 가장 우뚝한 지점의 높이가 90미터에 달하는 다리였다. 이름은 케네스 다리였지만 대부분의 사람들은 새 다리라고 불렀다. 여기에 비하면 옛날 다리는 소박했지만 미학적으로는 좀 더 아름다웠고 협만의 훨씬 저쪽에 건설됐기 때문에 멀리 돌아가야 했다. 새 다리의 중앙에는 한 남자의 흉측한 대리석상이 세워져 있었다. 전직 경찰청장 케네스의 명령으로 만들어진 그의 석상이었다. 석상은 이 도시의 경계선에서 1센티미터 안쪽에 세워졌다. 다른 도시에서는 이 악당을 사후에 기리는 데 단 1센티미터의 땅이라도 무상으로 제공할 리 없기 때문이었다. 조각가는 지평선을 바라보는 특유의 포즈를 통해 비전 있는 리더의 분위기를 강조하라는 케네스의 명령을 따랐지만, 아무리 자비로운 예술가라도 남다른 부피를 자랑하는 경찰청장의 목과 턱 주변으로 시선을 모으지 않을 도리가 없었다.

갈매기는 산 저편의 바닷가로 건너가면 물고기를 더 많이 잡을 수 있길 바라며 고도를 높이려고 날개를 퍼덕였다. 그러려면 날씨 변경선을 넘어야 했다. 이 선을 넘으면 좋았던 날씨가 궂어졌다. 갈매기와 똑같은 코스로 여행을 하고 싶은 사람은 새 다리에서부터 산을 관통하는 2킬로미터 길이의 좁고 시커먼 구멍을 이용하면 됐다. 이 산과 이 산이라는 칸막이를 고마워하는 사람들이 많은 눈치였다. 이웃 도시 주민들은 터널을 양쪽 끝에 항문이 달린 직장으로 간주했다. 사실 갈매기가 산봉우리를 넘으면 조용하고 조화로운 세상에서 악취를 풍기는 도시 위로 쏟아지는 얼음장 같은 흙탕물 소나기 속으로 건너가는 거나 다름없었다. 갈매기는 경멸을 표하기라도 하듯 똥을 싼 다음 돌풍 사이로 계속 요리조리 날았다.

갈매기의 똥은 어느 정거장의 지붕 위로 떨어지는데, 그 밑에서는 뼈만 앙상한 남자아이가 부들부들 떨며 벤치 위로 기어 올라가고 있었다. 그 옆에 달린 팻말에 따르면 버스 정거장이라지만 아이로서는 진짜 정거장이 맞는지 알 길이 없었다. 지난 2, 3년 동안 없어진 노선이 너무 많았다. 병신 같은 시장 말로는 인구가 줄어서 그렇다고 했다. 하지만 아이는 중앙역에 가서 칵테일을 사야 했다. 몇몇 폭주족한테서 산 각성제는 그냥 쓰레기였다. 암페타민이라기보다 가루 설탕과 감자 전분이었다.

번들번들하게 젖은 아스팔트가 몇 개 안 남은 가로등 불빛 밑에서 반짝거렸고, 빗물은 이 도시 밖으로 빠져나가는 움푹 파인 도로의 웅덩이 안으로 고였다. 비만 내릴 뿐 자동차 한 대 보이지 않고 조용했다. 그런데 나지막이 쿨렁거리는 소리가 들렸다.

그는 고개를 들었다. 안구가 없는 쪽 눈을 덮고 있다가 멀쩡한 쪽으로 옮긴 안대를 잡아당겼다. 중앙역까지 차를 얻어 타고 갈 수 있을까?

하지만 아니었다. 소리가 반대 방향에서 들렸다.

그는 다시 무릎을 세웠다.

쿨렁거리는 소리가 굉음으로 바뀌었다. 그는 굳이 움직이지 않았고 이미 젖은 몸이었으니 팔로 머리만 가렸다. 트럭이 지나가자 흙탕물이 폭포처럼 정거장을 덮쳤다.

그는 누워서 인생에 대해 생각하다가 그런 생각은 하지 않는 편이 좋다는 걸 깨달았다.

다른 차 소리가 들렸다. 이번에는 혹시?

그는 끙끙대며 몸을 일으켜서 내다보았다. 하지만 아니었다. 이번에도 소리가 시내 쪽에서 들렸다. 게다가 속도가 어마어마했다. 그는 점점 더 다가오는 불빛을 멍하니 바라보았다. 어떤 생각 하나가 퍼뜩 떠올랐다. 도로로 한 발짝만 내디디면 그의 모든 문제를 해결할 수 있었다.

그의 앞을 지나간 밴은 움푹 파인 곳을 용케 피했다. 검은색 포드 트랜싯이었다. 세 명의 경찰이 타고 있었다. 깜짝이야. 그 차를 얻어 타고 싶은 사람은 없었다.

"저 앞차야." 뱅쿼가 말했다. "밟아, 앵거스!"

"그 차라는 걸 어떻게 아세요?" 올라프슨이 특공대 트랜싯의 앞좌 석 사이로 몸을 내밀며 물었다.

"경유 매연 때문에." 뱅쿼가 말했다. "나 원, 러시아에서 석유 파동 이 벌어질 만도 하네. 백미러로 우리를 볼 수 있게 바짝 붙어, 앵거 스."

앵거스는 시커먼 매연을 따라잡을 때까지 그 속도를 유지했다. 뱅 쿼가 창문을 내리고 사이드미러 위에 소총을 얹었다. 기침을 했다. "이제 옆으로 나란히, 앵거스!"

앵거스는 옆 차로로 빠져서 액셀러레이터를 밟았다. 트랜싯이 쿵 쿵거리며 앓는 소리를 내는 트럭 옆으로 붙었다.

트럭 유리창에서 연기가 솟았다. 뱅쿼의 소총 밑에서 사이드미러 가 쩍 하고 깨졌다.

"좋았어, 우리를 봤네." 뱅쿼가 말했다. "다시 뒤로 붙어."

갑자기 비가 그쳤고 주변의 모든 게 좀 전보다 더 어두컴컴해졌다. 터널로 진입했기 때문이었다. 아스팔트와 시커멓게 깎인 벽이 전조 등 불빛을 삼키는 듯이 느껴졌다. 보이는 것이라고는 트럭의 미등뿐 이었다.

"이제 어쩌죠?" 앵거스가 물었다. "터널 저쪽은 다리고 저들이 다 리 중앙을 건너면……."

"나도 알아." 뱅퀴는 소총을 들며 말했다. 대리석상을 기준으로 이 도시가 끝나면 그들의 관할구역도 끝나고 추격전도 끝나는 거였다. 물론 이론상으로는 추격을 계속할 수 있었고 전에도 그런 적이 있었다. 마약단속반에는 거의 없는 존재이긴 하지만 열정 넘치는 경관들이 시 경계선 너머에서 밀수업자들을 체포한 적이 있었다. 그리고 짭짤하고 매력적인 사건이 법원에서 기각될 때마다 그들은 임무 수행 도중에 엄청난 판단 착오를 한 것에 대한 질책을 감당해야 했다. 뱅퀴의 레밍턴 700이 움찔했다.

"명중." 그가 말했다.

트럭이 터널 안에서 휘청거리기 시작했다. 뒷바퀴에서 고무 조각들이 튀어나왔다.

"핸들이 무겁다는 게 어떤 느낌인지 알게 될 거다." 뱅퀴는 이렇게 말하며 다른 쪽 뒷바퀴를 조준했다. "녀석들이 터널 벽을 곧장 들이받을 경우에 대비해서 좀 더 거리를 벌려, 앵거스."

"경감님!" 뒷자리에서 목소리가 들렸다.

"왜 그래?" 뱅퀴는 방아쇠를 서서히 누르며 말했다.

"차가 와요."

"어이쿠."

뱅퀴는 소총에서 뺨을 뗐고 앵거스는 브레이크를 밟았다.

앞에서 ZIS-5가 좌우로 휘청거리자 맞은편에서 달려오는 차의 전조등이 보였다 안 보였다 했다. 뱅퀴의 귀에 경적 소리가 들렸다. 트럭이 자기를 향해 달려오는데 이미 엎질러진 물이라 아무 조치도 취할 수 없는 승용차의 절박한 외침이었다.

"맙소사……." 올라프슨이 혀짤배기소리로 속삭였다.

경적의 음량이 커지고 울리는 빈도도 잦아졌다.

불빛이 번쩍였다.

뱅쿼는 반사적으로 옆쪽을 흘끗 확인했다.

뒷자리에서 창문에 뺨을 대고 자는 어린아이의 모습이 언뜻 보였다.

승용차는 사라졌고 점점 멀어지는 경적은 속았다는 데 실망한 관객들의 앓는 소리처럼 들렸다.

"속도 높여." 뱅쿼가 말했다. "조만간 다리가 나오겠어."

앵거스가 액셀러레이터를 밟았고 그들은 다시 매연 속으로 들어갔다.

"움직이지 마." 뱅쿼는 중얼거리며 조준했다. "움직이지 마……."

바로 그 순간 트럭 짐칸을 덮은 방수포가 양옆으로 벌어지면서 하얀 가루가 담긴 비닐봉지들이 쌓인 짐칸이 트랜싯의 전조등에 비쳐 보였다. 운전석 뒤편의 유리창이 박살 나 있었다. 1킬로그램짜리 비닐봉지의 맨 꼭대기 틈새에서 소총이 삐죽 고개를 내밀고 있었다.

"앵거스……."

짤막한 폭발음이 들렸다. 뱅쿼는 총구가 번뜩이는 것을 보았고 잠시 후 새하얘진 앞 유리창이 그들 위로 쏟아졌다.

"앵거스!"

앵거스는 사태를 파악하고 핸들을 오른쪽으로 홱 틀었다. 다시 왼쪽으로 틀었다. 타이어가 비명을 질렀고 그들의 움직임을 쫓느라 총구가 불을 뿜자 총알이 바람 소리와 함께 날아왔다.

"이런 망할!" 뱅쿼가 비명을 지르며 다른 쪽 타이어를 향해 발사했지만 총알은 펜더에 맞고 불꽃을 튀기며 튕겨져 나왔다.

느닷없이 다시 비가 내리기 시작했다. 다리로 진입한 것이었다.

"산탄총으로 저 자식을 잡아, 올라프슨." 뱅쿼가 외쳤다. "얼른!"

앞 유리창이 날아간 구멍으로 빗줄기가 쏟아졌고 뱅쿼는 올라프슨이 그의 좌석 등받이에 2연발 산탄총을 얹을 수 있도록 옆으로 움직였다. 뱅쿼의 어깨 위로 총신이 고개를 내밀었다가 퍽 하고 망치로 고기를 내리치는 듯한 소리가 들린 순간 다시 사라졌다. 뱅쿼가 고개를 돌려 보니 올라프슨이 고개를 숙이고 구부정하게 앉아 있었고 재킷의 가슴 높이에 구멍이 뚫려 있었다. 다음번 총알이 뱅쿼의 좌석을 뚫고 올라프슨의 옆에 박히자 회색 충전재가 날렸다. 트럭의 저격수가 이제 감을 잡았다. 뱅쿼는 올라프슨의 손에 들린 산탄총을 잡고 단숨에 앞을 겨누어서 쏘았다. 트럭 뒤편이 하얗게 폭발했다. 뱅쿼는 산탄총을 놓고 자신의 소총을 들었다. 짙은 구름 같은 하얀 가루 때문에 트럭의 저격수는 앞이 보이지 않겠지만 조명에 비친 케네스의 하얀 대리석상이 달갑지 않은 유령처럼 어둠 사이로 등장했다. 뱅쿼는 뒷바퀴를 조준하고 방아쇠를 당겼다. 명중했다.

트럭이 좌우로 휘청거리며 한쪽 앞바퀴는 인도로 올라가고 뒷바퀴는 연석을 쳤고 ZIS-5 옆면이 철제 난간을 쳤다. 쇠와 쇠가 서로 부딪치는 날카로운 마찰음에 차량의 엔진 소음이 묻혔다. 하지만 놀랍게도 운전수가 그 무거운 트럭을 다시 도로로 원위치시켰다.

"시 경계선을 넘지 마라, 제발!" 뱅쿼가 외쳤다.

뒷바퀴 휠에서 마지막 남은 타이어가 떨어져 나가자 밤하늘로 불똥이 분수처럼 솟구쳤다. ZIS-5가 옆으로 미끄러졌고 운전수가 필사적으로 바로잡으려고 했지만 이번에는 역부족이었다. 트럭이 도로에서 가로로 방향을 틀고 아스팔트를 따라 미끄러졌다. 사실상 시경계선에 다다랐을 때 바퀴에 다시 제동이 걸리면서 트럭이 도로 밖으로 방향을 틀었다. 소련의 12톤짜리 공병이 케네스 경찰청장의 허리띠 바로 아랫부분을 들이받고 받침대 너머로 쓰러뜨려서 철제 난간을 따라 10미터 정도 끌고 가다 다리 밑으로 떨어뜨렸다. 앵거스는 간신히 트랜싯을 멈추었고 뱅퀴는 갑작스럽게 들이닥친 정적 속에서 케네스가 턱을 중심으로 천천히 회전하며 달빛을 가르고 추락하는 광경을 지켜보았다. 그 뒤를 이어 ZIS-5가 암페타민 혜성처럼 하얀 가루를 뒤로 길게 늘어뜨리며 보닛부터 추락했다.

"맙소사……." 경찰관은 속삭였다.

영원처럼 느껴지는 시간이 지난 다음에야 모든 게 수면을 때리며 주변을 잠깐 하얗게 물들였고 그 소리는 약간의 시차를 두고 뱅퀴에게 전해졌다.

그 뒤로 다시 정적이 찾아왔다.

숀은 아지트 앞에서 발을 구르며 대문 사이로 내다보았다. 이마에 새긴 **나는 죽을 때까지 노스 라이더다** 문신을 긁적였다. 병원 분만실을 나선 이래로 이렇게 불안해 보기는 처음이었다. 오늘 밤에 흥분이 극에 달할 텐데 그와 콜린이 아니나 다를까, 그런 날 재수 없게 보초를 맡게 되었다. 그들은 따라가서 약물을 수거하지도 파티에 참석하지도 못했다.

"마누라가 아이한테 내 이름을 따서 붙이고 싶대." 숀은 거의 혼잣

말에 가깝게 중얼거렸다.

"축하해." 콜린이 팔자수염을 잡아당기며 모노톤으로 말했다. 빗줄기가 그의 반짝이는 정수리를 타고 흘러내렸다.

"고마워." 숀이 말했다. 사실 그도 원치 않았다. 평생 낙인처럼 지워지지 않을 문신도, 그의 전철을 밟을 게 빤한 아이도. 자유. 오토바이가 상징하는 단어가 그것이지 않던가. 하지만 조직과 베티로 인해 그의 자유 개념이 달라졌다. 어딘가에 소속돼 있을 때, 진정한 결속을 느낄 수 있을 때 진짜로 자유로워질 수 있었다.

"저기 온다." 숀이 말했다. "전부 잘 끝난 모양이네, 그렇지?"

"두 명이 없어." 담배를 뱉고 꼭대기에 가시철조망이 달린 높다란 대문을 열며 콜린이 말했다.

첫 번째 오토바이가 그들 옆에서 멈춰 섰다. 뿔이 달린 헬멧 뒤에서 저음의 목소리가 천둥처럼 쏟아졌다. "경찰한테 매복 공격을 당해서 쌍둥이는 조금 있다가 올 거다."

"알겠어요, 대장." 콜린이 말했다.

오토바이들이 굉음과 함께 한 대씩 대문을 통과했다. 한 명이 엄지손가락을 들어 보였다. 다행이었다. 약물은 안전하게 넘겨받았고 조직은 궤멸을 면했다. 숀은 안도의 한숨을 내뱉었다. 오토바이들은 마당을 가로지르고, 벽에 노스 라이더 로고가 그려져 있는 헛간 비슷하게 생긴 단층의 목조 주택을 지나서 커다란 주차장 안으로 사라졌다. 헛간에 테이블이 차려졌고 스위노가 성공적인 거래를 자축하는 의미에서 진탕 마셔 보자고 했다. 몇 분이 지났을 때 안에서 볼륨을 한껏 높인 음악 소리와 자축의 함성이 들렸다.

"우리 이제 부자다." 숀은 웃음을 터뜨렸다. "약을 어디로 운반하고 있는지 알아?"

콜린은 아무 대꾸도 하지 않고 눈만 부라렸다.

그는 몰랐다. 아무도 몰랐다. 스위노만 알았다. 그리고 두말하면 잔소리지만 트럭에 타고 있는 두 명도 알았다. 그런 식으로 처리하는 게 가장 좋은 방법이었다.

"쌍둥이들 온다." 숀은 이렇게 얘기하고 다시 대문을 열었다.

오토바이들이 머뭇거리는 것에 가까울 정도로 천천히 언덕을 올라왔다.

"안녕, 후안. 약은……?" 숀이 말을 걸었지만 두 오토바이는 대문을 그대로 통과했다.

그는 그들이 오토바이를 마당 한복판에 세우려는 듯 멈춰 서는 것을 지켜보았다. 그들은 상대방을 팔꿈치로 찌르고 열린 차고 문을 턱으로 가리키더니 그 안으로 들어갔다.

"후안이 쓴 바이저 봤어?" 숀이 물었다. "구멍이 뚫렸던데."

콜린은 한숨을 쉬었다.

"진짜야!" 숀이 말했다. "한가운데. 가서 부두에서 무슨 일이 있었는지 알아봐야겠어."

"이봐, 숀……."

하지만 숀은 마당을 달려서 차고로 들어갔다. 쌍둥이들은 오토바이에서 내렸다. 둘 다 헬멧을 쓴 채로 그를 등지고 있었다. 한 명은 조직의 대회의실과 곧바로 연결되는 문을 열고, 숨어서 파티 분위기를 파악하려는 사람처럼 그 옆에 서 있었다. 숀의 단짝인 후안은 자전거 옆에 서 있었다. 흉측한 AK-47 탄창을 꺼내서 몇 발이 남았는지 세 보는 듯했다. 손이 그의 등을 두드렸다. 그는 놀랐는지 표독스럽게 몸을 돌렸다.

"바이저 왜 그래, 후안? 돌이 튀었어?"

후안은 아무 대꾸도 하지 않고 탄창만 열심히 AK-47에 다시 넣었다. 이상하게 어설펐다. 또 한 가지 이상한 게 있다면…… 키가 전보다 커 보인다는 것이었다. 꼭 후안이 아니라…….

"씨발!" 손은 외치고 뒤로 한 걸음 물러서며 허리띠를 향해 손을 뻗었다. 바이저에 뚫린 구멍의 정체와 단짝 친구를 두 번 다시 볼 일이 없다는 걸 알아차렸기 때문이었다. 손이 총을 꺼내서 안전장치를 풀고, 계속 AK-47과 씨름하고 있는 남자를 겨누려는 찰나 무언가가 그의 어깨를 쳤다. 그는 반사적으로 그쪽 방향으로 총구를 돌렸다. 하지만 아무도 없었다. 노스 라이더 재킷을 입은 남자만 문가에 서 있을 따름이었다. 그 순간 손이 오그라든 것처럼 느껴졌고 손은 바닥으로 총을 떨어뜨렸다.

"찍소리도 내지 마라." 뒤에서 누군가가 얘기했다.

손은 다시 고개를 돌렸다.

AK가 그에게로 겨누어져 있었고 구멍이 뚫린 바이저에 비춰 보니 그의 어깨에 단검이 꽂혀 있었다.

더프는 AK 총구를 남자의 이마에 새겨진 문신에 갖다 댔다. 얼빠진 표정을 짓고 있는 그의 못생긴 얼굴을 들여다보았다. 손가락으로 방아쇠를 아주 살짝 누르자…… 헬멧 안에서 쉭쉭거리는 그의 숨소리와 조금 꼭 끼는 가죽 재킷 밑에서 두근거리는 심장 소리가 들렸다.

"더프." 맥베스가 대회의실 문 앞에서 말했다. "긴장 풀어."

더프는 방아쇠를 아주 조금 더 눌렀다.

"그만해." 맥베스가 말했다. "이제는 우리 쪽에서 인질을 활용할 차례야."

더프는 방아쇠에서 손가락을 뗐다.

남자의 얼굴은 백지장처럼 하였다. 공포 아니면 출혈 때문이었다. 어쩌면 양쪽 모두 때문일 수도 있었다. 그가 떨리는 목소리로 말했다. "우리는 인질에……."

더프는 총신으로 그의 문신을 때렸다. 그러자 더프의 트레이드마크처럼 하얗게 반짝이는 줄무늬가 이마에 생겼다. 그 줄무늬는 이내 피로 덮였다.

"입 다물고 있어. 그러면 아무 일 없을 거야." 그들 쪽으로 합류한 맥베스가 말했다. 그는 젊은 남자의 긴 머리를 잡아서 고개를 뒤로 젖히고 두 번째 단검을 그의 목에 갖다 댔다. 그를 대회의실 문 쪽으로 밀었다. "들어갈까?"

"스위노는 내 것이라는 걸 명심해." 더프는 이렇게 말하고 둥그스름한 탄창이 무기에 제대로 장착됐는지 확인한 다음 맥베스와 노스 라이더를 따라서 성큼성큼 걸어갔다.

맥베스가 문을 발로 차서 열고 인질과 함께 먼저 들어갔고 더프는 그의 뒤를 바짝 따랐다. 노스 라이더들이 문이 열려 있는데도 이미 담배 연기로 자욱한 널찍한 대회의실의 긴 테이블에 앉아서 웃으며 큰 소리로 떠들고 있었다. 다들 문 세 개가 달린 쪽 벽을 등지고 있었다. 이 조직의 원칙인 모양이었다. 더프가 얼핏 센 바로는 스무 명이었다. 음악이 시끄럽게 울렸다. 롤링 스톤스였다. 〈점핑 잭 플래시〉였다.

"경찰이다!" 더프가 외쳤다. "다들 꼼짝 마. 안 그러면 내 동료가 이 친구의 목을 딴다."

시간이 갑작스레 멈춘 듯했고 테이블 끝에서 한 남자가 슬로모션처럼 고개를 드는 것이 더프의 눈에 들어왔다. 돼지처럼 불그죽죽한 얼굴에 들창코가 달렸고 머리를 어찌나 세게 땋았는지 눈이 증오로 가득한 일자로 찢어졌다. 입가에 길고 가는 담배가 매달려 있었다. 스위노였다.

"우리는 인질에 연연하지 않아."

젊은 남자가 정신을 잃고 쓰러졌다.

이후로 2초 동안 방 안의 모든 게 얼어붙었고 들리는 것이라고는 롤링 스톤스의 노래뿐이었다.

이윽고 스위노가 담배를 한 모금 빨았다. "잡아라." 그가 말했다.

더프는 최소 세 명의 노스 라이더가 동시에 움직이는 것을 보고 AK-47의 방아쇠를 당겼다. 손을 떼지 않았다. 뿜어져 나온 지름 7.62밀리미터짜리 납덩이들이 술병을 박살 내고 테이블을 할퀴고 벽을 때리고 살을 후벼 파고 믹 재거를 '가스'라는 가사 사이에서 멈추게 했다. 그의 뒤에서는 맥베스가 부두에 쓰러진 두 노스 라이더의 시신에서 수거한 글록 권총 쪽으로 손을 뻗었다. 재킷, 헬멧, 오토바이와 함께 슬쩍한 것이었다. 더프의 손에 들린 총이 여자처럼 따뜻하고 부드럽게 느껴졌다. 전구들이 박살 나자 방 안이 점점 어두워졌다. 더프가 마침내 방아쇠를 놓았을 때는 먼지와 깃털들이 허공에서 맴돌았고 천장에 달린 전구가 앞뒤로 흔들리며 도망치는 유령처럼 종종걸음 치는 그림자를 벽에 드리웠다.

3

"주변을 둘러보니 어둑어둑한 방 안에 노스 라이더들이 여기저기 엎어져 있더군." 맥베스가 말했다. "피, 깨진 유리, 탄피투성이였고."

"염병할!" 앵거스가 중앙역 뒤편에 있는 특공대의 단골집, 브릭레이어스 암스에서 왁자지껄한 웅성거림을 딛고 혀 꼬부라진 소리를 냈다. 맥베스를 바라보는 몽롱한 파란 눈에는 경배라고 표현해도 될 만한 눈빛이 깃들어 있었다. "녀석들을 이 땅에서 쓸어 버리셨네요! 염병할! 건배!"

"어허, 예비 사제가 그런 단어를 쓰면 되나." 맥베스는 이렇게 말했지만 이 자리에 참석한 열여덟 명의 특공대원 대부분이 그를 향해 맥주잔을 들자 결국에는 미소 띤 얼굴로 고개를 저으며 잔을 들었다. 길게 한 모금 마시고, 왼손으로 묵직한 브릭레이어스 암스 맥주잔을 들고 있는 올라프슨을 바라보았다.

"아프냐, 올라프슨?"

"그쪽에도 똑같이 어깨가 욱신거리는 녀석이 있을 거란 걸 알고 나니 훨씬 낫네요." 올라프슨이 혀짤배기소리로 이렇게 말하고 수줍게 팔걸이 붕대를 바로잡자 다른 대원들은 요란하게 웃음을 터뜨렸다.

"뱅쿼랑 여기 이 올라프슨이 첫 테이프를 정말 잘 끊어 주었다." 맥베스가 말했다. "나는 이 두 예술가를 위해 사진작가의 조수처럼 조명만 비추고 있었지."

"계속 얘기 듣고 싶어요." 앵거스가 말했다. "대장님이랑 더프 반장님이 노스 라이더를 모두 쓰러뜨렸죠. 그런 다음에는요?" 그는 금발을 귀 뒤로 넘겼다.

맥베스는 테이블을 둘러싼 기대에 찬 얼굴들을 바라보고 뱅쿼와 눈빛을 주고받은 뒤 하던 이야기를 계속했다. "몇 명은 항복하면서 비명을 질렀어. 먼지가 가라앉았고 스테레오 장치가 박살 났기 때문에 조용해졌지만 여전히 어두컴컴해서 상황 파악이 잘되지 않았지. 더프하고 내가 가까운 쪽부터 상태를 점검하기 시작했어. 사망자는 없었지만 몇 명은 병원에서 치료를 받아야겠더군. 스위노가 보이지 않는다고 더프가 고함을 질렀지." 맥베스는 잔 바깥에 맺힌 물방울을 손가락으로 훑었다. "스위노가 앉아 있었던 테이블 끝 쪽 뒤편에 문이 달려 있더라고. 그때 오토바이에 시동 걸리는 소리가 들렸어. 그래서 다른 녀석들은 두고 마당으로 달려 나갔지. 오토바이 석 대가 대문을 빠져나가는데, 그중 한 대가 스위노의 빨간색 오토바이였어. 대문을 지키고 있던 콧수염 기른 대머리가 자기 오토바이를 집어타고 그 뒤를 따라갔고. 더프는 노발대발하면서 쫓아가려고 했지만 내가 그랬지. 안에 많이 다친 녀석들이 있으니까……."

"그러면 더프 반장님이 포기할 줄 아셨어요?" 누군가가 속삭였다. "스위노를 잡을 수 있는데 쓰러져서 피를 흘리는 개자식들이 대수일까요?"

맥베스는 고개를 돌렸다. 그 목소리의 주인공은 다트 클럽의 트로피를 진열한 선반 그림자에 얼굴을 숨기고 옆 칸막이 자리에 앉아 있었다.

"엄청난 업적을 눈앞에 두고 있는데 몇 명 안 되는 평범한 인간들의 목숨 따위 더프 반장님의 안중에 있었겠어요?" 그자는 어둠 속에서 맥주잔을 들었다. "출셋길도 감안해야 하는데."

맥베스의 테이블이 잠잠해졌다.

뱅쿼가 기침을 했다. "출셋길은 무슨 얼어 죽을. 우리 특공대원들은 방어 능력이 없는 사람들을 그냥 죽도록 내버려 두지 않아, 시턴. 자네 마약단속반에서는 어떨지 몰라도."

시턴이 몸을 앞으로 숙이자 그의 얼굴 위로 조명이 비쳤다. "우리 마약단속반원들도 뭐가 어떻게 돌아가는지 잘 몰라요. 그게 더프 같은 상사의 문제죠. 하지만 맥베스 대장님 이야기를 방해할 생각은 없습니다. 안으로 들어가서 부상자들을 살폈나요?"

"스위노는 기회만 주어진다면 서슴지 않고 다시 죽이려 들 살인범이지." 맥베스는 시턴의 눈을 똑바로 쳐다보며 말했다. "더프는 그들이 다리를 건너서 도망칠지도 모른다고 걱정했어."

"트럭이 그랬던 것처럼 그들 역시 다리를 건너려고 하지 않을까 걱정이 되더군요." 더프가 말했다. "그래서 오토바이에 올라탔습니다. 있는 힘껏 달렸죠. 사실 약간 무리했어요. 젖은 아스팔트 모퉁이를 돌다 한 번이라도 삐끗하면……." 더프는 반쯤 먹다 만 황금색의 크렘 브륄레를 라이언의 다마스크 식탁보 너머로 밀고, 쿨러에서 샴페인 병을 꺼내 나머지 세 사람의 잔을 채웠다. "협곡에서 맨 처음 급커브를 돌았을 때 오토바이 넉 대의 미등이 보이길래 액셀러레이터를 있는 힘껏 당겼죠. 맥베스가 계속 쫓아오고 있는 게 사이드미러로 보였습니다."

더프는 덩컨 경찰청장을 슬쩍 훔쳐보며 반응을 살폈다. 그의 다정하고 친근한 미소는 해석하기가 쉽지 않았다. 덩컨은 야간 잠복 작전에 대해 아직까지 직접적으로 아무 얘기도 하지 않았지만 오붓하게 자축하는 자리에 부른 것 자체가 공로를 인정한다는 의미이지 않을까 싶었다. 그럴 수도 있었지만 경찰청장의 침묵에 더프는 불안해졌다. 테이블 위로 몸을 내밀고 특유의 열띤 태도로 그의 이야기를 경청하는 레녹스* 경감을 상대하기가 훨씬 편했다. 그는 안색이 창백한 빨간 머리의 부정부패척결반장이었다. 그리고 과학수사반장인 케이스니스**는 그 커다란 초록색 눈을 보면 그가 하는 말을 한 마디도 남김없이 철석같이 믿고 있다는 것을 알 수 있었다.

더프는 샴페인 병을 내려놓았다. "터널로 진입하는 구간 내내 우리는 나란히 달렸고 앞에서 보이는 미등이 점점 커졌습니다. 마치 그들이 속도를 늦추기라도 한 것처럼 말이죠. 스위노의 헬멧에 달린 뿔이 보였고 잠시 후에 뜻밖의 일이 벌어졌습니다."

✦ 『맥베스』에서 맥더프와 함께 덩컨왕의 측근이었던 귀족의 이름.
✦✦ 『맥베스』에 등장하는 스코틀랜드 귀족의 이름.

덩컨이 샴페인 잔을 레드 와인 잔 옆으로 옮겼다. 긴장했다는 뜻인지 짜증이 났다는 뜻인지 더프로서는 알 수가 없었다. "버스 정거장을 지나자마자 두 대는 포레스로 빠지는 도로 쪽으로 방향을 틀고 나머지 두 대는 터널을 향해 직진하지 뭡니까. 교차로까지 얼마 안 남은 상황이라 얼른 결단을 내려야 했죠……."

더프는 **결단**이라는 단어를 강조했다. 그는 당연히 **선택을 해야 했다**고 얘기할 수도 있었다. 하지만 **선택**은 궁지에 몰리면 어떤 바보라도 해야 하는 것인 반면, **결단**은 이성적인 판단과 기개가 필요한 과정이자 리더가 내리는 주도적인 행위였다. 경찰청장이 임명할 신설 조직범죄수사반장이 갖추어야 할 덕목이었다. 조직범죄수사반은 마약단속반과 폭력조직수사반의 위대한 합병이었고, 다른 범죄 조직을 모두 흡수한 헤카테와 노스 라이더가 이 도시의 마약 밀매를 양분하고 있었으니 이치에 맞는 결합이었다. 관건은 더프와 폭력조직수사반장인 코더, 둘 중에서 누가 반장을 맡느냐 하는 것이었다. 코더는 이 도시의 서쪽에 수상하리만치 넓은 저택을 대출 없이 보유하고 있었다. 문제는 시의회와 경찰청에 남은 케네스의 잔당들 중에 코더의 편이 있고, 덩컨이 코더와 같은 자들을 제거하는 데 혈안이 되어 있다는 거야 누구나 아는 바였지만 경찰청에서 입김을 발휘하려면 정치적인 수완을 발휘해야 한다는 것이었다. 코더와 더프, 둘 중 한 명이 승자로 부상하면 나머지 한 명은 끈 떨어진 연 신세가 될 것만큼은 분명했다.

"저는 포레스 쪽으로 빠지려는 두 명을 쫓아가자고 맥베스에게 신호를 보냈죠."

"그래?" 레녹스가 물었다. "그럼 나머지 두 명은 시 경계선을 넘을 텐데."

"맞아요. 그게 딜레마였죠. 스위노는 교활한 여우예요. 부하 두 명을 미끼 삼아 포레스 쪽으로 보내고 자기는 그 틈을 타서 시 경계선을 넘으려는 수작이었을까요? 노스 라이더 중에서 무슨 건수가 있는 조직원은 그 녀석 한 명뿐이잖습니까. 아니면 우리가 그렇게 생각할 거라고 보고 역으로 허를 찌르려는 수작이었을까요?"

"과연 그럴까?" 레녹스가 물었다.

"뭐가?" 더프는 말허리가 잘린 데 짜증이 났지만 애써 감추며 이렇게 되물었다.

"스위노에게 무슨 건수가 있는 게 맞느냐, 이 말이지. 스토크 사태는 공소시효가 끝난 걸로 아는데."

"1구에서 5년 전에 두 군데 우체국이 털린 적이 있잖아." 더프는 짜증 섞인 말투로 대꾸했다. "스위노의 지문이며 모든 증거가 있어."

"다른 노스 라이더들은?"

"전혀 없어. 그리고 오늘 밤에는 다들 헬멧을 쓰고 있었기 때문에 아무 증거도 수집할 수가 없었고. 아무튼 포레스 쪽으로 방향을 틀었을 때 헬멧이 보였는데……."

"스토크 사태가 뭐예요?" 케이스니스가 물었다.

더프는 앓는 소리를 냈다.

"자네는 그때 태어나지도 않았을 거야." 덩컨이 다정하게 얘기했다. "전쟁 직후에 캐피틀에서 벌어진 사건이었지. 스위노의 형이 탈영범으로 체포되려는 찰나, 바보처럼 무기를 꺼냈지 뭔가. 체포하러 나섰던 경관들은 둘 다 참전 용사였고 그의 몸을 벌집으로 만들어 버렸지. 몇 달 뒤에 스위노가 스토크에서 형의 복수를 했어. 동네 경찰서로 찾아가 네 명을 쏴 죽였는데, 그중 한 명은 만삭의 여경이었지. 그러고서 스위노는 우리 레이더에서 완전히 사라졌다가 그 사건의 공소시효가 끝났을 때 다시 등장했지. 더프, 얘기 계속하게."

"고맙습니다. 그들은 우리가 그렇게 바짝 뒤쫓고 있는 줄 몰랐던 것 같습니다. 스위노가 포레스와 옛날 다리 쪽으로 방향을 틀었을 때 그의 헬멧이 보일 정도였으니까요. 저희는 2, 3킬로미터 만에 그들을 따라잡았죠. 아직 상당히 거리가 있었을 때 맥베스가 허공에 대고 총을 두 발 발사하자 그들이 멈춰 서더군요. 그래서 저희도 멈춰 섰죠. 협곡에서 벗어났기 때문에 비가 그쳤어요. 거리가 50에서 60미터였고 달빛이 있었기 때문에 시야가 훤했죠. 저는 AK-47을 들고 그들에게 오토바이에서 내려 뒤통수에 손을 대고 다섯 걸음 앞으로 걸어와 무릎을 꿇으라고 명령을 내렸습니다. 그들이 제가 시킨 대로 하자 맥베스와 함께 오토바이에서 내려서 그들 쪽으로 걸어갔죠."

더프는 눈을 감았다.

그들의 모습이 눈에 선했다.

그들은 무릎을 꿇고 있었다.

그들을 향해 걸어가는 동안 더프의 가죽 재킷에서 쩍쩍 소리가 났고 열어 놓은 바이저 끝에 매달린 물방울이 곁눈으로 보였다. 그 물방울은 조만간 떨어질 것이었다. 조만간.

"서로의 거리가 열에서 열다섯 발자국쯤 됐을 때 스위노가 총을 꺼냈을 거야." 맥베스가 말했다. "더프가 당장 반응을 보이고 총을 발사했지. 스위노는 가슴을 세 방 맞았어. 헬멧이 땅에 부딪치기도 전에 죽었을 거야. 하지만 그새 다른 한 명이 총을 꺼내서 더프를 겨누었거든. 다행히 그는 방아쇠를 당기지도 못했어."

"와, 씨!" 앵거스가 고함을 질렀다. "대장님이 쏜 총에 맞았군요!"

맥베스는 의자에 기대고 앉았다. "단검으로 처치했지."

뱅쿼는 자신의 상사를 빤히 쳐다보았다.

"인상적이로군요." 시턴이 그림자 속에서 속삭였다. "그나저나 스위노가 총을 꺼내려고 했을 때 더프 반장님이 대장님보다 먼저 반응을 보였다고요? 저라면 대장님이 더 빠를 거라는 데 한 표 던졌을 텐데요."

"그건 자네가 잘못 생각한 거야." 맥베스가 말했다. **시턴이 왜 이러는 걸까, 무슨 의도일까?** "더프처럼 잘못 생각한 거지." 맥베스는 맥주잔을 들어서 입에 갖다 댔다.

"제가 실수를 했어요." 더프는 수석 웨이터에게 샴페인을 한 병 더 갖다 달라고 신호를 보내며 이렇게 얘기했다. "물론 발포한 걸 두고 하는 얘기는 아닙니다. 어느 쪽 오토바이를 따라갈지 선택한 걸 두고 하는 얘기죠."

수석 웨이터가 테이블로 다가와 아쉽지만 문을 닫을 시간이 됐다고, 자정 이후에 술을 판매하는 것은 불법이라고 조용히 알렸다. 물론 경찰청장님께서……

"아뇨, 됐어요." 덩컨은 질타하는 뜻에서 눈썹을 추켜세우며 장난

꾸러기처럼 미소를 짓는 데 도가 텄다. "법을 지켜야죠."

웨이터는 물러갔다.

"잘못된 선택을 하는 건 우리 모두에게 벌어질 수 있는 일이지." 덩컨이 말했다. "언제 그걸 알아차렸나? 헬멧을 벗겼을 때였나?"

더프는 고개를 저었다. "그 직전에, 시신 옆에 무릎을 꿇으면서 우연히 그의 오토바이를 흘끗 쳐다봤을 때요. 스위노의 오토바이가 아니었고 군도도 없더라고요. 노스 라이더들은 오토바이를 바꿔 타지 않거든요."

"하지만 헬멧은 바꿔 쓴다?"

더프는 어깨를 으쓱했다. "진작 알아차렸어야 하는 건데 말이죠. 맥베스와 저도 똑같은 작전을 쓴 거 아닙니까. 스위노는 헬멧을 바꿔 썼고, 그의 헬멧을 쓴 조직원이 포레스 쪽으로 간다는 걸 저희가 알아차릴 수 있게 속도를 늦춘 거였어요. 그는 터널을 지나고 다리를 건너서 달아났죠."

"영리하게 머리를 잘 썼군. 그것만큼은 틀림없어." 덩컨이 말했다. "조직원들은 그만큼 영리하지 않았다는 게 안타까울 따름이지."

"그게 무슨 말씀이십니까?" 더프는 웨이터가 앞에 갖다 놓은, 계산서가 담긴 가죽 폴더를 내려다보며 물었다.

"자네도 얘기했다시피 스위노 말고 다른 조직원들은 불리한 증거가 전혀 없는데 그걸 알면서 왜 경찰 앞에서 총을 쓰려고 했는가 말이지. 그냥 순순히 끌려갔더라면 몇 시간 뒤에 무혐의로 풀려났을 텐데."

더프는 어깨를 으쓱했다. "저희가 경찰인 줄 몰랐을 수도 있죠. 헤카테의 부하들이 자기들을 죽이러 나섰나 보다고 착각했을지도요."

"아니면 청장님 말씀이 맞을 수도 있지." 레녹스가 말했다. "멍청해서 그런 걸지도."

덩컨은 턱을 긁었다. "체포한 노스 라이더가 몇 명인가?"

"여섯 명요." 더프가 말했다. "아지트로 돌아가 보니 심하게 다친 녀석들만 남아 있었어요."

"노스 라이더 같은 조직에서 부상병을 적의 손에 넘길 줄은 몰랐는데."

"얼른 응급처지를 받아야 한다는 걸 알았으니까요. 그들은 현재 치료를 받고 있습니다만, 내일이면 철창신세를 지는 인원수가 늘어날 겁니다. 그리고 취조를 받을 겁니다. 아무리 통증이 심한 경우라도요. 그를 찾고 말 겁니다, 청장님."

"알았네. 암페타민 4.5톤이라니. 엄청난 양이야." 덩컨이 말했다.

"그렇죠." 더프는 미소를 지었다.

"그 정도면 잠복 작전을 사전에 내게 알리지 않은 이유가 궁금해질 정도의 분량인데."

"시간 때문에요." 더프는 얼른 대답했다. 그는 피할 수 없는 이 질문에 어떻게 대답할지 고민을 거친 뒤였다. "제보를 접하고 작전을 개시하기까지 시간이 별로 없었거든요. 마약단속반장으로서 4.5톤의 암페타민이 이 도시의 젊은이들에게 유포되는 사태를 방지하지 못했을 때 따르는 위험과 절차상의 한계 사이에서 고민을 해야 했습니다."

더프는 자신을 유심히 들여다보는 덩컨의 눈을 똑바로 쳐다보았

다. 경찰청장은 집게손가락으로 턱의 뾰족한 부분을 앞뒤로 쓰다듬
었다. 그러더니 입술을 축였다.

"출혈이 심했지. 다리도 많이 망가졌고. 협만에 사는 물고기들은
이미 약물에 절었을 거야. 스위노는 아직까지 활개 치며 다니는 중이
고."

더프는 속으로 욕을 했다. 이 위선적이고 거만한 바보가 좀 더 큰
그림을 보는 능력을 갖추었을 줄이야.

"하지만." 경찰청장은 말을 이었다. "노스 라이더 여섯 명이 체포됐
어. 그리고 앞으로 몇 주 동안 생선을 먹었을 때 평소보다 조금 더 흥
분이 되더라도 그 약물이 우리 젊은이들 손에 들어가는 것보다야 낫
겠지. 또는……." 덩컨은 샴페인 잔을 잡았다. "압류 물품으로 분류가
되는 것보다는."

레녹스와 케이스니스는 웃음을 터뜨렸다. 널리 알려진 사실이지만
경찰청 창고에서 요즘도 이런저런 물품들이 이유 없이 사라지곤 했다.

"그러니까." 덩컨은 잔을 들며 말했다. "잘했네, 더프."

더프는 눈을 두 번 깜빡였다. 심장이 빠르고 가볍게 뛰었다. "고맙
습니다." 그는 잔을 비웠다.

덩컨은 가죽 폴더를 낚아챘다. "이건 내가 내도록 하지." 그는 계산
서를 꺼내서 팔 길이만큼 멀찌감치 들고 실눈을 떴다. "그런데 이 계
산서가 맞는지 모르겠네."

"설마요!" 아무도 웃지 않자 레녹스는 뻣뻣한 미소를 지으며 이렇
게 얘기했다.

"제가 볼게요." 케이스니스가 계산서를 건네받고는 할머니 같은

뿔테 안경을 썼다. 더프도 알다시피 그녀가 안경을 쓰는 이유는 눈이 나빠서라기보다 나이가 두어 살 더 많아 보이는 데다 미모를 감출 수 있기 때문이었다. 덩컨은 용감하게 케이스니스에게 과학수사반을 맡겼다. 그녀의 능력에 의문을 제기하는 사람은 없었다. 그녀는 경찰대학에서 최우수 사관생도였고 화학과 물리학까지 공부했다. 하지만 반장들 중에서 가장 나이가 어렸고 미혼인 데다 외모가 너무 훌륭해서 덩컨의 저의를 의심하지 않으려야 않을 수가 없었다. 안경으로 덮은 그녀의 웃음기 어린 눈동자와 도톰하고 빨간 입술과 하얗게 빛나는 치아가 촛불에 비쳐서 촉촉하게 반짝였다. 더프는 눈을 감았다. 번들거리던 아스팔트, 젖은 도로 위를 달리는 타이어 소리. 물이 튀는 소리. 남자가 단검을 목에서 뺄 때 바닥으로 쏟아지던 피. 누군가가 자신의 가슴을 쥐어짜는 듯한 느낌이 들자 더프는 헉 하고 숨을 뱉으며 눈을 떴다.

"괜찮은 거지?" 레녹스가 더프의 잔 위로 물병을 들고서 남아 있는 물을 잔에 주르륵 쏟았다. "마셔, 더프. 이걸로 샴페인 희석해. 이제 운전해야 하잖아."

"그건 안 될 말씀." 덩컨이 말했다. "내 영웅들이 음주 운전을 하다 체포되거나 길바닥에서 죽으면 쓰나. 좀 돌아가도 내 기사가 아무 소리 하지 않을 걸세."

"말씀 감사합니다." 더프가 말했다. "하지만 파이프는……."

"내 집으로 가는 길에 있다고 볼 수 있지." 덩컨이 말했다. "그리고 나한테 고맙다고 인사해야 하는 사람은 자네 부인과 깜찍한 두 아이인 것 같은데."

"잠깐만 실례하겠습니다." 더프는 의자를 뒤로 밀고 자리에서 일어 났다.

"대단한 친구예요." 레녹스는 뒤편의 화장실을 향해 비틀비틀 걸어 가는 더프를 보며 말했다.

"더프 말인가?" 덩컨이 물었다.

"그도 그렇지만 저는 맥베스를 염두에 두고서 한 말입니다. 성과도 인상적이고 부하 대원들의 사랑을 한 몸에 받는 데다 케네스 밑에서 일을 하긴 했지만 저희 부정부패척결반에서는 그가 얼마나 믿을 만 한 인물인지 알거든요. 좀 더 높은 관리직으로 승진하는 데 필요한 자격 요건을 갖추지 못한 게 안타까울 따름이죠."

"경찰대학을 졸업하면 됐지, 그 이상 무슨 요건이 필요한가. 케네 스를 봐도 알 수 있잖아."

"그렇긴 하지만 맥베스는 저희랑 과가 달라요."

"과가 다르다?"

"뭐." 레녹스는 쓴웃음을 지으며 샴페인 잔을 들었다. "청장님은— 저희가 원하건 원치 않건—엘리트로 분류되는 직원들을 반장으로 선택하셨죠. 저희는 모두 이 도시의 서쪽 아니면 캐피틀 태생이고 번 듯한 교육을 받았거나 번듯한 집안 출신입니다. 맥베스는 좀 더 폭넓 은 계층 출신으로 간주되죠. 무슨 뜻인지 아실지 모르겠습니다만."

"알다마다. 저기, 더프의 걸음걸이가 불안한 게 조금 걱정이 되는 데. 자네가 가서……."

다행히 화장실에는 아무도 없었다.

더프는 앞 지퍼를 올리고 세면대 앞에 서서 수도를 틀고 얼굴에 물을 끼얹었다. 뒤에서 문이 열리는 소리가 들렸다.

"청장님이 자네 괜찮은지 보고 오라고 하셔서." 레녹스가 말했다.

"음. 자네가 보기에는 청장님이 어떻게 생각하시는 것 같던가?"

"뭘?"

더프는 종이 타월을 한 장 뽑아서 얼굴을 닦았다. "일이…… 이렇게 끝난 거 말이지."

"우리하고 생각이 같으시겠지. 훌륭하게 임무를 완수했다고 생각하시겠지."

더프는 고개를 끄덕였다.

레녹스는 빙그레 웃었다. "진심으로 조직범죄수사반장이 되고 싶은 모양이로군."

더프는 수도꼭지를 잠그고 거울에 비친 부정부패척결반장의 머리를 쳐다보며 손에 비누칠을 했다.

"내가 출세주의자라는 건가?"

"출세하겠다는 게 뭐가 문제겠어." 레녹스는 실실 웃었다. "자네가 자기 자신을 그 정도 수준으로 평가한다는 게 재미있을 뿐이지."

"나는 자격이 있어, 레녹스. 조직범죄 소탕을 위해 내가 할 수 있는 일을 하는 게 이 도시와 나와 우리 아이들의 미래를 위하는 길 아니겠나. 아니면 경찰청에서 가장 큰 부서를 코더에게 넘겨야겠나? 그는 지저분하고 잔인한 짓을 일삼는 데다 케네스 밑에서 용을 써 가며 버틴 인간이라는 걸 우리 둘 다 알잖아."

"아하." 레녹스가 말했다. "의무감으로 그러는 거다? 개인적인 야망이 아니라? 그러시다면 제가 문을 잡아 드리죠, 더프 경정님." 레녹스는 허리를 깊이 숙여 인사했다. "그럼 봉급 인상이나 기타 승진에 수반되는 특전은 거부하시겠군요."

"봉급, 특권, 명성에는 관심 없어." 더프가 말했다. "하지만 이 사회는 기여도가 높은 사람들에게 대가를 지불하지. 봉급을 대놓고 무시하는 건 이 사회를 대놓고 무시하는 것과 같아." 그는 거울에 비친 자신의 얼굴을 빤히 들여다보았다. **누군가가 거짓말을 하면 어떤 식으로 알아차릴 수 있을까?** 문제의 그 사람이 거짓말이 아니라 참말이라고 자기 자신을 설득한 뒤에도 티가 날까? 그와 맥베스가 입을 맞춘 것처럼 도로에서 그런 식으로 두 남자를 죽인 게 옳은 선택이었다고 자기 자신을 설득하려면 시간이 얼마나 걸릴까?

"손 다 씻었나, 더프? 청장님이 집에 가고 싶어 하는 것 같은데."

특공대원들이 브릭레이어스 암스 앞에서 헤어질 준비를 했다. "의리, 동지애." 맥베스가 큰 소리로 외쳤다.

다른 대원들도 정도의 차이는 있었지만 모두 혀 꼬부라진 소리로 함께 외쳤다. "불로 세례받고 피로 하나 된다."

그러고는 사방으로 뿔뿔이 흩어졌다. 서쪽으로 나선 맥베스와 뱅쿼는 〈미트 미 온 더 코너〉를 부른다기보다 부르짖고 있는 거리의 가수를 지나 휑하고 을씨년스러운 중앙역의 중앙 홀과 통로를 지났다. 이상하리만치 따뜻한 바람이 불어와, 한때는 근사했지만 몇 년에 걸친 오염과 관리 부족으로 바스러져 가고 있는 도리스 양식의 기둥

사이로 쓰레기를 날렸다.

"자." 뱅쿼가 말문을 열었다. "나한테는 **실제로** 무슨 일이 있었는지 얘기할 거냐?"

"트럭이랑 케네스 얘기 끝내줬어요." 맥베스가 말했다. "90미터 자유낙하라니!" 그의 웃음소리가 벽돌 천장 밑에서 울려 퍼졌다.

뱅쿼는 미소를 지었다. "왜 이래, 맥베스. 시골길에서 무슨 일이 있었던 거야?"

"얼마 동안 다리를 폐쇄하고 보수할 거라고 그러던가요?"

"그 친구들한테는 거짓말이 통할지 몰라도 나한테는 안 통해."

"우리가 그 녀석들을 처치했어요, 뱅쿼. 그걸 알았으면 됐지 또 뭐가 필요해요?"

"글쎄." 뱅쿼는 악취를 없애느라 계단에서 화장실 쪽으로 손사래를 쳤다. 화장실 앞에는 나이를 알 수 없는 여자가 난간을 꼭 붙잡고 머리카락을 얼굴 앞으로 늘어뜨린 채 허리를 숙이고 서 있었다.

"없어요."

"알았다." 뱅쿼가 말했다.

맥베스는 걸음을 멈추고 동전 통을 두고 벽 앞에 앉아 있는 남자아이 옆에 쭈그리고 앉았다. 아이가 고개를 들었다. 한쪽 눈은 검은 안대로 가렸고 다른 쪽 눈은 약에 취해서 꿈을 꾸는 듯 몽롱했다. 맥베스는 통에 지폐를 넣고 아이의 어깨에 손을 얹었다. "요즘 어떠니?" 그가 가만히 물었다.

"맥베스 대장님." 아이가 말했다. "보시다시피 이래요."

"너는 할 수 있어." 맥베스가 말했다. "그것만 기억하면 돼. 끊을 수 있다고."

아이는 혀가 꼬인 발음으로 모음과 모음 사이를 뭉개 가며 물었다. "대장님이 그걸 어떻게 알아요?"

"내 말 믿어. 경험상 하는 얘기야." 맥베스가 일어서자 아이는 그들의 뒤에 대고 떨리는 목소리로 "주님의 축복이 있기를 기원할게요, 대장님"이라고 외쳤다.

그들은 교회처럼 노골적인 정적이 흐르는 역사 동쪽의 중앙 홀로 들어섰다. 벽 앞이나 벤치 위에 앉아 있거나 누워 있거나 서 있거나 하지 않는 약물중독자들은 중력이 다른 외계 대기권으로 진입한 우주 비행사처럼 느릿느릿 춤을 추듯 비척거렸다. 의심의 눈빛으로 두 경찰관을 쳐다보는 사람들도 있었지만 대부분은 그냥 무시했다. 오래전에 엑스레이 같은 눈이 장착돼서 이 둘에게는 팔 물건이 없음을 알아차리기라도 한 것 같았다. 대부분 워낙 피골이 상접하고 피폐해서 정신을 차려 본 지 얼마나 됐는지, 아니 정신을 놓은 지 얼마나 됐는지 알 수 없었다.

"다시 손을 대고 싶은 유혹을 한 번도 느껴 본 적 없니?" 뱅쿼가 물었다.

"네."

"약쟁이들은 약을 끊었어도 대부분 마지막 한 방을 꿈꾼다던데."

"저는 아니에요. 얼른 여기서 빠져나가요."

그들은 서쪽 출구 앞 계단으로 걸어가다가 지붕이 더 이상 비를 막아 주지 못하는 지점에 다다르기 전에 걸음을 멈추었다. 그들 옆으로 얕은 받침대에 놓인 검은색 레일 위에 주변이 어두컴컴해서 그런지 선사시대의 괴물처럼 보이는 뭔가가 세워져 있었다. 110년이 된 이 나라 최초의 기관차, 한때 이곳을 밝힌 밝은 미래의 상징이었던 버사였다. 여기서 넓고 웅장하며 완만하게 단을 나눈 계단을 내려가면 시커멓고 아무도 없는 워커스 광장이 나왔다. 한때는 노점과 바쁘게 오가는 사람들로 북적거렸지만 지금은 바람만 처량하게 부는 유령 같은 공간으로 변했다. 한쪽 끝에 있는 으리으리한 벽돌 건물에서 불빛이 반짝거렸다. 전국철도연맹 사무실로 쓰이다가 철도가 폐쇄되면서 방치된 끝에 매각과 보수를 거쳐 이 도시에서 가장 화려하고 우아한 인버네스 카지노로 개조된 건물이었다. 뱅쿼는 딱 한 번 그 안에 발을 들인 적이 있었고 들어가자마자 자신이 있을 곳이 아님을 알아차렸다. 아니, 좀 더 정확하게 표현하자면 자신이 그들이 원하는 부류의 고객이 아님을 알아차렸다. 그는 어쩌면 고객들의 행색이 그다지 휘황찬란하지 않고, 음료가 그다지 비싸지 않으며, 매춘부들이 그다지 예쁘지도 조신하지도 않은 오벨리스크 타입일지도 몰랐다.

"잘 가요, 뱅쿼."

"잘 가라, 맥베스. 푹 자."

뱅쿼는 친구가 가볍게 몸서리를 치는 것을 보았다. 맥베스의 하얀 이가 어둠 속에서 반짝였다. "플리언스한테 안부 전하고 아버지가 오늘 저녁에 한 건 제대로 올렸다고 얘기해 주세요. 케네스가 자기가 만든 다리에서 자유낙하하는 광경을 제 눈으로 보지 못한 게 아쉬울 따름이에요."

뱅쿼는 친구가 어둠 속으로 사라지며 키득거리는 소리와 워커스 광장 위로 떨어지는 빗소리를 들었지만, 자신의 웃음소리마저 잦아들었을 때 불안감이 엄습했다. 맥베스는 친구이자 동료를 넘어서 아들과도 같았다. 광주리에 담겨서 떠내려온 모세와 비슷했고 뱅쿼는 그를 거의 플리언스만큼 사랑했다. 광장 저편에서 맥베스의 모습이 다시 보일 때까지 뱅쿼가 기다린 것도 그 때문이었다. 그가 카지노 입구의 불빛 안으로 들어서자, 애인이 찾아올 거라고 유령에게 언질이라도 들은 것처럼 안에서 빨간색 롱드레스를 입은 새빨간 머리의 키 큰 여자가 나와서 그를 끌어안았다.

레이디.

어쩌면 그녀는 오늘 저녁에 어떤 일이 있었는지 눈치챘을지도 모른다. 레이디 같은 여자는 이 도시의 수면 아래에서 벌어지는 모든 일에 대해 필요한 정보를 알려 주는 정보원이 있지 않고서야 지금의 그런 자리에 오르지 못했을 것이다.

그들은 계속 끌어안고 있었다. 그녀는 미인이었고 과거에는 지금보다 훨씬 미인이었을지도 몰랐다. 레이디의 나이를 아는 사람은 없는 듯했지만 서른세 살인 맥베스보다 한참 많은 것만은 분명했다. 하지만 진정한 사랑은 모든 걸 극복한다는 사람들의 말이 맞을 수도 있었다.

아닐 수도 있지만.

나이 많은 경찰관은 몸을 돌려서 북쪽으로 걸음을 옮겼다.

파이프에서는 경찰청장의 운전기사가 지시를 받은 대로 자갈길로 들어섰다. 자갈이 타이어 밑에서 으드득거리는 소리를 냈다.

"여기서 세워 주시면 됩니다. 나머지는 그냥 걸어갈게요." 더프가 말했다.

기사가 브레이크를 밟았다. 이어지는 정적 속에서 메뚜기 소리와 낙엽수들이 살랑거리는 소리가 들렸다.

"식구들을 깨우고 싶지 않은 거로군." 하얀색의 조그만 시골집이 쏟아지는 달빛을 받고 서 있는 자갈길을 내려다보며 덩컨이 말했다. "맞아. 사랑하는 가족은 아무것도 모르는 채로 마음 편히 잘 수 있게 내버려 두는 편이 좋지. 집이 아담하고 예쁘군그래."

"감사합니다. 먼 길 돌아오시게 해서 죄송합니다."

"살다 보면 돌아가야 할 때도 있고 그런 법이지, 더프. 다음번에는 이번 노스 라이더 건 같은 제보가 들어오거든 빙 돌아서 나를 거쳐 주기 바라네, 알겠나?"

"알겠습니다."

덩컨은 집게손가락을 들어서 턱을 앞뒤로 문질렀다. "이 도시를 모든 이들이 더욱 살기 좋은 곳으로 만드는 것이 우리의 목표야, 더프. 하지만 그러려면 긍정적인 힘을 모두 모아서 개인의 이익뿐 아니라 이 사회의 이익을 고민해야 하지."

"당연하죠. 그리고 저는 경찰과 이 도시를 위해서라면 어떤 일이든 감수할 용의가 있습니다, 청장님."

덩컨은 미소를 지었다. "그렇다면 내가 오히려 자네한테 고마워해야겠군, 더프. 아, 마지막으로 하나 더……."

"네?"

"자네는 스위노를 포함해서 노스 라이더가 열네 명이나 출동하다니 생각보다 숫자가 많았다고 했지? 그들로서는 트럭을 운전할 두어 명만 보내는 게 더 신중한 접근이었을 수 있는데."

"그렇죠."

"스위노도 제보를 받았을지 모른다는 생각이 들지 않나? 자네의 출동을 눈치채고 있었을지도 몰라. 그러니까 자네가 정보의 유출을 걱정했던 게 근거 없는 걱정이 아니었던 거지. 잘 들어가게, 더프."

"조심히 들어가십시오."

더프는 이미 이슬이 내린 흙과 풀 냄새를 맡으며 집을 향해 걸어 갔다. 그도 그럴 가능성에 대해 생각했었는데 덩컨이 똑똑히 짚고 넘어갔다. 정보 유출. 끄나풀. 그는 어디에서 정보가 유출됐는지 알아낼 것이다. 바로 다음 날 알아낼 것이다.

맥베스는 눈을 감고 옆으로 누웠다. 뒤에서 그녀의 일정한 숨소리가 들렸고, 카지노에서 들리는 음악의 베이스는 나지막한 심장박동 소리 같았다. 인버네스는 밤새도록 영업을 했지만 지금은 심지어 정신 나간 도박꾼과 목마른 술꾼들 기준에서도 늦은 시각이었다. 숙박객들이 복도를 지나서 객실 문을 열었다. 혼자인 사람도 있었고 배우자와 함께인 사람도 있었다. 다른 일행과 함께인 사람도 있었다. 레이디는 그런 데 별로 신경 쓰지 않았다. 카지노를 자주 드나드는 여자들이 항상 조신하게 굴고, 항상 차림새가 단정하며, 항상 술에 취하지 않은 상태이고, 항상 아무 전염병이 없으며, 언제나 항상 매력적이어야 한다는 암묵적인 원칙만 잘 지키면 상관없었다. 한번은 레이디가 둘이 사귀기 시작한 지 얼마 되지 않았을 때 그에게 그들을 왜 쳐다보지 않느냐고 물어본 적이 있었다. 그가 자신의 눈에는 그녀밖에 안 보이기 때문이라고 대답하자 그녀는 웃음을 터뜨렸다. 그녀는 나중에서야 그게 비유적인 표현이 아니라는 것을 깨달았다. 그는 그녀를 돌아볼 필요도 없었다. 그녀의 이목구비가 이미 망막에 새겨져 있었다. 어디에 있든 눈만 감으면 그녀를 볼 수 있었다. 그에게 여자는 레이디가 처음이었다. 뭐, 그의 맥박을 뛰게 만든 여자들도 있었고 그를 보고 심장을 두근거린 여자들도 있었다. 하지만 그는 그들과 친밀한 관계를 맺지 않았다. 물론 그의 가슴에 상처를 남긴 여자가 한 명 있기는 했다. 그걸 알게 된 레이디가 웃으며 당시 숫총각이었냐고 물었을 때 그는 사연을 이야기했다. 아는 사람이라고는 세상에 두 명밖에 없는 사연이었다. 그러자 그녀는 자신의 사연을 들려주었다.

그의 알몸에 와 닿는 스위트룸의 실크 시트가 묵직하고 고급스럽게 느껴졌다. 열병처럼 뜨거운 동시에 차가웠다. 숨소리를 들어 보니 그녀가 깨어 있다는 것을 알 수 있었다.

"왜 그래?" 그녀가 졸린 목소리로 속삭였다.

"아무것도 아니야." 그가 말했다. "그냥 잠이 안 와서."

그녀는 몸을 바짝 붙이고 손으로 그의 가슴과 어깨를 쓰다듬었다. 가끔, 지금 같은 때 그들은 박자를 맞춰서 숨을 쉬었다. 하나의 생명체인 것처럼, 폐를 공유하는 샴쌍둥이인 것처럼 그랬다. 둘이 서로의 사연을 털어놓았을 때 딱 그런 느낌이었고 그는 더 이상 자신이 혼자가 아니라는 것을 알 수 있었다.

그녀의 손이 그의 팔뚝 위쪽에 새겨진 문신을 지나 아래쪽에 남은 흉터들을 어루만졌다. 그는 흉터에 얽힌 사연도 이야기했다. 로리얼이야기도 했다. 그들은 서로 비밀이 없다고 보면 맞았다. 하지만 그가 공개하지 말아 달라고 당부한 시시콜콜하고 섬뜩한 부분들은 있었다. 그녀는 그를 사랑했다. 중요한 건 그뿐이었고 그가 그녀에 대해 **알아야 할** 모든 것도 그뿐이었다. 그는 반듯하게 누웠다. 그녀는 그의 배를 쓰다듬다 말고 기다렸다. 그녀가 여왕이었다. 그녀의 가신이 실크 이불 밑에서 고분고분하게 고개를 들었다.

아내 옆으로 살금살금 올라가서 그녀의 일정한 숨소리를 듣고 뜨끈한 등을 느끼자 더프는 간밤의 기억이 벌써부터 멀어지는 듯했다. 이 집은 항상 그런 효과가 있었다. 두 사람은 그가 학생이었던 시절에 만났다. 그녀는 이 도시 서쪽의 풍족한 집안 출신이었고 그녀의 부모님은 처음에는 회의적인 반응을 보였지만 얼마 안 있어 성실하고 야심만만한 청년을 인정했다. 그리고 장인의 관점에서는 더프가 번듯한 집안 출신이었다. 그 뒤로 거의 모든 게 착착 진행됐다. 결혼, 아이들, 시내의 오염된 공기 걱정 없이 아이들을 키울 수 있는 파이프의 집, 직장 생활, 따분한 일상. 밤낮으로 따분한 일상을 보내다 보면 승진이 저 멀리서 그를 유혹했다. 그리고 시간은 쏜살같이 흘렀다. 사는 게 원래 그랬다. 그녀는 좋은 여자이자 좋은 아내였다. 영리하고 배려가 넘치고 헌신적이었다. 그리고 그도 좋은 남편이라고 볼 수 있었다. 가족을 부양하고 아이들 교육을 위해 저축하고 호숫가에 오두막집을 짓지 않았는가. 그렇다, 그녀도 그녀의 아버지도 불평할 거리가 많지 않았다. 그가 이렇게 생겨 먹은 건 어쩔 수 없는 일이었다. 아무튼 가정이 있다는 것은, 가족이 있다는 것은 시사하는 바가 컸다. 결혼 생활이라는 녀석은 평화를 선물했다. 나름의 속도와 계획이 있었고 바깥에서 벌어지는 일에는 별로 신경 쓰지 않았다. 거의 신경 쓰지 않았다. 그에게는 그런 식의 현실 인식이—또는 현실 인식의 부재가—**필요**했다. 가끔 그것을 느껴야만 했다.

"퇴근했네……." 그녀가 중얼거렸다.

"당신과 애들 곁으로 돌아왔지." 그가 말했다.

"한밤중에." 그녀가 덧붙였다.

그는 누워서 그들 사이에 흐르는 정적에 귀를 기울였다. 그게 좋은 건지 나쁜 건지 가늠하려고 애를 써 보았다. 잠시 후 그녀가 다정하게 그의 어깨에 손을 얹었다. 그가 좋아하는 부위를 따라서 피곤한 근육을 손끝으로 조심스럽게 눌렀다.

그는 눈을 감았다.

그러자 그 장면이 다시 보였다.

바이저 끝에 빗방울이 매달려 있었다. 남자가 그의 앞에 무릎을 꿇고 앉아 있었다. 꼼짝하지 않았다. 뿔 달린 헬멧을 쓰고 있었다. 더프는 그에게 무슨 말이라도 하고 싶었지만 할 수가 없었다. 그래서 그의 어깨를 향해 총을 들었다. 살짝 움직이기라도 해야 하는 것 아닌가? 빗방울이 조만간 떨어질 것이었다.

"더프." 맥베스가 뒤에서 말했다. "더프, 그러지 마……."

빗방울이 떨어졌다.

더프는 방아쇠를 당겼다. 또 당겼다. 또 당겼다.

세 방이었다.

그의 앞에 무릎 꿇고 앉아 있던 남자가 옆으로 쓰러졌다.

그 뒤로 이어진 정적에 귀가 먹먹했다. 그는 죽은 남자 옆에 쭈그리고 앉아서 헬멧을 벗겼다. 스위노가 아니라는 걸 확인했을 때 얼음물을 한 바가지 뒤집어쓴 듯한 기분이 들었다. 젊은 남자가 눈을 감고 있었다. 쓰러져서 쌔근쌔근 잠을 자고 있는 듯이 보였다.

더프는 고개를 돌려서 맥베스를 흘끗 확인했다. 눈에 눈물이 고이는 게 느껴졌지만 여전히 아무 말도 할 수 없었기 때문에 고개만 저었다. 맥베스는 대답조로 고개를 끄덕이고 다른 남자의 헬멧을 벗겼다. 역시 젊은 친구였다. 더프는 목구멍으로 뭔가가 치밀어 오르는 걸 느끼며 두 손으로 얼굴을 감쌌다. 그의 흐느낌 너머로 들리는 남자의 애원하는 소리가, 사람이 살지 않는 벌판 위로 번지는 갈매기들의 울음소리처럼 메아리쳤다. "이러지 마세요! 저는 아무것도 못 봤어요! 아무한테도 얘기하지 않을게요! 제발요, 배심원은 어차피 제 말 안 믿을 거예요. 저도……."

말소리가 끊겼다. 몸통이 아스팔트를 철썩 때리는 소리와 나지막이 꾸르륵거리는 소리가 더프의 귀에 들렸고 이윽고 온 사방이 잠잠해졌다.

그는 고개를 돌렸다. 그는 다른 조직원이 흰옷을 입고 있었다는 것을 그제야 알아차렸다. 그 옷이 목에 뚫린 구멍에서 흘러나오는 피를 빨아들이고 있었다.

맥베스가 단검을 들고 그 조직원의 뒤에 서 있었다. 가슴을 위아래로 들썩이고 있었다. "이제." 그가 걸걸한 목소리로 말했다. 헛기침을 했다. "이제 빚 갚았다, 더프."

더프는 녀석이 좋아하지 않을 만한 부위를 손끝으로 눌렀다. 다른 손으로는 비명을 지르는 녀석의 입을 틀어막고 녀석을 완력으로 눌렀다. 녀석은 침대 머리맡에 채워 놓은 수갑을 필사적으로 잡아당겼다. 창문 너머로 쏟아져 들어온 햇살이 **나는 죽을 때까지 노스 라이더다** 문신이 새겨진 이마 밑으로 휘둥그레 뜬 두 눈과, 충격을 받아 새까매진 커다란 동공 주변으로 이리저리 얽힌 실핏줄을 또렷하게 비추었다. 어깨의 상처를 덮은 붕대를 누르는 더프의 집게손가락과 가운뎃손가락이 벌게졌고 아래에서 질척질척한 소리가 났다.

어떤 일이든 좋아. 더프는 생각했다. **경찰과 이 도시를 위해서라면.**

똑같은 질문을 반복했다. "경찰 내부의 끄나풀이 누구냐?"

그는 상처를 누르고 있던 손을 치웠다. 녀석은 비명을 멈추었다. 더프는 녀석의 입을 막고 있던 손을 치웠다. 녀석은 대답하지 않았다.

더프는 붕대를 떼어 내고 모든 손가락을 동원해 상처를 눌렀다.

그는 원하는 답을 얻어 낼 것이었다. 시간문제일 따름이었다. 항복하기 전까지, 문신으로 새긴 모든 맹세를 어기고 절대 하지 않으리라 다짐했던 모든 것—그 모든 것—을 하기 전까지 버티는 데에는 한계가 있는 법이었다. 영원한 의리는 인간의 영역이 아니고 배신은 인간의 영역이지 않은가.

4

20분이 걸렸다.

더프는 병원으로 찾아가서 이마에 문신을 새긴 녀석의 어깨에 난 상처를 손가락으로 쑤신 지 20분 만에 인물, 장소, 시간과 관련해서 문제의 그 사람이 결백하지 않은 이상 아니라고 딱 잡아뗄 수 없을 만큼 확실한 정보를 입수하고 놀라워하며 병원을 나섰다. 그가 놀란 이유는—조직 내부에 스파이가 있을 만큼 기강이 해이해진 이 판국에—거의 믿기지 않을 정도로 훌륭한 정보였기 때문이었다.

30분이 걸렸다.

더프는 차에 올라탄 지 30분 만에 노인네 오줌발처럼 졸졸졸 이 도시를 적시는 비를 뚫고 경찰청으로 달려가 그 앞에 차를 세웠고, 들어가도 된다는 뜻에서 우아하게 고개를 끄덕이는 대기실 여직원을 지나 마침내 덩컨 앞에 앉았을 때 한 단어를 내뱉었다. 코더. 그러자 경찰청장은 책상 위로 몸을 내밀고 더프에게 확실하냐고, 이러니저러니 해도 그는 폭력조직수사반장이라고 얘기한 뒤에 의자에 기대고 앉아서 한 손으로 얼굴을 쓸었고, 더프는 이때 덩컨이 욕을 하는 것을 처음으로 들었다.

40분이 걸렸다.

덩컨이 오늘 코더가 휴가를 냈다며 수화기를 들어서 맥베스에게 그를 체포하라는 명령을 내리고 여덟 명의 특공대원들이 코더의 집을 에워싸기까지 40분이 걸렸다. 그의 집은 쓰레기 수거와 노숙자 제거가 계속 진행 중인 서쪽 저 끝까지 바다가 내려다보이는 넓은 땅덩이에 자리 잡고 있었고 가장 가까운 이웃이 토텔 시장이었다. 특공대원들은 차를 멀찍이 세워 놓고 두 명씩 각 방향에서 그의 집으로 살금살금 접근했다.

맥베스와 뱅쿼는 그 집의 남쪽, 대문 옆쪽의 높다란 담벼락에 등을 대고 보도에 주저앉았다. 코더는―대다수의 이웃 주민들처럼―담벼락 꼭대기에 유리 조각을 발라 놓았지만 특공대원들은 그런 장애물에 대비해 매트를 들고 왔다. 급습은 평소처럼 진행됐고 각 팀은 사전에 협의한 위치에 도착하면 무전기로 보고했다. 맥베스는 대로 맞은편을 흘끗 쳐다보았다. 그들이 도착했을 때 예닐곱 살쯤 되어 보이는 남자아이가 차고 벽에 대고 공을 던지고 있었다. 아이는 이제 공 던지기를 멈추고 입을 떡 벌린 채 그들을 쳐다보고 있었다. 맥베스가 한 손가락을 입술에 갖다 대자 아이는 몽유병 환자처럼 고개를 끄덕였다. 맥베스는 간밤에 아스팔트 위로 무릎을 꿇었던 하얀 옷 입은 녀석이 똑같은 표정을 짓고 있었다는 생각을 했다.

"정신 차려." 뱅쿼가 그의 귀에 대고 속삭였다.

"네?"

"전원 제 위치로 갔어."

맥베스는 두어 번 숨을 마셨다가 뱉었다. 이제 다른 생각은 모두 지우고 무아의 경지로 돌입해야 했다. 그는 송신 버튼을 눌렀다. "50초 뒤에 들어간다. 북쪽? 오버."

앵거스가 기도문을 읊조리는 사제 같은 특유의 느끼한 투로 대답했다. "아무 이상 없다. 안에서 아무 움직임도 보이지 않는다. 오버."

"서쪽? 오버."

"아무 이상 없다." 대체 요원 시턴의 음성이었다. 단조롭고 침착했다. "잠깐, 응접실 커튼이 움직였다. 오버."

"알았다." 맥베스는 대답했다. 그는 고민할 필요조차 없었다. 그들이 허구한 날 반복한 것이 이런 만일의 경우에 대비한 훈련이었다. "제군들, 우리가 들켰을 수도 있겠다. 카운트다운을 줄이고 바로 들어간다. 하나, 둘, 셋…… 개시!"

이것이 무아의 경지였다. 무아의 경지는 등 뒤로 문을 닫고 들어서면 맡은 임무와 자기 자신과 대원들 말고는 아무것도 존재하지 않는 방과 같았다.

그들은 자리에서 일어섰고 뱅쿼가 유리 조각들이 박힌 담벼락 위로 매트를 덮었다. 맥베스는 공을 들고 있는 아이가 로봇처럼 천천히 빈손을 흔드는 것을 보았다.

그들은 몇 초 만에 담을 넘어서 마당을 질주했고 맥베스는 주변의 모든 것을 감지할 수 있을 듯한 기분을 느꼈다. 바람 사이로 나뭇가지 부러지는 소리가 들렸고, 옆집 지붕에서 까마귀가 날아오르는 것이 보였고, 풀밭에서 사과 썩어 가는 냄새가 느껴졌다. 그들은 계단을 달려 올라갔고 뱅쿼가 개머리판으로 현관문 옆쪽의 유리창을 부수고 그 사이로 손을 넣어서 문을 열었다. 안으로 들어서자 집 안의 다른 곳에서 유리 깨지는 소리가 들렸다. 8대 1이었다. 맥베스가 덩컨에게 코더가 저항할 만한 이유가 있느냐고 물었을 때 덩컨은 그 때문에 전면 체포 작전을 감행하는 게 아니라고 했다.

"메시지를 전하려는 거야, 맥베스. 우리 측근이라고 너그럽게 봐주는 게 아니라 정반대라는 메시지를. 모든 주민들이 목격하고 소문을 낼 수 있게 유리창을 부수고 문을 발로 차며 난리법석을 떨고 코더에게 수갑을 채워서 앞문으로 데리고 나오도록."

맥베스가 먼저 들어갔다. 돌격소총을 어깨에 단단히 대고 현관홀을 훑었다. 응접실 문 옆쪽 벽을 등지고 섰다. 햇볕이 쨍한 바깥에 익숙해져 있던 두 눈이 서서히 어둠에 적응했다. 집 안의 모든 커튼이 쳐져 있는 것 같았다. 뱅쿼가 그의 옆으로 다가오더니 곧장 응접실로 진격했다.

맥베스가 그를 따라 들어가려고 벽에서 몸을 뗐을 때 사달이 벌어졌다.

어두컴컴한 두 개의 계단 중에서 한쪽에 숨어 있던 녀석이 아무 소리 없이, 잽싸게 맥베스의 가슴으로 달려들어 그를 뒤로 쓰러뜨렸다.

맥베스는 목에 와 닿는 뜨거운 입김을 느꼈지만 소총을 자신과 개 사이에 넣고 주둥이를 옆으로 쳐서 큼지막한 이빨을 어깨 쪽으로 돌렸다. 녀석이 으르렁거리며 거대한 주둥이로 피부와 살을 찢자 그는 고통의 비명을 질렀다. 맥베스는 녀석을 쳐서 떼어 내려고 했지만 남

은 한쪽 손이 소총 끈에 걸렸다. "뱅쿼!" 코더가 개를 키운다는 얘기
는 없었다. 그들은 이런 작전을 수행하기 전에 항상 체크했다. 하지
만 이 녀석은 분명 개였고 힘이 셌다. 녀석이 총신을 옆으로 밀쳤다.
그의 목을 노리려는 것이었다. 조만간 경동맥이 잘리게 생겼다.

"뱅⋯⋯."

개가 뻣뻣해졌다. 맥베스는 고개를 돌려서 흐리멍덩한 녀석의 눈
을 쳐다보았다. 이윽고 녀석의 몸뚱이가 그의 위에서 축 늘어졌다.
맥베스는 개를 옆으로 치우고 위를 올려다보았다.

시턴이 위에 서서 손을 내밀고 있었다.

"고마워." 맥베스는 이렇게 얘기하고 혼자서 일어섰다. "뱅쿼는 어
디 있지?"

"코더하고 같이 안에 있어요." 시턴은 대답하고 응접실 쪽으로 손
짓했다.

맥베스는 응접실 문 앞으로 다가갔다. 대원들이 커튼을 열어 놓았
기 때문에 뒤에서 쏟아지는 밝은 햇살로 덮여서 천장을 올려다보고
있는 뱅쿼의 등 말고는 아무것도 보이지 않았다. 그의 위에 햇빛을
후광으로 두른 천사가 매달려 있었다. 용서를 바라는 듯이 고개를 숙
이고 있었다.

한 시간이 걸렸다.

맥베스가 "개시!"라고 외친 순간부터 덩컨이 모든 부서장과 반장
을 경찰청의 대회의실로 소집하기까지 한 시간이 걸렸다.

덩컨은 단상에 서서 원고를 내려다보았다. 더프는 그가 하고 싶은

말을 몇 마디 적어 놓기는 했지만 때와 상황에 맞춰서 즉흥적으로 대처할 작정이라는 걸 알았다. 경찰청장이 어디로 튈지 모르는 공 같은 성격이라 그런 건 전혀 아니었다. 그는 단어를 자유자재로 주무를 수 있었고, 이성적인 동시에 감정적이며, 겉과 속이 같은 인간이었다. 더프가 생각하기에는 자기 자신을 이해하기 때문에 남도 이해하는 사람이었다. 리더였다. 사람들이 기꺼이 따를 인물이었다. 더프가 현재 또는 미래에 닮고 싶은 인물이었다.

"무슨 일이 있었는지 다들 알고 있겠죠." 덩컨의 목소리는 나지막하고 엄숙했지만 언성을 높여서 이야기한 듯이 또렷하게 들렸다. "오늘 오후 기자회견을 하기 전에 완벽하게 브리핑을 하려고 합니다. 가장 믿음직한 경관 중 한 명이었던 코더 경감을 상대로 심각한 부패 혐의가 제기됐습니다. 현재로서는 타당한 의혹이었던 것으로 볼 만한 이유가 있군요. 노스 라이더—어제 우리가 이들을 상대로 성공적인 작전을 수행했습니다만—와 긴밀한 관계였던 것을 감안했을 때 그가 증거를 인멸하거나 도주할 가능성이 있었죠. 그래서 오늘 오전 10시에 나는 특공대에게 코더 경감을 즉각 체포하라는 명령을 전달했습니다."

더프는 자신의 이름이 등장하길 바랐지만 덩컨은 세부 사항을 공개하지 않을 게 분명했다. 경찰에서 터득하는 한 가지가 있다면 불문율이더라도 원칙은 원칙이라는 것이었다. 때문에 그는 덩컨이 고개를 들고 이렇게 얘기했을 때 깜짝 놀랄 수밖에 없었다. "맥베스 경감, 앞으로 나와서 어떤 식으로 체포 작전이 이루어졌는지 간략하게 설명해 주겠나?"

더프는 고개를 돌려서 자신의 동료가 의자 사이로 뚜벅뚜벅 연단을 향해 걸어가는 것을 지켜보았다. 그도 놀란 눈치였다. 평소에 경찰청장은 이런 식으로 마이크를 넘기지 않았다. 보통은 짧고 간결하게 할 말을 하고, 다들 각자의 업무로 돌아가서 이 도시를 좀 더 살기 좋은 곳으로 만드는 데 이바지할 수 있도록 회의를 마무리 지었다.

맥베스는 좌불안석인 듯했다. 검은색의 특공대 유니폼을 계속 입고 있었지만 목에 달린 지퍼를 한껏 내려서 오른쪽 어깨에 감은 새하얀 붕대가 보였다.

"네." 그는 말문을 열었다.

우아한 시작이라고 볼 수는 없었지만 특공대장이 언어의 연금술사이길 기대하는 사람은 없었다. 맥베스는 약속이라도 있는 것처럼 손목시계를 확인했다. 그 방 안의 사람들은 모두 왜 그러는지 알았다. 보고를 앞둔 경찰관들이 불안할 때 보이는 본능적인 반응이었다. 그럴 때 그들은 의무적으로 기록하게끔 되어 있는 사건 일지가 거기 적혀 있거나 숫자판을 보면 기억이 되살아나기라도 하는 듯이 손목시계를 체크했다.

"10시 53분에." 맥베스는 이렇게 말하고 기침을 두 번 했다. "특공대는 코더 경감의 자택을 급습했습니다. 테라스 문이 열려 있었지만 외부인이 무단으로 침입했거나 몸싸움이 벌어졌거나 앞서 누군가가 다녀간 흔적은 없었습니다. 개 말고는요. 코더가 아닌 제삼자의 소행으로 볼 만한 흔적도 없었고요……." 이제 맥베스는 시계를 쳐다보지 않고 모인 사람들을 향해 이야기했다. "테라스 문 옆에 의자가 하나 쓰러져 있었습니다. 정확한 결론은 현장감식팀에서 내리겠지만,

코더가 목을 매면서 의자에서 그냥 내려온 게 아니라 뛰어내렸기 때문에 앞뒤로 흔들리며 의자를 걷어차서 방 저편으로 날린 것 같았습니다. 고인의 배설물이 방바닥 여기저기에 흩어져 있었던 것도 그래서였을 테고요. 시신은 차가웠습니다. 누가 봐도 사인은 자살인 듯했고, 한 대원이 평생 경찰관으로 재직했던 코더의 이력을 감안해서 정식 절차를 생략하고 시신을 내려놓자고 했습니다. 저는 안 된다고 했습니다."

더프는 맥베스가 극적인 효과를 위해 말을 멈춘 것을 느꼈다. 그의 침묵에 귀를 기울이도록 유도라도 하려는 듯 그랬다. 더프가 썼음 직한 수법이었고 덩컨이 그런 수법을 쓰는 것을 예전에 본 적이 있었지만 실용주의자인 맥베스의 레퍼토리에 그게 들어 있을 줄 누가 알았을까. 그런데 사실은 레퍼토리에 없는 항목이었는지 그는 다시 손목시계를 열심히 들여다보았다.

"10시 59분."

맥베스는 고개를 들었고 이제 더 이상 볼 일이 없다는 뜻에서 소매로 시계를 덮었다.

"그래서 코더는 지금도 거기 매달려 있습니다. 수사할 부분이 있어서 그런 게 아니라 **부패한** 경찰관이었기 때문에 말입니다."

회의실 안이 어찌나 고요한지 높다랗게 달린 창문을 때리는 빗소리가 들릴 정도였다. 맥베스는 덩컨을 돌아보며 형식적으로 목례를 했다. 그러고는 연단에서 내려와 자기 자리로 돌아갔다.

덩컨은 맥베스가 자리에 앉을 때까지 기다렸다가 말문을 열었다. "고맙네, 맥베스. 자네가 한 이야기가 기자회견 자료로 쓰이지는 않겠지만 내부 브리핑용으로는 적절한 결론이었다고 생각하네. 우리 안의 나약하고 못된 부분에 대한 비난은 강하고 훌륭한 부분을 기르는 데 긍정적으로 이바지할 수 있다는 점을 명심하도록. 그러니까 다시 본업으로 돌아가게, 제군들."

젊은 간호사는 문가에 서서 환자가 윗도리를 벗는 것을 지켜보았다. 그는 의사가 왼쪽 어깨에서 피 묻은 붕대를 푸는 동안 길고 까만 머리를 뒤로 잡고 있었다. 환자에 대해 그녀가 아는 정보가 있다면 경찰관이라는 것뿐이었다. 그리고 근육질이라는 것뿐이었다.

"맙소사." 의사가 말했다. "몇 바늘 꿰매야겠는데요. 그리고 파상풍 주사도 맞아야겠습니다. 개에 물렸을 때 항상 취하는 조치예요. 하지만 먼저 살짝 마취부터 할게요. 마리아……?"

"아닙니다." 환자가 딱딱하게 벽을 쳐다보며 말했다.

"네?"

"마취할 필요 없어요."

정적이 흘렀다.

"마취할 필요가 없다고요?"

"마취할 필요 없습니다."

의사가 통증 어쩌고 하며 늘어놓으려던 찰나, 간호사는 그의 팔뚝에 남은 흉터를 보았다. 오래된 흉터였다. 하지만 그녀가 이 도시로 이사 온 이래 수도 없이 접한 흉터였다.

"맞아요." 그녀가 말했다. "마취할 필요 없겠어요."

더프는 사무실 의자에 기대앉아서 수화기를 귀에 바짝 갖다 댔다.

"나야, 여보. 뭐 하고 있었어?"

"에밀리는 친구들이랑 수영하러 갔어. 유언은 이가 아프다고 하고. 치과에 데리고 가려고 해."

"그렇군. 여보, 나 오늘 늦어."

"왜?"

"어쩌면 집에 못 들어갈지도 몰라."

"왜?" 그녀는 같은 말을 반복했다. 짜증을 내거나 불만스러워하는 기미는 없었다. 예컨대 아빠가 왜 없는지 아이들에게 설명할 때 필요하니까 이유를 알려 달라는 식이었다. 그가 필요해서 그런 게 아니었다. 또…….

"조만간 뉴스에 나올 거야." 그가 말했다. "코더가 자살을 했거든."

"어머나. 코더가 누군데?"

"몰라?"

"응."

"폭력조직수사반장. 유력한 조직범죄수사반장 후보였어."

정적이 흘렀다.

그녀는 그의 일에 늘 관심이 별로 없었다. 그녀의 세상은 파이프와 아이들과—적어도 그가 집에 있을 때는—남편이었다. 그는 아무 불만이 없었다. 가족들까지 그의 암울한 업무에 휩쓸릴 필요는 없었다. 하지만 그녀는 그의 야심에 관심이 없었기 때문에 그가 어떤 식으로 일에 시간을 바쳐야 하는지 잘 이해하지 못했다. 어떤 식으로 희생을 해야 하는지. 그에게…… 어떤 게 필요한지.

"조직범죄수사반장은 경찰청의 지휘 체계상 덩컨이랑 맬컴[+] 부청장 다음가는 3인자가 될 거야. 그러니까 엄청 중요한 사건이고 내가 자리를 지켜야 해. 어쩌면 앞으로 며칠 동안 그래야 할 수도 있어."

"그래도 생일 전날에는 올 거지?"

생일 전날. 이런, 젠장! 아이들의 생일 전날에 네 식구만 오붓하게 고기야채수프를 먹고 엄마, 아빠의 선물을 개봉하는 것이 가족의 전통이었다. 그가 정말로 유언의 생일을 깜빡했을까? 지난 며칠 동안 벌어진 일들 때문에 날짜는 잊어버렸을지 몰라도 유언이 원하는 선물은 사다 놓았다. 마약단속반의 비밀 요원들이 가끔 신분이 들통나지 않도록 변장을 할 때도 있다는 더프의 얘기를 듣고 유언이 받고 싶어 한 선물이었다. 더프의 앞쪽 서랍 안에 깔끔하게 포장된 상자가 하나 들어 있었다. 그 안에 담긴 가짜 수염과 풀, 가짜 안경과 초록색 털모자는 모두 아빠와 마약단속반의 다른 반원들이 **실제로** 착용하는 것처럼 보일 수 있도록 어른 사이즈로 준비했다.

전화기에서 불빛이 깜빡였다. 내부 전화였다. 누군지 알 것 같은 예감이 들었다.

"잠깐만, 여보."

그는 불빛 밑에 달린 버튼을 눌렀다. "네?"

"더프? 덩컨일세. 오늘 오후에 있을 기자회견 때문인데."

"아, 네."

"우리가 이런 사건에도 무기력해지지 않고 미래를 고민 중이라는

[+] 『맥베스』에 등장하는 덩컨왕의 아들 이름.

걸 보여 줄 수 있게 조직범죄수사반장 대리를 임명할까 하는데."

"조직범죄수사반요? 아…… 벌써요?"

"어차피 이달 말에 공개할 생각이었는데 폭력조직수사반장이 공석이 됐으니 반장 대리를 당장 임명하는 편이 상책이지 않을까 싶어서. 내 방으로 와 주겠나?"

"알겠습니다."

덩컨은 전화를 끊었다. 더프는 꺼진 불빛을 멍하니 바라보았다. 경찰청장이 직접 전화를 하다니 이례적인 일이었다. 늘 비서 아니면 보좌관이 회의를 소집했었는데. 반장 대리. 형식적인 절차—서류 전형, 임명위원회의 심의, 기타 등등—가 모두 끝나면 대리가 그 자리를 인계받을 공산이 컸다. 또 다른 불빛에 그의 시선이 머물렀다. 아내와 통화 중이었다는 사실을 까맣게 잊고 있었다.

"여보, 일이 생겼어. 끊어야겠다."

"그래? 끔찍한 일은 아니었으면 좋겠다."

"아냐." 더프는 웃음을 터뜨렸다. "끔찍한 일 아니야. 전혀. 오늘 오후에 라디오 뉴스 켜고 누가 조직범죄수사반장으로 새롭게 임명됐는지 들어 봐."

"아하?"

"목에 뽀뽀 쪽." 몇 년 동안 쓴 적 없는 달짝지근한 표현이었다. 더프는 전화를 끊고 사무실을 박차고 나가서—그러지 않을 도리가 없었다—꼭대기 층까지 계단을 달려 올라갔다. 위로, 위로, 위로, 높이, 더 높이 올라갔다.

비서가 더프에게 곧바로 들어가라고 했다. "다들 기다리고 계세요." 그녀는 미소를 지었다. 미소라니. 그녀는 절대 미소를 지은 적이 없었다.

넓찍하고 바람이 잘 통하지만 집기는 수수한 청장실의 원형 오크 테이블 앞에 덩컨을 제외하고 네 명이 앉아 있었다. 일찍부터 머리가 희끗희끗해졌고 안경을 쓴 맬컴 부청장. 그는 캐피틀대학교에서 철학과 경제학을 전공했고 전공에 걸맞은 단어를 애용했기 때문에 경찰청 안에서 괴짜로 통했다. 덩컨의 오랜 친구이기도 했는데 덩컨의 말로는 그의 광범위한 관리 기술이 필요하기 때문에 데려온 거라고 했다. 다른 사람들의 말로는 간부 회의 때 맬컴의 무조건적인 '찬성표'가 필요하기 때문에 데려온 거라고 했다. 맬컴 옆자리에는 변함없이 예리하고 색소결핍증 환자처럼 하얀 레녹스가 몸을 앞으로 숙이고서 앉아 있었다. 그가 거느리고 있는 부정부패척결반은 덩컨이 주도한 조직 개편 때 만들어진 부서였다. 마약척결반이나 살인척결반이라고 하지는 않느냐고 이의를 제기한 사람들이 있었기 때문에 '척결'이라는 단어를 이름에 넣는 문제를 놓고 잠깐 논의가 이루어졌었다. 하지만 케네스 시절에는 마약단속반이 이 일대에서는 부패의 온상지로 간주됐었다. 덩컨을 중심으로 다른 편에는 회의록을 작성하는 보좌관이, 그 옆에는 케이스니스 경감이 앉아 있었다.

덩컨이 청장실에서 금연을 고수했기 때문에 재떨이에 쌓인 담배 꽁초를 보고 그들이 얼마나 오랫동안 이 자리에 있었는지 가늠할 길은 없었지만, 커피 자국이 찍힌 테이블 위의 메모지와 거의 비다시피 한 커피 잔들이 그의 눈에 들어왔다. 공개적이고 부드러우며 거의 느긋하다 싶은 분위기를 보면 그들이 이미 결론을 내렸음을 알 수 있었다.

"이렇게 금세 와 줘서 고맙네, 더프." 덩컨은 이렇게 얘기하며 마지막으로 남은 한 자리를 손바닥으로 가리켰다. "본론으로 바로 들어가겠네. 자네의 마약단속반과 폭력조직수사반을 하나로 합치는 작업을 추진 중이었지. 이 사태는 내가 저 자리에 앉은 이래 처음으로 닥친 위기 상황이야." 더프는 덩컨이 턱으로 가리키는 의자 쪽을 바라보았다. 경찰청장의 의자는 등받이가 높고 큼지막했지만 편안해 보이지는 않았다. 너무 꼿꼿했다. 부드러운 커버도 없었다. 더프의 입맛에 맞는 의자였다. "그래서 투지를 좀 보여 주어야 하지 않을까 싶어서."

"적절한 조치인 것 같은데요." 더프는 이렇게 말해 놓고 곧장 후회했다. 수뇌부의 판단을 평가하러 온 사람이라도 되는 듯이 들렸다. "그러니까 지당하신 말씀이라고요."

테이블 주변으로 잠깐 정적이 흘렀다. 이번에는 그가 자기 의견이라고는 없는 사람처럼 180도 다른 방향으로 너무 오버한 걸까?

"후보에게 부패 혐의가 절대 없는지 확인할 필요가 있어서." 덩컨이 말했다.

"물론이죠." 더프가 말했다.

"코더와 비슷한 스캔들이 터지면 더 이상 감당할 수 없을 뿐 아니라 대어를 잡는 데 도움이 될 만한 사람이 필요하거든. 스위노가 아니라 헤카테 말일세."

헤카테. 그 이름이 거론됐을 때 청장실에 흐른 정적은 시사하는 바가 컸다.

더프는 앉은 자리에서 허리를 꼿꼿하게 폈다. 이건 정말이지 엄청난 미션이었다. 하지만 그 직함에 수반되는 요구 조건인 것만큼은 분명했다. 용을 퇴치하라. 생각할수록 정말이지 근사했다. 여기서 시작되는 것 아닌가. 전과 다른, 좀 더 나은 인간으로서의 삶이.

"자네는 노스 라이더 습격 작전을 성공적으로 이끌었지." 덩컨이 말했다.

"저 혼자 한 게 아닙니다, 청장님." 더프가 말했다. 특히 그럴 필요가 없는 자리에서 공을 나누면 겸손해 보일 수 있었다. 그럴 필요가 없는 자리이기 때문에 겸손해질 수 있는 것이기도 했다.

"맞아." 덩컨이 말했다. "맥베스가 거들어 주었지. 그것도 상당히 많이. 자네는 그를 어떻게 생각하나?"

"어떻게 생각하느냐고요?"

"음. 둘이 경찰대학을 같이 다니지 않았나. 그는 분명 특공대를 훌륭하게 이끌고 있고 특공대원들은 모두 그의 리더십에 열화와 같은 반응을 보이지. 하지만 특공대는 아주 특화된 부서라. 자네는 그를 잘 알 테니 맥베스에게 그 자리를 맡겨도 되겠는지 자네 의견을 묻고 싶어서."

더프는 침을 두 번 삼킨 뒤에야 성대를 움직여서 소리를 낼 수 있었다. "맥베스에게 조직범죄수사반을 맡겨도 되겠느냐는 말씀인가요?"

"그렇지."

더프에게는 몇 초의 시간이 필요했다. 그는 한 손으로 입을 가리고 눈썹과 이마를 아래로 당기며 실망한 사람이 아니라 깊은 생각에 잠긴 사람처럼 보이길 바랐다.

"어떤가, 더프?"

"대원들을 이끌고 저택을 급습하고 범인을 저격하고 인질을 살리는 건 차원이 다른 문제죠." 더프가 말했다. "맥베스는 분명 그 분야에 있어서는 탁월합니다. 조직범죄수사반을 이끄는 건 조금 다른 자질이 필요하다고 보는데요."

"우리 생각도 그래." 덩컨이 말했다. "**조금** 다른 자질이 필요하긴 하지만 **전혀** 다른 자질이 필요한 건 아니지. 대원들을 이끄는 건 마찬가지니까. 그의 성격은 어떤가? 믿을 만한 인물인가?"

더프는 엄지손가락과 집게손가락으로 윗입술을 비틀었다. 맥베스. 우라질 맥베스! 뭐라고 얘기해야 할까? 이 보직은 순회 서커스단에서 저글링을 하거나 단검이나 던졌어도 상관없었을 인간이 아니라 더프의 것이었다! 그는 책상 뒤에 걸린 그림에 시선을 집중했다. 행진, 의리, 리더십 그리고 단결. 시골길의 그 장면이 생생하게 떠올랐다. 맥베스, 그 그리고 죽은 두 남자. 내리는 비에 씻긴 핏자국.

"네." 더프가 말했다. "맥베스는 믿을 만한 친구입니다. 하지만 무엇보다 재주가 좋아요. 오늘 연단에서 어땠는지 보면 아실 거라고 믿습니다만."

"그렇지." 덩컨이 말했다. "내가 그를 연단에 세운 이유도 어떤 식으로 대처하는지 보기 위해서였다네. 오늘 이 자리에 모인 우리가 만장일치로 동의했다시피 맥베스는 오늘 기존의 보고 방식을 존중하는 실무자의 훌륭한 본보기를 보였을 뿐 아니라 열광시키고 힘을 북돋우는 진정한 리더로서의 능력도 보여 주었다고 생각하네. **코더는 지**

금도 거기 매달려 있습니다. 부패한 경찰관이었기 때문에 말입니다."

덩컨이 맥베스의 거친 노동자 계급의 말투를 흉내 내자 테이블에 앉은 사람들 모두 소리 없이 웃었다.

"만약 그에게 그런 자질이 있다면." 말문을 연 더프의 귀에 그런 말을 하면 안 된다고 말리는 내면의 속삭임이 들렸다. "경찰대학을 졸업하고 왜 더 이상 승진을 하지 못했는지 자문해 보아야 하지 않을까요?"

"맞는 얘기입니다." 레녹스가 말했다. "하지만 그건 맥베스에게 **유리한** 쪽으로 작용하는 장점 중 하나죠." 그는 웃음을 터뜨렸다. 생뚱맞게 카랑카랑한 목소리로 낄낄거리며 웃었다. "이 테이블에 앉아 있는 우리들은 아무도 지난 경찰청장 밑에서는 요직을 맡은 적이 없습니다. 맥베스처럼 게임에 가담하지 않고 뇌물을 거부했기 때문이죠. 그것 때문에 맥베스가 승진을 하지 못한 거라고 **딱 잘라서** 말할 수 있는 사람이 제 주변에도 몇 명 있습니다."

"그럼 이미 그 부분에 대해서는 궁금증을 해소한 셈이겠네요." 더프는 뻣뻣하게 얘기했다. "카지노 주인과의 관계는 당연히 감안하셨겠죠?"

맬컴은 덩컨 쪽을 흘끗거렸다. 덩컨이 고개를 끄덕이자 그는 말문을 열었다. "전임 수뇌부 체제에서 승승장구했던 사업장들을 사기전담반에서 수사하는 중인데, 그 연장선상에서 인버네스 카지노를 철저하게 조사한 결과 확실하게 결론을 내렸어. 회계장부, 세금, 고용조건 면에서 모범적으로 운영되고 있다고 말이야. 도박장치고 이례적이지. 현재는 오벨리스크를 꼼꼼히 들여다보는 중인데……." 그는 쓴웃음을 지었다. "상황이 전혀 다르다고 공언할 수 있어. 속된 말로 파도 파도 끝이 없다고 할까. 그러니까 다르게 표현하자면 우리는 레이디와 그녀의 영업장에 대해서 전혀 이의가 없다네."

"맥베스는 이 도시의 동부 출신이고 아웃사이더이지." 덩컨이 말했다. "반면 이 자리에 앉아 있는 우리는 모두 핵심 멤버라고 할 수 있고. 우리는 케네스에 맞서 싸웠고 달라진 경찰 문화를 상징하지만 사립학교를 졸업했고 유복한 집안 출신이기도 하지. 시민들에게 바람직한 메시지를 전할 수 있을 거라고 생각하네. 경찰에서는, **이 도시의** 경찰에서는 배경에 상관없이, 연줄에 상관없이 정직하게 열심히 일하면 누구든 최고의 자리에 오를 수 있다고. 특히 **정직**이라는 단어에 방점을 찍어서."

"훌륭한 생각이십니다, 청장님." 레녹스가 말했다.

"좋아." 덩컨은 두 손을 한데 모았다. "더프, 덧붙이고 싶은 말 있나?"

그의 팔에 남은 흉터 보셨나요?

"더프?"

그의 팔에 남은 흉터 보셨나요?

"왜 그러나, 더프?"

"아닙니다, 청장님. 덧붙이고 싶은 말은 없습니다. 맥베스는 현명한 선택입니다."

"다행이로군. 그럼 회의에 참석한 제군들 모두에게 감사의 뜻을 전하고 싶네."

와이퍼가 뱅쿼의 볼보 PV544 앞 유리창을 오락가락하는 가운데 맥베스는 빨간 신호등 불빛을 빤히 쳐다보았다. 이 차는 뱅쿼만큼 아담하고 주변의 다른 차들보다 훨씬 오래됐지만 기능에 아무 문제가 없고 믿음직했다. 디자인에 남다른 구석이 있었다. 특히 뒤로 물러앉은 보닛과 앞으로 튀어나온 앞면 하단 때문에 살짝 전쟁 이전으로 역행하는 디자인처럼 느껴졌다. 하지만 차주에 따르면 내부나 엔진실에는 현대식 자동차에 필요한 모든 게 갖추어져 있었다. 와이퍼가 빗물을 처리하느라 안간힘을 썼고, 맥베스는 흘러내리는 빗물을 보며 녹은 유리를 떠올렸다. 우비를 입은 남자아이가 그들 앞을 가로질러서 달려갔고, 이제 보니 보행자 신호등의 사람이 초록색에서 빨간색으로 바뀌었다. 머리에서부터 발끝까지 피를 뒤집어쓴 인간. 맥베스는 몸서리를 쳤다.

"왜 그래?" 뱅쿼가 물었다.

"열이 나고 있나 봐요." 맥베스가 말했다. "계속 뭐가 보여요."

"헛것이 보인단 말이지?" 뱅쿼가 말했다. "독감인 모양이네. 그럴 만도 하지. 어제 하루 종일 쫄딱 젖은 몸으로 돌아다니다 오늘은 개에 물렸으니."

"개 얘기가 나왔으니 말인데 어디에서 뛰쳐나왔는지 알아냈어요?"

"코더의 개가 아니었던 것만큼은 분명해. 열린 베란다 문을 넘어서 들어왔나 봐. 어떻게 죽었는지 궁금하던데."

"내가 얘기 안 했어요? 시턴이 죽였어요."

"그건 알지만 아무 흔적도 보지 못했거든. **목을 졸라서 죽였나?**"

"모르겠어요. 시턴한테 물어보세요."

"물어봤지. 그런데 제대로 대답을 하지 않더라고. 그냥……."

"파란불이에요, 아빠." 뒷자리에 앉아 있던 남자아이가 두 남자 사이로 몸을 내밀었다. 맥베스는 비쩍 마른 열아홉 살짜리를 흘긋 쳐다보았다. 플리언스는 사람 좋고 유쾌한 아버지보다 얌전한 어머니를 더 많이 닮았다.

"아들아, 이 차를 운전하는 사람이 너냐 아니면 나냐?" 뱅쿼는 따뜻한 미소를 지으며 이렇게 묻고 액셀러레이터를 밟았다. 맥베스는 장을 보러 나온 가정주부, 술집 앞에서 서성이는 실업자와 인도 위의 사람들을 구경했다. 지난 10년 동안 이 도시는 아침마다 점점 바빠지고 있었다. 그러면 번잡하고 활기 넘치는 분위기를 풍겨야 맞는 것일 텐데, 그 반대로 체념한 사람들의 무표정한 얼굴은 산송장을 연상시켰다. 그는 지난 몇 달 동안 변화의 조짐을 찾았다. 덩컨의 리더십으로 달라진 게 있는지 살폈다. 순찰을 더 자주 돌기 때문에 가장 확연하고 잔인한 길거리 범죄는 줄어들었을 수 있었다. 어두컴컴한 뒷골목으로 장소를 옮긴 데 그쳤을 수도 있지만.

"경찰대학에서 오후에 강연이 있다고?" 맥베스가 말했다. "우리 때는 그런 거 없었는데."

"강연 아니에요." 아이가 말했다. "저랑 친구들 두어 명이 같이 세미나를 하는 거예요."

"세미나? 그게 뭔데?"

"플리언스랑 좀 똑똑한 애들 몇 명이서 열심히 시험공부를 하는 거야." 뱅쿼가 말했다. "좋은 생각이지."

"아빠는 저더러 법을 공부해야 한대요. 경찰대학만으로는 부족하다고. 아저씨는 어떻게 생각하세요?"

"아빠 말을 들어야겠지."

"하지만 아저씨도 법을 공부하지 않았잖아요." 아이는 반발하고 나섰다.

"그래서 지금 어떻게 됐는지 봐라." 뱅쿼는 웃음을 터뜨렸다. "어이, 아들아. 형편없는 아버지하고 이 게으름뱅이 아저씨보다는 목표를 높게 잡아야지."

"저는 리더로서의 자질이 없다면서요." 플리언스가 말했다.

맥베스는 한쪽 눈썹을 추켜세우고 뱅쿼를 흘끗 쳐다보았다.

"정말 그렇게 얘기했어요? 아이들한테 열심히 노력만 하면 뭐든 할 수 있다는 믿음을 심어 주는 게 아버지의 역할인 줄 알았더니."

"맞아." 뱅쿼가 말했다. "그리고 나는 저 녀석한테 리더로서의 자질이 없다고 하지 않았어, 수완이 없다고 했지. 그러니까 그걸 갈고닦아야 한다는 거야. 저 녀석은 똑똑해. 자기 판단을 믿는 법만 터득하면 돼. 그러니까 항상 남들 뒤꽁무니를 따라다닐 게 아니라 앞장서야 한다고."

맥베스는 뒷좌석을 돌아보았다. "너희 아버지 참 난해하다."

플리언스는 어깨를 으쓱했다. "명령을 내리고 일을 맡는 걸 좋아하는 사람이 있는 반면에 아닌 사람도 있잖아요……. 그게 그렇게 이상한 일인가요?"

"이상한 건 아니지." 뱅쿼가 말했다. "하지만 달라지려고 노력을 해야 발전할 수 있지 않겠니?"

"아버지는 달라지셨어요?" 플리언스가 짜증기 섞인 말투로 물었다.

"아니, 나는 너랑 비슷했다." 뱅쿼가 말했다. "남들한테 맡기는 걸 좋아했지. 하지만 내 의견도 남들 못지않게 훌륭하다고 얘기해 준 사람이 있었으면 얼마나 좋았을까 싶어. 가끔 남들보다 훌륭할 때도 있었다고. 그리고 네가 남들보다 판단력이 낫다 싶으면 **통솔**을 해야지. 그게 이 사회에 대한 너의 우라질 의무야."

"아저씨는 어떻게 생각하세요? 성격을 바꾸면 리더가 될 수 있다고 보세요?"

"글쎄." 맥베스가 말했다. "리더의 자질을 타고나서 당연한 수순으로 리더가 되는 사람도 있다고 본다. 덩컨 경찰청장처럼 말이지. 신념을 전염시키는 사람들, 뭔가를 위해 죽을 수도 있게 만드는 사람들. 반면에 신념도 없고 리더의 수완도 없이 출세를 향한 욕망으로 대장의 자리에까지 오르는 사람도 있지. 그런 사람들은 똑똑하고 매력적이고 언변을 타고났을지 몰라도 남을 이해하지는 못해. 왜냐하면 그들 눈에는 남이 **보이지** 않거든. 그들이 이해하는 사람, 그들 눈에 보이는 사람은 단 한 명. 자기 자신뿐이야."

"지금 더프 얘기를 하는 건가?" 뱅쿼는 미소를 지었다.

"더프가 누군데요?" 플리언스가 간곡하게 물었다.

"몰라도 돼." 맥베스가 말했다.

"알아야죠. 왜 이러세요, 맥 아저씨. 제가 지금 배우려고 이 자리에 있는 거잖아요."

맥베스는 한숨을 쉬었다. "더프는 나랑 고아원과 경찰대학에서 같이 지낸 친구인데 지금 마약수사반장이야. 앞으로 이런저런 것들을 배워서 달라졌으면 좋겠다."

"그 인간은 포기해." 뱅쿼는 웃음을 터뜨렸다.

"마약수사반장이라면." 플리언스가 말했다. "상판에 대각선으로 흉터가 있는 사람 말이에요?"

"응." 그의 아버지가 말했다.

"그 흉터는 어쩌다 생긴 거예요?"

"태어났을 때부터 있었어." 맥베스가 말했다. "학교 도착했다. 잘해라."

"네, 네, 맥 아저씨."

'아저씨'는 플리언스가 어렸을 때부터 쓰던 호칭이었다. 지금은 대개 빈정거리는 용도로 쓰였다. 그래도 맥베스는 비를 뚫고 경찰대학 정문으로 질주하는 플리언스를 보고 있으면 가슴이 따뜻해졌다.

"착한 아이예요." 그가 말했다.

"너도 아이를 낳아야 할 텐데." 뱅쿼가 연석에서 출발하며 말했다. "삶의 선물이거든."

"저도 알지만 레이디한테는 조금 늦었잖아요."

"그럼 좀 더 젊은 여자를 만나. 네 나이 또래를 만나 보지 그래?"

맥베스는 아무 대꾸도 하지 않고 생각에 잠긴 채 창밖을 내다보았다. "신호등에 그려진 빨간 사람을 봤을 때 죽음이 생각났어요." 그가 말했다.

"코더 생각이 났겠지." 뱅쿼가 말했다. "그나저나 앵거스가 천장에 대롱대롱 매달린 코더를 빤히 쳐다보고 있길래 내가 말을 걸었거든."

"종교적인 사색을 하고 있었대요?"

"아니. 돈 많은 특권층이 자살하는 이유를 이해 못 하겠다고 그러더군. 코더는 경찰청에서 잘리고 잠깐 형을 살더라도 한참 동안 근심 걱정 없이 살 수 있었을 테니까. 내가 설명했지, 추락하면 그렇게 되는 거라고. 그리고 기대에 못 미치는 미래에 대한 실망감. 그래서 목표를 너무 높게 잡지 말고 천천히 시동을 걸고 너무 젊었을 때 성공하지 않는 게 중요한 거야. 차근차근 계단을 밟는 게. 안 그래?"

"그런데 아들한테는 법을 공부해야 아버지보다 더 잘 살 수 있다고 장담한단 말이죠."

"아들은 다르지. 아들은 내 인생의 연장이잖아. 차근차근 계단을 밟는 게 아들의 임무야."

"코더 아니었어요."

"응?"

"코더 생각한 거 아니었다고요."

"그래?"

"시골길에서 맞닥뜨린 녀석이 생각났어요. 그 녀석이⋯⋯." 맥베스는 창밖을 내다보았다. "시뻘겠거든요. 피에 젖어서."

"생각하지 마."

"차가운 피에 젖어서."

"차가운 피라니⋯⋯ 무슨 소리야?"

맥베스는 숨을 크게 들이마셨다. "포레스로 빠진 두 남자요, 항복했어요. 그런데도 더프가 스위노의 헬멧을 쓰고 있던 녀석을 쐈어요."

뱅쿼는 고개를 저었다. "그럴 줄 알았다. 나머지 한 녀석은?"

"목격자잖아요." 맥베스는 얼굴을 찡그렸다. "파티를 벌이다 도망친 거라 흰색 셔츠에 흰색 바지만 입고 있었거든요. 내가 단검을 꺼냈어요. 녀석이 애원하기 시작했죠. 무슨 일이 벌어질지 알았으니까."

"더 이상 듣지 않아도 알겠어."

"나는 그 녀석의 뒤로 가서 섰어요. 그런데 못 하겠더라고요. 허공을 향해 단검을 든 채 그대로 얼어붙었어요. 하지만 그때 더프를 봤어요. 두 손으로 얼굴을 가리고 앉아서 어린애처럼 울고 있더라고요. 그걸 보고 내리꽂았죠."

멀리서 사이렌 소리가 들렸다. 소방차였다. 이렇게 비가 오는데 도대체 어디서 불이 날 수가 있지? 뱅쿼는 생각했다.

"옷이 젖어 있어서 그랬던 걸지 모르겠지만." 맥베스가 말했다. "피가 **온몸**을 뒤덮었어요. 셔츠와 바지를 모두. 두 팔을 내리고 아스팔트 위에 살짝 옆으로 누워 있었던 게 신호등 비슷했어요. 정지. 건너지 마시오."

그들은 아무 말 없이 경찰청 지하 주차장 입구를 지났다. 반장과 간부들만 거기에 차를 댈 수 있었다. 뱅쿼는 건물 뒤편의 주차장으로 진입했다. 차를 세우고 시동을 껐다. 빗방울이 자동차 지붕을 때렸다.

"이해해." 뱅쿼가 말했다.

"뭘요?"

"더프는 스위노를 체포한들 이 나라에서 가장 부패한 도시의 탐욕스러운 판사 앞으로 끌고 갔을 때 그가 몇 년 형을 받을지 알았던 거지. 2년? 기껏해야 3년? 아니면 전면 무죄? 그리고 나는 너도 이해한다."

"그래요?"

"음. 스위노의 부하가 법정에서 불리한 증언을 하면 더프가 몇 년 형을 받을까? 20년? 25년? 이 안에서는 우리들끼리 서로 보살펴야지. 누가 우리를 챙겨 주겠어? 그리고 그보다 더 중요한 건데, 경찰청장이 법과 질서에 대한 대중의 신뢰를 회복하고 있는 마당에 또 다른 경찰 스캔들이 터지면 얼마나 타격이 크겠어. 큰 그림을 보아야지. 그리고 가끔은 선한 게 잔인할 수도 있는 법이야, 맥베스."

"그럴지도요."

"자꾸 곱씹을 필요 없어."

앞 유리창을 타고 흐르는 빗물 때문에 눈앞의 경찰본부가 일그러져 보였다. 그들은 지금까지 나눈 대화를 소화한 뒤에야 차에서 내릴 수 있기라도 한 것처럼 꼼짝하지 않았다.

"더프는 너한테 고마워해야 해." 뱅쿼가 말했다. "네가 아니었다면 자기가 직접 해치워야 했을 테니까. 하지만 이제 서로 약점을 하나씩 틀어쥐게 됐군. 공포의 균형. 사람들이 다리를 뻗고 잘 수 있는 것도 그 덕분이지."

"더프하고 내가 무슨 미국하고 소련도 아니잖아요."

"아니라고? 그럼 뭔데? 너희 둘은 경찰대학 시절에는 딱 붙어 다니다가 지금은 거의 말도 섞지 않는 사이가 됐잖아. 어쩌다 그렇게 된 거야?"

맥베스는 어깨를 으쓱했다. "별일 없었어요. 어쩌면 우리는 처음부터 특이한 한 쌍이었을 수도 있어요. 그는 더프잖아요. 한때 떵떵거리던 집안이라 그런 건 완전히 없어지지 않잖아요. 말투며 상류층 특유의 태도며. 고아원에서는 그 때문에 따돌림과 괴롭힘을 당했는데, 더프가 점점 저한테 접근하더라고요. 그렇게 해서 우리는 아무도 건드리지 않는 단짝이 됐지만 대학에 입학하니까 녀석이 자기랑 비슷한 부류와 어울리려고 하는 게 보이더군요. 꼭 정글 속으로 풀려난 길들여진 사자처럼. 더프는 4년제 대학교에 진학했고 번듯한 집안의 아가씨를 만나서 결혼했죠. 아이도 낳았고요. 우리는 그냥 그렇게 멀어졌어요."

"네가 자기밖에 모르는 거만한 개자식처럼 구는 그 친구를 보고 신물을 느낀 건 아니고?"

"사람들이 종종 더프를 오해하던데요. 경찰대학에서 그 친구하고 저는 거물급 악당들을 우리 손으로 처단하자고 맹세했어요. 더프는 진심으로 이 도시를 바꾸어 놓길 **원해요**."

"그래서 네가 위기에서 구출한 건가?"

"더프는 능력 있고 성실한 친구예요. 모두들 알다시피 조직범죄수사반을 맡을 가능성이 크고요. 그러니까 전투 중 저지른 실수 때문에 우리 모두를 위해 좋은 일을 할 수 있는 친구의 앞길이 막히면 안 되지 않겠어요?"

"방어 능력이 없는 상대를 그런 식으로 죽이다니 너답지 않아서 그래."

맥베스는 어깨를 으쓱했다. "제가 변했나 보죠."

"인간은 변하지 않아. 하지만 이제 보니 단순히 군인의 임무로 받아들인 모양이로군. 너하고 더프하고 나는 이 전쟁에서 같은 편으로 싸우고 있어. 너는 독극물로 우리 아이들의 수명을 단축시키지 못하게 두 노스 라이더의 수명을 단축시킨 거야. 하지만 임무를 골라 가며 수행할 수 있나. 신호등에서 죽인 적들이 보이기 시작하면 얼마나 괴로운지 나도 알아. 너는 나보다 괜찮은 인간이야, 맥베스."

맥베스는 능글맞게 웃었다. "전장에서 누구보다 시야가 훤한 분에게 용서를 받다니 어느 정도 위로가 되네요."

뱅쿼는 고개를 저었다. "나는 남들보다 시야가 훤하지 않아. 그저 의구심을 유일한 길잡이로 삼고 있는 수다쟁이에 불과하지."

"의구심, 맞아요. 가끔 거기에 빠져서 허우적거릴 때도 있나요?"

"아니." 뱅쿼는 대답하고 앞 유리창 너머를 바라보았다. "가끔이 아니라 항상 그렇지."

맥베스와 뱅쿼는 주차장에서 경찰청 뒤편의 직원용 출입문으로 걸어갔다. 경찰청은 동3구 한복판에 자리 잡은 200년 된 석조 건물이었다. 예전에는 교도소였고 여기서 사형과 고문이 이루어졌다는 소문이 있었다. 직원들도 야근을 하다 보면 아무 이유 없이 찬바람이 불고 멀리서 비명 소리가 들린다고 주장했다. 뱅쿼가 맥베스에게 얘기하기로는 매일 정각 5시가 되면 난방을 끄는 괴팍한 관리인 때문이라고, 불을 켜 놓고 자리를 비운 사람이 보일 때마다 그가 비명을 지르는 거라고 했다.

실직한 남자들 사이에서 오들오들 떨며 누군가를 기다리는 것처럼 두리번거리는 아시아계 여자 두 명이 맥베스의 눈에 들어왔다. 이 도시의 매춘부들은 전국철도연맹 사무실 뒤편의 스리프트 스트리트에 집결하다 몇 년 전에 시의회에 의해 쫓겨났다. 그 뒤로 카지노에

서 근무할 수 있을 만한 외모가 되는 부류와 길거리의 혹독한 환경
을 견디며 경찰과 계속 부대껴야 안도감을 느끼는 부류로 시장이 양
분됐다. 게다가 정치나 언론의 주기적인 압박에 못 이긴 경찰이 대규
모 연행으로 길거리의 '성매매 쓰레기'를 '청소'하러 나설 때는 짧고
신속하게 끝내는 편이 어느 입장에서 보나 간편했다. 조만간 모든 게
평소로 돌아갈 테고 경찰청 소속이 그 아가씨들의 고객이 될 가능성
도 배제할 수 없었다. 하지만 맥베스는 워낙 오랫동안 아가씨들의 접
근을 정중하게 거절했기에 이제는 아무도 그를 괴롭히지 않았다. 그
래서 그 두 여자가 그와 뱅쿼 쪽으로 다가오자 이 일대로 처음 진출
한 신참인가 보다고 미루어 짐작했다. 그들은 그의 기억에 남을 한
쌍이었다. 비교적 낮은 이 일대의 기준을 감안하더라도 외모는 그다
지 인상적이지 않았다. 맥베스도 경험으로 알다시피 아시아계 여자
들의 나이는 짐작하기 쉽지 않았지만 그들은 몇 살인지 몰라도 힘든
시기를 거친 게 분명해 보였다. 눈빛을 보면 알 수 있었다. 차갑고,
주변 환경과 그들 자신만을 비출 뿐 속내를 드러내지 않는 눈빛이었
다. 싸구려 외투를 입고 몸을 웅크리고 있었지만 흉측한 그들의 얼굴
이, 앞뒤가 안 맞는 무언가가 그의 흥미를 자극했다. 한 명이 입을 열
자 제대로 관리를 하지 않은 듯 지저분하고 누런 치열이 드러났다.

"미안해요, 아가씨들." 그녀가 뭐라고 얘기를 꺼내기도 전에 맥베
스가 쾌활한 목소리로 말했다. "우리도 응하고 싶지만 나는 아내가
소름 끼치도록 질투가 심하고 여기 이 사람은 성병으로 두드러기가
워낙 심해서요."

뱅쿼가 뭐라고 중얼거리며 고개를 저었다.

III

"맥베스." 둘 중 한 명이 매서운 눈빛과 전혀 어울리지 않는, 인형처럼 끽끽거리는 목소리로 딱딱 끊어서 말했다.

"뱅쿼." 다른 여자가 똑같은 억양, 똑같은 목소리로 말했다.

맥베스는 걸음을 멈추었다. 두 여자 모두 정체를 감출 목적으로 길고 까만 머리를 잘 빗어서 얼굴을 덮었지만 유리 세공사의 대롱 밑에서 반짝거리는 유리처럼 입 위에 달린 큼지막하고 새빨갛고 동양인답지 않은 코를 감추지는 못했다.

"우리 이름을 아는군요." 그가 말했다. "뭘 어떻게 도와드릴까요, 아가씨들?"

그들은 아무 대꾸도 하지 않았다. 길 건너편의 어느 집을 턱으로 가리키고 그만이었다. 어둑어둑한 아치형 입구에 서 있던 또 한 사람이 환한 햇볕이 드는 곳으로 나섰다. 다른 두 여자와 그보다 더 대조적일 수가 없었다. 그 여자는—여자인지 모르겠지만—술집 경비원처럼 키가 크고 어깨가 넓었고, 사기꾼이 있지도 않은 제품의 효능을 포장하듯 타이트한 호피 무늬 옷으로 여성스러운 굴곡을 강조하고 있었다. 하지만 맥베스는 그녀가 무엇을 판매하는지 혹은 예전에 무엇을 판매했었는지 알았다. 있지도 않은 효능이 뭔지도 알았다. 그녀는 모든 면에서 극단적이었다. 키, 덩치, 불룩한 젖가슴, 튼튼한 손가락을 감싸고 있는 집게발처럼 생긴 손톱, 부릅뜬 눈, 연극배우 같은 화장, 뾰족한 하이힐이 달렸고 허벅지까지 오는 부츠. 그녀가 달라지지 않았다는 것이 그에게는 유일한 충격이었다. 그 오랜 세월이 흘렀는데 그녀에게는 흔적 하나 남기지 않았다니.

그녀는 두 걸음 만에 성큼 도로를 건너오는 듯이 느껴졌다.

"안녕하십니까." 그녀의 목소리가 어찌나 굵고 낮은지 맥베스는 뒤편의 유리창이 떨리는 소리가 들리는 것 같다는 생각을 했다.

"스트레가." 맥베스가 말했다. "오랜만이에요."

"그러게. 그때는 한낱 꼬맹이였는데."

"나를 기억하나 봐요?"

"나는 모든 고객을 기억해, 맥베스 경감."

"이 둘은 누구예요?"

"내 동생들." 스트레가는 미소를 지었다. "헤카테의 축하 인사를 전하러 왔어."

맥베스는 헤카테의 이름이 등장하자 뱅쿼가 자동적으로 재킷 안으로 손을 넣는 것을 보고 그의 팔 위에 조심스럽게 손을 얹었다. "무슨 축하 인사요?"

"네가 조직범죄수사반장으로 임명된 거." 스트레가가 말했다. "맥베스 만세."

"맥베스 만세." 동생들이 따라서 외쳤다.

"지금 무슨 소리를 하는 거예요?" 맥베스는 물으며 길 건너편의 실업자들을 눈으로 훑었다. 뱅쿼가 총을 꺼내려고 했을 때 어떤 움직임이 포착됐었다.

"손해를 보는 사람이 있으면 이득을 보는 사람도 있는 법." 스트레가가 말했다. "그게 정글의 법칙이지. 죽은 사람이 생기면 각자의 몫이 커지고. 덩컨 경찰청장이 죽으면 누가 그 몫을 챙기게 될까?"

"이봐요!" 뱅쿼가 그녀의 앞으로 한 발 다가갔다. "헤카테가 그런 식으로 우리를 협박하려는 거라면……."

맥베스가 그를 말렸다. 그는 이제 알아차렸다. 길 건너편에서 세 남자가 고개를 들고 자세를 가다듬었다. 그들은 다른 사람들 속에 섞여서 따로 떨어져 있었지만 공통점이 있었다. 모두 회색의 가벼운 외투를 입고 있었다. "뭐라고 하건 그냥 내버려 둬요." 맥베스는 속삭였다.

스트레가는 미소를 지었다. "협박이라니. 헤카테는 그런 짓을 하지 않아. 그냥 흥미로운 사실을 얘기한 것뿐이지. 그는 네가 다음번 경찰청장이 될 거라고 생각해."

"내가요?" 맥베스는 웃음을 터뜨렸다. "당연히 부청장이 인계받을 테고 그의 이름은 맬컴이에요. 이제 그만 가요."

"헤카테의 예언은 틀린 적이 없어." 남자 같은 여자가 말했다. "그건 너도 알잖아." 그녀는 맥베스의 맞은편에 서서 꼼짝하지 않았고 맥베스는 그녀가 여전히 자신보다 키가 크다는 사실을 깨달았다.

"어때?" 그녀가 물었다. "카지노의 그 여자가 너를 계속 깨끗하게 관리하고 있어?"

뱅쿼는 맥베스의 몸이 뻣뻣하게 굳는 것을 보았다. 그걸 보며 이 스트레가는 여자로 간주된다는 데 고마워해야겠다는 생각을 했다. 맥베스는 콧방귀를 뀌며 무슨 말을 하려는 듯한 기미를 보이다 생각을 바꾸었다. 체중을 이쪽 발에서 저쪽 발로 옮겼다. 다시 입을 열었다. 하지만 이번에도 아무 말 하지 않았다. 이윽고 그는 몸을 돌려서 경찰청 출입문을 향해 뚜벅뚜벅 걸어갔다.

키 큰 여자는 그를 지켜보았다. "그리고 뱅쿼, 당신은 어떻게 될지 궁금하지 않아?"

"아니." 그는 이렇게 얘기하고 맥베스를 따라갔다.

"그럼 당신 아들 플리언스는?"

뱅쿼는 걸음을 멈추었다.

"착하고 성실한 아이지." 스트레가는 말했다. "헤카테가 그러는데 아이와 아이 아버지가 처신을 잘하고 게임의 규칙을 잘 따르면 나중에 그도 경찰청장이 될 거라고 했어."

뱅쿼는 그녀에게로 몸을 돌렸다.

"차근차근 계단을 밟아서." 그녀는 살짝 고개를 숙이고 미소 짓더니 몸을 돌려서 다른 두 여자의 팔뚝 아래를 잡았다. "가자, 동생들아."

뱅쿼는 이 희한한 삼인조가 경찰청 모퉁이를 돌 때까지 빤히 쳐다보았다. 어찌나 생뚱맞은 삼인조였던지, 사라졌을 때 자신이 꿈을 꾼 건 아닌지 자문해야 할 정도였다.

"요즘 길거리에 또라이들이 많네?" 뱅쿼는 안내 데스크가 나오기 전에 로비에서 맥베스를 따라잡고는 이렇게 얘기했다.

"요즘요?" 맥베스는 되묻고 짜증 난 듯 엘리베이터 버튼을 다시 눌렀다. "이 도시에서는 전부터 또라이들이 번영을 구가했죠. 그 여자들한테 경호원이 있었던 거 눈치챘어요?"

"헤카테의 유령 부대?"

엘리베이터 문이 스르르 열렸다.

"더프." 맥베스는 옆으로 비키며 말을 건넸다. "이제……?"

"맥베스, 뱅쿼." 금발의 남자는 이렇게 말하고 그들을 지나서 뚜벅뚜벅 출입문 쪽으로 걸어갔다.

"맙소사." 뱅쿼가 말했다. "스트레스를 잔뜩 받았네."

"꼭대기 자리에 오르면 그런 법이에요." 맥베스는 안으로 들어가서 지하층 버튼을 눌렀다. 특공대 사무실이 있는 층이었다.

"더프의 신발에서 항상 삑삑거리는 소리가 나는 거 알아?"

"항상 큰 신발을 사서 그래요." 맥베스가 말했다.

"왜?"

"저야 모르죠." 맥베스는 이렇게 대꾸하고 안내 데스크에서 달려오는 경관 앞에서 문이 닫히지 않도록 막는 데 성공했다.

"청장실에서 방금 전에 연락이 왔어요." 그가 숨을 헐떡이며 말했다. "대장님더러 도착하자마자 올라오라고 전해 달라고 하셨어요."

"알았어." 맥베스는 문을 잡고 있던 손을 놓았다.

"무슨 문제가 생겼나?" 문이 닫히자 뱅쿼가 물었다.

"그런가 봐요." 맥베스는 4층 버튼을 눌렀다. 어깨의 꿰맨 자리가 간질거리기 시작하는 게 느껴졌다.

5

레이디는 게임룸을 가로질렀다. 거대한 샹들리에 불빛이 블랙잭과 포커를 하는 까만 마호가니 테이블과, 곧 저녁이 되면 주사위가 굴러다닐 초록색 펠트지와, 뱅글뱅글 돌아가는 룰렛 휠 정중앙에 첨탑처럼 솟은 창 모양의 금색 뾰족탑 위로 쏟아졌다. 샹들리에는 이스탄불의 돌마바흐체 궁전에 있는 4.5톤짜리 샹들리에를 작게 본떠서 만든 것이었고, 천장 한복판에서 룰렛 테이블을 가리키는 뾰족탑은 룰렛 휠에 달린 뾰족탑을 본떠서 만든 것이었다. 샹들리에는 중2층의 난간에 줄로 연결하되 매주 월요일마다 내려서 유리를 닦을 수 있게 했다. 대부분의 고객들은 이런 사소한 부분들을 그냥 스쳐 지나갔다. 그녀가 이탈리아에서 꽤나 거금을 주고 산, 소음을 흡수하는 암적색 카펫에 조심스럽게 수놓은 조그만 백합들도 그랬다. 하지만 그녀까지 그냥 스쳐 지나가지는 않았다. 그녀의 눈에는 서로 대칭을 이루는 뾰족탑이 보였고 오직 그녀만 그 백합들이 무엇을 기념하는지 알았다. 그거면 충분했다. 이곳은 그녀의 것이었다.

그녀가 지나갈 때마다 딜러들이 반사적으로 일어나서 똑바로 섰다. 그들은 자기들이 할 일이 뭔지 알았고, 유능하고 신중했고, 고객을 깍듯하게 대하지만 단호했고, 깔끔하게 손질된 손톱과 단정하게 빗은 머리를 자랑하며 빨간색과 검은색으로 이루어진 인버네스 카지노의 우아한 딜러 유니폼을 입었다. 유니폼은 해마다 바뀌었고 전 직원이 맞춤복이었다. 그리고 가장 중요한 점은 그들이 정직하다는 것이었다. 그녀가 미루어 짐작한 사실이 아니라 **보고 들은** 사실이었다. 사람들의 눈빛과 무의식적인 움찔거림과 근육의 실룩임과 극적으로 긴장이 풀린 상태를 통해 **본** 것이었다. 떨리는 성대의 미묘한 차이를 통해 **들은** 것이었다. 그녀는 어머니와 할머니에게 천부적으로 예민한 감각을 물려받았다. 하지만 그들은 예민한 감각으로 인해 나이가 들면서 정신착란이라는 어두운 그림자 속으로 빠져든 반면, 레이디는 이런 능력을 활용해서 부정행위를 걸러 냈다. 어린 시절을 보낸 고난의 골짜기에서 벗어나 오늘날 이 자리에 올랐다. 이런 식으로 한 바퀴 시찰을 하는 데에는 두 가지 목적이 있었다. 하나는 매일 낮, 매일 밤마다 긴장의 끈을 놓지 못하도록 직원들을 자극해서 오벨리스크의 직원들보다 최소 한 단계 높은 수준을 유지하기 위해서였다. 두 번째는 부정행위를 적발하기 위해서였다. 그들이 어제는 정직하고 떳떳했을지 몰라도 인간은 축축한 찰흙과 같았다. 기회와 동기, 오늘 들은 이야기에 따라 모양이 달라져서 전날에는 상상도 하지 못했던 일을 아무렇지도 않게 저지를 수 있었다. 그렇다. 고정불변의 사실이 하나 있다면, 믿을 수 있는 사실이 하나 있다면 그거였다. 인간의 심장은 탐욕스럽다는 것. 레이디는 그렇다는 걸 알았다. 그녀가 그런 심장의 소유자였다. 그것은 저주인 동시에 행운이었고, 그녀에게 풍족함을 선물한 동시에 모든 것을 앗아 갔다. 하지만 그녀의 가슴 속에서는 그런 심장이 두근거리고 있었다. 고칠 수 있는 건 아무것도 없었고 그걸 멈출 방법도 없었다. 그저 따르는 수밖에 없었다.

그녀는 룰렛 테이블 주변에 모여 있는 낯익은 얼굴들을 향해 목례를 했다. 단골 고객들이었다. 그들은 저마다 여기 와서 도박판을 벌일 이유가 있었다. 힘든 하루를 보내고 스위치를 내려야 하는 사람들이 있는가 하면 따분한 하루를 보내고 짜릿한 도전이 필요한 사람들도 있었다. 그리고 일도 없고 도전 정신도 없지만 돈이 있는 사람들도 있었다. 위의 어떤 경우에도 해당하지 않는 사람들은 500달러 이상 날리면 맛은 없더라도 공짜로 점심을 먹을 수 있는 오벨리스크로 가게 되어 있었다. 세상에는 자기가 장기 수익을 보장하는 시스템을 갖추었다고 착각하는 바보들이 있었다. 계속 죽어 나가는데 신기하게도 멸종하지는 않는 종족이었다. 그런가 하면 사업의 든든한 바탕이 되어 주는—그걸 큰 소리로 인정하는 카지노 사장은 없겠지만—사람들도 있었다. 어쩔 수 없는 사람들. 밤이면 밤마다 태양의 중력장에 붙들린 조그만 지구처럼 반짝이는 휠 속에서 핑핑 돌아가는 룰렛 구슬에 홀려 모든 것을 걸 수밖에 없기 때문에 이곳을 찾아와야만 하는 사람들. 그 태양은 그들에게 일상을 제공하지만 결국에는 필연적인 물리학의 법칙에 따라 그들을 태워 버릴 수도 있었다. 중독자들. 레이디의 밥줄.

중독에 대해서 이야기하자면 밤을 새워도 모자랐다. 그녀는 손목시계를 확인했다. 오후 9시였다. 아직 조금 이른 시각이었지만 그래도 그녀는 테이블이 좀 더 꽉 차기를 바랐다. 오벨리스크 측에서 들리는 보고에 따르면 그녀가 인테리어와 주방과 호텔 객실을 업그레이드하는 데 상당한 금액을 투자했음에도 불구하고 그쪽으로 계속 손님을 빼앗기고 있었다. 일각에서는 그녀가 가격 경쟁에서 밀려 시장에서 퇴출되는 수순을 밟고 있다고, 이제 3년 된 오벨리스크가 좀 더 합리적인 대안으로 좋은 평가를 받고 있으니 눈을 낮춰서 비용을 줄여야 한다고 생각했다. 그렇더라도 이 도시에서 독보적인 입지를 지킬 수 있지 않느냐고 했다. 하지만 레이디를 모르고서 하는 얘기였다. 그녀에게 중요한 것은 수지 타산이 아니라 독보적인 입지라는 것을 모르고서 하는 얘기였다. 오벨리스크보다 더 우아한 것은 물론이고 상대가 어디가 됐든 더 훌륭해야 했다. 레이디의 인버네스 카지노는 자랑스럽게 드나들고 관계를 맺을 수 있는 곳이 되어야 했다. 그리고 레이디는 자랑스럽게 만나고 관계를 맺을 수 있는 인물이 되어야 했다. 부자들이 이곳을 찾았고 고위급 정치인, 유명한 배우와 스포츠 관계자, 미인, 작가, 패셔니스타, 지식인들이 모두 레이디의 테이블을 찾아와 정중하게 인사하고, 그녀의 손에 입을 맞추고, 조심스럽게 신용거래 가능성을 타진했다가 미소와 함께 조심스럽게 거부당하고, 서비스로 내주는 블러디 메리를 감사히 건네받았다. 수익이 나건 나지 않건 그녀는 오벨리스크처럼 우라질 성매매나 하려고 지금까지 고생한 게 아니었다. 샹들리에가 달린, **진짜** 샹들리에가 달린 인버네스 카지노에서 보고 싶지 않은 쓰레기들은 그쪽으로 넘어가도 상관없었다. 물론 시대가 바뀌긴 했다. 채권자들이 질문을 하기 시작했다. 그리고 그들은 인버네스에 필요한 것은 저렴한 음료가 아니라 큼지막한 샹들리에를 몇 개 더 추가하는 것이라는 그녀의 대답을 마뜩잖아했다.

하지만 지금 신경이 쓰이는 부분은 사업이 아니었다. 중독이었다. 그리고 맥베스가 아직 오지 않았다는 사실이었다. 그는 늦으면 항상 연락을 했다. 스위노를 급습했을 때 벌어진 사건이 그에게 영향을 미치고 있었다. 말로 그렇게 표현하지는 않았지만 그녀는 느낄 수 있었다. 가끔 그는 이상하게 여려 보일 때가 있었지만, 그녀는 그가 사람을 죽이는 광경을 직접 목격한 적이 있었다. 고도의 계산을 거쳐서 결단을 내리고 냉정하고 효율적으로 실행에 옮긴 뒤 잔인하게 미소 짓는 것을 목격한 적이 있었다.

하지만 이번에는 달랐다. 상대는 무방비 상태였다. 그녀는 맥베스 같은 남자들이 떠받드는 결투의 규칙이 가끔 이해되지 않을 때도 있었지만, 이런 문제가 생기면 그가 방향을 상실할 수도 있다는 건 알았다. 그녀는 반대편으로 건너가다 바에 앉아 있는 두 남자의 시선을 느꼈다. 둘 다 그녀보다 젊었다. 하지만 그녀의 호기심을 자극하지는 못했다. 그녀는 항상 남자들의 욕망을 자극하려고 갖은 노력을 기울이면서도 자신을 욕망하는 남자들을 경멸했다. 한 남자만 예외였다. 처음에는 누군가가 자신의 머리와 심장을 그토록 가득하고 완벽하게 채울 수 있다는 사실이 놀라웠다. 어떤 남자도 사랑해 본 적 없는 자신이 왜 이 남자를 사랑하는지 종종 자문하곤 했다. 그녀가 결론을 내린 바로는 그가 다른 남자들이 두려워하는 부분들을 사랑하기 때문이었다. 그녀의 용기. 의지. 그들보다 똑똑한 머리와 자신의 능력을 감추지 않는 성격. 진정한 남자라야 여자의 그런 면을 사랑할 수 있었다. 그녀는 워커스 광장이 보이는 대형 유리창 옆에 서서 폐쇄된 역사의 입구를 지키는 검은색의 버사 기관차를 바라보았다. 수많은 세월 동안 수없이 많은 사람들이 헤어나지 못하고 빠져 죽은 늪지가 그 안에 있었다. 혹시 그가……?

"자기야."

그녀의 귓가에 대고 이 단어를 속삭이는 그의 목소리를 들은 게 몇 번인지 몰랐다. 그럼에도 불구하고 매번 처음처럼 느껴졌다. 그가 그녀의 치렁치렁한 빨간 머리를 옆으로 넘기고 입술을 목에 갖다 대자 그녀의 온몸을 관통하는 전율이 느껴졌다. 부적절한 반응이었지만—바에서 두 남자가 계속 쳐다보고 있었다—그녀는 상관하지 않았다. 그가 왔으니 그걸로 됐다.

"어디 있다 오는 길이야?"

"새 사무실." 그가 그녀의 몸통을 한 팔로 감싸며 대답했다.

"새 사무실?" 그녀는 그의 팔뚝을 어루만졌다. 손끝으로 흉터를 더듬었다. 그는 거기에 흉터가 생긴 이유를 얘기한 적이 있었다. 어두운 데서 주사를 맞으려면 혈관이 보이지 않아서 지난번에 생긴 자국을 찾아 그 자리에 주사기를 꽂아야 했기 때문이라고 했다. 그걸 몇 년 동안 수없이 반복하다 보면, 거기다 가끔 부득이한 감염까지 겪고 나면 철조망에 긁힌 것 같은 이런 흉터가 팔뚝에 남았다. 하지만 새로 생긴 상처는 만져지지 않았다. 벌써 몇 년 전의 일이었다. 가끔은 —어린애처럼 문득 낙관론에 휩싸일 때면—이제 그가 완치되지 않았을까 하는 생각이 들 만큼 오래된 일이었다.

"지하실에 있는 그 석탄 통 같은 곳을 사무실이라고 부르는지 몰랐네."

"3층이야." 맥베스가 말했다.

레이디는 그를 돌아보았다. "뭐라고?"

그의 까만 수염 사이로 하얀 치아가 반짝였다. "당신은 지금 이 도시의 신임 조직범죄수사반장을 마주하고 있어."

"진짜야?"

"응." 그는 웃음을 터뜨렸다. "충격을 받은 당신 표정을 보니까 청장실에서 내가 꼭 그런 표정을 지었을 것 같네."

"나 충격받지 않았어. 그냥…… 행복해. 당신은 충분히 자격이 있어! 내가 누누이 얘기했잖아. 지하실의 그 사무실은 당신한테 걸맞지 않다고."

"응, 맞아. 여러 번 얘기했지. 하지만 그렇게 얘기한 사람이 당신밖에 없었어." 맥베스는 고개를 뒤로 젖히고 다시 웃음을 터뜨렸다.

"이제 우리는 올라갈 일만 남았어. 아무도 모르는 지하실에 처박혀 있던 세월은 안녕이야! 연봉도 많이 달라고 했지?"

"연봉? 아니, 깜빡하고 얘기를 못 했네. 유일한 요구 사항이 뱅쿼를 부반장으로 임명해 달라는 거였는데, 둘 다 좋다고 했어. 어이없는 게……"

"어이없다니. 전혀 아니야. 잘했어."

"그게 아니라 경찰청으로 들어가는 길에 헤카테가 보낸 세 자매를 만났는데, 내가 그 자리를 맡게 될 거라고 예언했거든."

"예언했다고?"

"응!"

"미리 알고 있었겠지."

"아니야. 청장실로 올라가니까 덩컨이 불과 5분 전에 결정한 거라고 했어."

"흠. 요술을 부렸나."

"약에 취해서 헛소리를 늘어놓은 것일 수도 있지. 내가 나중에 경찰청장이 될 거라고도 했거든. 그나저나 깜짝 뉴스가 있어. 덩컨이 여기 이 인버네스에서 축하 파티를 열면 어떻겠냐고 했어!"

"잠깐만. 뭐라 그랬다고?"

"여기서 축하 파티를 열자고 했다고. 경찰청장이 당신 카지노에서 파티를 주관했다고 하면 평판에 도움이 되지 않을까?"

"아니, 그 여자들 말이야. 당신더러 경찰청장이 될 거라고 했다고?"

"응. 하지만 신경 쓰지 마. 덩컨한테 밤새 놀아 보자고, 그는 물론이고 먼 데서 사는 사람들은 전부 호텔에서 하룻밤 자고 가면 된다고 했어. 요새 빈방이 많으니까……."

"당연히 그러면 되지." 그녀는 그의 뺨을 어루만졌다. "자기, 목소리는 밝은데 안색은 계속 창백하네?"

그는 어깨를 으쓱했다. "글쎄. 몸이 안 좋은가 봐. 신호등 불빛에서 죽은 남자들이 보였어."

그녀는 그의 겨드랑이 밑에 손을 넣었다. "가자. 당신한테 필요한 게 뭔지 알아."

그는 미소를 지었다. "어련하실까."

그들은 카지노를 가로질렀다. 그녀는 하이힐 때문에 자신의 키가 그보다 머리 절반쯤 커 보인다는 것을 알았다. 바에 앉아 있는 남자들이 자신을 계속 쳐다보는 이유가 자신의 탱탱한 몸매와 우아한 드레스와 당당하고 나긋나긋한 걸음걸이 때문이라는 것을 알았다. 이건 오벨리스크에 없는 항목이라는 것을 알았다.

더프는 큼지막한 더블베드에 누워서 너무나도 잘 아는 천장의 페인트칠이 갈라진 틈새를 쳐다보았다.

"회의가 끝나고 거기서 나오려는데, 덩컨이 나를 옆으로 데려가더니 실망했냐고 묻더라." 그가 말했다. "우리 둘 다 알다시피 누가 봐도 내가 적임자 아니었냐면서."

그 틈새에서 곁가지들이 제멋대로 뻗어 나왔지만 눈을 찡그려서 시야를 흐릿하게 만들면 그게 일정한 패턴에 따라 어떤 형체를 그리는 것 같기도 했다. 그게 뭔지 알 수 없을 따름이었다.

"그래서 당신은 뭐라고 했어?" 화장실에서 들리는 물소리 너머로 그녀가 물었다. 지금까지 숱하게 대면한 사이인데도 그녀는 준비가 된 다음에야 그의 앞으로 나섰다. 그로서는 나쁠 게 없었다.

"그렇다고, 실망했다고 했어. 그는 맥베스가 내부 핵심 멤버가 **아니기 때문에** 그 자리에 앉히려는 거라고, 내가 덩컨의 프로젝트를 처음 시작부터 지원했던 게 **불리하게** 작용했다고 얘기하더군."

"뭐, 맞는 말이긴 하네. 그래서……?"

"덩컨은 이유가 하나 더 있는데 남들 앞에서 얘기하기가 뭣했다고 하더라고. 스위노를 잡지 못했으니 급습 작전은 절반의 성공이었지. 내가 워낙 일찌감치 제보를 받아서 그에게 알릴 시간이 충분했던 것으로 밝혀졌고. 나는 욕심을 부리다 하마터면 1년 동안 공들인 첩보 작전을 날려 버릴 뻔했다고 오해를 받을 수도 있었어. 그리고 맥베스와 특공대 덕분에 작전이 실패를 모면했고. 그런 상황에서 그가 아니라 나를 선택하면 의심스러워 보일 거 아냐. 하지만 위로상을 받았으니 됐어."

"살인사건수사반으로 옮겨 줬지? 그것도 괜찮은 보직 아냐?"

"마약단속반보다는 규모가 작지만 조직범죄수사반에서 맥베스의 부하 직원으로 근무하는 수모는 모면하게 됐으니까."

"그나저나 누가 덩컨을 설득했을까?"

"그게 무슨 소리야?"

"누가 맥베스를 강력하게 추천했을지 궁금하다고. 덩컨은 남의 말을 잘 듣잖아. 웬만하면 서로 의견을 맞추려고 하고 다 같이 의논해서 결정하는 걸 좋아하잖아."

"아냐. 맥베스를 대신해서 로비를 벌인 사람은 없어. 맥베스는 그 단어가 무슨 뜻인지도 모를걸? 그의 인생 목표는 악당을 체포하고 카지노의 여왕님을 행복하게 만드는 것뿐이야."

"얘기가 나왔으니 말인데." 그녀는 화장실 문 옆에서 포즈를 취했다. 얇은 네글리제를 입고 있어서 가려지는 부분보다 보이는 부분이 더 많았다. 더프는 이 여자의 많은 부분을 좋아했고 그중 일부는 심지어 말로 표현할 도리가 없었지만 그가 숭배하는 부분은 누가 봐도 빤했다. 그녀의 젊음이었다. 바닥에 놓인 촛불 덕분에 그녀의 눈과 빨간 입술과 치아가 촉촉하게 반짝였다. 하지만 오늘은 그 정도로는 성에 차지 않았다. 한마디로 기분이 나지 않았다. 그런 일을 겪은 마당에 아침처럼 혈기 왕성할 수가 없었다. 하지만 분위기를 바꿀 수 있을지도 몰랐다.

"그거 벗어." 그가 말했다.

그녀는 웃음을 터뜨렸다. "방금 전에 입은 건데?"

"명령이야. 그 자리에서 옷 벗어. 천천히."

"흠. 글쎄. 좀 더 정확하게 명령을 내리면 모를까……."

"케이스니스, 상사로서 명령을 내린다. 등을 돌려서 머리 위로 입고 있는 걸 벗고 몸을 앞으로 숙여서 문틀을 꽉 잡도록."

그녀가 놀라서 여학생처럼 헉 하고 비명을 지르는 소리가 더프의 귀에 들렸다. 그를 위해 연기를 하는 것일 수도 있었고 아닐 수도 있었다. 어느 쪽이건 상관없었다. 그는 점점 달아오르고 있었다.

헤카테는 칠이 벗겨져 가는 벽과 중얼거리는 약물중독자들로 둘러싸인 중앙역의 축축한 바닥을 성큼성큼 가로질렀다. 둘이 나눠서 쓰는 숟가락과 주사기 위로 허리를 수그린 두 남자의 시선이 느껴졌다. 그들은 그를 몰랐다. 아무도 그를 몰랐다. 겨자색 캐시미어 외투를 입고, 부자연스러울 정도로 까만 머리를 정성스럽게 빗어 넘기고, 번쩍번쩍하고 묵직한 롤렉스를 찬 그의 모습이 그들 눈에는 사자 소굴로 걸어 들어온 완벽한 먹잇감처럼 보였을 것이다. 아니면 그들은 의구심을 품었을 수도 있었다. 당당하고 결연한 걸음걸이에서, 꼭대기에 금을 씌웠고 두 발짝 뒤에서 걷는 키 크고 어깨가 넓은 여자의 뾰족구두에 맞춰서 리드미컬하게 **똑딱**거리는 지팡이에서 뭔지 모를 분위기를 느꼈을지 모른다. 아니면 전원이 회색의 가벼운 외투를 입

고, 그가 등장하기 직전에 역사로 들어와 벽에 자리를 잡고 선 세 남
자에게서 뭔지 모를 분위기를 느꼈을 수도 있었다. 어쩌면 그래서 그
들이 그의 소굴에 있다는 사실을 알아차렸을지 모른다. **그가** 사자라
는 것을.

헤카테는 걸음을 멈추고, 화장실과 연결된 지린내 나는 좁은 계단
을 스트레가가 먼저 내려가게 했다. 고개를 숙이고 당면 과제―약을
조제해서 주사로 맞는 것―에 열중하는 두 약쟁이가 보였다. 중독자
들이었다. 헤카테에게 중독자라는 단어는 경멸이나 짜증을 내포하
지 않고 사실을 있는 그대로 설명하는 단어일 뿐이었다. 이러니저러
니 해도 그들이 그의 밥줄이었다.

스트레가가 계단 밑에 달린 문을 열었고 잠을 자던 남자를 일으켜
세워서 으르렁거리는 얼굴로 그녀의 기분을 표현한 다음 엄지손가
락으로 남자가 가야 할 방향을 가리켰다. 헤카테는 그녀를 따라서 세
면대와 칸막이 화장실 사이로 들어갔다. 냄새가 어찌나 지독한지 헤
카테의 눈에 눈물이 고일 정도였다. 하지만 순기능도 있었다. 덕분에
산전수전 겪은 중독자들도 볼일을 최대한 빨리 끝내고 나갔다. 스트
레가와 헤카테는 문에 '사용 금지'라는 팻말이 붙어 있고 배설물이 변
기 꼭대기까지 찬 맨 끝 칸으로 들어갔다. 천장에 달렸던 네온등도 없
어졌기 때문에 이 안에서는 혈관을 찾을 수도 거기에 주사기를 꽂을
수도 없었다. 스트레가가 분리된 변기 위에 달린 타일을 하나 떼어 내
서 손잡이를 돌리고 밀었다. 벽이 열렸고 그들은 안으로 들어갔다.

"얼른 닫아." 헤카테는 말하고 기침했다. 그는 안을 둘러보았다. 이
곳은 역사 창고였고 다른 쪽 문을 열면 남부선 터널이 나왔다. 그는

철도가 폐쇄되고 2년이 지났을 때 이곳으로 생산 라인을 옮겼다. 노숙자와 약쟁이들 몇 명을 쫓아냈고, 여길 드나드는 사람이 아무도 없고 케네스 경찰청장이 최고위급 보호자였음에도 터널과 화장실로 내려가는 계단 위에 다른 걸로 위장한 CCTV를 설치했다. 야간 근무조는 도합 열두 명이었고 모두 마스크를 쓰고 하얀 가운을 입고 있었다. 공간을 둘로 나누는 유리 파티션 이쪽에서 일곱 명이 칵테일을 잘게 썰고 무게를 재서 비닐봉지에 포장했다. 무장 경비원 두 명이 터널로 연결되는 문 옆에 앉아서 직원들과 CCTV 화면을 지켜보았다. 유리 파티션 안쪽은 내실 아니면 그냥 주방이라고 불리는 공간이었다. 탱크가 거기 있었고 두 자매만 출입할 수 있었다. 주방이 밀폐된 이유는 여러 가지였다. 첫째, 외부의 그 어떤 것도 내부의 제작 과정을 오염시켜선 안 되고 어떤 바보가 무심코 라이터를 켜거나 담배꽁초를 던지면 그들 모두가 갈가리 찢길 수 있기 때문이었다. 하지만 가장 큰 이유는 공기 중에 떠다니는 입자를 날마다 들이마시면 누구라도 금세 중독이 될 것이기 때문이었다.

헤카테는 방콕의 차이나타운 아편굴에서 두 자매를 발견했다. 그들은 그곳에 실험실을 차려 놓고 치앙라이에서 생산된 아편으로 헤로인을 자체 제작하고 있었다. 그는 그들에 대해 아는 게 별로 없었다. 장제스의 추종자들과 함께 중국을 빠져나왔고, 살던 마을을 휩쓸고 지나간 병 때문에 얼굴이 망가졌고, 또박또박 대금만 지불하면 그가 뭘 요구하든 만들어 준다는 것뿐이었다. 재료야 누구든 아는 거였고 비율도 마찬가지였고 누구든 유리창 너머에서 순서대로 따라 할 수 있었다. 하지만 그들이 재료를 섞어서 조제하는 데 뭔지 모를 비밀이 있었다. 헤카테의 입장에서는 그들이 두꺼비의 분비물, 호박벌의 날개, 쥐의 꼬리 즙을 쓰고 심지어 탱크에 대고 코를 푼다는 소문이 돈다 한들 아니라고 할 이유가 없었다. 덕분에 흑마술 같은 분위기를 풍겼고, 너무나 현실적인 노동자의 삶을 사는 사람들이 돈을 주고 사고 싶어 하는 게 바로 그런 흑마술이었다. 그리고 칵테일은 대성공을 거둘 전망이었다. 헤카테는 그렇게 많은 사람들이 그렇게 짧은 기간에 그렇게 극단적으로 중독되는 것을 본 적이 없었다. 하지만 두 자매가 생산하는 제품의 약발이 조금이라도 떨어지면 그들을 당장 제거해야 한다는 것도 자명한 사실이었다. 원래 그런 거였다. 모든 건 때가 있고 사이클이 있기 마련이었다. 그리고 지금은 덩컨의 시대였고 그가 자기 고집대로 밀어붙인다면 마술 산업으로서는 어려운 시절이 될 것이었다. 좋은 시절과 어려운 시절, 인간의 짧은 생과 사가 신에 의해 결정된다면 스스로 신이 되는 수밖에 없었다. 생각보다 쉬운 일이었다. 대부분의 사람들이 신과 같은 반열에 오르지 못하는 이유는 두려움과 미신 때문이었고, 불안한 마음에 세상에는 도덕률과 모든 인간에게 적용되는 하늘의 법칙이 있다고 굴복하기 때문이었다. 하지만 그 법칙은 신을 자처하는 인간들이 만든 것이었고 묘하게도 그들에게 도움이 되는 쪽으로 작용했다. 물론 모두가 신이 될 수 있는 건 아니었고 신에게는 추종자, 즉 고객층이 필요했다. 시장이 필요했다. 도시가, 그것도 여러 개 필요했다.

헤카테는 작업실 한쪽 끝에 자리를 잡고 지팡이에 두 손을 얹은 채 가만히 서 있었다. 여긴 그의 공장이었다. 여기서 그는 공장 주인이었다. 사업이 점점 커져 가고 있었다. 조만간 사업을 확장해야 할 것이었다. 그가 수요를 맞추지 못하면 다른 사람들이 맞출 테고 그것이 자본주의의 단순한 법칙이었다. 그는 오래전부터 이 도시의 버려진 공장을 하나 인수해 유령 회사로 위장하고 밀실에서 칵테일을 조제하려고 계획하고 있었다. 경비, 철조망을 두른 담, 드나드는 그의 트럭들. 생산량을 열 배 늘려서 전국으로 배송할 수도 있었다. 하지만 그러면 지금보다 눈에 띌 테고 경찰의 보호가 필요할 것이었다. 그가 마음대로 주무를 수 있는 경찰청장이 필요할 것이었다. 케네스가 필요할 것이었다. 그런데 케네스가 죽었으니 어떻게 해야 할까? 새로운 케네스를 만들어서 길을 터 주어야 했다.

마약을 썰고 포장하는 직원들이 딱딱한 미소를 지으며 까딱 인사를 하고 다시금 의욕을 불사르며 작업에 착수했다. 그들은 바짝 긴장했다. 이 시찰의 일차적인 목적이 그것이었다. 사이클을 멈추는 게 아니라―그건 불가능했다―지연하는 것이었다. 이 지하 작업실의 모든 직원은 때가 되면 그를 속이고 몇 그램씩 슬쩍 집으로 들고 가서 팔 것이다. 그러다 들통이 나서 곧바로 처벌을 받을 것이다. 스트레가에 의해. 그녀는 여러 가지 임무를 즐기는 눈치였다. 예컨대 자매들과 함께 전령으로 나선 것만 해도 그랬다.

"그래, 스트레가." 그가 말했다. "우리가 맥베스에게 심은 씨앗이 무럭무럭 자랄 것 같은가?"

"인간의 야망은 엉겅퀴처럼 항상 태양을 향해 뻗어 나가며 주변의 모든 것을 그림자로 뒤덮고 죽이게 되어 있죠."

"그래야 할 텐데."

"그들은 엉겅퀴예요. 어쩔 수가 없어요. 사악하고 멍청해요. 전쟁이의 첫 번째 예언이 맞아떨어지면 다음번 예언도 맹목적으로 믿게 되어 있어요. 맥베스는 이제 자신이 신임 조직범죄수사반장이 되었다는 소식을 들었을 거예요. 맥베스가 엉겅퀴의 야망을 충분히 품고 있는지가 유일한 관건이죠. 그리고 가는 데까지 갈 수 있을 만큼 잔인한지도."

"맥베스는 자격 미달이야." 헤카테가 말했다. "하지만 그녀는 아니지."

"그녀요?"

"레이디, 그가 사랑해 마지않는, 관계의 주도자. 나는 그녀를 만난 적이 없지만 그녀의 가장 은밀한 비밀을 알고 스트레가 자네보다 그녀를 더 잘 이해하지. 시간만 주면 레이디는 필연적인 결론에 다다를 거야. 내 말 믿어."

"필연적인 결론이라면?"

"덩컨을 제거해야 한다는 거."

"그러면요?"

"그러면." 헤카테는 지팡이로 바닥을 **톡톡** 두드렸다. "좋은 시절이 다시 찾아오는 거지."

"우리가 맥베스를 마음대로 주무를 수 있을 거라고 장담하세요? 이제는 약을 끊었으니까 어쩌면…… 도덕주의자가 됐을 수도 있잖아요."

"스트레가, 약쟁이나 도덕주의자보다 더 예측하기 쉬운 부류가 딱 하나 있다면 그건 사랑에 홀딱 빠진 약쟁이 겸 도덕주의자야."

뱅쿼는 2층의 침실에 누워서 빗소리와 방 안의 정적과 절대 오지 않을 열차 소리에 귀를 기울였다. 철길이 그의 집 앞을 지나갔기 때문에 레일과 침목이 제거된, 아니 도둑맞은 구간의 젖어서 번들거리는 자갈이 머릿속에 그려졌다. 그와 베라는 여기서 행복하게 살았다. 여기서 호시절을 누렸다. 그는 베라가 제이컵스 앤드 선스에서 일하던 시절에 그녀를 만났다. 그곳은 고상한 사람들이 결혼반지와 선물을 사러 가는 보석 가게였다. 어느 날 저녁에 거기서 도난 경보가 울리자 순찰 중이던 뱅쿼가 1분 만에 사이렌이 왱왱거리는 현장에 출동했다. 안에 들어가 보니 겁에 질린 젊은 여자가 귀청이 찢어질 것 같은 벨 소리 너머로 가게 문을 닫으려고 했을 뿐이라고, 신입이라 경보를 작동시키려다 뭘 잘못했나 보다고 소리를 질러 대고 있었다. 그의 귀에는 어쩌다 한 마디씩 들리는 게 전부였고 그래서 그녀를 관찰할 여유가 생겼다. 결국 그녀가 울음을 터뜨리자 그는 위로의 뜻에서 다정하게 한 팔로 그녀를 감쌌다. 그녀는 벌벌 떠는 따뜻한 아기 새 같았다. 이후로 몇 주 동안 그들은 영화를 보고, 햇살이 환한 터널 반대편 동네에서 산책을 했고, 그는 터널 입구에서 그녀에게 입을 맞추었다. 그녀는 노동자 계층이었고 부모님과 함께 살았다. 어렸을 때부터 생활비를 분담해야 했고 그녀의 부모님처럼 에스텍스 공장에서 일했다. 그러다 기침이 심해져서 회사를 옮기는 게 좋겠다는 의사의 소견에 따라 추천을 통해 제이컵스에 입사했다.

"봉급은 줄었어요." 그녀가 말했다. "하지만 수명은 길어졌죠."

"요즘도 기침해요?"

"비가 오는 날에만요."

"햇볕을 좀 더 많이 쪼이는 게 좋겠다. 일요일에 또 좀 걸을래요?"

6개월이 지났을 때 뱅쿼는 보석 가게로 찾아가서 그녀에게 추천할 만한 약혼반지가 있느냐고 물었다. 그녀가 어찌나 당황한 표정을 짓던지 웃음이 절로 나왔다.

그들은 손바닥만 하고 1층에 다른 세대들이 사는 방 두 개짜리 아파트에 신접살림을 차렸다. 돈을 모아서 장만한 침대에서 사랑을 나누었고 그는 지금 그 침대에 누워 있었다. 베라―열정적이었지만 부끄럼이 많았다―는 옆집 사람들을 배려해서 열차가 지나갈 때까지 참았다. 열차가 벽과 천장에 달린 전등을 흔들며 우레와 같이 지나가면 그제야 이성을 놓고 비명을 지르며 손톱으로 그의 등을 파고들었다. 바로 그 침대에서 플리언스를 낳을 때도 그랬다. 열차가 지나갈 때까지 기다렸다가 비명을 지르고 손톱으로 그의 손을 파고들며 아들을 밀어냈다.

그들은 이듬해에 방이 더 많은 1층 집을 샀다. 그들은 세 식구였고 조만간 한참 더 많아질 수도 있었다. 하지만 5년 뒤에는 아들과 아버지, 이렇게 둘만 남았다. 폐 때문이었다. 병원에서는 대기오염 때문이라고 했다. 공장에서 뿜어져 나온 온갖 독소들이 뚜껑처럼 이 도시를 덮고 있는 저기압에 눌려서 빠져나가지 못하기 때문이라고 했다. 그런데 이미 폐가 망가진 사람이었으니…… 뱅쿼는 자책했다. 터널 저쪽으로, 파이프로, 햇볕이 들고 상쾌한 공기를 마실 수 있는 곳으로 집을 옮길 수 있을 만큼 돈을 모으지 못한 그의 탓이었다.

이제 그들의 집에는 방이 너무 많았다. 그는 1층에서 울려 퍼지는 라디오 소리를 들으며 플리언스가 숙제를 하고 있나 보다는 생각을 했다. 플리언스는 성실했고 잘하고 싶어 하는 게 워낙 많았다. 그나마 다행스러운 점이 있다면 학교에 쉽게 적응하고 순조로운 출발을 보였던 아이들은 사는 게 힘들어지면 열정을 잃어버릴 때가 많다는 것이었다. 그러면 하루하루 숨 가쁘게 살아가며 노력을 기울여야 뭐든 배울 수 있다는 사실을 터득한 플리언스 같은 학생들에게 기회가 돌아갔다. 그렇다, 모든 게 잘될 것이다. 그리고 누가 알겠는가, 아들이 여자를 만나서 가정을 꾸릴지. 예를 들면 이 집에서 말이다. 어쩌면 지금보다 나은 새로운 시절이 찾아올 수도 있었다. 맥베스가 이 도시의 조직범죄 집단을 상대하게 됐으니 지금보다 덩컨을 더 많이 도울 수 있을지 몰랐다. 그 소식을 듣고 뱅쿼와 경찰청 직원들은 대부분 깜짝 놀랐다. 지하의 특공대 본부에서 리카도도 솔직히 얘기하지 않았던가. 양복에 넥타이를 매고 책상 앞에 앉아 있는 맥베스와 뱅쿼는 상상이 되지 않는다고. 표를 그리고 예산을 제시하고. 아니면 칵테일파티에서 경찰청장, 시의원, 다른 상류층 인사들과 깍듯하게 대화를 나누고. 하지만 그들은 그런 광경을 목격하게 될 것이다. 열정이 부족하지는 않을 것이다. 이제 으레 전력을 다해야 목표를 이룰 수 있었던 맥베스 같은 사람들의 차례가 된 것일 수도 있었다.

경찰청에서 맥베스가 10대 시절 얼마나 스피드에 중독이 됐었는지, 그게 그를 얼마나 미치게 만들었는지, 그가 얼마나 대책 없을 정도로 방황했는지 아는 사람은 더프밖에 없었다. 뱅쿼는 담당 구역을 순찰하느라 폭우가 퍼붓는 길거리를 걸어 다니다 약에 취해서 정신을 놓고 버스 정거장 벤치에 웅크리고 있던 소년을 만났다. 그는 다른 데로 쫓아내려고 아이를 흔들어 깨웠지만 애원하는 듯한 갈색 눈에 뭔가가 있었다. 벌떡 일어나는 모습에, 아무짝에도 쓸모없을 게 뻔한 탄탄하고 군살 없는 체구에 뭔가가 있었다. 뭔가가 자라는 중인 것 같았다. 뭔가를 살릴 수 있을 것 같았다. 뱅쿼는 그날 밤, 열다섯 살짜리를 집으로 데려가서 보송보송한 옷으로 갈아입혔다. 베라가 먹을 것을 챙겨 주고 잠자리에 눕혔다. 일요일인 다음 날에 베라와 뱅쿼와 아이는 차를 타고 터널을 지나 햇살이 환한 반대편으로 건너 가서 파릇파릇한 언덕에서 한참 동안 산책을 했다. 맥베스는 처음에 는 말을 더듬었지만 점점 괜찮아졌다. 그는 고아원에서 자랐고 서커 스단에서 일하는 게 꿈이었다. 그는 그들에게 저글링을 얼마나 잘하 는지 보여 주었고, 키 큰 오크나무에서 다섯 발짝 걸어가 뱅쿼의 주 머니칼을 나무에 던지자 칼이 바르르 떨렸다. 아이는 팔뚝에 난 흉 터에 대해 이야기하는 것보다 보여 주는 것을 더 어려워했다. 얘기를 꺼낸 것도 나중에, 뱅쿼와 베라를 믿을 수 있겠다는 생각이 든 다음 이었다. 그때도 가출한 뒤에 시작됐다고 했을 뿐 어쩌다, 왜 그렇게 됐는지는 밝히지 않았다. 그 뒤로 여러 번의 일요일과 여러 번의 대 화와 산책이 이어졌다. 하지만 뱅쿼가 첫날을 유독 생생하게 기억하 는 이유는 돌아가는 길에 베라가 이렇게 속삭였기 때문이었다. "우리 저런 아들을 만들어 보자." 그리고 4년 뒤에 뱅쿼가 맥베스의 경찰대 학 등굣길에 자랑스럽게 동행했을 때 플리언스는 세 살이었고 그 기 간 동안 맥베스는 약물에 손을 대지 않았다.

뱅쿼는 고개를 돌려서 곁의 테이블에 놓인 사진을 바라보았다. 그 와 플리언스의 사진이었다. 둘이 마당의 죽은 사과나무 밑에 서 있었 다. 플리언스가 경찰대학에 등교한 첫날이었다. 그는 제복을 입고 있

었고 이른 아침이었고 태양이 고개를 내밀었고 사진사의 그림자가
그들 위로 드리워졌다.

의자 끌리는 소리와 플리언스가 쿵쾅거리는 소리가 들렸다. 화가
나서 분통을 터뜨리는 소리였다. 뭘 배우려면 시간이 걸리기 마련이
었다. 심하게 중독됐던 약물이라는 도피처를 포기하려면 시간과 의
지가 필요했다. 도시를 바꾸고, 불의를 바로잡고, 방해 공작원과 부
패한 정치인과 흉악범들을 숙청하고, 시민들에게 숨 쉴 수 있는 공기
를 돌려주려면 시간이 필요했다.

1층이 다시 잠잠해졌다. 플리언스가 다시 책상 앞에 앉았다.

그날그날 해야 하는 일을 하는 건 얼마든지 가능했다. 그러면 어느
날 열차가 다시 달리기 시작할 수도 있었다.

그는 귀를 기울였다. 들리는 것이라고는 정적뿐이었다. 그리고 빗
소리뿐이었다. 하지만 눈을 감았을 때 들리는 저 소리는 베라가 옆에
서 숨을 쉬는 소리 아닐까?

케이스니스의 헐떡임이 서서히 잦아들었다.

"집에 전화해야 해." 더프는 땀에 젖은 그녀의 이마에 입을 맞추고
침대 밖으로 다리를 내렸다.

"지금?" 그녀는 외쳤다. 그는 아랫입술을 깨무는 그녀를 보고 의도
했던 것보다 더 화가 난 말투가 돼 버린 모양이라는 것을 알아차렸
다. 이런데도 그가 사람을 이해하지 못한다고 할 수 있을까?

"유언이 어제 이가 아프다고 했거든. 좀 어떤지 확인해야 해."

그녀는 아무 대꾸도 하지 않았다. 더프는 알몸으로 아파트를 가로

질러 갔다. 꼭대기 층이라 아무도 볼 수 없기 때문에 종종 그랬다. 게다가 알몸을 누가 본들 상관없었다. 몸에는 자신이 있었다. 어렸을 때 얼굴을 가로지르는 흉터를 워낙 부끄러워했기 때문에 몸을 유난히 좋아하게 된 것일 수도 있었다. 이 아파트는 공무원으로 일하는 젊은 여자에게 걸맞지 않을 정도로 넓었다. 그가 여기서 밤을 보내는 날이 워낙 많았기 때문에 월세를 일부 부담하겠다고 했지만 그녀는 그런 부분은 아버지가 알아서 처리해 준다고 했다.

더프는 서재로 들어가서 등 뒤로 문을 닫고 파이프의 집 전화번호를 눌렀다.

빗줄기가 머리 바로 위에 달린 천창을 때리는 소리가 들렸다. 그녀는 신호가 세 번 울렸을 때 전화를 받았다. 집 안의 어디에 있건 늘 신호가 세 번 울렸을 때 전화를 받았다.

"나야." 그가 말했다. "치과 간다는 거 어떻게 됐어?"

"이제 괜찮아졌어." 그녀가 말했다. "그런데 치통 때문이 아닐 수도 있겠어."

"응? 그럼 뭔데?"

"다른 걸로 아플 수도 있잖아. 울고 있길래 왜 그러냐고 물었더니 솔직하게 얘기하기 싫어서 그냥 생각나는 대로 아무거나 이유를 댔나 봐. 지금은 자고 있어."

"흠. 내일 가서 얘기를 좀 나눠 봐야겠네. 날씨는 어때?"

"하늘이 맑아. 달빛이 비치고. 왜?"

"내일 다 같이 호수로 놀러 갈까? 가서 수영도 하고."

"당신 지금 어디야?"

그는 긴장했다. 그녀의 말투가 왠지 모르게 이상했다. "어디냐니? 당연히 그랜드지." 그러고는 과장되게 쾌활한 목소리로 덧붙였다. "이제 피곤한 몸을 누이고 코할 때가 됐잖아."

"좀 전에 그랜드로 전화했었거든. 그쪽에서는 당신이 체크인하지 않았다고 그러던데."

그는 전화기를 손에 든 채 허리를 똑바로 폈다.

"에밀리 수학 숙제를 좀 도와줄 게 있어서 전화했어. 당신도 알다 시피 내가 숫자에 약하잖아. 그래서 당신 지금 어디야?"

"사무실." 더프는 이렇게 얘기하고 입으로 숨을 쉬었다. "사무실 소 파에서 자고 있어. 일이 산더미처럼 쌓여서. 그랜드에 있다고 해서 미안해. 하지만 요즘 얼마나 힘든지 당신이랑 애들까지 알 필요는 없 을 것 같아서."

"힘들다고?"

더프는 침을 꿀꺽 삼켰다. "일이 좀 많아야지. 그런데도 조직범죄 수사반을 맡지 못했어." 그는 발가락을 구부렸다. 그러니까 불쌍히 여겨서 놓아 달라는 듯이 그의 말투가 얼마나 애처롭게 들리는지 느 껴졌다.

"뭐, 그래도 살인사건수사반을 맡았잖아. 그리고 듣자 하니 사무실 도 옮긴 모양이네."

"응?"

"꼭대기 층으로. 빗줄기가 창문을 때리는 소리가 들리거든. 그럼 전화 끊을게."

딸깍하는 소리와 함께 그녀는 전화를 끊었다.

더프는 몸서리를 쳤다. 방이 추웠다. 뭐라도 걸쳤어야 하는 거였다. 이렇게 알몸으로 돌아다니면 안 되는 거였다.

레이디는 맥베스의 숨소리를 들으며 몸서리를 쳤다.

냉기가 방 안을 훑고 지나간 듯했다. 유령. 아이의 유령. 그녀는 온몸을 짓누르는 어둠을 헤치고 그녀의 어머니와 할머니를 가두었던 마음의 감옥에서 벗어나 빛이 있는 곳으로 나서야 했다. 해방을 위해 투쟁하고, 태양이 되는 데 따르는 모든 희생을, 별이 되는 데 따르는 모든 희생을 감수해야 했다. 남들에게 생명을 선사하고 그 과정에서 소진되는 빛나는 어머니. 활활 타오르는 우주의 중심. 그렇다. 활활 타올라야 했다. 지금 그녀도 숨결과 살결을 태우며 방 안에서 냉기를 몰아내고 있지 않은가. 그녀는 한 손으로 몸을 훑으며 살갗이 간질거리는 것을 느꼈다. 그때와 똑같은 생각을 하며 똑같은 결단을 내렸다. 그래야 했다. 달리 방법이 없었다. 무엇이 그들을 기다리건 총구에서 발사된 총알처럼 앞으로 곧장 달리는 수밖에 없었다.

그녀는 맥베스의 어깨에 손을 얹었다. 그는 어린애처럼 잠을 자고 있었다. 오늘로서 그런 날은 마지막이 될 것이었다. 그녀는 그를 흔들어 깨웠다.

그는 중얼거리며 그녀에게로 몸을 돌리고 손을 내밀었다. 언제든 그 한 몸 바칠 준비가 되어 있었다. 그녀는 그의 손을 굳게 잡았다.

"자기야." 그녀는 속삭였다. "그를 죽여야 해."

그가 눈을 떴다. 어둠 속에서 두 눈이 그녀를 향해 반짝였다.

그녀는 손을 놓았다.

그의 뺨을 쓰다듬었다. 그때와 똑같은 결단을 내렸다.

"덩컨을 죽여야 해."

6

레이디와 맥베스가 처음 만난 것은 4년 전 어느 늦여름의 저녁이 었다. 구름 한 점 없는 하늘 위에서 태양이 반짝이는 보기 드문 날이 었고 레이디는 아침에 새가 지저귀는 소리를 들었노라고 장담할 수 있었다. 하지만 해가 지고 야간 근무조로 바뀌자 인버네스 카지노 위 로 불길한 달이 솟았다. 그녀가 달빛을 받으며 카지노 정문 앞에 서 있을 때 그가 특공대 장갑차를 몰고 찾아왔다.

"레이디신가요?" 그가 그녀의 눈을 똑바로 쳐다보며 물었다. 거기 서 그녀는 무엇을 보았을까? 용기와 의지? 그럴지도 모른다. 아니면 당시에 그녀가 보고 싶었던 게 그것이었을 수도 있었다.

그녀는 고개를 끄덕였다. 그가 너무 어려 보인다는 생각을 했다. 머리가 하얗고 눈빛은 차분한, 그의 뒤에 서 있는 나이 많은 남자가 그 자리에 더 어울려 보인다는 생각을 했다.

"맥베스 경감입니다. 상황이 달라진 게 있습니까?"

그녀는 고개를 저었다.

"알겠습니다. 저희가 그들을 감시할 만한 곳이 있을까요?"

"중2층요."

"뱅쿼, 대원들 소집해 줘요. 나는 정찰을 할 테니까."

중2층으로 이어지는 계단을 올라가기 전에 젊은 경찰관이 그녀에게 요란한 소리가 나지 않도록 하이힐을 벗으라고 속삭였다. 그녀의 키가 이제는 그보다 작아질 수밖에 없다는 뜻이었다. 중2층으로 올라갔을 때 그들은 아래쪽의 게임룸에서 보이지 않도록 처음에는 워커스 광장이 내다보이는 뒤편의 창가 쪽을 고수했다. 그러다 도중에 난간으로 이동했다. 중앙의 샹들리에에 달린 밧줄과 16세기의 막시밀리안 갑옷이 그들을 일부 가려 주었다. 갑옷은 그녀가 아우크스부르크의 경매에서 낙찰받은 진품이었다. 도박꾼들이 고개를 들었을 때 갑옷이 보이면 보호받는 기분을 느끼거나 감시당하는 기분을 느낄 거라는 계산 아래 거기 배치한 소품이었다. 둘 중 어느 쪽일지는 그들의 양심에 따라 판가름이 날 것이었다. 레이디와 경찰관은 엎드려서 20분 전에 고객과 직원들이 허둥지둥 도망친 게임룸을 내려다보았다. 레이디가 옥상에서 보름달을 올려다보며 본능적으로 불길하다는 걸 느꼈을 때 밑에서 와장창하는 소리에 이어 비명 소리가 들렸다. 내려가서 도망치는 웨이터를 붙잡고 물어보니 누군가가 샹들리에를 향해 총을 발사하고 잭을 인질로 붙잡고 있다고 했다.

그녀는 샹들리에를 새로 설치하려면 얼마가 들지 이미 계산을 끝낸 상태였지만 이 카지노의 딜러 중에서 가장 실력이 좋은 잭의 머리를 겨누고 있는 총이 한 번 더 발사될 경우에 드는 비용에 비하면 아무것도 아니었다. 이러니저러니 해도 그녀의 카지노에서 제공하는 것은 안전한 즐거움과 휴식이었다. 바깥의 길거리에서 벌어지는 범죄를 잠시나마 잊을 수 있는 시간이었다. 인버네스 카지노에서 그걸 기대할 수 없다는 인상이 심어지면 게임룸은 지금처럼 텅 빌 수밖에 없을 것이었다. 그곳에 남은 사람은 저쪽 중2층 아래편의 블랙잭 테이블에 앉아 있는 두 명뿐이었다. 가엾은 잭은 대나무처럼 뻣뻣했고 백지장처럼 하얬다.

그의 바로 뒤에 총을 든 손님이 앉아 있었다.

"그가 딜러 뒤에 숨어 있는 한 이 정도 거리에서는 맞히기가 어렵겠는데요." 맥베스는 검은색 제복에서 조그만 망원경을 꺼내며 속삭였다. "좀 더 가까이 접근해야겠어요. 저자는 누구고 원하는 게 뭡니까?"

"어니스트 콜럼이에요. 카지노에서 잃은 돈을 모두 돌려주지 않으면 딜러를 쏘겠대요."

"금액이 큰가요?"

"우리가 보유하고 있는 현금으로는 부족해요. 콜럼은 중독자예요. 엔지니어고 암산의 천재라 배당률을 알거든요. 그런 인간들이 최악이에요. 내가 돈을 구해 오겠다고 얘기했는데, 은행들이 문을 닫아서 시간이 좀 걸릴 거예요."

"시간이 별로 없어요. 내가 들어갈게요."

"그걸 어떻게 알아요?"

맥베스는 난간에서 몸을 떼며 망원경을 제복 안으로 넣었다. "동공요. 약에 취해서 조만간 방아쇠를 당길 거예요." 그는 무전기 버튼을 눌렀다. "코드 46. 즉시 발령. 지휘권을 뱅쿼에게 넘긴다. 오버."

"뱅쿼가 지휘권을 넘겨받는다. 오버."

"나도 같이 갈게요." 레이디는 이렇게 말하며 맥베스를 따라나섰다.

"그건 좀……."

"여긴 내 카지노예요. 잭은 내 직원이고요."

"저기, 부인……."

"콜럼은 나를 알아요. 그리고 여자를 보면 진정이 될 테고요."

"이건 경찰이 해결할 문제예요." 맥베스는 대꾸하고 계단을 달려 내려갔다.

"같이 가요." 레이디는 그를 따라서 달려 내려갔다.

맥베스는 달리기를 멈추고 그녀의 앞에 섰다.

"내 말 들어요." 그가 말했다.

"아뇨, 그쪽에서 내 말을 들어요." 그녀가 말했다. "내가 당신 혼자 보낼 사람처럼 보여요? 그는 내가 돈을 들고 오는 줄 안다고요."

그는 그녀를 쳐다보았다. 유심히 쳐다보았다. 다른 남자들과 같은 눈빛으로 쳐다보았다. 하지만 그 어떤 남자나 여자와 다른 눈빛으로도 쳐다보았다. 그들은 두려움 아니면 감탄, 존경 아니면 욕망, 증오 아니면 사랑 아니면 복종이 담긴 눈빛으로 그녀를 판단하고 재단하고 오해했다. 하지만 이 젊은 남자는 드디어 무언가를 발견한 눈빛이었다. 자기가 알아볼 수 있는 것을, 지금까지 찾던 것을 발견한 눈빛이었다.

"그럼 따라와요." 그가 말했다. "하지만 아무 말도 하지 말아요."

두툼한 카펫이 게임룸으로 들어서는 그들의 발소리를 죽였다.

상들리에가 박살 났기 때문에 두 남자가 앉아 있는 테이블은 평소보다 어둑어둑했다. 충격을 받은 표정 그대로 딱딱하게 굳은 잭의 얼굴은 자신을 향해 다가오는 레이디와 맥베스를 보고도 달라지지 않았다. 레이디는 총의 공이치기가 올라가는 것을 보았다.

"너는 누구냐?" 콜럼이 쉰 목소리로 물었다.

"특공대 소속 맥베스 경감이다." 그는 이렇게 말하며 의자를 꺼내서 앉았다. 잘 보이도록 두 손바닥을 테이블 위에 얹었다. "너와 협상을 하려고 왔다."

"협상할 거리가 없어, 경감. 내가 이 우라질 카지노에 속고 살아온 세월이 몇 년이야. 쫄딱 망했다고. 이 카지노는 카드를 조작하거든. **저 여자가** 카드를 조작하거든."

"칵테일을 맞고 그런 결론을 내렸겠지?" 맥베스는 손끝으로 펠트 천을 소리 없이 두드리며 물었다. "그걸 맞으면 현실이 왜곡되는데."

"내가 총을 들고 있고, 그 어느 때보다 눈이 잘 보이고, 돈을 주지 않으면 먼저 여기 이 잭을 쏠 거라는 거, 그게 현실이야, 경감. 그러면 당신은 총을 꺼내려고 할 테고 레이디라고 불리는 저 여자는 도망치거나 나를 제압하려고 하겠지만 물 건너간 얘기가 될 거야. 어쩌면 나도 물 건너간 얘기가 될 수도 있겠지만 혹시 모르지, 너희 셋을 지옥으로 보내고 이 카지노를 하늘로 날려 버리고 나면 내 기분이 좀 좋아질지." 그는 빙그레 웃었다. "돈이 보이질 않으니 협상은 무효야. 그럼 이제……."

공이치기가 좀 더 올라갔다. 레이디는 자동적으로 얼굴을 찡그리며 탕 하는 소리가 들리길 기다렸다.

"두 배로 따 갈래 아니면 개털이 될래?" 맥베스가 말했다.

"뭐라고?" 콜럼이 되물었다. 흠잡을 데 없는 발음이었다. 면도도 흠잡을 데 없었고 빳빳하게 다린 하얀색 셔츠와 같이 입은 턱시도 역시 흠잡을 데 없었다. 레이디가 생각하기에는 속옷도 깨끗할 것 같았다. 그는 자신이 돈이 가득 든 서류 가방을 들고 이 카지노를 나설 가능성이 거의 없다는 걸 알았다. 그는 들어왔을 때와 다를 바 없이 땡전 한 푼 없는 신세로 끌려 나갈 것이다. 그래도 옷차림은 흠잡을 데가 없겠지만.

"둘이서 블랙잭을 한판 하자. 당신이 이기면 여기서 잃은 돈의 두 배를 주겠어. 내가 이기면 총알 모두 든 채로 총을 나한테 넘기고 모든 요구 사항을 철회하기로 하고."

콜럼은 웃음을 터뜨렸다. "뻥치시네!"

"당신이 요구한 돈 가방이 도착해서 지금 밖에 세워 놓은 경찰차 안에 있거든. 돈 가방의 주인은 우리 둘이서 합의하면 기꺼이 금액을 두 배로 올리겠다고 했어. 왜냐하면 우리도 **알다시피** 카드에 속임수가 쓰였으니까 정당하게 한판 해야지. 어때, 어니스트?"

레이디는 콜럼의 왼쪽 눈을 보았다. 잭의 머리에 가려서 보이는 부분이 거기뿐이었다. 어니스트 콜럼은 바보가 아니었다. 정반대에 가까웠다. 그는 돈 가방 어쩌고 하는 얘기를 믿지 않았다. 하지만, 가끔은 가장 똑똑한 고객들이 필연적인 결과를 받아들이지 않으려는 것처럼 보일 때도 있었다. 횟수가 많아지면 누구라도 카지노에서 돈을 잃을 수밖에 없었다.

"이런 제안을 하는 이유가 뭐지?" 콜럼이 물었다.

"어때?" 맥베스가 말했다.

콜럼은 눈을 두 번 깜빡였다. "내가 딜러고 네가 플레이어야." 그가 말했다. "카드는 저 여자가 나눠 주고."

레이디가 쳐다보자 맥베스는 고개를 끄덕였다. 그녀는 카드 더미를 집어서 섞은 다음 맥베스의 앞에 두 장의 카드를 숫자가 보이도록 내려놓았다.

6. 그리고 하트 킹이었다.

"꽃다운 16이네." 콜럼이 씩 웃었다.

레이디는 콜럼 앞에 두 장의 카드를 내려놓되 한 장만 숫자가 보이게 했다. 클로버 에이스였다.

"한 장 더." 맥베스가 한 손을 내밀며 말했다.

레이디는 그에게 맨 위에 놓인 카드를 건넸다. 맥베스는 카드를 가슴에 대고 슬쩍 확인했다. 그런 다음 콜럼을 올려다보았다.

"버스트⁺된 모양인데, 꽃띠?" 콜럼이 말했다. "어디 한번 보여 주시지."

"아, 나는 정말 손재주가 있단 말이지." 맥베스가 말했다. 콜럼을 보며 미소를 지었다. 그런 다음 일부분이 그림자로 덮인 테이블의 오른쪽으로 카드를 던졌다. 콜럼은 카드를 좀 더 확실하게 들여다보느라 자동적으로 몸을 숙였다.

그 이후에는 워낙 번개 같은 속도로 일이 벌어졌기 때문에 레이디

✦ 카드의 개수에 상관없이 21에 가까운 숫자를 만드는 것이 블랙잭의 핵심인데, 카드를 한 장 더 받았을 때 21이 넘으면 버스트되었다고 하며 이때는 베팅한 금액을 모두 잃는다.

의 기억에는 번쩍이던 순간으로 남았다. 번쩍이며 움직이던 한쪽 손, 불빛을 받고 번쩍이며 테이블 저편으로 날아가던 권총, 억울해하는 표정으로 동그랗게 뜬 한쪽 눈을 번쩍이며 그녀를 쳐다보던 콜럼, 그의 경동맥을 자른 칼날 양쪽으로 불빛을 받고 반짝거리며 폭포처럼 쏟아져 내리던 핏물. 그다음으로 소리가 들렸다. 지나치게 비싼 두툼한 카펫에 조용히 총이 부딪치는 소리. 피가 테이블 위로 후두두 떨어지는 소리. 왼쪽 눈에서 빛이 사라진 가운데 콜럼이 나지막이 꾸르륵거리던 소리. 잭이 외마디 떨리는 흐느낌을 내뱉는 소리.

그리고 그녀는 카드를 기억했다. 에이스나 6이 아니라 하트 킹을 기억했다. 또 그림자에 반쯤 가려져 있었던 스페이드 퀸을 기억했다. 양쪽 모두에 어니스트 콜럼의 핏방울이 흩뿌려져 있었다.

그들은 검은색 제복을 입고 잽싸게, 소리 없이 들이닥쳐 그가 손짓하는 대로 움직였다. 콜럼은 건드리지 않고 흐느끼는 잭만 데리고 나갔다. 그녀는 도움의 손길을 거절했다. 그 자리에 앉아서, 만족스러워하는 표정으로 의자에 기대앉은 젊은 특공대장을 바라보았다. 마지막 판에서 딴 사람 같은 표정이었다.

"마지막 판의 승자는 콜럼이 될 거예요." 그녀가 말했다.

"뭐라고요?"

"우리가 그걸 찾지 못하면요."

"뭘요?"

"그가 한 말 못 들었어요? 너희 셋을 지옥으로 보내고 이 카지노를 하늘로 날려 버리고 나면 내 기분이 좀 좋아질지."

그는 몇 초 동안 그녀를 빤히 쳐다보았다. 처음에는 놀란 눈빛이었지만 이내 다른 눈빛으로 바뀌었다. 인정하는 눈빛, 존경하는 눈빛으로 바뀌었다. 그가 큰 소리로 외쳤다. "리카도! 폭탄이 설치돼 있어!"

리카도는 눈빛과 몸놀림과 조용히 내리는 명령, 그 모든 면에서 차분하고 자신감이 넘치는 특공대원이었다. 피부가 어찌나 까만지 레이디의 모습이 비쳐 보일 수도 있겠다는 생각이 들 정도였다. 리카도와 부하들은 4분 동안 수색한 끝에 잠긴 칸막이 화장실 안에서 원하던 물건을 찾았다. 콜럼이 도어맨에게 내용물 확인을 거쳐서 갖고 들어온 얼룩말 무늬 여행 가방이었다. 콜럼은 금괴를 네 개 담았다고 설명했다. 도박 및 카지노 관리국에서 금지하기 전까지만 해도 다른 플레이어들이 동의하면 현금, 시계, 결혼반지, 담보 증서, 자동차 열쇠, 기타 등등을 다 받았던 비공개 포커 테이블에서 밑천으로 쓸 생각이라고 했다. 금색으로 칠한 쇠막대 뒤에 엔지니어 겸 숫자의 천재 콜럼이 사제 폭탄을 숨겨 놓았는데, 특공대 폭탄 전문가도 나중에 솜씨를 칭찬했을 정도로 수준 높은 작품이었다. 레이디는 타이머에 정확히 몇 분이 남았었는지, 그건 기억하지 못했다. 하지만 카드는 기억했다.

하트 킹과 스페이드 퀸. 그날 밤에 그들은 불길한 달 아래에서 만났다.

레이디는 다음 날 저녁 식사를 같이 하자고 그를 카지노로 초대했다. 그는 초대에 응했지만 반주飯酒는 거부했다. 와인은 거절하고 물을 달라고 했다. 그녀는 워커스 광장이 내다보이는 중2층에 자리를 마련했다. 가랑비가 역사에서 인버네스로 이어지는 자갈길을 타고 조용히 흘렀다. 건축업자들은 대리석과 버스 같은 열차들 때문에 시간이 지나면 끊임없이 물에 잠기는 늪지 같은 이 도시의 지반 속으로 가라앉을 거라고 생각해서 역사를 지면보다 몇 미터 높게 지었다.

그들은 이런저런 대화를 나누었다. 너무 개인적인 이야기는 피했다. 그 전날 밤에 벌어진 사건도 피했다. 한마디로 말해서 재미있는 시간을 보냈다. 그리고 그는—깍듯하지는 않았을지 몰라도—너무나 매력적이고 재치가 넘쳤다. 그리고 뱅쿼라는 나이 많은 동료에게 받았다는, 지나치게 꼭 끼는 회색 양복을 입었음에도 남다르게 외모가 준수했다. 그녀는 고아원과 더프라는 친구, 어렸을 때 어느 해 여름에 따라다녔던 순회 서커스단 이야기를 들었다. 감기가 끊일 날이 없었던 겁쟁이 사자 사육사, 공중그네를 타며 직사각형으로 생긴 음식만 먹었던 비쩍 마른 자매, 관중을 무대로 불러서 그들의 소지품—결혼반지, 열쇠 아니면 시계—을 허공으로 띄웠던 마술사 이야기도 들었다. 그리고 그는 맨손으로 카지노를 건설한 레이디의 사연을 관심 있게 들었다. 드디어 이야깃거리가 다 떨어졌다는 생각이 들었을 때 그녀는 와인 잔을 들며 물었다. "그가 왜 그런 짓을 저질렀을까요?"

맥베스는 어깨를 으쓱했다. "헤카테의 칵테일에 취하면 다들 이성을 잃죠."

"우리 때문에 그가 망한 건 맞지만 카드를 조작한 적은 없어요."

"나도 조작했을 거라고 생각하지는 않았어요."

"하지만 2년 전에 두 딜러가 포커 테이블에서 일부 플레이어들과 숫자를 조작하고 남들을 등쳐 먹은 적이 있어요. 당연히 내쫓았지만

그들이 몇몇 물주들과 손을 잡고 새로운 카지노 건설 신청서를 시의
회에 제출했다고 하더군요."

"오벨리스크요? 네, 나도 도면 봤어요."

"그들과 함께 승부를 조작한 플레이어들이 정치인이자 케네스의
수하였던 건 아실 테죠?"

"네, 그랬다고 들었어요."

"그러니까 카지노는 지어질 거예요. 그러면 어니스트 콜럼 같은 사
람들은 사기를 당하고 있다고 느낄 수밖에 없을 거예요."

"유감스럽지만 맞는 말씀이네요."

"이 도시에는 새로운 리더가 필요해요. 새롭게 시작해야 해요."

"버사." 맥베스는 중앙역이 내다보이는 창문을 턱으로 가리키며 말
했다. 역사 정문 옆 받침대 위에 얹힌 검은색의 낡은 기관차가 예전
에 캐피틀까지 이어졌던 8미터짜리 레일을 바퀴로 딛고 서서 비를
맞으며 반짝거리고 있었다. "뱅쿼 말로는 버사도 다시 달려야 한대
요. 우리에게는 새롭고 건전한 취미 활동이 필요하고요. 이 도시에도
좋은 에너지가 있어요."

"그러길 바라야죠. 하지만 다시 어젯밤의 이야기로 돌아가자
면……." 그녀는 와인 잔을 빙빙 돌렸다. 그녀는 그가 자신의 가슴골
을 쳐다보고 있다는 걸 알았다. 남자들의 그런 시선에는 익숙했고 아
무 감정도 느끼지 못했다. 다른 사업 수단들이 그렇듯 그녀의 여성
적인 매력 역시 써도 되는 때가 있고 쓰면 안 되는 때가 있다는 것만
기억할 따름이었다. 하지만 그의 눈빛은 달랐다. 그는 달랐다. 그는
그녀에게 필요 없는 존재였다. 귀여운 말단 경찰관에 불과했다. 그런

데도 왜 그와 시간을 보내고 있는 걸까? 직접 만나는 것 말고도 얼마
든지 감사의 뜻을 전할 방법이 있었다. 그녀는 물컵을 집는 그의 손
을 유심히 관찰했다. 까무잡잡한 손 위로 굵직한 핏줄이 튀어나왔다.
틈틈이 교외로 나가는 모양이었다.

"콜럼이 블랙잭을 하지 않겠다고 하면 어쩔 생각이었어요?"

"모르겠는데요." 그는 그녀를 쳐다보며 말했다. 눈이 갈색이었다.
이 도시 사람들의 눈은 파란색이었고 물론 전에도 눈이 갈색인 남자
를 만난 적이 있긴 했지만 이렇지는 않았다. 이렇게…… 강렬하지는
않았다. 그런가 하면 또 연약해 보였다. 맙소사, 그에게 반한 걸까?
이 늦은 나이에?

"모르겠다고요?" 그녀는 물었다.

"그가 중독자라고 했잖아요. 그래서 모든 걸 걸고 마지막으로 한판
벌일 수 있는 유혹을 거부하지 못할 거라고 봤어요."

"카지노를 많이 다녀 본 모양이네요."

"아뇨." 그는 웃음을 터뜨렸다. 어린애 같은 웃음이었다. "내 카드
가 괜찮았는지 어땠는지도 몰랐어요."

"16대 에이스요? 괜찮은 패라고 볼 수는 없죠. 그런데 그가 도전에
응할 거라고 무슨 수로 그렇게 확신했어요? 그에게 한 제안이 별로
그럴듯하지도 않았는데."

그는 어깨를 으쓱했다. 그녀는 자기 와인 잔을 들여다보았다. 그녀
는 자신의 짐작이 맞았다는 것을 깨달았다. 그는 중독이 뭔지 알았다.

"그가 잭을 쏘지 못하도록 막을 수 없을지도 모른다고 생각한 적
있었어요?"

"네."

"있었다고요?"

젊은 경찰은 물을 한 모금 마셨다. 이런 대화를 달가워하지 않는 눈치였다. 이제 그만 놓아주어야 하는 걸까? 그녀는 테이블 위로 몸을 기울였다. "좀 더 자세하게 듣고 싶어요, 맥베스."

그는 잔을 내려놓았다. "그런 상황에서 상대가 방아쇠를 당기기 전에 의식을 잃게 만들려면 머리를 쏘거나 경동맥을 끊는 수밖에 없어요. 보았다시피 경동맥을 끊으면 짧은 시간 동안 피가 뿜어져 나온 다음 뚝뚝 흐르게 되어 있어요. 뇌에 필요한 산소가 그 맨 처음 뿜어져 나오는 핏속에 들어 있으니 그 피가 테이블에 닿기도 전에 의식을 잃는 거죠. 이번 경우에는 두 가지 문제점이 있었어요. 첫째, 나이프를 던지기에 가장 적절한 거리는 다섯 걸음이에요. 나는 그보다 훨씬 가깝게 앉아 있었지만 다행히 내가 쓰는 단검은 무게중심이 가운데에 있어요. 그래서 경험이 부족한 사람은 쓰기 어렵지만 경험이 풍부한 사람은 더 쉽게 회전 각도를 조절할 수 있죠. 두 번째 문제점은 콜럼의 앉은 자세 때문에 왼쪽 경동맥을 노리는 수밖에 없었다는 거예요. 그러려면 오른손으로 칼을 던져야 하는데 보다시피 나는 왼손잡이예요. 그래서 조금은 행운을 바랐어야 하는데 내가 원래는 운이 잘 따르지 않거든요. 그나저나 무슨 카드가 나왔어요?"

"스페이드 퀸. 당신이 졌어요."

"그렇군요."

"운이 잘 따르지 않는다고요?"

"카드에서는 분명히 그래요."

"그리고요?"

그는 곰곰이 생각했다. 그러더니 고개를 저었다. "맞다. 연애에서도 운이 없네요."

그들은 웃음을 터뜨렸다. 서로 건배하고 또 웃었다. 비가 내리는 소리를 들었다. 그녀는 잠깐 눈을 감았다. 바의 술잔 속에서 부딪치는 얼음 소리가 들리는 듯했다. 빙글빙글 도는 룰렛 휠 속에서 구슬이 나무를 때리는 소리가 들리는 듯했다. 그녀의 심장 소리가 들리는 듯했다.

"뭐라고?" 어두컴컴한 침실에서 그는 눈을 깜빡였다.

그녀는 했던 말을 반복했다. "덩컨을 죽여야 한다고."

레이디는 자신이 뱉은 말을 들었고 그 단어들이 입 안에서 점점 자라 두근거리는 심장을 삼켜 버리는 것을 느꼈다.

맥베스는 침대에서 일어나 앉아 그녀를 유심히 바라보았다. "당신, 깨어 있는 거야 아니면 잠꼬대하는 거야?"

"잠꼬대 아냐. 정신 멀쩡해. 그리고 당신도 그래야 한다는 걸 알잖아."

"악몽을 꾸었나 보네. 자, 이제……."

"아니라니까! 생각해 봐. 논리상 그럴 수밖에 없잖아. 그 아니면 우리야."

"그가 우리를 해코지하려 들겠어? 방금 전에 나를 승진시켜 놓고?"

"명목상으로는 당신이 조직범죄수사반장일지 몰라도 실질적으로는 그가 원하는 대로 해야 하잖아. 오벨리스크를 폐쇄하려면, 인버네스 인근에서 마약업자들을 몰아내고 사람들이 안심할 수 있도록 순찰 인력을 늘리고 싶으면 당신이 경찰청장이 되어야 해. 그리고 그 정도는 아무것도 아니야. 당신이 맨 윗자리에 오르면 우리가 얼마나 엄청난 일을 할 수 있을지 생각해 봐."

맥베스는 웃음을 터뜨렸다. "하지만 덩컨도 엄청난 일을 이것저것 벌이고 싶어 하잖아."

"나도 그가 진심으로 그러길 원한다고 생각하지만 경찰청장이 엄청난 소득을 거두려면 각계각층의 지원이 있어야 해. 그런데 이 도시 주민들이 보기에 덩컨은 케네스가 그랬던 것처럼, 토텔 시장이 그런 것처럼 맨 윗자리를 꿰찬 잘난 척하는 인간에 불과해. 민심을 움직이는 건 번드르르한 말이 아니라 인품이야. 그리고 당신이랑 나는 민심을 이루는 일원이잖아, 맥베스. 우리는 그들이 아는 걸 알잖아. 그들이 원하는 걸 원하잖아. 잘 들어. **시민의. 시민을 위한. 시민과 함께하는.** 알겠어? 그렇게 얘기할 수 있는 사람은 우리 둘뿐이야."

"나도 알아. 하지만……."

"하지만 뭐?" 그녀는 그의 배를 쓰다듬었다. "책임자가 되고 싶지 않아? 꼭대기에 서고 싶지 않아? 남들이 시키는 대로 하는 데 만족할 거야?"

"당연히 아니지. 하지만 기다리면 이러나저러나 그 자리에 올라가게 되어 있어. 조직범죄수사반장이니까 내가 서열 세 번째거든."

"하지만 청장실은 당신 같은 사람들을 위한 곳이 아니야. 잘 생각해 봐. 당신을 그 자리에 앉힌 이유는 우리와 그들이 대등한 관계인 것처럼 **포장**하기 위해서야. 그들은 당신한테 맨 윗자리를 **절대** 내주지 않을 거야. 자의로는. 우리가 **쟁취**해야 해."

그는 반대편으로 몸을 돌려서 그녀를 등지고 누웠다. "오늘 한 이
야기는 잊어버리자. 깜빡한 모양인데, 덩컨에게 무슨 일이 생기면 맬
컴이 청장의 자리를 이어받을 거야."

그녀는 그의 어깨를 잡고 다시 자신과 마주 보도록 몸을 돌렸다.

"나는 아무것도 깜빡하지 않았어. 헤카테가 당신이 청장이 될 거라
고 한 것도 깜빡하지 않았어. 그 말은 곧, 그에게 무슨 계획이 있다는
뜻이거든. 우리가 덩컨을 처리하면 그가 맬컴을 처리할 거야. 그리
고 나는 당신이 어니스트 콜럼을 처리한 날 밤을 잊지 않았어. 덩컨
이 콜럼이야. 그가 우리의 꿈이라는 머리에 총을 겨누고 있어. 당신
은 그날 밤에 보였던 용기를 찾아내야 해. 그날 밤의 그 남자가 되어
야 해, 맥베스. 나를 위해서. 우리를 위해서." 그녀는 그의 뺨에 손을
얹고 목소리를 나긋나긋하게 바꾸었다. "인생은 우리 같은 사람들한
테 기회를 여러 번 선물하지 않아. 몇 번 안 되는 기회를 잡아야 해."

그는 가만히 누워 있었다. 아무 말도 하지 않았다. 그녀는 기다렸
다. 귀를 기울였지만 이제는 심장이 뛰는 소리가 말소리에 덮이지 않
았다. 그녀도 알다시피 그에게는 야망과 꿈과 의지가 있었다. 그랬기
에 엉망인 상황을 딛고 일어났고, 약물중독자에서 경찰사관생도를
거쳐 특공대장이 될 수 있었다. 그것이 그들의 공통점이었다. 그들은
둘 다 성공했고 거기에 따르는 대가를 치렀다. 아직 보상을 누리지도
못했는데 중간에서 멈추어야 할까? 아직 존경을 한 몸에 받으며 주
변 경치를 감상하지도 못했는데? 그는 용감하고 가차 없는 행동주의
자였지만 치명적일 수도 있는 약점이 있었다. 독기가 없다는 것이었

다. 결정적인 순간에 필요한 독기가 없다는 것이었다. 거치적거리는 도의를 포기해야 할 때, 큰 그림을 놓치지 말아야 할 때, 옳은 일을 하고 있는가 하는 사소한 고민으로 괴로워하지 말아야 할 때 필요한 독기가 없다는 것이었다. 맥베스는 이른바 정의를 사랑했고, 남들이 정한 원칙을 충실히 지키는 것은 그녀가 사랑할 수도 있는 약점이었다. 평화로운 시기에는 그랬다. 하지만 전쟁의 북소리가 울리는 지금은 그로 인해 그를 경멸할 수도 있었다. 그녀는 그의 뺨에서 목을 지나 가슴과 배를 천천히 손으로 훑었다. 그런 다음 이번에는 반대로 거슬러 올라갔다. 귀를 기울였다. 그의 숨소리가 규칙적이고 잔잔해졌다. 잠이 든 것이었다.

맥베스는 잠이 든 것처럼 쌔근쌔근 숨을 쉬었다. 그녀는 손을 거두었다. 그의 등 옆으로 바짝 다가와서 누웠다. 이제는 그녀의 숨소리도 잠잠해졌다. 그는 그녀와 박자를 맞춰서 숨을 쉬려고 애를 썼다. **덩컨을 죽이라고?** 있을 수 없는 일이었다. 당연히 있을 수 없는 일이었다.

그런데 그가 잠을 이루지 못하는 이유는 뭐였을까? 그녀의 말이 귓가에 집요하게 맴도는 이유는, 이런저런 생각들이 박쥐처럼 그의 머릿속을 어지럽히는 이유는 뭐였을까?

인생은 우리 같은 사람들한테 기회를 여러 번 선물하지 않아. 몇 번 안 되는 기회를 잡아야 해. 그는 인생이 자신에게 부여한 기회가 뭐가 있는지 생각해 보았다. 고아원에서 그날 밤에 주어진 기회는 잡지 못했다. 뱅쿼가 준 기회는 **잡았다.** 첫 번째 기회가 주어졌을 때 그는 하마터면 목숨을 잃을 뻔했고 두 번째 기회가 주어졌을 때는 목숨을 건졌다.

하지만 인생이 선물하는 어떤 기회를 거부하는 이유는 불행으로 향하는 길이기 때문이지 않을까? 선택하건 선택하지 않건 평생 후회로 남을 것이기 때문이지 않을까? 아, 가장 완벽한 행복을 오염시킬 그 은밀한 불만이여. 하지만. 운명의 여신이 조만간 닫힐 문을 열어 놓은 걸까? 고아원에서 그날 밤에 그랬던 것처럼 그는 또다시 비겁하게 꼬리를 내릴 것인가? 그는 아무 의심 없이 침대에서 잠을 자고 있었던 남자를 떠올렸다. 아무 방어 능력 없이 잠을 자고 있었던 남자를 떠올렸다. 인간이라면 누구나 누려야 할 자유를 그에게서 앗아 간 남자였다. 인간이라면 누구나 갈망하는 존엄성을 그에게서 앗아 간 남자였다. 나중에 얻게 될 능력을 그에게서 앗아 간 남자였다. 그리고 존경도. 그리고 사랑도.

날이 밝기 시작했을 때 그는 레이디를 깨웠다.

"만약 당신 말대로 하면……." 그가 말했다. "나는 헤카테한테 신세를 지게 돼."

그녀는 밤새 깨어 있었던 사람처럼 눈을 떴다. "왜 그렇게 생각해? 헤카테는 무슨 일이 벌어질 거라고 예언했을 뿐이야. 그러니까 갚아야 하는 빚 같은 건 없어."

"그럼 내가 경찰청장이 됐을 때 그가 얻는 게 뭐지?"

"그에게 물어보는 게 좋겠지만 빤하잖아. 덩컨이 헤카테를 체포하기 전에는 눈을 감지 않겠다고 맹세하는 걸 들었겠지. 그리고 당신은 길거리에서 폭력을 쓰고 서로 총을 쏘아 대는 마약 조직원들부터 처리할 가능성도 있다는 걸 아마 알 테고."

"허리가 이미 부러진 노스 라이더부터 처단할 거라고?"

"아니면 착한 사람들을 속여서 저금통을 털게 만드는 시설부터 상대하든지."

"오벨리스크?"

"예를 들면."

"흠. 당신이 그랬잖아, 우리가 엄청난 일을 할 수 있을 거라고. 이 도시를 위해 좋은 일을 하자는 뜻이었어?"

"당연하지. 어느 정치인은 수사하고 어느 정치인은 수사하지 않을지 결정하는 사람이 경찰청장이라는 사실을 기억해. 시의회에 대해 조금이라도 아는 사람은 다 알 테지만, 지난 10년 동안 한자리를 차지하고 있었던 사람이라면 누구든 면밀히 조사하면 뇌물 수수 혐의를 벗을 수 없을 거라는 사실도. 그들이 역으로 보상을 요구했다는 사실도. 케네스 시절에는 감출 필요도 없었을 테니까 부패의 증거가 빤히 남아 있을 거야. 우리도 그걸 알고 그들도 그걸 아니까 그들을 마음대로 주무를 수 있다는 뜻이 되겠지."

그녀는 집게손가락으로 그의 입술을 쓰다듬었다. 그녀는 둘이서 함께 보낸 첫날 밤에 그의 입술이 정말 마음에 든다고 얘기한 적이 있었다. 워낙 부드럽고 피부가 얇아서 살짝 물어뜯기만 해도 그의 피를 맛볼 수 있었다.

"약속한 대로 이 도시를 구제할 방안을 마련하라고 다그칠 수 있겠지." 그는 속삭였다.

"바로 그거야."

"버사를 다시 운행하고."

"그렇지." 그녀가 그의 아랫입술을 깨물자 그는 그들의 떨림을 느낄 수 있었고 두근거리는 그들의 심장을 느낄 수 있었다.

그는 그녀를 끌어안았다.

"사랑해." 그는 속삭였다.

맥베스와 레이디. 레이디와 맥베스. 그들은 이제 박자를 맞춰서 숨을 쉬고 있었다.

7

레이디는 맥베스를 쳐다보았다. 턱시도를 입은 모습이 그보다 멋있을 수가 없었다. 그녀는 고개를 돌리고, 자신이 얘기한 대로 웨이터가 하얀 장갑을 끼고 있는지 확인했다. 은 쟁반에 좁은 샴페인 잔이 담겨 있는지 확인했다. 그걸 본 적 있는 손님은 거의 없을 테고 그게 뭔지 아는 사람은 그보다 더 적을 테지만, 그래도 거의 장난삼아 작지만 우아한 은색 거품기도 쟁반에 올려놓았다. 맥베스는 인버네스의 두툼한 카펫 깊숙이 묻은 구두 뒤꿈치에 체중을 싣고 뻣뻣하게 정문을 응시했다. 그는 하루 종일 불안해하는 눈치였다. 계획의 세부적인 부분을 점검한 다음에서야 집중력을 회복하고 신속한 반응이 생명인 부서의 소속 경찰관으로 되돌아갔고, 표적에 덩컨이라는 이름이 있다는 사실을 머릿속에서 지웠다.

밖에서 경비원들이 문을 열자 비가 쏟아져 들어왔다.

첫 번째 손님들이 등장했다. 레이디는 가장 환하고 열띤 미소를 장착하고 맥베스의 팔 밑으로 손을 넣었다. 그가 본능적으로 허리를 펴는 게 느껴졌다.

"뱅쿼, 내 친구!" 그녀는 외쳤다. "플리언스를 데려왔네요. 어쩜 이렇게 미남으로 컸을까. 나한테 딸이 없어서 다행이에요!" 포옹하고 잔을 부딪쳤다. "레녹스! 우리, 얘기 좀 해요. 그 전에 샴페인 먼저 마시고. 케이스니스! 어머나, 황홀해라! 나는 왜 그런 드레스를 못 찾을까요? 맬컴 경찰청 부청장님! 그런데 직함이 너무 길어요. 그냥 청장님이라고 불러도 될까요? 비밀인데 저는 가끔 맥베스더러 사장님이라고 불러 달라고 할 때가 있거든요. 어떻게 들리는지 듣고 싶어서요."

그녀는 그들 대부분과 지금까지 말을 섞은 적이 거의 없었지만 오래전부터 알고 지낸 사이인 것처럼 느껴지게 만드는 데 성공했다. 그들의 속내를 들여다보고 그들이 어떤 식으로 보이길 바라는지 간파하는 능력 덕분이었다. 고도로 예민한 성격의 수많은 단점과 비교되는 장점이었다. 덕분에 그녀는 탐색전을 건너뛰고 본론으로 직행할 수 있었다. 어쩌면 사람들이 그녀를 신뢰하는 이유는 가식 없는 태도 때문일 수 있었다. 그녀는 일상의 은밀한 부분을 실토함으로써 서먹서먹한 분위기를 해소했고, 여기에 용기를 얻은 상대방이 자신의 조그만 비밀을 공개하면 "아!" 하는 감탄사와 함께 공범처럼 웃음을 터뜨렸다. 그러면 상대방은 조금 더 중요한 비밀을 살그머니 끄집어냈다. 오늘의 만찬을 주관하는 안주인보다 이 도시 주민들의 비밀을 더 많이 아는 사람은 없을 가능성이 컸다.

"덩컨 청장님!"

"레이디. 늦어서 미안해요."

"별말씀을요. 그게 청장님의 특권이죠. 일착으로 등장하는 청장님은 저희도 원하지 않아요. 저도 누가 여왕인지 의심하는 사람이 있을 경우에 대비해서 항상 맨 마지막으로 등장하는걸요."

덩컨은 나지막이 웃음을 터뜨렸고 그녀는 그의 팔에 손을 얹었다. "청장님이 웃으셨으니 제 기준에서는 오늘 저녁 파티가 이미 성공적이지만 그래도 저희가 준비한 최고급 샴페인을 드셔 보세요, 청장님. 경호원들은……."

"네, 아마 밤샘 근무를 하게 될 겁니다."

"밤샘 근무요?"

"헤카테를 공개적으로 협박한 사람은 최소한 한쪽 눈을 뜨고 자야죠. 나는 두 눈을 다 뜨고 잡니다."

"잠자리 얘기가 나왔으니 말인데 요청한 대로 경호원들은 청장님의 스위트룸과 커넥팅 도어로 연결된 바로 옆 객실을 잡아 드렸어요. 열쇠는 안내 데스크에 있고요. 그래도 경호원들께 직접 만든 레모네이드 맛은 보여 드리고 싶네요. 이 도시의 식수로 만든 거 아니니까 안심하세요." 그녀는 잔이 두 개 담긴 쟁반을 들고 있는 웨이터에게 신호를 보냈다.

"저희는……." 한 경호원이 얘기를 꺼내며 헛기침을 했다.

"거절하시면 기분 나빠할 거예요." 레이디는 말허리를 잘랐다.

경호원들은 덩컨과 눈빛을 주고받았고 각자 잔을 집어서 깨끗하게 비운 다음 쟁반에 내려놓았다.

"이런 파티를 주관하시다니 배포가 아주 크십니다, 레이디." 덩컨이 말했다.

"청장님 덕분에 남편이 조직범죄수사반장이 됐는데 이 정도는 해야죠."

"남편요? 결혼하신 줄은 몰랐습니다."

그녀는 고개를 모로 꼬았다. "형식을 중요하게 생각하는 성격이신가요, 청장님?"

"형식이 원칙을 의미하는 거라면 그렇다고 봐야 할 겁니다. 내 일의 성격상 그럴 수밖에 없으니까요. 부인이 하는 일도 그렇겠지만."

"원칙이 예외 없이 모든 경우에 적용된다는 걸 모든 사람들이 아는지 여부에 따라 카지노가 흥할 수도 있고 망할 수도 있죠."

"솔직히 나는 카지노에 한 번도 발을 들인 적이 없습니다, 부인. 안주인으로서 해야 할 일이 있겠지만 괜찮으실 때 잠깐 안내를 부탁드려도 될까요?"

"그럼요." 레이디는 미소를 지으며 그의 팔짱을 꼈다. "이쪽으로 오세요."

그녀는 덩컨을 데리고 중2층으로 올라갔다. 뚜벅뚜벅 앞장선 그녀의 드레스가 깊게 찢어진 부분에 그의 시선과 은밀한 상상이 향했을지 몰라도 그는 잘 숨겼다. 그들은 난간 앞에 섰다. 조용한 밤이었다. 룰렛 테이블에는 손님이 네 명이었다. 블랙잭 테이블에는 아무도 없었다. 그 아래쪽의 테이블에서는 네 명이 포커를 치고 있었다. 나머지 파티 손님들이 바를 거의 독차지하다시피 했다. 레이디는 맥베스가 맬컴, 레녹스 옆에 서서 물컵을 초조하게 만지작거리며 그들의 이야기를 열심히 듣는 척하고 있는 것을 보았다.

"12년 전에 이곳은 철도청이 이전한 뒤로 수해를 입고 기물이 파손된 폐허였어요. 청장님도 아시다시피 이 나라에서 카지노가 허용된 주는 여기밖에 없잖아요."

"케네스 청장 덕분이죠."

"시커먼 그의 영혼에 축복이 깃들길. 우리 룰렛 테이블은 몬테카를로 법칙에 입각해서 만들어졌어요. 마호가니에 자단과 상아를 살짝 섞어서 제작한 휠 양쪽의 똑같은 칸에 베팅할 수 있죠."

"솔직히 여기에 일구어 놓으신 업적이 상당히 인상적입니다, 레이디."

"고맙습니다, 청장님. 하지만 그만한 대가가 따랐어요."

"그렇겠죠. 가끔 우리 인간을 움직이는 원동력은 뭔지 궁금해질 때가 있지 않습니까?"

"청장님을 움직이는 원동력은 뭔가요?"

"저요?" 그는 잠깐 생각에 잠겼다. "이 도시가 언젠가는 살기 좋은 곳이 될 수 있다는 희망이죠."

"그거 말고요. 번드르르하게 늘어놓을 수 있는 근사한 원론적 이야기 말고요. 청장님의 이기적이고 감정적인 동기는 뭔가요? 밤이면 청장님의 귀에 대고 속삭이고 온갖 축사를 하고 난 뒤에 청장님을 괴롭히는 은밀한 동기는 뭔가요?"

"그건 좀 고민을 해 봐야겠는데요, 레이디."

"그냥 **궁금해서** 여쭤 보는 거예요, 청장님."

"어쩌면." 그는 턱시도 안에서 어깨를 돌렸다. "어쩌면 내게는 그렇게 강력한 원동력이 필요치 않았을지 몰라요. 훌륭한 교육과 원대한 포부와 직업이 당연시되는 비교적 풍족한 집안에서 태어났으니 좋은 패를 들고 태어난 셈이었죠. 우리 아버지는 공무원 사회가 어떤 식으로 썩어 문드러졌는지 분명하게 직언을 했어요. 그래서 별로 출세를 하지 못했을지 모르겠지만. 나는 그냥 아버지가 하시던 일을 물려받아서 계속 이어 나갔고 아버지가 저지른 전략적인 실수를 보고 배운 게 아닐까 싶어요. 정치는 가능성의 예술이고 가끔은 악으로 악에 대처해야 할 때도 있거든요. 나는 해야 하는 일을 할 따름이에요. 언론에서는 나를 성인처럼 포장하려고 하지만 그건 아니랍니다."

"성인들은 성인으로 공표된 것 말고는 이룬 업적이 거의 없죠. 저는 청장님의 전략이 더 마음에 드는데요. 제가 항상 애용하는 작전이기도 하고요."

"그러시겠죠. 자세하게는 모르지만 레이디가 걸어온 길이 저보다 훨씬 길고 가팔랐다는 건 압니다."

레이디는 웃음을 터뜨렸다. "자료실의 묵은 파일을 뒤적이면 제가 나올 거예요. 몇 년 동안 지구상에서 가장 역사가 오래된 직업 생활을 했거든요. 그걸 굳이 감출 생각도 없어요. 우리 모두에게는 과거가 있기 마련이고 청장님도 말씀하셨다시피 해야 하는 일을 하면서 지내 왔을 뿐이니까. 청장님, 도박하세요? 하시면 오늘 밤에 저희 카지노에서 한번 해 보세요."

"말씀은 감사하지만 제 원칙에 위배되는 일이라서요."

"개인의 자격으로도 안 되나요?"

"경찰청장이 되면 사생활이라는 건 사라지거든요. 그리고 나는 도박을 하지 않습니다, 부인. 운명의 여신에게 기대기보다 내 스스로 성과를 거두는 편을 더 좋아해서요."

"그래도 좀 전에 말씀하셨다시피 처음부터 운명의 여신이 좋은 패를 쥐여 준 덕분에 지금 이 자리에 오르셨잖아요."

그는 미소를 지었다. "그래서 **더 좋아한다**지 않습니까. 인생은 주어진 패를 가지고 플레이를 하든지 패를 던지든지, 둘 중 하나를 선택하는 게임과도 같죠."

"제가 뭐 하나만 얘기해도 될까요, 청장님? 그런데 왜 웃으세요?"

"어차피 얘기하실 거면서 물어보는 게 재미있어서요."

"그냥 청장님은 정말 괜찮은 분인 것 같다고 얘기하고 싶었어요. 근성이 있는 분이고, 저는 그런 청장님과 청장님이 상징하는 바를 존경해요. 맥베스처럼 아무도 모르는 사람을 그렇게 중요한 자리에 앉혔다고 이런 말씀을 드리는 건 절대 아니에요."

"고맙습니다, 부인. 다 맥베스가 잘한 덕분이죠."

"그이를 임명한 것도 부정부패 척결 캠페인의 일환인가요?"

"부정부패는 빈대와도 같아요. 가끔은 전염병을 없애려면 집을 통째로 철거해야 할 때도 있죠. 그런 다음 오염되지 않은 자재로 다시 짓는 겁니다. 맥베스가 그런 자재죠. 기득권층의 일원이 아니었기 때문에 오염이 되지 않았잖아요."

"코더하고는 다르게요."

"코더하고는 다르게요, 부인."

"썩은 살을 도려내는 데 어떤 대가가 따르는지 알아요. 제 직원들 중에도 배신자가 두 명 있었거든요." 그녀는 난간 너머로 몸을 숙이고 룰렛 테이블 쪽을 턱으로 가리켰다. "울면서 그 둘을 잘랐어요. 돈과 재물의 유혹에 넘어가는 건 아주 흔한 인간의 약점이잖아요. 저는 마음이 너무 여려서 구둣발로 빈대를 밟지 않고 그냥 내보냈어요. 그랬더니 그들이 어떤 식으로 보답했는지 아세요? 제 아이디어를 도용하고 제 덕분에 터득한 전문 지식과 어쩌면 여기서 훔쳤을지 모르는 돈으로 수상한 업체를 만들었지 뭐예요. 그 업체가 우리 업계에 먹칠을 하고 있을 뿐 아니라 이 시장을 건설한 사람들의 몫을, 우리 몫을 낚아채 가고 있어요. 빈대들은 내쫓으면 다시 돌아오죠. 저도 청장님처럼 했었어야 하는 건데."

"저처럼요?"

"코더 때처럼요."

"스위노하고 공조 관계였는데 가만히 내버려 둘 수가 있어야죠."

"잘하셨다는 뜻에서 드린 말씀이에요. 아무리 멍청한 판사와 배심원이라도 철창신세를 면할 수만 있다면 경찰이 원하는 대로 나불거릴 거란 걸 모를 수가 없는 노스 라이더의 증언이 유일한 증거였잖아요. 코더가 처벌을 면할 수도 있었어요."

"그것 말고도 증거가 더 있었습니다, 부인."

"하지만 확실하게 유죄판결을 받기에는 부족했잖아요. 코더는 다시 돌아올 수 **있는** 빈대였어요. 그랬다면 추문이 끊일 날이 없었겠죠. 추잡한 재판을 거치면 여기저기 똥벼락이 튈 수도 있었고요. 시민들의 신뢰를 되찾기 위해 노력하는 경찰로서는 달갑지 않은 상황이겠죠. 저는 청장님을 전적으로 지지해요. 그들은 뭉개 버려야 해요. 구둣발로 밟고 돌리면 그것으로 끝이죠."

덩컨은 미소를 지었다. "참으로 꼼꼼한 분석입니다만 코더의 갑작스런 죽음이 저와 모종의 관계가 있다고 생각하시는 건 아니겠죠?"

"어머나, 그럴 리가요." 그녀는 경찰청장의 팔에 손을 얹었다. "뱅쿼가 입버릇처럼 하는 말을 저도 따라 했을 뿐이에요. 목적을 달성하는 데는 여러 가지 방법이 있다고요."

"예를 들면요?"

"흠. 상대방에게 전화해서 심판의 날이 닥쳤다고 얘기하는 방법이 있겠죠. 증거가 워낙 확실해서 특공대가 당장 들이닥칠 거라고. 공개적으로 망신을 당하고, 모든 명예를 박탈당하고, 그의 이름이 시궁창을 거쳐 형틀에 묶이게 생겼다고. 시간이 몇 분밖에 안 남았다고."

덩컨은 아래에 설치된 포커 테이블을 유심히 관찰했다. "쌍안경이 있으면 여기서 패를 볼 수 있겠네요."

"그렇죠."

"부인은 쌍안경을 어디서 구하셨나요? 태어날 때 받은 선물인가요?"

그녀는 웃음을 터뜨렸다. "아뇨, 샀어요. 경험을 주고서요. 얼마나 비쌌는지 몰라요."

"나는 당연히 아무 말도 하지 않았지만 코더가 워낙 오래전부터 공직에 몸을 담고 있었잖습니까. 우리들 대부분이 그렇듯 그 역시 100퍼센트 선한 구석만 있는 것도, 100퍼센트 악한 구석만 있는 것도 아니었어요. 어쩌면 그는, 그의 가족은 탈출구를 스스로 선택할 자격이 있지 않았을까요."

"청장님이 저보다 고결하시네요. 저도 청장님과 똑같이 했겠지만 전적으로 이기적인 이유에서 그랬을 거거든요. 건배."

그들은 잔을 들어서 서로 부딪쳤다.

"쌍안경 얘기가 나왔으니 말인데요." 레이디가 바에 있는 다른 사람들을 턱으로 가리키며 말했다. "이제 보니 더프 경감님과 파릇파릇하게 젊은 케이스니스가 서로를 향해 더듬이를 곤두세우고 있네요."

"그래요?" 덩컨은 한쪽 눈썹을 추켜세웠다. "내가 보기로 그 두 사람은 바의 양쪽 끝에 서 있는데요."

"맞아요. 서로 최대한 거리를 두고 있죠. 그런 채로 15초마다 서로의 위치를 확인하고 있어요."

"뭐든 놓치시는 게 없군요."

"청장님의 은밀하고 이기적인 동기는 뭐냐고 물었을 때도 제 눈에 들어온 게 있어요."

덩컨은 웃음을 터뜨렸다. "어두운 데서도 시야가 밝습니까?"

"어두운 데 민감한 게 유전이에요, 청장님. 저는 잠이 든 채로 한밤중에 걸어 다녀도 전혀 다치지 않아요."

"나는 가장 훌륭한 자선사업의 숨은 동기가 이기적일지라도 목적이 동기를 정당화한다고 보는데요."

"그럼 케네스처럼 동상이 세워지길 바라세요? 아니면 그는 누리지 못했던 시민들의 사랑을 누리고 싶으세요?"

덩컨은 그녀의 눈을 똑바로 쳐다보고 뒤편의 경호원들이 대화가 들리지 않을 만한 거리에 있는지 확인한 다음 잔을 비우고 기침을 했다. "나는 영혼이 평화롭기를 바랍니다, 부인. 책임을 다했다는, 말하자면 선조들이 남긴 집을 유지하고 개선했다는 만족감을 느낄 수 있기를요. 변태 같은 발상이라는 거 압니다. 그러니까 아무한테도 얘기하지 말아 주세요."

레이디는 숨을 크게 들이마신 뒤 난간에서 몸을 떼고 환하게 함박웃음을 지었다. "무슨 안주인이 이럴까요? 파티를 열어야 할 때 손님들을 추궁이나 하고! 이제 가서 다른 분들과 어울릴까요? 저는 지하실로 내려가서 이럴 때를 위해 아껴 놓은 술을 한 병 들고 올게요."

더프는 신설된 세법의 맹점을 장황하게 분석하는 맬컴의 이야기가 끝나자 핑계를 대고 바로 건너가서 위스키로 자신의 노고를 달랬다.

"어땠어요?" 뒤에서 누군가가 물었다. "하루 쉬고 가족들이랑 놀러 가니까?"

"좋았어, 고마워." 그는 돌아보지도 않고서 대답했다. 웨이터에게 병을 가리키며 더블로 달라는 뜻에서 손가락 두 개를 들어 보였다.

"오늘 밤에는 어떻게 할 거예요?" 케이스니스가 물었다. "호텔에서 잘 거예요?"

그녀의 침대를 뜻하는 암호였다. 하지만 그는 그녀가 오늘 밤뿐만이 아니라 앞으로의 계획에 대해서 묻는 것임을 알 수 있었다. 그녀는 그가 과거의 후렴을 반복해 주길 바랐다. 그녀와 같이 있고 싶다고, 파이프에 있는 가족들 곁으로 돌아가기 **싫다고** 얘기해 주길 바랐다. 하지만 그건 시간을 두고 해결해야 하는 문제였고 감안해야 할 부분들이 많았다. 케이스니스가 그를 그 정도로 잘 모르다니, 그의 진심을 의심하다니 이해할 수 없는 대목이었다. 카지노에서 하룻밤 자고 갈 거냐고 했을 때 그가 반항조로 대답했던 것도 그 때문이었을지 모른다.

"그러고 싶어요? 여기서 자고 싶어요?"

더프는 한숨을 쉬었다. 여자들은 뭘 원하는 걸까? 그를 꼼짝 못 하도록 침대에 묶어 놓고 사육해 가며 낳아 놓은 자식과 양심의 가책으로 숨이 막힐 때까지 그의 지갑과 고환을 쥐어짜려는 게 그들의 의도일까?

"아니." 그는 맥베스를 쳐다보며 말했다. 맥베스는 오늘 파티의 주인공인데도 불구하고 이상하게 부담스러워하고 불안한 기색을 보였다. 새로운 보직의 책임감과 무게감 때문에 태평하고 근심 걱정 없는 어린애 같던 그가 벌써부터 주눅이 든 걸까? 이제는 맥베스의 관점에서 보나 그의 관점에서 보나 엎질러진 물이었다. "먼저 가면 내가 적당히 있다가 따라갈게."

뒤에서 그녀가 머뭇거리는 것이 느껴졌다. 그는 술병 선반 뒤에 달린 거울로 그녀와 눈을 맞추었다. 그녀가 자신을 건드리려고 하는 게 보이자 나무라는 눈빛으로 흘끗 쳐다보았다. 그녀는 손을 거두었다. 그러고는 자리를 옮겼다. **맙소사.**

더프는 술잔을 비웠다. 바 끝 쪽에 기대고 서 있는 맥베스에게 건너가려고 자리에서 일어났다. 제대로 축하 인사를 건네야 할 시점이었다. 하지만 바로 그때 덩컨이 그들 사이로 등장했다. 사람들이 그의 주변으로 밀려들었고 그 속에 맥베스가 묻혔다. 더프가 다시 보았을 때 맥베스는 밖으로 나서는 레이디의 드레스 자락을 쫓아서 따라 나가고 있었다.

맥베스가 따라잡았을 때 레이디는 와인 창고의 문을 열고 있었다.

"못 하겠어." 그가 말했다.

"뭐라고?"

"내가 모시는 경찰청장을 죽일 수 없다고."

그녀는 그를 쳐다보았다.

그녀는 그의 재킷 옷깃을 잡고 안으로 끌고 들어가 문을 닫았다. "이제 와서 나를 실망시키지 마, 맥베스. 덩컨과 경비원들의 객실도 배정됐어. 모든 준비가 끝났다고. 마스터키 가지고 있지?"

맥베스는 주머니에서 열쇠를 꺼내 그녀에게 내밀었다. "가져가. 못 하겠으니까."

"못 하겠다는 거야, 안 하겠다는 거야?"

"둘 다야. 그런 사악한 짓을 저지르겠다고 결심할 수가 **없기** 때문에 **안 하겠다**는 거야. 이건 잘못된 선택이야. 덩컨은 훌륭한 경찰청장이고 나는 어떤 것도 그보다 잘하지 못할 거야. 내 야망을 충족시키는 것 말고 여기서 어떤 의미를 찾을 수 있겠어?"

"**우리** 야망이지! 왜냐하면 굶주림, 추위, 두려움, 욕망 다음으로 중요한 게 야망이니까, 맥베스. 명예가 존경으로 향하는 문을 여는 열쇠니까. 그게 바로 마스터키야. 그러니까 써야지!" 그녀는 계속 그의 옷깃을 붙잡고 있었고 어찌나 입을 바짝 대고 있는지 그녀의 숨결에서 분노를 느낄 수 있을 정도였다.

"자기야……." 그는 말문을 열었다.

"안 돼! 덩컨이 그렇게 훌륭한 인간인 것 같으면 코더가 살아 있을 경우 새어 나올 수 있는 당황스러운 폭로를 입막음하려고 그를 어떤 식으로 죽였는지 들어 보든가."

"그럴 리 없어!"

"직접 물어보라니까?"

"당신이 그런 소리를 하는 이유는…… 이유는……."

"당신의 의지를 불사르기 위해서지." 그녀는 손을 놓고 그의 두근 거리는 심장을 느끼기라도 하려는 듯 옷깃 위에 손바닥을 대고 눌렀 다. "그 노스 라이더를 죽였던 것처럼 살인범을 죽인다고 생각해. 그 럼 간단할 거야."

"나는 그렇게 간단하게 끝내고 싶지 **않아**."

"양심의 가책 때문에 그러지 못하겠다면 어젯밤에 나한테 한 약속 을 지킬 의무가 있다는 걸 기억하든지. 아니, 어니스트 콜럼을 처리 하는 걸 보고 용감하다고 생각했더니 그게 아니라 어려서 무모한 거 였어? 당신이 아니라 우리 딜러의 목숨이 걸린 문제였기 때문에 그 럴 수 있었던 거야? 지금은 당신의 뭔가를 걸어야 하니까 겁쟁이 하 이에나처럼 도망치는 거고?"

그녀의 이야기는 어불성설이었지만 그래도 아픈 데를 찔렀다. "그 게 아니라는 걸 알잖아." 그는 절박한 목소리로 말했다.

"그럼 어떻게 나한테 한 약속을 지키지 **않겠다는** 생각을 할 수가 있 어, 맥베스?"

그는 침을 꿀꺽 삼켰다. 뭐라고 맞받아치면 좋을지 미친 듯이 머리 를 굴렸다. "나는…… 당신은 약속을 하면 **전부** 지킨다고 말할 수 있 어?"

"나 말이야? **나 말이야?**" 그녀는 놀랍다는 듯이 깔깔대고 웃었다. "나로 말할 것 같으면 스스로에게 한 약속을 지키려고 젖을 물고 있 던 아이를 떼어 내서 벽에 대고 머리를 박살 낸 사람이야. 그런 내가 사랑하는 단 한 사람인 당신한테 한 약속을 어떻게 어길 수 있겠어?"

맥베스는 가만히 서서 그녀를 바라보았다. 이제 그는 그녀의 숨결을, 그녀의 사악한 숨결을 들이마시고 있었다. 그로 인해 시시각각 약해져 가는 것을 느낄 수 있었다. "하지만 이 작전이 실패하면 덩컨의 손에 당신 목도 날아갈 텐데, 그걸 알고서 하는 얘기야?"

"실패하지 않아. 잘 들어. 나는 덩컨한테 이 부르고뉴 와인을 한 잔 권하고 경호원들한테 **맛만이라도** 보라고 할 거야. 그들은 아무것도 알아차리지 못하겠지만 시간이 지나면 살짝 몽롱해질 거야. 그러다 침대에 누우면 시체처럼 잠이 들 테고……."

"그렇겠지, 하지만……."

"쉬이잇! 당신은 단검을 쓸 테니까 그들이 깰 일은 없어. 칼날에 묻은 피를 경호원들의 몸 여기저기에 칠하고 단검을 그들 침대에 두고 나와. 그런 다음 나중에 그들을 깨워서……."

"나도 작전을 다 기억해. 하지만 허점이 있고……."

"**당신이** 세운 작전이잖아." 그녀는 한 손으로 그의 턱을 잡고 그의 귓불을 세게 깨물었다. "그리고 완벽해. 모두 경호원들이 헤카테에게 매수된 걸 알게 될 거야. 너무 취해서 범행의 흔적을 지우지 못했을 뿐이고."

맥베스는 눈을 감았다. "당신은 아들만 낳을 수 있지, 그렇지?"

레이디는 나지막이 키득거렸다. 그의 목에 입을 맞추었다.

맥베스는 그녀의 어깨를 잡고 떼어 냈다. "레이디, 당신이 나를 사지로 내몰고 있는 거 알아?"

그녀는 미소를 지었다. "당신이 가는 곳이라면 나도 어디든 따라갈 거야. 알지?"

8

저녁 식사 장소는 카지노 식당이었다. 더프는 안주인의 옆자리를 배정받았고 그녀의 다른 쪽 옆자리에는 덩컨이 앉았다. 그들의 맞은편에 앉은 맥베스의 옆자리는 케이스니스의 차지였다. 더프는 케이스니스와 맥베스가 말도 없고 식사도 거의 하지 않는다는 것을 알아차렸지만 분위기 자체는 화기애애했고 테이블이 워낙 넓어서 맞은편 사람들과 대화를 나눌 수가 없었다. 레이디는 조잘거리며 덩컨과 재미있는 시간을 보내는 눈치였고 더프는 맬컴의 이야기를 들으며 하품을 하지 않는 데 집중했다.

"케이스니스가 오늘 참 예쁘네요, 그죠?"

더프는 고개를 돌렸다. 레이디였다. 그녀는 새빨간 머리 아래로 파란색의 큼지막한 눈을 순진하게 반짝이며 미소를 지었다.

"네, 거의 부인만큼 아름답네요." 더프는 이렇게 대꾸했지만 생기라고는 하나도 없는 말투라는 것을 스스로도 느낄 수 있었다.

"그냥 얼굴만 예쁜 게 아니에요." 레이디가 말했다. "경찰에서 지금 그 자리까지 오르느라 얼마나 많은 걸 희생했겠어요. 예를 들면 결혼이라든지. 보아하니 결혼을 희생한 것 같은데. 반장님 눈에도 그렇게 보이죠?"

회색이었다. 눈이 파란색이 아니라 회색이었다.

"성공하고 싶은 여자들은 뭔가를 희생해야 하는 모양이에요." 더프는 이렇게 얘기하면서 와인 잔을 들었다가 또다시 빈 잔이라는 것을 알아차렸다. "결혼이 모두에게 지상 최고의 과제도 아니고요. 안 그렇습니까, 부인?"

레이디는 어깨를 으쓱했다. "우리 인간은 현실적이잖아요. 예전에 내린 결정을 번복할 수 없으면 실수한 게 자꾸 떠올라서 너무 괴로워지는 일이 없도록 어떻게든 변호를 하니까요. 내가 보기에는 그게 행복한 인생의 비결이에요."

"부인이 지금까지 내린 판단을 직면하면 괴로워질까 봐 두려우신가요?"

"여자는 원하는 걸 손에 넣으려면 남자처럼 생각하고 행동하고 가족은 안중에도 없어야 하죠. 자기 가족이 됐든 남의 가족이 됐든."

더프는 움찔했다. 그는 그녀와 시선을 맞추려고 했지만 그녀는 주변 손님들의 잔을 채우느라 몸을 앞으로 숙이고 있었다. 그리고 잠시 후에는 덩컨이 자기 잔을 두드리고 일어서더니 헛기침을 했다.

더프는 감동적인 감사 연설이 이어지는 동안 맥베스를 관찰했다. 덩컨은 안주인이 준비한 만찬과 주인의 승진뿐 아니라 이 도시를 살 만한 곳으로 만들기라는 그들 모두에게 주어진 임무에도 경의를 표했다. 그러고는 긴 일주일을 보냈으니 그들 모두 자비로운 하느님이 선물한 휴식을 누릴 자격이 있다고, 앞으로 몇 주 동안 청장은 자비로운 하느님이 되지 않을 테니 기회가 왔을 때 만끽하는 편이 현명한 선택일 거라는 이야기로 마무리를 지었다.

그는 모두에게 좋은 밤 보내라는 인사를 하고 하품을 참으며 주인과 안주인을 위해 건배를 제안했다. 박수갈채가 이어지는 동안 더프는 맞은편에 앉은 맥베스가 이번에는 그를 위해 건배를 제안하는지 흘끗 쳐다보았다. 이러니저러니 해도 덩컨은 경찰청장이었다. 하지만 맥베스는 앞으로 맞이하게 될 새로운 상황과 새로운 직급과 새로운 일에 넋을 빼앗겼는지 창백한 얼굴을 하고 널빤지처럼 뻣뻣하게 그 자리에 앉아 있을 따름이었다.

더프는 레이디를 위해 의자를 빼 주었다. "오늘 저녁에 여러모로 감사했습니다, 부인."

"이하 동문이에요, 더프 반장님. 객실 열쇠 받으셨죠?"

"음, 저는…… 다른 데서 잘 거라서요."

"파이프에 있는 집으로 가시나요?"

"아뇨, 사촌 집에 갈 겁니다. 하지만 내일 아침에 일찍 청장님을 모시러 올 겁니다. 청장님도 파이프에 사시거든요, 저희 집과 가까운 곳에요."

"아, 몇 시에요?"

"7시에요. 청장님과 저는 아이들이 있다 보니……. 뭐, 주말이잖습니까. 바쁘죠, 부인도 아시겠습니다만."

"사실 저는 몰라요." 레이디는 웃으며 말했다. "안녕히 주무시고 사촌에게 안부 전해 주세요, 더프 반장님."

손님들은 하나둘씩 바와 게임 테이블을 나서 객실이나 집으로 향했다. 맥베스는 로비에 서서 공허한 작별 인사를 중얼거렸지만 그래도 끝까지 남은 사람들과 바에서 이야기를 나누는 것보다는 그게 나았다.

"얼굴이 안 좋네." 뱅쿼가 살짝 혀 꼬부라진 소리로 말했다. 화장실에서 나오는 길에 맥베스를 보고 묵직한 손을 그의 어깨에 얹었다. "당장 가서 누워. 다른 사람들한테 병 옮기지 말고."

"고마워요, 뱅쿼. 하지만 레이디가 아직 바에서 손님을 접대하고 있어요."

"청장이 자러 들어간 지 거의 한 시간이나 지났으니까 너도 가도 돼. 나도 바에 가서 남은 거 마시고 플리언스 데리고 집에 갈 거야. 도어맨처럼 여기 서 있는 거 보고 싶지 않다. 응?"

"알았어요. 잘 자요, 뱅쿼."

맥베스는 친구가 조금 비틀거리며 바 쪽으로 걸어가는 것을 지켜보았다. 손목시계를 확인했다. 12시 7분 전이었다. 7분 남았다. 그는 3분 동안 기다렸다. 그런 다음 어깨를 펴고 쌍여닫이문 너머로 바를 들여다보았다. 레이디가 서서 맬컴과 레녹스의 이야기를 듣고 있었다. 바로 그때 그녀가 그의 존재를 느끼기라도 한 듯 고개를 돌렸고 둘의 시선이 만났다. 그녀가 보일락 말락 하게 고개를 끄덕이자 그도 고개를 끄덕였다. 잠시 후에 그녀는 맬컴이 한 얘기에 웃음을 터뜨렸고 그녀가 뭐라고 응수하자 이번에는 두 남자가 웃음을 터뜨렸다. 그녀는 능수능란했다.

맥베스는 계단을 올라가서 레이디와 함께 쓰는 스위트룸 안으로 들어갔다. 경호원들이 쓰는 객실 문에 귀를 갖다 댔다. 안에서 평온하고 일정하게 코를 고는 소리가 들렸다. 거의 천진난만하게 느껴질 지경이었다. 그는 침대에 앉았다. 매끄러운 침대 커버를 손으로 훑었다. 그의 거친 손끝이 닿자 실크가 바스락거렸다. 그렇다, 그녀는 능수능란했다. 그보다 몇 수 위였다. 그리고 어쩌면 그들은 성공할 수 있을지도 몰랐다. 맥베스와 레이디, 둘이서 변화를 이끌어 내고, 그들이 생각한 이미지에 맞게 이 도시를 건설하고, 덩컨이 시작한 사업을 그가 상상했던 것 이상으로 발전시킬 수 있을지도 몰랐다. 그들에게는 의지와 용기가 있었고 시민들을 그들의 편으로 만들 수 있었다. 시민의. 시민을 위한. 시민과 함께하는.

그는 침대 위에 꺼내 놓은 두 개의 단검을 손으로 쓰다듬었다. 하지만 권력층이 썩어 문드러져서 사람들을 오염시키지만 않았던들 이럴 필요가 없었을 것이다. 덩컨이 순수한 이상주의자였다면 대화로 해결할 수 있었을 테고, 이 도시를 어둠에서 구원하겠다는 그의 꿈을 이루어 줄 수 있는 적임자가 맥베스라는 것을 알아차렸을 것이다. 덩컨의 꿈이 무엇이건 간에 이 도시의 평범한 주민들은 캐피틀에서 건너온 상류층의 이방인을 따를 리 없었다. 그렇다, 그들에게는 그들과 비슷한 사람이 필요했다. 덩컨이 항해사가 될 수 있을지는 몰라도 선장은 맥베스가 되어야 했다. 그가 선원들을 복종시키고 배를 두 사람 모두가 원하는 방향으로 인도해 안전하게 입항시킬 수 있다면 그래야 했다. 하지만 권력을 양도하는 것이 이 도시의 이익에 가장 부합하는 길이라는 데 동의하더라도 덩컨이 맥베스에게 청장 자리를 양보할 리 없었다. 덩컨은 장점이 많을지 몰라도 여느 권력자와 다를 바 없었다. 그는 개인적인 야망을 무엇보다 우선시했다. 그의 명성에 흠집을 내거나 그의 권위에 위협이 될 만한 사람들을 어떤 식으로 제거했는지 보라. 그들이 들이닥쳤을 때 코더의 시신은 아직 따뜻했다.

그렇지 않았던가? 맞다, 그랬다. 그랬다, 그랬다.

12시가 됐다.

맥베스는 눈을 감았다. 무아의 경지로 돌입해야 했다. 그는 열에서부터 거꾸로 셌다. 눈을 떴다. 욕을 하며 다시 눈을 감고 열에서부터 거꾸로 셌다. 손목시계를 확인했다. 단검을 집어서 칼집을 두 개 달고 어깨에 맬 수 있도록 특수 제작한 벨트에 넣었다. 그런 다음 복도로 나갔다. 경호원들의 객실을 지나 덩컨의 객실 앞에서 걸음을 멈추었다. 귀를 기울였다. 아무 소리도 들리지 않았다. 숨을 크게 들이마셨다. 이미 다양한 시나리오의 검토를 마쳤다. 남은 건 실행뿐이었다. 그는 마스터키를 꽂고 반질반질하게 닦은 놋쇠 문손잡이에 비친 자신의 모습을 확인한 다음 손잡이를 잡고 돌렸다. 복도 불빛에 비춰 분위기를 살피고 안으로 들어가서 등 뒤로 문을 닫았다.

어둠 속에서 숨을 참고 덩컨의 숨소리를 들었다.

차분하고 일정했다.

고아원 원장 로리얼의 숨소리와 비슷했다.

아니다, 지금 그 생각을 끄집어내면 안 된다.

숨소리를 들어 보니 덩컨은 침대에서 잠을 자고 있었다. 맥베스는 화장실 문 앞으로 가서 안쪽 불을 켜고 문을 살짝 열었다. 이 정도 불빛이면 충분했다.

이 정도 불빛이면 계획한 것을 실행에 옮기기에 충분했다.

그는 침대 옆에 서서 아무 의심 없이 잠을 자고 있는 남자를 내려다보았다. 그러다 허리를 폈다. 어쩌면 이렇게 얄궂을 수 있을까. 그는 단검을 들었다. 방어 능력이 없는 사람을 살해하는 것, 세상에 그보다 더 쉬운 일이 어디 있을까? 결정은 내려졌고 이제 그걸 실천하기만 하면 됐다. 포레스로 가는 길 위에서 방어 능력이 없는 제물을 죽였으니 그는 이미 순결을 잃은 셈이었고, 더프에게 진 빚을 그때 그 자리에서 똑같은 형태로, 차가운 피로 갚았다. 하얀 시트 위로 쏟아지던 로리얼의 뜨거운 피, 어둠 속에서 까맣게 보였던 그 피. 그런데 이제 와서 망설이는 이유가 무엇일까? 그와 더프가 범행 현장을 조작해 포레스로 가는 길 위에 남은 증거가 그들의 증언과 맞아떨어지도록 공모한 것과 이것의 차이점이 무엇일까? **그리고 가끔은 선한 게 잔인할 수도 있는 법이야, 맥베스.** 그는 화장실 불빛을 받고 번뜩이는 칼날에서 시선을 위로 옮겼다.

단검을 내렸다.

그에게는 그럴 능력이 없었다.

그래도 저질러야 했다. **그래야 했다.** 능력을 길러야 했다. 하지만 무아의 경지에서도 저지르지 못한다면 앞으로 무엇을 할 수 있을까?

그는 다른 맥베스가 되어야 했다. 깊숙이 묻어 놓고 두 번 다시 돌아가지 않겠다고 맹세했던 그 인육을 먹는 미치광이 송장이 되어야 했다.

뱅쿼는 숨통이 끊긴 큼지막한 기관차를 빤히 쳐다보며 앞섶을 열었다. 바람이 불자 몸이 휘청거렸다. 조금 취했다는 걸 그도 알고 있었다.

"가요, 아빠." 뒤에서 플리언스의 목소리가 들렸다.

"아들아, 지금 몇 시냐?"

"모르겠지만 달이 떴어요."

"그럼 12시가 지났네. 오늘 밤에 폭풍이 분다는 일기예보가 있었는데." 허리띠를 끼우는 맨 첫 번째 고리와 두 번째 고리 사이에서 대롱거리는 권총 케이스가 거치적거렸다. 그는 케이스를 풀어서 플리언스에게 건넸다.

아들은 체념한 듯 앓는 소리를 내며 케이스를 받았다. "아빠, 여긴 공공장소예요. 여기서 이러시면……."

"여긴 공중화장실이야. 그게 이 녀석의 정체라고." 뱅쿼가 혀 꼬부라진 소리로 이렇게 얘기한 순간, 검은 옷을 입은 사람이 기관차 뒤편에서 걸어 나왔다. "총 이리 줘, 플리언스!"

불빛이 남자의 얼굴을 비추었다.

"어, 누군가 했더니."

"아, 저도 누군가 했더니." 맥베스가 말했다. "바람 좀 쐬러 나왔어요."

"나도 이 꼬부랑 친구 바람 좀 쐬어 주느라." 뱅쿼는 혀 꼬부라진 소리로 늘어놓았다. "버스 위에 대고 오줌 누려던 거 **아니야**. 성 요셉 교회도 폐쇄된 마당에 이 도시에 마지막으로 남은 성물을 훼손할 수는 없지."

"그렇죠."

"무슨 일 있나?" 뱅쿼는 애써 긴장을 풀며 물었다. 그는 항상 낯선 사람들과 어울리는 걸 어려워했지만 상대는 맥베스와 아들이었다.

"아뇨." 맥베스가 아무 감정 없는 묘한 목소리로 말했다.

"간밤에 세 자매 꿈을 꿨어." 뱅쿼가 말했다. "우리 둘이서 아직 얘기는 하지 않았지만 그들의 예언이 딱 맞아떨어졌잖아, 안 그래? 네가 보기에는 어때?"

"아, 저는 잊어버리고 있었는데. 나중에 얘기해요."

"아무 때나." 뱅쿼는 오줌발이 쏟아지려는 것을 느끼며 이렇게 말했다.

"저기요." 맥베스가 말했다. "사실 안 그래도 물어보려고 했는데…… 아저씨가 조직범죄수사반 부반장이 됐으니 말이에요, 그 여자들이 예언한 대로 되면 어떨 것 같아요?"

"응?" 뱅쿼는 앓는 소리를 냈다. 참지 못하고 힘을 주었더니 오줌발이 끊기고 말았다.

"아저씨가 그때도 옆에서 도와주겠다고 하면 고마울 텐데."

"부청장이 되어 달라고? 하하, 그래, 헛소리 막 지껄여라." 뱅쿼는 맥베스가 농담을 하는 게 아니라는 것을 퍼뜩 깨달았다. "당연하지. 그럼, 당연하지. 내가 선한 싸움을 하러 나서는 사람은 언제든 뒤따를 준비가 돼 있다는 걸 알잖아."

그들은 서로 쳐다보았다. 바로 그 순간 누가 마술 지팡이를 휘두르기라도 한 것처럼 터졌다. 뱅쿼가 아래를 내려다보니 위풍당당하게 뿜어져 나온 황금빛 오줌 줄기가 기관차의 큼지막한 뒷바퀴를 적시고 그 아래 레일로 흘러내렸다.

"굿나이트, 뱅쿼. 굿나이트, 플리언스."

"굿나이트." 아버지와 아들이 한목소리로 대꾸했다.

"맥 아저씨 취했어요?" 맥베스가 사라지자 플리언스가 물었다.

"취했냐고? 맥베스가 술 안 마시는 거 너도 알잖아."

"네, 알죠. 그런데 너무 이상해서요."

"이상해?" 뱅쿼는 계속 쏟아지는 물줄기를 뿌듯한 표정으로 바라보며 으스스하게 씩 웃었다. "저 아이는 취하면 **이상해지지** 않아."

"그럼 어떻게 되는데요?"

"돌아 버리지."

돌풍이 불자 오줌 줄기가 갑자기 옆으로 휘었다.

"폭풍이 오려나 보네." 뱅쿼는 버튼을 잠그며 말했다.

맥베스는 중앙역을 한 바퀴 돌았다. 좀 전의 그 자리로 돌아가 보니 뱅쿼와 플리언스는 가고 없었다. 그는 널따란 대합실로 들어갔다.

대합실을 훑어보고 거기 있는 사람들을 당장 네 부류로 나눴다. 파는 사람들, 쓰는 사람들, 둘 다 하는 사람들 그리고 비를 피해서 잠을 청할 곳을 찾아 들어왔지만 조만간 앞의 세 부류 중 하나로 합류할 사람들. 그도 그 길을 걸은 적이 있었다. 고아원을 탈출하고 구세군에게 음식과 음료를 받아먹다 마약을 판 돈으로 약과 먹을거리를 해결했었다.

맥베스는 휠체어에 앉아 있는, 통통하고 남들보다 나이가 많은 남자에게로 다가갔다.

"칵테일 0.25그램." 그가 얘기하자 그 소리를 듣고 몸속에서 잠자고 있던 무언가가 깨어났다.

휠체어에 앉아 있던 남자가 고개를 들었다. "맥베스." 그가 침 폭탄과 함께 그 이름을 내뱉었다. "나는 너를 기억하고 너는 나를 기억하잖아. 너는 경찰이고 나는 약을 팔지 않아, 알았어? 그러니까 꺼져."

맥베스는 체크무늬 셔츠를 입었고 너무 취해서 제대로 서 있지도 못하는 다음 업자에게로 다가갔다.

"내가 바보인 줄 아쇼?" 그는 고함을 질렀다. "나는 지나가던 길이에요. 안 그러면 내가 왜 여기 있겠어요? 약발이 없으면 네 시간도 못 버티는데 경찰한테 약을 팔아서 스물네 시간 동안 쇠고랑 찰 일 있우?" 그는 뒤로 몸을 기댔고 그의 웃음소리가 천장까지 쩌렁쩌렁 울렸다. 맥베스는 통로를 따라 출발 승강장 쪽으로 걸음을 옮겼고 뒤에서 업자가 외치는 소리가 울려 퍼졌다. "여러분, 잠복 경찰이에요!"

"안녕하세요, 맥베스 아저씨." 가늘고 힘없는 목소리가 들렸다.

맥베스는 고개를 돌렸다. 안대를 한 남자아이였다. 맥베스는 아이에게 다가가 벽 옆에 쭈그리고 앉았다. 안대를 위로 올려놓고 있어서 구멍이 뻥 뚫린 신비로운 어둠 속이 들여다보였다.

"칵테일 0.25그램이 필요한데." 맥베스가 말했다. "네가 도와줄 수 있겠니?"

"아뇨." 아이가 말했다. "저는 아무도 도울 수가 없어요. 아저씨가 저를 도와줄 수 있어요?"

맥베스는 아이의 표정에서 뭔가를 느낄 수 있었다. 거울을 보는 듯했다. 젠장, 이게 무슨 짓이람. 좋은 사람들의 도움 아래 간신히 탈출해 놓고서 이렇게 다시 돌아오다니. 가장 대책 없는 중독자마저 꺼릴 만큼 끔찍한 짓을 저지르려 하다니. 그는 이 아이를 인버네스로 데려 갈 수 있었다. 먹을거리를 주고 씻기고 재울 수 있었다. 오늘 밤을 자 신의 계획과 전혀 다르게 보낼 수 있었다. 아직 가능성이 있었다. 스 스로를 구할 가능성이 있었다. 이 아이도. 덩컨도. 레이디도.

"가자. 우리……." 맥베스는 말문을 열었다.

"맥베스." 뒤에서 들린 음성이 천둥처럼 복도를 울렸다. "너의 기도 가 응답을 받았다. 너에게 필요한 물건을 내가 가지고 왔다."

맥베스는 고개를 돌렸다. 시선을 들어 올렸다. 좀 더 올렸다. "스트 레가, 내가 여기 있는 걸 어떻게 알았지?"

"우리는 온 사방에 눈과 귀가 있거든. 자, 헤카테의 선물이다."

맥베스는 그녀가 그의 손에 떨어뜨린 작은 봉지를 내려다보았다. "돈을 내고 싶은데. 얼마지?"

"선물인데 돈을 내겠다고? 그러면 헤카테가 모욕으로 받아들일 거 다. 잘 가라." 스트레가는 몸을 돌려서 걸음을 옮겼다.

"그럼 받지 않겠다." 맥베스는 이렇게 외치며 봉지를 그녀의 등 뒤 로 던졌지만 그녀는 이미 어둠 속으로 삼켜지고 보이지 않았다.

"그러시다면……." 외눈박이 아이가 카랑카랑한 목소리로 물었다. "그럼 제가……?"

"거기 가만히 있어라." 맥베스는 꼼짝 않고 으르렁거렸다.

"어쩌려고요?" 아이가 물었다.

"어쩌려고 그러느냐고?" 맥베스는 그대로 되물었다. "내 생각은 전 혀 중요하지 않아. 중요한 건 앞으로 처리해야 하는 일이지."

그는 봉지를 던진 곳으로 걸어가서 주웠다. 처음 그 자리로 돌아왔다. 손을 내밀고 있는 아이를 그대로 지나쳤다.

"아저씨, 좀 전에는……?"

"꺼져." 맥베스는 딱딱거렸다. "나중에 지옥에서 만나자."

맥베스는 냄새가 코를 찌르는 화장실로 내려가 바닥에 앉아 있던 여자를 쫓아내고 봉지를 뜯어서 거울 아래 세면대에 가루를 뿌린 다음 단검의 뭉툭한 부분으로 덩어리를 으깨고 날로 곱게 다졌다. 그러고는 지폐를 돌돌 말아서 누르스름한 가루를 양쪽 콧구멍으로 번갈아 흡입했다. 화학약품이 점막을 지나 혈액 속으로 침투하는 데 걸린 시간은 놀라우리만치 짧았다. 약에 취한 혈액이 뇌로 침투하기 직전에 떠오른 생각은 헤어졌던 애인과 다시 시작하는 듯한 심정이라는 것이었다. 그토록 오랜 세월이 흘렀음에도 조금도 달라지지 않은, 너무나 아름답고 너무나 위험한 애인이었다.

"내가 뭐랬어?" 헤카테는 CCTV 모니터 옆 바닥을 지팡이로 내리쳤다.

"사랑에 홀딱 빠진 마약쟁이 겸 도덕주의자보다 더 예측하기 쉬운 인간은 없다고 했죠."

"고마워, 스트레가."

맥베스는 중앙역 앞 계단 꼭대기에서 걸음을 멈추었다.

워커스 광장이 그의 앞에서 바다처럼 일렁였다. 자갈 밑에서 집채

만 한 파도가 솟구쳤다가 가라앉으며 이가 서로 부딪치는 소리를 냈
다. 인버네스 아래쪽에는 시끄러운 음악과 웃음소리로 가득한 외륜
선이 있었고 윙윙거리며 천천히 돌아가는 바퀴에서 떨어진 물이 불
빛을 받고 반짝였다.

그는 걸음을 뗐다. 시커먼 밤을 뚫고 인버네스를 향해 출발했다.
허공에 둥둥 떠서 바람을 가르는 듯한 기분이었다. 미끄러지듯 문을
지나서 로비로 들어갔다. 안내 데스크 직원이 그를 보고 친절하게 인
사했다. 게임룸으로 고개를 돌려 보니 레이디, 맬컴, 더프가 바에서
아직까지 이야기를 나누고 있었다. 그는 나는 듯이 계단을 올라가서
복도를 따라 걸어가다 덩컨의 객실 앞에서 걸음을 멈추었다.

마스터키를 꽂고 문손잡이를 돌려서 안으로 들어갔다.

다시 원위치였다. 달라진 건 없었다. 화장실 문이 여전히 조금 열
려 있었고 안에는 불이 켜져 있었다. 그는 침대로 다가갔다. 잠을 자
는 청장을 내려다보며 왼손을 재킷 안쪽으로 넣어서 단검 손잡이를
잡았다.

손을 들었다. 이제는 훨씬 쉬워졌다. 심장을 겨누었다. 오크나무에
새긴 하트를 겨눌 때처럼 그랬다. 칼이 거기 적힌 두 이름 사이에 구
멍을 냈다. 적힌 이름은 메러디스와 맥베스였다.

"앞으로는 잠들지 못할 것이다! 맥베스는 잠을 죽여 버렸다."

맥베스는 뻣뻣하게 굳었다. 경찰청장이 한 말이었을까, 약물의 부
작용이었을까 아니면 그가 한 말이었을까?

그는 덩컨의 얼굴을 내려다보았다. 아니다, 눈이 여전히 감겨져 있
고 숨소리는 차분하고 일정했다. 하지만 그가 지켜보는 가운데 덩컨

이 눈을 떴다. 말없이 그를 쳐다보았다. "맥베스?" 경찰청장의 시선이 단검으로 향했다.

"여기서 무, 무, 무슨 소리가 들린 것 같아서요." 맥베스가 말했다. "살펴보겠습니다."

"경호원들이……."

"경호원들은 코, 코, 코를 고는 소리가 들렸어요."

덩컨은 잠깐 귀를 기울였다. 그러더니 하품을 했다. "그렇군. 자게 내버려 둬. 여기서는 걱정 없다는 걸 아니까. 고맙네, 맥베스."

"별말씀을요."

맥베스는 문 쪽으로 걸어갔다. 그는 더 이상 둥둥 떠다니지 않았다. 안도감이, 심지어 **행복감**이 온몸으로 퍼졌다. 그는 구원을 받았다. 경찰청장이 그를 해방시켰다. 레이디가 자기 멋대로 저지르고 지껄일 수 있었을지 몰라도 여기서는 아니었다. 다섯 걸음. 그는 단검을 들지 않은 손으로 문손잡이를 붙잡았다.

그때 반질반질한 놋쇠 위로 어떤 움직임이 비쳤다.

놀이공원에 있는 거울의 방 속으로 들어오기라도 한 듯―우스꽝스럽게 일그러진 영화의 한 장면처럼―어떤 움직임이 화장실 불빛에 비쳐 보였다. 경찰청장이 베개 밑에서 뭔가를 꺼내 그의 등을 겨누고 있었다. 총이었다. 다섯 걸음. 칼을 던지기에 좋은 거리였다. 그는 본능적으로 반응했다. 몸을 홱 돌렸다. 그는 중심을 잃었고 단검이 왼손을 떠났을 때 그의 몸은 아직도 움직이고 있었다.

9

두 아가씨에게 다가가 합석해도 되겠느냐고 물은 쪽은 당연히 더프였다. 맥베스가 카운터에 가서 네 명 몫의 맥주를 사 가지고 돌아와 보니 더프가 경찰대학 마지막 학년에 그와 맥베스가 가장 성적이 우수한 사관생도였다고 큰 소리로 떠들어 대고 있었다. 자신들의 미래는 장밋빛 그 이상이라며, 무엇이 이득이 될지를 안다면 아가씨들은 행동을 개시해야 된다고 했다. 두 아가씨는 웃음을 터뜨렸고 메러디스라는 아가씨는 눈을 반짝였지만 맥베스가 그녀와 눈을 맞추려고 하자 시선을 떨어뜨렸다. 술집이 문을 닫았을 때 맥베스가 집 앞까지 바래다주자 메러디스는 보답으로 다정하게 악수를 건네며 전화번호를 알려 주었다. 다음 날 아침에 더프는 간호사 기숙사의 좁은 침대에서 어떤 식으로 친구 리타에게 봉사했는지 장황하게 떠벌렸고, 맥베스는 그날 저녁에 메러디스에게 전화해 떨리는 목소리로 저녁을 같이 먹자고 했다.

그는 라이언스에 테이블을 예약해 놓았지만 알 만하다는 듯이 쳐
다보는 수석 웨이터의 눈빛을 접한 순간 실수였음을 깨달았다. 더프
가 빌려준 우아한 양복이 너무 커서 뱅쿼의 양복을 입는 수밖에 없
었는데, 두 사이즈 작은 데다 20년 된 옷이었다. 다행히 메러디스의
원피스와 미모와 차분하고 깍듯한 성격이 그의 모자란 부분을 채웠
다. 프랑스어로 된 메뉴에서 그가 무슨 뜻인지 이해할 수 있는 부분
은 가격뿐이었다. 하지만 메러디스가 설명해 주면서 프랑스 사람들
이 그런 식이라고 했다. 이제는 그 나라 말이 세계 공용어가 아니라
는 사실을 인정하지 않고, 영어를 워낙 못해서 라이벌 나라의 말을
쓰면 바보처럼 보이는 이중의 수모를 견딜 수 없어서 그러는 거라고
했다.

"교만과 불안은 한 세트일 때가 많거든요." 그녀가 말했다.

"내가 자신감이 좀 없긴 하죠." 맥베스가 말했다.

"당신 친구 더프를 염두에 두고 한 말인데." 그녀가 말했다. "당신
은 왜 자신감이 없어요?"

맥베스는 그녀에게 자신의 배경을 이야기했다. 고아원 생활. 뱅쿼
와 베라. 경찰대학. 그녀가 어찌나 편안하게 느껴졌던지 하마터면 로
리얼에 얽힌 그 정신 나간 순간까지 모두 털어놓을 뻔했지만 물론
꾹 참았다. 메러디스는 이 도시의 서부에서 자랐고, 부모님은 아이
들을 아무 부족함 없이 키웠지만 그만큼 요구 사항이 많았으며 특히
아들들에게 거는 기대가 컸다.

"보호받으며 특권을 누렸지만 심심했어요." 그녀가 말했다. "내가
동2구에는 한 번도 가 본 적 없는 거 알아요?" 맥베스가 그럴 리 없

다며 믿지 않으려고 하자 그녀는 웃음을 터뜨렸다. "진짜예요! 한 번도 가 본 적 없어요!"

그래서 그는 저녁을 먹고 난 후 그녀를 협곡의 바닥으로 데려갔다. 다 쓰러져 가는 집들이 줄줄이 이어지고 여기저기 움푹 파인 길을 따라서 페니 다리까지 걸었다. 문 앞에서 작별 인사를 했을 때 그녀는 몸을 앞으로 내밀고 그의 뺨에 입을 맞추었다.

방으로 돌아가 보니 더프가 아직 깨어 있었다. "얘기해 봐." 그가 명령을 내렸다. "천천히, 자세하게."

이틀 뒤. 이번에는 영화관이었다. 〈파리 대왕〉. 그들은 한 우산을 쓰고 집까지 걸어갔고 메러디스는 그의 팔 아래로 손을 넣었다. "어쩌면 어린애들이 그렇게 잔인하고 피에 굶주릴 수 있을까요?" 그녀가 물었다.

"어린애들이 어른들보다 잔인하지 말아야 하는 이유가 뭔데요?"

"천진난만하게 태어나잖아요!"

"천진난만한 동시에 아무 도덕관념 없이 태어나죠. 평화로운 순종이라는 건 어른들이 사회에서 우리의 위치를 인식하게 만들고 자기들 마음대로 우리를 주무를 작정으로 만든 개념 아닐까요?"

그들은 문 앞에서 입을 맞추었다. 일요일에는 그녀를 데리고 터널 저편의 숲속으로 산책을 갔다. 그가 소풍 도시락을 쌌다.

"요리를 할 줄 아네요?" 그녀는 흥분한 목소리로 외쳤다.

"뱅쿼하고 베라한테 배웠어요. 여기는 우리가 자주 왔던 곳이고요."

그들은 입을 맞추었고, 그녀가 숨을 헐떡이자 그는 그녀의 면 원피스 위로 손을 얹었다.

"서두르지 마요."

그래서 그는 서두르지 않았다. 그 대신 커다란 오크나무에 하트를 새기고 칼끝으로 그들의 이름을 적었다. 메러디스와 맥베스라고 적었다.

"이제 그녀를 따먹어도 되겠어." 맥베스가 집에 돌아가서 시시콜콜 설명하자 더프가 말했다. "내가 수요일에 리타네 집에 가거든. 그날 그녀를 여기로 초대해."

맥베스가 와인을 따고 촛불을 밝혀 놓았을 때 메러디스가 초인종을 눌렀다. 그는 마음의 준비가 되어 있었다. 하지만 그럴 줄은 몰랐다. 그녀가 안으로 들어서자마자 그의 허리띠를 풀고 바지 속으로 손을 집어넣을 줄은 몰랐다.

"이, 이, 이러지 마요." 그가 말했다.

그녀는 놀란 눈빛으로 그를 쳐다보았다.

"그, 그, 그만해요."

"왜 말을 더듬어요?"

"다, 다, 당신이 이러는 거 싫어요."

그녀는 부끄러워서 시뻘게진 얼굴을 하고 손을 거두었다.

잠시 후에 그들은 아무 말 없이 레드 와인을 마셨다.

"내일 아침에 일찍 일어나야 해서요." 그녀가 말했다. "조만간 시험도 있고……."

"알았어요."

3주가 지났다. 맥베스는 여러 번 전화를 했지만 리타가 어쩌다 한 번씩 받아서 메러디스가 집에 없다고 했다.

"너랑 메러디스가 요즘 안 만나는 모양이던데." 더프가 말했다.

"응."

"리타하고 나도 마찬가지거든. 내가 메러디스를 만나도 될까?"

"메러디스한테 물어봐야지."

"물어봤어."

맥베스는 침을 꿀꺽 삼켰다. 누군가가 발톱으로 그의 심장을 움켜쥐는 듯한 느낌이었다. "그래? 그랬더니 뭐래?"

"좋대."

"그래? 언제……?"

"어제. 그냥 간단히 요기만 했지만…… 괜찮았어."

다음 날 아침에 일어났을 때 맥베스는 몸이 아팠다. 그는 이 병의 정체를 나중에서야 알아차렸고 상심한 가슴에는 약이 없었다. 아파하며 견디는 수밖에 없었기에 그는 그렇게 했다. 어느 누구에게도 그녀의 이름을 얘기하지 않고 조용히 아파했다. 터널의 햇살이 환한 쪽에 있는 늙은 오크나무만 예외였다. 어느 정도 시간이 지나자 증상이 사라졌다. 거의 완전히 사라졌다. 게다가 알고 보니 사랑은 한 번뿐이라는 사람들의 이야기는 거짓이었다. 다만 레이디는 메러디스와 다르게 병인 동시에 약이었다. 갈증인 동시에 물이었다. 욕망인 동시에 충족이었다. 지금 그녀의 목소리가 바다를 건너고 밤을 건너서 그에게 와 닿았다.

"자기야……."

맥베스는 물과 공기, 빛과 어둠 속을 떠다니고 있었다.

"일어나!"

눈을 떴다. 그는 침대에 누워 있었다. 방이 어두컴컴한 걸 보면 아직 해가 뜨지 않은 모양이었다. 하지만 시야가 부옇고 새벽을 예고하는 미세한 잿빛이 느껴졌다.

"드디어 눈을 떴네!" 그녀가 그의 귀에 대고 나지막이 쏘아붙였다. "어디 있다 온 거야?"

"어디 있다 왔느냐고?" 맥베스는 꿈의 한 자락을 놓치지 않으려고 기를 쓰며 물었다. "나 계속 여기 있지 않았어?"

"당신 몸은 그랬지. 하지만 몇 시간 동안 아무리 깨워도 일어나야 말이지, 꼭 정신을 잃은 사람처럼. 무슨 짓을 한 거야?"

맥베스는 계속 꿈 자락을 붙잡고 있었지만 문득 그게 길몽인지 악몽인지 모르겠다는 생각이 들었다. 덩컨…… 그가 잡았던 손을 놓자 여러 장면들이 어둠 속에서 빙글빙글 돌았다.

"동공이." 그녀는 양손으로 그의 얼굴을 잡았다. "약을 했군. 그래서 그런 거였어."

그는 꿈틀거리며 그녀에게서, 빛에서 벗어났다. "어쩔 수 없었어."

"하지만 했지?"

"뭘?"

그녀는 그를 세게 흔들었다. "맥베스, 대답해! 하기로 약속한 걸 했어?"

"응!" 그는 앓는 소리를 내며 한 손으로 얼굴을 문질렀다. "아니, 모르겠어."

"모르겠다고?"

"몸에 단검이 꽂힌 채로 내 앞에 쓰러져 있는 그의 모습이 보이지만 실제로 있었던 일인지 꿈인지 모르겠어."

"침대 옆 테이블에 깨끗한 단검이 있어. 덩컨을 죽인 다음에 단검을 두 개 다 경호원들 옆에 두고 오기로 했잖아. 각자 한 개씩."

"응응, 기억나."

"다른 단검은 경호원들 옆에 두고 온 거야? 정신 차려!"

"앞으로는 잠들지 못할 것이다! 맥베스는 잠을 죽여 버렸다."

"뭐라고?"

"그가 그렇게 얘기했어. 아니면 내 꿈속에서 그랬든지."

"들어가서 확인해 보는 게 좋겠어."

맥베스는 눈을 감고 꿈을 향해 손을 뻗었다. 어쩌면 꿈이 그에게 알려 줄 수 있을지 몰랐다. 그 방에 다시 들어가느니 그 편이 나았다. 하지만 꿈은 이미 손가락 사이로 빠져나가고 없었다. 다시 눈을 뜨자 레이디가 벽에 귀를 대고 서 있었다.

"계속 코를 골고 있어. 가자." 그녀는 침대 옆 테이블에서 단검을 집었다.

맥베스는 깊이 숨을 들이마셨다. 조만간 날이 밝고 모든 것을 환히 비추는 햇살이 이곳에 들이닥칠 것이다. 침대 밖으로 다리를 내리고 보니 아직까지 옷을 다 입고 있었다.

그들은 복도로 나갔다. 아무 소리도 들리지 않았다. 인버네스 투숙객들은 대개 일찍 일어나지 않았다.

레이디가 경호원들의 객실 문을 열었고 두 사람은 안으로 들어갔다. 각자 안락의자에서 자고 있었다. 하지만 단검은 어디에도 없었고 당초의 계획과 달리 그들의 양복과 셔츠에 핏자국이 문대어져 있지도 않았다.

"내가 꿈을 꿨나 봐." 맥베스가 속삭였다. "가자, 이번 일은 포기하자."

"안 돼!" 레이디는 으르렁거리고 덩컨의 객실과 연결된 문 쪽으로 뚜벅뚜벅 걸어갔다. 단검을 오른손으로 옮겼다. 그런 다음 전혀 망설이는 기미 없이 문을 벌컥 열고 안으로 들어갔다.

맥베스는 귀를 기울이고 기다렸다.

아무 소리도 들리지 않았다.

그는 문 입구로 다가갔다.

회색빛이 창문을 뚫고 스며들었다.

그녀는 단검을 입가까지 들어 올리고 침대 저편에 서 있었다. 양손으로 자루를 움켜쥐고 경악한 표정으로 두 눈을 휘둥그레 뜨고 있었다.

덩컨이 침대에 누워 있었다. 눈을 뜨고 다른 쪽 문가의 무언가를 쳐다보는 듯했다. 온 사방에 피가 튀어 있었다. 이불, 이불 위에 놓인 권총, 그 권총을 쥔 손까지. 그리고 단검 손잡이가 고리처럼 덩컨의 목에서 삐죽 고개를 내밀고 있었다.

"오, 내 사랑." 레이디가 속삭였다. "내 남자, 내 영웅, 내 구세주, 맥베스."

맥베스는 무슨 말을 하려고 입을 벌렸지만 그 순간 아래에서 들려오는 희미하지만 끈질긴 벨 소리가 완벽했던 일요일의 정적을 깨뜨렸다.

레이디는 손목시계를 확인했다. "더프야. 일찍 왔네! 내가 여길 정리할 테니까 내려가서 그를 붙잡고 있어 줘."

"3분 줄게." 맥베스가 말했다. "핏자국은 건드리지 마. 아직 덜 굳어서 지문이 남을 테니까. 알았지?"

그녀는 고개를 뒤로 젖히고 그를 향해 미소 지었다. "안녕." 그녀가 말했다. "돌아왔네."

그는 그녀의 말이 무슨 뜻인지 알았다. 드디어 그가 돌아왔다. 무아의 경지로 돌입했다.

더프는 인버네스 출입문 앞에 서서 부들부들 떨며 케이스니스의 따뜻한 침대 속으로 돌아가고 싶다는 생각을 했다. 벨을 다시 한번 누르려는 찰나, 문이 열렸다.

"손님, 카지노 출입문은 저쪽입니다."

"아뇨, 덩컨 청장님을 모시러 왔는데요."

"아, 그러시군요. 들어오세요. 오셨다고 연락드리겠습니다. 더프 경감님 맞으시죠?"

더프는 고개를 끄덕였다. 인버네스의 직원들은 정말이지 1급이었다. 그는 안락의자에 깊숙이 몸을 묻었다.

"응답이 없네요." 안내 데스크 직원이 말했다. "그 객실도 경호원 객실도요."

더프는 손목시계를 확인했다. "청장님 객실 번호가 어떻게 되죠?"

"213호입니다."

"제가 올라가서 깨워도 될까요?"

"물론입니다."

더프가 계단을 올라가는데, 낯익은 얼굴이 그를 향해서 달려 내려왔다.

"굿모닝, 더프." 맥베스가 명랑하게 외쳤다. "잭, 우리 둘이 마시게 주방에 가서 진한 커피 두 잔 가져다주겠나?"

안내 데스크 직원이 자리를 떴다.

"고마워, 맥베스. 하지만 청장님을 모시러 온 길이라."

"그게 그렇게 급한 일이야? 그리고 조금 일찍 오지 않았어?"

"집에 도착해야 하는 시각이 정해져 있거든. 게다가 케네스 다리가 아직 개통되지 않아서 옛날 다리로 돌아가야 하고."

"느긋하게 생각해." 맥베스는 웃으며 더프의 팔 아래쪽을 잡았다. "부인이 스톱워치를 설정해 놓은 것도 아니잖아. 그리고 너 피곤해 보여. 운전하려면 진한 커피를 좀 마셔야겠어. 자, 앉자."

더프는 머뭇거렸다. "고맙다, 친구. 하지만 커피는 나중으로 미뤄야겠는데."

"커피 한 잔 마시면 부인이 위스키 냄새를 금세 알아차리지 못할 거야."

"나도 너처럼 술은 입에 대지도 말까 생각 중이야."

"그래?"

"술을 마시면 세 가지 증상이 나타나거든. 코가 빨개지고 졸리고 오줌이 마렵고. 청장님의 경우에는 잠이네. 내가 올라가서……."

맥베스가 그의 팔을 잡고 놓지 않았다. "그리고 술은 욕정의 사기꾼이라고들 하더군. 술을 마시면 욕정은 늘지만 능력은 떨어진다고. 간밤에 어땠어? 얘기해 봐. 천천히, 자세하게."

더프는 한쪽 눈썹을 추켜세웠다. 천천히, 자세하게. 그들이 경찰대학 시절 추궁할 때 쓰던 표현을 장난스럽게 패러디한 걸까 아니면 뭘 알고 있는 걸까? 아니다, 맥베스는 수수께끼 같은 말을 하지 않았다. 그럴 만한 인내심도 능력도 없었다. "얘기하고 말고 할 게 뭐 있어. 사촌네 집에서 잤는데."

"응? 나한테 친척 있다는 얘기는 한 적 없잖아. 할아버지가 마지막 남은 친척인 줄 알았더니. 어, 커피 왔다. 테이블에 올려놔 줘, 잭. 그리고 청장님한테 다시 연락해 보고."

안내 데스크 직원이 해결에 나서자 더프는 안심하고 계단을 다시 내려가서 냉큼 커피를 집었다. 하지만 의자에 앉지는 않았다.

"가족, 그렇지." 맥베스가 말했다. "끊임없는 죄책감의 원천이라고 할까, 안 그래?"

"응, 뭐." 더프는 한 모금 마셨다가 혀를 데고 나서 커피를 후후 불었다.

"다들 어떻게 지내? 파이프에서 사니까 좋대?"

"파이프를 싫어하는 사람이 어딨겠어."

"청장님이 계속 응답이 없으십니다."

"고마워, 잭. 계속 전화해 봐. 오늘 아침에는 머리가 지끈거리는 사람이 많을 거야."

더프는 커피 잔을 내려놓았다. "맥베스, 청장님 먼저 깨우고 커피는 나중에 마실게. 그래야 슬슬 출발할 수 있겠어."

"같이 올라가자. 우리 옆방이야." 맥베스는 말하며 커피를 한 모금 마셨다. 그러다 커피를 손과 재킷 소매에 쏟았다. "아차차. 잭, 키친타월 있나?"

"그냥 나 혼자……."

"잠깐만, 더프. 응, 그거. 고마워, 잭. 자, 가자."

그들은 계단을 올라갔다.

"어디 다쳤어?" 더프가 물었다.

"아니. 왜?"

"이렇게 계단을 천천히 올라가는 건 본 적이 없어서."

"노스 라이더 추격하러 나섰을 때 근육이 놀랐나 봐."

"흠."

"아무튼. 잠은 푹 잤어?"

"아니." 더프가 말했다. "끔찍한 밤이었어. 천둥에 번개에 비까지."

"응. 날씨가 안 좋더라."

"너도 잘 못 잔 모양이네?"

"뭐, 잘 잤어……."

더프는 고개를 돌려서 그를 쳐다보았다.

"……가장 심한 폭풍이 잠잠해진 다음에는." 맥베스는 말을 맺었다. "여기야."

더프는 문을 두드렸다. 기다렸다가 다시 두드렸다. 문손잡이를 잡았다. 문이 잠겨 있었다. 어떤 예감이 느껴졌다. 뭔가가 이상하다는 예감이 느껴졌다.

"마스터키 있어?"

"내려가서 잭한테 물어볼게." 맥베스가 말했다.

"잭!" 더프는 큰 소리로 외쳤다. 그러고는 다시 한번 목청껏 외쳤다. "잭!"

몇 초 뒤에 계단 옆으로 안내 데스크 직원의 얼굴이 보였다. "네?"

"마스터키 있나?"

"네."

"와서 당장 이 문 좀 열어 봐요."

안내 데스크 직원은 잔걸음으로 달려 올라와서 재킷 주머니에서 열쇠를 꺼내 구멍에 넣고 돌렸다.

더프가 문을 열었다.

그들은 가만히 서서 빤히 바라보았다. 맨 먼저 입을 연 사람은 안내 데스크 직원이었다.

"맙소사."

맥베스는 구두 밑창을 누르는 문지방을 의식하며 현장을 살폈다. 더프가 화재경보기의 유리 덮개를 박살 내자 곧장 경보가 울렸다. 덩컨의 오른쪽 목에 꽂혀 있었던 단검이 없어졌고 레이디가 왼쪽을 한 번 더 찔렀다. 이불 위에 있었던 총도 사라지고 보이지 않았다. 그것 말고는 모든 게 조금 전과 똑같았다.

"잭!" 더프가 경보 너머로 외쳤다. "손님을 전부 깨워서 로비로 당장 모이라고 해요. 지금 본 광경에 대해서는 입도 벙긋하지 말고, 알았죠?"

"아, 알겠습니다."

복도를 따라서 문들이 열렸다. 가장 가까운 객실에서 레이디가 맨발에 가운 차림으로 뛰쳐나왔다.

"무슨 일이야, 여보? 불났어?"

그녀는 능수능란했다. 그들은 다시 계획한 틀 안으로 돌아갔고, 그는 여전히 무아의 경지에 있었다. 맥베스는 모든 게 혼란스러운 지금 이 순간 모든 게 정상 궤도로 진입했음을 느꼈다. 바로 지금 그와 그가 사랑하는 여인은 무적이었고, 바로 지금 모든 것이 그들의 완전한 통제 아래 있었다. 이 도시도 운명도 별들의 궤도도. 그리고 그는 그 기분이 약에 취한 느낌과 같다는 것을, 헤카테가 파는 그 어떤 약물 못지않게 강력하다는 것을 지금 느꼈다.

"경호원들은 도대체 어디 간 거야?" 더프가 노발대발하며 고함을 질렀다.

그들은 더프가 아니라 주변의 객실에 하룻밤 묵었던 손님, 예컨대 맬컴처럼 겁에 질려서 우왕좌왕 갈피를 못 잡는 사람이 현장을 맨 처음 목격할 줄 알았다. 하지만 더프가 출동해 버렸으니 그를 배제할 도리가 없었다.

"여기로 들어와, 여보." 맥베스가 말했다. "더프 너도."

그는 두 사람을 덩컨의 객실로 밀어 넣고 문을 닫았다. 바지 허리춤에 단 케이스에서 권총을 꺼냈다. "잘 들어. 문은 잠겨 있고 아무도 무단으로 침입한 흔적이 없어. 이 객실의 마스터키를 가지고 있는 사람은 잭이랑……."

"나야." 레이디가 말했다. "내가 알기로는……."

"그러니까 남은 가능성은 딱 하나뿐이야." 맥베스는 옆 객실 문을 가리켰다.

"경호원들이?" 레이디는 경악하며 손으로 입을 막았다.

맥베스는 권총의 공이치기를 당겼다. "들어가서 확인해 봐야겠어."

"같이 갈게." 더프가 말했다.

"아니, 넌 여기 있어." 맥베스가 말했다. "이건 네 일이 아니라 내 일이니까."

"그래도……."

"시키는 대로 해, 더프 경감."

더프는 처음에는 놀란 표정을 지었지만 서서히 납득했다. 조직범죄수사반장의 직급이 살인사건수사반장보다 위였다.

"레이디를 부탁해. 알았지, 더프?"

맥베스는 대답을 기다리지 않고 경호원들의 객실 문을 열고 안으로 들어가서 등 뒤로 문을 닫았다. 경호원들은 아직까지 의자에 누워 있었다. 한 명이 끙끙대는 소리를 냈다. 화재 경보가 약물의 두툼한 장막을 관통하고 있는 모양이었다.

맥베스는 손등으로 그를 쳤다.

한쪽 눈을 반쯤 뜨고 객실 안을 훑던 그의 시선이 맥베스에게 닿았다. 거기 머물러 있다가 자신의 몸 상태를 서서히 파악했다.

안드리아노프는 입고 있는 검은색 양복 재킷과 하얀 셔츠가 피로 범벅이 되었다는 것을 알아차렸고 뭔가가 없어졌다는 것을 느꼈다. 권총 케이스에서 총의 무게가 느껴지지 않았다. 그는 재킷 안으로 손을 넣어서 케이스 쪽으로 뻗었다. 손끝에 차갑고 날카로운 권총이 아니라 뭔가 끈적끈적한 게 닿았다. 그는 손을 빼내서 쳐다보았다. 피? 계속 꿈을 꾸고 있는 걸까? 그가 앓는 소리를 내자 뇌의 어느 부분에서는 그것을 위험 신호로 해석했고, 정신을 차리려고 미친 듯이 애를 쓰며 무의식적으로 주변을 두리번거리자 의자 옆 바닥에 놓인 그의 총이 눈에 들어왔다. 동료가 누워서 자고 있는 듯한 의자 옆에는 동료의 총이 떨어져 있었다.

"이게……." 안드리아노프는 중얼거리며 자기 앞에 서 있는 남자가 들고 있는 총의 구멍을 들여다보았다.

"경찰이다!" 남자는 고함을 질렀다. 맥베스였다. 신임…… 신임……. "총을 내 눈에 보이는 곳에 둬라. 안 그러면 쏘겠다."

안드리아노프는 혼란스러워하며 눈을 껌뻑였다. 수렁 속에 빠진 듯한 기분이 드는 이유가 뭘까? 뭘 먹었기에 이러는 걸까?

"그 총, 내 쪽으로 겨누지 마!" 맥베스가 외쳤다. "안 그러면……."

안드리아노프는 바닥에 놓인 총을 집으려고 하면 안 될 것 같은 생각이 들었다. 가만히 앉아 있으면 저 남자는 그를 쏘지 않을 것이었다. 하지만 소용없었다. 경호원으로 보낸 수많은 시간과 나날과 세월 때문에 의지로는 더 이상 어쩔 수 없는, **내 목숨을 바쳐서라도 보호해야 한다**는 본능이 만들어졌을지도 모를 일이었다. 어쩌면 그가 원래 그런 성격이었기 때문에 그 직업을 선택했는지도 모를 일이었다.

안드리아노프는 총을 향해 손을 뻗었지만 그의 이마와 뇌와 의자 등받이를 뚫고 레이디가 파리에서 적지 않은 돈을 주고 장만한 금실이 섞인 벽지가 발린 벽에 가서 총알이 박힌 순간 그의 목숨과 사고 회로가 끊겼다. 총성을 듣고 동료가 경련을 일으켰지만 그는 총알이 이마를 관통할 때까지 의식을 회복하지 못했다.

더프는 첫 번째 총성이 들렸을 때 문 쪽으로 달려가려고 했다.

하지만 레이디가 그를 붙잡았다. "그이가……."

두 번째 총성이 울리자 더프는 그녀의 손을 뿌리쳤다. 문을 힘껏 열어젖히고 안으로 돌진했다. 한복판에 서서 주변을 둘러보았다. 이마에 세 번째 눈구멍이 뚫린 두 남자가 의자에 각각 쓰러져 있었다.

"노스 라이더였어." 맥베스가 연기 나는 권총을 케이스에 다시 집어넣으며 말했다. "스위노가 꾸민 짓이야."

고함 소리에 이어 복도와 연결된 문을 두드리는 소리가 들렸다.

"문 열어 줘." 맥베스가 말했다.

더프는 그가 시킨 대로 했다.

"무슨 일인가?" 맬컴이 숨을 헐떡이며 물었다. "맙소사, 이들은……? 누가……?"

"제가 그랬습니다." 맥베스가 말했다.

"저들이 총을 꺼냈어요." 더프가 말했다.

맬컴은 혼란스러워하는 눈빛으로 더프에게서 시선을 돌려 다시 맥베스를 쳐다보았다. "자네한테? 왜?"

"제가 저들을 체포하려고 했거든요." 맥베스가 말했다.

"무슨 이유로?" 레녹스가 물었다.

"살인 혐의로."

"부청장님." 더프가 맬컴을 쳐다보며 말했다. "안 좋은 소식이 있습니다."

맬컴은 네모난 안경 뒤로 실눈을 뜨며, 보이지는 않지만 느껴지는 주먹에 대비하는 권투 선수처럼 몸을 앞으로 숙였다. 옆 객실 입구에 등장한 인물에게로 모두의 시선이 꽂혔다.

"덩컨 경찰청장님이 돌아가셨어요." 레이디가 말했다. "주무시던 중에 칼에 찔렸어요."

마지막 문장을 듣고 더프는 반사적으로 맥베스를 돌아보았다. 그가 모르던 사실을 알게 됐다기보다 오래전 어느 날 새벽에 고아원에서 들은 문장과 똑같았기 때문이었다.

그들의 시선이 잠깐 만났고 두 사람은 고개를 돌렸다.

제2부

10

덩컨 경찰청장이 인버네스 카지노의 객실에서 시신으로 발견된 날 아침에 레이디는 카지노 역사상 두 번째로 모든 객실을 비우고 밖에 휴업 팻말을 걸도록 지시를 내렸다.

케이스니스가 과학수사반에서 동원할 수 있는 모든 인력과 함께 출동해 2층 전체를 폐쇄했다.

그날 밤 이곳에 묵었던 다른 경찰관들은 아무도 없는 게임룸의 룰렛 테이블 주변으로 모였다.

더프는 임시방편으로 마련한 회의 테이블의 맨 끝에 앉아 있는 맬컴 부청장을 쳐다보았다. 그는 안경을 벗고서, 초록색 펠트 천에 모든 궁금증의 해답이 들어 있기라도 한 듯 안경을 닦으며 그곳을 물끄러미 바라보았다. 맬컴은 모인 경찰관들 중에서 직급이 가장 높았다. 더프는 그가 구부정하게 걷는 이유가 실무 경험이 풍부한 경찰관들에게 둘러싸인 공무원이다 보니 살얼음판을 걷는 심정으로 어떤 충고나 속삭임이라도 놓치지 않으려고 자동적으로 몸을 앞으로 숙일 수밖에 없기 때문이 아닐까 하고 가끔 생각했다. 맬컴의 안색이 창백한 이유는 간밤에 마신 술 때문이 아니라 갑자기 경찰청장의 직무를 대행하게 됐기 때문일 수 있었다.

맬컴은 입김을 불어 가며 계속 안경을 닦았다. 고개를 들지 않았다. 그가 말문을 열기를 기다리는 동료들의 시선을 마주할 용기가 나지 않는 듯이 그랬다.

더프가 너무 모질게 구는 것일 수도 있었다. 덩컨의 프로그램을 깎고 다듬는 데 있어 맬컴이 끌이자 망치였다는 것을 모르는 사람은 없었다. 하지만 그가 그들을 통솔할 수 있을까? 다른 경관들은 각 팀을 몇 년 동안 이끌어 온 반면, 맬컴은 보수를 너무 많이 받는 조수인 양 허리를 숙이고 며칠 동안 두 걸음 뒤에서 덩컨을 따라다닌 게 전부였다.

"여러분." 맬컴이 초록색 펠트 천을 들여다보며 말했다. "거인이 우리 곁을 떠났습니다. 나는 지금 이 시점에서 그 말을 끝으로 덩컨에 대해서 더 이상 아무 말도 하지 않을 겁니다." 그는 안경을 쓰고 고개를 들고 테이블 주변으로 모인 사람들을 살폈다. "그가 살아 있었다면 감상과 절망에 빠져서 허우적거리지 말고 우리의 소명을 다하라고 요구했을 겁니다. 죄인을 잡아서 철창에 가두라고요. 눈물과 추도사는 그다음으로 미뤄야 할 겁니다. 이번 회의에서는 먼저 어떻게 하는 것이 좋을지 계획을 세우고 조율합시다. 다음 회의는 오늘 저녁 6시에 경찰청에서 갖겠습니다. 이번 회의가 끝나면 제일 먼저 부인이나 다른 가족에게 전화를 걸어서……."

맬컴의 시선이 더프에게로 향했지만 더프는 그 시선 안에 숨은 뜻이 있는지 가늠할 수가 없었다.

"……당분간 집에 못 들어갈 것 같다고 알리는 게 좋겠죠." 그는 잠깐 말을 끊었다. "덩컨 청장을 우리한테서 앗아 간 범인을 체포하는 데 먼저 총력을 기울여야 할 테니까요." 한참 동안 말이 끊겼다. "더프, 자네가 살인사건수사반장이지. 한 시간 안으로 회의 중간보고서를 작성해 주기 바라네. 케이스니스와 과학수사반이 현장에서 발견했거나 발견하지 못한 것들을 모두 넣어서."

"알겠습니다."

"레녹스, 경호원들의 배경과 사건 이전의 행적을 철저하게 조사해 주길 바라네. 어디에 있었고, 누구와 이야기를 나누었으며, 뭘 샀고, 계좌에 변화가 있는지, 가족과 친구들을 붙잡고 끈질기게 물어보도록. 뭐든 필요한 게 있으면 요청하고."

"감사합니다."

"맥베스, 자네는 이미 이 사건에 기여한 부분이 많지만 좀 더 힘써주기 바라네. 덩컨을 제거함으로써 가장 많은 이득을 취할 수 있는 큰손들과 연결 고리가 있는지 조직범죄수사반의 관점에서 살펴보도록."

"누가 봐도 빤하지 않습니까?" 맥베스가 말했다. "우리가 스위노의 약물을 협곡에 버리고 노스 라이더 두 명을 살해하고 절반을 체포했어요. 이건 스위노의 복수이고……."

"그렇지 않아."

다른 경관들이 놀란 눈빛으로 부청장을 쳐다보았다.

"덩컨이 프로젝트를 계속 추진하면 스위노로서는 모든 면에서 이득이지." 맬컴은 손님들을 황급히 내보내느라 테이블 위에 방치된 도박 칩을 손끝으로 두드렸다. "덩컨이 이 도시의 시민들에게 맨 처음으로 한 약속이 뭐였나? 헤카테를 체포하겠다는 거였어. 그리고 이제 노스 라이더가 빈털터리가 됐으니 덩컨은 그 약속을 지키는 데 총력을 기울일 수 있었지. 만약 덩컨이 약속을 지켰다면 어떻게 됐을까?"

"시장이 깨끗하게 청소가 돼서 스위노가 컴백할 수 있었겠죠." 레녹스가 대답했다.

"솔직히." 맥베스가 입을 열었다. "앙심을 품은 스위노가 그런 식으로 이성적인 계산을 할 수 있었을 거라고 보십니까?" 맬컴은 한쪽 눈썹을 살짝 추켜세웠다. "노동자 계급 출신에 정규교육이나 기타 교육을 전혀 받은 바 없고 이 도시에서 가장 짭짤한 사업을 30년 넘게 운영하던 인간이에요. 그런 인간이 금전적인 면에서 이성적일 수 있을까요? 사업상 좋은 기회가 생길 여지가 있다 해서 복수를 향한 갈망을 물리칠 수 있을까요?"

"좋습니다." 더프가 말했다. "청장님의 죽음으로 가장 많은 이득을 얻을 수 있는 사람은 헤카테죠. 그러니까 그가 배후의 인물일 거라고 추정하시는 거죠?" 그는 맬컴을 쳐다보고 있었다.

"나는 아무것도 추정하지 않아. 다만 덩컨이 헤카테 사냥을 극단적으로 우선시했던 것을 두고서 우리도 알다시피 논란이 많았고, 헤카테의 관점에서는 덩컨의 후임이 누가 되더라도 덩컨보다 낫지 않겠나."

"그 후임이 헤카테가 점찍어 둔 사람이라면 특히 그렇겠죠." 더프는 이렇게 얘기하자마자 자신의 말이 어떻게 들릴 수 있는지 깨닫고 눈을 감았다. "죄송합니다. 그게 아니라······."

"괜찮네." 맬컴이 말했다. "이 자리에서는 뭐든 마음대로 얘기하고 생각해도 좋아. 게다가 내 논리를 근거로 나온 발언 아닌가. 헤카테는 덩컨을 없애면 그가 있을 때보다 편해질 거라고 생각하겠지. 그게 얼마나 엄청난 착각인지 우리가 보여 주자고." 맬컴은 칩을 전부 검은색으로 몰았다. "우리의 잠정적인 용의자는 헤카테지만 6시까지 좀 더 많은 정보를 파악할 수 있길 기대하겠네. 각자 수사에 착수하도록."

뱅쿼는 잠이 멀어지는 것을 느낄 수 있었다. 꿈이 멀어지는 것을 느낄 수 있었다. 베라가 멀어지는 것을 느낄 수 있었다. 그는 눈을 깜빡였다. 교회 종소리가 그를 깨웠을까? 아니었다. 방 안에 누가 있었다. 누군가가 창가에 앉아서 사진 액자를 내려다보고 있다가 고개를 들지도 않은 채로 물었다. "술이 덜 깼어요?"

"맥베스? 어떻게······?"

"플리언스가 문을 열어 줬어요. 이제 보니 그 녀석이 내 방을 물려받았네요? 아저씨가 사 준 앞코가 뾰족한 구두까지."

"지금 몇 시야?"

"그리고 저는 그런 구두는 유행이 지난 거라고 생각했고요."

"그래서 여기 두고 갔겠지. 하지만 플리언스는 네가 쓰던 거라면 뭐든 좋아할 거다."

"온 사방이 책이랑 학교 준비물이네요. 플리언스는 성실해요. 꼭대기에 오르는 데 필요한 자세를 갖추고 있어요."

"응. 조금씩 다가가고 있지."

"하지만 우리도 알다시피 그것만으로는 부족해요. 그런 경쟁자가 워낙 많으니까 관건은 기회죠. 기회가 왔을 때 잡을 수 있는 능력과 용기. 이 사진을 누가 찍었는지 기억하세요?"

맥베스는 액자를 들어 보였다. 플리언스와 뱅쿼가 죽은 사과나무 밑에 서 있었다. 사진을 찍는 이의 그림자가 그들 위로 드리워졌다.

"네가 찍었잖아. 왜 이래?" 뱅쿼는 얼굴을 문질렀다. 맥베스 말이 맞았다. 술이 덜 깼다.

"덩컨이 죽었어요."

뱅쿼의 손이 이불 위로 떨어졌다. "뭐라고?"

"간밤에 경호원들이 인버네스에서 자고 있는 그를 찾아가서 칼로 목을 찔렀어요."

뱅쿼는 치밀어 오르는 구역질을 참느라 몇 번 심호흡을 해야 했다.

"기회가 왔어요." 맥베스가 말했다. "양 갈래 길이에요. 여기서 한쪽은 지옥으로 가는 길이고 다른 쪽은 천국으로 가는 길이에요. 아저씨한테 어느 쪽 길을 선택하겠느냐고 물어보려고 왔어요."

"그게 무슨 소리야?"

"저를 따를 건지 궁금하다고요."

"이미 대답했잖아. 따를 거라고."

맥베스는 그에게로 고개를 돌렸다. 미소를 지었다. "그게 천국으로 가는 길인지, 지옥으로 가는 길인지 묻지도 않고 그렇게 대답할 수 있어요?" 그는 안색이 창백했고 동공이 비정상적으로 작았다. 눈부신 아침 햇살 때문에 그럴 텐데, 뱅쿼가 맥베스를 잘 몰랐다면 다시 약에 손을 대기 시작했나 보다고 생각했을 것이다. 하지만 그가 그 생각을 떨쳐 버리려는 찰나, 어떤 확신이 얼어붙을 듯이 차가운 폭우처럼 갑작스럽게 그를 덮쳤다.

"너였니?" 뱅쿼가 물었다. "네가 그를 죽였니?"

맥베스는 고개를 옆으로 기울이고 뱅쿼를 유심히 살폈다. 뛰어내리기 전에 낙하산을 살피듯, 눈앞의 여자에게 처음으로 입을 맞추려고 하기 전에 살피듯 그랬다.

"네." 그가 말했다. "제가 덩컨을 죽였어요."

뱅쿼는 숨이 막혔다. 눈을 질끈 감았다. 눈을 다시 뜨면 맥베스가, **이 장면**이 사라지고 없길 바랐다. "그래서 이제 어쩔 셈이냐?"

"이제 맬컴을 죽여야 해요." 맥베스의 대답이 들렸다. "그러니까 **아저씨가** 맬컴을 죽여야 한다고요."

뱅쿼는 눈을 떴다.

"저를 위해서." 맥베스가 말했다. "그리고 왕세자 플리언스를 위해서."

11

뱅쿼는 알뜰하게 불을 밝힌 지하실에 앉아서 쿵쾅거리며 위를 오가는 플리언스의 발소리를 들었다. 아들 녀석은 나가고 싶어 했다. 친구들을 만나고 싶어 했다. 어쩌면 여자아이를 만나려는 것일 수도 있었다. 어쨌거나 좋은 일이었다.

뱅쿼는 손가락 사이로 체인을 떨어뜨렸다.

그는 맥베스에게 알겠다고 했다. 왜 그랬을까? 왜 그렇게 쉽게 선을 넘었을까? 맥베스가 시민의, 시민과 함께하는, 시민을 위한 사람이 되겠다고, 맬컴 같은 상류층은 절대 될 수 없는 그런 사람이 되겠다고 약속했기 때문일까? 아니었다. 아들이 걸린 일이면 싫다고 할 수 없기 때문이었다. 더군다나 이건 아들이 둘이나 걸린 일이었다.

맥베스는 이것을 운명의 부름이라고, 경찰청장으로 가는 길을 다지는 거라고 표현했다. 레이디가 배후의 기획자라는 얘기는 절대 하지 않았다. 할 필요가 없었다. 맥베스는 단순한 계획을 더 좋아했다.

결정적인 순간에 머리를 많이 쓸 필요가 없는 계획을 더 좋아했다. 뱅쿼는 눈을 감았다. 애써 상상해 보았다. 경찰청장의 자리에 앉아서 케네스처럼 전권을 휘두르되 모든 주민들이 더 살기 좋은 곳으로 만들겠다는 정직한 목표 아래 이 도시를 다스리는 맥베스. 이 도시에 필요한 온갖 과감한 변화를 일구려면 더디고 무제한의 자유를 허락하는 민주주의적인 방식으로는 불가능했다. 강인하고 공정한 일꾼이 필요했다. 그렇기 때문에 나이가 들면 맥베스는 플리언스에게 키를 넘길 것이다. 그때쯤 뱅쿼는 노령으로 행복하게 눈을 감은 이후일 것이다. 그래서 상상이 안 되는 것일 수도 있었다.

현관문이 쾅 하고 닫히는 소리가 들렸다.

하지만 이런 식의 상상은 선명해지려면 시간이 걸릴지 몰라도 누가 봐도 결말이 분명했다.

그는 장갑을 꼈다.

5시 30분이었고 도로를 구불구불 달리는 맬컴의 셰빌 SS 454 앞 유리창과 자갈길 위로 빗줄기가 퍼부었다. 석유 대란이 벌어진 와중에 기름 먹는 하마를 선택하다니 얼마나 어리석은 짓인지 그도 알고 있었다. 비록 상당히 괜찮은 가격에 중고로 장만하기는 했지만 책임감 논쟁이 벌어지면 할 말이 없었다. 처음에는 환경을 의식하는 딸이 그랬고, 그다음에는 절제할 줄 아는 리더의 중요성을 강조하는 덩컨이 그랬다. 결국 맬컴은 어렸을 때부터 덩치 큰 미국 차라면 사족을 쓰지 못했다고 솔직히 토로하는 수밖에 없었다. 덩컨은 경제학자들의 인간적인 면모를 드러내는 증거는 될 수 있겠다고 했다.

그는 샤워를 하고 옷을 갈아입으려고 집에 잠깐 들렀다 오는 길이었다. 다행히 일요일이라 차가 거의 없었기 때문에 오래 걸리지 않았다. 어떤 코멘트나, 7시 30분에 있을 기자회견 때보다 자세한 설명을 들을 수 있기를 기대하는 대규모 기자단이 경찰청 입구에서 그를 기다리고 있었다. 토텔 시장은 이미 텔레비전에서 성명을 발표했다. 다른 수많은 단어들이 곁들여지기는 했지만 "이해할 수 없는 비극"이며 "가족들에게 조의를" 표하고 "온 시민이 손을 잡고 이 사악한 범죄에 대항해야 한다"는 것이 핵심이었다. 맬컴은 이와 대조적으로 기자들에게 이해해 주기 바란다는 최소한의 코멘트만 남겼다. 수사에 초점을 맞추고 있으니 기자회견 때 만나자고 했다.

맬컴은 지하 주차장 경사로를 내려가서 차단기를 올리는 경비원에게 고개를 끄덕이고 안으로 들어갔다. 주차장 지정석에서 엘리베이터까지의 거리는 직급과 정비례 관계였다. 후진으로 지정석에 들어섰을 때 공식적으로는 이보다 더 가까운 자리에 주차를 해도 **무방하다**는 생각이 맬컴의 머리를 스치고 지나갔다.

그가 막 열쇠를 꺼내려는 순간, 조수석 쪽의 뒷문이 열리면서 누군가가 올라타더니 운전석 뒤편으로 다가왔다. 덩컨이 살해당한 이래 처음으로 맬컴이 깨달은 사실이 있었다. 경찰청장의 자리에 오르면 주차장 지정석만 엘리베이터와 가까워지는 게 아니라 언제 어디서 살해 위협을 당할지 모른다는 것이었다. 신변의 안전은 좀 더 멀찌감치 주차하는 직원들에게 주어지는 특권이었다.

"시동 거십시오." 뒷자리의 그자가 말했다.

맬컴은 백미러를 들여다보았다. 그가 어쩌나 잽싸게 소리 없이 움직였던지 특공대 훈련이 대단하다는 결론을 내릴 수 있을 정도였다.

"무슨 일 생겼나, 뱅쿼?"

"네. 부청장님을 살해하려는 계획이 있는 것으로 밝혀졌습니다."

"경찰청 안에서?"

"네. 천천히 운전을 해 주세요. 여기서 빠져나가야 합니다. 경찰청 안에서 누가 연루돼 있는지 아직 모르지만 청장님을 살해한 자들과 동일 인물인 것 같습니다."

맬컴도 알다시피 겁이 나야 하는 상황이었다. 그리고 **실제로** 겁이 났다. 하지만 아주 심하지는 않았다. 사소한 일—예를 들면 사다리를 밟고 서 있다든지, 성난 말벌들에게 둘러싸였다든지—로 인해 공포에 가까운 한심한 반응이 촉발될 때도 종종 있긴 했다. 하지만 그날 아침에 그랬듯이 지금도 그런 종류의 공포가 허용되지 않는 상황이었다. 반대로 이성적으로 재빠르게 사고할 수 있는 능력이 벼려지고 결의가 다져져서 역설적으로 진정이 됐다.

"그렇다면 자네가 그들과 한패가 아니라는 걸 무슨 수로 알 수 있겠나, 뱅쿼?"

"제가 만약 부청장님을 죽일 생각이었다면 벌써 죽이고도 남았을 겁니다."

맬컴은 고개를 끄덕였다. 뱅쿼의 말투를 들어 보면 그보다 체구가 작고 나이가 훨씬 많아도 마음만 먹으면 맨손으로도 그를 죽일 수 있을 것 같은 느낌이 들었다.

"그럼 어디로 가면 되지?"

"컨테이너항으로 가십시오."

"왜 집이 아니라……."

"이런 복잡한 상황에 가족이 엮이면 되겠습니까? 거기 도착하면 설명해 드리겠습니다. 운전하세요. 저는 몸을 숙이고 있겠습니다. 저를 보고 부청장님에게 정보가 흘러 들어갔다는 걸 알아차리는 사람이 있으면 안 되니까요."

맬컴이 주차장에서 빠져나오자 경비원이 꾸벅 인사를 하며 차단기를 올렸고, 차는 다시 빗줄기가 쏟아지는 밖으로 나섰다.

"회의가 있……."

"그건 걱정하지 않으셔도 됩니다."

"기자회견은?"

"그것도요. 지금은 부청장님 생각만 하세요. 따님하고요."

"줄리아 말인가?" 맬컴은 이제 느껴졌다. 공포가 느껴졌다.

"따님도 걱정하지 않으셔도 됩니다. 운전에 집중하세요. 좀 있으면 도착하겠네요."

"가서 뭘 어쩔 건가?"

"필요한 조치를 취할 겁니다."

5분 뒤에 그들은 컨테이너항 출입문을 통과했다. 노숙자와 좀도둑을 내쫓으려고 온갖 방법을 시도해도 울타리와 자물쇠만 부서졌기 때문에 요즘에는 출입문을 계속 열어 놓았다. 일요일이라 부둣가에는 아무도 없었다.

"저 창고 뒤에 차를 세우세요." 뱅쿼가 말했다.

맬컴은 그가 시킨 대로 볼보 승용차 옆에 차를 세웠다.

"여기에 서명하세요." 뱅쿼가 앞 좌석 사이로 종이와 펜을 내밀었다.

"이게 뭔가?" 맬컴이 말했다.

"부청장님의 타자기로 친 거예요." 뱅쿼가 말했다. "큰 소리로 읽어보세요."

"노스 라이더에게 경찰청장을 살해하는 데 협조하지 않으면 내 딸······." 맬컴은 읽다 말고 멈추었다.

"계속하세요." 뱅쿼가 말했다.

맬컴은 헛기침을 했다. **"줄리아를 살해하겠다는 협박을 받았다."** 그는 계속 읽었다. **"하지만 이제 그들은 나의 급소를 틀어쥐고 다른 임무까지 요구하고 있다. 내 목숨이 붙어 있는 한 내 딸에 대한 협박은 계속될 것이다. 그렇기에─그리고 내가 저지른 짓에 대한 죄책감 때문에─나는 투신하기로 마음을 먹었다."**

"맞습니다." 뱅쿼가 말했다. "유서에 서명을 해야 따님의 목숨을 구할 수 있어요."

맬컴은 뒷좌석에 앉아 있는 뱅쿼 쪽으로 고개를 돌렸다. 그가 장갑 낀 손으로 들고 있는 권총의 총구를 들여다보았다.

"나를 살해하려는 계획은 없었군. 자네가 거짓말을 했어."

"그렇기도 하고 아니기도 하죠." 뱅쿼가 말했다.

"나를 죽여서 이 물속에 던지려고 거짓말을 해서 나를 여기로 유인했군."

"부청장님은 유서에 적힌 대로 투신할 겁니다."

"내가 왜 그래야 하지?"

"안 그러면 제가 지금 부청장님의 머리를 쏘고 집으로 차를 몰고 갈 테고 유서는 이런 식이 될 테니까요." 뱅쿼는 그에게 다른 종이를 건넸다. "끝부분만 달라요."

"딸과 내 목숨이 붙어 있는 한 협박은 계속될 것이다. 그래서 딸이 내가 저지른 짓에 대한 죄책감과 끝없는 공포로 얼룩진 인생을 살 필요가 없도록 내 손으로 우리 둘의 생을 마감하려고 한다."

"서명하세요." 뱅쿼의 목소리는 위로하는 투에 가까웠다.

맬컴은 눈을 감았다. 차 안이 어찌나 고요한지 뱅쿼의 총에 달린 방아쇠 스프링이 삐걱거리는 소리가 들릴 지경이었다. 잠시 후에 그는 눈을 뜨고 펜을 집어서 첫 번째 유서에 서명했다. 뒷좌석에서 쇠붙이가 덜거덕거렸다. "여기." 뱅쿼가 말했다. "이걸 외투 밑으로 허리에 차세요."

맬컴은 뱅쿼가 내민 타이어체인을 쳐다보았다. 일종의 추였다.

그는 체인을 받아서 허리에 감으며 열심히 빠져나갈 방법을 궁리했다.

"어디 봅시다." 뱅쿼는 이렇게 말하며 체인을 단단히 조였다. 그런 다음 맹꽁이자물쇠를 채워서 잠갔다. 서명한 유서와 자물쇠 열쇠임 직한 것을 조수석에 놓았다.

"나오시죠." 그들은 빗속으로 나섰다. 뱅쿼는 총으로 맬컴을 찌르며 메인 독에서 갈라져 나온 좁은 수로를 따라 부둣가를 걸었다. 수로 양쪽으로 컨테이너가 벽처럼 서 있었다. 부두로 나와서 걷는 사람이 있더라도 그들 눈에는 맬컴과 뱅쿼가 보이지 않을 것이었다.

"멈춰요." 뱅쿼가 말했다.

맬컴은 쏟아지는 빗줄기를 맞고 잠잠해진 시커먼 바다를 내다보았다. 시선을 떨어뜨려서 기름으로 덮인 거무스름한 초록색 물을 내려다보다 바다를 등지고 뱅쿼를 빤히 쳐다보았다.

뱅쿼는 총을 들었다. "뛰어내리시죠, 부청장님."

"자네는 살의를 품은 사람처럼 생기지 않았는데, 뱅쿼."

"외람된 말씀입니다만, 부청장님은 그런 사람들이 어떻게 생겼는지 모르실 것 같은데요."

"하긴 그렇지. 하지만 나는 사람을 보는 눈이 제법 뛰어난 편이야."

"지금까지는 그러셨겠죠."

맬컴은 양옆으로 팔을 벌렸다. "그럼 나를 밀쳐 보게."

뱅쿼는 입술에 침을 묻혔다. 총을 잡은 위치를 바꿨다.

"응? 자네 안에 있는 킬러의 본능을 보여 줘."

"양복쟁이치고는 침착하시군요."

맬컴은 팔을 내렸다. "그건 내가 상실이 뭔지 알기 때문이지. 뱅쿼 자네처럼. 거의 모든 것을 잃어도 살아갈 수 있다는 걸 깨달았거든. 하지만 아닌 것들도 있지. 그게 없으면 죽느니만 못하게 되는 것들. 자네가 이 도시 주민들의 천형과도 같은 병으로 아내를 잃었다는 걸 알아."

"아, 그래요? 어떻게 아셨습니까?"

"덩컨한테 들었거든. 그가 그 얘기를 한 이유는 나도 첫 번째 아내를 똑같은 병으로 잃었기 때문이지. 그래서 우리는 두 번 다시 그런 일이 없는 도시, 가장 막강한 업계의 거물이라도 법을 어기면 재판을 받아야 하는 도시, 무기를 동원했건 주민들의 눈이 노래지고 몸에서 썩은 내를 풍길 때까지 독가스로 중독시켰건 살인은 살인인 도시를 만들려면 어떻게 해야 할지 의논했다네."

"부청장님도 잃을 수 없는 걸 잃은 경험이 있으시군요."

"아니지. 아내를 잃었다고 삶의 의미까지 사라지는 건 아니잖은가. 아이가 있으니까. 딸이. 아들이. 잃을 수 없는 건 우리 아이들이지, 뱅쿼. 내가 지금 죽음으로써 줄리아를 살릴 수 있으면 그래야 할 테고 그럴 만한 가치가 있는 일이겠지. 다른 사람들이 나와 덩컨의 뒤를 이을 테고. 자네는 못 믿을지 모르겠지만 이 세상은 선을 추구하고 싶어 하는 사람들로 가득하다네, 뱅쿼."

"선이 뭔지 결정하는 사람들이 누굽니까? 당신 같은 윗대가리들인가요?"

"심장에 대고 물어보게, 뱅쿼. 머리는 자네한테 거짓말을 할 거야. 심장에 대고 물어보게."

맬컴은 뱅쿼가 체중을 이쪽 발에서 저쪽 발로 옮기는 것을 보았다. 맬컴은 입과 목이 말라서 이미 목이 쉬었다. "우리 몸에 체인을 몇 개씩 칭칭 감아도 소용없어, 뱅쿼. 나중에는 결국 떠오르기 마련이거든. 선은 비상하기 마련이니까. 나는 반드시 어딘가에서 수면 위로 떠올라 자네의 만행을 폭로할 걸세."

"내 만행이 아니에요."

"헤카테. 자네들. 자네들은 한 배를 타고 있잖아. 그 배가 어느 강을 건널지, 자네가 조만간 어떤 신세가 될지 자네도 알고 나도 알잖아."

뱅쿼는 천천히 고개를 끄덕였다. "헤카테." 그가 말했다. "그렇죠."

"뭐라고?"

뱅쿼는 맬컴의 이마 위 한 점을 쳐다보고 있는 듯했다. "그렇다고요. 내가 헤카테 밑에서 일을 한다고요." 맬컴은 뱅쿼의 희미한 미소에 담긴 의미를 해석하려고 애를 썼다. 눈물을 흘리기라도 하는 것처럼 빗물이 얼굴 위로 흐르는 가운데 맬컴은 생각했다. 그가 망설이고 있는 걸까? 맬컴은 계속 얘기를 하고 뱅쿼에게 계속 말을 걸어야 한다는 것을 알았다. 말이 한 마디 오갈 때마다 그의 목숨이 그만큼 연장됐다. 뱅쿼의 생각이 바뀌거나 누군가가 등장할 일말의 가능성이나마 생겼다.

"왜 익사를 선택했나, 뱅쿼?"

"네?"

"차에서 나를 쐈더라면 자살처럼 포장하기가 더 쉬웠을 텐데."

뱅쿼는 어깨를 으쓱했다. "목적을 달성하는 데는 여러 가지 방법이 있죠. 범죄 현장이 물속이면 살인이 의심되더라도 증거가 없잖아요. 그리고 물에 빠져 죽는 게 낫지 않습니까. 잠이 드는 것과 비슷하니까."

"누가 그런 소리를 하던가?"

"경험으로 알아요. 어렸을 때 물에 빠져서 죽을 뻔한 적이 두 번 있었거든요."

뱅쿼의 총구가 아주 살짝 낮아졌다. 맬컴은 둘 사이의 간격을 가늠해 보았다.

맬컴은 침을 삼켰다. "어쩌다?"

"어렸을 때 이 도시의 동쪽에서 살았기 때문에 수영을 배울 기회가 없었어요. 이 바닷가 도시에서 물에 빠지면 죽는 사람이 있다니 웃기지 않습니까? 그래서 아들한테는 수영을 가르치려고 했어요. 그

런데 신기하게 녀석도 안 배우더라고요. 맥주병이 가르치려고 해서
그랬는지. 우리가 빠져 죽으면 아이들도 빠져 죽어요. 운명은 그런
식으로 유전이 되죠. 하지만 당신 같은 사람들은 수영을 할 줄 알겠
죠."

"그래서 체인으로 묶은 거로군."

"맞아요." 총구가 다시 위로 올라왔다. 망설임은 사라지고 뱅쿼의
눈빛이 다시 결연해졌다. 맬컴은 숨을 크게 들이마셨다. 기회가 있었
지만 지금은 사라져 버렸다.

"좋은 사람이건 아니건 부청장님에게는 우리에게 없는 부력이라
는 게 있죠. 그래서 물밑에 가두어 놓으려는 거예요. 두 번 다시 수면
위로 떠오르지 못하게. 그러지 않으면 내가 임무를 완수하지 못한 게
되니까요. 알겠어요?"

"알겠느냐고?"

"경찰 배지 이리 주시죠."

맬컴이 재킷 주머니에서 황동 배지를 꺼내 건네자 뱅쿼는 곧바로
집어 던졌다. 배지는 부두를 넘어서 수면을 때리고 그 속으로 가라
앉았다. "저게 황동 배지잖아요. 반짝이지만 바닥으로 곧장 가라앉을
거예요. 그게 바로 중력의 역할이거든요. 모든 걸 진창으로 끌어당기
죠. 맬컴, 당신은 사라져 줘야 해요. 영원히 사라져 줘야 해요."

맥베스는 회의실에서 손목시계를 확인했다. 6시 29분이었다. 문
이 다시 열렸고, 레녹스의 부반장으로 기억하는 여자가 고개를 들이
밀더니 맬컴과 계속 연락이 되지 않는다고 했다. 경찰청에 왔다가 주

차장에서 차를 돌려 다시 나갔는데 딸 줄리아마저 그가 어디 있는지 모른다고 했다.

"고마워, 프리실라." 레녹스가 이렇게 말하고 다른 사람들 쪽으로 고개를 돌렸다. "그럼 아무래도 회의를……."

맥베스는 지금이 그때라는 걸 알았다. 레이디가 얘기했던 순간, 리더십에 공백이 생기고 모두들 주도적으로 나서는 사람을 무의식중에 새로운 리더로 간주하는 순간이었다. 그래서 그는 큰 소리로 분명하게 말허리를 잘랐다.

"잠깐만, 레녹스." 맥베스는 문 쪽으로 고개를 돌렸다. "프리실라, 부청장님과 차를 찾으러 나설 수색대를 조직해 주겠나? 당장은 순찰차들한테만 무선으로 연락을 해. 되도록 정보를 유출하지 말고. 경찰청에서 부청장님과 가능한 한 빨리 연락하고 싶어 한다, 그 정도로만 얘기해 줘. 고마워." 그는 다른 사람들 쪽으로 고개를 돌렸다. "레녹스, 자네 부반장한테 시켜서 미안하지만 이 자리에 참석한 다른 사람들도 나만큼 걱정이 될 거라고 생각해서. 자, 이제 회의를 시작할까? 부청장님이 올 때까지 내가 회의를 주관할까 하는데 반대하는 사람?"

그는 테이블을 훑어보았다. 케이스니스. 레녹스. 더프. 그들의 표정으로 짐작컨대 생각 끝에 레녹스가 헛기침을 하고 딱딱하게 꺼낸 이야기와 같은 결론을 내린 듯했다. "맥베스, 자네가 서열상 그다음이 잖아. 계속해."

"고마워, 레녹스. 그나저나 뒤편 창문 좀 닫아 줘. 먼저 경호원부터. 부정부패척결반에서 알아낸 정보가 있나?"

"아직 없어." 레녹스가 걸쇠로 창문을 잠그려고 애를 쓰며 대답했다. "의심스럽다 싶을 정도로 수상한 대목이 전혀 없어. 사실 수상한 점이 없다는 게 유일하게 의심스러운 부분이야."

"수상한 구석이 없단 말이지? 새로운 사람을 만나거나 갑자기 사치품을 장만하거나 계좌에 변화가 생기지도 않고."

레녹스는 고개를 끄덕였다. "반짝이는 갑옷처럼 깨끗해 보여."

"내 생각에 **예전에는** 깨끗했을 거야." 더프가 말했다. "하지만 갑옷에서 실금 하나만 찾으면 더없이 깨끗한 기사들도 오염되고 썩어 문드러질 수 있잖아. 헤카테가 그 틈을 찾은 거지."

"그럼 우리도 찾을 수 있겠지." 맥베스가 말했다. "계속 뒤져 봐, 레녹스."

"알았어." 그의 말투는 맨 끝에 '요'를 생략한 것처럼 들렸다. 입 밖으로 내지는 않았지만 모두 그걸 느꼈다.

"더프, 예전에 같이 일했던 비밀 정보원들을 접촉했다고 그랬지?"

"그들 말로는 살인 사건 소식을 듣고 길거리에서 일하던 사람들 모두 충격을 받았대. 정보를 아는 사람은 아무도 없고. 하지만 다들 헤카테가 배후의 인물이라는 걸 기정사실로 간주하고 있어. 중앙역에서 어떤 젊은 남자가 말하길 약을 구하러 온 경찰관이 있었다는데……. 우리가 마약 밀매업자들 사이에 심어 놓은 첩자인지 그건 모르겠지만 아무튼 경호원은 아니었어. 헤카테의 소재를 파악하는 데 도움이 될 만한 단서를 계속 찾으려고 해. 하지만—우리도 알다시피—스위노를 찾는 것만큼 쉽지 않을 거야."

"고마워, 더프. 현장 감식 결과는, 케이스니스?"

"예상 가능한 범주예요." 그녀는 앞에 놓인 메모지를 보며 말했다. "고인의 객실에서 채취한 여러 종류의 지문은 객실 청소부 세 명, 경호원 그리고 객실에 있었던 사람들—레이디, 맥베스, 더프—의 지문과 일치하는 것으로 밝혀졌어요. 당장 확인이 되지 않았던 지문들 중에 과거에 그 객실에 묵었던 손님의 지문과 일치하는 게 있고요. 그러니까 예상 가능한 범주라는 게 맞는 말이 아닐 수도 있어요. 호텔 객실이 원래 정체불명의 지문투성이니까요."

"인버네스 사장님은 청소에 **목숨**을 거는 성격인데." 맥베스는 농담처럼 얘기했다.

"병리학 팀에서는 두 군데 자상이 직접적인 사인이라고 확증했어요. 자상은 발견된 단검과 일치하고요. 시트와 경호원의 옷에 대고 단검을 닦았지만 칼날과 손잡이에 남은 것만으로도 고인의 혈흔이라고 결론 내리기에 충분했어요."

"청장님이라고 하면 안 될까?" 맥베스가 물었다. "고인이라고 하지 말고."

"그러세요. 한쪽 단검에 피가 더 많이 묻은 이유는 고…… 음, 청장님의 경동맥을 그걸로 절단했기 때문인데, 그래서 이 사진에서 보시다시피 이불 위로 피가 튀었죠." 케이스니스가 흑백사진을 테이블 한가운데로 밀자 다들 열심히 들여다보았다. "내일 오전 중으로 완벽한 부검 결과가 나올 거예요. 그러면 할 얘기가 더 많아지겠죠."

"**뭐에** 대해서?" 더프가 물었다. "그가 저녁으로 뭘 먹었는지? 우리하고 같은 걸 먹었다는 거 알잖아. 아니면 사인과 **상관없는** 지병이 뭐가 있었는지? 수사 페이스를 유지하려면 중요한 정보에 집중해야지."

"부검 결과에 따라서." 케이스니스가 말문을 열었고 맥베스는 그녀의 목소리가 떨리고 있다는 것을 알아차렸다. "사건의 추이가 우리의 짐작과 맞아떨어지는 것으로 밝혀질 수도 있고 아닐 수도 있어요. 그건 상당히 중요한 부분이라고 보는데요."

"맞아, 케이스니스." 맥베스가 말했다. "또 다른 건?"

그녀는 사진을 몇 장 더 보여 주고 다른 의학적 증거와 과학적 증거에 대해 이야기했지만, 두 경호원이 덩컨을 살해했다는 잠정적인 결론과 다른 방향을 가리키는 증거는 없었다. 경호원들에게는 동기가 없는 듯하니 사건의 배후에 다른 세력이 있을 수밖에 없었는데, 헤카테 말고 또 누가 있을지 잇따라 토론을 벌였지만 별 소득 없이 짧게 끝났다.

맥베스는 기자회견을 10시로 늦추고 그동안 맬컴의 소재가 파악되길 기다려 보는 게 어떻겠느냐고 했다. 그러자 레녹스가 일요일에는 마감이 앞당겨지기 때문에 언론 입장에서는 9시가 더 나을 거라고 했다.

"고마워, 레녹스." 맥베스가 말했다. "하지만 중요한 건 우리 일정이지 내일 조간신문 판매 부수가 아니잖아."

"그건 어리석은 발상이라고 보는데." 레녹스가 말했다. "새로운 수뇌부가 출범한 마당에 초장부터 분별없이 언론의 반감을 살 필요는 없잖아."

"무슨 뜻인지 알겠어." 맥베스가 말했다. "부청장님이 등장해서 달리 지시를 내리지 않는 한 9시에 여기서 만나서 어떤 식으로 기자회견을 하면 좋을지 살펴보자고."

"기자회견은 누가 하지?" 더프가 물었다.

맥베스가 뭐라고 대꾸할 겨를도 없이 문이 열렸다. 레녹스 팀의 프리실라 부반장이었다.

"방해해서 죄송해요." 그녀가 말했다. "부청장님의 차가 컨테이너 항에 주차되어 있다는 순찰차의 보고가 들어와서요. 아무도 없고 부청장님은 보이지 않는답니다."

맥베스는 회의실에 내려앉은 정적을 느꼈다. 그들은 모르고 그만 아는 정보를, 그로 인해 생기는 권력을 만끽했다.

"컨테이너항 어디에?" 맥베스가 물었다.

"수로 옆 부둣가요."

맥베스는 천천히 고개를 끄덕였다. "잠수부를 보내."

"잠수부?" 레녹스가 되물었다. "조금 이른 거 아닌가?"

"맥베스 반장님의 판단이 맞는 것 같아요." 프리실라가 끼어들자 나머지 사람들이 놀란 표정으로 그녀를 돌아보았다. 그녀는 침을 꿀꺽 삼켰다. "좌석에 유서가 있더래요."

12

 10시 정각에 기자회견이 시작됐다. 스콘홀로 들어선 맥베스가 단상으로 걸어가자 온 사방에서 플래시가 터지는 바람에 뒤편 벽 위로 그의 섬뜩한 그림자가 언뜻 드리워졌다. 그는 연설대 위에 원고를 놓고 잠깐 내려다본 다음 기침을 하며 기자단을 이 끝에서 저 끝까지 훑어보았다. 그는 연설을 좋아해 본 적이 없었다. 예전에는, 오래 전에는 가장 위험한 임무보다도 그게 더 싫었다. 하지만 시간이 지나면서 조금씩 나아졌다. 오늘 저녁에는 즐거웠다. 그는 이 순간을 만끽할 작정이었다. 그는 침착했고 그들이 모르는 비밀을 알고 있었다. 그리고 방금 전에 칵테일을 한 줄 말아서 흡입한 터였다. 그에게 필요한 건 그게 전부였다.

 "안녕하십니까, 저는 조직범죄수사반장 맥베스 경감입니다. 아시다시피 덩컨 경찰청장이 오늘 오전 6시 42분에 인버네스 카지노에서 살해당한 시신으로 발견됐습니다. 그 직후에 잠정 용의자이자 덩컨의 경호를 맡았던 안드리아노프 경관과 헤네시 경관이 옆 객실에서 체포에 불응하다 경찰의 총격에 사망했고요. 한 시간 전에 여러분께 자세한 정황과 현재까지 밝혀진 사실과 사건을 정리한 자료가 배부됐으니 기자회견은 금세 끝날 겁니다. 다만 기술적인 측면에서 두어 가지를 추가하려고 합니다."

맥베스가 숨을 고르는 동안 한 기자가 불쑥 물었다.

"맬컴 부청장은 어떻게 됐습니까?" 그의 목소리가 낭랑하게 울려 퍼졌다.

"사망했나요?" 다른 기자도 질문을 던졌다.

맥베스는 원고를 내려다보았다. 옆으로 치웠다.

"덩컨 경찰청장 살인 사건 관련 보고는 이 정도면 됐다는 뜻에서 그런 질문을 하신 거라면 이제 부청장 실종 사건으로 넘어가겠습니다."

"그건 아니지만 중요한 사안부터 순서대로 처리해야죠." 좀 더 나이 많은 기자가 외쳤다. "마감 시간이 얼마 남지 않았어요."

"알겠습니다." 맥베스가 말했다. "다들 아시는 모양입니다만, 맬컴 부청장이 6시로 예정된 경찰청 회의에 참석하지 않았습니다. 경찰청장이 시신으로 발견된 날이다 보니 당연히 불안할 수밖에 없는 사태죠. 그래서 수색을 시작했고 부청장의 차가 컨테이너항에서 포착됐습니다. 곧바로 일대를 수색하고 잠수부를 파견해서 발견한 것이 있는데……."

"시신입니까?"

"이겁니다." 맥베스는 TV 스탠드 불빛을 받고 반짝이는 동그란 쇠

붙이를 들어 보였다. "이 부청장의 경찰 배지가 부둣가의 바다 밑바닥에서 발견됐습니다."

"누군가에 의해 살해된 거라고 보십니까?"

"어쩌면요." 맥베스는 눈 한 번 깜빡하지 않고 대답했고 귀가 먹먹한 정적이 이어졌다. "그 누군가에 부청장 본인이 포함된다면 말이죠." 그는 기자단을 훑어보며 말을 이었다. "자동차 앞 좌석에 유서가 남겨져 있었습니다."

맥베스는 유서를 낭독했다. 헛기침을 했다.

"노스 라이더에게 경찰청장을 살해하는 데 협조하지 않으면 내 딸 줄리아를 살해하겠다는 협박을 받았다. 하지만 이제 그들은 나의 급소를 틀어쥐고 다른 임무까지 요구하고 있다. 내 목숨이 붙어 있는 한 내 딸에 대한 협박은 계속될 것이다. 그렇기에—그리고 내가 저지른 짓에 대한 죄책감 때문에—나는 투신하기로 마음을 먹었다. 그리고 부청장의 서명이 있습니다."

맥베스는 고개를 들고 모인 기자단을 쳐다보았다. "여러분도 마찬가지겠습니다만 우리가 맨 처음으로 던진 질문도 이 유서의 진위 여부입니다. 과학수사반에서 확인한 바에 따르면 이 유서는 맬컴이 경찰청에서 쓰던 타자기로 작성됐다고 합니다. 종이에 맬컴의 지문이 찍혀 있고 서명도 맬컴의 것이라고 하고요."

모인 기자들이 그 정보를 소화하기까지 몇 초가 걸렸다. 그 시간이 지나자 그들은 여기저기서 날카로운 목소리로 외쳐 댔다.

"맬컴이 덩컨 살인 사건의 배후 인물이라는 걸 입증할 또 다른 증거가 있습니까?"

"맬컴이 덩컨을 살해하려고 작정한 노스 라이더에게 어떤 식으로 협조했을까요?"

"맬컴과 경호원들 간에는 어떤 연관성이 있습니까?"

"여기에 개입된 다른 경찰관도 있을 거라고 보십니까?"

맥베스는 손바닥을 들어 보였다. "덩컨의 살인 사건과 관련된 질문은 받지 않겠습니다. 모두 억측에 불과하니까요. 맬컴의 실종과 관련된 질문만 받겠습니다. 한 분씩 차례대로 질문해 주세요."

정적이 흘렀다. 잠시 후에 딱 한 명뿐인 여기자가 물었다. "그러니까 경찰 배지만 찾았을 뿐 맬컴은 찾지 **못했다**는 건가요?"

"밑바닥이 진흙탕인 데다 항구의 수질이 깨끗하다고 볼 수가 없어서요. 황동으로 된 배지는 가벼워서 시신과 달리 진흙 속으로 묻히지 않고 불빛을 비추면 반짝이지 않습니까. 잠수부들이 맬컴을 찾으려면 시간이 걸릴 겁니다."

맥베스는 수첩 위로 몸을 숙이고 열심히 메모하는 기자들을 지켜보았다.

"시간이 걸리는 가장 큰 이유가 시신이 조류에 떠밀려 갔기 때문 아닌가요?" R 발음을 유난히 굴려 가며 누군가가 물었다.

"맞습니다." 맥베스는 목소리의 주인공을 알아차렸다. 메모를 하지 않는 몇 안 되는 기자 중 한 명이었다. 월트 카이트였다. 그는 메모를 할 필요가 없었다. 라디오 방송국 마이크가 맥베스의 앞에 설치돼 있었다.

"맬컴이 덩컨을 살해하고 후회했다면 어째서……."

"잠시만요." 맥베스는 손바닥을 들어 보였다. "말씀드렸다시피 정황을 좀 더 분명하게 파악하기 전까지 덩컨의 살인 사건과 관련된 질문은 받지 않겠습니다. 그리고 저희가 이제는 본업으로 돌아가야 하는 상황이라는 것을 이해해 주시기 바랍니다. 저희가 보유한 자원이 허락하는 한도 내에서 최대한 빠르게, 최대한 효율적으로 이 사건을 해결하는 것이 최우선 과제니까요. 그리고 가능한 한 조속히 경찰청장을 임명해야 하겠습니다. 그래야 경찰이 추진하던 사업을 지속적으로 이어 나갈 수 있을 테니까요."

"지금 현재로서는 맥베스 반장님이 경찰청장의 업무를 대행하고 있습니까?"

"공식적으로는 그렇습니다."

"실질적으로는요?"

"실질적으로는……." 맥베스는 말을 멈추었다. 원고를 얼른 내려다보았다. 입술을 적셨다. "경험이 풍부한 반장들이 이미 키를 잡고 있기 때문에 상황을 완벽하게 통제하고 있다고 이 자리에서 감히 말씀드릴 수 있습니다. 그래도 덩컨의 빈자리를 메우려면 시간이 걸릴 거라고 감히 말씀드릴 수도 있겠고요. 덩컨은 선지자였고 악의 세력과 싸우다 전사한 영웅이었습니다. 그들은 오늘 자신들이 승리를 거두었다고 생각하겠죠." 그는 연설대를 잡고 몸을 앞으로 기울였다. "하지만 오늘의 이 패배를 교훈 삼아 최후의 승리를 거두고야 말겠다고 결의를 다지도록 저희를 자극했을 뿐입니다. 선을 위해. 정의를 위해. 안심할 수 있는 사회를 위해. 그리고 저희는 그 승리를 통해 재건하고 부흥하고 다시 번영을 구가할 겁니다. 하지만 저희들만의 힘으로는 불가능합니다. 여러분의 신뢰와 이 도시의 신뢰가 필요합니다. 그게 있어야 덩컨 청장이 시작한 사업을 계속 이어 나갈 수 있습니다. 그리고 저는⋯⋯." 그는 말을 끊고 맹세를 하듯 한쪽 손을 들었다. "덩컨이 이 도시와 이 도시의 모든⋯⋯ 모든⋯⋯ 주민들을 위해 세운 목표를 달성할 때까지 멈추지 않을 거라고 이 자리에서 개인적으로 약속을 드리고 싶습니다."

맥베스는 연설대를 놓고 허리를 폈다. 눈과 벌린 입의 바다로 한데 뭉뚱그려진 눈앞의 얼굴들을 바라보았다. 그는 조마조마하지 않았다. 그는 효과를 직접 느꼈고 자신의 발언이 남긴 여운을 아직까지 만끽하고 있었다. 레이디가 작성한 원고였다. 그는 정확한 타이밍에 몸을 앞으로 숙였다. 그녀가 거울 앞에 그를 세워 놓고 공격적인 보디랭귀지가 어떤 식으로 열정적인 분위기를 풍기는지 설명하면서 보디랭귀지는 뇌를 거치지 않고 곧바로 심장을 건드리기 때문에 말보다 더 중요하다고 했었다.

"다음번 기자회견은 내일 오전 11시, 여기 이 스콘홀에서 열릴 예정입니다. 감사합니다."

맥베스가 원고를 정리하자 실망한 기자들의 앓는 소리에 이어서 항의와 질문이 우박처럼 쏟아졌다. 맥베스는 기자회견실을 가만히 둘러보았다. 그 자리에 조금 더 서 있고 싶었다. 그는 삐져나오려는 미소를 아슬아슬하게―간신히―참았다.

꼭 우라질 선장 같잖아. 앞줄에 앉아 있던 더프는 이런 생각이 들었다. 두려움 없이 폭풍이 몰아치는 바다를 바라보는 선장 같았다. 누군가가 가르쳐준 거였다. 그가 아는 맥베스가 아니었다. 그가 알던 맥베스가 아니었다.

맥베스는 간단하게 목례를 하고 연단을 가로질러서 프리실라가 열어 준 문 너머로 사라졌다.

"어떻게 생각해, 레녹스?" 기자들이 뒤에서 계속 앙코르를 외치는 가운데 더프는 이렇게 물었다.

"감동받았어." 빨간 머리의 경감이 말했다. "그리고 자극받았어."

"그러게. 기자회견이라기보다 선거 연설에 더 가깝던데."

"그런 식으로 해석할 수도 있지만 영리하고 책임감 있는 전술로 볼 수도 있지."

"책임감 있는 전술이라고?" 더프는 콧방귀를 뀌었다.

"도시와 나라를 지탱하는 힘은 믿음이잖아. 화폐는 금과 교환할 수 있다는 믿음, 지도자들은 자기 자신이 아니라 우리의 이익을 생각한다는 믿음, 범죄는 처단될 거라는 믿음. 이런 믿음이 없으면 문명사회는 섬뜩하리만치 짧은 시간 안에 붕괴되겠지. 무정부 상태가 눈앞에 들이닥치려는 찰나에 맥베스가 이 도시의 공공기관들은 전혀 아무 문제 없다고 안심시켰어. 정계에 입문해도 될 만한 연설이었어."

"누가 정계에 입문하느냐가 관건이겠지."

"맥베스가 아니라 레이디가 쓴 원고라고 생각해?"

"감성을 이해하고 그걸 건드리는 방법을 아는 쪽은 여자들이야. 우리 안의 여성적인 측면이 감성이니까. 이성이 더 힘이 세고 말도 더 많이 하고 남편이 가정을 좌우한다고 믿지만 조용히 결단을 내리는 쪽은 감성이지. 연설이 감성을 건드리니까 이성은 즐겁게 꽁무니를 쫓은 거야. 내 말 믿어, 맥베스에게는 그런 자질이 없어. 원고는 그녀의 작품이야."

"그래서 뭐? 누구에게나 더 나은 반쪽이 있어야 하잖아. 결과만 만족스러우면 악마가 쓴 원고래도 상관없는 거 아니야? 맥베스를 질투하는 건 아니겠지, 더프?"

"질투?" 더프는 콧방귀를 뀌었다. "뭐하러? 그가 분위기도 그렇고 말투도 그렇고 진정한 리더처럼 보이는 지금 상황에서 행동까지도 그렇다면 그가 리더가 되는 게 우리 모두를 위해 최선일 텐데."

뒤에서 의자들이 바닥을 긁는 소리가 들렸다. 맥베스는 돌아오지 않았고 기사 마감 시한이 임박했다.

12시까지 한 시간이 남았다. 바람은 잦아들었지만 간밤의 폭풍이 남긴 쓰레기와 잔해들이 아직까지 길거리에서 나뒹굴었다. 역사의 통로를 지나며 압축이 되고 속도가 붙은 축축한 북서풍이 벽 앞에 놓인 꾸러미와―거기서 몇 미터 더 지나서―목도리로 코와 입을 막은 남자를 쓸고 지나갔다.

스트레가가 그에게 다가갔다.

"알아보는 사람이 있을까 봐 겁이 나는 모양이지, 맥베스?"

"쉿, 내 이름 얘기하지 마. 오늘 저녁에 연설을 했기 때문에 알아보는 사람이 있을 수 있다고."

"나도 저녁 뉴스 봤어. 잘하던데? 네가 하는 말을 전부 믿을 뻔했지 뭐야. 뭐, 잘생긴 남자를 보면 늘 그렇지만."

"어떻게 내가 등장하자마자 찾아올 수 있지, 스트레가?"

그녀는 미소를 지었다. "칵테일?"

"다른 건 없어? 스피드는? 코카인은? 칵테일은 헛것이 보이고 끔찍한 악몽을 꿔서."

"네가 악몽을 꾼 건 칵테일이 아니라 폭풍 때문이야, 맥베스. 나는 약에 손도 대지 않는데, 천둥소리를 듣고 개들이 전부 미치는 꿈을 꿨거든. 거품을 물고 서로 달려들더라니까? 다른 녀석을 산 채로 잡아먹고. 온몸이 흠뻑 젖은 채로 잠에서 깼을 때 얼마나 안심했는지 몰라."

맥베스는 통로 저편에 놓인 꾸러미를 가리켰다. "저기 네 꿈이 있어."

"저게 뭔데?"

"반쯤 뜯긴 개의 시체. 안 보여?"

"또 헛것이 보이는 모양이로군. 자." 그녀는 조그만 봉지를 그의 손에 쥐여 주었다. "칵테일이야. 이제는 미쳐 날뛰지 마, 맥베스. 길이 단순하다는 걸 기억해. 일직선으로 뻗는다는 걸."

버사를 지나고 아무도 없는 워커스 광장을 허둥지둥 가로질러서 환하게 불을 밝힌 인버네스 카지노로 이어지는 내리막길로 접어들었을 때 맥베스는 비를 맞으며 어둠 속에 서 있는 어떤 사람을 보았다. 가까이 다가가 보니 놀랍게도 뱅쿼였다.

"여긴 어쩐 일이에요?" 맥베스가 물었다.

"너를 기다리고 있었지." 뱅쿼가 말했다.

"비를 피할 길이 없는 버사와 인버네스의 중간 지점에서요?"

"결단을 내릴 수가 없었어." 뱅쿼가 말했다.

"어느 쪽으로 가면 좋을지 말이에요?"

"맬컴을 어떻게 하면 좋을지."

"맬컴의 몸에 체인을 두르지 않은 거예요?"

"뭐라고?"

"잠수부들이 아직 시신을 못 찾았거든요. 무거운 걸 매달지 않았으면 조류에 쏠려 갈 거예요."

"그게 아니야."

"아니라고요? 추운데 여기서 이렇게 비를 맞으면서 서 있지 말고 인버네스로 가요."

"나는 이미 늦었어. 심장 저 밑바닥까지 냉기가 스며들었으니까. 내가 여기서 기다린 이유는 기자들이 카지노 앞에서 진을 치고 있기 때문이야. 다들 너를 기다리고 있어, 신임 경찰청장을."

"그럼 얼른 얘기하고 끝내는 게 좋겠네요. 무슨 일인데요?"

"다른 방식으로 목적을 달성했어. 걱정할 거 없어. 맬컴은 영영 사라졌고 절대 돌아오지 않을 테니까. 돌아온다 한들 네가 이 일에 관여한 건 전혀 몰라. 전부 헤카테가 꾸민 짓인 줄 알아."

"그게 무슨 소리예요? 맬컴이 **살아 있다**는 거예요?"

뱅쿼는 몸서리를 쳤다. "맬컴은 내가 헤카테의 수중에 있고 내가 덩컨의 경호원들을 움직였다고 생각해. 우리 계획은 이게 아니었다는 거 알아. 하지만 나는 우리 문제를 해결했고 선한 사람의 목숨을 구했어."

"맬컴은 지금 어디 있어요?"

"떠났어."

"어디로요?" 맥베스는 뱅쿼의 표정을 보고 자신이 언성을 높였음을 알았다.

"공항으로 데려가서 캐피틀행 비행기에 태워 보냈어. 거기서 외국으로 나갈 거야. 그는 누구하고든 연락을 시도하거나 살아 있는 흔적을 손톱만큼 보이기만 해도 딸 줄리아가 당장 목숨을 잃으리란 걸 알아. 맬컴은 아이 아빠야, 맥베스. 그리고 나는 그게 어떤 의미인지 알아. 그는 절대 딸을 위험에 빠뜨리지 않을 거야, **절대**. 그러느니 이 도시가 난장판이 되도록 내버려 두는 쪽을 택할 거야. 내 말 믿어. 맬컴은 외풍이 심한 다락방에서 매일 아침 벼룩에 물린 채 춥고 배고프고 외롭게 눈을 뜨더라도 자신의 딸이 하루 더 살 수 있다는 데 조물주에 감사할 거야."

맥베스는 한쪽 손을 들었다가 뱅쿼의 눈에서 지금까지 딱 한 번밖에 본 적 없는 눈빛을 보았다. 아이를 인질로 잡은 흉악범이나 정신병자를 상대로 함께 작전을 수행하던 때도 아니었다. 뱅쿼가 자기보다 덩치가 크고 힘이 세서 한 대 얻어맞겠다 싶은―그리고 실제로 예상이 적중한―상대를 만났을 때도 아니었다. 맥베스가 뱅쿼의 이런 표정을 본 것은 베라가 입원한 병원을 찾아가서 가장 최근에 실시한 검사 결과를 들었을 때였다. 아무것도 섞이지 않은 순도 100퍼센트의 공포가 어린 눈빛이었다. 그래서 맥베스는 뱅쿼가 남을 걱정하고 있는 게 아닌지 의심스러워졌다.

"고마워요." 맥베스는 이렇게 말하고 뱅쿼의 어깨에 한 손을 묵직하게 얹었다. "고마워요, 저는 그러지 못하는 상황에서 따뜻한 마음씨를 보여 줘서. 우리의 원대한 목표 앞에서 한 사람 정도는 사소한 희생이라고 생각했어요. 하지만 아저씨 말이 맞아요. 선한 사람들이 아무 의미 없이 죽어 나간다면 도시가 난장판이 되려는 걸 무슨 수로 막을 수 있겠어요. 이 사람은 살릴 수 있다면 살려야죠. 어쩌면 아저씨 덕분에 우리 둘 다 어마어마하게 잔인한 짓을 저지른 죄로 지옥에 떨어질 뻔한 위기를 모면했을 수도 있겠어요."

"그렇게 생각하다니 정말 다행이다." 뱅쿼는 탄성을 질렀고 맥베스는 그의 손 아래에서 부들부들 떨고 있던 뱅쿼의 어깨에서 긴장이 풀리는 것을 느낄 수 있었다.

"이제 집에 가서 좀 주무세요. 플리언스한테 안부 전해 주시고요."

"그럴게. 잘 자라."

맥베스는 깊은 생각에 잠긴 채 광장을 건넜다. 가끔은 선한 사람들이 아무 의미 없이 죽을 때도 있었다. 하지만 의미가 있을 때도 있었다. 그는 인버네스의 불빛 속으로 들어섰고, 맬컴과 덩컨의 경호원을 조사한 결과와 그들을 쏜 사람이 그라는 소문에 대해서 어떻게 생각하느냐고 짖듯이 묻는 기자들을 무시하고 지나갔다.

안으로 들어가자 레이디가 그를 맞았다.

"기자회견이 처음부터 끝까지 TV에서 라이브로 중계됐는데 자기 끝내줬어." 그녀는 이렇게 말하고 그를 껴안았다. 그는 그녀를 두 번 다시 놓지 않을 작정이었다. 그는 몸에 다시 온기가 느껴질 때까지 그녀를 끌어안았다. 그녀가 귀에 입술을 대고 속삭이자 등골을 타고 흐르는 찌릿한 전류가 느껴졌다. "경찰청장님."

집. 그녀와 함께인 이곳. 그들 둘뿐인 이곳. 그가 원하는 건 이것뿐이었다. 하지만 자격이 있는 자만이 이것을 누릴 수 있었다. 이 세상은 그런 식이었다. 그는 다음 세상도 이런 식일 거라고 생각했다.

"퇴근했어?"

뒤에서 놀란 목소리가 들리자 더프는 아이들 방문 앞에서 몸을 돌렸다. 메러디스가 잠옷 차림으로 팔짱을 끼고 벌벌 떨며 서 있었다.

"그냥 잠깐 들렀어." 그는 속삭였다. "당신 깨우지 않으려고 했는데. 유언이 자기 방에서 자기 싫대?" 그는 누나 옆에 웅크리고 누워 있는 아들을 턱으로 가리켰다.

메러디스는 한숨을 쉬었다. "잠이 안 오면 에밀리를 찾아가기 시작했어. 이 끔찍한 사태를 해결하는 동안 시내에 있어야 하는 줄 알았더니."

"맞아. 맞아. 하지만 잠깐 도망쳐 나왔어. 갈아입을 옷 챙기려고. 다들 없어지지 않았는지 확인도 하고. 손님방에서 두세 시간 자고 나가려고 했는데."

"알았어. 이불 갖다줄게. 저녁은 먹었어?"

"배 안 고파. 일어나서 샌드위치 먹을게."

"아침 차려 줄게. 어차피 잠도 못 잘 텐데."

"가서 자, 메러디스. 내가 좀 있다가 잘 때 이불 가져갈게."

"마음대로 해." 그녀는 팔짱을 끼고 서서 그를 쳐다보았지만 어둠 속이라 눈이 보이지 않았다. 그녀는 몸을 돌려서 사라졌다.

13

"하지만 **이유**가 궁금하단 말이지." 더프는 테이블 위에 팔꿈치를 올려놓고 양손에 턱을 얹고 이렇게 말했다. "왜 안드리아노프와 헤네시는 도망치지 않았을까? 배신한 두 경호원은 왜 먼저 상사를 죽인 다음 지옥으로 직행할 정도의 증거와 핏자국을 남긴 채 옆방에 누워서 잠을 잤을까? 어이, 다들 형사잖아. 우라질 **의견**이라도 있을 거 아냐!"

그는 주위를 둘러보았다. 열두 명으로 이루어진 살인사건수사반 중에서 몇 명이 그의 앞에 앉아 있었지만 입을 연 사람은 한 명뿐이었고 그나마도 하품을 하기 위해서였다. 월요일 아침이라 그렇게 말이 없고 불편하고 멍해 보였을까? 아니었다. 그들은 분위기를 휘어잡는 사람이 등장하기 전에는 내일도 똑같이 피곤한 기색을 보일 것이었다. 덩컨이 예전 반장에게 사임을 하든지 부패 의혹과 관련해서 내사를 받으라는 최후통첩을 날린 뒤 두 달 동안 살인사건수사반에 정식 리더가 없었던 데에는 이유가 있었다. 적임자가 없었기 때문이었다. 케네스 시대에 살인사건수사반은 전국에서 사건 해결율이 가장 낮았는데, 그저 썩어 빠져서 그런 건 아니었다. 캐피틀의 살인사건수사반에는 이 분야에서 손꼽히는 인재들이 배치되는 반면, 경찰청의 살인사건수사반에는 심드렁하고 능력이 없는 찌꺼기들만 배치되기 때문이었다.

"분위기를 바꿔야 해." 덩컨은 이렇게 얘기했었다. "살인사건수사반의 성공과 실패가 경찰에 대한 믿음을 좌우하는 부분이 크거든. 내가 가장 훌륭한 경관 중 한 명을 배치하는 이유도 그 때문이지. 그러니까 더프, 자네를 말이야."

덩컨은 부하 직원에게 안 좋은 소식을 전하더라도 분발하게 만드는 법을 알았다. 더프는 앓는 소리를 냈다. 옆에 보고서 무더기가 쌓여 있었지만 종이가 아까웠다. 인버네스 카지노에 묵은 손님들의 진술을 의미 없이 시시콜콜 적어 놓은 것에 불과했다. 그들은 하나같이 아무것도 보지 못했고 무시무시한 비바람 말고는 아무 소리도 듣지 못했다고 했다. 더프는 테이블에 정적이 감도는 이유가 다들 그의 분노 폭발을 두려워하기 때문일지 모른다는 것을 알았지만 아랑곳하지 않았다. 이건 인기투표가 아니었고 겁을 주어야 그들을 움직이게 만들 수 있다면 상관없었다.

"그러니까 범행을 저지른 경호원들이 아무 죄 없는 사람들처럼 잠을 잤다 이건가? 긴 하루를 보내고 난 사람들처럼? 그런 거라고 생각하는 멍청이 있으면 손 들어 봐."

아무 반응이 없었다.

"그럼 **아니라고** 생각하는 사람?"

"아무 죄 없는 사람들처럼 잠을 잔 게 아니에요." 지나가던 케이스니스가 얘기했다. "약에 취해서 그런 거지. 늦어서 미안해요. 하지만 이걸 찾아오느라 그랬어요." 그녀가 보고서와 섬뜩하리만치 비슷해 보이는 뭔가를 흔들며 말했다. 턱 소리와 함께 기존의 종이 더미 위로 얹어진 그것을 확인해 보니 더프가 짐작한 대로 보고서가 맞았다. 좀 더 정확하게는 법의학 보고서였다. "안드리아노프와 헤네시의 혈액 샘플을 분석한 결과 열두 시간 동안 수면을 취하기에 충분한 양의 벤조디아제핀이 검출됐어요." 케이스니스는 남는 의자 가운데 한 곳에 앉았다.

"경호원들이 수면제를 먹었다고?" 더프는 못 믿겠다는 듯이 되물었다.

"그걸 먹으면 진정이 되거든요." 뒤편에서 의자를 앞뒤로 흔들고 있던 팀원이 말했다. "상사를 암살하려면 조금 떨릴 수도 있잖아요. 은행 강도들도 벤조를 먹는 경우가 많아요."

"그래서 신세 조진 거죠." 하얀 폴로셔츠 위로 어깨에 권총 벨트를 매고 신경질적으로 코를 실룩이던 형사가 말했다.

웃음소리가 터졌지만 금세 가라앉았다.

"어떻게 생각해, 케이스니스?" 더프가 물었다.

그녀는 어깨를 으쓱했다. "진상을 파악하는 건 내 전문 분야가 아니지만 긴장을 가라앉히려고 뭘 먹긴 해야겠는데 약물에 대해 잘 몰라서 복용량을 착각한 거 아닐까요? 범행 도중에는 약물이 의도한 대로 역할을 했겠죠. 반응 속도에는 아무 문제 없고 긴장만 사라진.

깨끗하게 남은 칼자국을 보면 손 떨림이 없었거든요. 하지만 살인을 감행한 뒤에 약물의 효과가 제대로 나타나기 시작하니까 상황 파악 능력을 상실한 거죠. 온몸에 핏자국을 뒤집어쓴 채로 돌아다니다 결국에는 둘 다 의자 위로 쓰러져서 잠든 거예요."

"알 만하네요." 폴로셔츠가 말했다. "예전에 차를 타고 도주하던 중 약물에 취해서 신호등 앞에서 잠든 은행 강도를 두 명 체포한 적이 있거든요. 진짜예요. 범행을 저지르는 인간들은 워낙 바보 같아서……."

"고마워." 더프는 말허리를 잘랐다. "반응 속도에 아무 문제가 없었다는 건 어떻게 알았지?"

케이스니스는 어깨를 으쓱했다. "누가 먼저 찔렀는지 모르겠지만 피가 뿜어져 나오기 전에 칼을 잡고 있던 손을 놓았거든요. 우리 쪽 전문가가 분석한 바에 따르면 칼자루에 남은 핏자국이 피가 뿜어져 나왔을 때 묻은 거라고 했어요. 피가 흐르거나 뚝뚝 떨어졌을 때 묻은 게 아니라."

"그렇다면 자네가 내린 다른 결론들도 모두 수긍이 되는군." 더프가 말했다. "수긍하지 않는 사람?"

아무 반응이 없었다.

"수긍하는 사람?"

다들 말없이 고개를 끄덕였다.

"좋아, 그럼 그 부분은 이렇게 해결이 됐다 치고. 이제 설명이 안 되는 다른 부분들에 대해서 고민해 보자고. 맬컴의 자살 건에 대해서." 더프는 자리에서 일어났다. "유서에 따르면 덩컨을 살해하는 데 협조하지 않으면 딸을 죽이겠다고 노스 라이더에게 협박을 받았다고 했지. 내가 궁금한 건 이거야. 덩컨에게 이실직고하고 딸을 안전한 곳으로 옮길 수도 있었는데 왜 스위노와 노스 라이더가 시키는 대로 하고 스스로 목숨을 끊었을까? 경찰 입장에서는 협박을 하루 이틀 당하는 것도 아닌데. 어떻게들 생각해?"

다들 바닥 아니면 동료 아니면 창밖을 쳐다보았다.

"아무 의견 없어? 진심으로? 살인사건수사반이 모두 여기 모였는데 아무도…….."

"맬컴은 경찰 조직 안에 스위노의 끄나풀이 있다는 걸 알았잖아요." 의자를 앞뒤로 흔들고 있던 팀원이 말했다. "그러니까 딸을 숨겨도 스위노한테 들킬 수밖에 없다는 걸 알았겠죠."

"좋아, 의견들이 나오는군." 더프는 허리를 숙이고 그들 앞을 왔다 갔다 하며 걸었다. "맬컴은 스위노가 시키는 대로 해야 딸을 살릴 수 있다고 생각했다고 치자. 아니면 그렇게 해야 스위노에게 딸이 죽임을 당할 이유가 사라진다고. 오케이?" 그는 이렇게 묻는 의도를 어렴풋이나마 눈치챈 사람이 아무도 없다는 것을 알아차렸다.

"그러니까 유서에 적힌 대로 맬컴이 딸을 잃거나 덩컨 살인 사건의 종범으로는 살아갈 수 없다는 결론을 내렸다면 왜 덩컨을 살해하기 전에 스스로 목숨을 끊지 않았을까? 그랬더라면 두 사람을 모두 살릴 수 있었을 텐데 말이지."

다들 그를 빤히 쳐다보았다.

"저에게도 발언권이…….." 케이스니스가 말문을 열었다.

"물론이지, 경감."

"논리적으로는 그 말이 맞을지 몰라도 인간의 심리는 그런 식으로 작용하지 않아요."

"그래?" 더프는 되물었다. "나는 그런 식으로 작용한다고 보는데. 맬컴의 자살에는 앞뒤가 안 맞는 구석이 있어. 인간의 이성은 항상 수집된 정보를 근거로 아주 정확하게 득실을 따진 다음 누구도 반박할 수 없을 만큼 논리적인 결론을 내리지 않나?"

"그렇게 내린 결론이 누구도 반박할 수 없을 만큼 논리적이라면 새로 추가된 정보가 없는데도 불구하고 우리가 가끔 후회하는 이유가 뭐겠어요?"

"후회?"

"후회요, 더프 경감님." 케이스니스는 그의 눈을 똑바로 쳐다보며 말했다. "인간이라면 누구나 느끼는, 과거에 저질렀던 행동을 돌이키고 싶은 마음요. 맬컴도 그랬을 가능성을 배제할 수 없죠."

더프는 고개를 저었다. "후회를 한다는 것은 병이 날 징조지. 아인슈타인도 그랬잖아, 똑같은 과정을 반복하면서 다른 결과가 도출되길 바라는 것이야말로 정신이 이상해졌다는 증거라고."

"그럼 다른 결과가 도출되면 아인슈타인의 주장을 반박할 수 있겠네요. 정보는 달라지지 않았는데 우리가 다른 결과를 도출하면 말이죠."

"인간은 달라지지 않아!"

더프는 회의실의 경관들이 반짝 깨어나 열심히 귀를 기울이고 있는 것을 느낄 수 있었다. 케이스니스와 이런 식으로 옥신각신하는 데에는 맬컴의 사망 사건 말고 다른 이유가 있는 게 아니냐고 그들도 의심하고 있을지 모를 일이었다.

"어쩌면 맬컴은 달라졌을지 몰라요." 케이스니스가 말했다. "어쩌면 덩컨의 죽음으로 달라졌을지 몰라요. 그랬을 가능성도 배제할 수 없어요."

"그가 유서를 남기고 경찰 배지를 바다에 던진 다음 도망쳤을 가능성도 배제할 수 없지." 더프가 말했다. "인간의 본능과 기타 등등을 감안하면."

문이 열렸다. 마약단속반 소속 경관이었다. "더프 경감님, 전화 왔어요. 맬컴과 관련해서 급한 용건이래요. 경감님**하고만** 통화를 하겠답니다."

레이디는 그녀의 침대에 누워서, **그들의** 침대에 누워서 잠을 자고 있는 남자를 침실 한복판에 선 채로 내려다보았다. 9시가 넘었고 그녀는 한참 전에 아침 식사를 마쳤지만 실크 이불을 덮고 있는 남자는 꼼짝할 기미를 보이지 않았다.

그녀는 침대가에 앉아서 그의 뺨을 어루만지고 검은색의 숱이 많은 곱슬머리를 잡아당기고 몸을 흔들었다. 그의 눈꺼풀 밑으로 흰색의 얇은 선이 드러났다.

"청장님! 일어나세요! 불이 났어요!"

맥베스가 앓는 소리와 함께 등을 보이며 옆으로 돌아눕자 그녀는 웃음을 터뜨렸다. "몇 시야?"

"늦었어."

"꿈에서는 일요일이었는데."

"요즘 꿈을 많이 꾸나 봐."

"응. 그 우라질……."

"뭐?"

"아니야. 요란한 종소리를 들었어. 그런데 알고 보니 교회 종소리였어. 와서 회개하고 세례받으라고 신도들을 부르는 종소리."

"내가 그 단어 꺼내지 말라고 했잖아."

"세례 말이야?"

"맥베스!"

"미안."

"기자회견까지 두 시간도 안 남았어. 다들 경찰청장한테 무슨 일이 생겼는지 궁금해할 거야."

그는 침대 밖으로 다리를 획 꺼냈다. 레이디는 그를 막아서 두 손으로 얼굴을 잡고 유심히 뜯어보았다. 동공이 작았다. 또 그랬다.

그녀는 그의 눈썹에 묻은 머리카락을 떼어 냈다.

"그리고 오늘 저녁 약속이 있어." 그녀는 떨어진 머리카락이 또 없는지 찾으며 얘기했다. "잊어버린 거 아니지?"

"덩컨이 세상을 떠난 지 얼마 되지도 않았는데 그래도 될까?"

"연회도 아니고 저녁을 먹으면서 인맥을 쌓자는 건데, 뭐. 어차피 저녁은 먹어야 하잖아."

"누가 참석하는데?"

"연락한 사람들이 다 온다고 했어. 시장. 당신 동료 몇 명." 그녀는 흰머리를 하나 찾았지만 빨갛게 칠한 긴 손톱으로는 잡을 수가 없었다. "카지노 규제를 강화할 방법을 의논할 거야. 오벨리스크가 카지노라는 미명 아래 불법으로 매춘 사업을 벌이고 있다고, 업소를 폐쇄해야 한다고 오늘 자 사설에 실렸더라."

"편집장이 당신이 하고 싶은 말을 대변한다 한들 그 신문을 읽는 사람이 없으면 아무 소용 없잖아."

"그렇지. 하지만 이젠 경찰청장이 내 남편이잖아."

"악!"

"당신, 머리가 좀 더 희끗희끗해져야겠어. 보스들은 그러면 보기 좋잖아. 오늘 내 헤어디자이너한테 얘기해야겠다. 관자놀이를 살짝 염색할 수 있을 거야."

"관자놀이가 보이지도 않을 텐데."

"바로 그거야. 그래서 당신 머리를 자르려는 거야. 관자놀이가 보이도록."

"꿈 깨시지!"

"토텔 시장은 소년이 아니라 어른처럼 보이는 사람이 이 도시의 경찰청장이 되어야 한다고 생각할지 몰라."

"그래? 그래서 걱정이 되시나?"

레이디는 어깨를 으쓱했다. "보통은 시장이 경찰의 서열에 관여하지 않지만 신임 경찰청장을 임명하는 사람이 시장이니까. 괜히 쓸데없는 생각 하지 않도록 단속해야지."

"무슨 수로?"

"그럴 일은 없겠지만 토텔이 삐딱하게 나올 경우에 대비해서 급소를 틀어쥐고 있어야겠지. 하지만 당신은 전혀 걱정할 것 없어."

"알았어. 삐딱하게 나온다는 얘기가 나왔으니 말인데……."

그녀는 떨어진 머리카락이 없는지 찾던 것을 멈추었다. 그의 말투가 이상하다는 것을 알아차렸다. "나한테 하지 않은 얘기가 있어?"

"뱅쿼가……."

"뱅쿼가 왜?"

"그를 믿어도 될지 의심스러워지기 시작했어. 자기하고 플리언스를 생각해서 교활한 계획을 세워 놓지는 않았을지." 그가 숨을 깊게 들이마시자 그녀는 그가 중요한 얘기를 꺼내려는 참이라는 것을 알 수 있었다. "뱅쿼가 어제 맬컴을 죽이지 않고 캐피틀로 보냈대. 사람 하나 살려 둔들 걱정할 일은 아무것도 없다는 식으로 변명을 늘어놓더라고."

그녀는 그가 자신의 반응을 기다리고 있다는 것을 알았다. 그녀가 아무 반응도 보이지 않자 그는 어째 놀란 표정이 아니냐고 물었다.

그녀는 미소를 지었다.

"지금은 놀랄 때가 아니니까. 그가 무슨 꿍꿍이라고 생각해?"

"뱅쿼는 맬컴이 겁에 질려서 아무 소리도 못 할 거라고 했지만, 아무래도 더 크고 더 확실한 이득을 노리고 그 둘이서 뭔가를 꾸민 게 아닐까 싶어."

"자기야, 설마하니 사람 좋은 뱅쿼가 경찰청장이 되려는 야심을 품고 있다고 생각하는 건 아니겠지?"

"아냐, 아냐, 뱅쿼는 항상 앞장서는 사람보다 따르는 사람이 되고 싶어 했어. 아들인 플리언스가 문제야. 나하고 플리언스의 나이 차가 열다섯 살밖에 안 되니까 내가 은퇴할 때쯤이면 플리언스도 늙을 거 아냐. 그러니까 맬컴처럼 좀 더 나이가 많은 전임자의 후계자가 되는 편이 낫지."

"당신이 피곤해서 이러는 거야. 뱅쿼처럼 의리 있는 사람이 그런 짓을 저지를 리 있나. 당신이 그랬잖아, 그는 당신을 위해서라면 지옥 불구덩이 속으로 몸을 던질 수도 있는 사람이라고."

"맞아, 지금까지는 의리를 지켰지. 나도 그에게 그랬고." 맥베스는 일어나서 금테를 두르고 있는 대형 벽걸이 거울 앞에 섰다. "하지만 곰곰이 생각해 보면 서로 의리를 지킨 게 뱅쿼한테 더 도움이 되지 않았어? 하이에나처럼 사자의 꽁무니를 쫓아다니면서 자기가 죽이지도 않은 사냥감을 먹었단 말이지. 내가 그에게 특공대 부사령관, 조직범죄수사반 부반장 자리를 맡겼잖아. 나를 위해 했던 보잘것없는 일들에 비해 많은 보상을 받았지."

"그러니까 그의 충심을 더 믿을 수 있잖아."

"맞아, 나도 그렇게 생각했어. 하지만 지금은……" 맥베스는 미간을 찌푸리며 거울 앞으로 바짝 다가갔다. 그 안에 뭐가 있는지 확인이라도 하려는 듯이 거울 위에 손을 얹었다. "그는 나를 친자식처럼 사랑했지만 질투라는 독배를 마신 순간 그 사랑이 증오로 바뀐 거야. 나는 그를 넘어서 승진했고 그가 내 상사가 된 게 아니라 내가 그의 상사가 됐잖아. 그래서 내 지시를 따라야 했을 뿐 아니라 자기 핏줄인 플리언스가 말없이 던지는 경멸의 눈빛까지 견뎌야 했지. 아버지가 평화로운 그들 부자 사이에 끼어든 맥베스에게 고개를 숙이는 걸 보아야 했으니 자식으로서는 그런 눈빛으로 쳐다볼 수밖에. 먹이를 달라고 꼬리를 흔들면서 당신을 올려다보는 강아지의 충직한 갈색 눈을 들여다본 적 있어? 녀석은 그러도록 훈련을 받았기 때문에 가만히 앉아서 기다려. 당신은 웃으며 녀석의 머리를 토닥일 뿐 그 복종 뒤에 숨겨진 증오를 보지 못하지. 녀석은 기회가 생기면, 처벌을 모면할 기회가 생기면 공격할 텐데, 당신의 목을 물어뜯을 텐데 그것도 알지 못하고. 당신의 죽음이 녀석에게는 자유의 숨결이 될 테고 녀석은 당신을 반쯤 먹다 말고 지저분한 복도에 내팽개칠 텐데."

"자기야, 도대체 왜 그래?"

"내가 그런 꿈을 꿨거든."

"피해망상이네. 뱅쿼는 당신의 진정한 친구야! 당신을 배신할 작정이었다면 맬컴을 찾아가서 당신의 계획을 폭로하면 그만이었을 거야."

"아냐, 뱅쿼는 막판까지 에이스 카드를 아껴 두면 더 강력해진다는 걸 알아. 먼저 위험한 살인범인 나를 죽이고 맬컴을 다시 데려와서 경찰청장 자리에 앉힌다. 이 얼마나 영웅적인 행위야? 그런 위인과 그의 가족에게는 어떤 상을 내려도 부족하지 않겠어?"

"정말로 그럴 거라고 믿는 건 아니지?"

"응." 맥베스가 말했다. 그는 이제 코가 거울에 닿을 정도로 바짝 다가가서 있었고 거울에 콧김이 서렸다. "믿는 게 아니야, 아는 거지. **보이는** 거지. 그 둘이 보여. 뱅쿼와 플리언스가. 선수를 쳐야 하는데 어떻게 하면 될까?" 그는 불현듯 그녀를 돌아보았다. "어떻게 하면 될까? 나한테는 당신밖에 없어. 당신이 나를 도와주어야 해. 당신이 **우리를** 도와주어야 해."

레이디는 팔짱을 꼈다. 맥베스의 논리가 왜곡되게 들리긴 해도 그럴듯한 구석이 있었다. 그의 주장이 맞을 **수도** 있었다. 그렇지 않다

하더라도 뱅쿼가 공범이며 입이 가벼운 잠재적 증인이라는 사실에는 변함이 없었다. 연루된 사람의 숫자는 적으면 적을수록 좋았다. 게다가 뱅쿼와 플리언스가 실질적으로 어떤 효용 가치가 있겠는가. 전혀 없었다. 그녀는 한숨을 쉬었다. 잭이 함 직한 이야기가 생각났다. **블랙잭에서 숫자의 합이 12 이하면 카드를 하나 더 달라고 하세요. 절대 잃을 일이 없으니까.**

"저녁 먹자고 여기로 한번 초대해." 그녀가 말했다. "그러면 그들의 동선을 알 수 있잖아."

"여기서 해치우자고?"

"아니, 아니, 인버네스에서 살인 사건은 그 정도면 충분해. 한 번 더 추가되면 우리가 의심을 살 테고 손님들도 떨어져 나갈 거야. 도로에서 해치우자."

맥베스는 고개를 끄덕였다. "뱅쿼하고 플리언스한테 차를 몰고 오라고 할게. 집에 가는 길에 태워다 줘야 하는 사람이 있다고. 그가 어느 길로 올지 정확하게 아니까 시간 약속을 꼭 지키라고 일러 놓으면 그들이 몇 시에 어느 길을 지날지 알 수 있어. 그거 알아, 내 꿈속의 여인?"

알지. 그녀는 그의 품에 안기며 이렇게 생각했지만 아무 말도 하지 않았다.

"나는 이 땅의 모든 것, 저 하늘 위의 모든 것보다 당신을 더 사랑해."

더프가 부둣가로 찾아가 보니 아이가 배의 밧줄을 매는 말뚝 위에 앉아 있었다. 비가 잠깐 그쳤고 켜켜이 쌓인 하얀 구름 사이로 평소보다 많은 햇빛이 쏟아졌다. 하지만 협곡 위에서는 푸르스름한 먹구름이 일렬로 늘어서서 북서풍을 타고 그들을 새롭게 덮칠 준비를 하고 있었다. 이 도시에서 믿을 수 있는 거라고는 북서풍밖에 없었다.

"내가 더프다. 맬컴 일로 네가 전화를 했니?"

"흉터 멋지네요." 아이는 안대를 바로잡으며 말했다. "아저씨가 이제는 마약단속반장이 아니라면서요?"

"급한 일이라고?"

"늘 급한 일이죠, 마약반장님."

"좋아. 얘기해 봐라."

"**계산**부터 해야 하지 않을까요?"

"아, 그래서 급하다고 한 거로군. 다음번 주사를 맞아야 하는 때가 언젠데?"

"두세 시간 전요. 그리고 반장님이 직접 나설 정도로 중요한 일이니까 다음번 한 대가 아니라 열 대 값을 받아야겠어요."

"내가 30분을 기다리면 너는 그 반값에라도 기꺼이 얘기를 꺼내겠지. 다시 30분을 기다리면 거기에서 다시 반값으로 떨어질 테고……."

"아니라고는 못 하겠지만 마약반장님, 중요한 건 이거예요. 우리 둘 중 어느 쪽이 더 다급한가. 나는 오늘 아침 신문에서 맬컴의 기사를 접하고 사진으로 얼굴을 알아보았어요. 물에 빠져 죽은 것 같다. 경찰청 부청장인가 뭔가다. 이런 식의 심각한 기사를 보고요."

"일단 얘기해 봐라. 값은 알아서 쳐 줄 테니까."

외눈박이 아이는 빙그레 웃었다. "미안하지만 마약반장님, 나는 이제 경찰 안 믿어요. 먼저 맛보기를 공개할게요. 내가 저기 저렇게 죽 늘어선 컨테이너 사이에서 꾸벅꾸벅 졸다가 눈을 떴거든요. 주사 한 대 맞고 잠깐 여행을 다녀와도 털리지 않을 만한 곳에서요. 아무도 나를 보지 못했지만 나는 수로 저편에 맬컴이 서 있는 걸 봤어요. 어때요, 마약반장님? 처음 한 대는 공짜지만 다음번부터는 허벌나게 비싸질 거예요. 어디서 많이 들어 본 소리 같지 않아요?" 아이는 웃음을 터뜨렸다.

"그 정도로 나를 낚을 수 있을까?" 더프가 물었다. "우리도 맬컴이 여기 왔었다는 걸 알아. 그의 차를 찾았거든."

"하지만 그가 혼자 오지 않았다는 건 모르잖아요. 누구랑 같이 왔는지도."

더프가 쓰라린 경험을 통해서 알다시피 약쟁이들은 진실보다 거짓말을 할 때가 더 많았고 다음번 주삿값이 걸린 경우라면 특히 그랬다. 하지만 그들은 대체로 경찰청에 전화해서 반장과 통화를 하고 싶다고 하고 비를 맞으며 한 시간 동안 기다리느니 훨씬 쉽고 빠르게 속일 수 있는 길을 선택했다. 그랬다는 건 돈을 받을 수 있다는 확신이 있다는 얘기였다.

"그런데 너는 안다는 거로구나?" 더프는 물었다. "누구랑 같이 왔는데?"

"전에 본 적 있는 사람이에요."

더프는 지갑을 꺼냈다. 지폐 뭉치를 꺼내서 세어 보고 아이에게 건넸다.

"맥베스한테 직접 연락할까 했어요." 아이는 돈을 세며 말했다. "하지만 누군지 얘기하면 안 믿을 것 같더라고요."

"개인적으로 아는 사람이라서?"

"맬컴이랑 얘기하고 있던 사람이 맥베스의 오른팔이었거든요." 아이가 얘기했다. "나이 많고 머리 하얀 그 사람요."

더프는 자기도 모르게 입을 떡 벌렸다. "뱅쿼?"

"이름은 모르지만 역에서 맥베스랑 같이 있는 걸 봤어요."

"뱅쿼하고 맬컴이 무슨 얘기를 하고 있었는데?"

"너무 멀어서 그건 못 들었어요."

"음…… 둘이 무슨 얘기를 하고 있는 것처럼 보이던? 웃고 있었니? 아니면 화난 목소리로 으르렁거렸니?"

"몰라요. 빗줄기가 컨테이너 위로 퍼붓고 있었고 두 사람이 거의 내내 나를 등지고 서 있었거든요. 서로 싸우고 있었을 수도 있어요. 나이 많은 아저씨가 잠깐 총을 흔들기도 했으니까. 그러다 잠잠해졌고 둘이 볼보를 타고 떠났어요. 나이 많은 아저씨가 운전을 했고요."

더프는 머리를 긁적였다. 뱅쿼와 맬컴이 한통속이다?

"이건 액수가 너무 큰데요." 아이가 지폐 한 장을 들어 보였다.

더프는 그를 내려다보았다. 거스름돈을 주는 약쟁이라니. 그는 지폐를 받았다. "그냥 돈이나 챙기려고 나한테 얘기한 거 아니지?"

"에?"

"신문에서 보고 심각한 사건이라는 걸 알았다고 했잖아. 그리고 맞아. 엄청 심각한 사건이라 기자한테 연락했다면 경찰한테 연락했을 때보다 돈을 열 배는 더 많이 받았을 거야. 그러니까 잘못된 정보를 퍼뜨리라는 헤카테의 사주를 받았든지 너만의 다른 꿍꿍이가 있든지, 둘 중 하나겠지."

"함부로 나불대지 마세요, 마약반장님."

더프는 아이의 옷깃을 움켜쥐고 말뚝에서 끌어 내렸다. 아이는 새털처럼 가벼웠다.

"내 말 잘 들어." 더프는 코를 찌르는 아이의 입 냄새를 맡지 않으려고 애를 쓰며 얘기했다. "나는 너를 얼마든지 철창에 집어넣을 수 있어. 금단증상이 찾아왔는데 황무지에서 버텨야 하는 날이 이틀 더 남았을 때 과연 어떤 생각이 들지 어디 한번 실험해 볼까? 그러기 싫으면 나를 찾은 진짜 이유를 얘기해. 5초 주겠다. 4초……."

아이는 더프를 노려보았다.

"3초……."

"이 더러운 경찰 새끼야. 이런 개 같은……."

"2초……."

"내 눈요."

"1초……."

"내 눈이라고 얘기했잖아요!"

"그게 왜?"

"내 눈을 망가뜨린 사람을 잡을 수 있게 돕고 싶었을 뿐이에요."

"그게 누군데?"

아이는 콧방귀를 뀌었다. "아저씨를 똥줄 타게 만드는 그 사람요. 이 개떡 같은 사건의 배후 인물이 누군지 모르겠어요? 이 도시에서 경찰청장을 죽이고 처벌을 면할 수 있는 사람은 딱 한 사람, 보이지 않는 손뿐이에요."

헤카테라는 얘기일까?

14

맥베스는 오래된 공장 사이의 지저분한 도로를 달렸다. 구름이 워낙 낮게 드리워져 있고 월요일의 매연이 굴뚝을 덮어서 어느 굴뚝에서 연기가 나는지 분간이 잘 되지 않았지만 일부 정문에는 닫힘 팻말이 걸려 있거나 얄궂은 나비넥타이처럼 체인이 묶여 있었다.

기자회견은 힘들지 않게 끝났다. 그가 아무것도 느끼지 못할 만큼 취했기 때문에 힘들지 않았다. 그는 팔짱을 끼고 느긋하게 뒤로 기대앉아 있는 데 집중했고 답변은 레녹스와 케이스니스에게 맡겼다. 그를 개인적으로 겨냥한 질문이 나왔을 때만 정보가 차고 넘치며 자신들이 모든 걸 완벽하게 통제하고 있다는 듯한 표정으로 "현 시점에서는 그 부분에 대해 답변할 수가 없습니다"라고 대답했다. 차분하고 자신감 넘치는 표정으로 그랬다. 그는 그런 이미지를 풍기고 싶었다. 주변의 히스테릭한 분위기에 영향을 받지 않고, 체념한 듯 짜증을 감추며 미소를 띤 얼굴로 "대중들도 알 권리가 있지 않나요?" 하고 카랑카랑하게 외치는 기자들을 상대하는 경찰청장 대행처럼 보이고 싶었다.

R 발음을 유난히 굴리는 카이트라는 기자는 기자회견 직후에 자신의 라디오 방송에서 경찰청장 대행이 하품을 많이 했고 무관심해 보였으며 손목시계를 자주 확인했다고 이야기했다. 하지만 그러거나 말거나! 그가 개인적으로 잠깐 찾아가서 서2구의 순찰대를 동1구로 재배치했으니 순찰팀에서는 신임 경찰청장이 충분히 관심을 보이고 있다고 생각했다. 그는 평범한 시민들이 사는 동네에도 순찰차가 다녀야 한다고 설명했다. 경찰에서 돈과 권세가 있는 지역을 우선시하지 않는다는 메시지를 전달하는 것이 중요했다. 그리고 카이트는 짜증이 났을지 몰라도 뱅쿼는 플리언스와 함께 저녁 먹으러 오라는 초대를 받았으니 기뻤을 것이다.

"거물급 인사들과 어울리는 데 익숙해지면 그 녀석한테도 좋잖아요." 맥베스는 이렇게 얘기했다. "아저씨도 뭘 하고 싶은지 정해야죠. 특공대나 조직범죄수사반을 맡을래요 아니면 부청장이 될래요?"

"내가?"

"스트레스 받지는 말고요. 그냥 생각해 보세요, 알았죠?"

그러자 뱅쿼는 껄껄대며 고개를 저었다. 늘 그렇듯 가만히 저었다. 사악한 생각 같은 건 하지도 않는 듯이 그랬다. 적어도 그런 생각을 한다는 데 양심의 가책을 느끼지는 않는 눈치였다. 뭐, 배신자는 오늘 저녁에 그의 창조자 겸 파괴자를 만날 것이었다.

노스 라이더 아지트 문 앞에는 아무도 없었다. 보초를 설 사람이 남아 있지 않은 것일 수도 있었다.

맥베스는 차에서 내려 아지트로 들어갔다. 문 앞에서 걸음을 멈추고 좌우를 돌아보았다. 더프와 함께 거기 서서 그 방을 둘러보았던 게 이상하리만치 오래전 일처럼 느껴졌다. 이제 긴 테이블은 사라졌고 바에는 처진 배 위로 이 조직 특유의 가죽 재킷을 걸친 세 남자와 가슴이 위로 올라붙은 두 여자가 서 있었다. 한 명이 아이를 안고 있었는데, 아이는 숀이라는 문신이 새겨진 엄마의 근육질 팔 밑에서 꼼지락거렸다.

"콜린, 저 사람 혹시……?" 그녀가 속삭였다.

"맞아." 팔자수염을 기른 민머리 남자가 나지막이 중얼거렸다. "숀을 잡아간 그자야."

맥베스는 보고서를 통해 그 이름을 기억하고 있었다. 이상하게 직접 만난 사람은 계속 잊어버리는데 보고서에서 본 이름은 절대 잊히지 않았다. 숀. 그날 문 앞을 지키고 있었던 남자, 맥베스가 어깨에 칼을 꽂고 인질로 썼던 남자, 아직까지 철창 안에 갇혀 있는 남자의 이름이었다.

남자는 분노로 입을 떡 벌리고 경찰을 노려보았다. 맥베스는 숨을 크게 들이마셨다. 어찌나 고요한지 그가 바를 향해 걸어가는 동안 발밑에서 마룻장이 삐걱거리는 소리가 들릴 정도였다. 카운터 뒤편의 가죽 재킷에게 말을 걸려고 입을 여는 순간, 그는 경찰청을 나서기 전에 마지막 한 줄을 건드리지 말 걸 그랬다는 생각을 했다. 그는 칵테일을 하면 거만해지는 경향이 있었다. 아니나 다를까, 그의 입에서 이런 말들이 튀어나왔다. "어이, 여기 몇 명 없네? 다들 어디 갔어? 아, 그렇군. 감방에 있지. 아니면 시체 안치소에 있거나. 글렌도런 한

잔 부탁해.”

　맥베스는 바텐더의 시선이 잽싸게 움직이는 것을 보았고 지금 당장이라도 왼쪽에서 주먹이 날아올 것을 알았지만 시간이 태평양처럼 남아돌았다. 안 그래도 반사 신경이 훌륭한데 칵테일을 하면 날벌레와 같은 수준이 됐다. 주먹이 날아오는 동안 하품을 하고, 등을 긁고, 바늘이 믿기지 않을 만큼 더디게 움직이는 손목시계를 들여다볼 수 있었다. 팔자수염을 기른 콜린은 그를 맞힐 수 있을 줄 알았지만 맥베스가 뒤로 몸을 젖히자 새롭게 손질한 그의 관자놀이를 향해 날아오던 주먹은 허공을 갈랐다. 맥베스는 팔꿈치를 들어서 옆으로 찔렀고 충격은 거의 느끼지 못했다. 신음 소리와 연골이 으스러지는 소리와 비틀거리는 발소리와 바 의자가 넘어지는 소리만 들었을 따름이었다.

　“온더록스로.” 맥베스가 말했다.

　그는 옆에 서 있는 남자에게로 고개를 돌린 찰나, 때마침 남자가 오른손을 굳게 쥐고 주먹을 날리기 위해 어깨를 뒤로 젖힌 것을 보았다. 주먹이 날아오자 맥베스는 손을 들어서 중간까지 마중을 나갔다. 하지만 뼈와 뼈가 서로 으드득 부딪치는 소리가 아니라 살과 쇠붙이가 만나는 말랑말랑한 소리에 이어서 콜린의 손마디가 퍽 하고 자루에 부딪치는 둔탁한 소리가 들렸다. 그는 주먹을 가르고 팔뚝으로 삐져나온 단검을 보고 길게 비명을 질렀다. 맥베스는 휙 하고 단검을 뺐다.

　“……그리고 소다를 좀 넣어서.”

　팔자수염을 기른 남자는 무릎을 꿇었다.

"도대체 무슨 일이야?" 누군가의 목소리가 들렸다.

차고로 나가는 문 쪽에서 들린 소리였다. 남자는 수염을 덥수룩하게 길렀고 양어깨에 갈매기 계급장이 세 개씩 달린 가죽 재킷을 입고 있었다. 거기에 총신을 짧게 자른 엽총을 들고 있었다.

"주문하는 중이야." 맥베스는 계속 그 자리에서 꼼짝하지 않는 바텐더 쪽으로 고개를 돌리며 말했다.

"뭘?" 남자가 가까이 다가오며 물었다.

"위스키. 그리고 이것저것."

"또 뭘를?"

"당신이 병장이지? 스위노가 없을 때 이 가게를 운영하는. 그나저나 그자가 이번에는 어디 숨었나?"

"여길 찾아온 이유를 밝히고 꺼져 주시지, 짭새 쓰레기야."

"가게는 나무랄 데가 없는데 서비스는 조금만 더 친절하고 빨랐으면 좋겠네. 당신이랑 나랑 뒷방에서 조용하고 평화롭게 해결하는 게 어떨까, 병장?"

남자는 잠깐 동안 맥베스를 쳐다보았다. 그러더니 총을 떨어뜨렸다. "어차피 더 이상 피해가 추가될 여지도 별로 없어."

"알아. 스위노는 내 의뢰를 마음에 들어 할 거야. 그건 내가 장담하지."

병장의 조그만 사무실—그 방의 정체였다—벽에는 오토바이 포스터가 붙어 있고 선반에는 몇 개 안 되는 엔진 부품이 놓여 있었다. 여기에 책상, 전화기, 서류함이 있었다. 그리고 손님용 의자가 있었다.

"너무 편하게 앉지는 마, 경감."

"살인을 의뢰하려고 하는데."

병장은 놀랐을지 몰라도 표정으로 드러내지는 않았다. "잘못 찾아왔어. 이제는 경찰 사주를 받고 그런 일 대행하지 않아."

"그러니까 소문이 사실인 모양이네? 예전에는 케네스의 부하들을 대신해서 살인을 대행했단 말이지?"

"다른 용건 없으면……."

"이번에 저세상으로 보내야 하는 사람은 너희 경쟁자가 아니야." 맥베스는 이렇게 말하며 의자에 앉은 채로 몸을 숙였다. "경찰 두 명이야. 너희 노스 라이더 조직원들을 석방하고 모든 기소를 취하하는 게 대가고."

병장은 한쪽 눈썹을 추켜세웠다. "무슨 수로?"

"절차상의 오류. 증거 훼손. 늘 있는 뭣 같은 일이거든. 그리고 경찰청장이 사건이 성립되지 않는다고 하면 성립되지 않는 거지."

병장은 팔짱을 꼈다. "계속해 봐."

"저세상으로 보내야 하는 인물은 너희 밥줄인 약물을 협곡 속에 처박은 장본인이야. 뱅쿼 경감." 맥베스는 병장이 천천히 고개를 끄덕이는 것을 지켜보았다. "다른 한 명은 같은 차에 타고 있을 애송이."

"그들을 처리해야 하는 이유가 뭔데?"

"그게 중요해?"

"보통은 묻지 않지만 경찰을 처리해 달라는 거잖아. 그러니까 많이 골치 아파질 수도 있단 말이지."

"이번 경우에는 그렇지 않아. 뱅쿼 경감이 헤카테와 손을 잡고 있는데 증거가 없어서 다른 방법으로 제거하려는 거거든. 우리가 보기에는 이게 최선이라."

병장은 다시 고개를 끄덕였다. 그의 논리를 이해하는 눈치였다.

"당신이 약속을 지킬 거라고 무슨 수로 믿지?"

"그거야 뭐." 맥베스는 실눈을 뜨고 병장의 머리 위에 달린 달력 모델을 바라보았다. "경찰청장 대행 맥베스가 직접 찾아와서 당신한테 뭔가를 의뢰했다고 맹세할 수 있는 증인이 바에만 다섯 명이잖아. 내가 그 사실이 공개되길 바랄 이유가 없지 않을까?"

병장은 의자가 벽에 닿을 만큼 뒤로 기대고 앉아서 으르렁거리는 소리와 함께 수염을 당기며 맥베스를 살폈다. "예상 시각과 장소가 언제, 어디지?"

"오늘 저녁. 서2구의 갤로스 언덕 알지?"

"우리 고조할아버지가 거기서 교수형을 당했지."

"서쪽에 사는 사람들이 쇼핑하러 다니는 길을 지나면 큰길이 나오고 거기 큼지막한 네거리가 있어."

"어딘지 알겠네."

"6시 반에서 7시 10분 사이에 검은색 볼보를 타고 신호등 앞에 등장할 거야. 15분 전일 가능성이 커. 시간을 워낙 잘 지키는 성격이라."

"흠. 거긴 항상 순찰차가 득시글거리는데."

맥베스는 미소를 지었다. "오늘 저녁에는 없을 거야."

"아, 그래? 생각해 보고 4시에 답변을 주지."

맥베스는 웃음을 터뜨렸다. "**스위노**가 생각해 볼 거라는 뜻이겠지?

좋아. 볼펜 꺼내, 내 연락처랑 볼보 차량 번호를 알려 줄 테니까. 그리고 한 가지 더."

"음?"

"그들의 머리를 갖다줘."

"누구?"

"그 두 경찰관. 그들의 머리를 갖다줘. 내 앞으로 배달 부탁해."

병장은 제정신인지 살피는 눈빛으로 맥베스를 빤히 쳐다보았다.

"손님은 영수증을 달라고 하잖아." 맥베스가 말했다. "지난번에 살인을 청부하고 영수증을 달라고 하지 않았더니 그게 패착이었어. 내가 요구한 대로 하질 않았더라고."

오후 늦게 더프는 결단을 내렸다.

몇 시간 동안 온갖 생각들이 그의 머릿속을 어지럽히고 있었다. 워낙 선택지가 많다 보니 앞에 보이는 도로만큼이나 머릿속이 꽉 막혀서 처리되는 속도가 더뎠다. 케네스 다리의 난간을 아직 교체하지 않았기 때문에 동쪽으로 가는 차량들이 예전 다리로 몰렸고 그 행렬이 2구까지 이어졌다. 더프가 이 교차로에서 다음 교차로까지 굼벵이처럼 움직일 때마다 똑같은 고민이 반복됐다. 좌회전, 우회전, 직진, 어느 쪽이 제일 빠를까?

더프의 머릿속을 어지럽히는 교차로는 이런 거였다.

부둣가에서 얻은 정보를 맥베스와 다른 동료들에게 알려야 할까? 혼자 알고 있어야 할까? 하지만 외눈박이 아이가 한 말이 거짓이거나 뱅쿼가 혐의를 부인할 수 있다면? 지금처럼 혼란스러운 상황에서 맥베스와 더불어 막강한 인물로 급부상한 뱅쿼를 상대로 의혹을 제기했다가 틀린 것으로 밝혀지면 나는 어떤 결과를 맞이하게 될까?

물론 들은 정보를 고스란히 전해서 레녹스와 맥베스에게 판단을 맡길 수도 있었지만 지금은 단독으로 뱅쿼를 체포하고 그의 정체를 폭로하는 개인적인 성과가 절실한 상황이었다.

그런가 하면 컨테이너항 습격 사건 이후로 더 이상 실수를 감당할 수 없는 상황이기도 했다. 그때의 실수로 조직범죄수사반장의 자리가 날아갔다. 실수가 반복됐다가는 일자리를 잃을 수도 있었다.

또 다른 교차로도 있었다. 맥베스가 경찰청장이 되면 조직범죄수사반장이 또다시 공석이 될 텐데 더프가 이번 기회에 용감하게 도전해서 쟁취하면 그 자리가 그의 차지가 될 수도 있었다.

그는 케이스니스에게 의견을 물어볼지 고민했지만 그랬다가는 비밀이 새어 나가서 그가 아무것도 모르는 척하지 못하고 뭔가 **조치를** 취해야 하는 입장으로 몰릴 것이다. 도박을 감행해야 할 것이다.

결국 그가 선택한 길은 무리수를 두지 않고 일이 잘되면 어느 정도 공로를 인정받을 수 있는 방향이었다.

더프는 조그만 철교를 빠져나와서 소박한 벽돌 건물의 앞마당으로 진입했다. 경찰청에서 뱅쿼의 집까지 그 짧은 거리를 이동하는 데 45분이 넘게 걸렸다.

"더프." 더프가 초인종을 누르자 몇 초 만에 뱅쿼가 문을 열어 주며 물었다. "어쩐 일이야?"

"보아하니 파티에 참석하는 모양이네요?" 더프가 말했다.

"응. 그래서 이걸 차고 가야 할지 말아야 할지 결정을 못 내리겠어." 뱅쿼는 권총이 든 케이스를 들어 보였다.

"두고 가세요. 차고 가 봐야 양복만 불룩해지죠. 그런데 그 넥타이 매듭은 영 아닌데요?"

"그래?" 뱅쿼는 되물으며 매듭을 확인하느라 흰색 셔츠 위로 고개를 숙였지만 헛수고였다. "견진성사를 받은 이래 50년 동안 이렇게 하고 다녀도 아무 문제 없었구만."

"불쌍한 남자라고 티 낼 일 있어요? 이리 와 보세요, 가르쳐 드릴게요……."

뱅쿼는 도와주려고 내민 더프의 손을 물리치며 매듭을 손으로 덮었다. "불쌍한 남자 **맞는데** 뭘. 그리고 자네, 도움을 주려고 온 게 아니라 도움을 구하려고 온 것 아닌가?"

"맞아요, 뱅쿼. 들어가도 될까요?"

"나도 무슨 얘긴지 듣고 커피도 권하고 싶지만 이제 그만 나가 봐야 해." 뱅쿼는 권총 케이스를 뒤편의 모자 선반에 내려놓고 2층을 향해 외쳤다. "플리언스!"

"가요!" 아이의 대답이 들렸다.

"그동안 밖으로 나가서 기다릴까?" 뱅쿼는 말하며 외투 단추를 채웠다.

그들은 지붕으로 덮인 흰색 계단 위에 섰다. 빗물이 홈통에서 콸콸 쏟아지는 소리가 들렸고 뱅쿼는 더프에게 담배를 권했지만 거절하자 자기 혼자 담배에 불을 붙였다.

"오늘 컨테이너항에 다시 갔었어요." 더프가 말했다. "어린 마약중독자 중에 저랑 얘기하고 싶다는 애가 있어서요. 눈 한쪽이 없더라고요. 어쩌다 그렇게 됐는지 들었어요."

"으흠."

"약 기운이 떨어져서 돌아 버릴 지경이었는데 땡전 한 푼 없었대요. 그래서 중앙역에서 만난 나이 많은 남자한테 돈을 구걸했대요. 남자는 꼭대기에 금을 씌운 지팡이를 들고 있었다고 해요."

"헤카테?"

"남자는 걸음을 멈추더니 봉지를 하나 꺼내서 아이의 눈앞에 대고 흔들며 아무것도 섞지 않은 최고급 칵테일이 들었다고 했어요. 그러고는 자신의 소원 두 가지를 들어주면 주겠다고 했어요. 첫 번째 소원은 이 질문에 대답하는 거였어요. 오감 중에서 뭘 잃어버리는 게 가장 두려운가. 아이가 시력이라고 하자 남자는 아이한테 한쪽 눈을 달라고 했어요."

"헤카테가 **맞는구먼**."

"아이가 왜 자기 눈을 가지고 싶으냐고 물었더니 헤카테가 말하길 자기한테는 없는 게 없기 때문에 남은 건 자기가 아니라 마약을 사는 사람 입장에서 소중한 것뿐이라고 하더래요. 그러면서 시력의 반쪽뿐 아니냐고, 사실 반도 아니라고 했대요. 나중에 남은 한쪽 눈이 얼마나 더 소중하게 느껴지겠냐고 하면서. 사실 플러스와 마이너스가 거의 같다고."

"이해가 안 되는군."

"그렇겠죠. 하지만 그렇게 생겨 먹은 사람들도 있어요. 그들은 권력 그 자체를 원하죠, 그걸로 뭘 할 수 있는지보다. 거기서 자라는 열매가 아니라 아무 쓸모 없는 나무를 갖고 싶어 하고요. 그래야 나무를 가리키면서 '저게 내 거야'라고 할 수 있고, 그런 다음 베어서 쓰러뜨릴 수 있거든요."

뱅쿼는 연기를 내뱉었다. "그 아이는 어쩌기로 했나?"

"나이 많은 남자를 따라다니던 남자 같은 여자에게 도움을 받아서 한쪽 눈을 떼어 냈대요. 그런 다음 주사를 맞았더니 모든 고통이 사라지더래요. 모든 흉터가 아물고 모든 나쁜 기억이 지워지고. 아이 말로는 너무 황홀했기 때문에 후회한다고 말하지 못하겠다더군요. 지금도 그 완벽한 한 방을 찾는 게 목표래요."

"오늘 자네를 부른 목적은 뭐고?"

"똑같아요. 그리고 그럴 수 있다는 이유로 자기 눈을 앗아 간 사람을 잡는 것."

"다른 헤카테 사냥꾼들이랑 같이 줄을 서야겠구먼."

"그 대신 헤카테를 잡을 수 있게 우리한테 도움을 줄 생각이더라고요."

"가엾은 칵테일의 노예가 무슨 수로 그럴 수 있을까?"

"맬컴이 남겼다는 유서에서는 노스 라이더를 지목하잖아요? 하지만 아이는 모든 사건의 배후에 헤카테가 있다고 생각해요. 유서도 그렇고 덩컨 살인 사건도 그렇고. 그리고 헤카테가 맬컴과 공범이래요. 경찰 안에 다른 공범들이 있을 수도 있고요."

"요즘 들어 인기 있는 가설이지." 뱅쿼는 담뱃재를 털며 손목시계를 흘끗 쳐다보았다. "돈을 주고 들은 얘기야?"

"아뇨." 더프가 말했다. "이때까지는 돈을 주지 않았는데, 아이가 맬컴이 사라진 날 부두에서 그를 봤다지 뭐예요. 그런데 그가 선배랑 같이 있었대요."

뱅쿼는 담배를 입으로 가져가다 말고 멈추었다. 웃음을 터뜨렸다. "나랑? 어이가 없구먼."

"선배의 생김새와 차를 설명했어요."

"나도 그렇고 내 차도 그렇고 거기 간 적 없어. 그런 황당한 주장을 듣겠답시고 공금을 투자했다는 것도 믿기지가 않네. 둘 중 누가 뻥을 치고 있는 거야? 그 약쟁이야 아니면 자네야?"

차가운 돌풍이 불어오자 더프는 몸을 떨었다. "아이는 맬컴과, 맥베스와 함께 다니던 나이 많은 남자를 봤다고 했어요. 볼보 세단을 타고 왔다고 했고요. 그리고 총을 들었고. 선배라면 그런 정보를 듣고 돈을 안 줄 수 있었겠어요?"

"절박한 상황이라면 모를까." 뱅쿼는 계단 옆의 철제 난간에 담배를 비벼서 껐다. "그리고 아무리 절박한 상황이라도 동료 경찰이 얽혀 있으면 안 그래."

"선배는 의리를 아주 높게 평가하니까요?"

"의리가 없으면 경찰은 굴러갈 수가 없어. 그게 전제 조건이야."

"경찰에 대한 의리가 어디까지 적용이 되는데요?"

"나는 단순한 사람이라 그게 무슨 소리인지 모르겠네, 더프."

"의리 어쩌고 한 게 진심이라면 우리한테 맬컴을 내주어야 해요. 경찰을 위해서."

더프는 잿빛 수프와도 같은 그들 앞의 빗줄기와 안개를 가리켰다. "이 도시를 위해서. 덩컨을 살해한 범인이 캐피틀 어디에 숨어 있나요?"

뱅쿼는 끝에 달린 재를 불어서 떨고 담배꽁초를 외투 주머니에 넣었다. "나는 맬컴에 대해서 아무것도 몰라. 플리언스! 미안하지만 우리 이제 그만 저녁을 먹으러 가야겠네."

더프는 계단 세 개를 내려가서 빗속으로 걸어 나간 뱅쿼를 뒤따라갔다. "얘기해요, 선배! 죄책감과 양심의 가책 때문에 짓눌린 거 다 보여요. 선배는 사악하고 교활한 사람이 못 되잖아요. 선배보다 직급이 높은 사람의 꾐에 넘어가서 그들의 판단을 믿은 거잖아요. 그러니까 선배는 배신당한 거예요. 그자를 **붙잡아야** 해요, 선배!"

"플리언스!" 뱅쿼는 마당에 세워 둔 차 문을 열며 집 쪽으로 고함을 질렀다.

"우리가 혼돈과 아수라장 속으로 계속 추락하도록 내버려 둘 작정이에요? 우리 선조들은 철도와 학교를 건설했어요. 우리가 건설한 건 사창가와 카지노예요."

뱅쿼는 차에 올라타서 경적을 두 번 울렸다. 현관문이 열리고 정장을 입은 플리언스가 우산을 펴기 위해 끙끙대며 계단 꼭대기로 나섰다.

안에 김이 서려서 그런지 뱅쿼가 창문을 살짝 열자 더프는 창문 위에 손을 얹어서 아래로 내리려고 애를 쓰며 좁은 틈새로 말을 건넸다. "내 말 잘 들어요, 선배. 내 얘기대로 하더라도, 사실대로 털어놓더라도 선배도 알다시피 내가 선배를 위해서 할 수 있는 건 얼마 없어요. 하지만 아무도 플리언스를 건드리지 못하게 하겠다고 약속할게요. 저 아이는 배신자의 아들이 아니라 이 도시를 위해서 자기 한 몸 희생한 사람의 아들이 될 거예요. 약속해요."

"안녕하세요. 더프 경감님 맞으시죠?"

더프는 허리를 폈다. "안녕, 플리언스. 맞아. 저녁 잘 먹어라."

"고맙습니다."

더프는 플리언스가 조수석에 올라타고 뱅쿼가 시동을 걸 때까지 기다렸다. 그런 다음 자기 차를 세워 놓은 곳을 향해 걸음을 옮겼다.

"더프!"

그는 고개를 돌렸다.

뱅쿼가 차 문을 열어 놓고 있었다. "자네가 착각하고 있어." 그가 고함을 질렀다.

"그래요?"

"응. 12시에 버사 옆에서 만나."

더프는 고개를 끄덕였다.

볼보의 기어가 바뀌었고 아버지와 아들은 대문을 지나서 안개 속으로 나섰다.

15

레이디는 철제 계단의 마지막 칸을 올라가서 인버네스 카지노의 평평한 옥상과 연결된 문 앞에 섰다. 문을 열고 어둠 속을 바라보았다. 들리는 소리라고는 빗줄기의 나지막한 속삭임뿐이었다. 모든 것과 모든 사람에게 비밀이 있는 것처럼 느껴졌다. 몸을 돌려서 다시 안으로 들어가려던 찰나, 탁탁거리며 옥상을 밝힌 불빛에 그가 보였다. 옥상 가장자리에 서서 카지노 뒤편의 스리프트 스트리트를 내려다보고 있었다. 그녀가 시의회를 설득해서 깨끗하게 청소하기 전에는 창녀들이 불빛조차 거의 없는 그곳에 서서 호객 행위를 넘어 아치 지붕이 덮인 길바닥에서, 차 안에서, 차 지붕에서, 벽에 대고 서비스를 제공했다. 전국철도연맹이 이 건물에 있었을 때 연맹장은 부하 직원들이 창밖의 지저분한 광경 대신 일에 전념할 수 있도록 스리프트 스트리트가 내다보이는 창문을 벽돌로 모두 막아 버렸다고 했다.

그녀는 우산을 펴 들고 맥베스에게로 다가갔다.

"왜 여기서 비를 맞고 있어? 찾아다녔잖아. 저녁 손님들이 조만간 도착할 텐데." 그녀는 스리프트 스트리트와 맞닿은 벽을 내려다보았다. 매끈하고 까맣고 창문 하나 없어서 요새 비슷했다. 그녀는 그 길거리를 구석구석 모르는 데가 없었다. 그것만으로도 창문을 막을 이유로 충분했다.

"거기서 뭐가 보여?"

"심연." 그가 말했다. "공포."

"그렇게 우울한 소리 하지 마."

"아니야?"

"우리 입술에 미소를 선물하지 못하면 그 모든 승리가 무슨 의미가 있겠어?"

"우리는 두어 번의 전투에서 이겼을 뿐이야. 전쟁은 이제 막 시작됐지. 그런데 나는 벌써부터 공포에 사로잡혔어. 어디에서 비롯된 공포인지 알 길이 없어. 칼로 내리쳐도 죽지 않는 이 뱀을 상대하느니 무기를 들고 나를 향해 달려오는 오토바이 갱단을 상대하는 게 낫겠어."

"그만해. 이제는 아무도 우리를 잡지 못해."

"덩컨. 저기서 그가 보여. 그가 부러워. 그는 죽은 반면—나는 그에게 평화를 선물했지—그가 나에게 준 것이라고는 불안과 악몽뿐이야."

"칵테일 때문이지, 그렇지? 칵테일 때문에 악몽을 꾸는 거잖아."

"자기야……."

"당신이 콜럼을 보고 뭐라고 했는지 기억해? 칵테일에 취하면 다들 이성을 잃는다고 했잖아. 이제 그만 끊어. 그러지 않으면 우리가 거둔 소득을 모두 잃을 거야! 알았어? 칵테일은 앞으로 단 한 톨도 안 돼!"

"하지만 내가 상상한 장면이 악몽으로 나타나는 게 아니잖아. 병장이 연락했어. 내 제안을 받아들이겠대. 오늘 저녁에 우리가 얼마나 심각한 계획을 세워 놓았는지 잊어버린 건 아니겠지? 내게 하나밖에 없는 아버지이자 가장 친한 친구가 도살당하게 됐다는 생각이 들지 않도록 눌러놓았나?"

"나는 당신이 무슨 소리를 하는지 모르겠고 그건 당신도 마찬가지일 거야. 해야 할 일을 처리하고 나면 고민할 거리가 아무것도 남지 않겠지. 그리고 칵테일은 당신한테 위안도 용기도 주지 않아. 이제 당신의 영혼이 보상을 누릴 거야. 그러니까 칵테일은 끊어! 이제 넥타이 매. 그리고 웃고." 그녀는 그의 손을 잡았다. "자, 매력으로 저들을 무너뜨리자고."

케이스니스는 레드 와인 잔을 들고 안락의자에 앉아서 다락방 창문을 두드리는 빗방울 소리와 카이트의 라디오 방송을 들었다. 그는 케네스가 이 도시의 법과 규정을 주물러 왔다는 이유 하나만으로 경찰청장 대행에게 민주적으로 선출된 시장보다 더 많은 권한이 부여되는 데 따르는 문제점에 대해서 이야기하고 있었다. 그녀는 R을 심하게 굴리는 그의 발음과 차분한 목소리가 마음에 들었다. 거침없이 지식과 지성을 뽐내는 태도도 마음에 들었다. 하지만 무엇보다 항상 무언가에 **반기**를 든다는 것이 마음에 들었다. 케네스에게, 토텔에게,

심지어 그 자신 역시 수많은 것에 반기를 들었던 덩컨에게까지. 외로운 길일 것이다. 선택의 여지만 있다면 어느 누가 외로운 길을 가겠는가.

그녀는 가끔 그와 같이 원칙이 있는 사람, 두려움을 모르는 외로운 파수꾼 역할을 맡아 주는 사람이 있어서 얼마나 마음이 놓이는지 모른다고 그의 라디오 방송국으로 익명의 편지를 보내면 어떨까 고민한 적도 있었다. 파수꾼 얘기가 나왔으니 말인데 현관문에서 저 소리가 들린 게 이번이 두 번째 아니었나? 그녀는 라디오 볼륨을 줄였다. 귀를 기울였다. 다시 그 소리가 들렸다. 그녀는 살금살금 문 앞으로 다가가 귀를 댔다. 귀에 익은 삑삑거리는 소리가 들렸다. 그녀는 문을 열었다.

"더프. 여기서 뭐 하는 거야?"

"어…… 그냥…… 서 있었어. 생각하면서." 그는 외투 주머니 깊숙이 손을 넣고 너무 커서 밑창에서 삑삑거리는 소리가 들리는 신발을 딛고 몸을 앞뒤로 흔들고 있었다.

"벨을 누르지."

"눌렀어." 더프가 말했다. "그런데…… 벨이 고장 난 것 같더라고."

그녀는 문을 활짝 열었지만 그는 여전히 갈등하는 눈치였다.

"왜 그렇게 저기압이야, 더프?"

"내가 저기압이야?"

"미안, 요즘 뭐 그리 기분 좋을 수가 없지. 아무튼 들어올 거야 아니면 갈 거야?"

그는 잽싸게 이리저리 눈을 굴렸다. "12시까지 있다 가도 돼?"

"당연하지. 근데 얼른 들어와 주라. 추워."

병장은 '검은 폭격기'라 불리는 혼다 CB450 핸들에 두 손을 올려
놓았다. 장만한 지 5년도 안 된 오토바이였고 날씨가 좋은 날에는
그걸로 본전을 확실하게 뽑을 수 있었다. 그럼에도 불구하고 혼다
CB750이 출시됐다 보니 조금 구닥다리인 것처럼 느껴졌다. 그는 손
목시계를 확인했다. 7시 16분 전이었다. 러시아워가 풀렸고 어둠이
일찌감치 찾아왔다. 길가에서 기다리고 있었기 때문에 갤로스 언덕
교차로를 향해 달려오는 차를 한 대도 놓치지 않고 살필 수 있었다.
스위노가 남부 조직에서 지원 병력을 보냈다. 그들끼리 사촌이라고
부르는 세 명의 조직원이 오토바이를 타고 세 시간도 안 돼서 이 도
시로 건너왔다. 그들은 차가 오기로 되어 있는 길가의 주유소 주유기
옆에 오토바이를 세워 놓고 거기 앉아서 대기 중이었다. 달려오는 차
량의 모델과 번호판을 확인했다. 교차로의 저편에서는 콜린이 아이
젠을 신고 단자가 달린 기둥에 매달려 있었다. 지금까지는 시험 삼아
콜린이 드라이버를 꽂아서 돌렸을 때 말고는 재미있는 일이 하나도
없었다. 그때 신호등이 느닷없이 파란불에서 빨간불로 바뀌자 여기
저기서 끼익하고 브레이크 밟는 소리가 들렸다. 몇 초 뒤에 신호등이
다시 파란불로 바뀌자 차량들이 머뭇머뭇 조심스럽게 교차로를 지
났고, 병장은 전조등을 깜빡여서 콜린에게 효과 만점이라는 신호를
보냈다.

병장은 다시 한번 손목시계를 확인했다. 7시 15분 전이었다.

스위노가 결정을 내리기까지 시간이 좀 걸리긴 했지만 병장이 보

기에는 의심을 했다기보다 만전을 기하느라 그러는 것 같았다. 과연 남부 조직의 세 사촌이 아지트로 찾아왔다. 핸들이 저 위에 달린 할리 데이비슨 초퍼, 할리 FL 1200 일렉트라 가이드, 사이드카와 기관총을 장착한 러시아산 우랄이었다. 일렉트라 가이드의 주인은 칼을 들고 있었다. 스위노의 군도처럼 날이 휘지는 않았지만 그래도 제 역할을 할 것이었다.

7시 14분 전이었다.

"플리언스……."

플리언스는 아버지의 목소리에서 이상한 기미를 느끼고 흘끗 쳐다보았다. 그의 아버지는 항상 침착했지만 안 좋은 일이 생기면 목소리가 더 침착해졌다. 아버지는 플리언스가 일곱 살이었을 때, 어머니 병문안을 다녀온 뒤에도 그렇게 섬뜩하게 차분한 목소리로 그의 이름을 불렀었다.

"오늘 저녁 계획을 변경해야겠다." 그의 아버지는 차로를 바꿔서 포드 갤럭시 뒤로 끼어들었다. "앞으로 며칠 동안."

"네?"

"캐피틀로 가라. 오늘 저녁에."

"캐피틀요?"

"일이 터졌어. 궁금한 게 많겠지만 아직은 아무것도 대답해 줄 수가 없어. 나를 인버네스에 내려 주고 너는 곧바로 떠나라. 집에 잠깐 들러서 필요한 것만 챙기고 캐피틀로 출발해. 적당한 속도로 꾸준히 달리면 내일 느지막이 도착할 수 있을 거다. 알겠지?"

"네. 하지만……."

"질문은 그만. 며칠 동안 거기 있어야 할 거야. 어쩌면 몇 주 동안. 너도 알다시피 엄마가 물려받은 조그만 아파트가 있잖니. 글러브박스에 있는 메모지 꺼내 봐."

"엄마가 쥐구멍이라고 불렀던 방 한 칸짜리 아파트요?"

"응. 그런 아파트다 보니 계속 팔질 못했거든. 지금은 다행이라고 해야겠다만. 주소가 6구 태너리 스트리트 66번지야. 돌핀 나이트클럽 바로 옆. 오른쪽 건물 2층. 거기 있으면 안전해. 주소 적었니?"

"네." 플리언스는 그 장을 찢고 메모지를 다시 글러브박스에 넣었다. "하지만 열쇠가 있어야 하지 않아요? 빈집이면 문 열어 줄 사람도 없을 텐데."

"빈집 아니야."

"세 들어 사는 사람이 있어요?"

"그건 아니고. 딱하게 나이 먹은 사촌 앨피한테 거기서 살라고 했거든. 워낙 나이가 많고 가는귀가 먹어서 벨을 눌러도 문을 열어 주지 않을 거야. 그러니까 네가 방법을 찾아야 할 거다."

"아빠?"

"응?"

"더프가 찾는 것 때문에 이러시는 거예요? 아주…… 집요해 보이던데."

"맞아. 하지만 질문은 이제 그만하자, 플리언스. 거기서 들고 간 교과서로 공부하면서 심심하게 지내되 전화도 하면 안 되고 편지도 보내면 안 되고 아무한테도 네가 어디 있는지 입도 벙긋하면 안 돼. 내가 시킨 대로 해라. 돌아와도 괜찮겠다 싶으면 부를 테니까."

"**아빠는** 괜찮으신 거예요?"

"내 말대로 해."

플리언스는 고개를 끄덕였다.

두 사람은 아무 말 없이 달렸다. 고무가 닳은 앞 유리창의 와이퍼가 그들에게 할 말이라도 있는 듯이 끽끽거리는 소리를 냈다.

"응." 뱅쿼가 말했다. "나는 괜찮아. 하지만 앞으로 들리는 뉴스는 신경 쓰지 마라, 전부 거짓말일 테니까. 지금 또 다른 사람도 거기에서 살고 있을지 몰라. 그 사람이 바닥에 깔아 놓은 매트리스를 차지했을 테니까 너는 소파에서 자거라. 쥐들이 파먹지는 않았는지 모르겠다만."

"하하하. 별일 없을 거라고 약속하시는 거죠?"

"걱정할 것……."

"빨간불이에요!"

뱅쿼는 급브레이크를 밟았고 하마터면 갤럭시의 뒤 범퍼를 들이받을 뻔했다. 갤럭시 운전자도 신호가 바뀌는 것을 보지 못한 모양이었다.

"자." 뱅쿼는 아들에게 두툼하고 너덜너덜한 지갑을 건넸다. "여기 있는 돈이면 당분간 지내는 데 별문제 없을 거다."

플리언스는 돈을 꺼냈다.

"빨간불이 우라지게 안 바뀌네……." 그는 아버지가 중얼거리는 소리를 들었다.

플리언스는 사이드미러를 흘끗 확인했다. 그들 뒤로 이미 긴 행렬이 생겼다. 줄 바깥에서 오토바이들이 일렬로 그들을 향해 달려오고 있었다.

"이상하네." 아버지가 얘기했다. 또다시 너무 침착한 목소리였다. "앞 신호등도 빨간불인 것 같아. 거기도 너무 한참 동안 신호가 그대로."

"아빠, 오토바이들이 달려오고 있어요."

플리언스는 아버지가 룸미러를 흘끗 확인하는 것을 보았다. 그는 이내 액셀러레이터를 밟고 핸들을 오른쪽으로 돌린 다음 클러치에서 발을 떼었다. 고물 차가 젖어서 번들거리는 아스팔트 위에서 미끄러졌지만 행렬의 오른쪽으로 어찌어찌 빠져나갈 수 있었다. 휠이 높은 연석에 부딪쳤고 볼보가 갤럭시의 옆면을 긁고 사이드미러를 쳐서 떨어뜨리며 지나가자 양쪽 차가 모두 아픈 듯이 비명을 질렀다.

앞에서 엄청난 굉음이 들렸다. 신호등이 파란불로 바뀌어 있었다.

"아빠! 멈춰요!"

하지만 그의 아버지는 멈추지 않았다. 오히려 액셀러레이터를 있는 힘껏 밟았다. 그들이 교차로로 진입했을 때 왼쪽에서는 트럭이, 오른쪽에서는 버스가 달려오는 충돌 코스였다. 양쪽에서 울리는 경적 소리가 불협화음을 연출하는 가운데 그들은 그 사이에서 튀어나왔다. 점점 잦아드는 듣기 괴로운 음악 소리를 등지고 갤로스 언덕에서 도심으로 질주하는 동안 플리언스는 룸미러를 뚫어져라 쳐다보았다. 신호등이 다시 파란불로 바뀌었고 오토바이들은 이미 교차로를 지났다.

맥베스는 인버네스 카지노 입구의 단단한 타일을 두 발로 딛고 서 있었지만 바닷속에 들어와 있는 듯한 기분을 느꼈다. 그의 앞에서 까만 양복을 입은 과체중의 남자가 리무진 뒷자리에서 내리려고 끙끙대고 있었다. 빨간 옷을 입은 인버네스의 도어맨이 우산을 들고 차 문을 붙잡고 있는 가운데, 남자는 일으켜 달라고 할지 품위를 지킬지 고민했다. 남자가 도움을 받지는 않았지만 그래도 숨을 헐떡이며 마침내 임무를 완수하자 레이디가 총알같이 달려 나갔다.

"우리 시장님…… 저의 시장님!" 그녀는 웃으며 그를 끌어안았다. 쉽지 않은 일인데 말이지. 맥베스는 이런 생각을 했고, 두툼한 거북이 등딱지와도 같은 토텔을 거머쥐는 레이디의 가녀린 손을 보며 바보처럼 킬킬거리는 그의 웃음소리가 귀에 전해졌다.

"뵐 때마다 점점 더 훤칠해지시고 남성미가 넘치시네요." 그녀는 조잘거렸다.

"레이디는 점점 더 아름다워지시고 거짓말을 잘하시네요. 맥베스……."

맥베스는 악수를 하면서, 그의 엄지손가락 밑으로 삐져나오는 시장의 손 살에 놀라워했다.

"이 청년은 누구예요?" 레이디가 물었다.

갈색 눈에 피부가 매끈해서 계집애처럼 예쁘장하고 10대 정도밖에 안 돼 보이는 남자아이가 리무진의 반대편 뒷문을 열고 종종걸음으로 돌아 나왔다. 그러고는 도와달라는 듯이 토텔을 보며 머뭇머뭇 미소를 지었다.

"이 아이는 내 아들입니다, 레이디." 토텔이 말했다.

"말도 안 돼. 아이가 없으시잖아요." 레이디가 시장의 재킷 옷깃을 때리며 말했다.

"**밖에서 낳아 온** 아이예요." 토텔은 고쳐 말하고 아이의 허리뼈를 쓰다듬는 한편 맥베스를 향해 눈을 찡긋거리며 빙그레 웃었다. "얼마 전에서야 이 아이의 존재를 알았어요. 그래도 우리 둘이 닮았다는 게 레이디 눈에는 보이지요?"

"아무튼 항상 엉큼한 여우 같으시다니까? 이 청년 이름은 지어 줘야 하지 않겠어요?"

"케이시 토텔 2세라고 하면 어때요?" 시장은 이렇게 말하며 살바도르 달리 같은 콧수염을 쓰다듬었고 레이디가 눈을 부라리자 껄껄대며 요란하게 웃었다.

"안으로 들어가서 마실 것 좀 드시고 계세요." 레이디가 말했다.

그들이 안으로 들어가자 그녀는 맥베스 옆으로 와서 섰다.

"변태 돼지 새끼, 뻔뻔하기도 하지." 맥베스가 말했다. "점잖은 인간인 줄 알았더니."

"좋은 평가를 받는 인물인 건 맞잖아. 중요한 건 그거야. 권력을 잡으면 자기 마음대로 해도 사람들에게 존경을 받을 수 있는 자유가 생기지. 그래도 이제는 당신이 웃고 있네."

"내가?"

"불안한 피에로처럼 그러고 있어." 레이디는 다가오는 택시를 보며 벌써부터 얼굴을 환하게 빛내고 있었다. "자기야, 너무 과하게 웃지 마. 이번에는 캐피틀에서 부동산 투자를 하는 야노비치야."

"우리 도시의 공장 부지를 헐값에 사들이려고 하는 또 다른 하이에나인가?"

"저 사람은 카지노를 둘러보고 있어. 점잖게 인사하고 기회를 봐서 노상 범죄가 이미 줄기 시작했다고 슬쩍 흘려 줘."

뒤쪽 유리창이 박살 나자 플리언스는 본능적으로 비명을 지르며 고개를 숙였다.

"몇 대냐?" 그의 아버지가 침착하게 물으며 오른쪽으로 핸들을 세게 틀어서 자갈이 깔린 골목길을 달렸다. 플리언스는 뒤를 돌아보았다. 뒤에서 들리는 오토바이들의 굉음이 화가 난 용처럼 커졌다.

"다섯 아니면 여섯이요." 플리언스는 큰 소리로 외쳤다. "총 주세요!"

"걔가 오늘 저녁에는 집에 있고 싶다고 하더라." 뱅쿼는 말했다. "꽉 잡아라." 그는 핸들을 돌렸다. 바퀴들이 연석에 부딪쳤고 볼보는 점프했다가 화려한 옷 가게 앞 길모퉁이를 깨뜨리며 좀 전보다 더 좁은 골목길로 진입했다. 플리언스는 어떤 작전인지 간파했다. 이런 일방통행 길을 선택하면 오토바이들이 나란히 달려와서 그들을 해치울 수 없었다. 하지만 그들과의 거리가 계속해서 가까워지고 있었다. 뒤에서 다시 총소리가 들렸다. 플리언스는 아직 배우지 않아서 아버지와 달리 화기를 구분할 줄 몰랐지만 그게 산탄총 소리라는 걸 알 정도는 됐다. 그나마 다행인 게…….

총탄들이 우박처럼 차체를 두드렸다.

……자동소총보다는 나았다.

그의 아버지는 상황을 정확하게 파악하고 있는 사람처럼 의연하게 다시 확 방향을 틀었다. 그들은 이제 쇼핑가로 진입했지만 상점들은 문을 닫았고 비가 와서 길거리는 사람이 거의 없다시피 했다. 아버지가 이 미로 같은 곳에서 빠져나가는 길을 알까? 여기에 대답이라도 하듯 뱅쿼가 갑자기 차를 오른쪽으로 틀어서 안 좋은 소식이 적혀 있는 표지판을 지났다.

"아빠, 여긴 막다른 골목이에요!"

뱅쿼는 아무 대꾸도 하지 않았다.

"아빠!"

그는 여전히 아무 대꾸 없이 잔뜩 집중한 눈빛으로 앞만 바라보며 핸들을 움켜잡았다. 플리언스는 그제야 핏줄기가 아버지의 얼굴을 타고 셔츠의 목 부분 속으로 흘러 들어가서 흰색 옷깃이 압지처럼 피를 머금고 분홍색으로 변한 것을 알아차렸다. 그리고 아버지의 머리에서 피가 배어 나오는 지점에 없어진 뭔가가 있었다. 플리언스는 핸들 쪽으로 시선을 돌렸다. 아버지가 아무 대답도 하지 않은 이유는 그 때문이었다. 귀. 조그맣고 하얀 살점이, 피로 물든 너덜너덜한 살덩이가 계기판에 떨어져 있었다.

플리언스는 앞 유리 쪽으로 시선을 들었다. 거기에 말 그대로 끝이 있었다. 막다른 골목이 튼튼해 보이는 목조 주택으로 집결됐다. 1층은 부분적으로 불을 밝힌 대형 쇼윈도였다. 그 쇼윈도가 빠른 속도로 다가오는데 그들이 탄 차는 멈출 기미를 보이지 않았다.

"벨트 매라, 플리언스."

"아빠!"

"얼른."

플리언스가 안전벨트를 가슴 위로 잡아당겨서 버클을 채우자마자 앞바퀴가 연석과 부딪치며 뒤가 들렸다. 보닛이 쇼윈도의 정중앙을 강타했고 플리언스는 쇼윈도가 열리면서 그들이 하얀 유리 커튼을 뚫고 안으로 날아 들어가는 것 같다는 생각을 했다. 잠시 후에 그는 어딘가가 탈구된 걸 느끼며 놀란 눈으로 주위를 두리번거렸다. 시간의 흐름이 중간에 단절된 것으로 보아 그가 기절했었다는 걸 알 수 있었다. 귓속이 미친 듯이 웽웽거렸다. 그의 아버지는 핸들에 머리를 대고 누워서 움직이지 않았다.

"아빠!"

플리언스는 그를 흔들었다.

"아빠!"

아무 반응이 없었다. 앞 유리가 사라졌고 보닛 위에서 무언가가 반짝거렸다. 플리언스는 눈을 깜빡인 다음에야 그것의 정체를 알아차렸다. 반지, 목걸이, 팔찌. 그의 앞쪽 벽에 금색으로 이렇게 적혀 있었다. '제이컵스 앤드 선스 보석점'. 우라질 보석 가게를 들이받은 거였다. 그리고 웽웽거리는 소음은 그의 머릿속에서 들리는 게 아니라 도난 경보였다. 이제 확실해졌다. 도난 경보였다. 이 도시의 모든 은행과 카지노와 대형 보석점은 경찰청의 전화 교환실과 연결되어 있었다. 경보가 울리면 교환수가 이 근처의 순찰대에 즉시 연락했다. 결국 아빠는 상황을 정확하게 파악하고 있었던 것이다.

플리언스는 벨트를 풀려고 했지만 풀 수가 없었다. 아무리 잡아당겨도 버클이 꿈쩍하지 않았다.

병장은 오토바이에 앉아서 초를 세며 눈앞의 가게에서 삐죽 튀어

나온 자동차를 바라보았다. 도난 경보에 거의 모든 소리가 묻혔지만 배기관에서 연기가 나오는 걸 보면 시동이 꺼지지 않았다는 것을 알 수 있었다.

"머을 기다리는 거야?" 일렉트라 글라이드를 타고 온 남자가 혀짤배기소리로 물었다. 말투에서 짜증이 느껴졌다. "들어가서 해치우쟈고."

"좀 더 기다려." 병장은 얘기하고 숫자를 셌다. "스물하나, 스물둘."

"얼마나?"

"이 일을 의뢰한 사람이 약속을 지켰는지 확인할 때까지." 병장은 말했다. 스물다섯, 스물여섯.

"쳇. 얼른 머리 베고 이 비여먹을 도시에서 사야졌으면 좋겠는데."

"기다려." 병장은 말없이 그를 관찰했다. 그는 겉보기에는 성인이었다. 심지어 성인 두 명 분량이었다. 몸집이 대문짝만 했고 심지어 얼굴까지 곳곳이 근육이었다. 그런데 어린애처럼 치아 교정기를 끼고 있었다. 병장도 예전에 교도소에서 근력 운동을 너무 심하게 하고 단백동화스테로이드를 남용해서 치열이 뒤틀릴 정도로 턱뼈가 발달한 수감자들을 본 적이 있었다. 스물아홉, 서른. 30초가 지났지만 사이렌이 울리지 않았다. "출동해." 병장이 말했다.

"고마워." 덩치는 허리춤에서 총신이 긴 콜트 권총을, 칼집에서 칼을 꺼내 들고 오토바이에서 내려 차를 향해 걸음을 옮겼다. 칼날로 무심하게 벽을 긁고 '주차 금지' 팻말이 달린 기둥을 넘었다. 병장은 그의 가죽 재킷 등판을 쳐다보았다. 만자卍字 위에 해골이 그려진 해적 깃발이 있었다. 스타일이라고는 전혀 없었다. 그는 한숨을 쉬었다. "산탄총으로 엄호해 줘, 콜린."

콜린은 붕대를 감은 손으로 팔자수염을 매만진 다음 짧게 자른 산탄총의 총신을 열고 탄환을 두 개 넣었다.

맞은편 도로의 창문 위로 두어 명이 고개를 내민 게 보였지만 여전히 사이렌은 들리지 않았고 덩치가 가게 안으로 들어가서 차로 다가가는 동안 단음의 도난 경보만 끊임없이 울렸다. 그는 겨드랑이춤에 칼을 끼우고 다른 쪽 손으로 조수석 문을 열어서 거기 앉아 있는 사람에게 권총을 겨누었다. 병장은 탕 소리가 나길 기다리며 자동적으로 이를 악물었다.

플리언스는 벨트를 잡아당겼지만 짜증 나는 버클이 꿈쩍하지 않았다. 그는 빠져나가기로 마음을 먹었다. 무릎을 턱까지 들어 올리고 앉은 채로 몸을 돌려서 조수석 문에 발을 대고 아버지가 있는 운전석 쪽으로 몸을 밀었다. 그때 칼과 권총을 들고 가게 안으로 들어서는 남자가 보였다. 이제 와서 도망치기에는 너무 늦었고 플리언스는 자신이 얼마나 겁에 질렸는지 생각할 겨를조차 없었다.

조수석 문이 홱 열렸다. 플리언스는 번뜩이는 치아 교정기와 위로 움직이는 권총을 보았고 남자와의 거리가 너무 멀어서 계획했던 것과 다르게 발로 찰 수 없다는 사실을 깨달았다. 그래서 다급한 마음에 열린 문을 향해 한쪽 발을 뻗었다. 평범한 구두였다면 안쪽 문손잡이 뒤편에 맞지 않았겠지만 맥베스의 것이었던 그 구두는 앞코가 길고 뾰족해서 쉽게 들어갔다. 그는 영원처럼 까만 총구를 흘끗 쳐다보고 문을 있는 힘껏 당겼다. 문짝이 남자의 손목을 탁 하고 치는 소리가 들렸고 손목이 문과 차체 사이에 끼었다. 권총이 쿵 소리와 함께 바닥에 떨어졌다.

플리언스는 욕설을 들으며 한 손으로 문을 세게 닫고 다른 손으로는 권총을 찾았다.

문이 다시 열리더니 교정기를 낀 남자가 머리 위로 칼을 치켜들었다. 플리언스는 좌석 아래까지 바닥을 샅샅이 더듬었지만 총이 어디로 갔는지 도무지 알 수가 없었다. 교정기는 문틈이 너무 좁아서 칼로 휘두르기보다 찔러야 한다는 것을 그제야 깨달았다. 그는 팔꿈치를 내리고 칼끝으로 플리언스를 겨누며 달려들었다. 플리언스가 두 다리를 힘껏 뻗어서 후려갈기자 남자는 비틀비틀 뒷걸음질을 치다가 유리로 된 계산대를 박살 내며 쓰러졌다.

"콜린." 병장은 한숨을 쉬었다. "들어가서 이 코미디를 끝내고 와."

"알았어요." 콜린은 오토바이에서 내리기 전에 맥베스의 단검이 꽂혔던 손으로 방아쇠를 당길 수 있겠는지 확인했다.

플리언스는 옴짝달싹 못 하게 됐다는 것을, 안전벨트를 풀고 잽싸게 도망칠 수 없게 됐다는 것을 깨닫고 버둥거리기를 포기했다. 좌석에 옆으로 누워서, 칼을 든 남자가 넓은 어깨에 묻은 유리 조각을 떨어뜨리며 박살 난 계산대 뒤에서 일어나는 광경을 지켜보았다. 남자가 이번에는 좀 더 신중을 기했다. 플리언스의 발이 닿지 않는 곳에 자리를 잡았다. 칼을 제대로 잡았는지 확인했다. 플리언스는 남자가 자신의 발이 닿지 않는 범위 안에서 가장 즉각적으로 일격을 가할 수 있는 곳을 겨냥하고 있다는 것을 알았다. 그의 사타구니였다.

"이 도시는 정말이지 비여먹을 곳이야." 남자는 으르렁거리며 이 말을 내뱉고, 한쪽 팔을 뒤로 미는 동시에 한 발 다가오며 꽉 다문 이를 드러내 보였다. 은은하고 따뜻한 가게 불빛을 받고 교정기가 반짝이자 순간 이 가게에서 파는 상품처럼 보였다. 플리언스는 총을 들어서 쏘았다. 남자는 놀란 표정과 교정기 한복판에 자리 잡은 조그맣고 까만 구멍을 보이며 쓰러졌다.

부드럽고 은은한 피아노 연주가 맥베스의 귓가를 간질였다.

"친애하는 카지노의 고객, 지인, 동료, 친구 여러분." 그는 자신을 둘러싼 사람들의 얼굴을 쳐다보며 말했다. "아직 도착하지 않은 분도 있지만 여러분 모두가 잘 알고 두려워하는 여성을 대신해……." 여기저기서 조용히 의례적인 웃음을 터뜨리며 웃고 있는 레이디를 향해 고개를 끄덕였다. "따뜻한 환영의 말씀을 전하며 테이블로 가서 앉기 전에 건배를 제의합니다."

콜린은 남쪽에서 온 사촌이 바닥으로 쓰러지는 걸 보고 걸음을 멈추었다. 총성이 도난 경보를 잠재웠고 열린 차 문 틈새로 권총을 내밀고 있는 손이 보였다. 그는 잽싸게 대응했다. 탄환을 하나 발사했다. 탄환이 표적을 맞히자 옅은 색이었던 차 문 안쪽이 벌겋게 변하고 창문이 박살 나고 권총이 가게 바닥으로 떨어지는 게 보였다.

콜린은 꼼짝 않고 서 있는 차 쪽으로 얼른 다가갔다. 아드레날린 때문에 감각이 예민해져서 모든 게 느껴졌다. 배기관의 희미한 진동,

아무도 보이지 않는 뒤 유리창 안쪽, 왱왱거리는 도난 경보 사이로 방금 전에 들린 소리. 엔진이 속도를 높여서 부르릉거리는 소리였다.

젠장!

콜린은 차 문까지 몇 발짝을 달려갔다. 조수석에 양복을 입은 아이가 이상한 각도로 앉아 있었다. 안전벨트를 맨 채 피범벅이 된 손을 하고, 핸들 위로 쓰러져 꼼짝 않는 운전자 쪽으로 왼쪽 발을 내밀고 있었다. 콜린이 엽총을 들어 올린 순간 엔진이 전속력으로 회전했고 끼익하는 소리와 함께 차가 뒤로 튕겨져 나갔다. 열린 문이 콜린의 가슴을 쳤지만 그는 왼손을 뻗어서 문짝의 윗면을 붙잡았다. 차가 가게 밖으로 질주해도 콜린은 손을 놓지 않았다. 욱신거리는 오른손으로 계속 총을 들고 있었지만 차 안을 겨누려면 왼쪽 어깨 밑으로 총을 집어넣어야 하는데…….

플리언스는 아버지 발을 옆으로 치우고 자신의 발을 페달에 올려놓은 뒤 클러치를 세게 밟아서 기어를 중립에서 후진으로 바꾸었다. 그런 다음 구두코로 액셀러레이터를 누른 채 발뒤꿈치를 클러치에서 조금씩 들었다. 차 문에 맞은 남자가 계속 매달려 있었지만 이제 그들은 후진으로 가게에서 빠져나왔다. 아무것도 보이지 않았지만 플리언스는 액셀러레이터를 끝까지 밟고 뭐든 들이받지 않기만을 바랐다.

문에 매달린 남자가 뭔가를 하려고 했고 그는 그게 뭔지 언뜻 확인했다. 산탄총의 총구가 그의 팔 밑으로 고개를 내밀고 있었다. 다음 순간 산탄총이 발사됐다.

플리언스는 눈을 깜빡였다.

총을 들고 있던 남자가 어디론가 사라졌다. 조수석 문짝도 사라졌다. 계기판 너머로 쳐다보니 문짝과 남자가 '주차 금지' 팻말이 달린 기둥에 휘감겨 있었다.

그리고 골목길이 보였다.

그는 브레이크를 밟고 시동이 꺼지기 전에 클러치를 눌렀다. 백미러를 확인했다. 오토바이에서 내려서 그에게로 다가오는 네 남자가 보였다. 오토바이를 나란히 세워서 좁은 길을 막아 놓았다. 이 차를 후진시켜서 그걸 타고 넘을 수는 없었다. 플리언스는 기어를 움켜쥐었다가 손에서 피가 나는 것을 그제야 알아차렸다. 기어를 1단으로 옮기려고 했지만 이 자세로는 클러치를 제대로 밟을 수가 없어서 그런지 옮겨지지가 않았다. 젠장, 젠장, 젠장. 엔진이 숨넘어갈 듯 쿨렁이며 털털거렸다. 그들이 총을 꺼내서 들고 있는 것이 백미러로 보였다. 그냥 총이 아니라 기관총이었다. 이걸로 끝이었다. 여기까지였다. 그때 희한한 생각 하나가 그의 머리를 스치고 지나갔다. 이제 드디어 암호를 풀고 부정과 불법, 윤리와 규정의 차이를 이해했는데, 권력과 범죄의 차이를 이해했는데 법학 기말고사를 볼 수 없게 되다니 억울하다는 생각이었다.

누군가가 기어를 잡고 있는 그의 손 위로 따뜻한 손을 올려놓았다.

"운전하는 사람이 누구냐? 너냐 아니면 아빠냐?"

뱅퀴는 눈빛이 조금 흐리멍덩했지만 양손으로 핸들을 잡고 똑바로 일어나 앉았다. 다음 순간 고물 엔진이 첫소리를 내며 으르렁거렸고, 뒤에서 기관총이 중국의 설맞이 폭죽 소리를 내는 가운데 그들은 자갈길 위를 미끄러지듯 달렸다.

맥베스는 레이디를 쳐다보았다. 그녀는 두 자리 옆에 앉아서 야노 어쩌고 하는 저녁 식사 파트너와 열띤 대화를 나누고 있었다. 캐피틀에서 온 부동산 사기꾼이었다. 그녀는 한 손을 그의 팔에 올려놓고 있었다. 작년에는 이 도시의 어느 유력한 공장주가 그 자리에 앉아서 그녀의 관심을 독차지했었다. 하지만 올해에는 공장이 문을 닫았고 그는 초대를 받지 못했다.

"우리 둘이 얘기를 좀 나누는 게 좋겠어." 토텔이 말했다.

"네." 맥베스는 포크 위에 송아지 고기를 잔뜩 얹어서 입 안으로 쑤셔 넣고 있는 시장 쪽으로 몸을 돌렸다. "어떤 얘기를요?"

"어떤 얘기냐고? 당연히 우리 도시 얘기지."

맥베스는 시장이 고기를 씹기 시작하자 여러 개의 턱이 아코디언처럼 늘어났다 접혔다 하는 것을 넋 놓고 바라보았다.

"무엇이 이 도시를 위해서 최선의 길인가." 토텔은 농담이라도 하는 듯이 미소를 지으며 말했다. 맥베스는 대화에 집중해야 한다는 것을 알았지만 생각을 한데 모아서 여기 이 지상에 붙잡아 놓을 수가 없었다. 예컨대 송아지의 어미는 아직 살아 있을까, 그런 게 궁금했다. 만약 살아 있다면 지금, 바로 지금 자기 자식이 먹히고 있다는 걸 느낄까.

"그 라디오 방송국 기자 있잖아요." 맥베스가 말했다. "카이트. 악의적인 소문을 퍼뜨리는, 속이 시커먼 인간이죠. 그런 인간은 어떤 식으로 제압하십니까?"

"기자들이 그렇지." 토텔은 눈을 부라렸다. "흠, 그건 어려운 문제 야. 그들은 편집장의 말에만 반응을 하거든. 편집장들은 돈 버는 데 혈안이 된 사주의 말만 듣는데도 기자들은 자기들이 이 사회에 기여 하는 바가 많다고 믿어 의심치 않지. 아주 어려운 문제야. 식사를 하 지 않는군, 맥베스. 걱정스러운가?"

"제가요? 그럴 리가요."

"그래? 경찰청장은 죽고 다른 한 명은 실종되고 자네 혼자 모든 책 임을 짊어지고 있는데? 자네가 걱정하지 않는다면 **내가** 걱정스러워 지는 상황이야, 맥베스!"

"그런 뜻에서 아니라고 한 게 아닙니다." 맥베스는 도움을 청하려 고 시장의 건너편에 앉은 레이디를 바라보았지만 그녀는 시의회의 재정 고문인가 뭔가 하는 여자와 대화를 나누고 있었다.

"잠깐 실례하겠습니다." 맥베스는 자리에서 일어섰다. 살짝 걱정하 며 무슨 일인지 궁금해하는 레이디의 눈빛을 느끼면서 안내 데스크 쪽으로 뚜벅뚜벅 걸어갔다.

"전화기 좀 줘, 잭."

안내 데스크 직원이 전화기를 건네자 맥베스는 경찰청 전화 교환 실 번호를 눌렀다. 신호가 다섯 번 떨어졌을 때 연결이 됐다. 경찰의 응답을 기다릴 때 이 정도면 긴 시간일까, 짧은 시간일까? 알 수 없 었다. 지금까지 한 번도 고민한 적 없는 부분이었다. 하지만 이제는 해야 했다. 그런 걸 고민해야 했다. 다른 것들과 더불어서. "순찰팀 부탁해요."

"알겠습니다."

연결되는 소리가 들렸고 그쪽 전화벨이 울리기 시작했다. 맥베스
는 손목시계를 확인했다. 대응이 느렸다.

"게임룸에서 자네를 한 번도 본 적이 없어, 잭."

"이제는 딜러로 근무하지 않습니다. 그날 저녁 그…… 일이 있은
뒤로요."

"그렇군. 극복하려면 시간이 좀 걸리지."

잭은 어깨를 으쓱했다. "꼭 그래서 그런 건 아니에요. 사실 딜러보
다 안내 데스크 일이 적성에 더 맞아서요. 그러니까 비극이라고 볼
수도 없죠."

"하지만 딜러 월급이 훨씬 많지 않나?"

"물 밖으로 나온 물고기가 되면 돈을 몇 푼 버는가는 상관이 없어
지죠. 두툼한 돈주머니가 옆에 있어도 숨을 못 쉬고 죽을 테니까요.
그런 게 비극입니다."

맥베스가 뭐라고 대꾸를 하려던 찰나 순찰팀에 연결됐음을 알리
는 누군가의 목소리가 들렸다.

"맥베스다. 지난 한 시간 동안 갤로스 언덕에서 총격전이 벌어졌다
는 보고 들어온 거 있나?"

"아뇨. 보고 들어올 일이 있었나요?"

"여기 손님 한 분이 지나오다가 탕 하는 요란한 소리를 들었다고
하길래. 타이어가 펑크 난 소리였나 보군."

"그랬나 봅니다."

"그러니까 서2구에 아무 일도 없다는 거지?"

"보석 가게 침입 건밖에 없습니다. 가장 가까운 순찰차가 조금 멀

리 있었지만 지금 가는 중입니다."

"알았네. 즐거운 저녁 시간 보내게."

"경감님도요."

맥베스는 전화를 끊었다. 카펫에 새겨진 꽃 모양의 이상한 자수를 내려다보았다. 지금까지 그 무늬에 대해서 한 번도 신경을 써 본 적이 없었는데 그것들이 그에게 무슨 말인가를 전하려고 하는 듯이 느껴졌다.

"경감님?"

맥베스는 고개를 들었다. 잭이 걱정스러운 표정을 짓고 있었다.

"경감님, 코피가 나는데요."

맥베스는 윗입술에 손을 댔다가 안내 데스크 직원의 말이 맞는다는 것을 알아차리고 황급히 화장실로 향했다.

뱅쿼는 속도를 더 높여서 큰길을 달렸다. 문짝 없는 조수석 바깥에서 바람이 울부짖었다. 그들은 오벨리스크를 지났다. 이제 중앙역까지 얼마 남지 않았다.

"그 녀석들 보이니?"

플리언스가 뭐라고 대답했다.

"크게 얘기해!"

"아뇨."

뱅쿼는 플리언스 쪽 귀가 들리지 않았다. 이도가 핏덩이로 막혔거나 총에 맞아서 청력까지 상실했거나 둘 중 하나였다. 하지만 그가 심란해하는 이유는 그 때문이 아니었다. 그는 연료 수치를 확인했다.

쇼핑가에서 탈출한 뒤로 4, 5분 동안 연료 수치가 뚝 떨어졌다. 기관총 **소리**는 장난처럼 들렸을지 몰라도 연료 탱크에 구멍이 난 모양이었다. 하지만 그가 심란해하는 이유는 연료 탱크에 난 구멍 때문도 아니었다. 인버네스에 안전하게 도착할 만큼의 연료는 남아 있었다.

"아까 그 사람들 누구예요, 아빠? 왜 우리 뒤를 쫓는 거예요?"

그들 앞에 중앙역이 나타났다.

"모르겠다, 플리언스." 뱅쿼는 운전에 집중했다. 그리고 숨을 쉬는 데 집중했다. 숨을 쉬며 허파 속으로 공기를 보내야 했다. 버텨야 했다. 플리언스가 안전해질 때까지 버텨야 했다. 중요한 건 그것뿐이었다. 눈앞에서 흐릿해지기 시작한 도로도, 자신이 입은 총상도 중요하지 않았다.

"우리가 그 길로 올 거라는 걸 안 사람이 있었어요, 아빠. 신호등이 정상이 아니었잖아요. 그 사람들은 우리가 언제쯤 갤로스 언덕을 지날지 정확하게 알았어요."

뱅쿼도 거기까지는 파악한 상태였다. 하지만 지금 그건 아무 의미 없었다. 중요한 건 그들이 중앙역을 지났고 인버네스의 불빛이 눈앞에 등장했다는 것이었다. 입구에 차를 세우고 플리언스를 안으로 들여보내는 것이었다.

"이제 그 사람들이 보여요, 아빠. 최소 200미터 뒤에서 쫓아오고 있어요."

그 정도면 차가 막히지 않는 이상 충분하고도 남았다. 차에 경광등과 사이렌을 챙기고 다녔어야 하는 건데. 뱅쿼는 인버네스를 뚫어져라 쳐다보았다. 불빛. 그는 여차하면 워커스 광장을 가로질러 달릴 수도 있었다. 사이렌. 뭔가가 그의 목에 걸렸다. 그의 머릿속에 걸렸다.

"사이렌 소리 들었니, 플리언스?"

"네?"

"사이렌. 순찰차. 보석 가게에서 그 소리 들었냐고."

"아뇨."

"확실해? 서2구에는 항상 순찰차가 많이 돌아다니는데."

"확실해요."

뱅쿼는 통증과 암흑이 엄습하는 것을 느낄 수 있었다. "안 돼." 그는 속삭였다. "안 돼, 맥베스, 내 아들은⋯⋯." 그는 운전대를 잡고 왼쪽으로 돌렸다.

"아빠! 여긴 인버네스로 가는 길이 아니잖아요."

뱅쿼는 경적을 울리고 앞차를 피해서 옆으로 차로를 바꾼 뒤 액셀러레이터를 밟았다. 등에서 시작된 통증이 가슴으로 번지는 것을 느낄 수 있었다. 조만간 오른손으로 핸들을 잡고 있을 수도 없게 될 것이다. 총알이 좌석에 큰 구멍은 남기지 않았을지 몰라도 좌석을 맞힌 건 사실이었다. 그가 걱정하는 것은 그 총상이었다.

그들 앞에는 아무것도 없었다. 컨테이너항과 바다와 어둠뿐이었다.

하지만 그곳에 마지막으로 단 한 번의 가능성이 있었다.

맥베스는 세면대 위 거울에 비친 자신의 모습을 곰곰이 살펴보았다. 코피는 멈추었지만 그는 그게 어떤 의미인지 알았다. 점막이 칵테일을 더 이상 감당할 수 없으니 당분간 끊어야 한다는 뜻이었다. 젊었을 때하고는 달랐다. 그때는 그의 몸이 어떤 처벌이든 견딜 수 있었다. 하지만 이제는 계속하면 코가 아프고 피가 날 테고 머리는 목에서 떨어져 나올 지경으로 빙빙 돌 것이다. 중단할 필요가 있었다. 그런데 이런 생각을 하면서도 지폐를 돌돌 말아서 세면대 위에 한 줄로 뿌려 놓은 가루의 오른쪽 끝에 내려놓은 이유는 무엇일까? 이번은 특별한 경우이기 때문이었다. 그것이 필요한 중요한 시점이기 때문이었다. 한편으로는 뚱뚱한 변태 시장을, 다른 한편으로는 합의를 이행하지 못한 듯이 보이는 노스 라이더 날강도를 상대해야 하는 시점이기 때문이었다. 그리고 세 번째로 레이디도 있었다. 아니다, 그녀는 골치 아픈 문제가 아니라 처음과 끝이었고 그의 탄생이자 삶이자 죽음이었다. 그가 **존재**하는 이유였다. 하지만 그 사랑을 통해 엄청난 기쁨을 누렸듯이 그 사랑으로 인해 빼앗길 수도 있는 걸 생각하면 가슴이 아팠다. 그녀는 이제 그를 사랑했던 만큼 그를 사랑하지 **않는** 데서 힘을 얻었다. 그는 가루가 두피 안쪽을 때릴 때까지 혹은 그러는 것처럼 느껴질 때까지 있는 힘껏 칵테일을 흡입했다. 얼굴이 일그러지면서 달라졌다. 흰머리가 생겼다. 여자처럼 입술이 빨개졌다. 흉터가 얼굴 위에서 점점 자랐다. 턱 밑으로 새로운 턱이 생겼다. 두 눈에 가득 고인 눈물이 뺨을 타고 흘러내렸다. 이제는 끊어야 했다. 그는 하도 많이 쿵쿵거려서 결국 인공 코를 달게 된 사람들도 본 적이 있었다. 아직 늦지 않았을 때, 살릴 게 있을 때 끊어야 했다. 주사로 바꿔야 했다.

병장은 볼보의 미등이 점점 가까워지는 것을 보았다. 그는 다른 조직원들이 이제 보조를 맞추기 힘들 거라는 생각을 하며 속도를 높였다. 그의 엔진은 450시시밖에 안 됐지만 젖어서 미끌거리는 아스팔트 위에서는 경험과 감수성이 배기량보다 더 중요했다. 그랬기 때문에 빠르게 달려오는 오토바이 한 대를 사이드미러로 확인했을 때 조금 놀랄 수밖에 없었다. 그리고 그가 아는 오토바이와 라이더의 헬멧이라는 것을 알아차렸을 때는 어안이 벙벙할 수밖에 없었다. 빨간색 인디언 치프가 뿔이 그를 거의 쓸고 지나갈 정도로 바짝 붙어서 병장 옆을 지나쳤다. 추월을 당하자 그의 전조등이 군도에 반사됐다. 어디에서 온 걸까? 어떻게 알았을까? 어떻게 그는 자신이 필요한 시점을 항상 알아차릴까? 병장은 속도를 늦추었다. 앞장선 스위노의 리드를 따랐다.

뱅쿼는 러시아산 트럭을 쫓았을 때처럼 두세 번 위험하게 앞차를 추월해 일시적으로 오토바이와의 간격을 넓혀 가며 차를 몰았다. 조만간 따라잡힐 테지만 아직 시간이 있을지도 몰랐다. 터널 앞에 목책과 함께 보수공사로 다리를 폐쇄한다는 표지판이 있었다. 볼보가 목책을 들이받자 나무 조각들이 튀었고 전조등이 터널의 어둠을 갈랐다. 그는 한 손으로 핸들을 잡고 운전했다. 다른 손은 시체처럼 무릎 위에 얹혀 있었다. 출구가 보일 무렵 요란하게 짖어 대며 터널로 진입하는 오토바이의 성난 엔진 소리가 뒤에서 들렸다.

뱅쿼는 다리와 연결되는 급커브 구간이 다가오자 브레이크를 밟았다가 다시 속도를 냈다.

이내 다리로 올라서자 맑은 하늘 아래로 느닷없이 정적이 펼쳐졌고 달빛을 받은 협만이 저 아래에서 구릿빛으로 반짝였다. 들리는 소리라고는 전력을 다하는 볼보의 엔진 소리뿐이었다. 잠시 후 뱅쿼가 케네스 대리석상이 있었던 중앙에서 갑자기 브레이크를 밟더니 끼익하고 고무가 아스팔트 긁는 소리를 내며 갓길로 방향을 틀었다. ZIS-5가 난간과 함께 추락한 지점을 표시한 고속도로공사의 빨간색 테이프가 산들바람에 펄럭이고 있었다. 놀란 플리언스는 기어를 중립에 놓은 아버지 쪽으로 고개를 돌렸다. 뱅쿼는 주머니칼을 손에 쥐고 아들 쪽으로 몸을 숙여서 안전벨트를 잘랐다.

"왜……?"

"아들, 연료 탱크에 구멍이 생겼어. 조만간 기름이 다 떨어질 테니까 내 말 잘 들어라. 내가 말주변이 없다는 건 너도 알 테지만 이 한마디만큼은 꼭 하고 싶은데……" 뱅쿼는 운전석 문에 몸을 기대고, 플리언스가 했던 것처럼 무릎을 가슴 쪽으로 들어 올린 다음 앉은 채로 몸을 돌렸다.

"너는 뭐든 원하는 대로 될 수 있어, 플리언스. 그러니까 나 같은 사람이 되지 마라. 아첨꾼들의 아첨꾼이 되지 마."

"아빠……."

"그리고 난관을 극복해라."

그는 신발 바닥을 아들의 엉덩이와 어깨에 댔고 아들이 뭔가를 붙잡으려고 하는 게 보이자 있는 힘껏 떠밀었다. 아들은 이러지 말라고, 겁에 질려서 태어났을 때 그랬듯이 비명을 질렀지만 마지막 탯줄이 끊기자 이 넓은 세상 속에 혈혈단신이 되어 운명을 향해 자유낙하를 했다.

뱅쿼는 고통으로 얼룩진 신음을 내며 몸을 다시 돌리고 기어를 넣고 자신의 운명을 향해 돌진했다.

　다리를 건넌 뒤 3킬로미터 지점에서 기름이 다 떨어졌을 때 그는 그들에게 거의 따라잡혔다. 차바퀴가 마지막 몇 미터를 구르는 동안 뱅쿼는 졸음이 쏟아지는 걸 느끼며 머리를 뒤로 기댔다. 온몸으로 번진 냉기가 배 속으로 파고들어서 심장을 향해 움직였다. 그는 베라를 생각했다. 터널 이편에서 드디어 비가 쏟아졌다. 납덩이로 이루어진 비가 쏟아졌다. 총탄이 자동차와 좌석과 뱅쿼의 몸을 관통했다. 그는 옆 유리창 너머로 산비탈을 내다보았다. 거의 꼭대기 근처에 그 도시 쪽에서 보면 악마에게 바치는 찬사처럼 보이는 게 있었다. 하지만 여기에서 보면 달빛을 받고 반짝이는 십자가였다. 그것이 바로 눈앞에 있었다. 그것이 길을 알려 주었다. 문이 열렸다.

　"차근차근 계단을 밟아라." 뱅쿼는 중얼거렸다. "차근차근……."

16

더프는 서서히 잦아드는 케이스니스의 숨소리를 들었다. 그러다 그녀의 품에서 벗어나 침대 옆 테이블로 몸을 돌렸다.

"뭐야, 신데렐라." 그녀가 속삭였다. "12시가 다 됐어?"

"아직 많이 남았지만 늦으면 안 되거든."

"이 집에 들어온 뒤로 30분마다 한 번씩 시계를 확인했어. 누가 봐도 나가고 싶어서 죽겠는 사람으로 보였을 거야."

그는 다시 그녀 쪽으로 몸을 돌렸다. 그녀의 뒷덜미에 손을 얹었다. "그래서가 아니야, 미녀 아가씨. 당신이랑 있으면 시간 개념이 모두 사라지기 때문이지." 그는 그녀의 입술에 가볍게 입을 맞추었다.

그녀는 빙그레 웃었다. "달콤한 소리 마음대로 지껄이세요, 로미오 씨. 하지만 내가 생각을 좀 해 봤는데."

"그런 소리 하니까 무섭잖아."

"그만해. 생각을 좀 해 봤는데 내가 당신을 사랑하는 것 같아. 그리고……."

"무서운 소리 맞네."

"그만하라니까. 그리고 당신이 지금 여기 있어 주길 바라는 정도가 아니라 늘 꾸다 만 꿈처럼 사라지지 않았으면 좋겠어."

"나도 그러고 싶지 않아. 하지만……."

"하지만이라는 단어는 더 이상 듣고 싶지 않아, 더프. 늘 아내한테 우리 사이를 알리겠다고 하면서 계속 하지만을 붙이더라? 지금은 밝힐 수가 없다는 거지. 그녀를 생각해야 하고 아이들도 생각해야 하고……."

"하지만 생각할 수밖에 없잖아. 당신도 이해해 주어야 해. 나한테는 가족이 있고 거기에는……."

"피할 수 없는 책임이 따르거든." 그녀는 그의 말투를 흉내 냈다. "내 생각은 왜 안 해 주는데? 나한테서 도망칠 때는 아무 거리낌 없어 보이던걸."

"그게 아니라는 걸 뻔히 알면서. 아무튼 당신은 젊고 대안이 많잖아."

"대안? 그게 무슨 소리야? 내가 사랑하는 사람은 **당신**이라고!"

"메러디스하고 아이들은 지금 예민한 시기야. 아이들이 클 때까지 1년만 기다리면 좀 더 수월해질 테고 그러면……."

"싫어!" 케이스니스는 손으로 이불을 내리쳤다. "지금 당장 얘기했으면 좋겠어, 더프. 그리고 그거 알아? 당신이 그녀의 이름을 부른 게 이번이 처음이야."

"케이스니스……."

"메러디스. 예쁜 이름이지. 내가 얼마나 오랫동안 그 이름을 부러워했는지 알아?"

"갑자기 이렇게 닦달하는 이유가 뭐야?"

"지난 며칠 동안 깨달은 게 있거든. 원하는 게 있으면 누가 줄 때까지 기다리면 안 된다는 거. 억세게 나가야 하고 어쩌면 남들 생각은 하지 말아야 하지만 그래도 단칼에 베어 버리는 게 최고라는 거. 이런 말 꺼내는 거, 당신 가족을 희생시키라고 하는 거, 나로서도 쉽지 않았어, 진짜야. 그러면 아무 죄 없는 사람들이 상처를 받는데 그건 내 성격에 어울리지도 않거든."

"그렇지, 케이스니스. 당신 성격하고 어울리지 않지. 그런데 어쩌다 단칼에 베어 버려야겠다는 생각을 했어?"

"더프." 그녀는 책상다리를 하고 침대 한복판에 일어나 앉았다. "나를 사랑해?"

"그럼! 당연하지."

"그럼 그래 줄 거야? 나를 위해서 그래 줄 거야?"

"내 말 좀 들어 봐, 케이스니스……."

"나는 메러디스라는 이름이 더 좋아."

"나는 세상 그 어떤 것보다 당신을 사랑해. 당신을 위해서라면 내 목숨도 바칠 수 있어. 아무 망설임 없이 내 목숨을 바칠 수 있어. 하지만 다른 사람의 목숨이라면?" 더프는 고개를 저었다. 말을 이으려고 숨을 들이마셨다가 다시 내뱉고 말았다. 단칼에 베어 버려야 한다니. 꼭 지금 그래야 할까? 그런 생각을 했다는 자체가 놀라웠다. 그의 무의식은 항상 그곳으로 가는 중이었을까? 케이스니스를 떠나서 파이프의 집으로 가는 중이었을까? 그는 다시 숨을 크게 들이마셨다.

"내가 한 번도 본 적 없는 우리 어머니는 나를 위해서 당신의 목숨을 바쳤어. 내가 살 수 있도록 당신을 희생했어. 그러니까 우리 어머니가 그랬듯이 사랑을 위해 목숨을 바치는 게 내 천성이라 하더라도 아이에 대한 사랑이 가장 큰 사랑이잖아. 그러니까 아이들을 위해 그보다 더한 걸 바치지는 못할망정 다른 여자를 사랑하는 내 이기적인 욕심에 아이들에게서 가족을 빼앗겠다니, 그런 **생각**을 하는 것만으로도 우리 어머니의 무덤에 침을 뱉는 거나 다름없어."

케이스니스는 손으로 입을 가리더니 두 눈에 눈물이 그렁그렁 맺힌 채 자기도 모르게 흐느꼈다. 그녀는 침대에서 일어나 밖으로 나갔다.

더프는 눈을 감았다. 베개에 대고 머리를 부딪쳤다. 그런 다음 그녀를 따라 나갔다. 그녀는 거실 창가에 서서 밖을 내다보고 있었다. 창밖의 네온 불빛에 그녀의 나신이 하얗게 빛났고, 창문을 타고 흐르는 빗방울은 그녀의 뺨 위로 흘러내리는 눈물처럼 보였다.

그는 뒤로 다가가서 그녀의 알몸을 한 팔로 감싸 안았다. 그녀의 머리칼에 대고 속삭였다. "지금 가 주길 바라면 그럴게."

"당신을 다 가질 수 없어서 우는 게 아니야, 더프. 내 무정한 심장 때문에 우는 거지. 반면에 당신은 심장이 따뜻한 사람이야. 아이가 믿을 수 있을 만한 사람이야. 나는 당신을 계속 사랑할 수밖에 없어. 용서해 줘. 만약 내가 당신의 전부를 가질 수 없다면 그 순수한 심장에서 줄 수 있는 부분만이라도 내주었으면 해."

더프는 아무 대꾸도 하지 않고 그녀를 끌어안은 채로 있었다. 그녀의 목에 입을 맞추고 다시 끌어안았다. 그녀의 엉덩이가 움직이기 시작했다. 그는 시간에 대해 생각했다. 뱅퀴에 대해 생각했다. 기관차 옆에서 만나기로 한 것에 대해 생각했다. 하지만 12시까지는 아직 멀었다.

"인버네스 카지노의 잭입니다."

"안녕, 잭. 맥베스하고 통화하고 싶은데."

"지금 저녁 식사 중이신데요. 메시지를……."

"바꿔 줘, 잭. 얼른."

정적이 흘렀다.

병장은 공중전화 부스 주변에 모여 있는 오토바이들을 쳐다보았다. 굵직한 뱀처럼 구불구불하게 유리 벽을 타고 흐르는 빗물 때문에 그들의 형체가 일그러져 보였지만 그래도 그가 아는 중에서 가장 아름다운 광경이었다. 두 바퀴가 달린 엔진. 그리고 그걸 타고 있는 형제들.

"여쭤는 볼게요. 누구시라고 전할까요?"

"그냥 기다리던 전화라고만 해."

"알겠습니다."

병장은 기다렸다. 체중을 이쪽 발에서 저쪽 발로 옮겼다. 핏자국이 묻은 꾸러미를 이쪽 팔에서 저쪽 팔로 옮겼다.

"전화 바꿨습니다."

"안녕. 물고기는 잡아서 내장을 손질했지만 새끼는 빠져나갔다는 소식을 전하려고 연락했어."

"어디로 빠져나갔는데?"

"요즘 새끼 물고기 한 마리가 목숨을 부지할 확률은 1천분의 1이
고 이번 같은 경우에는 죽어서 바다 밑바닥으로 가라앉았다고 봐도
무방할 것 같은데."

"그렇군. 그래서?"

"물고기 머리를 보낸다. 그리고 존경스러워, 맥베스. 이런 별미를
즐길 만큼 미각이 발달했거나 비위가 좋은 사람도 거의 없을 텐데."

맥베스는 수화기를 내려놓고 안내 데스크를 붙잡고 서서 빠르게
숨을 들이마셨다가 내뱉었다.

"괜찮으신 거죠?"

"그래, 고마워, 잭. 그냥 좀 어지러워서."

맥베스는 떠오르는 생각과 이미지들을 하나씩 눌렀다. 그런 다음
재킷과 넥타이를 바로잡고 식당으로 돌아갔다.

긴 테이블에서 손님들이 이야기를 나누며 술잔을 부딪치고 있었
지만 분위기가 떠들썩하지는 않았다. 이들은 특공대원들처럼 요란
하고 격렬하게 자축하지 않아서 그런 것일 수 있겠지만, 레이디는 인
정하기 싫을지 몰라도 죽은 덩컨의 그림자가 카지노 위로 묵직하게
드리워졌기 때문일 수도 있었다. 맥베스를 본 시장이 이리 오라고 손
짓했다. 누가 자기 자리에 앉아 있는 걸 보고 그는 토텔의 동행인가
생각했다. 하지만 자신의 착각이라는 걸 알아차린 순간 맥베스는 문
득 걸음을 멈추었다. 심장이 멎은 듯했다.

뱅쿼.

뱅쿼가 그 자리에 앉아 있었다. 지금.

"자기야, 왜 그래?" 레이디였다. 그녀가 고개를 돌리고 놀란 표정으로 그를 쳐다보고 있었다. "앉아."

"누가 내 자리에 앉아 있어." 그가 말했다.

토텔 역시 고개를 돌렸다. "어이, 맥베스. 와서 앉게."

"어디요?"

"당신 자리에." 레이디가 말했다. "왜 그래?"

뱅쿼가 부엉이처럼 고개를 돌리자 맥베스는 비명을 질렀다. 그의 목을 길게 한 바퀴 두른 상처가 흰색 옷깃 위로 보였다. 잔이 가득 찼는데도 누가 와인을 계속 붓고 있는 듯이 상처에서 피가 흐르고 있었다.

"누가…… 누가 이랬어요?" 맥베스는 신음 소리를 내며 두 손으로 뱅쿼의 목을 감쌌다. 지혈을 하려고 상처를 눌렀지만 피가 묽은 와인처럼 가늘게 손가락 사이로 흘러나왔다.

"자기야, 뭐 하는 거야?" 레이디가 억지웃음을 터뜨렸다.

뱅쿼의 입이 열렸다. "네가…… 그랬지……. 아들 같은…… 네가." 목소리에 높낮이가 없었고 얼굴은 꼭두각시 인형처럼 아무 표정이 없었다.

"아니야!"

"내가…… 봤어……. 내가…… 너를…… 기다리고…… 있다."

"조용히 해!" 맥베스는 더욱 세게 그의 목을 졸랐다.

"너는…… 지금…… 나를…… 목 졸라…… 죽이고…… 있어……. 살인마…… 맥베스."

맥베스는 겁을 집어먹고 손을 놓았다. 누군가가 그의 팔을 세게 잡아당기는 게 느껴졌다.

"이리 와." 레이디였다. 그가 팔을 떼어 내려는 찰나, 그녀가 그의 귀에 대고 나지막이 쏘아붙였다. "얼른! 경찰청장 자리에서 내쫓기기 전에."

그녀는 자기 쪽에서 그를 따라나서기라도 하는 듯 그의 팔짱을 꼈고, 두 사람은 손님들의 표정에 떠밀리기라도 한 듯 그렇게 식당을 빠져나왔다.

"도대체 왜 그래?" 그녀는 그들이 쓰는 객실 문을 잠그고 나지막이 쏘아붙였다.

"못 봤어? 뱅쿼 말이야! 내 자리에 앉아 있었잖아."

"맙소사, 약에 취했구나. 그래서 헛것이 보이는 거야! 시장이 정신병자를 자기 경찰청장으로 앉혔나 보다고 생각했으면 좋겠어?"

"**자기** 경찰청장?"

"그 빌어먹을 칵테일 어디 있어? 어디 있냐고?" 그녀는 그의 바지 주머니에 손을 넣었다. "이러다 들통나겠어!"

맥베스는 그녀의 손목을 잡았다. "**자기** 경찰청장?"

"토텔이 당신을 경찰청장으로 임명할 거야. 당신이 그 자리에 적임자라는 인상을 풍길 수 있겠다 싶어서 둘을 나란히 앉혀 놓은 건데. 아파, 이 손 놔!"

"토텔 시장 마음대로 해 보라고 해. 내일 당장 철창에 가두고도 남을 만큼 나한테 잡힌 약점이 많으니까. 없으면 찾으면 돼. 내가 바로 경찰청장이야, 이 여자야! 그게 무슨 뜻인지 모르겠어? 내 밑으로 6천 명이 있고 그중 2천 명이 무장 병력이야. 군대라고!"

맥베스의 눈에 그녀의 눈빛이 부드러워지는 게 보였다.

"알았어, 그렇지." 그녀가 속삭였다. "이제 다시 말이 되는 소리를 하네."

그가 그녀의 얇고 가는 손목을 계속 쥐고 있었지만 그녀의 손이 그의 주머니 안에서 움직이기 시작했다.

"이제 다시 당신이 느껴지네." 그녀가 말했다.

"우리……."

"아니, 지금은 안 돼." 그녀는 말허리를 자르고 손을 떼어 냈다. "손님들이 있잖아. 하지만 다른 걸 준비했어. 당신의 임명을 축하하기 위한 선물."

"응?"

"침대 옆 테이블 서랍을 열어 봐."

맥베스는 상자를 꺼냈다. 안에 환하게 반짝이는 단검이 들어 있었다. 그는 불빛이 비추는 쪽으로 단검을 들었다. "은이야?"

"원래는 저녁 식사를 마친 뒤에 선물하려고 했는데 이제 보니 지금 필요하겠어. 다들 알다시피 은으로 된 걸 써야 귀신을 죽일 수 있다고 하잖아."

"고마워."

"천만에. 뱅쿼는 죽은 거지?"

"뱅쿼는 죽었어. 완전히 죽었어."

"그래, 나중에 추모하면 되지. 자, 이제 내려가자. 손님들한테는 우리끼리 장난친 거라고 해. 가자."

11시 10분이었다.

더프는 계속 침대에 누워 있는 케이스니스를 두고서 옷을 입고 부엌 조리대 옆에 서 있었다. 차를 한 잔 끓이고 냉장고에서 레몬을 찾았다. 깨끗한 칼은 레몬을 썰기보다 찌르는 데 더 적합했다. 칼끝으로 껍질을 찌르자 즙이 뿜어져 나왔다. 한밤중이라 중앙역에 가서 주차하고 버사까지 걸어가는 데 걸리는 시간은 평소의 절반밖에 안 될 것이었다. 뱅쿼는 자기가 아는 정보를 얘기하지 **않으려고** 핑계를 찾는 사람처럼 보이지 않았다. 오히려 얘기하고 싶어 하는 눈치였다. 짐을 내려놓고 싶어 하는 눈치였다. 하지만…… 뭘 내려놓고 싶은 걸까? 죄책감? 아니면 단순히 그가 아는 정보? 뱅쿼는 선도자라기보다 추종자였고 연결 고리에 불과했다. 더프는 나머지 인물들이 누군지 조만간 파악할 수 있기를 바랐다. 그 정보로 무장하면……. 코르크 보드 옆 벽에 걸린 전화기가 정적을 깨뜨렸다.

"전화 왔어!" 그는 큰 소리로 외쳤다.

"들었어. 여기서 받을게." 케이스니스가 방에서 대답했다. 그녀는 방마다 전화기를 두었다. 그것도 그녀와 함께 있으면 그가 노인네처럼 느껴지는 이유 중 하나였다. 메러디스와 그가 조금 구식일지 몰라도 그들은 집에 전화기 한 대면 충분하다고 생각했다. 달려가서 받으면 안 될 이유가 없지 않은가. 그는 행주를 찾아서 손을 닦았다. 어떤 대화인지, 이 밤중에 누가 전화를 했는지 알아내려고 그녀의 음성에 귀를 기울였다. 메러디스일까? 그는 이 생각이 떠오르자마자 곧바로 떨쳐 버렸다. 두 번째로 든 생각은 그보다 좀 더 오랫동안 그의 머릿속에 머물렀다. 애인. 그보다 젊은 애인. 아니, 애인으로 발전할 가능성이 있는 팬. 더프가 오늘 저녁 그녀가 원하는 대답을 하지 않으면 당장 끼어들 준비를 하고 누군가가 대기하고 있었다. 그렇다, 그녀가 갑작스럽게 재촉한 것은 바로 그 때문이었다. 더프는 그녀의 요구를 받아들이지 않았고 그러자 그를 향한 최후통첩이 반대로 그녀를 향한 최후통첩이 되었다. 그리고 그녀는 그를 선택했다. 이런 생각을 하는 동안 그는 팬의 전화이길 바라는 마음이 없지 않았다. 인간이란 이 얼마나 이상한 존재인가?

"다시 한번 얘기해 줄래요?" 방에서 케이스니스가 이렇게 묻는 소리가 들렸다. 사무적인 목소리였다. 평소보다 흥분한 상태라는 것만 달랐다. "당장 출발할게요. 다른 팀원들한테도 연락해요."

업무 전화인 게 분명했다. 범죄 현장 관련 업무였다.

그녀가 방 안에서 부스럭거리는 소리가 들렸다. 그는 범죄 현장이 파이프라 그녀가 태워다 달라고 하는 사태가 벌어지지 않기만을 바랐다. 손에서 땀이 났다. 그는 손을 핥으며 레몬을 내려다보았다. 부둣가의 아스팔트 위에 넘어졌을 때 생긴 상처에 즙이 들어갔다. 그는 잠깐 동안 꼼짝 않고 있었다. 그러다 칼을 집어서 다시 레몬을 찔렀다. 이번에는 세게, 잽싸게 찔렀다. 얼른 칼을 놓고 손을 뗐지만 역시 따끔거렸다. 불가능한 일이었다. 레몬을 찌르고 즙이 뿜어져 나오기 전에 손을 피하는 것은 불가능한 일이었다.

케이스니스가 까만 왕진 가방을 들고 부엌으로 달려 들어왔다.

"무슨 일이야?" 더프는 그녀의 표정을 보고 물었다.

"경찰청 전화야. 특공대에서 맥베스의 부대장이었던……."

"뱅쿼?" 더프는 목구멍이 조여 오는 것을 느낄 수 있었다.

"응." 그녀는 서랍을 열면서 말했다. "그 사람이 케네스 다리에서 발견됐대."

"발견됐다고? 그렇다면……?"

"응." 그녀는 서랍을 성난 듯이 뒤졌다.

"어쩌다?" 묻고 싶은 게 너무 많아서 더프는 하릴없이 이마를 짚었다.

"아직 모르겠지만 현장에 출동한 경찰 말로는 차가 벌집이더래. 그리고 머리가 없어졌대."

"없어졌다고? 잘렸……다는 거야?"

"보면 알겠지." 그녀는 서랍에서 라텍스 장갑을 꺼내 가방에 넣으면서 말했다. "나 태워다 줄 수 있어?"

"케이스니스, 내가 만날 사람이 있어서……."

"장소는 얘기하지 않았잖아. 하지만 빙 돌아가는 거라면……."

그는 다시 칼을 쳐다보았다.

"같이 갈게." 그가 말했다. "당연히 같이 가야지. 살인사건수사반장으로서 이보다 더 중요한 일이 어디 있다고."

그는 몸을 돌려서 코르크 보드를 향해 있는 힘껏 칼을 던졌다. 칼은 한 바퀴 반을 돌고 보드 손잡이에 부딪쳤고 요란한 소리와 함께 부엌 바닥으로 떨어졌다.

"뭐 하는 거야?" 그녀가 물었다.

더프는 물끄러미 칼을 쳐다보았다. "엄청 연습해야 성공할 수 있는 거. 가자."

17

"그래, 시턴." 맥베스가 말했다. "어쩐 일이야?"

구름 사이로 고개를 내민 햇살이 경찰청장실의 지저분한 창문을 비스듬히 뚫고 들어와 책상 위에 놓인 레이디의 사진과 오늘이 화요일임을 알리는 달력과 개틀링 기관총 도면과 호리호리한 근육질 경관의 반질반질한 정수리를 비추었다.

"경호원이 있어야 합니다." 시턴이 말했다.

"내가? 어떤 경호원이 필요하다는 거지?"

"악에는 악으로 대처할 경호원요. 덩컨 옆에는 경호원이 둘 있었고 뱅쿼도 이렇게 됐으니, 고인의 영혼에 주님의 축복이 함께하길 빌겠습니다만, 그들이 청장님도 노리고 있을 거라고 볼 이유가 충분합니다."

"그들이 누군데?"

시턴은 어리둥절한 눈빛으로 맥베스를 쳐다보며 대답했다. "노스 라이더죠. 제가 알기로는 이 사건의 배후 인물이 그들인데요."

맥베스는 고개를 끄덕였다. "2구의 목격자들 말로는 오토바이를 탄 사람들을 보았는데 그중 몇 명이 노스 라이더 재킷을 입고 있었고, 보석 가게를 들이받은 볼보를 향해 총을 쏘았다고 했지. 우리 짐작으로는 그게 뱅쿼의 차였고."

"맬컴이 연루되어 있다면 경찰 내부에서 청장님께 협박이 가해질 수도 있죠. 저는 소위 말하는 리더들을 못 믿겠어요. 제가 보기에 더프는 줏대도 없고 도덕관념도 없는 사람이거든요. 외부의 위험 요소로는 헤카테가 있겠고요."

"헤카테는 장사꾼이야. 살인범으로 의심을 받으면 장사에 득이 될 리 없지. 반면에 스위노에게는 장사보다 더 중요한 동기가 있고."

"복수 말이죠."

"그래, 구태의연한 성격의 복수. 통장보다 가장 기초적인 본능에 충실하려는 인간의 성향을 과소평가하는 경제학자들도 있더군. 수컷 검은과부거미는 교미를 끝내고 지친 몸으로 상대의 등 위에 누워 있을 때 조만간 잡아먹힐 거라는 걸 알아. 그래도 다른 길을 선택할 수 없을 거야. 스위노가 바로 그런 경우지."

"그러니까 헤카테는 덜 무섭다는 말씀이신가요?"

"내가 오늘 얘기했다시피 정보를 좀 더 신중하게 유포하고, 헤카테를 겨냥한 마녀사냥의 규모를 줄이고, 좀 더 시급한 문제에 집중할 필요가 있어."

"예를 들면 어떤 문제요?"

"예를 들면 정직하고 성실한 시민들을 공개적으로 속이고 갈취하

는 수상한 카지노랄까. 하지만 다시 본론으로 돌아가자면. 전임 경찰
청장의 경우에는 경호원과 관련해서 안 좋은 일이 있었지만 내가 코
더의 집에서 그 개한테 공격을 당했을 때 자네가 얼마나 효과적이고
용감하게 대처했는지 기억하고 있어. 그러니까 자네의 제안을 고민
해 보겠네. 사실 자네한테 다른 보직을 내릴까 고민 중이었는데. 자
네가 조금 전에 제안한 것과 크게 다르지 않은 보직을 말이야."

"네?"

"이제 나는 경찰청장이 됐고 뱅쿼는 고인이 됐으니 특공대장이 공
석이잖아. 시턴, 자네가 가장 나이가 많고 가장 경험이 풍부하지 않
나."

"감사합니다, 청장님. 저를 그렇게 믿어 주시다니 생각지도 못한
영광입니다. 문제는 제가 그만큼 믿음직한 인물인지 모르겠다는 건
데요. 저는 정치도 할 줄 모르고 남들을 이끌 줄도 몰라서요."

"아냐, 나는 자네 같은 부류를 알아. 시턴, 자네는 주인이 필요한
경비견이지. 그런데 특공대가 일종의 경비견이야. 얼마나 세부적으
로 지시가 내려지는지 알면 놀랄걸? 나는 악당들을 어떤 식으로 체
포하면 좋을지 고민한 적이 거의 없어. 게다가 지난 이틀 동안 벌어
진 살인 사건들을 보면 특공대에서 경찰청장을 적극적으로 보호해
야겠다는 생각이 들 정도로 이 자리에 앉은 사람이 엄청난 협박에
시달리고 있지 않은가."

"특공대가 경찰청장의 개인 경호 부대가 될 거라는 말씀입니까?"

"반대하는 사람이 있더라도 진압하지 못할 정도는 아닐 것 같은데.
그렇게 하면 일석이조 아닌가. 자네의 바람과 나의 바람을 일거에 해

소하는 거지. 어떻게 생각하나, 시턴?"

해가 지고 있었고 갑자기 청장실이 어두워졌기 때문에 시턴의 나지막한 속삭임이 은밀한 공모처럼 들렸을 수도 있었다. "청장님께서 개인적으로 상세하게 명령을 내려 주신다면 좋습니다."

맥베스는 자신의 앞에 앉아 있는 남자를 뜯어보았다. **고인의 영혼에 주님의 축복이 함께하길 빌겠습니다만.** 시턴은 뱅쿼를 거론하면서 이렇게 얘기했다. 맥베스는 주님이 어떤 식으로 축복할 수 있을지 궁금해졌다.

"내가 충복인 자네에게 내리는 명령은 애매모호하지 않을 거야, 시턴. 그리고 반대파 진압과 관련해서 이 개틀링 기관총을 두 대 주문했다네." 그는 시턴에게 도면을 건넸다. "속달로. 비용이 조금 더 들기는 했지만 이틀 안으로 도착할 거야. 어떻게 생각하나?"

시턴은 도면을 훑어보며 천천히 고개를 끄덕였다. "섹시한데요?" 그가 말했다. "사실 끝내줍니다."

더프는 하품을 하며 맑은 하늘에서 시커먼 구름을 향해 차를 몰았다.

유언이 누나를 달고 와서 손님방에서 자고 있는 그를 깨웠다.

"아빠, 퇴근했네요!"

그들은 호수 위로 낮게 드리워진 아침 햇살을 만끽하며 부엌에서 아침을 먹었다. 메러디스는 아빠 무릎에 앉아서 밥을 먹겠다고 싸우는 아이들에게 그만하라고, 조금 있으면 학교에 갈 시간이라고 했다. 하지만 마음먹은 것과 다르게 단호하게 얘기하지 못했고 눈빛은 웃음기를 머금고 있었다.

그는 벌집이 된 차가 견인되고 아스팔트에 남은 혈흔은 씻긴 사건 현장을 이제 막 지났다. 케이스니스와 팀원들이 유능한 솜씨를 발휘해 남은 증거를 찾았다. 그는 뱅쿼가 총에 맞았고 머리가 잘렸다는, 누가 봐도 당연한 판단을 내리는 것 말고는 할 일이 별로 없었다. 플리언스는 흔적조차 없었지만 더프는 조수석 안전벨트가 잘린 것을 보았다. 그건 여러 가지로 해석할 수 있었다. 지금 당장은 뱅쿼의 아들이 실종됐다는 일반적인 경보를 발령하는 것 말고는 취할 수 있는 조치가 없었다. 다리가 폐쇄됐기 때문에 아무도 지나다니지 않는 길이었고 인근에 목격자가 있을 가능성도 없었으므로 30분쯤 지났을 때 더프는 집까지 반쯤 왔으니 파이프에서 자는 게 좋겠다는 결론을 내렸다.

그는 뜬눈으로 누워서 메뚜기들의 노랫소리를 들으며 곰곰이 생각했다. 그는 알고 있었다. 이해하지 못했을 뿐, 알고는 있었다. 그가 갑자기 큰 그림을 파악한 건 아니었다. 서로 맞물렸던 퍼즐 조각들이 갑자기 딱 맞아떨어진 것도 아니었다. 한 가지 단순하고 사소한 부분이 결정타였다. 케이스니스의 부엌에 있던 칼. 하지만 곱씹는 동안 하나둘씩 등장한 다른 조각들이 천천히 맞추어지기 시작했다. 그러다 그는 잠이 들었고 새벽에 아이들에게 급습을 당하고 일어났다.

더프는 옛날 다리를 넘었다. 케네스 다리에 비하면 좁고 수수했지만 튼튼하게 지어져서 이 다리의 수명이 더 길 거라고 생각하는 사람들이 많았다.

문제는 누구에게 이걸 얘기해야 하느냐는 거였다.

권력과 영향력과 패기가 충분할 뿐 아니라 믿을 수 있는 사람, 연루되지 **않은** 사람이라야 했다.

구름의 틈새가 닫히고 햇볕의 짧은 방문이 끝났을 때 그는 경찰청의 지하 주차장으로 진입했다.

더프가 들어서자 타자를 치고 있던 레녹스가 고개를 들었다. "조금 있으면 점심시간인데 방금 전에 일어난 사람처럼 하품을 하고 있네?"

"마지막으로 묻겠는데 저거 진짜야?" 더프는 끝에 녹슨 쇠붙이가 달려 있는 변색된 폭탄을 턱으로 가리키며 물었다. 레녹스가 서진으로 쓰는 물건이었다. 더프는 문 옆 의자에 털썩 주저앉았다.

"마지막으로 대답하는데……." 레녹스는 한숨을 쉬었다. "솜 전투 때 참호에서 우리 할아버지 앞으로 떨어진 수류탄이야. 보면 알겠지만 독일군이 다행히 깜빡하고 핀을 뽑지 않았거든. 동기들은 그 이야기를 듣고 엄청 웃었지."

"솜에서 엄청 웃었다고?"

"할아버지 말로는 상황이 심각해질수록 더 많이 웃었다고 했어. 할아버지는 그걸 전장의 웃음이라고 표현했고."

"나는 아무래도 네가 거짓말을 하는 것 같아, 레녹스. 너는 멀쩡한 수류탄을 책상 위에 놓아둘 타입이 아니잖아."

레녹스는 웃으며 계속 타자기를 쳤다. "할아버지가 평생 집에 보관하셨거든. 이걸 보면 중요한 것들이 생각난다고 하셨어. 덧없는 인생, 기회의 역할, 죽을 수밖에 없는 할아버지의 운명 그리고 무능한 인간들."

더프는 타자기를 가리켰다. "그런 일은 비서한테 시키면 되지 않아?"

"이제는 편지를 직접 써서 퇴근길에 부치려고. 어제 검찰청 직원이 그러는데 누가 내 편지를 뜯었다가 다시 붙인 흔적이 있더래."

"놀라지 않겠어. 갑작스러운 접견을 허락해 줘서 고마워."

"**접견?** 그러니까 엄청 격식을 갖추는 것처럼 들리잖아. 전화로는 무슨 일인지 공개하지 않더니."

"내가 얘기했잖아. 편지를 열어 보는 사람이 있다 한들 놀라지 않겠다고."

"전화 교환실. 네 생각에는……."

"나는 아무것도 생각하지 않아, 레녹스. 지금 같은 상황에서는 모험을 감수할 필요가 없다는 자네 의견에 동의할 뿐이지."

레녹스는 천천히 고개를 끄덕이고 옆으로 갸우뚱했다. "하지만 더프, 그 얘기를 하려고 나를 찾아온 건가?"

"어쩌면. 누가 덩컨을 살해했는지 증거를 몇 가지 포착했거든."

레녹스가 허리를 펴자 의자에서 끼익하는 소리가 났다. 그는 타자기에서 손을 떼고 팔꿈치를 책상 위에 얹었다. "문 닫아."

더프는 팔을 뻗어서 문을 닫았다.

"어떤 증거? 물증이야?"

"마침 그 단어가 나왔으니 말인데……." 더프는 레녹스의 책상에서 종이 자르는 칼을 집어 손에 얹고 무게를 짐작했다. "자네도 알다시피 덩컨과 경호원들의 살해 현장이 양쪽 모두 외관상으로는 아무 문제 없어 보였잖아."

"**외관상으로**라는 것은 겉보기에는 괜찮지만 사실은 그렇지 않을 때 쓰는 단어 아닌가?"

"그렇지." 더프 경감은 칼을 집게손가락에 가로로 얹어서 손가락과 열십자가 되게 했다. "자네가 죽이려고 작정하고 칼로 어떤 사람의 목을 찔렀다면 경동맥을 놓쳐서 다시 한번 찔러야 하는 경우에 대비해 칼을 계속 잡고 있지 않을까?"

"그렇겠지." 레녹스가 종이 자르는 칼을 빤히 쳐다보며 말했다.

"그리고 만약 경동맥을 정확히 찌르면, 우리도 알다시피 칼 하나는 그랬잖아, 엄청난 양의 피가 몇 초 동안 잠깐 뿜어져 나올 테고 희생자의 혈압이 떨어지고 심장박동이 멈추면 그 뒤로는 피가 그냥 뚝뚝 흐르고 말겠지."

"맞아. 그렇겠지."

"그런데 헤네시 근처에서 발견된 단검은 손잡이가 피범벅이었어. 그의 지문도 피를 뒤집어썼고 손바닥에도 덩컨의 피가 잔뜩 묻어 있었지." 더프는 종이 자르는 칼의 손잡이를 가리켰다. "그 말은 곧 범인이 덩컨의 목에서 피가 뿜어져 나왔을 때가 아니라 그 이후에 손잡이를 잡았다는 뜻이 되지. 왜냐하면 덩컨의 목을 향해 단검을 **던진** 사람은 따로 있었으니까."

"그렇군." 레녹스는 머리를 긁적이며 말했다. "하지만 던졌건 찔렀건 그게 무슨 상관인가? 결과는 마찬가진데."

더프는 레녹스에게 종이 자르는 칼을 건넸다. "이 칼을 던져서 저기 저 알림판에 꽂아 봐."

"나는……."

"얼른."

레녹스는 자리에서 일어났다. 알림판과의 거리는 2미터쯤 됐다.

"세게 던져야 해." 더프가 말했다. "힘 있게 던져야 사람의 목을 관통할 수 있으니까."

레녹스는 칼을 던졌다. 칼은 알림판을 맞고 튕겨 나와 쩽그랑 하는 소리와 함께 바닥으로 떨어졌다.

"열 번 던져 봐." 더프가 칼을 집어서 손가락 위에 올려놓고 균형을 잡으면서 말했다. "그래도 자네가 칼을 꽂지 못한다는 데 고급 위스키를 한 병 걸 수 있어."

"내 능력이나 운을 별로 못 믿는 모양이네?"

"손잡이나 날이 무거워서 균형이 안 맞는 칼이라면 확률이 좀 더 높았을지 몰라. 하지만 덩컨의 목을 찌른 단검처럼 이 칼도 양쪽의 무게가 비슷하단 말이지. 이런 걸 던지려면 전문가라야 해. 그런데 이 건물에서 덩컨의 경호원들이 칼 던지기의 귀재였다고 하는 사람을 나는 만난 적이 없고 그런 소리를 들은 적도 없어. 사실 내가 아는 칼 던지기의 귀재는 한 명뿐이야. 그걸로 서커스 단원이 될 뻔했던 사람. 그날 저녁 인버네스 카지노에 있었던 사람."

"그게 누군데?"

"자네한테 조직범죄수사반을 맡긴 사람. 맥베스."

레녹스는 입을 떡 벌리고 더프의 이마 위 한 점을 바라보며 미동도 하지 않았다. "자네 지금……?"

"그래, 맞아. 덩컨 경찰청장은 맥베스에게 살해당했어. 아무 죄 없는 경호원들도 똑같은 사람의 손에 잔인한 죽음을 맞았고."

"맙소사." 레녹스는 의자에 털썩 주저앉았다. "과학수사반원들하고 케이스니스한테도 얘기했어?"

더프는 고개를 저었다. "그들도 손잡이에 묻은 혈흔을 보았지만 칼을 던져서 그런 게 아니라 잽싸게 손을 놓았기 때문에 그렇게 된 걸로 추측했지. 타당한 추측이야. 그 정도 능력을 갖춘 사람은 거의 없으니까. 맥베스가 그중 한 명이라는 것도 아주 가까운 측근만 아는 사실이고."

"다행이로군. 이건 아무한테도 얘기하면 안 돼. **아무한테도.**" 레녹스는 주먹을 쥐고 손마디를 씹었다. "자네 때문에 내 입장이 얼마나 난처해졌는지 아나, 더프?"

"응. 이제 자네도 내가 아는 걸 알게 됐고 그 사실은 변함이 없을 테니 우리는 공동 운명체가 됐지. 자네한테 선택의 여지를 주지 않은 건 미안하게 됐지만 어쩌겠나? 칼을 빼 들어야 하는 순간이 찾아온 거야, 레녹스."

"그러게. 자네 말마따나 맥베스가 그런 괴물이라면 다치게 하는 정도로는 부족해. 그러면 두 배로 위험해질 테니까. 단칼에 확실히 쓰러뜨려야 해."

"그렇지. 하지만 무슨 수로?"

"영리하게, 조심스럽게. 내가 생각을 해 볼 테지만 천재가 아니다 보니 시간이 걸릴 거야. 나중에 다시 만나. 벽에도 귀가 달린 여기 말고 다른 데서."

"6시." 더프가 일어서며 말했다. "중앙역. 버사 옆에서."

"그 고물 열차 말이야? 왜 하필?"

"거기서 뱅쿼를 만나기로 했었거든. 그가 얘기하려고 했던 걸 나 혼자 어찌어찌 알아내긴 했지만."

"그럼 만날 장소로 제격이로군. 거기서 보자고."

맥베스는 책상 위에 놓인 전화기를 빤히 쳐다보았다.

스위노와 통화하고 이제 막 수화기를 내려놓은 참이었다.

살갗 밑에서 신경이 움찔움찔했다. **뭔가** 조치가 필요했다. **뭔가**가 아니었다. 그는 어떤 조치가 필요한지 알았다. 그는 레이디가 사 준 큼지막한 모자를 홱 낚아챘다. 맥베스가 대기실로 뚜벅뚜벅 걸어가자 프리실라가 미소를 지었다. "청장님, 얼마나 있다가 들어오실 예정인가요?"

그녀는 맥베스의 요청에 따라 레녹스의 팀에서 이쪽으로 이동했고 그러기까지 두 시간도 걸리지 않았다. 그는 오랫동안 덩컨 밑에서 근무한 오른팔을 자르고 싶었지만 대신 한 층 밑으로 내려보내는 데 만족했다. 관리부장이 공공기관에서는 아무리 경찰청장이라도 직원을 당장 해고할 수 없다고 했기 때문이었다.

"한 시간." 맥베스는 말했다. "아니면 두 시간."

"그럼 전화한 분들께 두 시간이라고 얘기할게요." 그녀가 말했다.

"그래, 프리실라."

그는 엘리베이터를 탔고 1층을 눌렀다. **전화한 분들께. 전화가 오면**이 아니었다. 우라질 전화는 끊이지 않았다. 반장, 판사, 시의원. 대답할 수 없는 질문들로 그를 괴롭히는 것 말고는 무슨 일을 하는지 전혀 알 수 없는 사람들이 태반이었다. 그만큼 전화가 많이 왔다는 뜻이었다. 기자들. 사망한 덩컨과 실종된 맬컴. 그리고 이번에는 또 다른 경찰관과 그의 아들까지. 모든 게 통제가 안 되는 상황입니까? 그들은 물었다. 청장님께서 뭔가 확신을 주시면⋯⋯. **노코멘트입니다. 다음 기자회견에서 말씀드리죠, 회견일은⋯⋯.**

그리고 났을 때 스위노가 전화를 했다.

엘리베이터 문이 열렸다. 제복을 입은 경찰관 두 명이 엘리베이터를 타려다 멈추고 뒷걸음질을 쳤다. 청장 혼자 엘리베이터를 타야 한다는 것은 케네스가 도입했다가 덩컨이 폐지한 원칙이었다. 하지만 맥베스가 같이 타자는 말을 꺼내기도 전에 문이 닫혔고 그는 계속 혼자 내려갔다.

경찰청 앞 인도에서 신문을 읽던 회색 외투 차림의 남자와 부딪치자 남자가 "죄송합니다, 맥베스 청장님"이라고 중얼거렸다. 이상할 것도 없는 것이, 맥베스가 고개를 들어 보니 신문 1면에 그의 얼굴이 실려 있었다. '키를 잡은 3등 항해사'. 나쁘지 않은 헤드라인이었다. 레이디가 제안한 것일 수도 있었다. 편집장이 그녀의 손안에 있었다.

맥베스는 큼직한 모자로 얼굴을 가리고 성큼성큼 걸었다. 한낮이라 도로가 차량들로 워낙 꽉꽉 막혔기 때문에 중앙역까지 걸어가는 편이 훨씬 빨랐다. 게다가 거기 사람들 어느 누구에게도 경찰청장의 리무진을 보여 주지 않는 것이 좋았다.

스위노가 프리실라에게 뭐라고 하면서 바꿔 달라고 했을지 아무도 모를 일이었다. 아무튼 맥베스가 전화를 받았을 때 그는 이름을 밝히지 않았고 밝힐 필요도 없었다. 그의 목소리는 한번 들으면 절대 잊을 수 없었다. 하도 낮고 굵직해서 수화기의 플라스틱 부분이 떨렸다. 그는 맥베스가 노스 라이더를 **즉각** 석방하겠다고 약속했는데 벌써 열두 시간이 지났다고 했다. 맥베스는 그렇게 간단한 문제가 아니라고 대답했다. 이미 공소가 제기됐기 때문에 서류에 판사와 변호사의 서명을 받아야 했다. 하지만 이틀 안으로 귀환 축하 파티 환영사를 준비해도 무방할 것이었다.

"그럼 이틀이나 늦는 건데." 스위노는 이렇게 얘기했다. "그리고 그 이틀로 끝인 줄 알아. 모레 11시 정각에 우리 조직원 중 한 명이 판사의 집으로 전화해서, 어느 판사인지는 공개하지 않겠어, 뱅쿼 살인 사건에 가담했다고 자백하고 우리가 뱅쿼와 플리언스의 위치를 어떤 방법으로 정확하게 파악했는지 얘기할 거니까."

"가미가제 작전이라 이건가?"

"거기다 당신이 우리 아지트로 찾아온 걸 목격한 사람이 일곱 명이야."

"진정하고 환영사나 준비해, 스위노. 내일 오후 3시 30분에 네 꼬맹이들을 아지트 앞에 떨어뜨려 줄 테니까."

그 말을 끝으로 맥베스는 전화를 끊었다.

맥베스는 중앙역 계단 밑에서 주변을 샅샅이 살폈다. 회색 외투가 또 보였지만 좀 전과 다른 사람이었다. 그는 모자로 얼굴을 가렸지만, 어쨌거나 그 역시 제 능력을 유감없이 발휘하는 데 필요한 준비물을 장만하느라 말쑥한 옷차림으로 이 계단을 달려가는 수많은 사람들 가운데 한 명에 불과했다.

맥베스는 지난번처럼 화장실로 내려가는 계단 옆 복도에 서 있었다. 꼬맹이는 보이지 않았다. 그는 안달하며 이쪽 발에서 저쪽 발로 깡충깡충 뛰었다. 욕구를 느낀 지 몇 시간이 지났지만 욕구 충족의 순간을 눈앞에 둔 지금에 이르러서야 미칠 듯이 강렬해졌다.

한 시간쯤 지난 뒤에야 그녀가 등장한 것처럼 느껴졌지만 손목시계에 따르면 고작 10분이었다. 무슨 의미인지 몰라도 하얀 막대를 손에 쥐고 있었다.

"두 봉 필요해." 그가 말했다.

"만날 사람이 있어." 스트레가가 말했다. "이걸 귀에 꽂고 이걸 써." 그녀는 수경과 용접용 고글을 반씩 섞어 놓은 듯한, 시각장애인들이 쓰는 안경과 귀마개를 꺼냈다.

"왜?"

"칵테일을 얻고 싶으면 그래야 하니까."

그는 망설였다. 아니, 망설였다기보다 뜸을 들였다. 그들이 요구하면 물구나무를 서서 걸을 수도 있었다. 고글에는 색이 씌워져 있어서 앞이 전혀 보이지 않았다. 방향감각을 상실하도록 스트레가가 그를 잡고 몇 바퀴 돌렸다. 그런 다음 그에게 하얀 막대를 쥐여 주고 길을 인도했다. 10분이 지났을 때 그는 비를 맞으며 사람과 차량들을 지나서 걷고 있다는 걸 알 수 있었다. 귀마개를 해도 모든 소리가 차단되지는 않았다. 스트레가가 그를 잡고 1.5미터 높이의 시멘트 모서리 위로 올라갈 수 있게 거들었고 거기에서부터 그들은 자갈 아니면 모래로 덮인 길을 걸었다. 그런 다음 또다시 시멘트 모서리 위로 올라가서 어디론가 들어간 듯했다. 좀 전보다 따뜻하고 공기가 건조했다. 그는 의자에 주저앉혀졌다. 누군가가 귀마개를 빼 주면서 고글은 계속 쓰고 있으라고 했다.

어떤 사람이 다가오는 소리가 들렸고 **탁탁** 하는 소리가 그의 바로 앞에서 멈추었다.

"이런 식으로 데려와서 미안하게 생각하네." 남다르게 다정하고 부드러우며 나이 많은 남자가 아닐까 싶은 목소리였다. "하지만 모든 걸 감안했을 때 직접 만나는 편이 좋지 않을까 싶어서. 물론 자네는 내 얼굴을 보지 못할 테지만 내가 맥베스 자네라면 그걸 다행스럽게 생각할 거야."

"알겠어. 나를 살려서 돌려보낼 작정이라는 거군."

"너는 똑똑하지는 않아. 하지만 멍청하다기보다 똑똑한 쪽에 가깝지, 맥베스. 우리가 너를 선택한 이유도 그 때문이다."

"나를 여기로 데려온 이유는 뭔가?"

"걱정이 돼서. 너를 선택하기 전부터 네가 각성제를 좋아한다는 거야 당연히 알고 있었지만 이 정도로 순식간에 완전히 장악당할 줄은 몰랐거든. 한마디로 요약하자면 너를 믿어도 될지 확인해야겠다는 거다. 아니면 너를 대체해야 하거든."

"대체하다니 뭘로?"

"네가 특별한 존재라고 생각하나? 경찰청장이라는 직함에 도취되지는 않았기를, 그건 간판에 불과하다는 걸 깨닫기를 바란다. 내가 없으면 너는 아무것도 아니야. 사실 덩컨은 나 없이도 해낼 수 있을 거라고, 나와 싸울 수 있을 거라고 생각했지. 너도 그렇게 생각하나, 맥베스?"

맥베스는 이를 갈며 분노를 삼켰다. 약을 챙겨서 탈출하고 싶은 마음뿐이었다. "우리가 양쪽 모두에게 득이 되는 협력 관계인 걸로 아는데, 헤카테. 네가 촉발한 일련의 사건들로 내가 경찰청장의 자리에 올랐을지 몰라도 스위노를 제거하고 너와 너의 독점사업을 들쑤시지 않도록 경찰을 단속할 사람은 나야."

"흠. 그러니까 양심의 가책은 없다는 건가?"

"당연히 있지만 나는 실용주의자야. 이 정도 크기의 도시에서는 너 같은 약장수들을 위한 시장이 생길 수밖에 없지. 너나 스위노가 아니더라도 다른 누가 있을 거야. 우리가 손을 잡으면 다른 업자와 저질스러운 약장수들을 저지할 수 있다. 나는 이 도시의 더 나은 미래를 건설하는 수단으로 너를 받아들이겠어."

노인은 빙그레 웃었다. "레이디가 함 직한 소리로군. 가볍고 달콤하지만 알맹이는 없는. 나는 지금 기로에 서 있다, 맥베스. 어느 쪽으로 갈지 선택하려면 네가 적임자가 맞는지 평가를 해야 해. 신문에서는 3등 항해사가 선장에게 키를 넘겨받았다는 비유를 쓰더군. 네 배는 지금 폭풍을 만났다. 덩컨, 뱅쿼 그리고 경찰사관생도가 처형을 당했지. 코더, 맬컴 그리고 두 명의 경호원은 썩어 빠졌다는 평가를 받으며 저세상으로 떠났고. 네 배는 이미 물리적으로나 도덕적으로나 난파 상태라 어떤 식으로 좀 더 잔잔한 바다를 향해 방향을 돌릴 작정인지 알아야 내가 너를 도울 수 있어."

"죄인들은 당연히 체포해서 처단해야겠지."

"듣던 중 반가운 소리로군. 그런데 죄인들이 누구인가?"

"그야 빤하잖아. 노스 라이더지. 그들이 맬컴과 경호원들을 억지로 끌어들였으니까."

"좋아. 그렇다면 너하고 나는 무죄판결을 받겠군. 하지만 스위노가 자신이 덩컨의 살인 사건과 무관하다는 걸 입증하면?"

"느낌상 그러지 못할 것 같은데."

"흠. 네가 한 이야기를 실행에 옮길 만한 여력이 되길 바랄 따름이다, 맥베스."

"걱정 마, 헤카테. 나도 너에게 똑같은 걸 요구하는 바다."

"그게 무슨 소리지? 네가 경찰청장 자리에 오를 수 있도록 길을 깔아 주었는데 그걸로는 부족하다는 건가?"

"제대로 보호해 주지 않으면 부족하지. 지금은 모두들 나를 잡아먹지 못해서 안달이 났어. 판사, 기자, 범죄자, 어쩌면 동료들까지. 총 아니면 말을 무기 삼아서. 전화통에서 불이 날 지경이야. 그리고 이 것 봐, 내가 이렇게 벌건 대낮에 맹인처럼 납치를 당할 수도 있잖아."

"특공대에서 신경 쓰도록 조치를 취하지 않았나?"

"내가 그 안의 모든 사람들을 믿어도 될지 알 수 있어야 말이지. 더 확실한 보호가 필요하다."

"좋아. 거기에 대해서 답변하자면 너는 이미 내 보호를 받고 있어. 얼마 전부터. 네가 몰랐을 뿐이지."

"어떤 식으로?"

"알려고 하지 마. 헤카테는 자기가 투자한 상품을 보호한다는 것만 알고 있으면 된다. 나라는 사람 자체가 네가 내 것인 한 아무도, 이 도시의 어느 누구도 너를 해치지 못한다는 보증서거든."

"어느 누구도?"

"약속한다, 여자의 몸에서 태어난 사람은 네 털끝 하나 건드리지 못할 거라고. 버사가 다시 움직이지 않는 한 네가 청장 자리에서 쫓겨날 일은 없을 거라고.* 그 정도면 충분하지 않나, 맥베스?"

"음. 둘 다 만족스러운 약속이로군."

"좋아. 마지막으로 할 이야기가 있어. 더프 경감을 조심하라는 거다."

"뭐?"

"덩컨을 살해한 범인이 너라는 걸 알거든."

맥베스는 불안감을 느껴야 한다는 것을 알았다. 공포를, 두려움을 느껴야 한다는 것을 알았다. 하지만 그에게 남은 감정이라고는 그 익숙하면서도 가증스러운 갈망뿐이었다.

"다행히 지금 당장은 더프가 아는 걸 아는 사람이 한 명밖에 없어."

"그게 누군데?" 맥베스는 물었다.

"내가 지시한 대로 너를 조직범죄수사반장으로 추천하고 지지한 사람. 워낙 은밀하게 이루어진 작업이라 덩컨도 나중에서야 그의 제안이었다는 걸 알아차렸지."

"그러니까 그게 누구냐고."

"직접 알아봐."

누군가가 맥베스의 몸을 돌리자 의자 다리 끌리는 소리가 들렸다. 잠시 후에 고글이 벗겨졌다. 맥베스가 맨 처음 떠올린 생각은 자신이 방음이 되는 취조실을 대면하고 있다는 것이었다. 취조를 당하는 쪽에서는 바깥을 보지도 못하고 듣지도 못하는, 반사 유리창이 달려 있었다. 차이점이 있다면 여긴 유리 플라스크, 튜브, 관들이 거대한 탱

_____

* 『맥베스』에서 마녀가 맥베스에게 한 예언이기도 하다.

크와 연결된 대형 실험실을 닮았다는 것이었다. 탱크는 온갖 현대적인 설비와 우스꽝스러운 대조를 이루었고 맥베스는 사람을 산 채로 삶아 먹는 식인종을 그린 만화가 생각났다. 탱크 뒤편 벽에 '금연'이라고 적힌 큼지막한 게시판이 달려 있었다. 눈부신 조명이 비추는 이 방의 탱크 앞, 유리창 근처에 안색이 창백한 빨간 머리 남자가 안락의자에 똑바로 앉아 있었다. 한쪽 셔츠 소매를 걷고 입을 반쯤 벌리고 눈을 반쯤 감은 채 천장을 올려다보고 있었다. 맥베스와 워낙 가까이 앉아 있어서 떨리는 눈꺼풀로 반쯤 덮인 남자의 파란 홍채가 보일 정도였다. 주사기를 레녹스 경감의 팔뚝에 꽂고 있는 중국 여자는 그도 보았던 그 자매 중 한 명이었다.

맥베스의 뒤편에서 부드러운 목소리가 들렸다. "레녹스가 엘리트 계급에 속하지 않으면서 시민들이 친근감을 느낄 수 있는 사람을 임명해야 한다는 발상을 덩컨의 머릿속에 심어 놓았지."

"레녹스가 덩컨에게 나를 조직범죄수사반장으로 추천했다는 건가?"

"당연히 레녹스는 그 반대로 얘기했지. 자네는 정식 자격도 없고 인기가 너무 많으니까 그 자리에 앉히면 안 된다고. 거만하고 고집이 센 늙은 노새는 그런 식으로 조종하는 거야."

"당신이 **뛰어내리라**고 하면 레녹스가 뛰어내렸다?"

"그리고 레녹스는 **뛰어내리라**고 하지 않는데 덩컨은 뛰어내렸고." 맥베스의 뒤에서 위스키를 붓는 것처럼 꾸르륵거리는 웃음소리가 들렸다. "인간의 머릿속은 미로와 같다고들 하지, 맥베스. 그래도 길이 넓어서 길을 찾기가 쉬워. 레녹스는 10여 년 전부터 내 것이었어.

충복 레녹스 경감이었지."

맥베스는 뒤편에서 이야기하는 남자의 형상을 파악하려고 했지만 헤카테는 거울에 비추어지지 않는 사람인 양 스트레가만 보였다. 하지만 그의 목소리가 귓가에서 들리는 걸 보면 뒤에 서 있는 게 분명했다.

"하지만 내가 **뛰어내리라**고 하면 진짜로 뛰어내리라는 뜻이야."

"그래?"

"더프를 죽여라."

맥베스는 침을 꿀꺽 삼켰다. "더프는 내 친구야. 물론 당신은 이미 알고 있겠지만."

"뱅쿼는 네게 아버지나 다름없었지만 그래도 너는 아랑곳하지 않았잖아. 더프를 반드시 처단해야 해, 맥베스. 그리고 내가 더 훌륭한 친구를 선물하겠다. 그 친구의 이름은 파워다."

"새로운 친구는 필요 없어."

"천만에. 칵테일을 하면 사람이 불안정하고 변덕스러워지거든. 환영이 보이지?"

"글쎄. 어쩌면 이것이 환영일 수도 있지. 파워는 뭐지?"

"새롭지만 아주 오래된 제품이야. 칵테일은 가난뱅이들의 파워지. 파워가 효과는 일곱 배 더 세고 부작용은 절반이야. 그걸 하면 사고 능력이 향상되고 강화된다. 이 시대가 요구하는 약물이랄까."

"나는 칵테일이 더 좋은데."

"네가 더 좋아하는 건 경찰청장 자리를 고수하는 것 아닐까, 맥베스?"

"이 새로운 약물도 중독성이 있나?"

"아주 오래된 거라고 했잖아. 파워가 네가 이미 중독된 모든 것을 대체할 거야. 어때? 더프와 파워, 둘 중에 뭘 선택하겠나?"

맥베스는 레녹스의 고개가 앞으로 쏟아지는 것을 보았다. 스트레가가 뒤에서 뭐라고 속삭이는 소리를 들었다. 중국 여자가 레녹스를 안락의자에 다시 눕히고 탱크 쪽으로 갔다.

"줘."

"뭐라고?"

맥베스는 헛기침을 했다. "달라고."

"그에게 봉지를 줘라." 헤카테가 말했다.

탁탁 소리가 멀어지는 동시에 맥베스의 눈에 고글이 씌워졌고 주변 세상이 사라졌다.

18

"참 예쁘다니까. 그렇지 않아?" 레녹스가 둥그스름한 부분을 쓰다듬으며 말했다.

"아니." 더프가 말했다. "버사가 이렇기도 하고 저렇기도 하지만 예쁘지는 않아."

레녹스는 웃으며 검댕으로 뒤덮인 자기 손을 내려다보았다. "다들 버사라고 하지만 정식 이름은 버사 버넘*이야. 건설 현장에서 근무했던 까만 머리 요리사의 이름을 따서 지었지. 여기서부터 캐피틀까지 철길을 깔았을 때 처음부터 끝까지 함께한 유일한 직원이었거든."

"그걸 어떻게 알았어?"

"우리 할아버지가 참여하셨거든. 여기서부터 캐피틀까지 철길을 깔았을 때."

---

* 『맥베스』에서 마녀가 예언하기를 버넘 숲이 움직이지 않는 한 맥베스가 패배할 일은 없을 거라고 했다.

"자네 할아버지가 망치를 휘두르고 침목을 옮겼다고?"

"아니, 당연히 그게 아니라 **자금 조달**을 거들었지."

"그럼 그렇지." 더프는 오후의 어스름 속에서 환영의 불빛을 반짝이는 인버네스 카지노를 내다보았다.

"맞아, 우리 레녹스 집안사람들은 뼛속까지 은행원이니까. 내가 일종의 이단아야. 자네 집안은 어떤가, 더프?"

"한통속이야."

"경찰이로군."

"죄다."

"내가 아는 더프가 이 도시에 많지만 경찰은 한 명도 없는데."

"여기로 이사 오면서 외할아버지 성으로 바꿨어."

"그 외할아버지는……."

"돌아가셨어. 그 뒤로 고아원에서 지냈지. 거기서 경찰대학에 진학했고."

"여기 출신도 아니면서 왜 캐피틀에 있는 경찰대학에 가지 않았어? 거기가 더 좋잖아, 날씨도 그렇고 공기도 그렇고."

"월척들이 여기 있잖아. 노스 라이더, 헤카테……."

"그렇군. 자네, 진심으로 조직범죄수사반장이 되고 싶었지?"

"응, 아마도."

"뭐, 아직 공석이잖아. 맥베스를 덩컨의 살인범으로 체포하고 나서 자네가 원하는 팀을 지목하도록 해. 우리가 이 도시의 구세주라는 소리를 들을 테니까."

"과연 그럴까? 저들이 관심이나 있을 것 같아?" 더프는 사람들이 최대한 빨리 어두컴컴한 곳에 숨으려고 종종걸음을 치는 광장 쪽을 턱으로 가리켰다.

"무슨 얘긴지 알지만 이 도시의 주민들을 과소평가하는 건 잘못이야."

"문제를 대하는 방법에는 두 가지가 있어, 레녹스. 해결하든지, 무시하든지. 케네스는 이 도시 주민들에게 두 번째 방법을 가르쳤지. 부패에 관심을 두지 않고 공동체의 책임을 남들에게 떠넘기도록. 불이 켜진 공간의 바퀴벌레처럼 도망치는 저들을 봐."

"한심한 인간들이 사는 한심한 도시인데, 그래도 자네는 모든 것을 걸 생각이 있다는 건가?"

레녹스는 고개를 젓는 더프를 바라보았다.

"맙소사, 레녹스, 어째서 이게 **이 도시**를 위한 길이라고 생각하는 거야? 이 도시라니. 그건 시의원으로 선출되거나 경찰청장이 되고 싶을 때 쓰는 단어지. 우리가 마지막으로 만난 이후에 알아낸 정보가 뭐가 있는지 얘기해 봐."

"알았어. 캐피틀에 있는 어느 판사한테 연락해서……."

"**아무한테도** 얘기하면 안 된다니까!"

"걱정 마, 더프. 누구 혹은 무슨 일 때문인지는 얘기하지 않고 고위층의 비리 때문이라고만 했으니까. 중요한 건 이 판사는 믿을 만한 사람이라는 거야. 다른 지역에 살아서 맥베스나 스위노나 헤카테의 입김이 미치지 않거든. 연방법원 소속 판사라 연방경찰과 손을 잡을 수 있기 때문에 이곳 경찰청을 뛰어넘어 맥베스가 힘을 쓸 수 없는 캐피틀에서 공소를 제기할 수 있지. 그 판사가 사흘 뒤에 이곳으로 건너와서 아무도 모르게 우릴 만나 주겠다고 했어."

"이름이 뭔데?"

"존스."

레녹스는 자신을 빤히 쳐다보는 더프의 시선을 느꼈다.

"라스 존스." 레녹스가 말했다. "왜 그래?"

"자네 동공이 약쟁이 같아서."

레녹스는 혀를 축이고 웃음을 터뜨렸다. "선천성 색소결핍증 환자의 유전자가 섞이면 그래. 눈이 빛에 민감해지거든. 그래서 우리 집 안사람들이 사무직을 좋아하는 것이기도 하지."

더프는 외투를 걸친 채로 몸을 부르르 떨었다. 인버네스 카지노를 다시 건너다보았다. "그래서, 사흘이라고? 그동안 뭘 하면 좋을까?"

레녹스는 어깨를 으쓱했다. "납작 엎드리고 있어야지. 몸을 사리고. 그리고…… 또 다른 표현으로 뭐가 있는지 모르겠네."

"맥베스하고 만나는 게 벌써부터 싫어졌는데."

"어째서?"

"나는 연극을 못 하거든."

"지금까지 아무도 속여 본 적이 없어?"

"있지. 그런데 다들 내 속을 빤히 들여다보더라고."

레녹스는 더프를 흘끗 쳐다보았다. "아하. 집에서?"

더프는 어깨를 으쓱했다. "심지어 며칠 있으면 아홉 살이 되는 내 아들조차 아빠가 거짓말을 하면 알아차려. 그런데 맥베스는 어느 누구보다 나를 잘 알거든."

"이상한 일이야." 레녹스가 말했다. "서로 완전히 다른 두 사람이 그렇게 친한 친구라니."

"나중에 얘기하자." 더프가 서쪽을 쳐다보며 말했다. "지금 출발하면 해가 질 때쯤 파이프에 도착하겠네."

레녹스도 더프와 같은 방향을 쳐다보았다. 자연의 섭리상 폭우가 쏟아지면 시야가 가려져서 늘 날씨가 금세 좋아질 거라고 긍정적으로 생각할 수 있어서 다행이라는 생각이 들었다.

"최악의 고비는 넘긴 것 같아." 맥베스가 침대 옆 테이블에 놓인 라이터를 집어 들고 담배에 불을 붙이며 말했다. "앞으로는 모든 게 다 좋아질 거야. 우리는 이제 원래 자리로 돌아왔어. 이 도시가 우리 거야."

레이디는 한 손을 가슴에 얹고 실크 시트 밑에서 계속 두근거리는 심장을 느꼈다. 숨을 몰아쉬며 말했다. "새롭게 샘솟은 열정이 당신의 능력을 보여 주는 증거라면……."

"증거라면?"

"우리는 천하무적이야. 사람들이 당신을 얼마나 좋아하는지 알아? 카지노 손님들이 당신 얘기를 하면서 이 도시의 구세주래. 그리고 신문 봤어? 오늘 자 《타임스》 사설을 보니까 당신더러 시장 선거에 출마해야 된다고 하더라."

"편집장이 당신 친구야?" 맥베스는 씩 웃었다. "당신이 그렇게 써 달라고 부탁했어?"

"아니야, 아니야. 당신을 주제로 쓴 사설이 아니었어. 진정한 경쟁 상대가 없어서 토텔이 인기가 없는데도 불구하고 또 당선되게 생겼다는 논평 기사였어."

"케네스의 종처럼 지냈는데 인기가 있을 수가 있나."

"그래서 이론상 토텔에 대적할 수 있는 사람으로 당신 이름이 거론됐어. 어떻게 생각해?"

"내가 시장이 된다고?" 맥베스는 웃으며 팔을 긁었다. "고맙지만 사양할게. 지금 정도면 사무실도 충분히 넓고 우리가 원하는 걸 하고도 남을 만한 권력이 생겼잖아." 그의 손톱이 살갗에 남은 조그만 구멍을 쓸고 지나갔다. 파워. 그가 직접 주사기를 꽂았는데 영업 문구가 과장이 아니었다.

"당신 말이 맞아." 그녀가 얘기했다. "그래도 생각해 봐. 아이디어가 무르익으면 다르게 느껴질 수도 있잖아. 누가 알겠어? 그나저나 잭이 오늘 아침에 당신 앞으로 배달된 소포를 받았다던데. 누가 오토바이로 들고 왔다고. 무겁고 꽁꽁 포장이 됐더라며."

맥베스는 혈관을 타고 한기가 전해지기를 기다렸지만 아무 느낌도 없었다. 새로운 약물 덕분인 듯했다. "어디다 뒀어?"

"모자를 놓는 당신 옷장 선반에."

그는 천천히 담배를 피우며 옆에서 그녀가 잠이 드는 소리를 들었다. 갈색의 단단한 오크로 만들어진 옷장 문을 물끄러미 바라보았다. 그러다 베개를 베고 누워서 창문 사이로 스며든 달빛에 대고 담배 연기로 도넛을 만들어서 불었고 아랍의 벨리댄서처럼 몸을 비틀며 소용돌이치는 담배 연기를 바라보았다. 그는 두렵지 않았다. 그의 뒤에는 특공대가 있었고 헤카테가 있었고 운명의 여신이 그를 향해 미소 짓고 있었다. 고개를 들어서 옷장을 다시 쳐다보았다. 안에서는 아무 소리도 들리지 않았다. 유령들이 물러났다. 창밖도 완벽하게 고요했다. 창문을 두드리는 빗소리 하나 들리지 않았다. 비가 온 뒤에는 햇빛이 비치기 마련이었다. 사랑이 전투에서 흘린 피를 씻어 주기 마련이었다. 죄를 지은 뒤에는 용서가 따르기 마련이었다.

19

"모두들 좋은 아침." 맥베스는 테이블에 둘러앉은 모든 사람들과 눈을 맞추며 인사를 건넸다. "그런데 사실 좋은 아침이라고 볼 수는 없지. 뱅쿼가 죽은 뒤로 두 번째 날이 밝았고 서른여섯 시간이 지났는데 범인이 아직도 활개를 치고 다니고 있으니. 먼저 뱅쿼를 위해서 1분 동안 묵념부터 할까?"

더프는 눈을 감았다.

맥베스가 그렇게 심각한 표정으로 들어서다니 좀처럼 없는 일이었다. 그는 원래 비가 오나 눈이 오나, 아는 사람이건 모르는 사람이건 날마다 모든 이들에게 웃으며 인사를 건넸다. 고아원에서 처음 만난 날부터 그랬다. 더프를 보았을 텐데도, 그의 옷차림과 헤어스타일을 보고 둘이 서로 얼마나 다른지 알았을 텐데도 그런 표면적인 부분보다 깊은 무언가를 공유하고 있는 듯이, 그들을 하나로 연결하는 무언가가 있어서 남들은 모르는 형제지간이라도 되는 듯이 웃었다.

어쩌면 그는 그 무조건적이고 환한 미소로 모든 사람들에게 똑같은 느낌을 전달했을지 모른다. 그가 미소를 지으면 그의 주변에는 서로 잘되기만을 바라는 순수한 사람들만 있는 듯이 느껴졌고 그래서 더프는 그 당시에도 냉랭한 냉소주의자가 된 듯한 기분에 시달렸다. 그도 미소로 주변 사람들을 전염시킬 수 있다면 무엇을 내준들 아깝지 않을 듯했다.

"더프?" 누군가가 그의 이름을 속삭였다. 고개를 돌려 보니 케이스니스의 선명한 초록색 눈동자가 그를 맞았다. 그녀가 회의 테이블 끝쪽을 턱으로 가리켰다. 맥베스가 거기서 그를 쳐다보고 있었다.

"수사가 어떻게 진행되고 있는지 물었는데, 더프."

더프는 똑바로 앉으며 기침을 했다. 얼굴이 빨개지는 것을 느낄 수 있었다. 그는 설명을 시작했다. 노스 라이더 조직원들—가죽 재킷에 로고가 새겨져 있었다—과 다른 오토바이 조직원들이 제이컵스 앤드 선스라는 보석 가게 앞에서 볼보에 총격을 가하는 광경을 보았다는 목격자가 여럿 있었다. 케네스 다리 밑에서 재킷과 플리언스의 지갑이 발견되었지만 시신은 아직 보이지 않았다. 케이스니스가 제시한 광범위한 법의학적 증거도 그들이 이미 아는 사실—스위노의 부하들이 뱅쿼와 어쩌면 플리언스까지 살해했다는—을 뒷받침할 따름이었다.

"스위노가 현장에 직접 출동했다고 볼 수 있는 증거도 있어요." 더프가 얘기했다. "얇은 담배꽁초가 차 옆 아스팔트 위에 떨어져 있었거든요."

"얇은 담배를 피우는 사람은 많잖아." 레녹스가 짚고 넘어갔다.

"다비도프 롱 파나텔라를 피우는 사람은 많지 않지." 더프가 대꾸했다.

"스위노가 무슨 담배를 피우는지도 **안단** 말이야?" 레녹스가 한쪽 눈썹을 추켜세우며 물었다.

더프는 대답하지 않았다.

"이건 용납할 수 없는 사태야." 맥베스가 말했다. "이 도시가 용납하지 않을 사태야. 경찰을 살해하는 건 이 도시에 대한 공격이나 다름없지 않은가. 이 자리에 앉아 있는 반장들이 내일 이 도시의 신임을 얻으려면 오늘 뭔가 조치를 취해야 해. 그렇기 때문에 일부 병력을 희생하는 한이 있더라도 총력을 기울여서 주저 없이 반격을 감행해야겠지. 이건 전쟁이니까 전쟁의 규칙을 적용해야 할 거야. 그래서 나는 신임 특공대장을 임명했고 그들에게 총기 사용과 조직범죄 척결 시 유의 사항과 관련해서 좀 더 포괄적인 권한을 부여했네."

"잠시만요." 레녹스가 말했다. "유의 사항이라니 그게 뭡니까?"

"조만간 알게 될 거야. 현재 작성 중이거든."

"누가 작성하고 있는데요?" 케이스니스가 물었다.

"시턴 경찰관." 맥베스가 대답했다. "신임 특공대장이지."

"자기한테 적용되는 유의 사항을 자기 스스로 쓰고 있다고요?" 케이스니스가 물었다. "그건……."

"지금은 행동으로 옮겨야 하는 때야." 맥베스는 말허리를 잘랐다. "유의 사항의 문구를 다듬을 때가 아니라. 조만간 결과물을 보면 자네도 나만큼, 이 도시의 다른 주민들만큼 만족할 거야."

"하지만……."

"물론 유의 사항 작성이 끝나면 얼마든지 의견을 제시해도 된다. 오늘 회의는 여기서 마치기로 하고. 자, 이제 일들 합시다!" 그것으로 끝이었다. 그 미소와 함께. "더프, 잠깐 얘기 좀 할 수 있을까?"

여기저기서 머뭇머뭇 의자를 뒤로 미는 소리가 들렸다.

"자네도 나가도 좋아, 프리실라." 맥베스가 말했다. "나가면서 문 좀 닫아 줘. 고마워."

회의실에 그들만 남았다. 더프는 결의를 다졌다.

"이리 와서 앉아. 좀 더 가까이." 맥베스가 말했다.

더프는 일어나서 그의 옆자리로 옮겼다. 마음을 편하게 먹으려고 애를 쓰며 침착하게 숨을 쉬었고 자기도 모르게 얼굴 근육에 힘을 주지 않으려고 했다. 자신이 덩컨을 살해한 범인과 손 내밀면 닿는 거리에 있다는 것을 의식했다.

"너한테 물어보고 싶은 게 있어서." 맥베스가 말했다. "100퍼센트 솔직하게 대답해 주었으면 해."

더프는 목구멍이 조여 오고 심장이 쿵쾅거리는 것을 느낄 수 있었다.

"나는 다른 사람한테 조직범죄수사반장 자리를 제안하고 싶었어. 네가 맨 처음으로 느낄 감정이 실망이라는 걸 알지만……."

더프는 고개를 끄덕였다. 입 안이 바짝 말라서 목소리가 제대로 나올지 알 수가 없었다.

"네가 부청장이 되어 주었으면 해서 내린 결정이야. 어떻게 생각해?"

더프는 헛기침을 했다. "고마워." 그는 쉰 목소리로 얘기했다.

"더프, 몸이 안 좋아?" 맥베스는 걱정스러운 표정을 지으며 더프의 어깨에 손을 얹었다. "아니면 조금 실망해서 그런 거야? 네가 조직범 죄수사반을 얼마나 맡고 싶어 하는지 알고, 나처럼 모자라는 새끼가 버벅거리지 않고 수완이 생길 때까지 돕는 것보다 최전방 초소를 더 좋아할 거라는 것도 알아." 그는 특유의 환한 미소를 지었고 더프는 어떻게든 대답해 보려고 애를 썼다.

"넌 내 친구잖아, 더프. 그래서 네가 가까이 있어 줬으면 좋겠어. 속담에서 뭐라고 하더라?"

더프는 기침을 했다. "무슨 속담?"

"속담은 네 전공이잖아, 더프. 아무튼 됐어. 네가 조직범죄수사반을 고집하면 생각 좀 해 볼게. 레녹스한테는 아직 아무 얘기도 하지 않았어. 너 얼굴이 너무 안 좋다. 물 한 잔 갖다줄까?"

"아냐, 괜찮아, 고마워. 그냥 좀 피곤해서 그래. 습격을 앞두고 잠을 설친 데다 덩컨이 살해된 뒤로 한숨도 못 잤거든."

"그냥 **좀** 피곤해서 그러는 거 맞아?"

더프는 곰곰이 생각했다. 고개를 저었다. "아니, 실은 앞으로 이틀 동안 쉬었으면 좋겠는데. 수사가 한창이라는 건 알지만 그건 케이스 니스가……."

"당연하지, 당연하지, 더프. 내 마음이 급하다고 말을 죽을 때까지 닦달할 필요는 없지. 파이프 집으로 가. 메러디스한테 안부 전해 주고 최소한 이틀 동안 침대에 누워 있어야 한다고 얘기해. 믿거나 말거나 경찰청장의 명령이야."

"고마워."

"경고하는데 내가 파이프로 찾아가서 쉬고 있는지 확인할 거야."

"좋아."

"그리고 부청장 제안에 대해서 어떻게 생각하는지 사흘 안으로 대답해 줘."

"알았어."

더프는 화장실에 가서 변기에 대고 토악질을 했다.

셔츠가 땀으로 흠뻑 젖었고 한 시간 뒤 드디어 옛날 다리를 건널 무렵에서야 심장박동이 정상으로 돌아왔다.

레이디는 식당과 게임룸을 가로질렀다. 손님의 수를 세어 보니 아홉 명이었다. 원래 점심시간 직후가 가장 잠잠한 때라고 자신을 애써 달래 보았다. 그녀는 안내 데스크로 잭을 만나러 갔다.

"오늘 새로 온 손님 있어?"

"아직은 없습니다, 사장님."

"아직은? 나중에는 생길까?"

그는 변명조로 미소를 지었다. "그건 모르겠는데요."

"내가 부탁한 대로 오벨리스크에 가 봤어?"

"그럼요, 사장님."

"거긴 분위기가……?"

"잠잠했습니다."

"거짓말이지, 잭?"

"네, 사장님."

레이디는 웃는 수밖에 없었다. "잭, 자기는 늘 위로가 된다니까? 여기서 살인 사건이 벌어졌기 때문에 이런 걸까?"

"그럴지도 모르죠. 하지만 전화해서 덩컨이 살해당한 방을 특별히 요구하는 사람도 있어요. 정 안 되면 경호원들이 묵었던 방도 좋다면서."

"사람들 정신 상태가 이상하기도 하지. 정신 상태 얘기가 나왔으니 말인데 토텔이 데리고 온 남자아이에 대해서 좀 알아봐 줘. 몇 살인지."

"사장님 생각에는……?"

"그 아이를 생각하면 열여섯 살보다 많은 게 좋겠지. 우리를 생각하면 적은 게 좋겠고."

"그걸 파악해야 하는 특별한 이유가 있으신가요, 사장님?"

"만약의 경우에 대비해서 탄약을 쟁여 놓는 거야, 잭. 시장이 경찰청장을 임명하는데 보통은 시장이 서열을 따르지만 이번 같은 경우에는 절대 안심할 수 없는 거 아니겠어?"

"그뿐인가요?"

"뭐, 두말하면 잔소리지만 오벨리스크의 사업 관행을 면밀히 조사하도록 토텔이 도박 및 카지노 관리국에 좀 더 압력을 행사할 수 있을지 알아봐야지. 내가 인내심을 발휘해서 좋게 접근해 보려고 했지만 당장 효과가 없으면 좀 더 과감한 조치를 취할 수밖에."

"알아보겠습니다."

"잭?"

"네, 사장님."

"내가 요즘에도 잠결에 걸어 다녀?"

"제가 근무할 때는 그러신 적 없는데요."

"또 거짓말하는 거야?"

"간밤에 안내 데스크로 잠깐 내려오시기는 했지만 잠결이었는지 아닌지 알 수가 없었어요."

그녀는 웃음을 터뜨렸다. "잭, 잭, 세상 모든 사람들이 자기처럼 착하면 얼마나 좋을까. 혹시나 했거든. 일어나 보니까 열쇠가 문 바깥쪽에 꽂혀 있더라고."

"신경 쓰이는 일 있으세요? 고민이 있을 때만 잠결에 걸으시잖아요."

"세상에 고민 아닌 일이 있을까?" 레이디는 한숨을 쉬었다.

"꿈은요? 요즘도 같은 꿈을 계속 꾸세요?"

"얘기했잖아, 잭. 꿈이 아니라 기억이라고."

"죄송하지만 그건 **알 수** 없는 거예요, 사장님. 매일 밤 꿈속에서 보이는 대로 정확하게 그런 일이 벌어졌는지. 계속 꾸다 보면 꿈이 기억이 되거든요. 사장님이 알기로는 아이가 자연사했다면서요."

"역시 자기는 궁극의 위안을 선물하는 직원이라니까? 하지만 위로는 필요 없어. 잊으려고 할 필요도 없어. 오히려 정반대야. **기억해야** 해. 지금 이 자리에 오르기까지, 매일 아침 실크 이불을 덮고 내가 선택한 남자 옆에서 눈을 뜨며 아이가 없는 내 인생의 값어치를 환산하기까지 무엇을 희생했는지. 내가 있는 모습 그대로 존경받을 수 있는 내 집, 내 삶을 일구기까지 무엇을 희생했는지."

"있는 모습 그대로 존경을 받는 사람은 없죠, 사장님. 어떤 능력을 갖추고 있느냐에 따라 존경을 받을 뿐. 특히 존경을 받고 싶은 사람에게 무언가를 할 수 있는 능력이 된다면……."

"자기처럼 똑똑한 사람이 안내 데스크를 지키고 있다니."

"안타깝게도 안내 데스크 직원의 분별력이 별로 존경을 받지 못하는 게 그 때문이죠. 아무에게도 해가 될 게 없는 관찰자이자 환관이자 가끔은 존경받는 사람들을 위로하는 역할을 할 따름이니까요."

"자기는 아이가 없어서 다행이야, 잭. 자기 아이를 방치한 사연을 들어 줄 사람이 자기밖에 없거든. 부모들은 그 얘기를 들으면 충격을 받은 얼굴로 혐오감을 표출할 텐데. 자기는 비난하기보다 이해하는 것을 더 좋아하는 영리하고 참을성 있는 사람이야."

"비난할 게 뭐가 있겠어요? 가난한 집에서 태어나 열세 살에 성폭행을 당하고 임신해, 비를 가릴 지붕도 없이 버림을 받은 상황에서 아이를 낳았지만 지키지 못한 거요?"

"내 노력이 부족했을 수도 있잖아."

"그러다 죽을 수도 있었는데요? 사장님은 열세 살이었어요. 아직 어린 나이지만 두뇌 회전이 빨랐던. 갓 태어난 아이를 위해서 사장님의 미래를 희생해야 했을까요? 자기가 살아 있는 줄도 모르는 씨앗, 갈망도 죄책감도 부끄러움도 진정한 사랑도 못 느끼고, 인간이라기보다 벌을 받을 대로 받은 어린 여자아이의 목에 걸린 맷돌을 위해서? 그 열세 살짜리가 양쪽 모두를 살리지 못하고 자기 목숨만 부지했던 건 불행 중 다행이라고 해야 해요. 왜냐하면 보세요, 그녀가 이후에 어떤 업적을 이루었는지. 그녀는 조그만 매춘업소를 만들었죠. 그걸 좀 더 호화롭고 규모가 큰 시설로 발전시켜서 경찰청장에서부터 이 도시의 가장 중요한 정치인에 이르기까지 모든 이의 욕구를 충족시켰어요. 그걸 팔아 이 도시에서 가장 훌륭한 카지노를 설립했고요. 그리고 지금은—짜잔—이 도시의 여왕이 됐어요."

레이디는 고개를 저었다. "그건 좀 과했다, 잭. 내 의도를 그럴듯하게 윤색하고 내가 저지른 잘못을 사면하다니. 어린애의 목숨에 비하면 카지노가 무슨 소용이며, 바보 같은 인간들의 꿈이 무슨 소용이겠어? 내가 욕심을 조금 버렸다면 그 아이를 살릴 수 있었을지 몰라."

"욕심이 그렇게 많으셨나요?"

"사람들에게 인정받고 싶었지. 아니, 그걸 넘어서…… 존경받고 싶었어. 맞아, 그리고 사랑을 받고 싶었고. 그건 아무에게나 주어지는 축복이 아닌데 나는 그 소수가 되고 싶었어. 그 대가로 밤이면 밤마다 계속해서 아이를 떠나보내야 해."

잭은 고개를 끄덕였다. "만약 다시 선택할 수 있다면 어떻게 하실 거예요?"

레이디는 그를 쳐다보았다. "어쩌면 인간은 모두 좋으나 싫으나 욕망의 노예가 아닐까, 잭? 자기도 그렇다고 생각해?"

"글쎄요, 사장님. 하지만 욕망의 노예들의 관점에서 내일 토텔의 그 아이에 대해 알아보겠습니다."

맥베스는 지하에 도착하자 엘리베이터에서 내리고 잠깐 서서 가죽, 총기 윤활유 그리고 남자들의 땀 냄새를 들이마셨다. 불을 뿜는 붉은 용 밑에 적힌 특공대의 좌우명을 읽었다. '의리, 동지애, 불로 세례받고 피로 하나 된다.' 맙소사, 그 이후로 억겁의 세월이 흐른 것처럼 느껴졌다.

그는 문을 지나서 특공대 휴게실로 들어갔다.

"올라프슨! 앵거스! 어이, 왜 이래? 신입처럼 폴짝폴짝 뛰지 말고 앉아. 시턴은?"

"저기요." 앵거스가 특유의 번지르르한 성직자 같은 목소리로 말했다. "뱅쿼 소식 듣고 슬펐어요. 화환 산다고 저희들끼리 돈을 모으고 있는데 청장님은 아무래도……."

"너희랑 다른 팀 아니냐고? 무슨 소리야." 맥베스는 지갑을 꺼냈다. "올라프슨, 너는 병가 중인 걸로 알고 있었는데. 팔걸이 붕대는 어디 갔어?"

"버렸어요." 올라프슨의 말은 혀짤배기 발음 때문에 스페인어처럼 들렸다. "병원에서는 어깨 힘줄이 다 망가져서 다시는 총을 쏘지 못할 거라고 그랬거든요. 그런데 시턴 대장님께 보였더니 갑자기 다시 괜찮아졌어요."

"잘했어. 병원 말은 믿지 마." 맥베스는 올라프슨에게 지폐 다발을 건넸다.

"너무 많은데요."

"받아."

"이 돈이면 관을 살 수도 있겠어요."

"받아!"

맥베스는 예전에 쓰던 사무실로 들어갔다. 사실 사무실이라기보다는 선반과 벤치 위에 총기 부품과 탄약이 나뒹굴고 쓰지 않는 타자기는 의자로 옮겨진 작업실이었다.

"어때?" 맥베스가 물었다.

"녀석들한테 간단하게 설명했어요." 시턴은 자기 앞에 놓인 두툼한 사용 설명서를 깔고 앉으며 말했다. "준비시켰고요."

"그리고 우리 개틀링 아가씨들은?" 맥베스는 사용 설명서를 턱으로 가리켰다.

"기관총은 내일 아침 8시에 입항한답니다. 항만 관리소장한테 얘기해 놓으셨을 테니 새치기가 가능하겠죠?"

"아가씨들이 파티에 늦으면 쓰나. 그러고 나서 내일 너희들이 처리해야 할 조그만 일이 하나 있는데."

"좋습니다. 어디서요?"

"파이프."

20

목요일 아침. 파이프는 햇살에 흠뻑 잠겼다.

더프는 수영을 하고 있었다.

완벽하고 힘찬 평영으로 차갑고 묵직한 물을 갈랐다.

그는 예전부터 옆 도시의 짠물이 흐르는 협만을 더 좋아했다. 거기서 헤엄을 치면 더 가볍게 느껴졌다. 학교에서는 짠물이 부력이 더 강하다고, 그러니까 밀도가 더 높다는 뜻이라고, 그러니까 민물보다 더 무겁다고 배웠는데 이상한 일이었다. 그래도 얼마 전까지만 해도 얼어 죽을 듯이 차가운 건 둘째 치고 워낙 오염이 심해서 수영을 하고 나올 때마다 몸이 더러워진 기분이 드는 협만이 더 좋았다. 하지만 지금은 그의 몸이 깨끗했다. 그는 아침 일찍 일어나 손님방의 차가운 마룻바닥에서 운동을 하고, 아침상을 차리고, 유언에게 생일 축하 노래를 짤막하게 불러 주고, 아이들을 학교에 태워다 준 다음 메러디스와 함께 호수까지 800미터 정도를 걸어왔다. 그녀는 올가을에 사과가 얼마나 많이 열렸는지 모른다고 했고, 딸 에밀리가 난생처음 러브레터를 받았고—하지만 세 살 어린애가 보낸 편지라 메러디스는 속으로 이만저만 실망한 게 아니라고 했다—열두 번째 생일 선물로 기타를 받고 싶어 한다고 했다. 유언은 학교 운동장에서 치고받고 싸우는 바람에 통지서를 들고 왔다. 그는 아빠에게 직접 얘기하겠다고 엄마와 약속했지만 오늘 생일 파티가 끝난 다음에 하겠다고, 그이후에도 시간이 많지 않으냐고 했다. 더프는 난처한 순간을 뒤로 미루면 유언이 쓸데없이 오랜 시간 동안 전전긍긍해야 하는 거 아니냐고 물었다.

"나는 어느 쪽인지 잘 모르겠어." 메러디스는 미소를 지었다. "털어놓는 순간을 손꼽아 기다리고 있는지 아니면 두려워하고 있는지. 어제 싸운 아이는 선배였는데, 유언 말로는 걔가 먼저 피터를 발로 찼다고 하거든."

"누구?"

"유언이랑 제일 친한 친구."

"아, 걔." 더프는 아는 척했다.

"유언 말로는 미안하긴 했지만 친구를 지켜야 했대. 아빠였어도 그렇게 했을 거라며. 그래서 당신이 뭐라고 할지 엄청 궁금해하고 있어."

"그럼 내가 균형을 잘 잡아야겠네. 행동은 나무라도 용기는 칭찬하는 쪽으로. 싸움을 일으키지 말고 중간에서 조정할 방법을 나서서 찾아 주는 게 중요하다고. 화해할 수 있게, 응?"

"그래 주면 고맙겠어."

더프는 메러디스와 함께 물살을 가르는 동안 파이프의 이 조그만 호수 말고 다른 데서는 수영을 하지 않겠다고 마음먹었다.

"다 왔네." 메러디스가 뒤에서 헐떡이며 말했다.

더프는 그녀를 볼 수 있도록 하늘을 보고 누워서 손과 발을 허우적거리며 물 위에 떠 있었다. 그의 허연 몸은 물속에서 푸르스름하게 물들었지만 그녀는 이렇게 환한데도 황금빛이 도는 갈색이었다. 그는 도시에서 보내는 시간이 너무 많았다. 햇볕을 좀 더 쪼여야 했다.

그녀는 그를 지나서 물에 젖어 매끈거리는 큼지막한 바위 위로 기어 올라갔다.

그냥 평범한 바위가 아니었다. 그들의 바위였다. 11년 전의 어느 여름날 딸아이가 잉태된 바위였다. 그들은 도시를 피해 파이프로 도망쳤다가 우연히 이 호수를 발견했다. 지나다가 방치된 조그만 시골집을 보고 메러디스가 귀엽다고 한 게 발단이었다. 거기서 반짝이는 물이 보였고 10분에서 15분쯤 걸었을 때 이 호수가 나왔다. 근처에 살아서 움직이는 거라고는 젖소 두어 마리뿐이었지만 그래도 그들은 보는 눈이 아무도 없을 듯한 이 바위까지 헤엄쳐 왔다. 한 달 뒤에 메러디스가 임신 소식을 전했고 그들은 뛸 듯이 기뻐하며 이곳을 다시 찾아와서 호수와 큰길 중간의 집을 매입했고, 둘째 유언이 태어나자 호숫가의 땅을 사서 통나무집을 지었다.

더프는 그녀의 옆으로 기어 올라갔다. 앉은 자리에서 빨간색 통나무집이 보였다.

그는 햇볕으로 따뜻하게 데워진 바위에 등을 대고 누웠다. 눈을 감고 몸속을 관통하는 희열의 파도를 느꼈다. 가끔은 이후의 따뜻함을 만끽하기 위해 추위를 견딤 직도 하다는 생각이 들었다.

"이제 다시 집으로 돌아온 거야, 더프?"

뭔가를 잃어버렸다가 다시 찾으면 기쁨이 배가되는 법이었다.

"응." 그는 말했다.

그녀의 그림자가 그를 덮었다.

입을 맞추었을 때 그는 왜 지금에서야 짠물이 아니라 단물에 적셔진 여자의 입술이 더 맛있다는 생각이 드는지 궁금해하다가 몸에서 단물은 마실 수 있지만 짠물은 마실 수 없다는 신호를 보내기 때문일 거라는 결론을 내렸다.

나중에 태양 아래에서 사랑을 나누느라 땀범벅이 된 몸으로 서로 부둥켜안고 있었을 때 그가 시내에 다녀와야 한다고 얘기했다.

"알았어. 평소하고 같은 시각에 수프 먹을 거야."

"한참 전에 돌아올 거야. 유언 생일 선물 가지러 가는 거니까. 사무실 책상 서랍에 넣어 두었거든."

"비밀경찰복 받고 싶다고 그랬지?"

"응. 그리고 가능한 한 처리해야 하는 문제도 하나 있어."

그녀는 한 손가락으로 그의 이마와 코를 쓸어내렸다. "뭐 생각난 게 있는 모양이지?"

"그렇기도 하고 아니기도 하고. 진작 처리했어야 하는 문제야."

"그렇다면……." 그를 너무나 잘 아는 그녀의 손가락이 그의 입술을 어루만졌다. "무슨 일인지 모르겠지만 하고 와. 나는 여기서 기다릴게."

더프는 팔꿈치를 짚고 일어나서 그녀를 내려다보았다. "메러디스."

"응?"

"사랑해."

"알아, 더프. 당신이 잠깐 깜빡했을 뿐이라는 거."

더프는 미소를 지었다. 민물에 적셔진 그녀의 입술에 다시 입을 맞추고 일어섰다. 물속으로 뛰어들려다 멈추었다. "메러디스."

"응?"

"싸움에서 누가 이겼는지 유언이 얘기했어?"

"왜 이들을 아지트로 데려다주어야 하는지 청장님이 얘기하셨어?" 기사가 물었다.

구치소 교도관은 다음 칸에 맞는 열쇠를 찾느라 열쇠 뭉치를 내려다보고 있었다. "증거가 부족하대."

"증거가 부족하다고? 부두에서 약물을 건네받으려고 했던 게 노스라이더였다는 걸 온 도시가 **아는데**? 그 경찰관과 아들을 죽인 장본인이 노스 라이더였다는 것도 **알고**. 하지만 내가 물어본 건 그들을 석방하는 이유가 아니라—그런 허튼소리라면 지긋지긋하니까—그냥 석방하지 않는 이유야. 이 구치소에서 저 구치소로 옮기는 거라면 모를까, 호송 버스가 무슨 택시도 아니고 수감자들을 집까지 태워다 준 적은 없거든."

"난들 알겠어?" 교도관은 수용실 문을 열면서 말했다. "어이, 쉰! 이제 그만 일어나! 마누라하고 딸이 기다리는 집으로 돌아갈 시간이다!"

"맥베스 만세!" 수용실 안에서 누군가가 외치는 소리가 들렸다.

교도관은 고개를 젓고 기사를 돌아보았다. "버스를 출구 쪽으로 몰고 오면 거기서 만나. 무장 경관 두 명을 같이 보낼게."

"왜? 이 녀석들 풀어 주는 거 아니야?"

"청장님이 목적지까지 아무 일 없이 확실하게 데리고 가라고 하셨거든."

"녀석들 발에 쇠고랑 채워도 돼?"

"규정대로라면 안 되지만 좋을 대로 해. 어이! 신발 신어. 시간이 남아도는 줄 아냐?"

"진짜야? 좋은 시절이 돌아온 거야, 케네스 때처럼?"

"헤헤. 단정 짓기는 조금 이르지만, 들리는 말로는 맥베스가 달라지고 있다고 하더군."

"그의 골칫거리는 풀리지 않은 경찰 살인 사건이야. 일을 똑바로 해결하지 않으면 금세 쫓겨날 수밖에 없거든."

"그럴지도. 카이트가 오늘 라디오에서 맥베스를 구제 불능이라고 표현하던데." 그가 R 발음을 요란하게 굴려 가며 '구제 불능'이라는 단어를 여러 번 반복하자 기사는 웃음을 터뜨렸다. 그러다 수용실에서 나온 수감자의 이마에 새겨진 문신을 보더니 몸서리를 쳤다.

"가축을 이송할 때가 됐군." 그는 이렇게 중얼거렸고 교도관은 수감자들을 가야 할 방향으로 떠밀었다.

더프는 사무실에 들러서 유언의 선물을 재킷 안쪽에 쑤셔 넣고 얼른 빠져나왔다. 2층의 과학수사반으로 찾아가 보니 케이스니스는 차고의 암실에 있다고 했다. 그는 엘리베이터를 타고 내려갔다. 케이스니스가 친구와 한 아파트에서 살고 있었을 때 더프가 마약단속반장으로서 차고 열쇠를 들고 다니면 좋겠다고 관리인을 설득했다. 차고에는 과학수사반이 탄도 분석을 할 때 쓰는 사격장과 화학 실험실, 현장 사진을 현상하는 암실이 있었고, 대로와 맞닿은 차고 문 안쪽의 넓은 공간에 예를 들어 자동차처럼 부피가 큰 증거물을 보관했다. 더프와 케이스니스는 춥고 축축한 지하에서 거의 아무도 하지 않는 야근을 한 뒤에 2층으로 올라갔다. 그렇게 1년 동안 지하실 야근 이후에 정기적으로 시간을 보냈고, 미트바움이라는 가명을 써 가며 매주 점심시간에 그랜드 호텔 323호실에서 만났다. 케이스니스가 아파트 꼭대기 층으로 이사했을 때 더프는 이상하게도 번갯불에 콩 구워 먹듯 만나던 시절이 그리워졌다.

문을 열었을 때 습한 냉기가 그를 강타하자 그들이 아주 많이 사랑했었나 보다는 생각이 들었다. 벌집이 된 뱅쿼의 볼보가 한복판에 세워져 있었다. 조수석 문이 뜯겨서 밤이면 지하를 배회하는 쥐들이 남아 있을지 모르는 증거를 훼손하지 못하도록 방수포를 씌워 놓았다. 더프는 암실 문 앞에서 걸음을 멈추고 심호흡을 했다. 결정은 내려졌다. 이제 실행에 옮기기만 하면 됐다. 실행에 옮기기만 하면. 그는 문손잡이를 돌려서 암흑 속으로 들어섰다. 등 뒤로 문을 닫았다. 정착액에서 풍기는 암모니아 냄새를 맡으며 서서 동공이 확대되길 기다렸다.

"더프?" 어둠 속에서 소리가 들렸다. 어제 아침 회의실에서 다정하게, 살짝 조심스럽게 그를 깨우던 그 목소리였다. 꼭대기 층 아파트에서 수없이 많은 날 아침에 다정하게, 살짝 조심스럽게 그를 깨우던 그 목소리였다. 그는 이렇게 다정하고 조심스러운 목소리를 두 번 다시 듣지 못할 것이다.

"케이스니스, 우리······."

"로이." 그녀가 말했다. "잠깐 자리 좀 비켜 줄래?"

마침 어둠에 익숙해진 더프의 눈에 밖으로 나가는 과학수사반의 사진 담당이 보였다.

"이거 봤어?" 케이스니스는 방금 줄에 꽂아서 아직까지 정착액을 뚝뚝 흘리고 있는 세 장의 사진을 빨간 불로 가리키며 물었다.

첫 장은 뱅쿼의 차를 찍은 사진이었다. 두 번째는 머리 없이 차 앞 아스팔트에 쓰러져 있는 뱅쿼의 시신이었다. 세 번째는 뱅쿼의 머리가 잘린 부분을 클로즈업해서 찍은 사진이었다. 그녀는 마지막 사진을 가리켰다. "날이 넓은 칼로 잘린 것 같아. 당신이 스위노가 들고 다닌다고 했던 그런 칼 말이야."

"그렇군." 더프가 사진을 응시하며 말했다.

"척추에서 다른 혈흔도 발견됐어. 신기하지 않아?"

"그게 무슨 소리야?"

"스위노인지 누군지 몰라도 칼을 잘 안 썻고 다녀서 칼날이 여기 이 척추를 관통했을 때······." 그녀는 손으로 가리켰다. "묻어 있던 피딱지가 쓸려 나왔어. 혈액형을 알아내면 다른 살인 사건을 해결하는 데 도움이 될지도 몰라."

속이 뒤집히려는 느낌이 들어 더프는 긴 의자를 붙잡았다.

"몸이 계속 안 좋아?" 케이스니스가 물었다.

더프는 심호흡을 몇 번 했다. "응. 아니. 휴가 신청은 어쩔 수 없이 낸 거야. 얘기 좀 하자."

"무슨 얘기?" 목소리를 들어 보니 그녀는 이미 알고 있었다. 그가 언제 터뜨리려고 하는지도 아는 눈치였다. 사진 이야기를 꺼낸 것은 공황 반응이었다.

"우리 만나는 거 말이야." 그가 말했다. "더 이상은 안 되겠어."

그녀의 표정을 살피고 싶었지만 너무 어두웠다.

"우리가 한 게 그거야?" 그녀가 물었다. 울먹이는 목소리였다. "그냥 만난 거야?"

"아니." 그가 말했다. "아니지. 당신 말이 맞아. 그냥 만나기만 한 게 아니지. 그래서 이제 그만두어야 하는 거야."

"그만두고 나를 여기 이 일터에 내팽개치겠다?"

"케이스니스……."

그녀의 씁쓸한 웃음소리가 그의 말허리를 잘랐다. "뭐, 아주 딱이네. 암실에서 시작된 관계니까 암실에서 끝내는 것도."

"미안해. 날 생각해서 이러는 게 아니라……."

"아니. 더프, 당신을 생각해서 이러는 거 맞아. 아이들이나 가족이 아니라. 당신처럼 이기적인 사람은 내 평생 만난 적이 없거든. 그러니까 당신이 아닌 다른 사람을 생각해서 이러는 척하지 마."

"알았어. 날 생각해서 이러는 거야."

"뭘 **어쩔** 생각으로 나를 버리는 건데? 나보다 더 어리고 순진한 여자를 만난 거야? 책임지라고, 뭐 하나라도 희생하라고 **아직은** 당신을 들볶지 않는?"

"내가 책임져야 하는 사람들을 위해 옳은 일을 하고 있다는 생각이 들 때 나 혼자 느낄 수 있는 이기적인 기쁨 때문이라고 하면 마음이 좀 풀릴까? 심판의 날에 구원을 받지 못할까 봐 겁이 나서 당신이랑 헤어지려 하는 거라고 하면?"

"구원을 받을 수 있을 것 같아?"

"아니. 하지만 결정은 내려졌어, 케이스니스. 그러니까 어떤 식으로 이를 빼 줬으면 하는지 얘기해. 천천히 아니면 단박에?"

"왜 여기서 고문을 끝내야 하는데? 4시에 내 아파트로 와."

"뭐 하러?"

"당신을 붙잡고 울고 욕하고 애원하려고. 여기서는 그럴 수 없잖아."

"5시에 같이 저녁 먹겠다고 가족들이랑 약속했는데."

"오지 않으면 맨 먼저 당신 소지품을 길바닥에 모조리 내동댕이치고 그런 다음 부인한테 전화해서 당신의 불장난을……."

"아내도 이미 알고 있어, 케이스니스."

"그리고 당신 장인, 장모한테도 전화해서 당신이 그들의 딸과 손자, 손녀를 어떤 식으로 속였는지 폭로할 거야."

더프는 침을 꿀꺽 삼켰다. "케이스니스……."

"4시야. 얌전하게 말 잘 들으면 우라질 저녁 먹을 수 있게 보내 줄게."

"알았어, 알았어, 갈게. 하지만 뭔가 달라질 수 있을 거라고 생각하지는 마."

더프가 나와 보니 사진 담당이 차고 문에 기대서서 담배를 피우고 있었다.

"처참하죠?" 그가 물었다.

"응?"

"머리가 그런 식으로 잘린 거 말이에요."

"살인 사건은 항상 처참하지." 더프는 이렇게 얘기하고 차고를 빠져나왔다.

레이디는 맥베스의 옷장 문 앞에 서 있었다. 쥐들이 젖은 몸으로 나무 바닥을 쪼르르 달리는 소리를 듣고 있었다. 그녀는 환청이라고 속으로 중얼거렸다. 바닥에는 두툼한 카펫이 깔려 있었다. 그녀의 환청이 조만간 속삭임으로 바뀔 것이다. 어머니가 자꾸 들려서 못살겠다고 했던 속삭임, 어머니의 어머니도 들었던 속삭임으로 바뀔 것이다. 밤이 되면 잠이 든 채로 나가서 걸으라고, 죽음을 향해 돌진하라고 선조들이 명령을 내릴 것이다. 만찬이 열린 식탁에서 맥베스가 헛것을 보았을 때 그녀는 겁에 질렸다. 진심으로 사랑하는 단 한 사람에게 이 병을 옮긴 걸까?

환청으로 쥐가 달리는 소리를 들은 지 한참 됐건만 사라질 줄 몰랐다.

그녀도 종종걸음을 치는 수밖에 없었다. 그 소리를 피해서, 환청을 피해서 종종걸음을 치는 수밖에 없었다.

그녀는 옷장 문을 열었다.

선반 아래 서랍을 열었다. 안에 가루가 든 조그만 봉지가 있었다. 맥베스의 탈출구였다. 효과가 있었을까? 그녀도 그와 같은 곳으로 떠나면 탈출할 수 있을까? 아닐 것이다. 그녀는 서랍을 다시 닫았다.

모자 선반을 올려다보았다. 잭이 받았다는 소포를 쳐다보았다. 종이로 싸서 끈으로 묶고 투명한 비닐에 넣었다. 평범한 소포였다. 그런데도 그것이 자신을 내려다보는 듯한 기분이 들었다.

그녀는 서랍을 다시 열고 봉지를 꺼냈다. 거울 앞 테이블에 가루를 아주 조금 뿌리고 지폐를 돌돌 말아서—이렇게 하면 되는지 불안해하며—한쪽 끝은 콧구멍에, 다른 쪽 끝은 가루에 대고 반은 코로, 반은 입으로 숨을 들이마셨다. 효과가 없자 두어 번 더 시도를 해 보다가 가루를 일렬로 정리한 다음 지폐를 코에 꽂고 이쪽 끝에서 저쪽 끝까지 훑으며 힘껏 숨을 들이마셨다. 그녀는 잠깐 앉아서 거울에 비친 자신의 모습을 바라보았다. 쥐들이 쪼르르 달리는 소리가 사라졌다. 그녀는 침대로 가서 누웠다.

"온다!" 병장이 소리쳤다. 그는 노스 라이더의 아지트 앞 길목에 서서 달려오는 노란색의 호송 버스를 바라보았다. 정확히 3시 30분이었다. 그는 부슬비를 맞으며 아지트 앞에 모인 조직원들을 흘끗 돌아보았다. 모든 조직원들은 그날 밤에 경찰 측에 넘길 수밖에 없었던 부상병들을 두 팔 벌려 맞이할 의무가 있었다. 여자들도 보였다. 풀려난 남자 친구가 있거나 소식을 들은 여자들이었다. 병장은 베티의 품에 안겨서 웃고 있는 아이를 보고 미소를 지었다. 베티는 손을 마중 나온 참이었다. 남쪽의 사촌들도 벌써부터 대박의 조짐을 보이는 이 파티를 같이 즐기기로 했다. 스위노는 온 마을을 충당하고도 남을 만한 양의 술과 약을 준비하라고 명령을 내렸다. 그냥 동지들의 석방을 축하하는 자리가 아니라 노스 라이더가 뱅퀴를 처리하고—이보다 더 중요하게는—새롭게 맺은 황금 동맹을 통해 복수에 성공했기 때문이었다. 스위노도 강조했다시피 맥베스는 아지트로 직접 찾아와 살인을 청부함으로써 악마에게 영혼을 판 셈이었고 그걸 돌이킬 방법은 없었다. 이제 그들은 그의 손바닥 안에, 그는 그들의 손바닥 안에 있었다.

병장은 길거리로 나가서 문 앞에 버스를 대라는 신호를 보냈다. 100퍼센트 확실한 조직원 말고는 아무도 안으로 들어올 수 없다는 것이 새로 생긴 원칙이었다.

그들이 떼를 지어서 버스를 따라가는 동안 아지트에서 오디오 볼륨이 커졌다. 〈레츠 스펜드 더 나이트 투게더〉였다. 누구는 걸어서 또 누구는 춤을 추며 문 앞으로 걸어왔고 동지들은 박수를 치고 주먹을 들어 보이며, 여자들은 포옹과 진한 키스로 이들을 맞았다.

"이것도 좋지만." 병장이 큰 소리로 외쳤다. "술은 안에 있다."

여기저기서 고함을 지르고 웃음을 터뜨렸다. 그들은 안으로 들어갔다. 하지만 병장은 문 앞에 서서 주변을 다시 한번 살폈다. 버스는 왔던 길을 되짚어서 내려가고 있었다. 창이 다른 두 사람과 함께 보초를 맡았다. 주변의 텅 빈 공장 건물에서 클럽을 감시하는 사람이 없는지 이미 확인을 끝냈다. 서쪽 하늘에서 파란 조각이 다가오고 있는 것처럼 느껴졌다. 어쩌면 이제는 살짝 긴장을 풀어도 될지 몰랐다. 어쩌면 스위노의 말이 맞을지도 몰랐다. 더 좋은 시절이 찾아오려는 건지도 몰랐.

병장은 안으로 들어갔고 증류주는 거절하고 맥주잔을 입에 갖다 댔다. 파티에 상관없이 지금은 결정적인 순간이었다. 그는 좌우를 둘러보았다. 숀과 베티는 한쪽 구석에서 아이를 사이에 두고 격렬하게 입을 맞추고 있었다. 그는 저러다 어린 목숨이 끝장나면 얼마나 황당할까 하는 생각이 들었다. 하지만 불같은 사랑에 숨이 막혀서 죽는 것보다 훨씬 개 같은 일은 얼마든지 많았다.

"노스 라이더!" 그가 큰 소리로 외쳤다. 음악 소리가 작아졌고 대화가 끊겼다.

"오늘은 기쁜 날이다. 그리고 슬픈 날이다. 우리는 전사자들을 잊지 않았다. 하지만 울어야 하는 때가 있는가 하면 웃어야 하는 때가 있는 법이고 오늘은 파티의 날이다. 건배!"

다들 환호하며 잔을 들었다. 병장은 크게 한 모금 들이켜고 수염에 묻은 거품을 닦았다.

"그리고 새롭게 시작하는 날이기도 하다." 그는 이야기를 이었다.

"연사로요?" 숀이 외치자 모두 웃음을 터뜨렸다.

"우리는 동지를 몇 명 잃었다. 그들도 동지를 몇 명 잃었다." 병사는 말했다. "러시아에서 들여온 약은 다리 밑 물속에 빠졌다." 아무도 웃지 않았다. "하지만 너희들도 이름을 아는 사람이 오늘 내게 얘기했다시피 '이런 또라이가 경찰청장 자리에 앉아 있으니 미래가 밝다.'"

여기저기서 환호성을 질렀다. 병장은 이 조직에 대해서, 동지애와 희생에 대해서 장황하게 연설을 늘어놓을 수도 있을 것 같았다. 하지만 이 정도면 충분했다. 병장 말고는 아무도 모르는 사실이었지만 스위노가 지금 어딘가에서 기다리고 있었다. 이제 저녁의 문을 성대하게 열어젖혀야 할 때였다.

"이 말을 끝으로." 그는 다시 말문을 열었다. "너희들을⋯⋯."

그가 극적인 효과를 위해 잠깐 말을 멈추었을 때 무슨 소리가 들렸다. 강력한 엔진이 달린 대형 트럭이 저속 기어로 달리느라 나지막이 으르렁거리는 소리였다. 세상에는 한심한 운전자가 한둘이 아니었다.

"이제⋯⋯."

그는 꾕음을 들었다. 문짝이 경첩째 날아갔다는 것을 알아차렸다. 저녁이 아니라 다른 라이벌이 문을 열고 성대하게 입장했다는 것을 알아차렸다.

더프는 회색으로 된 5층짜리 아파트 앞에서 걸음을 멈추었다. 손목시계를 확인했다. 4시 5분 전이었다. 생일 파티가 열리는 시각까지 아직 여유가 있었다. 그는 초인종을 눌렀다.

"올라와." 인터컴에서 케이스니스의 목소리가 들렸다.

그는 암실에서 그런 대화를 나눈 뒤 브릭레이어스 암스를 찾아가 칸막이 자리에 앉아서 맥주를 한 잔 마셨다. 물론 일을 하며 시간을 때울 수도 있었지만 파이프의 집에 있으라는 것이 맥베스의 명령이었다. 그는 맥주를 한 잔 더 마셨다. 스스로에게 생각할 시간을 허락했다.

그는 교수대로 끌려가는 사람처럼 터벅터벅 무거운 발걸음을 옮기지 않고 원치 않는 일을 후딱 해치우고 싶은 사람처럼, 다른 삶의 공간으로 돌아가고 싶은 사람처럼 가볍고 빠르게 계단을 올라갔다.

아파트 문이 열려 있었다.

"들어와." 어딘가에서 케이스니스가 외치는 소리가 들렸다. 그는 그녀가 그의 소지품을 현관 앞 테이블에 모두 모아 놓은 것을 보고 안도의 한숨을 쉬었다. 세면도구. 전기면도기. 셔츠와 속옷 두어 장. 둘이 같이 치자며 그녀가 선물했지만 한 번도 쓰지 않은 테니스 라켓. 목걸이와 진주 귀걸이. 더프는 자신이 선물한 액세서리를 손끝으로 어루만졌다. 자주 했던 액세서리였다.

"나 여기 있어." 그녀가 외쳤다. 방 안이었다.

전축이 돌아가고 있었다. 엘비스였다. 〈러브 미 텐더〉였다.

더프는 열린 방문 쪽으로 머뭇머뭇 걸어갔다. 이제는 발걸음이 가볍지 않았다. 그녀의 향수 냄새가 거기까지 풍겼다.

"더프." 그가 방문 앞에 등장하자 그녀는 코를 훌쩍이며 말했다. "당신한테 받았던 걸 돌려줄 생각이지만 작별 선물은 받았으면 좋겠어."

그녀는 검은색 코르셋과 스타킹을 신고 침대에 누워 있었다. 그것 역시 그가 사 준 선물이었다. 침대 머리맡의 쿨러에는 따 놓은 샴페인 병이 들어 있었는데, 이미 제법 마신 모양이었다. 그는 그녀의 모습을 머릿속에 담았다. 지금까지 이렇게 아름답고 눈부신 여인을 만난 적은 없었다. 볼 때마다 매번 처음인 것처럼 그녀의 아름다움에 정신이 아득해졌다. 그들이 나누었던 손길과 같이 즐겼던 격정의 순간을 하나도 남김없이 느낄 수 있었다. 그런데 그걸 포기하려 하고 있었다. 이 자리에서 영원히.

"케이스니스." 더프는 목이 잠기려는 걸 느낄 수 있었다. "사랑하고 또 사랑하는 나의 아름다운 케이스니스."

"이리 와."

"안 돼."

"왜 안 돼? 그 오랜 시간 동안 수도 없이 했으면서. 이번이 마지막이야. 그 정도는 해 줄 수 있잖아."

"기분이 좋지 않을 거야. 우리 둘 다 그럴 거야."

"기분 좋으려고 하자는 게 아니야, 더프. 마무리를 짓고 싶은 거지. 이번 한 번만큼은 **당신이** 기어 왔으면 좋겠어. 자존심을 접고 **내가** 원하는 대로 해 주었으면 좋겠어. 이게 내가 원하는 거야. 바로 이게. 끝나면 지옥으로 떨어지든 집에 가서 더 이상 사랑하지도 않는 부인이랑 저녁을 먹든 상관하지 않겠어. 자, 얼른. 여기서도 보여, 당신이 준비가 됐다는 게……."

"안 돼, 케이스니스. 못 해. 내 마음을 한 조각 가지는 걸로 만족한다고 했지? 하지만 그 한 조각도 줄 수가 없어, 케이스니스. 그러면 두 번 속이는 게 될 거야, 당신이랑 아이들 엄마를. 그리고 나더러 아내를 더 이상 사랑하지 않는다고 한 건 사실이 아니야." 그는 숨을 들이마셨다. "왜냐하면 내가 잊고 있었거든. 그러다 다시 기억했어. 내가 그녀를 사랑하고 늘 그래 왔었다는 걸. 이제는 내가 당신을 저버리고 아내에게 한눈을 팔고 있는 셈이야."

그는 그 말이 정곡을 찔렀다는 걸 알았다. 요부인 척 쓰고 있던 얇은 가면이 녹으면서 엄청난 충격의 표정으로 바뀌었다. 그녀의 눈에서 눈물이 솟았고 그녀는 몸을 웅크리고 시트를 잡아당겨서 덮었다.

"안녕, 케이스니스. 나를 미워해, 나는 그런 대접을 받아 마땅한 인간이니까. 이제 갈게."

더프는 문 앞에서 옷과 세면도구를 겨드랑이춤에 꼈다. 라켓은 그냥 두고 가도 될 것이다. 손바닥만 한 농지에서 테니스가 웬 말인가. 그는 귀걸이와 목걸이를 바라보았다. 방에서 고통에 겨운 케이스니스의 흐느낌이 들렸다. 비싼 액세서리였지만—엄밀히 말해서 그가 감당할 수 있을 만한 수준을 넘었다—그의 손에 들려 있는 지금은 아무 값어치도 없었다. 전당포에 맡기면 모를까, 누구한테 줄 수도 없었다. 하지만 모르는 사람이 그걸 하고 다닐지도 모른다는 사실을 감당할 수 있을까?

그는 망설였다. 손목시계를 확인했다. 그러다 다른 것들을 내려놓고 액세서리를 들고 방으로 돌아갔다.

그녀는 그를 보고 울음을 멈추었다. 얼굴은 눈물범벅이었고 화장이 지워져서 시커멨다. 그녀의 몸이 떨리며 마지막 흐느낌을 내뱉었다. 한쪽 스타킹이 흘러내렸고 한쪽 어깨끈도 마찬가지였다.

"더프……." 그녀가 속삭였다.

"케이스니스." 그는 침을 꿀꺽 삼켰다. 배 속이 달달해지고 피가 머리로 솟구쳤다. 액세서리가 바닥으로 떨어졌다.

병장은 바 뒤편에 있던 소총을 집어 들고 창가로 달려갔다. 다른 조직원들도 이미 총기를 보관하는 벽장으로 달려가고 있었다. 밖에서는 대형 트럭이 아지트와 90도 각도로 세워져 있었다. 시동이 켜진 상태였고 문짝이 앞 범퍼에 계속 매달려 있었다. 창도 마찬가지였다. 병장이 소총을 어깨에 갖다 댔을 때 트럭 뒷면을 덮고 있던 방수포가 젖혀졌다. 구역질 나는 검은색 제복을 입고 총을 들고 있는 특공대원들이 등장했다. 하지만 그보다 더 구역질 나는 광경에 병장의 혈관을 흐르던 피가 차갑게 얼어붙었다. 세 개의 괴물이었다. 강철로 만들어진 두 개는 탄약 벨트와 회전식 총열과 냉각 시스템을 갖추고 받침대에 얹혀 있었다. 나머지 하나는 그 둘 사이에 서 있는 호리호리한 근육질의 대머리 남자였다. 병장은 그를 한 번도 만난 적이 없었지만 존재는 항상 알고 있었고 항상 지근거리에 있었다. 이제 그 남자가 손을 들고 외쳤다. "의리, 동지애."

나머지 대원들이 응답했다. "불로 세례받고 피로 하나 된다!"

그리고 한 마디 명령이 내려졌다. "발사." 아무렴 그렇겠지. 발사.

병장은 그를 조준하고 방아쇠를 당겼다. 한 발이었다. 마지막 한 발이었다.

하늘에서 옅은 안개를 뚫고 지저분한 항구 방향으로 빗방울이 떨어졌다. 한 커플이 사랑을 나누고 있는 어느 아파트 꼭대기 층의 창문으로 향했다. 남자는 아무 말 없이 엉덩이를 천천히 하지만 힘차게 위아래로 움직였다. 아래에 누운 여자는 시트를 움켜쥐고서 흐느끼고 안달하며 그를 받아들였다. 전축에서 흘러나오던 달콤한 멜로디는 조금 전에 멈추었고 바늘이 남자처럼 〈러브 미 텐더〉라는 명령이 적힌 레코드 라벨에 계속 단조롭게 부딪쳤다. 하지만 두 연인은 그들이 벌이는 반복적인 동작 말고는 아무것도 의식하지 못하는 눈치였고, 심지어 악마와 현실과 주변의 세상과 이 도시와 이 날을 쳐서 날리고 있는 이 짧은 몇 초 동안, 이 짧은 시간 동안에는 서로도 의식하지 못하는 눈치였다. 하지만 빗방울은 그들 머리 위의 유리창에 닿지 못했다. 차가운 북서풍이 이 도시를 세로로 가르는 강의 동쪽, 이 도시를 가로로 가르는 폐기된 철길 남쪽으로 빗방울을 날렸다. 공장 지대로 떨어진 빗방울은 연기가 꺼진 에스텍스의 굴뚝을 지나서 문을 닫은 여러 공장 사이로, 울타리를 친 야트막한 목조건물이 있는 동쪽으로 날아갔다. 거기서 허공을 가르고 호리호리한 남자의 반짝이는 정수리를 맞힌 다음 이마를 타고 미끄러져 내려가 짧은 속눈썹 위에서 잠깐 멈추었다가 진짜 눈물을 흘려 본 적 없는 한쪽 뺨 위로 눈물처럼 흘렀다.

시턴은 뭐에 맞은 줄도 몰랐다. 정처 없이 떨어진 빗방울에 맞은 줄도, 병장이 날린 총탄에 맞은 줄도 몰랐다. 다리를 넓게 벌리고 한 손을 들고 서서 개틀링 기관총이 사격을 시작하자 트럭을 뚫은 진동이 그의 신발 밑창을 지나 고관절로 올라오는 것을 느꼈고, 연사 속도가 빨라지자 나지막한 웅얼거림에서 포효를 거쳐 울부짖음의 합창으로 발전한 소리가 그의 고막을 일정하게 때리는 것을 느꼈다. 그리고 시간이 지나는 동안, 눈앞의 클럽 건물이 산산조각 나는 동안 두 기계에서 뿜어져 나오는 열기를 느꼈다. 지옥에서 온 두 기계는 기능이 한 가지였다. 삼킨 쇠붙이를 배고픈 로봇으로 바꿔서 지구상의 그 어떤 것보다 빠른 속도로 뱉어 내는 것뿐이었다. 기관총 사수들의 눈에는 아직까지 별다른 피해 상황이 보이지 않았지만 창문과 문이 떨어져 나가고 벽의 일부가 그대로 무너지자 점점 확실히 드러났다. 문 안쪽 바닥에 쓰러진 여자가 보였다. 머리가 군데군데 떨어져 나갔는데 전기에 감전이라도 된 듯이 몸을 떨고 있었다. 시턴은 발기가 된 것을 느낄 수 있었다. 아마 트럭의 진동 때문이었을 것이다.

기관총 하나가 사격을 멈추었다.

시턴은 사수를 돌아보았다.

"무슨 문제라도 생겼나, 앵거스?"

"임무가 종료됐습니다." 앵거스는 금색 앞머리를 옆으로 당기며 외쳤다.

"내가 멈추라고 하기 전에는 아무도 멈추지 않는다."

"하지만……."

"알겠나?" 시턴은 고함을 질렀다.

앵거스는 침을 삼켰다. "뱅쿼를 위해서요?"

"내 말이 그 말이다! 뱅쿼를 위해서! 자!"

앵거스의 기관총이 다시 발포를 시작했다. 하지만 시턴은 앵거스의 말이 맞는다는 것을 알 수 있었다. 임무가 종료됐다. 구멍이 뚫리지 않은 곳이 1제곱데시미터도 없었다. 박살 나지 않은 게 없었다. 죽지 않은 게 없었다.

그래도 그는 기다렸다. 눈을 감고 귀를 기울였다. 하지만 이제는 두 아가씨에게 휴식을 주어야 할 시간이었다.

"그만!" 그는 외쳤다.

기관총들이 잠잠해졌다.

날아가 버린 클럽 건물에서 먼지 구름이 솟았다. 시턴은 다시 눈을 감고 공기를 들이마셨다. 죽은 넋의 구름을 들이마셨다.

"왜 그러십니까?" 올라프슨이 탱크 끝 쪽에서 혀짤배기소리로 물었다.

"총알을 아끼려는 거다." 시턴이 말했다. "오늘 오후에 처리해야 할 일이 하나 있거든."

"피가 납니다, 대장님! 팔에서요."

시턴은 재킷을 내려다보았다. 재킷이 팔꿈치에 들러붙었고 거기에 뚫린 구멍에서 피가 쏟아져 나오고 있었다. 그는 손을 상처 위에 갖다 댔다. "괜찮을 거다." 그가 말했다. "전원 권총 준비해라. 들어가서 시신의 숫자를 셀 테니까. 스위노가 보이거든 알려 주기 바란다."

"생존자가 보이면 어떻게 합니까?" 앵거스가 물었다.

누군가가 웃음을 터뜨렸다.

시턴은 뺨에 묻은 빗방울을 닦았다. "반복한다. 뱅쿼의 살인범은 한 명도 살려 두면 안 된다는 것이 청장님의 명령이다. 그거면 대답으로 충분하겠나, 앵거스?"

21

메러디스는 현관문 앞 베란다 빨랫줄에 시트를 널었다. 그녀는 소박하고 전통적이며 수수하지만 실용적인 구석이 있는 이 시골집을 사랑했다. 사람들은 그녀와 더프가 파이프의 농장에서 산다고 하면 자동적으로 호화 저택을 연상했고 그녀가 얼마나 소탈한 생활을 하는지 설명하면 내숭을 떤다고 생각했다. 그녀와 같은 집안 출신의 여자가 버려진 소규모 농지에서 뭘 하는 건가 싶었을 것이다.

그녀는 더프가 부부 침대의 시트만 빨았나 보다고 생각하지 않게 집 안의 이부자리를 전부 세탁했다. 오늘 밤에 두 사람은 그 침대에서 잠을 청할 것이다. 안 좋았던 일은 잊고 지난 기억은 덮을 것이다. 그들 안의 열정을 다시금 깨울 것이다. 그동안 그 열정이 휴면 상태였을 뿐이다. 생각만 해도 배 속이 점점 따뜻해졌다. 그날 아침에 바위 위에서 나눈 은밀했던 순간은 지극히 황홀했다. 신혼 시절 못지않게 황홀했다. 아니, 그보다 더했다. 그녀는 라디오에서 들은 노래를 흥얼거리며—제목은 알지 못했다—마지막 시트를 널고 손으로 축축한 무명을 훑으며 향긋한 냄새를 들이마셨다. 바람이 불자 시트가 허공 높이 펄럭였고 햇살이 그녀의 얼굴과 원피스 위로 쏟아졌다. 따뜻하고 기분 좋고 눈이 부셨다. 인생은 이래야 하는 거였다. 사랑을 나누고 일을 하며 살아가고. 그녀는 그렇게 살아야 한다는 교육을 받았고 지금도 그것이 그녀의 신조였다.

갈매기 울음소리가 들리자 그녀는 손차양을 했다. 바다에서 한참 먼 여기까지 갈매기가 웬일일까?

"엄마!"

시트를 여러 개의 빨랫줄에 널었기 때문에 그 사이로 현관문까지 폴짝폴짝 뛰어가야 했다.

"응, 유언."

아들이 한 손에 턱을 괴고 먼 곳을 바라보며 벤치에 앉아 있었다. 실눈을 뜨고, 나지막이 저물어 가는 오후의 태양을 바라보고 있었다.

"아빠 곧 오실 때 되지 않았어요?"

"응, 맞아. 수프는 어떻게 돼 가고 있니, 에밀리?"

"진작 다 끓었어요." 딸은 큼지막한 냄비를 열심히 저으며 말했다.

수프. 간단하고 영양이 풍부한 농부의 음식이었다.

유언은 아랫입술을 내밀었다. "저녁 먹기 **전**에 오신다고 했는데."

"약속을 어겼으니까 거꾸로 매달아야겠다." 메러디스는 아이의 앞머리를 쓰다듬으며 말했다.

"거짓말하면 거꾸로 매달아야 해요?"

"당연하지." 메러디스는 손목시계를 확인했다. 새 다리가 폐쇄돼서 퇴근 시간에는 차가 막히는 모양이었다.

"누가요?" 아이가 물었다.

"뭘 누가?"

"거짓말한 사람을 누가 매다느냐고요." 유언은 혼잣말을 하는 사람처럼 멍한 눈빛으로 물었다.

"당연히 정직한 사람들이 매달지."

유언은 어머니를 돌아보았다. "그럼 거짓말쟁이들이 멍청한 거네요. 정직한 사람들보다 자기들 숫자가 훨씬 많아서 오히려 그들을 거꾸로 매달아 버릴 수 있는데."

"무슨 소리가 들려요!" 에밀리가 외쳤다.

메러디스는 귀를 쫑긋 세웠다. 이제는 그녀의 귀에도 들렸다. 멀리서 윙윙거리는 엔진 소리가 점점 가까워지고 있었다.

아이가 벤치에서 펄쩍 뛰어내렸다. "아빠 오신다! 누나, 우리 숨어 있다가 아빠 놀래 드리자."

"좋아!"

아이들은 방으로 사라졌고 메러디스는 창가로 다가갔다. 손차양으로 애써 햇볕을 가렸다. 왜 그런지 모르게 불안했다. 지금의 더프가 아침에 집을 나설 때의 더프와 다를까 봐 겁이 나서 그랬을 것이다.

더프는 기어를 중립에 놓고 집까지 자갈길을 그냥 굴러갔다. 바퀴에 밟힌 자갈들이 땅속에 사는 도깨비처럼 중얼대고 부스럭거렸다. 그는 글러브박스에 넣고 다니는 경광등을 절대 함부로 쓰지 않는다는 원칙을 깨 가며 케이스니스의 집에서 미친 사람처럼 달려왔다. 경광등 덕분에 옛날 다리로 진입하는 행렬 사이로 어찌어찌 끼어들 수 있었지만 다리 위에서는 차로가 워낙 좁아서 이를 악물고 굼벵이 속도로 기어가야 했다. 브레이크를 힘껏 밟자 땅속에서 들리던 소리가 끊겼다. 그는 시동을 끄고 차에서 내렸다. 베란다에서 펄럭이며 그의 귀가를 환영하는 새하얀 시트 위로 햇살이 반짝이고 있었다. 그녀가 빨아 놓은 것이었다. 부부 침대 시트만 빨았다고 생각하지 않게 이부자리를 전부 세탁한 거였다. 그는 정사라면 신물이 났지만 그 생각에 가슴이 따뜻해졌다. 그가 케이스니스를 떠났기 때문이었다. 그리고 케이스니스가 그를 떠났기 때문이었다. 그녀는 문 앞에 서서 마지막으로 눈물을 훔치며 마지막으로 작별의 입맞춤을 했고 이제 문을 닫겠다고 했다. 결심했으니 이제 문을 닫을 수 있겠다고 했다. 언젠가는 그 문을 열고 다른 누군가가 들어올지 모른다고 했다. 그는 그러길 바란다고, 그 '다른 누군가'는 아주 땡잡은 거라고 대답했다. 길거리로 나섰을 때 그는 안도감과 행복감과 되찾은 자유로움에 펄쩍펄쩍 뛰었다. 그렇다. 이제 그는 자유로웠다. 아내와 아이들 곁으로 돌아갈 수 있었다! 인생은 신기했다. 그리고 황홀했다.

그는 베란다를 향해 걸어갔다. "유언! 에밀리!" 대개는 퇴근하면 아이들이 달려 나와서 그를 맞았다. 하지만 가끔 기습 공격을 감행하려고 숨어 있을 때도 있었다.

그는 시트를 피해서 획획 움직였다.

"유언! 에밀리!"

걸음을 멈추었다. 그는 시트 사이에 숨어 있었고 시트가 베란다 바닥에 길게 드리운 그림자가 이리저리 움직이고 있었다. 그는 비누 향과 시트를 담갔을 물 냄새를 들이마셨다. 다른 냄새도 있었다. 그는 미소를 지었다. 수프 냄새였다. 유언이 수프를 먹기 **전에** 수염을 붙이겠다고 했을 때 나누었던 훈훈한 대화가 떠오르자 미소가 함박웃음으로 번졌다. 온 사방이 더할 나위 없이 고요했다. 언제든 매복 공격이 감행될 수 있었다.

시트가 드리운 그림자에 조그만 빛 구멍들이 뚫려 있었다.

그는 그 구멍들을 내려다보았다.

이번에는 자신의 몸을 내려다보았다. 그의 스웨터와 바지도 조그만 빛 구멍들로 뒤덮여 있었다. 심장이 멎을 것 같았다. 시트를 한 손가락으로 훑었다. 곧바로 구멍이 만져졌다. 또 하나가 만져졌다. 그는 숨을 멈추었다.

시트를 옆으로 젖혔다.

부엌 창문이 사라졌다. 벽에 어찌나 심하게 구멍이 뚫렸는지 벽이라기보다 구멍으로 보일 정도였다. 그는 창문이 있었던 지점 너머로 안을 들여다보았다. 불 위에 놓인 냄비가 체 같았다. 스토브와 그 주변 바닥이 김이 모락모락 나는 연두색 수프로 뒤덮였다.

그는 안으로 들어가고 싶었다. 안으로 들어가야 **했다**. 하지만 그럴 수가 없었다. 발이 베란다 바닥에 붙어 버리고 의지가 마비된 듯했다.

하지만 부엌에 아무도 없잖아. 그는 속으로 중얼거렸다. 비어 있잖아. 어쩌면 다른 데도 비어 있을 수 있었다. 무너지기는 했어도 비어 있을 수 있었다. 가족들은 오두막집으로 피신했을 수 있었다. 어쩌면. 어쩌면 그는 모든 걸 잃지 않았을지 모른다.

그는 문이 달려 있었던 구멍을 억지로 통과했다. 아이들 방으로 들어갔다. 먼저 에밀리의 방에, 그다음 유언의 방에. 기관총으로 난사 당한 벽장과 침대 아래를 살폈다. 아무도 없었다. 손님방도 마찬가지였다. 그는 마지막으로 남은 그와 메러디스의 방으로 향했다. 그들 네 식구는 일요일 아침마다 그 방의 널찍하고 폭신한 더블베드에 옆 으로 누워서 아이들이 요란하게 비명을 지르도록 발가락으로 간질 이고, 서로의 등을 가만가만 긁어 주고, 온갖 희한하고 재미있는 이 야기를 주고받고, 누가 제일 먼저 일어날지 다투고는 했었다.

그 방문은 날아가지 않았지만 총알구멍과 구멍 사이의 간격은 다 른 모든 곳과 같았다. 더프는 숨을 크게 들이마셨다.

어쩌면 아직 모든 걸 잃지 않았을지 모른다.

손잡이를 붙잡았다. 문을 열었다.

물론 그는 스스로를 속이고 있다는 것을 알았다. 그는 자기기만의 달인이 되었다. 훈련하면 할수록 현실을 왜곡하기가 쉬워졌다. 하지 만 지난 며칠 새 눈에서 비늘이 떨어졌기 때문에 눈앞에 펼쳐진 현 실을 왜곡할 도리가 없었다. 눈이 떨어지기라도 한 것처럼 매트리스 깃털이 온 사방을 덮고 있었다. 그래서 모든 게 평화로워 보였던 걸 까. 메러디스는 유언과 에밀리를 따뜻하게 지켜 주려고 했던 듯이 저 쪽 바닥에 앉아서 아이들을 두 팔로 감싸 안고 있었다. 빨간색 깃털 이 그들 주변의 벽에 들러붙어 있었다.

더프의 숨소리가 거칠어졌다. 곧이어 흐느낌이 터졌다. 씁쓸한 분 노의 흐느낌이 딱 한 번 터졌다.

그는 모든 것을 잃었다.

모든 것을 완전히 잃었다.

22

더프는 문 앞에 계속 서 있었다. 침대를 덮고 있는 이불을 보았다. 깃털을 헤치고 들어가 보아야 아무 소용도 없다는 것을 알고 있었다. 그런들 범죄 현장을 오염시키고 증거를 훼손할 가능성만 생길 따름이었다. 하지만 그들을 덮어 주어야 했다. 마지막으로 이불을 덮어 주어야지, 그런 식으로 내버려 둘 수는 없었다. 그는 안으로 들어섰다가 걸음을 멈추었다.

어떤 소리가 들렸다. 고함 소리였다.

그는 응접실로 건너가서 남동쪽, 그러니까 호수를 향해 난 창문 앞으로 다가갔다. 고함 소리가 한 번 더 들렸다. 거리가 워낙 멀어서 누군지 보이지는 않았지만 소리는 오후의 공기를 가르고 생생하게 전해졌다. 화난 목소리였다. 같은 단어를 반복해서 외쳤지만 무슨 단어인지는 알아들을 수 없었다. 남아 있는 서랍장의 서랍을 열고 거기 넣어 둔 쌍안경을 꺼내 통나무집에 초점을 맞추었다. 한쪽 렌즈는 총알이 뚫고 지나갔지만 다른 렌즈는 상태가 괜찮아서 좁은 길을 따라 집으로 달려오는 금발의 남자를 볼 수 있었다. 남자의 뒤로 오두막집 앞에 대형 트럭이 세워져 있었고 트럭 뒤 칸에 그가 아는 인물이 서 있었다. 시턴이었다. 그가 받침대 위에 올려놓은 거대한 고기 분쇄기처럼 보이는 두 개의 물건 사이에 서 있었다. 더프는 맥베스가 한 말을 떠올렸다. **최소한 이틀 동안 침대에 누워 있어……. 명령이야.** 맥베스는 알고 있었다. 그가 덩컨을 살해했다고 조만간 폭로하려는 더프의 계획을 알고 있었다. **레녹스.** 레녹스, 이 배신자. 내일 캐피틀에서 판사가 찾아올 일은 없었다.

더프는 소리가 전달되기 전에 시턴의 입 모양을 보고 알았다. 분노에 찬 한 마디는 이거였다. "앵거스!"

더프는 쌍안경 렌즈가 햇빛을 받고 반짝여서 자신의 위치가 탄로나지 않도록 창문에서 물러났다. 도망쳐야 했다.

어둠이 도시 위로 내려앉았고 노스 라이더 아지트에서 대학살이 감행됐다는 소문이 이미 사방으로 번져 나가고 있었다. 9시가 되자 이 도시의 기자와 텔레비전, 라디오 관계자들이 대부분 스콘홀에 모였다. 맥베스는 레녹스가 기자회견을 앞두고 건네는 환영 인사를 들으며 뒤에서 대기했다.

"청장님의 말씀이 끝날 때까지 플래시를 터뜨리지 마시고 질문이 있는 분은 손을 들고 얘기해 주시기 바랍니다. 이제 이 도시의 자랑, 맥베스 경찰청장님을 소개합니다."

이런 식으로 소개를 하자—여기에 아지트 전투에서 노스 라이더

를 상대로 승리를 거두었다는 소문이 더해진 덕분이겠지만—맥베스
가 단상에 등장했을 때 뭘 잘 모르는 기자 두어 명이 박수를 쳤으나
좀 더 경험이 풍부한 선배들이 많은 의미가 담긴 눈빛으로 응시하자
빈약했던 박수 소리마저 끊겨 버렸다.

맥베스는 연단 앞으로 걸어갔다. 아니, **연단을 완력으로 장악**했다. 그
의 느낌상으로는 그랬다. 지금까지 사람들 앞에서 이야기하는 것을
가장 두려워했다니 이해가 되지 않았다. 지금은 좋아하는 수준을 넘
어서 손꼽아 기다렸고 **필요**로 했다. 그는 기침을 하고 원고를 내려다
보았다. 그런 다음 이야기를 시작했다.

"오늘 저희는 덩컨 경찰청장을 비롯해 최근 벌어진 여러 경찰 살
인 사건의 배후 인물을 상대로 두 건의 무장 작전을 감행했습니다.
다행스럽게도 첫 번째 작전은, 전후 상황을 종합해 보았을 때 100퍼
센트 성공을 거두었다고 말씀드릴 수 있겠습니다. 노스 라이더로 알
려졌던 범죄 조직은 이제 존재하지 않습니다." 청중석에서 단 한 명
이 외친 만세 소리가 정적을 갈랐다. "이것은 일부 노스 라이더 조직
원들을 석방한 뒤에 드러난 새로운 정보를 근거로 계획하에 진행된
작전이었습니다. 노스 라이더 측에서 먼저 발포했기 때문에 특공대
가 반격하는 수밖에 없었고요."

뒤편에서 누군가가 외쳤다. "스위노도 사망했습니까?"

"네." 맥베스가 말했다. "워낙 광범위하게 부상을 당했기 때문에 신
원을 확인할 수 없었던 시신 중 한 명이었지만 여러분 모두 이게 뭔
지 아실 겁니다." 맥베스는 반짝이는 군도를 들어 보였다. 만세 소리
가 좀 더 커졌고 경험 많은 기자들도 자발적으로 터진 박수갈채에

일부 동참했다. "이와 함께 한 시대가 끝났습니다. 다행스럽게도."

"부녀자와 아이들도 사망했다는 소문이 있던데요."

"그렇기도 하고 아니기도 합니다." 맥베스가 말했다. "조직에 협조하기로 한 성인 여성들의 경우에는 맞습니다. 그들은 대부분 소위 말하는 지저분한 이력의 소유자였고 노스 라이더의 발포를 중단시키려는 그 어떤 시도도 하지 않았습니다. 아이가 있었다는 이야기는 낭설입니다. 이번 경우에 무고한 희생자는 없었다고 보면 됩니다."

"작전이 두 건이었다고 하셨죠. 두 번째는 어떤 거였습니까?"

"첫 번째 작전이 끝난 직후 이곳이 아닌 파이프에서 이루어졌고 비교적 인가가 드문 곳이라 아직 소식이 전해지지 않았을지 모르겠습니다만, 한참 전부터 노스 라이더와 협력 관계였던 자를 체포하는 작전이었습니다. 그런 경찰관이 우리 조직 안에 있었다니 유감스러운 일이겠습니다만 이런 더프 경감에게 마약단속반과 나중에는 살인사건수사반을 맡겼다니 덩컨 경찰청장도 실수를 할 때가 있었다는 증거이기도 하겠죠. 저희도 실수를 저질렀습니다. 그의 가족을 생각하는 마음이 있었기에 더프 경감도 가족을 생각하는 마음에 자수할 줄 알았던 겁니다. 그래서 파이프에 도착했을 때 특공대장 시턴 경관이 집 앞으로 찾아가 더프에게 혼자 나오라고, 자수하라고 권유를 했죠. 그러자 더프는 시턴에게 총을 쏘는 것으로 응수했습니다."

그는 시턴을 턱으로 가리켰다. 시턴은 모두가 팔걸이 붕대를 볼 수 있도록 불빛이 환하게 비추는 기자회견실의 앞쪽 문 옆에 서 있었다.

"다행히 치명상은 아니었습니다. 시턴 경관은 곧바로 치료를 받았고 영구 손상의 가능성은 거의 없다고 합니다. 심각한 부상을 입었음에도 끝까지 공격을 지휘했고요. 안타깝게도 더프는 절박한 상황에 놓이자 비겁하게 가족을 방패로 삼았고, 그들이 목숨으로 대가를 치르는 비극이 벌어지는 동안 집 뒤편으로 빠져나가 차를 타고 도주했습니다. 그는 이제 지명수배자고 저희는 수색에 착수했습니다. 지금 여기서 여러분에게 약속드리건대 저희는 더프를 찾아서 처단하고 **말** 겁니다. 여담이지만 이 자리를 빌려서 시턴 경관의 직함이 조만간 시턴 경감으로 바뀐다는 것을 알려 드리는 바입니다."

이번에는 좀 더 많은 사람들이 박수갈채에 합류했다. 박수 소리가 잦아들었을 때 헛기침과 함께 R 발음을 유난히 굴리는 사람이 말문을 열었다. "아주 잘 들었습니다, 청장님. 하지만 증거가⋯⋯." 질의자는 어려운 외국어라도 되는 듯이 아주 또박또박하게 '증거'라는 단어를 발음했다. "있습니까? 청장님의 도살을 정당화할 증거 말입니다."

"노스 라이더의 경우, 그들이 뱅쿼의 차를 향해 발포하는 광경을 본 목격자들이 있었고 차 안팎에 그들의 지문이, 그리고 오늘 저녁 아지트에서 시신으로 발견된 일부 조직원들과 동일한 혈액형의 혈흔이 뱅쿼의 좌석에서 발견됐습니다. 과학수사반에서는 운전석 쪽 앞 유리창 안쪽에서 발견된 지문이⋯⋯." 맥베스는 잠깐 말을 끊었다. "더프 경감의 지문과 일치한다는 결론을 내렸고요."

기자회견실 사방으로 웅성거림이 번졌다.

"이번 기회에 현장감식팀을 칭찬하고 싶네요. 더프는 살인 사건 직후에 현장에 도착했습니다. 살인사건수사반에서 더프와 연락이 되지 않아서 소식을 알리지 못했는데 희한한 일이었죠. 그는 자신이 남긴 지문과 다른 단서들을 지우려고 현장을 찾아갔을 겁니다. 하지만 과학수사반에서 아무도 시신 근처에 접근해 증거를 훼손할 수 없도록 막았죠. 저 개인적으로는 컨테이너항 습격 사건 때 더프가 노스 라이더와 공조 관계가 아닌가 하는 의혹이 더욱 짙어졌습니다. 마약 단속반과 특공대 양쪽 모두에게 너무나 분명한 제보가 접수됐으니 더프로서는 제보를 무시하면 그들을 비호하려는 게 아닌가 하는 의심을 살 수밖에 없는 상황이었죠. 더프는 영리하게 특공대 없이 경험이 일천한 소수의 자기 팀원들을 데리고 실패할 수밖에 없는 기습 작전을 감행했습니다. 그런 경우에는 특공대에 지원 요청을 하는 게 일반적인 관행인데 말이죠. 다행히 기습 작전 소식을 포착한 특공대에서 독자적으로 현장에 출동했고, 자화자찬인 것 같습니다만 이때부터 노스 라이더와 더프의 몰락이 시작됐다고 생각합니다. 노스 라이더와 더프 경감은 잃어버린 약물과 다섯 명의 조직원의 복수를 한답시고 덩컨과 뱅쿼 그리고 그의 아들을 잇달아 죽임으로써 자기 무덤을 자기가 팠다고 하겠습니다. 여담이지만 앞으로는 더프의 직함을 부르는 일이 없을 겁니다. 직급의 고하를 떠나서 경찰 내에서는 그것이 일종의 영예로 간주되니까요." 맥베스는 살짝 떨리는 자신의 목소리에 어린 분노가 100퍼센트 진심인 것을 느끼고 놀라워했다.

"그러니까 그 얘기는……."

"손을 들고……." 레녹스가 말문을 열었지만 맥베스는 양 손바닥을 들어 보이고 계속하라는 뜻에서 카이트를 향해 고개를 끄덕였다. 그는 말을 잘 듣지 않고 불만이 많은 이 자식과 맞서 싸울 준비가 되어 있었다.

"그러니까 그 얘기는 청장님, 즉 경찰은 이번 작전과 관련해서 어떤 **부분에서도** 비난을 받을 여지가 없다는 겁니까? 청장님은 오늘 오후 한나절 동안 한 시간 전에 석방한 일곱 명과 대부분 전과가 없었던 다른 조직원 아홉 명, 거기다 우리가 알기로 노스 라이더가 저지른 범죄와 아무 연관이 없는 부녀자 여섯 명을 살해했습니다. 파이프의 그 가족도 원론적으로는 무고한 희생자였고요. 그런데도 단 한 번의 오류도 없었다고 자신하십니까?"

맥베스는 카이트를 뜯어보았다. 이 라디오 기자는 까만 머리가 벗어진 정수리를 감싸고 있었고 입을 감싼 콧수염이 축 늘어져서 슬퍼보였다. 그런 남자에게는 어떤 운명이 기다리고 있을지 궁금해졌다. 그는 원고를 뒤적였다. 그가 작성한 초고에 레이디와 레녹스가 차례대로 첨언한 부분을 찾았다. 숨을 들이마셨다. 스스로도 알다시피 그는 완벽한 평정 상태였다. 약물이 완벽한 효과를 발휘하고 있었다. 그를 향해 완벽한 서브가 날아왔다.

"저분의 말씀이 맞습니다." 맥베스는 그 자리에 모인 기자들을 둘러보며 말했다. "우리가 실수를 저질렀죠." 그는 더 이상 고요해질 수 없을 만큼 고요해질 때까지, 정적이 감당할 수 없을 지경에 이르러 숨을 쉴 수 없을 때까지, 정적이 **소리**를 요구할 때까지 기다리고 또 기다렸다. 원고를 내려다보았다. 그의 앞에 놓인 원고를 그대로 읽는 게 아니라 생생하게 숨결을 불어넣어야 했다.

"민주주의 사회에는." 그는 말문을 열었다. "용의자의 석방 시점을 결정하는 원칙이 있습니다. 우리는 그걸 따릅니다." 그는 전적으로 동의한다는 뜻에서 고개를 끄덕였다. "민주주의 사회에는 **새로운** 증거가 포착됐을 때 경찰 측에서 용의자를 체포할 수 있고 체포해야 한다고 명시하는 원칙이 있습니다. 우리는 그걸 따릅니다." 다시금 고개를 끄덕였다. "민주주의 사회에는 용의자가 체포에 불응했을 때, 이번 같은 경우 경찰을 향해 발포했을 때 어떻게 해야 하는지 정해 놓은 규칙이 있습니다. 그리고 우리는 그걸 따릅니다." 이런 식으로 계속할 수도 있었지만 "우리는 그걸 따릅니다"는 세 번이면 충분했다. 그는 집게손가락을 들었다. "우리는 그렇게 했을 뿐입니다. 벌써부터 일각에서는 우리의 전적을 영웅에 비유하고 있습니다. 일각에서는 고통에 시달렸던 이 도시의 역사상 가장 효과적이고 가장 손꼽아 기다렸던 경찰 작전이라고 했고요. 그리고 일각에서는 길거리 범죄와의 전쟁이 이로써 전환점을 맞이했다고 표현하고 있습니다." 그는 고개를 끄덕이는 것이 어떤 식으로 듣는 사람들에게 전염됐는지 확인할 수 있었다. 심지어 그렇지, 라는 웅얼거림도 두어 곳에서 들렸다. "하지만 청장인 제가 보기에는 저희에게 주어진 임무를 수행하고 있을 따름입니다. 여러분이 저희 경찰에게 바라는 그 이상도 그 이하도 아니죠."

아무도 없는 2층의 영사기 옆에서 레녹스가 그의 연설에 귀를 기울이며 대기 중이었다.

"하지만 오늘 저녁에 솔직히 저는 기분이 좋습니다." 맥베스는 말했다. "자부심을 느끼며 **경찰**이라는 단어를 쓸 수 있어서요. 여러분, 이제 격식은 잠깐 한쪽 옆으로 치워 둡시다. 중요한 사실은 오늘 우리가 엄청난 소탕 작전을 감행했다는 거 아니겠습니까? 스위노와 휘하의 살인범들에게 똑같이 복수를 해 주었죠. 우리의 가장 훌륭한 동료를 데려가면 어떤 대가를 각오해야 하는지 보여 주었죠."

그의 주변 조명이 밝아졌고 그는 덩컨이 만들어 놓은 슬라이드가 뒤편에서 상영되고 있음을 알 수 있었다. 조만간 집 뒤편의 사과나무 아래에서 제복을 입고 촬영한 뱅쿼와 플리언스의 사진으로 바뀔 것이다.

"하지만 맞습니다, 우리는 실수를 저질렀습니다. 이 소탕 작전을 **진작** 시작하지 않은 실수를요! 덩컨 경찰청장을 보내기 전에. 평생 이 도시를 위해 봉사한 뱅쿼 경감을 보내기 전에. 그리고 아버지의 뒤를 이으려던 경찰사관생도 플리언스는 또 어떻습니까." 맥베스는 떨리는 목소리를 달래느라 심호흡을 몇 번 해야 했다. "하지만 오늘 오후에 우리는 오늘이 새날이라는 것을 보여 주었습니다. 범죄자들이 더는 이 도시를 쥐락펴락하지 못하게 된 새날입니다. 이 도시의 주민들이 떨치고 일어나서 그러면 안 된다고 얘기한 새날입니다. 더 이상 용납하지 않겠다고 얘기한 새날입니다. 그리고 지금은 새로운 날이 시작되는 첫날 저녁입니다. 앞으로 저희는 이 도시의 길거리를 계속 청소할 겁니다. 대청소가 아직 끝나지 않았으니까요."

맥베스는 "감사합니다"라는 말로 연설을 마무리하고 그 자리에 계속 서 있었다. 의자가 밀리는 소리와 함께 사람들이 자리에서 일어나 한참 동안 우레와 같은 박수갈채를 보내는 동안 그 자리에 계속 서 있었다. 냉소적인 기자들이 그의 거짓말에 진심 어린 반응을 보이자 자신의 눈가가 촉촉하게 젖어드는 것을 느낄 수 있었다. 좀 더 차분한 템포였지만 카이트도 일어나서 덩달아 박수를 치는 광경이 보이자 분위기를 파악하고 그러는 건지 궁금해졌다. 맥베스가 그들의 사랑을 쟁취했음을 알아차린 건지. 권력을 쟁취했음을 알아차린 건지.

그리고 보고 들은 것으로 미루어 짐작하건대 신임 경찰청장은 그 권력을 거침없이 활용할 사람이라는 것을 알아차린 건지.

맥베스는 스콘홀 뒤편 복도를 성큼성큼 걸어갔다.

파워. 그의 혈관에서 그 약의 효과가 느껴졌다. 조화로움은 여전했다. 좀 전처럼 완벽하지는 않았지만—불안과 초조가 다시금 찾아오려 하고 있었다—일단 약이 충분했다. 그렇기에 그는 오늘 밤을 그냥 즐길 작정이었다. 먹을거리와 마실 거리를, 레이디를, 도시의 풍경을, 그의 모든 것을 즐길 작정이었다.

"훌륭한 연설이었습니다." 시턴이 말했다. 그는 맥베스와 걷는 속도를 맞추는 데 아무 문제가 없어 보였다.

레녹스는 그를 따라오느라 옆에서 뛰었다.

"환상적이었습니다, 청장님!" 그가 숨을 헐떡이며 외쳤다. "청장님을 보려고 캐피틀에서 온 기자들도 있었거든요. 청장님을 인터뷰하고 싶어 하는데……."

"고맙지만 사양할게." 맥베스는 속도를 그대로 유지한 채 대답했다. "우리 목표를 이루기 전에는 승리의 인터뷰도 월계관도 사양이야. 더프 소식은 없고?"

"차가 오벨리스크 옆에 주차되어 있는 걸 발견했습니다. 이 도시에서 외곽으로 빠져나가는 길목, 공항, 여객선…… 그가 차를 몰고 파이프에서 시내로 이동하는 걸 목격하고 30분 이후부터 모든 곳을 감시하고 있었으니까 아직 이 안의 어딘가에 있을 겁니다. 뱅쿼의 집과 처가도 확인했는데 거기에는 없었어요. 하지만 날씨가 이래서 밤이 되면 어딘가로 **들어가야** 할 테니까 모든 호텔과 여인숙, 술집, 사창가를 이 잡듯이 뒤질 겁니다. 오늘 밤에는 전원이 더프를 추적하고 있습니다."

"추적하는 것도 좋지만 체포하면 더 좋겠지."

"아, 체포할 겁니다. 어차피 시간문제죠."

"좋았어. 잠깐 자리 좀 비켜 주겠나?"

"네." 레녹스가 걸음을 멈추자 이내 거리가 멀어졌다.

"뭐 신경 쓰이는 거 있나, 시턴? 부상당한 것 때문에?"

"아닙니다." 시턴은 붕대에서 팔을 꺼냈다.

"아니라고? 병장이 쏜 총에 팔을 맞았지, 아닌가?"

"저는 워낙 상처가 빨리 아무는 체질입니다." 시턴이 말했다. "집안의 유전이에요."

"확실한가?"

"상처가 빨리 아무는 체질 말씀입니까?"

"집안의 유전이라는 거 말이야. 그럼 다른 고민거리가 있나?"

"두 가지 있습니다."

"얘기해 봐."

"총격전 이후에 아지트에서 발견해서 데리고 온 아이 말입니다."

"응."

"그 아이를 어떻게 하면 좋을지 모르겠습니다. 일단 제 사무실에 두고 문을 잠가 놓긴 했는데."

"그건 내가 알아서 처리할게." 맥베스가 말했다. "또 다른 건?"

"앵거스입니다."

"앵거스가 왜?"

"파이프에서 명령에 복종하지 않았습니다. 발포를 거부하더니 결국에는 작전이 끝나기도 전에 대열을 이탈했습니다. 학살이라면서 **이런 짓**을 벌이려고 특공대에 들어온 게 아니라고 하더군요. 그가 비밀을 누설할 가능성이 있습니다. 뭔가 조치를 취해야 합니다."

그들은 엘리베이터 앞에서 걸음을 멈추었다.

맥베스는 턱을 문질렀다. "앵거스가 믿음을 잃었다고? 이번이 처음도 아니야. 그가 예전에 신학을 공부했었다고 얘기하던가?"

"아뇨. 하지만 냄새로 알았습니다. 우라질 십자가를 목에 걸고 다니기도 하고요."

"이제 시턴, 자네가 특공대 책임자야. 어떻게 해야겠다고 생각하나?"

"그를 제거해야 합니다, 청장님."

"죽음으로?"

"청장님께서도 우리가 교전 중이라고 하셨잖습니까. 전시에 반역자와 겁쟁이들에게는 죽음이라는 처벌을 내려야죠. 더프에게 했던 식으로 처리하겠습니다. 그가 썩었다는 소문을 퍼뜨리고 체포에 저항한 것처럼 꾸미겠습니다."

"고민해 보겠네. 지금은 우리가 스포트라이트를 받고 있어서 의리와 화합의 분위기를 보여 주어야 하니까. 코더, 맬컴, 더프 그리고 이번에는 앵거스. 너무 많아. 이 도시는 사기꾼 경찰보다 처형당한 범죄자를 더 좋아하거든. 그 친구 지금 어디 있나?"

"지하에 맥없이 혼자 앉아 있습니다. 어느 누구하고도 대화를 거부하고 있어요."

"알았어. 조치를 취하기 전에 내가 한번 얘기해 보도록 하지."

앵거스는 특공대 휴게실에 있었다. 두 손에 머리를 묻고 있었고, 맥베스가 큼지막한 신발 상자를 그의 앞 테이블에 내려놓고 맞은편 의자에 앉아도 거의 아무 반응을 보이지 않았다.

"무슨 일이 있었는지 들었다. 기분이 어때?"

아무 대답이 없었다.

"너는 원칙이 있는 녀석이지, 앵거스. 너의 그런 면을 내가 좋아하기도 하고. 너에게는 원칙이 중요하지?"

앵거스는 고개를 들고 충혈된 눈으로 맥베스를 쳐다보았다.

"이글거리는 네 눈빛을 보면 알 수 있어." 맥베스가 말했다. "의로운 분노를 느끼면 가슴이 뜨거워지지? 네가 추구하는 인물상에 가까워진 기분이 들고. 하지만 동지들이 진정한 희생을 요구할 때 바라는 것이 바로 그것일 때도 있다, 앵거스. 너의 원칙. 네가 양심의 아늑하고 포근한 품을 포기해 주길, 우리와 같은 악몽에 눈을 떠 주길, 너에게 가장 소중한 것을 내주길. 네가 예전에 믿었던 하느님이 아브라함에게 아들을 요구했듯이 말이다."

앵거스는 헛기침을 했지만 여전히 쉰 목소리였다. "얼마든지 그럴 수 있습니다. 하지만 뭘 위해 바치라는 겁니까?"

"장기적인 목표를 위해서. 공공의 선을 위해서. 이 도시를 위해서, 앵거스."

앵거스는 콧방귀를 뀌었다. "아무 죄 없는 사람들을 죽이는 것이 어떻게 공공의 선을 위하는 길이 될 수 있는지 설명을 부탁드려도 될까요?"

"25년 전에 미국 대통령이 어린이, 민간인, 아무 죄 없는 시민들로 가득한 일본 도시 두 곳에 원자폭탄을 투하했지. 그것으로 전쟁이 끝났어. 하느님은 바로 그런 모순을 통해 우리 인간을 괴롭히지."

"말이야 쉽죠. 청장님은 그 자리에 없었으니까요."

"나도 어떤 대가가 따르는지 알아, 앵거스. 얼마 전에 공공의 선을 위해서 아무 죄 없는 사람의 목을 땄으니까. 그래서 밤에 잠을 잘 자지 못해. 의구심, 수치심, 죄책감. 이것들이야말로 독선이라는 아늑하고 안전하고 따뜻한 곳에서 벗어나 진심으로 좋은 일을 하고 싶으면 치러야 할 대가가 아닐까."

"신은 존재하지 않고 저는 대통령이 아니에요."

"맞아." 맥베스는 이렇게 말하며 신발 상자 뚜껑을 열었다. "하지만 이 건물 안에서만큼은 내가 신이자 대통령이니까 네가 파이프에서 저질렀던 실수를 만회할 기회를 주지."

앵거스는 상자 안을 흘끗 들여다보았다. 충격으로 의자에서 움찔했다.

"이걸 오늘 밤 에스텍스 화장터로 들고 가서 태워라."

앵거스는 송장처럼 새하얘진 얼굴로 침을 꿀꺽 삼켰다. "아지트에서 죽은 아, 아, 아이……."

"너나 나 같은 최전방 병사들은 전쟁이 터지면 무고한 생명이 희생당할 수밖에 없다는 걸 알지만 민간인들은…… 우리가 지켜야 하는 그들은 그렇다는 걸 모르지. 그래서 우리가 이런 것들을 모르게 숨겨야 하는 거다. 그들이 히스테리를 일으키지 않도록. 너도 히스테리를 일으키는 건 아니겠지, 앵거스?"

"저, 저는……."

"잘 들어. 너를 믿기 때문에 이런 임무를 맡기는 거다. 이걸 에스텍스로 들고 가도 되고 이걸 무기로 여기 이 특공대 동지들을 고발해도 돼. 너한테 선택권을 주는 거다. 너를 믿을 수 있을지 알아야 하거든."

앵거스는 흐느끼며 고개를 저었다. "저를 **공범**으로 만들어야 믿을 수 있을지를 파악할 수 있겠다는 거 아닙니까!"

맥베스는 고개를 저었다. "너는 이미 공범이야. 민간인들에게 그들을 보호하려면 우리가 어떤 대가를 치러야 하는지 알리지 않고 죄책감을 감당할 수 있을 만큼 강인한지 파악하려는 것뿐이다. 그래야 앵거스 네가 진정한 남자인지 알 수 있으니까."

"어린애가 아니라 우리가 희생양인 것처럼 말씀하시네요. 못 합니다! 차라리 총살을 선택하겠어요!"

맥베스는 앵거스를 쳐다보았다. 그는 일말의 분노도 느끼지 못했다. 아마 앵거스를 좋아하기 때문이었을 것이다. 앵거스가 그들을 해코지하지 못한다는 걸 알기 때문이었을 것이다. 하지만 가장 큰 이유는 그에게 연민을 느꼈기 때문이었다. 맥베스는 신발 상자의 뚜껑을 덮고 자리에서 일어났다.

"잠깐만요." 앵거스가 말했다. "제게 어, 어떤 벌을 내리실 겁니까?"

"아, 네가 너를 단죄하게 될 거야." 맥베스가 말했다. "우리 깃발에 뭐라고 적혀 있는지 읽어 봐라. 악몽을 꾸고 진땀을 흘리며 잠에서 깼을 때 네 귀에는 어린아이의 비명 소리가 아니라 그 단어들이 들릴 거다. **의리, 동지애, 불로 세례받고 피로 하나 된다.**"

그는 신발 상자를 들고 밖으로 나왔다.

맥베스가 스위트룸으로 들어갔을 때는 자정까지 아직 한 시간 남짓 남아 있었다.

레이디는 그를 등지고 창가에 서 있었다. 조명이라고는 촛불 하나가 전부였고 그녀는 가운을 입고 있었다. 그는 거울 아래 테이블에 신발 상자를 내려놓고 그녀에게 가서 목에 입을 맞추었다.

"내가 들어온 순간 전기가 나가더라." 그가 말했다. "잭이 두꺼비집을 살피고 있어. 이 틈을 타서 돈을 들고 튀는 손님이 없었으면 좋겠는데."

"전기가 나간 동네가 절반이 넘어." 그녀는 뒤로 몸을 기울여서 그의 어깨에 머리를 기대며 말했다. "여기서 보여. 신발 상자 안에 뭐가 들었어?"

"신발 상자 안에 보통 뭐가 들어 있어?"

"무슨 폭탄이라도 되는 것처럼 들고 왔잖아."

바로 그때 거대한 번개가 하얗게 반짝이는 핏줄처럼 번쩍 하늘을 가르자 도시의 풍경이 언뜻 눈앞에 펼쳐졌다. 그러다 다시 어두워지면서 요란한 천둥소리가 들렸다.

"아름답지 않아?" 그는 그녀의 머리칼에서 풍기는 향기를 맡으며 물었다.

"뭐가 아름답다는 건지 모르겠어."

"이 도시 말이야. 앞으로 더 아름다워질 거야. 더프가 이 안에서 사라지면."

"그래도 시장은 남아서 더럽혀 놓을 텐데, 뭐. 상자 안에 뭐가 들었는지 얘기 안 할 거야?" 그녀는 방금 전에 일어난 사람처럼 잠긴 목소리로 물었다.

"태워야 하는 거. 잭한테 내일 에스텍스 화장터로 들고 가서 태워 달라고 할 거야."

"나도 태워지고 싶어."

맥베스의 몸이 굳었다. 이게 무슨 소리일까? 지금 꿈결에 서 있는 걸까? 하지만 몽유병자들은 대화를 주고받을 수 없지 않나?

"그러니까 더프를 아직 못 찾았나 봐?" 그녀가 물었다.

"아직은. 하지만 샅샅이 뒤지고 있어."

"딱해라. 아이들도 잃고 이제 완전히 외톨이네."

"도와주는 사람이 있어. 그렇지 않고서야 진작 찾았을 거야. 레녹스를 못 믿겠어."

"그가 헤카테와 칵테일의 종이라는 걸 알기 때문에?"

"레녹스가 기본적으로 유약하다는 걸 알기 때문에. 뱅쿼처럼 물렁해지고 딴 꿍꿍이를 품을 수 있어. 그가 더프를 숨겨 주고 있는지 몰라. 체포해야겠어. 시턴이 그러는데 케네스 시절에는 체포된 용의자가 말을 하지 않으면 사타구니에 전기 충격을 먹였대. 그리고 **입막음** 차원에서 다시 한번 먹이고."

"안 돼."

"안 된다고?"

"그래. 이 타이밍에 당신 휘하의 반장을 체포하면 안 좋게 보일 거야. 지금 사람들은 당신이 더프와 맬컴 시절의 썩은 사과를 두 개 제거했다고 생각하잖아. 세 개가 되면 숙청으로 보일 거야. 숙청으로 보이면 숙청되지 않은 사람들뿐 아니라 리더에 대해서도 의문이 제기될 테고. 토텔에게 당신을 청장으로 임명하는 것을 주저할 구실을 주면 안 되잖아. 그리고 전기 충격 문제라면 이 동네에 전기가 끊겨서 할 수가 없고."

"그럼 어쩌라는 거야?"

"전기 기사를 깨워서 고쳐 달라고 해."

"왜 이렇게 비협조적으로 나오시나. 오늘 밤에는 나를 영웅으로 떠받들면서 나와 하나가 되어야 하는 거 아니야?"

"당신도 나를 영웅으로 떠받들어야 할 테고. 케이스니스 뒷조사해 봤어?"

"케이스니스? 왜 그녀가 연관이 있다고 생각해?"

"그날 저녁을 먹는 자리에서 더프가 사촌네 집에서 잘 거라고 했잖아."

"그래, 그랬지."

"고아원에서 자랐다면서 이 도시에 삼촌이 있다니 이상하다는 생각 안 들었어?"

"모든 삼촌이 조카를 책임질 수 있는 건 아니잖아……." 맥베스는 그녀의 뒤에 선 채로 미간을 찌푸렸다. "그러니까 더프하고 케이스니스가……?"

"사랑하는 맥베스, 나의 영웅. 은밀한 사랑에 빠진 남녀가 서로를 어떤 식으로 바라보는지 여자처럼 간파하지 못하는 한 당신은 영원히 숙맥으로 남을 수밖에 없어."

맥베스는 어둠 속에서 눈을 깜빡였다. 그러다 두 팔로 그녀를 감싸 안고 눈을 감으며 그녀를 끌어당겼다. 그녀가 없으면 무슨 수로 살아갈 수 있을까? "우리 둘이 거울 앞에 서 있을 때나 그렇지." 그는 그녀의 귀에 대고 속삭였다. "고마워. 이제 가서 누워. 레녹스를 당장 케이스니스의 집으로 보낼게."

"들어왔다." 그녀가 말했다.

"뭐가?"

"불. 봐. 우리 도시가 다시 환해지고 있잖아."

맥베스는 눈을 뜨고 조명에 물든 그녀의 얼굴을 바라보았다. 그들의 몸을 내려다보았다. 스리프트 스트리트 건너편의 건물에 달린 바카르디 칵테일색 네온사인이 그들을 빨갛게 적시고 있었다.

"레녹스?" 케이스니스는 팔짱을 끼고 아파트 문 앞에 서 있는데, 벌써부터 몸이 꽁꽁 얼어붙어서 이가 딱딱 부딪칠 정도였다. "시턴 경관?"

"시턴 경감이오." 호리호리한 경찰관은 이렇게 얘기하며 그녀를 옆으로 밀치고 안으로 들어갔다.

"웬 소란이에요?" 그녀가 물었다.

"미안, 케이스니스." 레녹스가 말했다. "명령이 떨어져서. 더프 여기 있어?"

"더프요? 더프가 여기 있을 이유가 없잖아요."

"당신은 여기 있다고 대답할 이유가 없고." 시턴은 이렇게 말하며 특공대 제복을 입고 기관총을 짊어진 네 명의 남자에게 네 개의 방을 가리켰다. "여기 있다면 당신이 숨겨 주고 있다는 뜻일 테니까. 그가 지명수배자라는 건 익히 알고 있겠지?"

"마음대로 뒤져 보시지." 그녀가 말했다.

"그렇게 허락해 주시니 황송해서 어쩌나." 시턴은 신랄하게 빈정거리며 얇은 잠옷만 걸치고 있는 걸 후회하게 만드는 눈빛으로 그녀를 뜯어보았다. 그러더니 미소를 지었다. 케이스니스는 몸서리를 쳤다. 살짝 처진 눈꼬리 아래로 입꼬리를 들어 올리자 얼굴이 뱀처럼 보였다.

"지금 지연 작전을 벌이는 건가?" 그가 물었다.

"지연 작전이라고?" 그녀는 자신의 목소리에 어린 공포의 기미를 그가 알아차리지 못하길 바라며 이렇게 되물었다.

"대장님." 특공대원 중 한 명이 불렀다. "이쪽에 비상계단과 연결된 문이 있습니다."

"아, 그래?" 시턴은 케이스니스에게 시선을 고정한 채 중얼거렸다. "재미있네. 우리가 1층에서 벨을 눌렀을 때 구멍으로 고양이를 내보낸 건가?"

"무슨 소리야."

"경찰한테 거짓말을 하면 어떤 처벌이 내려지는지 잘 알겠지. 거기다 범죄자 은닉까지 추가되면?"

"거짓말 아니야, 시턴 경관."

"**경감**이라······." 그는 말을 멈추고 다시 미소를 지었다. "당신이 상대하는 사람은 특공대야, 케이스니스 양. 우리는 우리가 해야 할 일을 알지. 예컨대 진입하기 전에 건물 도면을 확인하는, 그런 거랄까."
그는 무전기를 들어서 입에 갖다 댔다. "찰리, 알파다. 비상계단 문
쪽에서 더프의 흔적이 보이나? 오버."

그가 무전기 버튼을 누르고 잠깐 치직거리는 소음이 들리자 그녀
는 아주아주 머나먼 곳에서 해변을 때리는 파도 소리 같다는 생각을
했다.

"아직은 보이지 않는다, 알파." 대답이 들렸다. "제압해서 체포하기
훌륭한 조건을 갖추고 있는데 그래도 표적이 보이면 발포해야 하는
지 확답 바란다, 오버."

케이스니스가 지켜보는 앞에서 시턴의 눈빛이 매정해지고 목소리
가 날카로워졌다. "더프는 위험인물이다. 경찰청장님이 직접 내린 명
령이니 정확히 준수하기 바란다."

"알았다. 이상 끝."

네 명의 요원이 거실로 돌아왔다. "여기 없습니다, 대장님."

"전혀 아무 흔적도 없어?"

"비상계단 문 앞 바닥에 이게 떨어져 있던데요." 그중 한 명이 테니
스 라켓과 액세서리를 들어 보였다.

시턴은 라켓을 받아 들고 액세서리를 올려놓은 손 위로 고개를 숙
였다. 마치 냄새라도 맡는 듯했다. 그러더니 라켓 손잡이를 외설스럽
게 쥐고서 그녀를 돌아보았다.

"당신처럼 손이 작은 사람이 쓰기에는 라켓이 너무 커 보이는데,
케이스니스 양. 그리고 귀걸이를 바닥에 던지는 습관이 있나?"

케이스니스는 허리를 폈다. 숨을 들이마셨다. "누구에게나 있는 습

관 아닌가, 경관? 돼지 앞에 진주를 던지는 거 말이지. 어느 정도 시간이 지나면 누구나 깨달음을 얻게 되지만. 수색 끝났고 계단으로 나간 고양이도 잡았으면 나는 다시 눈을 좀 붙이고 싶은데. 다들 안녕히 가시길."

시턴은 험상궂은 눈빛을 지으며 뭐라고 얘기를 하려고 했지만 레녹스가 어깨에 손을 얹자 입을 다물었다.

"쉬는데 방해해서 미안해, 케이스니스. 동료로서 이해할 테지만 이번 사건의 경우에는 모든 돌을 하나도 남김없이 들춰 봐야 하거든."

레녹스와 나머지는 현관문을 향했지만 시턴은 그 자리에서 꼼짝하지 않았다. "들췄을 때 불쾌한 오물이 드러나더라도 말이지." 그가 말했다. "그러니까 그가 결혼반지는 사 주지 않았던 모양이네?"

"원하는 게 뭐야, 시턴?"

그는 다시 역겨운 미소를 지었다. "그러게, 우리가 원하는 게 뭘까?"

그 말을 끝으로 그는 몸을 돌려서 나갔다.

그녀는 그의 뒤에서 문을 닫았다. 문에 등을 기댔다. 더프는 어디 있을까? 간밤에는 어디 있었을까? 그녀는 그가 어떻게 되길 바라고 있을까? 응당 지옥으로 떨어지길 바라고 있을까 아니면 그럴 자격이 없는 사람이라도 구원을 받을 수 있길 바라고 있을까?

레녹스는 앞 유리창 위로 쏟아지는 빗줄기 사이를 빤히 쳐다보았다. 빛이 굴절돼서 빨간 신호등이 흐릿하고 일그러지게 보였다. 이 시간이, 이번 근무가, 이 밤이 얼른 종료되기를 바라는 마음이 굴뚝

같았다. 자신의 집 거실에 앉아서 위스키를 한 잔 따르고 칵테일을 좀 맞고 싶은 마음이 굴뚝같았다. 그는 중독자는 아니었다. 아무튼 문제가 될 정도는 아니었다. 그걸 남용하는 게 아니라 활용하고 있었다. 약물의 노예가 되지 않았다. 약을 하면서 힘든 일은 물론이고 아버지와 남편 역할까지 수행하는 몇 안 되는 행운이라고 볼 수 있었다. 사실 약물은 업무 수행 능력에 도움이 되고 있었다. 일터에서 숨돌릴 틈이 없었으니 그게 없었다면 과연 무슨 수로 버틸 수 있었을까. 모든 걸 저울질하고, 매번 신중을 기하고. 필요한 경우에는 타협을 하고, 웃으면서 굴욕을 견디고, 몸을 사리고, 누가 대장인지 파악하고, 시류에 순응하고. 하지만 언젠가는 그에게도 보스의 자리에 오르는 차례가 돌아올 것이다. 그렇지 않다 하더라도 그에게는 훨씬 중요한 것들이 있었다. 가족……. 그가 일을 하는 이유가 가족이었다. 아내 실라와 함께 이 도시 서쪽의 안전한 동네에 널찍한 집을 장만하고, 사랑스러운 세 아이를 번듯하고 훌륭한 학교에 보내고, 1년에 한 번씩 지중해로 누려 마땅한 여행을 떠나고, 건강보험료와 치과 치료비와 기타 등등을 충당하기 위해서였다. 아, 그는 가족을 끔찍이 사랑했다. 가끔은 신문을 내려놓고 소파에 앉아서 각자의 일로 분주한 그들을 바라보기만 해도 이런 생각이 들었다. **내가 이런 선물을 받는 행운을 누릴 줄이야! 나에게 이런 선물이라는 행운이 따를 줄이야.** 타인의 사랑. 한때 알비노 앨버트라고 불렸던 그는 햇볕을 쪼이면 안 되기 때문에 쉬는 시간에 교실에 있어야 한다는 의사의 진단서를 제출하기 전까지 학교에서 쉬는 시간마다 얻어맞았던 아이였다. 하얗고 왜소하고 허약했다. 하지만 그에게는 말발이 있었다. 그걸로 실라를 공략

했다. 그가 두 사람 몫으로 시끄럽게 조잘조잘 떠들었다. 코카인에 손을 댄 순간부터 더 심해졌다. 코카인을 하면 에너지 넘치고 끈질기며 두려움이 없는, 과거의 업그레이드 버전이 될 수 있었다. 적어도 한동안은 그랬다. 어느 정도 시간이 지나자 코카인은 과거의 후진 레녹스로 돌아가는 걸 막기 위한 필수품이 되었다. 그는 코카인이라는 막다른 골목 말고 다른 길이 있길 바라는 마음에 약물의 종류를 바꾸었다. 하루에 기껏해야 주사 한 대였다. 그 이상은 하지 않았다. 다섯 대가 필요한 사람들도 있었다. 기능이 고장 난 인간들이었다. 그는 그들과 전혀 달랐다. 아버지의 판단과 다르게 그에게는 깡이 있었다. 자제력이 있었다.

"전부 확인을 마친 거죠?"

레녹스는 움찔했다. "응?"

"그 목록 말이에요." 시턴이 뒷좌석에서 말했다. "뭐가 남았어요?"

레녹스는 하품을 했다. "경찰청. 거기가 마지막이야."

"경찰청이라니 너무 넓은데."

"그렇지, 하지만 관리인 말로는 더프가 열쇠를 딱 세 개 가지고 있었다잖아. 하나는 마약단속반, 또 하나는 살인사건수사반."

"그리고 나머지 하나는요?"

"과학수사반이 쓰는 차고. 하지만 따뜻하고 보송보송한 사무실에 숨을 수만 있다면 지하실에서 폐렴을 자청할 일은 없겠지."

무전기가 치직거리더니 누군가가 코맹맹이 소리로 펜트하우스 스위트룸까지 오벨리스크의 모든 객실을 수색했지만 소득이 없었다고 알렸다.

관리인이 큼지막한 열쇠 뭉치를 들고 경찰청 직원 출입문 앞에 서서 그들을 기다리고 있었다. 레녹스와 시턴과 여덟 명의 경찰관이 마약단속반 사무실을 뒤지는 데 20분도 안 걸렸다. 살인사건수사반을 샅샅이 훑는 데 걸린 시간은 그보다 더 짧았다. 천장 위편과 환풍구 뒤편까지 확인했는데도 그랬다.

"그럼 이걸로 끝이로군." 레녹스는 하품을 했다. "이걸로 끝이야. 제군들, 몇 시간 눈 붙이고 오도록. 내일 아침에 계속하지."

"차고요." 시턴이 말했다.

"내가 얘기했다시피……."

"차고요."

레녹스는 어깨를 으쓱했다. "자네 말이 맞아. 금방 끝나겠지. 시턴, 올라프슨 그리고 내가 차고를 확인할 테니까 나머지는 귀가하도록."

그들은 엘리베이터를 타고 지하로 내려갔다. 함께 내려간 관리인이 문을 열고 불을 켜 주었다.

네온등에 담긴 인산염이 정적 속에서 전기 자극을 받고 형광을 발산하려는 찰나, 레녹스의 귀에 무슨 소리가 들렸다.

"저 소리 들었어요?" 그는 속삭였다.

"아뇨." 관리인이 말했다. "하지만 쥐들이 낸 소리일 거예요."

레녹스는 선뜻 믿기지 않았다. 덜거덕거리거나 후다닥 도망치는 소리가 아니라 삑삑거리는 소리였다. 신발에서 나는 소리였다.

"골치 아픈 녀석들이죠." 관리인은 한숨을 쉬었다. "없어지질 않아요, 여기 이 지하실에서는."

큼지막한 창고에는 다양한 도구가 담긴 카트와, 방수포를 뒤집어

쓰고 차고 문 앞에 세워져 있는 뱅쿼의 볼보 말고는 아무것도 없었다. 벽에 달린 문이 다섯 개 나란히 배치돼 있었다.

"쥐를 없애고 싶으면 나한테 연락해요." 시턴이 기관총에 달린 안전장치를 풀면서 말했다. "올라프슨, 왼쪽부터 시작하자."

레녹스는 빠르고 민첩하게 지하실을 가로지르는 대머리와 그 뒤를 바짝 따라가는 올라프슨을 지켜보았다. 그들은 정확한 연출과 연습을 거친 춤을 추듯 문을 하나씩 차례대로 열었다. 시턴이 문을 열면 총을 어깨에 짊어진 올라프슨이 들어가서 무릎을 꿇으며 앉고, 시턴이 따라 들어가서 앞장섰다. 레녹스는 시간을 재 보았다. 주사를 맞아야 하는 시각이 지났다는 것을 느낄 수 있었다. 드디어 마지막 문이 남았다. 시턴이 손잡이를 눌렀다.

"잠겨 있어요!" 그가 소리를 질렀다.

"아, 당연하죠. 암실은 항상 잠겨 있어요." 관리인이 말했다. "사진도 증거물로 간주되니까요. 더프는 암실 열쇠는 갖고 있지 않아요. 적어도 나한테 받아 가지는 않았어요."

"그럼 이만 철수하지." 레녹스가 말했다.

시턴과 올라프슨이 기관총을 내리고 걸어오자 관리인이 문을 열고 잡아 주었다.

드디어.

시턴이 손을 내밀었다. "열쇠 줘요."

"네?"

"암실 열쇠요."

관리인이 머뭇거리며 레녹스를 흘끗 쳐다보자 그는 한숨을 쉬고

고개를 끄덕였다. 관리인은 뭉치에서 열쇠를 하나 꺼내 시턴에게 건
넸다.

"왜 저러는 거예요?" 볼보를 지나 암실로 향하는 시턴과 올라프슨
을 보며 관리인이 물었다.

"자기 일을 하느라 그래요." 레녹스는 으르렁거렸다.

"그게 아니라 코 말이에요. 무슨 동물처럼 킁킁거리고 있잖아요."

레녹스는 고개를 끄덕였다. 시턴이 뭔가를 닮았다는 걸 관리인도
알아차린 모양인데…… 그게 뭔지 알 수가 없었다. 아무튼 인간은 아
니었다.

시턴은 이제 그의 체취를 느낄 수 있었다. 그 냄새. 파이프의 집과
케이스니스의 아파트에서 맡은 바로 그 냄새였다. 그가 여기 있거나
최근에 다녀갔거나 둘 중 하나였다. 시턴은 문을 열었다. 올라프슨이
안으로 들어가 무릎을 꿇었다. 관리인이 앞문 옆에 달린 스위치를 켰
을 때 차고와 다른 방의 불이 모두 들어왔지만 여기는 여전히 어두
컴컴했다. 그럴 수밖에 없었다. 암실이지 않은가.

시턴은 안으로 들어갔다. 코를 찌르는 화학약품 냄새 때문에 사냥
감의 체취, 더프의 체취가 묻혔다. 그는 안에 달린 스위치를 발견하
고 올렸지만 불이 켜지지 않았다. 정전이 됐을 때 퓨즈가 나간 것일
수도 있었다. 아니면 누군가가 전구를 없앤 것일 수도 있었다. 시턴은
손전등을 켰다. 테이블 위쪽 벽이 줄에 걸린 큼지막한 사진들로 가득
했다. 시턴은 사진들을 손전등으로 비추었다. 날과 손잡이에 피가 묻
은 단검 사진이었다. 더프가 다녀갔었다. 시턴은 그렇다고 100퍼센트

장담할 수 있었다.

"어이! 뭐 해?" 레녹스였다. 새가슴인 저 색소결핍증 환자는 집에 가고 싶어 했다. 땀을 흘리며 하품을 하고 있었다. 할망구 같으니라고.

"갈게요." 시턴은 큰 소리로 외치고 손전등을 껐다. "가자, 올라프슨."

시턴은 올라프슨을 먼저 내보냈다. 그의 등 뒤로 문을 세게 닫고 방 안에 서 있었다. 어둠 속에서 귀를 기울였다. 더프가 위험이 지나갔다는 판단 아래 긴장을 늦출 때까지 기다렸다. 시턴은 총을 들어서 사진들을 겨누었다. 방아쇠를 당겼다. 총이 그의 손안에서 흔들렸고 소리가 그의 고막을 때렸다. 그는 십자 모양으로 총을 갈겼다. 그런 다음 다시 손전등을 켜고 구멍이 난 사진들 앞으로 걸어가 사진들을 옆으로 치웠다.

뒤편 벽에 뚫린 총알구멍들을 빤히 쳐다보았다.

더프는 없었다.

아직까지 폭음으로 귀가 윙윙거렸다. 유난히 깊은 구멍이 하나 있었다. 두 개의 총알이 한 지점을 맞힌 모양이었다. 혹시.

두말하면 잔소리였다.

시턴은 다른 사람들이 서 있는 곳으로 뚜벅뚜벅 걸어 나갔다.

"왜 그랬어?" 레녹스가 물었다.

"사진들이 마음에 안 들어서요." 시턴이 말했다. "깜빡한 곳이 한 군데 있어요."

"그렇지." 레녹스는 앓는 소리를 냈다. "우리 침대."

"더프는 전쟁 때 폭격을 당했던 사람들과 똑같은 생각을 하고 있어요. 두 개의 폭탄이 정확히 한 지점에 떨어질 리 없다는 판단 아래 폭탄 구멍에 숨어 있어요."

"그게 도대체 무슨……?"

"파이프의 자기 집으로 돌아간 거죠. 가요!"

차고의 불이 꺼지자 쥐 한 마리가 숨어 있던 곳에서 쌩하니 뛰어나와 문이 쾅 닫히고 사람들의 발소리가 멀어지는 것을 들었다. 녀석은 축축한 벽돌 바닥을 터벅터벅 지나서 한가운데 서 있는 자동차로 향했다. 운전석에 묻어 있는 핏자국이 녀석을 유혹했다. 달콤하고 영양이 풍부하며 며칠 묵은 핏자국이었다. 차에 씌워진 방수포를 뚫고 들어가는 게 관건이었다. 거의 다 뚫었을 때 잠깐 소동이 벌어졌다. 하지만 녀석은 이제 마지막 남은 부분을 갉아 내고 안으로 들어갔다. 조수석 바닥을 가로지르고 변속 레버를 지나서 운전석에 깔린 고무 매트로 내려갔다. 가죽 구두 위를 지났다. 한쪽 구두가 삑삑거리는 소리를 내며 들리자 녀석은 움찔했다. 앞다리를 들고 일어나 쉭쉭거렸다. 핏자국이 남은 맛있는 운전석을 이미 차지한 자가 있었다.

더프는 쥐가 바스락거리며 쌩하니 도망치는 소리를 들었다. 그제야 운전대를 으스러져라 잡고 있던 손을 놓았다. 심장이 더는 쿵쾅거리지 않고 평소처럼 뛰고 있다는 것을 느낄 수 있었다. 시턴과 일행이 차고로 들이닥쳤을 때 어찌나 심하게 두방망이질을 치던지 소리가 들릴 게 분명하다는 생각이 들 정도였다. 그는 손목시계를 확인했다. 날이 밝으려면 아직 다섯 시간이 남았다. 그는 자세를 바꾸려고 했지만 바지가 좌석에 남은 핏자국에 들러붙었다. 뱅쿼가 흘린 피였다. 그것이 그를 붙잡고 있었다. 하지만 그는 탈출해야 했다. 이동해야 했다.

하지만 어디로? 그리고 무슨 수로?

맨 처음 달아났을 때만 해도 시골길을 따라서 도주하느니 시내까지 차를 몰고 가서 인파 속으로 사라지는 편이 더 수월할 거라고 생각했다. 그래서 오벨리스크 근처에 차를 버리고 카지노 안으로 들어갔다. 그가 아는 중에서 밤새 있을 수 있는 곳이 거기밖에 없었다. 당연히 객실을 빌릴 수는 없었다. 맥베스는 숙박 시설을 가장 먼저 체크할 것이었다. 하지만 카지노를 휘감은 슬롯머신 중에 가장 가까운 기계를 골라서 세상에 둘도 없이 외롭고 평온한 사람처럼 그 앞에 앉아 동전을 먹여 가며 서서히 주머니를 털릴 수는 있었다. 그는 무슨 수로 탈출할 수 있을지 생각하며—생각하려고 애를 쓰며—세 개의 조그만 창 속에서 빙글빙글 돌아가는 다양한 그림들을 물끄러미 바라보았다. 하트. 칼. 왕관. 몇 시간이 지났을 때 그는 맥주를 마시면 기분이 좀 괜찮아질까 싶어서 바로 갔다가 소리를 죽여 놓은 바텐더 위편의 텔레비전으로 경찰청에서 열린 기자회견 뉴스를 보았는데, 갑자기 낯익은 얼굴이 화면에 등장했다. 하얀 흉터가 교통 표지판처럼 사선으로 새겨진 얼굴이었다. 그의 클로즈업 사진 위로 '지명수배'라는 단어가 적혀 있었다. 더프는 옷깃을 세우고 고개를 숙인 채 그곳을 빠져나왔다. 차가운 밤공기를 마시자 예전에 밀회 장소였던 차고가 하룻밤을 보내기에 가장 알맞은 장소라는 생각을 할 수 있을 만큼 정신이 번쩍 들었다.

하지만 조만간 다들 출근하는 금요일의 태양이 뜰 테고, 그는 직원들이 출근하고 신문 가판대가 자신의 얼굴로 도배되기 전에 빠져나가야 했다.

더프는 재킷 주머니에 손을 넣었다. 반질반질한 종이가 손에 닿았다. 그는 꾸러미를 꺼냈다. 자기가 부탁한 선물을 받고 유언이 어떤 표정을 지었을지 그려졌기 때문에 참을 수가 없었다. 입에서 왈칵 터져 나온 흐느낌이 그의 귀에 들렸다. 그만! 이러면 안 돼! 지금은 가족들 생각을 하지 않겠다고 다짐하지 않았던가. 슬퍼하는 것은 나중에 목숨을 건졌을 때 누릴 수 있는 특권이었다. 그는 볼보의 실내등을 켜고, 눈물을 닦고, 포장지를 벗겨서 가짜 수염을 꺼내고, 풀 뚜껑을 열어서 반짝이는 풀을 자신의 뺨과 입 주변과 수염 안쪽에 발랐다. 백미러를 보면서 수염을 붙였다. 빡빡한 털모자를 푹 눌러써서 흉터의 윗부분을 가렸다. 그런 다음 안경을 썼다. 우스꽝스럽게 두툼한 안경테가 수염 위쪽 부분의 흉터를 덮었다. 백미러를 보니 뺨에 풀이 묻어 있었다. 닦을 만한 것을 찾으려고 주머니를 뒤졌지만 아무것도 없었다. 글러브박스를 열어 보니 메모지가 있길래 꺼내서 맨 윗장을 찢으려다 멈칫했다. 종이에 남은 글씨 자국이 불빛에 비쳐 보였다. 최근 누군가가 메모지에 뭔가를 적은 모양이었다. 그랬다 한들 무슨 의미일까. 그는 메모지를 뜯어서 뺨에 묻은 풀을 닦았다. 종이를 구겨서 재킷 주머니에 넣었다. 메모지는 다시 글러브박스 안에 넣었다.

됐다.

의자에 기대고 앉았다. 눈을 감았다.

다섯 시간 남았다. 왜 이렇게 일찍 수염을 붙였을까? 벌써부터 간

지러웠다. 그는 다시 머리를 굴렸다. 파이프 생각은 애써 떨쳐 버렸다. 이 도시 안에서 숨을 만한 곳을 찾아야 했다. 모든 도로가 봉쇄됐을 것이다. 게다가 이 도시 밖이나 파이프에 피신할 만한 곳도 없었고, 모든 호텔과 여관에 경보가 발령됐을 테고, 이 도시에서 벗어난들 지명수배가 된 경찰 살인범을 숨겨 줄 사람은 없었다. 이때 문득 든 생각이 있었다. 그에게는 도움을 청할 만한 사람이 아무도 없었다. 여기든 다른 데든 없었다. 그는 남들과 잘 지내는 성격이었다. 사람들이 그를 대놓고 싫어하지는 않았다. 그를 좋아하지 않을 따름이었다. 그리고 그들은 그를 좋아할 이유가 없었다. 그는 자기한테는 도움이 안 되지만 남들에게는 도움이 되는 일을 한 적이 없었다. 그에게는 동맹만 있을 뿐 친구는 없었다. 그 때문에 도움이, 친구가, 어깨에 기대고 올 사람이 절실하게 필요한 순간이 닥쳤을 때 믿을 구석이 없는 사람, 가망 없는 인간으로 전락했다. 그는 백미러에 비친, 뻣뻣하게 굳은 한심한 털북숭이를 뜯어보았다. 그는 여우였다. 사냥꾼들이 그를 에워쌌고 맥베스가 으뜸 사냥개로 새롭게 선발한 시턴은 이미 그의 바로 뒤에서 짖고 있었다. 도망쳐야 했다. 하지만 어디로 가야 숨을 만한 곳을 찾을 수 있을까?

동이 트기까지 다섯 시간이 남았다. 금요일이 찾아오기까지. 유언의 생일이……

안 돼! 울지 마! 살아남아야 해! 죽은 사람은 아무 복수도 할 수 없는 법이야.

그는 날이 밝을 때까지 깨어 있다가 다른 알맞은 곳을 찾아야 했다. 버려진 공장은 어떨까. 아니다, 그건 이미 폐기 처분한 계획이었다. 그가 어떤 데 숨으려고 할지 맥베스도 훤히 내다보고 있을 것이다. 젠장! 이제 그는 길을 잃은 사람처럼 한자리에서 계속 원을 그리고 있었다.

너무 피곤했지만 날이 밝을 때까지 깨어 있어야 했다. 유언은 열 살이 되지 못했다. 젠장! 그는 다른 데로 주의를 돌리려고 애를 썼다. 눈앞에 보이는 계기판의 숫자를 모조리 읽었다. 구겨서 재킷 주머니에 넣었던 메모지를 꺼내 주름을 펴고 반듯하게 만들었다. 무엇이 적혀 있는지 읽어 보려고 했다. 글러브박스를 뒤져서 연필을 찾았다. 연필을 옆으로 눕혀서 움푹 들어간 자국 위로 슥슥 그었다. 주변은 까매지고 그 윗장에 적혔던 글씨만 하얗게 남았다. **돌핀. 6구 태너리 스트리트 66번지. 앨피. 안전한 은신처.**

주소였다. 이 도시에 태너리 스트리트는 있지만 6구는 없었다. 이렇게 구로 나뉜 도시는 여기 말고 한 군데밖에 없었다. 캐피틀. 이게 언제 적힌 걸까? 글씨 자국이 얼마나 오래가는지 그로서는 알 도리가 없었다. 그리고 **안전한 은신처**라니 무슨 뜻일까?

더프는 실내등을 끄고 눈을 감았다. 잠깐만 눈을 붙일까?

캐피틀. 금요일. 그는 이 조합을 아주 최근에 본 적이 있었다.

더프는 이 두 단어에 얽힌 꿈속으로 빠져들려던 순간 화들짝 놀라며 눈을 떴다.

실내등을 다시 켰다.

23

"메러디스하고 내가 결혼을 하게 됐어." 더프가 말했다. 그의 눈에서 햇살이 반짝이는 듯했다.

"그래? 어…… 빠르네?"

"응! 내 들러리가 돼 줄 거지, 맥베스?"

"내가?"

"당연하지. 너 말고 누가 있냐."

"어. 언젠데……?"

"7월 6일. 메러디스네 여름 별장에서 할 거야. 준비는 전부 끝났어. 오늘 청첩장도 발송했고."

"나한테 물어봐 줘서 고맙지만 생각해 볼게, 더프."

"생각해 본다고?"

"내가…… 7월에 좀 길게 여행을 가려고 했거든. 7월이 나한테는 힘든 시기잖아, 더프."

"여행? 지금까지 그런 얘기 나한테 한 적 없었잖아."

"응, 아마 그랬을 거야."

"하긴 우리가 서로 대화를 나눈 지 좀 됐다. 어디 갔었어? 메러디스가 네 안부를 물었는데."

"그래? 뭐, 여기저기. 좀 바빴어."

"여행은 어디로 가는 거야?"

"캐피틀."

"캐피틀?"

"응. 거긴…… 한 번도 가 본 적이 없어서. 우리 나라의 수도를 구경할 때도 되지 않았겠어? 여기보다 훨씬 좋겠지?"

"이렇게 하자, 맥베스. 내가 캐피틀에서 오는 비행기표를 사 줄게. 내 결혼식에 가장 친한 친구가 참석하지 않는다니 말이 안 되잖아. 올 한 해를 통틀어서 가장 근사한 파티가 될 거야! 결혼 안 한 메러디스의 친구들이 전부 올 텐데……."

"캐피틀에서 외국으로 나갈 거야. 길게 여행을 간다니까, 더프. 아마 7월 내내 여기 없을 거야."

"하지만…… 너랑 메러디스랑 예전에 잠깐 장난처럼 만난 것 때문에 이러는 거야?"

"그러니까 당분간 서로 못 보겠지만 결혼이랑 다…… 잘되길 빌게."

"맥베스!"

"고마워, 더프. 하지만 너한테 용의 피를 빚진 거 잊지 않을게. 메러디스한테 안부 전하고 나랑 잠깐 장난처럼 만나 줘서 고마웠다고 전해 줘."

"맥베스 청장님!"

맥베스는 눈을 떴다. 그는 침대에 누워 있었다. 꿈이었다. 하지만. 그들이 정말 그런 대화를 나누었을까? **용의 피.** 로리얼. 그가 정말 그렇게 얘기했을까?

"맥베스 청장님!?"

방문 저편에서 들리는 소리였고 이번에는 미친 듯이 문을 두드리는 소리가 동반됐다. 그는 침대 옆 테이블을 보았다. 새벽 3시였다.

"청장님, 잭입니다!"

맥베스는 반대편으로 몸을 돌렸다. 그 혼자 누워 있었다. 레이디가 없었다.

"청장님, 제발······."

맥베스는 문을 벌컥 열었다. "무슨 일이야, 잭?"

"사장님의 몽유병 증상이 나타났습니다."

"그래서? 자네가 계속 지켜보고 있잖아."

"이번에는 전과 달라서요. 사장님이······. 나와 보세요."

맥베스가 하품을 하고 불을 켜고 가운을 걸치고 막 방을 나서려는 찰나, 그의 시선이 거울 아래 테이블로 향했다. 신발 상자가 보이지 않았다.

"얼른. 앞장서, 잭."

찾으러 나서 보니 그녀는 옥상에 있었다. 잭은 열려 있는 철제 문 앞 문지방에서 멈칫거렸다. 비가 그쳤고 들리는 소리라고는 바람 소리와 절대 잠드는 법 없이 꾸준히 이어지는 찻소리뿐이었다. 그녀는 그들을 등지고 바카르디 조명이 비추는 옥상 한쪽 끝에 서 있었다. 불어온 바람이 그녀의 얇은 가운에 걸렸다.

"레이디!" 맥베스는 외치며 달려가려고 했지만 잭이 붙잡았다. "정신과 의사가 그러는데 잠결에 걷는 동안 깨우면 절대 안 된다고 했어요."

"하지만 저러다 떨어질 수도 있잖아!"

"여러 번 여기로 올라와서 저기 서 계시곤 했어요." 잭이 말했다. "잠이 든 와중에도 앞이 보이거든요. 정신과 의사가 그러는데 몽유병 환자들은 다치는 경우가 거의 없지만, 깨워 버리면 혼란스러워져서 다칠 수가 있대요."

"그녀가 여기로 올라온다는 걸 왜 아무도 나한테 얘기하지 않은 거지? 나는 그냥 복도를 왔다 갔다 걷는 줄 알고 있었는데."

"사장님께서 잠결에 뭘 하는지 절대 함구하라고 저한테 분명히 못을 박으셨거든요."

"뭘 하는데?"

"청장님이 말씀하신 것처럼 복도를 걸을 때도 있어요. 화장실에 가서 거기 있는 독한 비누로 씻을 때도 있고요. 손을 씻는데, 가끔 피부가 시뻘게질 때까지 문질러요. 그런 다음 옥상으로 올라가죠."

맥베스는 그녀를 쳐다보았다. 사랑하는 그의 레이디. 바람 부는 한밤중에 이렇게 연약한 벌거숭이처럼 보일 수가 없었다. 그녀의 머릿속이라는 어둠 속에서 이렇게 외로워 보일 수가 없었다. 그 어둠에 대해서는 이야기를 들었지만 그녀를 따라 들어갈 수는 없었다. 그가 할 수 있는 일은 아무것도 없었다. 그저 기다리며 그녀가 그 어둠에서 벗어나 돌아오길 바라는 수밖에 없었다. 너무나 가까우면서 너무나 멀게 느껴졌다.

"그런데 오늘 밤에는 그녀가 자살할지도 모른다는 생각을 한 이유가 뭐지?"

잭은 놀란 눈빛으로 맥베스를 흘낏 쳐다보았다. "그렇게 생각하지 않는데요, 청장님."

"그럼 뭔가, 잭?"

"뭐가요, 청장님?"

"뭐 때문에 나를 깨울 정도로 걱정을 했느냔 말이지."

바로 그 순간 구름 사이로 달빛이 비쳤다. 그러자 약속한 신호라도 되는 듯이 레이디가 몸을 돌려서 그들을 향해 걸어왔다.

"저것 때문입니다, 청장님."

"맙소사." 맥베스는 속삭이며 얼른 한 발짝 뒤로 물러섰다.

그녀가 꾸러미를 안고 있었다. 잠옷을 벌려서 한쪽 젖가슴을 드러내고 벌린 꾸러미의 한쪽 끝에 대고 있었다. 맥베스의 눈에 아이의 뒤통수가 보였다. 까만 구멍이 네 개 뚫려 있었다.

"잠이 들었을까?" 맥베스가 물었다.

"그런 것 같습니다." 잭이 속삭였다.

두 사람은 그녀의 뒤를 바짝 쫓아 지붕에서 계단을 지나 스위트룸으로 들어왔다. 지금은 그녀가 아이와 함께 이불을 뒤집어쓰고 누워 있는 침대 옆에 서 있었다.

"저걸 치울까요?"

"내버려 둬." 맥베스가 말했다. "해가 될 것도 없잖아. 하지만 오늘 밤에는 자네가 여기 앉아서 지켜봐 주었으면 좋겠어. 나는 내일 아침 일찍 중요한 라디오 인터뷰가 있어서 잠을 자야 하거든. 그러니까 다른 객실 열쇠를 주겠나?"

"알겠습니다." 잭이 말했다. "다른 직원을 불러서 안내 데스크를 맡기고 오겠습니다."

잭이 나가자 맥베스는 아이의 뺨을 쓰다듬었다. 차갑고 뻣뻣하고 망가진 아이였다. 레이디와 그가 예전에 그랬다. 하지만 그들은 어찌어찌 스스로 신세를 고쳤다. 아니다. 레이디는 어찌어찌 스스로 신세를 고쳤다. 맥베스는 도움을 받았다. 뱅쿼에게. 그리고 그 전에 고아원에서는 더프에게. 더프가 로리얼을 죽이지 않았다면 맥베스는 얼마 못 가 목숨을 끊었을 것이다. 심지어 그는 고아원에서 도망쳤을 때도 심장에 검은 구멍이 네 개 뚫려 있었다. 그 네 개의 구멍을 뭔가로 채워야 했다. 가장 효과가 빠르고 손쉽게 구할 수 있는 봉합제가 칵테일이었다. 그래도 그는 최소한 목숨을 부지할 수는 있었다. 더프, 그 자식 덕분이었다.

그리고 두말하면 잔소리지만 레이디도 있었다. 심장의 구멍은 사랑으로 메울 수 있다는 것을, 고통은 사랑의 행위로 달랠 수 있다는 것을 보여 준 그녀. 그는 그녀의 뺨을 어루만졌다. 따뜻했다. 부드러웠다.

돌아갈 방법이 있을까? 아니면 그들은 깜빡하고 철수 계획을 세워 놓지 못했을까? 오직 승리의 계획뿐이었을까? 그랬다. 그리고 그들은 승리를 쟁취했다. 하지만 승리의 뒷맛이 씁쓸하다면, 대가가 너무 커서 차라리 값싼 패배가 낫겠다 싶으면 어떻게 해야 할까? 왕위를 포기하고, 왕관을 벗고, 공손하게 용서를 구하고 일상으로 돌아가야 할까? 옥상에서 뛰어내렸을 때 홍등가의 자갈길이 나를 향해 돌진하는 와중에 중력에게 생각을 잘못했다며 뛰어내린 걸 취소해 달라고 얘기할 수 있을까? 그럴 수는 없다. 결과를 피할 수는 없다. 그 안에서 최선을 모색해야 한다. 발로 떨어져서 다리를 한두 개 부러뜨리는 쪽으로 유도해야 한다. 그러면 목숨은 구할 수 있다. 그리고 다음번에는 좀 더 조심스럽게 발을 디디는 법을 터득한 더 나은 사람이 될 수 있다.

잭이 들어왔다. "다른 직원한테 안내 데스크를 맡겼어요." 그가 맥베스에게 열쇠를 건넸다.

맥베스는 열쇠를 쳐다보았다. "덩컨이 썼던 방이네?"

잭은 화들짝 놀라며 손으로 입을 가렸다. "그 방이 가장 낫겠다 싶었는데 혹시 꺼림칙하시면……."

"괜찮아, 잭. 만일의 경우에 대비해서 바로 옆에 있는 게 좋으니까. 게다가 난 유령을 믿지 않아. 모두들 알다시피 덩컨의 유령이 등장한들 내가 겁먹을 일은 아무것도 없기도 하고."

"네, 그렇죠."

"음, 전혀 없지. 그럼 잘 부탁하네."

눈을 감자마자 그들이 찾아왔다.

덩컨과 맬컴. 그들이 그와 한 이불을 덮고 양쪽에 한 명씩 누워 있었다.

"셋이 누워 있기에는 침대가 너무 좁잖아." 맥베스가 고함을 지르며 그들을 발로 차서 바닥으로 떨어뜨리자 그들은 쥐 꼬리가 부스럭거리며 벽을 긁는 소리가 들릴 때까지 씩씩대다 사라졌다.

하지만 잠시 후에 문이 열리면서 뱅쿼와 플리언스와 더프가 각자 단검을 손에 쥐고 살금살금 들어와 금방이라도 내리꽂을 자세를 취했다.

"원하는 게 뭐야?"

"정의와 우리 잠을 돌려받는 것."

"하하하!" 맥베스는 웃으며 침대 위에서 몸을 뒤틀었다. "여자의 몸에서 태어나지 않은 사람만 나를 해칠 수 있어! 버사만 나를 청장 자리에서 밀어낼 수 있어. 나는 불사신이다! 맥베스는 불사신이다! 죽은 인간들아, 나가거라!"

24

프레드 지글러는 하품을 했다.

"프레드, 자네 커피 한잔 마셔야겠어." 상선 글래미스호⁺의 선장은 빙그레 웃었다. "이런 날씨에 도선사가 잠들어 버리면 쓰나. 늘 그렇게 피곤한가?"

"바쁘다 보니 잠이 부족해서요." 프레드가 말했다. 겁이 나서 항상 하품을 하고 있는 거라고 선장에게 솔직히 얘기할 수는 없었다. 그가 기르는 개도 똑같은 증상을 보였지만 다행히 하품은 항상 마음이 편안하다는 뜻으로 받아들여졌다. 지루해하고 있다는 뜻, 아니면 잠이 부족하다는 뜻으로 받아들여졌다. 선장은 인터컴을 눌렀고 커피를 달라는 그의 주문이 전선을 타고 이 갑판에서 저 갑판을 지나 조리실로 전달됐다. 글래미스호는 컸다. 높았다. 그게 프레드 지글러를

⁺ 원작에서 맥베스는 글래미스성의 영주였다.

괴롭히는 부분이었다.

그는 다시 나오려는 하품을 참으며 강물을 내다보았다. 그는 모르는 암초와 모래톱이 없었고 항만 사무실이 제작한 입항과 출항 규정집에 적힌 소소한 문장까지 모조리 기억하고 있었다. 물살이 빠른 곳은 어디고, 어디에서 파도가 부서지며, 어디에서 잠깐 쉬었다 갈 수 있고, 배의 밧줄을 매는 말뚝들이 부둣가 어디에 박혀 있는지 알았다. 그런 건 상관없었다. 강물이 흙빛이었지만 그는 눈을 감고서도 배를 안내할 수 있었고 실제로 그 비슷한 상황에서 여러 번 실력을 발휘한 적이 있었다. 날씨도 상관없었다. 돌풍에 가까운 바람이 불고 있었고 앞 유리창이 이미 물보라와 소금기로 하얬다. 하지만 그는 신호등이나 원주 부표나 망지기 없이 허리케인이 닥쳤을 때나 그보다 더 심각한 상황에서 이보다 큰 배도, 이보다 작은 배도 몰아 봤다. 키잡이가 파도를 제대로 타지 못하면 상쾌한 산들바람만 불어도 물에 젖고 돌풍의 기미만 보여도 뒤집힐 수 있었지만 조그만 수로 안내선을 타고 육지로 가는 것도 상관없었다.

프레드 지글러가 하품을 하는 이유는 도선사가 타고 있다는 뜻에서 걸어 놓은 빨간색과 하얀색 깃발이 내려오는 순간이 끔찍하기 때문이었다. 좀 더 정확하게는 배를 떠나야 하는 순간이 끔찍하기 때문이었다. 밧줄 사다리를 내려가는 순간이.

그는 12년 동안 도선사로 근무했지만 배의 옆면으로 오르내리는 건 아직도 적응이 되지 않았다. 물에 빠질 수도 있다는 건 상관없었다. 수영을 하지 못하니 겁이 나는 게 당연할 텐데도 그랬다.

그를 괴롭히는 건 높이였다.

배의 옆면을 타고 뒷걸음질을 쳐야 하는 때가 오면 온몸을 마비시키는 공포가 엄습했다. 배가 워낙 크기 때문에 이런 날씨일 때도 바람을 받지 않는 쪽으로 사다리를 타고 내려오는 것은 오로지 기술적인 측면에서는 어려울 게 없었다. 하지만 그와 심연 사이에 15미터의 얇은 공기가 있음을 눈으로 확인하거나 그 사실을 안다는 것 자체가 심란했다. 늘 이래 왔고 언제나 이럴 것이었다. 빌어먹을 일을 하는 이상 이 조그만 지옥에서 벗어날 길이 없었다. 아침에 눈을 뜨면 맨 처음으로 하는 생각이 이거였고 잠을 자기 전에 맨 마지막으로 하는 생각도 이거였다. 하지만 망할, 그게 흔치 않은 일은 아니었다. 주변을 보면 평생 적성에 안 맞는 일을 하거나 적성에 안 맞는 자리에 앉아 있는 사람들투성이였다.

"선장님은 항구를 워낙 자주 드나들었으니까 해안경비대한테 그냥 지나가겠다고 해도 되는 거 아닌가요?" 프레드는 물었다.

"그냥 지나가겠다고?" 선장이 되물었다. "그런 소리를 했다가는 이렇게 자네랑 앉아 있을 수도 없어, 프레드. 왜 그래? 내가 마음에 안 드나?"

선장님의 배가 마음에 안 들어요. 프레드는 생각했다. 저는 큰 배를 좋아하지 않는 아담한 남자거든요.

"그나저나 앞으로는 나를 자주 못 만날 거야." 선장이 말했다.

"네?"

"화물이 별로 없거든. 작년에 그레이븐이 파산하더니 에스텍스마저 문을 닫았잖아. 지금 여기 실려 있는 게 마지막 재고야."

프레드도 배가 물에 어느 정도 잠겼는지를 보고 평소보다 화물이

434

적다는 걸 눈치채고 있었다.

"안타깝네요." 프레드가 말했다.

"아냐, 상관없어." 선장은 침울한 목소리로 말했다. "그동안 우리 동포들의 목숨을 앗아 간 독극물을 운반하고 있었다는 걸 아니까. 나는 제대로 발을 뻗고 잔 적이 없었고 가끔 노예선 선장의 심정이 이렇지 않았을까 하는 생각이 든 적도 있었어. 창의력을 총동원해야 그럴듯한 변명이나마 만들어 낼 수가 있거든. 어쩌면 우리는 대단하고 놀라운 머리가 없어도 옳고 그름을 구분할 수 있을지 몰라. 하지만 머리를 써서 하나씩 놓고 보면 그럴듯하게 느껴지고 한데 뭉뚱그리면 우리가 원하는 방향으로 제대로 인도하는 상당히 복잡한 논리를 만들어 내지 않는 이상 이 정신 나간 짓거리를 포장할 방법이 없지. 아니, 프레드, 나는 이 오염된 해안을 도선사 없이 항해하게 해 달라고 해안경비대에 부탁하고 싶지 않아. 수요일에 입항을 하려고 줄을 서서 기다리고 있었을 때 항만 관리소장이 직접 전갈을 보냈어, 우리를 최우선으로 처리해 주겠다고. 그것도 아무 대가 없이."

"멋진 깜짝 선물이었겠네요."

"응. 그래서 선적 명세서를 찬찬히 들여다봤지. 알고 보니 우리가 개틀링 기관총을 두 대 운반하고 있더군. 케네스 시절과 점점 비슷해지고 있어. 어이, 조심해! 우리 도선사한테 화상을 입힐 작정인가?"

배가 파도 속으로 내동댕이쳐지자 체크무늬 조리복을 입은 남자가 균형을 잃는 바람에 도선사의 까만 제복 위로 커피를 쏟았다. 남자는 자기 수염에 대고 웅얼웅얼 사과하고 잔을 내려놓더니 허둥지둥 나갔다.

"미안하네, 프레드. 이 도시는 주민 절반이 실업자인데도 쓸 만한 선원 찾기가 하늘의 별 따기야. 아까 그 친구는 오늘 아침에 찾아와서 조리실에서 일한 경력이 있지만 서류를 잃어버렸다고 하더니."

프레드는 후루룩 커피를 마셨다. "배에서 일을 해 본 적도 없고 커피를 끓일 줄도 모르네요."

"어쩔 수 없지." 선장은 한숨을 쉬었다. "캐피틀까지 가는 거니까 어찌어찌 때울 수 있겠지. 한스트홀름 섬을 지났으니 최악의 고비는 넘겼군. 자네가 타고 갈 배를 보내고 사다리를 내리라고 연락하겠네."

"알겠습니다." 프레드는 침을 꿀꺽 삼켰다. "그럼 최악의 고비는 넘긴 셈이 되겠네요."

맥베스는 복도의 의자에 앉아서 손을 잡고 비틀며 스위트룸의 문을 바라보았다. "저 안에서 도대체 뭘 하는 거지?"

"저도 정신과에 대해서는 아는 게 별로 없어서요." 잭이 얘기했다. "커피 한 잔 더 갖다드릴까요?"

"아니, 여기 그대로 있어 줘. 하지만 실력이 좋은 의사인 건 맞지?"

"네. 알사커 박사님은 이 일대에서 최고로 꼽히는 분입니다."

"다행이로군, 잭. 다행이야. 끔찍해라, 끔찍해." 맥베스는 의자에 앉은 채로 몸을 앞으로 숙여서 두 손에 얼굴을 묻었다. 라디오 인터뷰까지 아직 한 시간이 남았다. 그는 레이디의 방에서 나온 비명 소리를 듣고 동이 트기도 전에 일어났다. 달려 들어가 보니 그녀가 침대 옆에 서서 아이의 시체를 가리키고 있었다.

"저것 좀 봐!" 그녀는 비명을 질렀다. "내가 무슨 짓을 저질렀는지 좀 봐!"

"하지만 달링, 당신이 그런 게 아니야." 그는 그녀를 끌어안으려고 했지만 그녀는 뿌리치고 흐느끼며 무릎을 꿇었다.

"**달링**이라고 부르지 마! 나는 사랑을 받을 자격이 없어, 아이를 죽인 여자는 사랑을 받으면 **안 돼**!" 그러더니 맥베스 쪽으로 고개를 돌리고 광기 어린 까만 눈으로 그를 쳐다보았다. "아이를 죽인 남자라도 아이를 죽인 여자를 사랑하면 안 돼. 나가!"

"이리 와. 나랑 같이 눕자."

"내 방에서 나가! 그리고 아이는 **건드리지** 마!"

"바보처럼 왜 이래. 오늘 화장할 건데."

"그 아이한테 손대면 죽여 버릴 거야, 맥베스. 정말이야." 그녀는 시체를 품에 안고 흔들었다.

그는 침을 꿀꺽 삼켰다. 아침을 깨울 주사가 필요했다. "옷 몇 벌만 챙겨서 조용히 나갈게." 그는 옷장으로 걸어가며 말했다. 서랍을 열었다. 빤히 들여다보았다.

"미안." 그녀가 말했다. "가서 좀 더 구해 와. 우리 둘 다 필요하잖아."

그는 밖으로 나갔고 파워를 구하러 가는 대신 잭에게 정신과 의사를 불러 달라고 했다.

맥베스는 손목시계를 다시 확인했다. 합선이 벌어진 그녀의 머릿속을 고치는 데 시간이 얼마나 걸릴까?

거기에 대답이라도 하듯 문이 열리자 맥베스는 벌떡 일어섰다. 희끗희끗한 수염을 몇 가닥 길렀고 눈꺼풀은 눈에 비해 한 사이즈 커 보이는 자그마한 남자가 나왔다.

"어떻습니까?" 맥베스는 물었다. "음…… 성함이……."

"알사커 박사님이십니다." 잭이 말했다.

"진정제를 드렸습니다." 정신과 의사가 대답했다.

"어디가 문제인가요?"

"글쎄요."

"글쎄요? 이 일대에서 실력이 가장 좋은 분이라고 들었는데요."

"칭찬은 감사합니다만 아무리 실력이 좋은 의사라도 인간의 머릿속에 든 미로를 전부 이해하지는 못합니다, 맥베스 씨."

"치료해 **주셔야** 합니다."

"말씀드렸다시피 인간의 정신 작용에 대해서는 워낙 밝혀진 게 없다 보니 그건 무리한 부탁이라고……."

"**부탁**하는 게 아니오, 의사 선생. 최후통첩이지."

"최후통첩이라고요, 맥베스 씨?"

"그녀를 다시 정상으로 되돌려놓지 않으면 돌팔이로 체포하겠소."

알사커는 너무 큰 눈꺼풀 아래에서 그를 쳐다보았다. "잠을 설친데다 걱정이 돼서 이성을 잃으셨군요, 선생님. 하루 쉬시는 게 좋겠습니다. 그리고 부인의 경우에는……."

"무슨 소리." 맥베스는 어깨에 멘 칼집에서 단검을 꺼내며 말했다. "지금과 같은 비상사태 때 의무를 다하지 않으면 가혹한 처벌을 감수해야 할 거요."

"청장님……." 잭이 말문을 열었다.

"수술." 맥베스가 말했다. "수술을 해야지. 진정한 의사라면 수술로 악성종양을 잘라 내야 하지 않겠소? 마음이 흔들릴 테니까 환자의 고통은 절대 감안하지 말고. 종양이 됐건 썩어 가는 발이 됐건 원흉을 제거하고 파괴해야 전체를 살릴 수 있지. 종양이나 발, 그 자체가 나빠서 그렇다기보다 희생을 해야 하는 상황이니까. 그렇지 않소, 의사 선생?"

정신과 의사는 고개를 갸우뚱했다. "맥베스 씨가 아니라 부인이 검사를 받아야 하는 거 맞습니까?"

"최후통첩을 들었을 텐데."

"저는 이만 가 보겠습니다. 그걸로 저를 찌르시려면 등을 찔러야겠군요."

맥베스는 몸을 돌려서 계단을 향해 걸음을 옮기는 알사커를 지켜보았다. 자신의 손에 들린 칼을 빤히 쳐다보았다. 도대체 무슨 생각으로 그런 짓을 저질렀을까?

"알사커 선생님!" 맥베스는 정신과 의사를 쫓아갔다. 따라가서 그의 앞에 무릎을 꿇었다. "부탁드립니다. 도와**주셔야** 합니다. 그녀를 도와주셔야 해요. 제게 남은 건 그녀 하나밖에 없습니다. 그녀를 되찾아야 합니다. **선생님**께서 그녀를 되찾아 주셔야 합니다. 비용은 얼마가 들든 상관없습니다."

알사커는 엄지손가락과 집게손가락으로 수염을 집었다. "칵테일인가요?" 그가 물었다.

"파워입니다." 맥베스가 말했다.

"어쩐지."

"알고 계셨습니까?"

"여러 가지 별명으로 불리긴 하지만 약물은 똑같아요. 처음 몇 번은 각성제 역할을 하기 때문에 사람들은 그걸 항우울제라고 생각하죠. 그러다 정신병 환자 같은 증상이 나타나고요."

"네, 네, 그녀가 그걸 맞고 있어요."

"**맥베스 씨**가 뭘 맞고 있느냐고 물은 겁니다. 이제 알겠네요. 파워를 맞은 지 얼마나 되셨죠?"

"저는……."

"얼마 되지 않았군요. 맨 먼저 이가 이상해져요. 그런 다음 정신이 이상해지고. 정신병이라는 감옥에서 벗어나기가 쉽지 않죠. 파워에 완전히 중독된 사람을 뭐라고 부르는지 알아요? 전포라고 하죠."

"저기, 선생님……."

"전쟁 포로의 줄임말이에요. 딱 들어맞는 단어 아닌가요?"

"지금 선생님의 환자는 제가 아니잖습니까. 이렇게 그냥 가지 마세요, 부탁드립니다."

"다시 오겠습니다. 하지만 다른 환자들이 기다리고 있어서요."

"잭." 맥베스는 정신과 의사에게 시선을 고정한 채 꼼짝하지 않고 그를 불렀다.

"네, 청장님."

"보여 드려."

"하지만……."

"히포크라테스 선서를 지킬 의무가 있잖아."

잭은 꾸러미의 천을 풀어서 의사 앞으로 내밀었다. 그는 손으로 코와 입을 막으며 한 발짝 뒷걸음질을 쳤다.

"그녀는 이게 자기 아이라고 생각합니다." 맥베스가 말했다. "저와 그녀를 위해서는 아니더라도 이 도시를 위해서 부탁드립니다, 선생님."

뒤에서 문이 닫히자 맥베스는 귀로 낯선 압박감을 느꼈다. 드디어 내가 정신병원 안으로 들어왔군. 그는 이런 생각이 들었다. 세 사람이 앉아서 그를 지켜보고 있는 정사각형의 조그만 방 벽에는 창문이 있었지만 쿠션이 덧대어져 있었다.

"걱정 마세요." 그의 앞 테이블에 앉은 남자가 말했다. "몇 가지만 여쭈어 볼 생각이니까요. 금방 끝날 겁니다."

"내가 걱정하는 건 질문이 아닙니다." 맥베스는 자리에 앉으며 말했다. "대답이지."

남자가 미소를 짓자 창문 위 스피커에서 흘러나오던 음악이 꺼졌고 벽에 빨간 불이 들어오자 그는 한 손가락을 입에 갖다 댔다.

"월트 카이트가 진행하는 《롤링 뉴스》입니다." 남자는 쾌활하게 외치고 자기 앞에 놓인 마이크 쪽으로 고개를 돌렸다. "오늘은 이 도시에서 악명 높았던 마약 조직 노스 라이더를 소탕하고 경찰 내부에서 부패한 협력자를 계속 색출 중인, 이 도시의 새로운 총아 맥베스 경찰청장을 모셨습니다. 새로운 시대로 접어들었다는 감동적인 연설로 이 도시 주민들의 마음을 훔치고 기대를 북돋우신 적이 있는데요. 맥베스 청장님, 공연한 미사여구가 아니죠?"

맥베스는 헛기침을 했다. 그는 준비가 되어 있었다. 그는 지금 새로 태어났다. 약물의 효과가 또다시 완벽하게 발휘되고 있었다. "저는 단순한 사람이라 미사여구가 뭔지 잘 모릅니다. 그저 생각한 대로 얘기하는 거죠. 제가 하고 싶은 얘기는 이 도시에 의지가 있다면 스스로 일어설 힘도 있다는 겁니다. 하지만 경찰청장이나 정치인이 한 도시를 일으킬 수는 없습니다. 시민들이 스스로 일으켜야죠."

"하지만 시민들에게 영감을 불어넣고 인도할 수는 있다?"

"물론입니다."

"청장님은 벌써부터 시장감으로 꼽히고 있는데요. 그 자리에 유혹을 느끼십니까, 맥베스 청장님?"

"저는 경찰이고 주어진 자리에서 이 도시를 위해 봉사하고 싶을 따름입니다."

"그러니까 다른 말로 표현하자면 시민들의 겸손한 충복이라는 말씀이겠죠. 전임인 덩컨 역시 비록 겸손하지는 않았어도 시민들의 충복을 자처했습니다만. 그는 이 도시에서 가장 강력한 범죄자이자 보이지 않는 손이라고도 불리는 헤카테를 1년 안으로 체포하겠다고 약속했는데요. 청장님은 노스 라이더를 처리하셨잖습니까. 헤카테는 데드라인을 언제로 설정하고 계십니까?"

"먼저 그가 보이지 않는 손이라고 불리는 데는 이유가 있다는 말씀부터 드리고 싶은데요. 우리는 헤카테에 대해 아는 게 거의 없습니다. 칵테일이라고 불리는 약물을 제조하는 배후의 인물이 헤카테일지 모른다는 **의혹이** 있을 뿐이죠. 하지만 워낙 광범위하게 제작, 유포되고 있으니 어떤 망상 조직이나 여럿이 공유하는 공급책이 존재할 가능성도 다분합니다."

"그러니까 청장님은 전임자와 다르게 헤카테를 체포하는 것을 최우선 과제로 설정하지 않겠다는 뜻으로 해석해도 될까요?"

"헤드라인을 화려하게 장식하고, 경찰의 이름을 빛내고, 시청에서 샴페인 잔을 부딪치는 계기를 제공할지는 몰라도 실질적으로 평범한 시민들의 일상에는 아무 영향을 미치지 않는 사업에 모든 병력을 동원하지 않겠다는 뜻으로 해석하면 됩니다. 이 도시의 진정한 문제점을 해결하지 않으면 헤카테라는 이름으로 불리는 사람을 체포하더라도 다른 누군가가 시장을 넘겨받을 테니까요."

"진정한 문제점이라면 뭐가 있을까요?"

"일자리죠. 일자리를 만드는 거요. 그것이 범죄를 가장 훌륭하고 가장 저렴하게 해결하는 방법입니다. 모두 철창에 가둘 수도 있겠습니다만 주린 배를 안고 길거리를 배회하는 사람들이 사라지지 않는 한……."

"그렇게 말씀하시니까 정말 선거에 출마하실 생각이 있는 것처럼 들리는데요."

"어떻게 들리든 상관없습니다. 이 도시가 다시 잔잔한 바다로 진입할 수 있길 바랄 따름이니까요."

"그걸 위해서 어떻게 하실 계획입니까?"

"투자자와 노동자 양쪽 모두를 위하는 도시로 만들면 됩니다. 탈세를 하거나 뇌물을 써서 특혜를 누리려는 투자자들은 가만히 내버려 두면 안 되겠죠. 하지만 우리가 원칙을 지킨다는 믿음을 그들에게 심어 주어야 합니다. 그리고 노동자들은 일터에서 독살당하지 않을 거라는 확신이 있어야겠고요. 얼마 전에 세상을 떠난 우리의 영웅 뱅쿼는 몇 년 전에 아내 베라를 잃었습니다. 오랫동안 근무했던 공장에서 마신 독가스 때문이었죠. 베라는 성실하고 사랑스러운 아내이자 어머니였습니다. 나는 개인적으로 그녀와 아는 사이었고 그녀를 사랑했습니다. 그래서 경찰청장으로서 이 도시 주민들에게 앞으로는 그 어떤 일터에서도 제2의 베라가 생기지 않게 하겠다고 약속합니다. 일자리를 창출할 다른 방법은 얼마든지 있습니다. **더 나은** 방법요. 그걸 통해 시민들에게 **더 나은** 삶을 선물할 겁니다."

씩 웃는 월트 카이트를 보면 그가 감동받았다는 것을 알 수 있었다. 맥베스도 감동을 받았다. 머릿속이 이렇게 맑은 적이 없었다. 이렇게 간결하고 논리적으로 머리에서 입으로 말을 전할 수 있다니 새로운 가루 덕분일 수밖에 없었다.

"청장님의 인기가 금세, 수직 상승하듯 높아졌죠. 그래서 제가 만약 토텔 시장이라면 도전장으로 간주할 수 있을 만한 발언을 과감하게 하시는 겁니까? 공식적으로는 토텔 시장이 청장님의 임명권을 쥐고 있는 상사인데요. 시장의 재가가 떨어지지 않으면 청장 자리에 오를 수 없단 말이죠."

"저에게는 시장님 말고도 상사가 많습니다, 월터 씨. 제 양심도 그렇고 이 도시의 주민들도 그렇죠. 그리고 제 기준에서는 청장실의 안락한 의자보다 제 양심과 이 도시가 우선이고요."

"넉 달 있으면 시장 선거가 치러지고 공천 마감 시한이 3주 앞으로 다가왔는데요."

"그렇군요."

월트 카이트는 웃음을 터뜨리며 한 팔을 머리 위로 들었다. "그럼

이 말을 끝으로 맥베스 청장님과 작별 인사를 해야겠습니다. 그나저나 미사여구가 뭔지 **전혀** 모른다고 하셨던 게 진짜인지 궁금하네요. 마일스 데이비스가 들려드립니다." 그는 팔을 내리고 창문을 가리켰다. 빨간 불이 꺼지고 부드럽고 건조한 트럼펫 연주가 스피커를 가득 메웠다.

"감사합니다." 카이트는 미소를 지었다. "**그 어떤 일터에서도 제2의 베라가 생기지 않게 할 겁니다.** 그 말 한 마디만으로도 시장으로 선출될 수 있다는 걸 아시죠?"

"인터뷰 감사합니다." 맥베스는 가만히 앉은 채로 얘기했다.

카이트는 묻는 듯한 눈빛으로 그를 흘끗 쳐다보았다.

"내가 잘못 들은 거 아니죠?" 맥베스는 나지막한 목소리로 천천히 물었다. "막판에 나더러 거짓말쟁이라고 한 거 맞죠?"

카이트는 깜짝 놀라서 눈을 껌뻑였다. "거짓말쟁이요?"

"미사여구가 뭔지 전혀 모른다고 하셨던 게 진짜인지 궁금하네요."

"아, 하지만 그야……." 기자의 울대뼈가 움찔했다. "당연히 농담이었죠. 그러니까 말하자면……."

"장난이에요." 맥베스는 웃으며 일어섰다. "나중에 또 만납시다."

맥베스는 비가 내리는 가운데 라디오 건물을 나서며 월트 카이트는 더 이상 신경 쓸 필요가 없겠다는 생각을 했다. 리무진 뒷자리에 앉으며 오벨리스크와 더프와 레이디의 병도 더 이상 신경 쓸 필요가 없겠다는 생각을 했다. 머릿속이 이보다 더 맑을 수 없었다.

"조금 천천히 가 줘." 그는 말했다.

이 도시를 둘러보고 싶었다. **그의** 도시를 둘러보고 싶었다.

물론 아직 그의 도시는 아니었지만 조만간 그렇게 될 것이었다. 그는 천하무적이었다. 약물의 효과가 완벽하게 발휘되고 있었다.

빨간불에 걸려서 기다리는 동안 보행자 신호등이 켜졌는데도 건널목 옆에서 기다리는 어떤 남자에게로 그의 시선이 향했다. 상반신과 얼굴이 검은색의 큼지막한 우산에 가려서 맥베스의 눈에 보이는 것이라고는 밝은 색상의 외투와 갈색 구두와 남자가 목줄을 잡고 있는 검은색 개뿐이었다. 그때 어떤 생각 하나가 맥베스의 머리를 스치고 지나갔다. 저 개는 왜 자기한테 주인이 있는지, 왜 자기가 줄에 묶여 있는지 궁금해할까? 녀석은 불안한 상태보다 안정적인 상태를 좋아할 만큼, 딱 반항하지 않을 만큼의 분량으로 할당된 얼마 안 되는 사료를 받는다. 녀석이 자고 있는 주인에게 뛰어들어 목을 물어뜯고 집을 장악하지 않는 이유는 오로지 그 때문이다. 하지만 목을 물어뜯기만 하면 집을 장악할 수 있다. 식료품 저장실 문 여는 법을 터득하기만 하면 누구라도 그러게 되어 있다.

제3부

25

"저희 가게에서 최고로 꼽히는 모직입니다." 점원이 옷걸이에 걸린 검은색 양복을 공손하게 쓰다듬으며 말했다.

양복점의 유리창 밖에서는 보슬비가 내리고 있었고 협만에서는 잇따른 돌풍이 그치자 파도가 잦아들기 시작했다.

"어떻게 생각하나, 보너스?" 헤카테가 물었다. "맥베스한테 잘 어울릴까?"

"검은색 양복이 아니라 턱시도를 사려고 하지 않으셨나요?"

"자네도 당연히 알 테지만 교회에서는 턱시도를 입지 않잖아. 맥베스는 이번 주에 참석해야 할 장례식이 많은데."

"그럼 오늘 턱시도는 안 하시는 건가요?" 점원이 물었다.

"둘 다 필요해, 앨."

"경축 만찬용이라면 완벽한 야회복이 필수인데요, 사장님."

"고마워, 앨. 하지만 왕궁도 아니고 지방 도시의 시청이잖아. 어떻게 생각하나, 보너스? 연미복은 좀⋯⋯." 헤카테는 혀를 찼다. "허세 같지 않을까?"

"맞습니다." 보너스가 말했다. "벼락부자가 뼈대 있는 집안 출신인 척하면 정말 바보 같아 보이죠."

"좋아, 그럼 검은색 정장과 턱시도. 재단사를 인버네스 카지노로 보내 주겠나, 앨? 비용은 전부 내 앞으로 달아 놓고."

"그렇게 하겠습니다, 사장님."

"그리고 이 양반이 입을 턱시도도 필요한데."

"저요?" 보너스가 놀란 목소리로 물었다. "하지만 저는 이미⋯⋯."

"알아. 나도 봤어. 그런데 새 턱시도가 필요하겠더군."

"그런가요?"

"그런 자리에 있으려면 흠잡을 데 없는 복장을 갖추어야 하지, 보너스. 게다가 내 밑에서 일을 하고 있잖아."

보너스는 아무 대꾸도 하지 않았다.

"가서 턱시도 몇 벌 더 가져다주겠나, 앨?"

"바로 가져다드리겠습니다." 점원은 안짱다리로 고분고분하게 매장까지 몇 계단을 달려 내려갔다.

"자네가 무슨 생각을 하는지 알아." 헤카테는 말했다. "그리고 내 능력을 과시하는 방편 삼아 자네를 단장시키려 하고 있다는 것도 인정해. 왕이 병사와 신하에게 옷을 하사하듯이 말이지. 하지만 어쩌겠나. 내가 그걸 좋아하는 것을."

보너스는 이 노인이 웃으면 드러나는 비정상적으로 하얗고 고른 치아조차 원래 그의 것인지 100퍼센트 확신할 수 없었다. 틀니라고 하기에도 이상한 것이, 금으로 큼지막하게 씌운 이가 세 개였다.

"능력을 과시한다는 얘기가 나왔으니 말인데." 헤카테가 말했다. "인버네스에서 열린 만찬에 참석했던 그 예쁘장하게 생긴 남자아이 이름이 케이시라고?"

"네."

"몇 살이지?"

"열다섯 살 6개월요." 보너스가 말했다.

"흠. 어리군."

"나이는……."

"내가 양심의 가책에 신경 쓰는 사람은 아니지만 자네처럼 어린 남자애를 좋아하지도 않지, 보너스. 그냥 **법에 저촉이 될 정도로** 어리다는 걸 짚고 넘어가려는 것일 따름이야. 그러면 상당한 대미지를 입을 수도 있다고. 하지만 자네가 불편한 모양이니 화제를 바꿀까? 레이디가 아프다고?"

"정신과 의사 말로는요. 정신병이 심각하답니다. 오래 지속될 수도 있대요. 그녀가 자살 충동을 느낄 수도 있다고 걱정하더군요."

"의사들은 선서를 하지 않던가?"

"알사커 박사도 조만간 새 턱시도가 필요하게 될지 모르겠군요."

헤카테는 웃음을 터뜨렸다. "나한테 청구서만 보내게. 그녀를 치료할 수 있겠다던가?"

"입원을 시켜야 한다던데요." 그가 말했다. "하지만 그건 우리가 원하는 바가 아니잖습니까?"

"지켜보기로 하지. 다들 알다시피 레이디가 경찰청장의 가장 중요한 고문으로 꼽히는데 지금과 같은 결정적인 시기에 그녀가 미쳤다는 소문이 나면 불행한 결과로 이어질 수도 있으니까."

"그러니까 정신병이……?"

"응?"

보너스는 침을 꿀꺽 삼켰다. "아닙니다." 헤카테 앞에만 서면 안절부절못하는 10대가 된 것처럼 느껴지는 이유가 뭘까? 그가 능력을 과시하기 때문만은 아니었다. 뭔가 다른 것, 섬뜩한 무언가가 있기 때문인데 그게 뭔지 콕 집어서 얘기할 수는 없었다. 헤카테의 눈빛에서 보이는 무언가라기보다는 보이지 **않는** 무언가였다. 피가 얼어붙을 정도로 확실한 공허였다. 황무지와 뼛속까지 시린 밤이었다.

"아무튼." 헤카테가 말했다. "내가 의논하고 싶은 주제는 맥베스였어. 걱정이 되거든. 그가 달라졌어."

"그래요?"

"아무래도 중독된 것 같아. 지구상에서 가장 중독성이 강한 약물이니 뭐 그렇게 이상한 일도 아니지만."

"파워에 중독됐다는 말씀입니까?"

"음. 하지만 그 가루에 중독됐다는 게 아니야. 권력을 얘기하는 거지. 이렇게 금세 중독이 될 줄은 몰랐는데. 벌써부터 도덕성이나 인간성과 연관 있는 감정들을 제거하고 있어. 이제는 권력이 그의 새로운 애인이자 유일한 애인이야. 지난번 라디오 인터뷰 들었지? 그 자식이 시장이 되고 싶어 한다니까?"

"하지만 실질적으로는 경찰청장의 권력이 더 크지 않나요?"

"경찰청장이 되면 진정한 권력을 시의회에 다 넘기고 시장 자리를 차지할 거야. 사실상 맥베스는 이 도시를 장악하겠다는 꿈을 꾸고 있어. 이제 자기는 천하무적이라고 생각해. 그리고 나한테 도전할 수 있다고 생각하고."

보너스는 놀란 눈빛으로 헤카테를 바라보았다. 그는 금을 씌운 지팡이 꼭대기 부분에 양손을 포개서 얹어 놓고 거기에 비친 자신의 모습을 들여다보고 있었다.

"맞아, 보너스, 반대가 되어야 하지. 맥베스가 나를 노린다고 자네가 나한테 얘기하고 있어야 하지. 내가 자네한테 돈을 주는 이유가 그 때문이니까. 자네는 지금 도다리 머리를 열심히 굴리며 내가 무슨 수로 그걸 알았는지 궁금해하고 있겠지? 대놓고 물어보지 그러나?"

"저는…… 음…… 어떻게 아셨습니까?"

"자네도 들은 그 라디오 프로그램에서 그가 직접 얘기를 했잖은가."

"정반대로 얘기하지 않았나요? 덩컨 때와는 다르게 헤카테의 뒤를 캐는 것은 최우선 과제가 아니라고요."

"정치적인 야망이 있는 사람이 라디오에 출연해서 유권자들에게 뭔가를 하지 않겠다고 다짐하는 걸 들은 적 있나? 그는 헤카테를 체포하고 **그리고** 일자리도 만들겠다고 얘기할 수 있었어. 제정신 박힌 정치인들은 하늘 아래 모든 걸 약속하지. 하지만 그의 발언은 유권자가 아니라 나를 겨냥한 거였어, 보너스. 그럴 필요가 없는데도 공개적으로 나에게 공약하고 아첨을 한 거지. 그런데 누군가가 아첨을 하면 조심해야 해."

"그가 사장님의 신임을 얻으려는 이유가……." 보너스는 자기 짐작이 맞는지 확인하려는 사람처럼 헤카테를 쳐다보았다. "사장님에게 접근해서 처단하려는 의도가 있기 때문이라고 생각하세요?"

헤카테는 뺨의 사마귀에 난 까만 털을 뽑아서 유심히 들여다보았다. "나는 지금 당장이라도 맥베스를 밟아 버릴 수 있어. 하지만 그를 지금 이 자리까지 오도록 만드는 데 많은 걸 투자했고 내가 이 세상에서 가장 싫어하는 한 가지가 있다면 손해 보는 투자야, 보너스. 그러니까 그가 무슨 꿍꿍이속인지 눈과 귀를 열고 알아봐 주기 바라." 헤카테는 허공으로 두 손을 던졌다. "아, 앨이 재킷을 몇 벌 더 들고 오는군. 자네의 촉수처럼 생긴 긴 팔에 어떤 게 어울릴지 한번 보자고."

보너스는 침을 꿀꺽 삼켰다. "아무것도 알아내지 못하면 어쩌죠?"

"그럼 자네는 효용 가치를 잃겠지, 보너스."

그는 무심하게 얘기했고 심지어 살짝 미소까지 지었다. 보너스는 그 미소 뒤편을 살폈다. 하지만 밤과 냉기 말고는 아무것도 보이지 않았다.

"시계를 보세요." 알사커 박사는 환자의 얼굴에 대고 주머니 시계를 흔들었다. "당신은 긴장이 풀립니다. 팔과 다리가 무겁게 느껴지고 피곤해서 잠이 듭니다. 내가 **밤나무**라고 할 때까지 깨지 않을 겁니다."

그녀는 쉽게 최면에 걸렸다. 하도 쉬워서 연극을 하는 게 아닌지 두세 번 확인해야 할 정도였다. 그가 인버네스에 올 때마다 안내 데스크 직원 잭이 스위트룸까지 따라왔다. 스위트룸에 들어가 보면 그녀가 가운을 입고 앉아 있었다. 다른 옷은 입지 않겠다고 거부했다. 날마다 강박적으로 벅벅 문질러서 씻는 바람에 손이 벌겠고 그녀는 아무것도 하지 않는다고 주장했지만 동공을 보면 약물이나 다른 무언가에 취해 있었다. 정신병원에 입원시키면 그가 약물 치료를 하고 잠자리와 식사를 챙기며 그녀의 행동을 관찰할 수 있을 텐데, 입원을 거부하는 데 따르는 여러 가지 단점 가운데 하나가 그것이었다.

"지난번에 중단한 부분에서부터 시작합시다." 알사커는 이렇게 얘기하며 메모를 들여다보았다. 기억을 환기할 필요가 있어서 그런 건 아니었다. 어찌나 내용이 잔혹한지 기억 속에 각인이 됐을 정도였다. 메모를 본 것은 그녀가 정말 그렇게 얘기한 게 맞는지 **확인하기** 위해서였다. 처음 몇 문장은 특이할 게 없었다. 오히려 이와 비슷한 수많은 경우에서 흔히 반복되는 후렴구였다. "무직에다 알코올 의존도가 높은 아버지와 우울증을 앓고 있는 폭력적인 어머니. 당신은 스스로 돼지우리 또는 생쥐 소굴이라고 표현한 강가에서 어린 시절을 보냈죠. 해가 지면 당신의 집을 향해 헤엄쳐 오는 쥐들을 구경한 게 그 집에 얽힌 가장 오래된 기억이라고 했고, 당신의 집이 그 녀석들의 집인 줄 알았다고 했고요. 당신이 그 녀석들의 침대에서 잠을 자고 그 녀석들의 식량을 먹었기 때문에 그 녀석들이 당신의 침대 속으로 들어와서 무는 거라고 생각했다고요."

그녀의 목소리는 부드럽고 나지막했다. "자기들 거니까요."

"그리고 아버지도 당신의 침대 속으로 들어왔을 때 똑같은 얘기를 했고요."

"자기 거니까요."

알사커는 메모를 훑어보았다. 그는 전에도 학대당한 환자를 치료한 적이 있었지만 이번 경우에는 유난히 심란한 부분들이 있었다.

"당신은 열세 살에 임신을 했고 아이를 낳았어요. 어머니는 당신을 걸레라고 부르면서 사생아를 강물에 던져야 된다고 했고요. 하지만 당신은 거부했죠."

"내 것이니까요."

"그래서 당신은 아이와 함께 쫓겨났고 맨 처음 만난 남자와 다음 날 밤을 보냈죠."

"아이가 울음을 그치지 않으면 그가 죽여 버리겠다고 했기 때문에 아이를 침대에 눕혔어요. 그랬더니 아이가 **보고** 있어서 집중이 안 된다고 하더라고요."

"남자가 잠든 사이 당신은 주머니에 든 돈과 부엌에 있던 음식을 훔쳤죠."

"내 것을 들고 나왔을 뿐이에요."

"당신 게 뭔데요?"

"남들도 다 가지고 있는 거요."

"그 이후에 어떻게 됐나요?"

"강물이 말라 버렸어요."

"왜 이러세요, 레이디. 그 이후에 어떻게 됐나요?"

"공장이 많아졌어요. 도시로 건너오는 노동자들이 많아졌어요. 나는 돈을 조금 벌었어요. 엄마가 찾아와서 아빠가 죽었다고 했어요. 폐 때문에. 고통스럽게 죽었다고. 나는 옆에서 지켜보지 못한 게 안타깝다고 했어요."

"대답을 회피하지 마세요, 레이디. **본론**을 얘기합시다. 아이는 어떻게 됐나요?"

"아기들 얼굴이 어떻게 변하는지 본 적 있어요? 거의 하루아침에 바뀌잖아요. 어느 날 아침에 보니까 갑자기 그 인간의 얼굴이 됐더라고요."

"아버지의 얼굴 말이죠."

"네."

"그래서 어떻게 하셨나요?"

"젖을 듬뿍 먹여서 나를 보고 더없이 행복하게 웃으며 잠들게 했어요. 그런 다음 벽에 대고 머리를 박살 냈어요. 머리가 얼마나 쉽게 박살 나는지 알아요? 인간의 목숨이 그렇게 부질없더라고요."

알사커는 침을 삼키고 헛기침을 했다. "아이가 아버지를 닮아서 그렇게 한 건가요?"

"아뇨. 하지만 덕분에 실천에 옮길 수 있었어요."

"그러니까 전부터 그럴 생각이 있었다는 거로군요?"

"그럼요, 당연하죠."

"왜 **당연하죠**라고 하는지 이유를 들을 수 있을까요?"

그녀는 잠깐 동안 아무 말도 하지 않았다. 알사커는 실룩거리는 그녀의 동공을 보며 뭔가를 닮았다는 생각을 했다. 개구리 알. 끈적끈적한 알에서 빠져나오려고 애를 쓰는 올챙이.

"목표를 이루려면 사랑하는 걸 포기할 수 있어야 해요. 함께 정상에 오르는 동반자의 체력이 떨어지면 격려하든지 아니면 밧줄을 잘라야 해요."

"왜요?"

"왜냐고요? 그 사람이 추락하면 나도 딸려 가잖아요. 살아남고 싶으면 심장이 거부하는 일을 손이 해야 해요."

"사랑하는 사람을 죽이는 거요?"

"아브라함이 자식을 바쳤듯이요. 피를 흘려야 하는 거죠. 아멘."

알사커는 몸을 부르르 떨며 메모를 했다. "당신이 오르고 싶어 하는 정상에는 뭐가 있나요?"

"정상이 꼭대기잖아요. 거기 올라가면 그 무엇보다, 그 어떤 것보다 높아져요."

"꼭 거기로 **올라가야** 하나요?"

"아뇨. 밑에서 기어 다녀도 돼요. 쓰레기 더미 위에서. 진흙투성이 강바닥에서. 하지만 일단 올라가기 시작하면 내려올 방법이 없어요. 꼭대기까지 올라가든지 나락으로 떨어지든지 둘 중 하나예요."

알사커는 펜을 내려놓았다. "그 정상을 위해서 뭐든 희생할 생각이 있나요, 사랑하는 것까지? 생존이 사랑보다 우선인가요?"

"물론이죠. 하지만 얼마 전에 인간은 사랑 없이 살 수 없다는 걸 깨달았어요. 그러니까 나는 생존이 곧 죽음이 될 거예요, 선생님."

그녀의 눈빛이 갑자기 맑아졌고 순간 알사커는 그녀가 정신병자가 아닐지도 모른다는 생각이 들었다. 하지만 최면 효과이거나 일시적으로 정신이 돌아온 것일 수도 있었다. 알사커는 예전에도 이런 경우를 숱하게 경험한 적이 있었다. 정신병이나 우울증이 심각한 환자가 물에 빠져 죽어 가다 안간힘을 써서 수면 위로 고개를 내민 사람처럼 반짝 정신을 차리면 보호자와 경험이 부족한 정신과 의사들이 어떤 식으로 희망을 품는지를. 그들은 며칠 동안 수면 위에 떠 있지만 이렇게 마지막 안간힘을 쓰는 동안 예전부터 전조를 보이던 일을 저지르거나 아니면 다시 어둠 속으로 가라앉아 버린다. 하지만 최면 효과 때문이었는지, 개구리 알을 감싼 막 같은 것이 다시 그녀의 눈을 덮었다.

"이 신문을 보니까 라디오 인터뷰 이후로 시민들이 청장님의 시장 선거 출마를 기다리고 있다고 하네요." 시턴이 말했다. 그는 커피 테이블 위에 신문을 펼쳐 놓고 그 위에서 손톱을 깎고 있었다.

"마음대로 생각하라고 해." 맥베스는 손목시계를 확인하며 말했다. "토텔이 오기로 한 시각이 10분 지났는데."

"하지만 출마하실 건가요?" 길고 뾰족한 집게손톱이 잘리자 딱 하는 소리가 요란하고 분명하게 났다.

맥베스는 어깨를 으쓱했다. "그런 건 고민해 봐야 하는 문제잖아. 누가 알겠어? 고민을 거듭하다 보면 생각이 달라질지."

문에서 끼익하는 소리가 났다. 좁은 틈새로 화장을 과하게 한 프리실라가 귀여운 얼굴을 들이밀었다. "오셨어요."

"다행이네. 들어오시라고 해." 맥베스는 자리에서 일어났다. "그리고 커피 좀 갖다주고."

프리실라가 미소를 짓자 통통한 볼 속으로 눈이 사라졌고 잠시 후에 그녀도 사라졌다.

"자리를 비켜 드릴까요?" 시턴이 소파에서 몸을 일으키며 물었다.

"그냥 있어." 맥베스가 말했다.

시턴은 다시 손톱을 깎기 시작했다.

"하지만 서 있기는 해야지."

시턴은 자리에서 일어났다.

문이 활짝 열렸다. "맥베스, 내 친구!" 토텔이 우렁차게 외쳤고 순간 맥베스는 문이 너무 좁은 게 아닌가 하는 생각이 들었다. 시장이 두툼한 손으로 그의 등을 쳤을 때는 갈비뼈가 나가지는 않았을까 하는 생각이 들었다.

"여기 분위기를 아주 활기차게 만들었군그래, 맥베스."

"고맙습니다. 앉으세요."

토텔은 시턴에게 살짝 고개를 끄덕이고 자리에 앉았다. "고맙네. 그리고 갑작스럽게 보자고 했는데 수락해 줘서 고마워, 청장."

"제가 모시는 시장님께서 시간을 내주셨으니 제가 영광이지요. 게다가 그쪽으로 부른 것도 아니고 이렇게 직접 찾아와 주시지 않았습니까."

"아, 그거. 소환당한 듯한 인상을 심어 주는 걸 내가 좋아하지 않거든."

"그럼 제가 소환을 당한 겁니까?" 맥베스가 물었다.

시장은 웃음을 터뜨렸다. "그럴 리가 있나, 맥베스. 그냥 분위기를 살피고 싶었을 뿐이야. 자네가 자리를 잡았는지. 약간 과도기 아닌가. 그리고 지난 며칠 동안 벌어진 일들을 감안했을 때……." 토텔은 눈을 부라렸다. "정신이 없었을 수도 있고 하니."

"그런가요? 정신이 없으셨습니까?"

"아니, 아니, 아닐세. 무슨 소리. 자네가 기대했던 것 이상으로 모든 걸 잘 처리해 주었다고 생각하네. 이러니저러니 해도 이런 자리가 처음일 텐데."

"처음이죠."

"그렇지. 상황이 워낙 빠르게 돌아가잖나. 즉각적으로 반응을 해야겠지. 의견을 밝히는 것도 그렇고. 그러다 보면 아무 생각 없이 이런저런 말을 늘어놓게 되는 경우도 생길 테지만."

프리실라가 들어와 쟁반을 테이블에 내려놓고 커피를 따른 뒤 어색하게 무릎을 굽혀서 인사하고 나갔다.

맥베스는 커피를 마셨다. "흠. 라디오 인터뷰를 두고 하시는 말씀인가요?"

토텔은 그릇에 담긴 각설탕 세 개를 집어서 한 개는 입 안에 넣었다. "자네가 한 발언의 일부는 시의회와 나에 대한 비판으로 받아들여질 수도 있었어. 그건 괜찮아, 우리도 바른말을 하는 경찰청장을 환영하니까……. 입마개를 씌운 것도 아니고. 문제는 하다 보니 의도치 않게 너무 가혹한 분위기를 풍기게 됐는지 여부야. 어떻게 생각하나?"

맥베스는 집게손가락을 턱 밑에 대고 생각에 잠긴 표정으로 허공을 응시했다. "저는 너무 가혹하지는 않았다고 생각하는데요."

"그럴 줄 알았네. 나도 그렇게 생각했어. 자네는 가혹하게 비판하려고 그런 소리를 한 게 아니었던 거지! 자네와 나, 우리 둘은 원하는 게 같아. 이 도시를 위해 최선의 길을 모색하는 것. 공장을 가동하고 실업률을 끌어 내리는 것. 우리도 경험상 알다시피 실업률이 떨어지면 범죄율이 떨어지고 마약 밀매업이 타격을 입고 결과적으로 도난 범죄가 줄지. 조만간 수감자 숫자가 극적으로 감소하면 다들 맥베스 청장은 무슨 수로 전임자들이 이루지 못한 업적을 이루었는지 궁금해하게 될 거야. 자네도 알다시피 시장은 연임으로 끝이야. 그러니까 내가 바라는 대로 재임에 성공하고 임기를 마치면 새로운 사람에게 차례가 넘어가는 거지. 그때가 되면 이 도시 주민들은 경찰청장으로 여러 성과를 거둔 사람이 이 도시에 필요한 사람이라는 생각을 하게 될지 몰라."

"커피 좀 더 드릴까요?" 맥베스는 이미 찰랑거리던 토텔의 잔에 넘칠 때까지 커피를 더 따랐다. "제 친구 뱅쿼가 입버릇처럼 했던 말이 뭔지 아세요? 키스를 하려거든 여자가 사랑에 빠져 있을 때 해라."

"그게 무슨 뜻인가?" 토텔은 잔 받침을 빤히 쳐다보며 물었다.

"감정은 달라진다는 거죠. 이 도시는 지금 저를 사랑합니다. 그리고 4년은 긴 시간이에요."

"그럴지도 모르지. 하지만 작전을 잘 써야 하지 않겠나, 맥베스. 지금은 재임 중인 시장에게 도전할 건지—역사적으로 보았을 때 성공할 가능성이 별로 없지—아니면 4년을 기다렸다가 물러나는 시장에게 선거에서 도움을 받을지—역사적으로 보았을 때 성공한 사례가 **아주** 많지—결정해야 하는 때야."

"그런 약속은 쉽게 하고 그보다 더 쉽게 깨지죠."

토텔은 고개를 저었다. "내가 정계의 전략적 동맹과 협력에 관한 한 오랜 이력을 자랑하거든. 케네스가 경찰청장이 워낙 광범위한 권력을 휘두르도록 만들어 놓았기 때문에 시장인 나는 예나 지금이나 경찰청장의 호의에 전적으로 의존하는 신세일세. 나는 약속을 어기면 얼마나 엄청난 대가를 치러야 하는지 **알아**. 맥베스, 자네는 똑똑한 사람이라 금세 배울 테지만 정치라는 복잡한 전술 게임에 있어서는 경험이 일천하지. 지금 당장의 인기와 라디오에서 내뱉은 인상적인 말 몇 마디로는 부족해. 내 지지만으로도 부족하겠지만 자네가 홀로서기를 할 때 기대 이상으로 많은 도움이 될 거야."

"저를 다가올 선거에서 강력한 라이벌로 보기 때문에 기권하도록 설득하러 오신 거겠죠?"

"자네 입장에서는 그렇게 느낄 수도 있겠지." 토텔은 말했다. "정치 경험이 없어서 큰 그림을 보지 못할 테니까. 큰 그림이란 앞으로 4년 동안 나는 시장으로서, 자네는 경찰청장으로서 재임할 경우 이 도시에서 가장 막강한 권력을 쥔 두 사람이 선거에서 살벌하게 경쟁했던 사이라면 함께 일을 하기가 어려울 거라는 거야. 나중에 자네가 출마했을 때 나도 지지를 선언하지 못할 테고. 자네도 이해할 테지만."

자네도 이해할 테지만. 아주 살짝 거들먹거리는 말투였다. 맥베스는 반박하려고 입을 열었지만 뭐라고 하면 좋을지 생각이 나지 않았다.

"내가 제안을 하나 하겠네." 토텔이 말했다. "자네가 출마를 포기하면 내 지지 선언을 들으려고 4년을 기다릴 필요가 없을 거야."

"그래요?"

"음. 자네가 헤카테를 체포하는 날—우리 둘 모두에게 엄청난 승전보가 되겠지—자네가 4년 뒤에 내 후임이 되었으면 좋겠다고 내가 공개적으로 선언할 테니까. 어떤가, 맥베스?"

"헤카테는 최우선 과제가 아니라고 라디오에서 얘기한 걸로 아는데요."

"나도 들었어. 그리고 덩컨과 다르게 지나치게 낙관적이고 너무나 구체적인 약속으로 자네 자신과 경찰에 부담을 주지 않겠다는 뜻으로 해석했고. 그러면 그를 체포하는 날이 단순한 보너스가 될 테니까. 그게 자네의 복안이지, 안 그래?"

"물론이죠." 맥베스는 말했다. "헤카테가 체포하기 어려운 사람이긴 하지만 기회가 생기면……."

"이런 말 하기 뭣하지만 내 경험상 기회는 저절로 생기지 않아." 토텔이 말했다. "만들어서 붙잡아야지. 자네는 어떤 식으로 헤카테를 체포할 계획인가?"

맥베스는 헛기침을 하고 커피 잔을 만지작거렸다. 애써 생각을 정리했다. 과부하가 걸리기라도 한 것처럼 갑자기 생각을 정리하기가 어려워질 때가 있었다. 너무 여러 개의 공으로 저글링을 하다 공 한 개가 떨어지면 나머지도 덩달아 떨어져서 처음부터 다시 시작해야 했다. 그에게 부여된 권한이 너무 많아서 그런 걸까? 아니면 너무 적어서 그런 걸까? 맥베스는 커피 테이블 앞에 앉아 있는 시턴의 눈을 쳐다보았지만 어떤 도움도 얻을 수 없었다. 당연한 일이었다. 그를 도울 수 있는 사람은 그녀뿐이었다. 레이디. 약을 끊고 그녀와 이야기를 나누어야 할 것이다. 오직 그녀만이 안개를 없애고 그의 머릿속을 맑아지게 할 수 있었다.

"덫을 만들어서 유혹할 겁니다." 맥베스는 말했다.

"어떤 덫을?"

"세부 사항은 아직 미정입니다."

"이 도시 최대의 적과 관련된 문제이니만큼 상황을 계속 보고해 주면 고맙겠네." 토텔은 이렇게 얘기하고 자리에서 일어났다. "내일 덩컨의 장례식장에서 대강의 윤곽을 알려 주겠나? 선거는 어쩔 생각인지와 함께."

맥베스는 앉은 채로 토텔이 내민 손을 잡았다. 토텔은 그의 뒤편 벽을 턱으로 가리켰다. "저 그림은 예전부터 마음에 들었단 말이지. 배웅은 필요 없네."

맥베스는 토텔을 지켜보았다. 그는 볼 때마다 커지는 듯한 느낌이 들었다. 커피에는 손도 대지 않았다. 맥베스는 의자에 앉은 채로 몸을 돌려서 그림을 마주 보았다. 작업복을 입은 남자와 여자가 손을 잡고 걷는 큼지막한 그림이었다. 그들 뒤로 아이들의 행렬이 이어졌고 그 행렬 뒤로 태양이 하늘 높이 떠 있었다. 큰 그림. 아마 덩컨이 건 그림일 것이다. 케네스는 아마 자기 초상화를 걸었을 것이다. 맥베스는 고개를 모로 꼬아 보았지만 어떤 의미가 담긴 그림인지 여전히 알 수가 없었다.

"이봐, 시턴. **자네** 생각은 어때?"

"제 생각요? 토텔한테 엿이나 먹으라고 하세요. 청장님의 인기가 그보다 높은걸요."

맥베스는 고개를 끄덕였다. 시턴은 그처럼 큰 그림을 보는 눈이 없었다. 그녀에게만 그런 눈이 있었다.

레이디는 방문을 걸어 잠갔다.

"할 얘기가 있어." 맥베스는 말했다.

묵묵부답이었다.

"여보!"

"아이 때문이에요." 잭이 말했다.

맥베스는 그를 돌아보았다.

"제가 치웠거든요. 냄새가 나기 시작해서 달리 어쩔 도리가 없었어요. 그런데 레이디는 청장님이 지시를 내린 거라고 생각하세요."

"그래. 잘했어, 잭. 나는 그냥 조언을 들어야 하는 사안이 있어서…… 그래서……."

"지금 저런 상태시라 청장님께 제대로 된 조언을 드릴 수가 없을 겁니다. 제가……. 아닙니다. 죄송합니다, 제가 주제 파악을 하지 못했네요. 청장님이 레이디도 아닌데."

"내가 레이디인 줄 알았다고?"

"아뇨, 그게…… 평소에 레이디께서 이런저런 얘기를 하시면 제가 힘닿는 데까지 도와드리거든요. 제가 별다른 해결책을 제시하지는 못하지만 가끔 그런 식으로 얘기를 하다 보면 생각이 정리될 때도 있으니까요."

"흠. 자네랑 내가 마실 커피 좀 갖다주겠나?"

"알겠습니다."

맥베스는 중2층으로 갔다. 게임룸을 내려다보았다. 조용한 저녁이었다. 단골은 한 명도 보이지 않았다. 다들 어디 간 걸까?

"오벨리스크요." 잭이 맥베스에게 김이 모락모락 나는 커피를 건네며 말했다.

"뭐라고?"

"저희 단골 말예요. 다들 오벨리스크로 갔어요. 그걸 궁금해하고 계셨죠?"

"그런가."

"어제 오벨리스크로 찾아가 봤더니 다섯 명이 보이더군요. 그중 두 명하고는 이야기도 나누었어요. 알고 보니 저만 염탐을 하는 게 아니었어요. 오벨리스크에서도 직원을 여기로 파견했더라고요. 우리 단골이 누군지 파악해서 더 나은 조건을 제시했어요."

"더 나은 조건?"

"신용거래요."

"그건 불법이잖아."

"당연히 뒷거래죠. 오벨리스크의 장부에는 기록이 남지 않았을 테고 따져 묻더라도 신용거래는 한 적 없다고 딱 잡아뗄 겁니다."

"그럼 우리도 똑같은 조건을 제시하는 게 좋겠군."

"제가 보기에는 문제가 그렇게 단순하지 않습니다. 1층 바에 손님이 얼마나 적은지 보셨습니까? 오벨리스크에서는 줄을 서서 기다려요. 맥주와 칵테일이 30퍼센트 저렴하니 손님이 많아져서 매상이 늘 뿐 아니라 게임룸에서도 씀씀이가 헤퍼지죠."

"레이디는 우리가 차원이 다르고 좀 더 수준 높은 고객들을 공략해야 한다고 생각하는데."

"이 도시에서 카지노 이용 고객은 크게 세 그룹으로 나눌 수 있습니다. 카펫의 질이나 비싼 코냑에는 신경 쓰지 않는 골수 도박꾼들이 원하는 건 실력 있는 딜러, 시골에서 놀러 온 친척을 데려가서 벗겨 먹을 수 있고─가능한 경우─신용거래를 할 수 있는 포커 테이블이에요. 오벨리스크의 주 고객이 이 그룹이죠. 그리고 제가 방금 전에 얘기한 시골에서 놀러 온 친척 그룹이 여길 찾는 이유는 대개 여기가 **진정한** 카지노라고 알려졌기 때문이에요. 그런데 이들이 요즘 들어 오벨리스크의 단순하고 유쾌하고 저질스러운 분위기가 더 입맛에 맞는다는 사실을 깨달았어요. 이들은 오페라보다 빙고 게임을 더 좋아하는 그룹이죠."

"그런데 우리는 오페라다?"

"그들이 원하는 건 저렴한 맥주, 저렴한 여자예요. 그게 아니면 도시까지 놀러 올 이유가 없죠."

"그럼 마지막 그룹은?"

잭은 게임룸을 가리켰다. "웨스트엔드 주민들요. 쓰레기들과 뒤섞이는 걸 원치 않는 부류죠. 마지막으로 남은 저희의 충성 고객이라고 할 수 있습니다. 아직까지는요. 오벨리스크에서 내년에 복장 규정도 있고 최소 베팅 금액이 더 높고 좀 더 비싼 코냑을 갖춘 새로운 게임룸을 오픈할 계획이거든요."

"흠. 그럼 자네 생각에는 우리가 어떻게 했으면 좋겠나?"

"저요?" 잭은 웃음을 터뜨렸다. "저로 말할 것 같으면 일개 안내 데스크 직원인데요."

"그리고 딜러이기도 하지." 맥베스는 그와 레이디와 잭이 처음 만났던 블랙잭 테이블을 내려다보았다. "자네한테 조언을 구하고 싶은데, 잭."

"딜러는 베팅하는 분들을 지켜볼 따름입니다. 조언 같은 건 절대 하지 않죠."

"좋아. 그럼 자네가 내 이야기를 좀 들어 주어야겠네. 오늘 토텔이 찾아와서 나더러 시장 선거에 출마하지 말라고 했어."

"출마하실 생각이었나요?"

"모르겠어. 출마할까 했다가 포기할까 했다가 다시 출마할까로 바뀌었어. 토텔이 **진정한** 정치 어쩌고 하면서 잘난 척 늘어놓는 소리를 듣고 났더니 더 그래. 자네는 어떻게 생각하나?"

"아, 저는 청장님이 훌륭한 시장님이 되실 거라고 확신합니다. 청장님과 레이디께서 우리 도시를 위해 할 수 있는 그 많은 일들을 생각해 보세요!"

맥베스는 환히 빛나는 잭의 얼굴을 뜯어보았다. 숨길 줄 모르는 기쁨과 천진난만한 낙천주의. 예전의 그의 모습을 보는 듯했다. 그러자 희한한 생각이 들었다. 그가 안내 데스크 담당 직원 잭이었으면 좋겠다는 생각이었다.

"하지만 잃는 것도 많아." 맥베스가 말했다. "내가 이번에 포기하면 토텔이 다음번에 나를 밀어주겠대. 그리고 현직 시장이 선출되기 마련이라는 토텔의 말도 맞고."

"흠." 잭이 머리를 긁적이며 말했다. "선거 직전에 스캔들이 터지면 얘기가 달라지죠. 토텔의 재선을 허락할 수 없을 만큼 치명적인 스캔들이 터지면요."

"예를 들면?"

"레이디께서 토텔이 만찬에 데려온 남자아이에 대해서 알아보라고 하셨거든요. 정보통에 따르면 토텔의 부인이 파이프에 있는 여름용 별장으로 거처를 옮기고 그 아이가 들어와서 산다더군요. 게다가 미성년자예요. 저희에게 필요한 건 그 아이와 부적절한 관계를 맺었

다는 확실한 증거죠. 예를 들면 시장의 거처에서 근무하는 직원의 증
언이라든지 하는."

"잭, 환상적인 계획이잖아!" 토텔을 꼬챙이에 꿸 생각을 하자 맥베
스는 흥분이 돼서 뺨이 달아올랐다. "정보를 수집한 다음 카이트에게
생방송으로 토론하는 자리를 마련하게 하고 토텔의 면전에서 이 추
잡한 관계를 폭로하면 되겠네. 거기에 대한 준비는 하지 못할 테니
까. 어때?"

"글쎄요."

"글쎄요? 그게 무슨 소리야?"

"청장님도 열다섯 살에 아이가 없는 남자의 집으로 들어가셨잖습
니까. 시장 측에서 그걸 들먹이며 되받아칠 수도 있어요."

맥베스는 얼굴이 다시 한번 달아오르는 것을 느낄 수 있었다. "뭐
라고? 뱅쿼하고 내가……?"

"청장님이 먼저 돌을 던지면 토텔은 망설임 없이 그럴 겁니다. 사
랑과 전쟁에서는 뭐든 정당하다고 하잖아요. 그리고 청장님이 직위
를 활용해서 토텔의 사생활을 염탐한 것처럼 보이면 부적절한 일이
될 테고요."

"흠, 그 말이 맞네. 그럼 자네라면 어떻게 하겠나?"

"제가 고민을 좀 해 보겠습니다." 잭은 커피를 한 모금 마셨다. 또
한 모금 마셨다. 그러더니 테이블에 잔을 내려놓았다. "그 남자아이
에 대한 소문은 분명 우회적인 경로로 새어 나갈 겁니다. 하지만 청
장님이 토텔과 대적하면 소문의 출처로 의심을 받겠죠. 그러니까 청
장님이 출마를 선언하기 전에 스캔들이 터져야 합니다. 사실 의심을

피하려면 적어도 4년 동안은 출마할 생각이 **없다**고 선언하시는 게 좋을지 몰라요. 먼저 경찰청장으로서 해야 할 일이 있다면서요. 그런 다음 스캔들로 토텔이 자격을 상실하면 이 도시에 갑자기 리더가 필요하게 됐으니 청장님의 행보를 시민들의 처분에 맡기겠다고 조금 마지못한 듯 얘기하는 겁니다. 기자들이 토텔 스캔들에 대해 물으면 코멘트를 거부함으로써 그런 일에 초연한 인상을 풍기고 청장님의 유일한 관심사는 이 도시가…… 음…… 라디오 인터뷰 때 아주 기가 막힌 표현을 쓰셨던데. 뭐였죠?"

"다시 잔잔한 바다로 진입하는 거라고." 맥베스가 말했다. "레이디가 자네를 왜 고문으로 활용했는지 이제 알겠네, 잭."

"감사합니다. 하지만 저의 능력을 과대평가하지는 마십시오."

"과대평가가 아니야. 자네는 사태를 남달리 명쾌하게 분석하는 눈을 갖고 있어."

"온갖 위험 부담과 격렬한 감정이 얽혀 있는 당사자보다 딜러 겸 관찰자가 그러기 더 쉽겠죠."

"내가 보기에 자네는 아주 훌륭한 딜러야, 잭."

"딜러로서 간언하자면 이 카드를 더 훌륭하게 활용할 방법이 있는지 좀 더 신중하게 연구해 보시기 바랍니다."

"음?"

"토텔은 이번에 출마를 포기하면 차기 선거 때 청장님을 밀어주겠다고 약속했지만 소아성애자로 축출당하면 별 소용이 없지 않겠습니까?"

맥베스는 수염을 쓰다듬었다. "그렇지."

"그러니까 다른 걸 요구하세요. 차기에도 출마할지 잘 모르겠다고. 그러니까 지금 당장 줄 수 있는 구체적인 선물을 달라고요."

"예를 들면?"

"뭐가 좋겠습니까?"

"뭐가 좋겠느냐고⋯⋯?" 맥베스는 잭이 게임룸을 가리키는 것을 보았다. "음. 고객이 늘어나는 거?"

"맞습니다. 오벨리스크의 고객요. 하지만 청장님은 불법적인 신용 거래가 이루어졌다는 증거를 포착하더라도 오벨리스크의 영업을 중단시킬 권한이 없습니다."

"그래?"

"제가 딜러이다 보니 알게 된 사실인데요, 경찰에서 개인을 기소할 수는 있지만 카지노의 영업을 중단시키는 건 도박 및 카지노 관리국 고유의 권한이라고 하더군요. 그런데 그 조직은 관할이⋯⋯."

"시의회지. 토텔."

이제 맥베스의 눈앞이 선명하게 밝아졌다. 그는 힘을 쓸 필요도 없었다. 오물을 변기에 넣고 물을 내리기만 하면 됐다. 어디에선가 종이 울렸다.

"손님들이 오신 모양이네요." 잭이 자리에서 일어났다.

맥베스는 그의 팔을 잡았다. "레이디한테 우리가 꾸민 계획을 들려 줘야겠어. 그러면 그녀의 기분이 단박에 좋아질 거야. 자네한테 무슨 수로 보답하지?"

"그러실 필요 없습니다." 잭은 쓴웃음을 지었다. "제 목숨을 구해 주신 것으로 충분하니까요."

26

더프는 침을 삼키며 구역질을 참았다. 바다로 나선 지 나흘이 지났는데도 여전히 나아질 기미가 보이지 않았다. 바다는 그렇다 치더라도 조리실의 퀴퀴한 냄새는 차원이 다른 문제였다. 반회전문 안쪽에서는 썩은 기름과 상한 우유가 뒤섞인 냄새가 났다. 선원들이 식사를 하는 반회전문 바깥쪽에서는 땀 냄새와 담배 냄새가 났다. 사무장은 그 정도는 혼자 감당할 줄 알아야 한다며 아침 준비를 더프에게 맡겼다. 빵과 여러 가지 고기와 치즈와 삶은 달걀을 차리고 커피를 끓이는 것은 멀미에 시달리는 초보라도 할 수 있었다.

더프는 6시에 눈을 떴고 일어나자마자 침대 옆 양동이에 대고 속을 게웠다. 침대가 부족해서 근무 중인 선원의 침대를 빌려 써야 했기 때문에 지금까지 같은 선실에서 이틀 밤을 보낸 적이 없었다. 다행히 1층만 걸려서 양동이와 동침하는 사태는 면할 수 있었다. 막 스웨터를 머리 위로 벗었을 때 두 번째 욕지기가 밀려왔다. 그는 조리실로 내려가는 길에 1등 항해사 선실 옆 화장실과 마지막 가파른 계단 앞 세면기에 대고 토악질을 하느라 중간에 멈추어야 했다.

아침상이 차려졌고 근무 중인 선원들이 모두 식사를 마친 듯했다. 이제 점심 준비를 하기 전에 상을 치워야 할 시간이었다.

더프는 찜찜한 공기를 세 번 배 속 가득 들이마시고 자리에서 일어나 식당으로 나갔다.

가장 가까운 테이블에 네 사람이 앉아 있었다. 팔뚝에 털이 북슬북슬하고 기름얼룩과 겨드랑이 땀자국이 남은 에소 티셔츠를 입었고 줄무늬 헐시티 타이거스 야구 모자를 쓴, 살짝 체중이 많이 나가는 목소리 큰 기관사가 떠들어 대고 있었다. 그는 일종의 따옴표라도 되는 듯이 이야기를 시작하고 맺을 때 코를 킁킁거렸다. 그 따옴표 사이에 들어가는 내용은 항상 자기보다 직급이 낮은 선원을 향한 모욕이었다. "야, 스파크스." 그는 테이블 끝에 앉아 있는 안경 쓴 어린애한테 하는 이야기라는 것을 모두가 알 수 있도록 고함을 질렀다. "조리실 신참한테 생선 파이 좀 데워 달라고 해서 거기다 자지를 꽂고 보지하고 최대한 가까운 느낌을 즐기지 그러냐?" 그는 코를 킁킁거리고 웃음을 터뜨렸다. 다른 선원들은 잠깐 억지웃음을 터뜨리고 그만이었다. 어린 전신 기사는 얼핏 미소를 짓고 접시에 더욱 깊숙이 코를 박았다. 남들이 허치라고 부르는 것을 더프도 들은 적 있는 기관사는 코를 킁킁거렸다. "하지만 오늘 아침 차린 걸 보면 네가 생선 파이 데울 줄은 아는지 의심스럽다만?" 다시 킁킁거렸다.

더프는 전신 기사처럼 고개를 숙였다. 캐피틀에 도착할 때까지 그래야 했다. 입을 다물고 가면을 쓰고 저자세를 유지해야 했다.

"말해 봐, 조리실 보조! 너는 이런 걸 스크램블드에그라고 하냐?"

"무슨 문제라도 있습니까?" 더프는 물었다.

"문제?" 기관사는 눈을 부라리며 동료들을 돌아보았다. "이 햇병아리가 나더러 무슨 문제가 있느냐고 묻네? 문제는 딱 하나야. 이 스크램블드에그는 보기에도 그렇고 맛도 그렇고 토사물 같다는 거. 네 토사물 같다는 거. 너의 그 멀미 때문에 파래진 주둥이로 쏟아 낸."

더프는 기관사를 쳐다보았다. 그는 씩 웃으며 두 눈을 사악하게 번뜩였다. 더프는 그런 표정을 전에도 본 적이 있었다. 고아원장 로리얼이 그랬다.

"스크램블드에그가 기대에 못 미쳤다니 죄송합니다." 더프는 말했다.

"**기대에 못 미쳤다니 죄송합니다.**" 기관사는 그가 한 말을 따라 하고 코를 킁킁거렸다. "여기가 무슨 염병할 최고급 레스토랑인 줄 아나? 우리가 바다 위에서 먹고 싶은 건 똥 덩이가 아니라 제대로 된 음식이야. 야, 너희들 생각은 어때?"

주변의 선원들이 동의하는 뜻에서 빙그레 웃었지만 두 명은 당황스러워하며 고개를 들지 못했다. 아마 그들은 표적이 되기 싫어서 동조하는 척하고 있었을 것이다.

"점심은 사무장님이 준비하실 겁니다." 더프는 접시와 우유갑을 쟁반에 담으며 말했다. "점심은 지금보다 괜찮길 바랄 수밖에요."

"그래도 괜찮아질 가망이 없는 건 네 상판대기야." 기관사가 말했다. "머리에 이가 생겼냐? 그래서 그 모자를 쓰고 있는 거야? 그리고 수염인 척 달고 다니는 보지 털은 또 뭐야. 어떻게 된 거야, 조리실 보조? 너는 거기에 어머니 털을 달고 태어난 거야?"

기관사는 기대하는 눈빛으로 좌우를 두리번거렸지만 이번에는 다들 바닥만 쳐다보고 있었다.

"좋은 생각이 하나 있는데요." 더프는 말했다. 그러면 안 된다는 걸 알고는 있었다. 그러지 않기로 맹세한 걸 알고는 있었다. "스파크스더러 기관사님의 겨드랑이에 거시기를 쑤셔 넣으라고 하면 어떨까요? 그러면 스파크스는 보지의 느낌이 어떤지 알 수 있을 테고 기관사님은 드디어 자지 맛을 볼 수 있는데 말이죠."

테이블이 어찌나 잠잠한지 더프가 치즈, 소시지, 오이가 담긴 접시를 쟁반으로 옮기는 소리 말고는 아무 소리도 들리지 않았다. 이번에는 코를 킁킁거리는 소리도 들리지 않았다.

"기관사님이 가장 혹할 만한 부분을 다시 한번 반복할까요?" 더프는 쟁반을 내려놓으며 말했다. "드디어 자지 맛을 볼 수 있다는 거." 그는 무슨 소리인지 못 알아들은 사람이 없도록 한 음절, 한 음절 또박또박 강조했다. 그러고는 테이블 쪽으로 고개를 돌렸다. 기관사가 자리에서 일어나 그를 향해 다가오고 있었다.

"안경 벗어." 그가 말했다.

"벗으면 좆도 안 보이는데요." 더프가 말했다. "쓰고 있어야 좆밥을 보죠."

기관사는 팔을 뒤로 젖혀서 방향을 예고한 뒤 주먹을 휘둘렀다. 더프는 뒤로 한 발짝 물러나 몸을 뒤로 젖혔고, 시커멓게 기름이 묻은 기관사의 주먹이 지나가자 앞으로 두 발짝 나가서 휘청거리는 그의 다른 쪽 손을 잡아 뒤로 꺾은 다음 팔꿈치를 잡고 가속도가 붙은 그대로 앞으로 돌진하게 만들고 뒤로 다가갔다. 기관사가 비명을 지르며 손목의 통증을 더느라 자동적으로 허리를 숙이자 더프는 그를 잡고 머리로 벽을 들이받게 했다. 그런 다음 기관사를 뒤로 잡아당겼다가 다시 앞으로 밀었다. 칸막이벽에 대고 밀었다. 속수무책인 기관사의 팔을 높이 들며 조만간 어딘가가 견디지 못하고 부러질 거라는 생각을 했다. 기관사의 비명 소리가 우는 소리로 바뀌었고 그의 손가락이 더프의 모자를 향해 하릴없이 돌진했다. 더프는 그의 머리로 벽을 세 번째 들이받았다. 네 번째 반복할 준비를 하고 있었을 때 누군가의 목소리가 들렸다.

"그만해, 존슨!"

더프는 잠깐 시간이 지난 다음에서야 계약서에 적은 자신의 이름이 존슨이라는 사실을 기억했다. 그 목소리의 주인이 선장이라는 사실을 깨닫는 데에도 그 정도의 시간이 걸렸다. 더프는 고개를 들었다. 그들 앞에 선장이 서 있었다. 더프가 손을 놓자 기관사는 흐느끼며 무릎을 꿇고 주저앉았다.

"이게 무슨 일이야?"

더프는 자신이 숨을 헐떡이고 있다는 사실을 그제야 알아차렸다. 도발. 분노. "아무것도 아닙니다, 선장님."

"내가 별일 아닌 것과 별일도 구분할 줄 모르겠나, 존슨? 무슨 일이야? 허친슨?"

잘은 모르겠지만 무릎을 꿇고 앉아서 울고 있는 남자의 이름인 듯했다.

더프는 헛기침을 했다. "내기를 했습니다, 선장님. 파이프 그립이 헐 헤이메이커보다 더 효과적이라는 걸 보여 주고 싶었을 뿐인데 제가 너무 흥분했나 봅니다." 그는 부들부들 떨고 있는 기관사의 등을 토닥였다. "죄송합니다. 하지만 파이프가 혈보다 낫다는 걸 이제 알 겠죠?"

기관사는 계속 흐느끼며 고개를 끄덕였다.

선장은 모자를 벗고 더프를 들여다보았다. "파이프 그립이라고?"

"네." 더프는 대답했다.

"허친슨, 기관실로 가 봐. 나머지도 할 일들이 있을 텐데?"

식당이 삽시간에 비워졌다.

"나 커피 한 잔 주고 자리에 앉도록." 선장이 말했다.

더프는 그가 시킨 대로 했다.

선장은 커피 잔을 두세 번 입에 갖다 댔다. 시커먼 액체를 쳐다보며 뭐라고 중얼거렸다. 더프가 그걸 보며 여기가 어디인지 잊어버린 게 아닌가 의심스러워지기 시작했을 무렵 선장이 고개를 들었다.

"나는 원래 개개인의 과거를 캐는 데 의의를 두지 않아. 대부분의 선원들은 단순한 데다 정규교육을 별로 받지 못했거든. 과거는 조사하지 않는 편이 낫기도 하고 글래미스호와 상관없는 미래가 그들을 기다리고 있기도 하고. 지금은 내 수하에 있거나 내 골칫거리일지라도 머지않아 헤어질 테니 깊숙이 관여해 봐야 부질없는 짓이지. 내 관심사는 그들이 한 팀으로, 내 선원으로 어떤 역할을 하는가, 그것뿐이야."

선장은 커피를 한 모금 더 마시고 인상을 썼다. 더프는 그것이 커피 때문인지 통증 때문인지 아니면 이야기의 주제 때문인지 알 수가 없었다.

"존슨, 자네는 교육도 받았고 야심도 있는 친구 같아 보이는데 어쩌다 이런 처지가 됐는지 묻지 않겠네. 어차피 솔직히 대답할 것 같지도 않으니. 하지만 자네는 팀의 운영 방식을 아는 사람 같아. 항상 서열이 있고 모두에게 그 서열에 걸맞은 역할과 자리가 있다는 것을. 선장이 맨 위고 신입이 맨 아래지. 모두가 자기 자신과 서로의 위치를 인정하면 제대로 된 조직이 탄생되지. 내가 원하는 게 바로 그거야. 하지만 지금 글래미스호에서는 서열의 하단에서 혼란이 야기되고 있어. 이 배의 서열 최하위 후보자는 세 명이지. 제일 나이가 어린 스파크스. 선원 생활이 처음인 자네. 그리고 가장 머리가 나쁘고 좋아하기 아주 어려운 성격인 허친슨."

그는 다시 커피를 한 모금 마셨다.

"스파크스는 서열 최하위로 잘 버틸 거야. 젊고 똑똑해서 노하우를 터득할 테니까. 그리고 자네, 존슨은 내가 보니 허친슨에게 그렇게 한 뒤로 서열이 상승했더군. 자네가 이런 결과를 노리고 만들어낸 상황일 수도 있어. 하지만 나는 허치를 알아. 그가 먼저 시비를 걸었겠지. 멍청한 바보답게 자기가 판 무덤 속으로 또 굴러떨어졌겠지. 그래서 그가 자기 밑으로 둘 만한 친구를 계속 찾는 거야. 캐피틀에 도착하면 몇 명이 떨어져 나가고 몇 명이 새로 들어올 테니 그중 한 명이 불쌍한 역할을 맡겠지. 무슨 소린지 알겠나?"

더프를 어깨를 으쓱했다.

"그런데 내 골칫거리는 이거야, 존슨. 허치는 계속 노력하겠지만 맨 밑바닥에서 벗어나지 못할 거라는 점. 나로서는 자기 운명을 묵묵히 받아들이는 다른 녀석이 서열 최하위가 됐으면 좋겠어. 하지만 허치는 자기는 평생 당할 만큼 당했으니 이제 다른 사람의 차례라고 생각하는 심술 사나운 사고뭉치라 계속 선상의 분위기를 어지럽힐 거야. 기관사로서는 나쁘지 않지만 다른 동료들의 사기를 떨어뜨려 놓는단 말이지."

그는 요란하게 후루룩 하는 소리를 냈다.

"그런데 왜 자르지 않느냐고? 그건 자네가 뱃사람이 아니라 해운노동조합의 고용계약에 대해서 모르기 때문에 하는 말이야. 그 고용계약에 따르면 소위 말하는 객관적인 사유가 없는 한 허치를 내보낼 수가 없거든. 동료에게 폭력을 행사했다고 하면 그런 객관적인 이유가 될 수 있을 텐데……."

더프는 고개를 끄덕였다.

"어떤가? 자네는 시인하고 해운노동조합 서류에 서명만 하면 돼. 나머지는 내가 목격자들을 통해 처리할 수 있으니까."

"그냥 장난친 거예요, 선장님. 다시는 그런 일이 없도록 하겠습니다."

"그래야지." 선장은 턱을 긁었다. "좀 전에도 얘기했던 것처럼 나는 원래 선원들의 과거를 괜히 캐지 않아. 하지만 자네가 허치한테 그랬듯이 상대방을 제압하는 사람을 지금까지 딱 두 명 본 적이 있다네. 한 명은 헌병이었고 다른 한 명은 항만 경찰이었지. 그 둘의 공통분모가 경찰 아닌가. 그러니까 이제 진실을 알고 싶은데."

"진실요?"

"음. 그 친구가 자네를 공격했나?"

더프는 선장을 쳐다보았다. 선장은 그의 이름이 클리프 존슨이 아니라는 것과 어떤 식당에서도 일해 본 적이 없다는 것을 처음부터 알고 있었던 듯했다. 그가 바라는 건 그렇다는 대답과 거짓 서명뿐이었다. 이 존슨이라는 선원의 실체가 도마 위에 오르더라도 그는 멀리 도망치고 없을 것이다.

"알겠습니다. 진실을 말씀드리죠." 더프는 이렇게 말하고 테이블 위로 몸을 숙이는 선장을 바라보았다. "그냥 장난 좀 친 겁니다, 선장님."

선장은 다시 의자에 기대고 앉았다. 커피 잔을 입에 갖다 댔다. 잔 위로 더프를 빤히 쳐다보았다. 더프의 눈이 아니라 그 위를, 그의 이마를 쳐다보았다. 선장이 커피를 삼키자 울대뼈가 위로 올라갔다가 내려왔다. 그는 빈 잔을 테이블 위에 쿵 하고 내려놓았다.

"존슨."

"네, 선장님."

"자네, 마음에 드는군."

"네?"

"내가 알기로 자네는 허치를 남들과 다르게 좋아할 이유가 없어. 그런데도 고자질은 거부하는군. 선장의 입장에서는 안타까운 일이지만 자네가 얼마나 진실한 사람인지 알 수 있겠네. 그 점을 존중하는 의미에서 이 문제는 두 번 다시 거론하지 않겠네. 자네는 뱃멀미에 시달리는 거짓말쟁이지만 자네 같은 선원이 내 배에 더 많았으면 좋겠군. 커피 잘 마셨네."

선장은 자리에서 일어나 밖으로 나갔다.

더프는 그 자리에 잠깐 앉아 있었다. 그러다 빈 잔을 조리실로 들고 가서 개수대에 놓았다. 눈을 감고 차갑게 반짝이는 금속 위에 손을 얹고 구역질을 삼켰다. 무슨 의도였을까? 왜 선장에게 허치가 공갈꾼이라고 사실대로 얘기하지 않았을까?

그는 눈을 떴다. 눈앞 선반에 달린 냄비에 비친 자신의 모습을 바라보았다. 심장이 철렁 내려앉았다. 모자가 헤어라인까지 벗겨져 있었다. 허친슨이 휘두른 주먹이 스친 모양이었다. 비행기가 하늘 위에 남긴 자국처럼 흉터가 그의 얼굴 위에서 반짝였다. 흉터. 선장이 잔을 내려놓기 전에 빤히 쳐다보고 있었던 것이 바로 그 흉터였다.

더프는 눈을 감은 채 흥분을 가라앉히고 상황을 차근차근 검토해보자고 속으로 중얼거렸다.

신문이 가판대에 깔리지도 않았을 이른 시각에 항구를 나섰기 때문에 선장은 '지명수배' 도장이 찍힌 그의 사진을 보지 못했을 것이다. 하지만 그 전날 저녁에 텔레비전으로 기자회견이 중계됐을 때 공개된 더프의 얼굴을 보았을 가능성은 있었다. 그런데 선장이 그의 흉터를 보고—보았다는 **전제** 아래—충격을 받은 눈빛이었던가? 아니었다. 훌륭한 배우답게 알아차린 티를 내지 않았다가 나중에 덮치려는 걸까? 그렇다고 한들 어쩔 도리가 없었기 때문에 그는 선장이 알아차리지 못했을 거라는 결론을 내렸지만 다른 동료들은 어쩌면 좋을까? 아니다, 선장이 다들 나가 보라는 지시를 내렸을 때 그는 그들을 등지고 서 있었다. 그의 앞에 쓰러져 있었던 허친슨만 예외였다. 하지만 그는 흉터를 보았다 한들 뉴스를 샅샅이 뒤질 타입은 아닌 듯했다.

더프는 다시 눈을 떴다.

앞으로 이틀 뒤, 수요일이면 항구에 도착할 것이다.

마흔여덟 시간. 이틀 동안 몸을 사려야 했다. 그래야 했다.

오르간 연주가 시작됐고 성당의 신도석 사이에 서 있던 그는 온몸에 소름이 돋는 것을 느낄 수 있었다. 음악 때문도, 신부나 시장의 추모사 때문도, 여섯 명이 운구 중인 덩컨의 관 때문도, 덩컨은 아무 권력도 가져가지 못했다는 사실 때문도 아니었다. 그가 입고 있는 끔찍한 새 제복 때문이었다. 움직일 때마다 꺼칠꺼칠한 모직에 살갗이 쓸려서 소름이 돋았다. 예전에 입었던 제복은 저렴한 소재였고 낡아서 편했다. 물론 경찰청으로 배달된 검은색의 새 양복을 선택할 수도 있었다. 헤카테의 선물일 게 분명한 그 모직 양복은 옷감의 질이 훨씬 훌륭했지만 이상하게 제복보다 더 가려웠다. 게다가 경찰 장례식장에 사복을 입고 참석하는 것은 전통 위반이었다.

관이 맥베스의 옆을 지나갔다. 덩컨의 아내와 두 아들이 고개를 숙이고 관을 따라 들어오고 있었다. 고개를 든 한 아들과 우연히 시선이 마주치자 맥베스는 반사적으로 시선을 떨어뜨렸다.

잠시 후에 그들은 일렬로 통로에 서서 운구 행렬에 동참했다. 맥베스는 토텔 옆으로 자리를 잡았다.

"추모사 잘 들었습니다."

"고맙네. 시에서 장례 비용을 부담했으면 좋았을 텐데 유감스럽게도 시의회의 동의를 구하지 못했어. 공장들이 문을 닫아서 세수가 줄어드니 그런 경의의 표현은 저 끝으로 밀려나고 말았지. 여전히 미개하기 그지없다니까?"

"저도 시의회의 입장에 공감합니다."

"덩컨의 가족도 과연 그렇게 생각할까? 부인이 나한테 전화를 했어. 관을 싣고 길거리를 한 바퀴 돌며 시민들에게 애정을 표현할 기회를 주어야 하는 것 아니냐고. 그들의 바람이 곧 덩컨의 바람 아니었느냐면서."

"시민들이 과연 호응을 보였을까요?"

토텔은 어깨를 으쓱했다. "솔직히 나도 잘 모르겠어, 맥베스. 내 경험상 이 도시 주민들은 식탁이 풍성해지거나 맥주를 한 잔 더 마실 수 있을 만큼 살림이 넉넉해지는 게 아닌 이상 소위 말하는 개혁에 관심이 없거든. 나도 이 도시가 달라지려는 게 아닌가 하는 생각이 들었었지만 만약 그랬다면 덩컨이 살해당했을 때 여기저기서 미친 듯이 들고 일어났겠지. 그런데 이 도시 주민들은 착한 편이 지는 걸 당연하게 여기는 듯한 반응을 보이더군. 입을 연 사람은 카이트뿐이었어. 내일 열리는 뱅쿼와 아들의 장례식에도 참석할 건가?"

"당연하죠. 워커스 교회예요. 뱅쿼가 뭐 그리 독실한 신자는 아니었지만 아내 베라가 거기 묻혔거든요."

"하지만 더프의 아내와 아이들은 성당에 묻힐 거라고 들었네만."

"네. 그 장례식에 개인적으로 참석하지는 않을 겁니다."

"개인적으로?"

"더프가 참석할 경우에 대비해서 경찰을 배치할 예정이에요."

"아, 그렇지. 아이들의 마지막 가는 길을 함께해야 할 테니까. 자기가 부분적으로나마 책임이 있을 경우에는 더욱 그럴 테고."

"네, 명예와 영광은 그날 밤이면 빛이 바래는데 죄책감은 평생 얼룩이 남으니 신기한 일이죠."

"아니, 맥베스, 죄책감이 뭔지 좀 아는 사람처럼 얘기하는구먼."

"이 자리에서 고백하자면 저는 가장 가깝고 가장 소중한 사람을 살해한 전적이 있습니다."

시장은 걸음을 멈추고 맥베스를 쳐다보았다. "지금 뭐라고 했나?"

"저희 어머니요. 저를 낳다가 돌아가셨거든요. 계속 가시죠."

"그럼 자네 아버지는?"

"어머니의 임신 소식을 듣고 바다로 도망쳤고 그 뒤로 영영 소식이 끊겼습니다. 저는 고아원에서 자랐어요. 더프하고 같이. 둘이 한 방을 썼어요. 하지만 시장님은 고아원 방이 어떻게 생겼는지 본 적 없으시죠?"

"아, 고아원을 한두 군데 설립한 적은 있다네."

성당 계단으로 나서자 축축하고 거센 북서풍이 그들을 맞았다. 관이 자갈길 위에서 위태롭게 비틀거렸다.

"흠, 뭐." 토텔이 말했다. "바다도 탈출구가 될 수 있지."

"지금 제 아버지를 비난하시는 겁니까?"

"우리 둘 다 그가 어떤 분이었는지 모르잖나. 나는 그냥 바다는 그런 사람들로 넘쳐 난다고 얘기하는 것뿐이야. 자연이 부여한 책임을 회피하려는 남자들 말이지."

"그러니까 시장님이나 저 같은 남자들이 더 많은 책임을 져야죠."

"바로 그거야. 그래서 어쩌기로 했나?"

맥베스는 헛기침을 했다. "경찰청장은 계속 경찰청장으로 남아서 시장과 돈독하고 긴밀한 협조 관계를 유지하는 것이 이 도시를 위하는 길이라는 걸 알겠습니다."

"명언일세, 맥베스."

"물론 협조 관계가 제 기능을 해야겠죠."

"그게 무슨 소린가?"

"들리는 소문에 따르면 오벨리스크가 카지노의 비호 아래 매춘업소를 운영 중이고, 일부 도박꾼들을 상대로 불법 신용거래를 하고 있다더군요."

"첫 번째는 전부터 있었던 얘기지만 두 번째는 처음 듣는 얘기로군. 하지만 자네도 알다시피 그런 소문은 진상을 파헤치기가 여간 어려운 게 아니잖은가. 계속 소문만 무성할 뿐, 아무 진전이 없으니."

"의심이 가는 도박꾼이 최소 두 명이에요. 사면을 약속하고 살살 잘 구슬리면 오벨리스크에서 그들에게 신용거래를 허락했는지 여부를 알아낼 수 있을 거라고 확신합니다. 그런 뒤에 어느 정도 부정이 이루어졌는지 좀 더 자세히 수사하고 도박 및 카지노 관리국에서 그곳을 폐쇄하든지 해야겠죠."

시장은 턱의 맨 끝부분을 잡아당겼다. "출마하지 않는 대가로 오벨리스크를 폐쇄해 달라는 건가?"

"이 도시의 정부와 행정부 수반들은 법과 규정을 일관성 있게 집행해야 한다는 말씀을 드리는 겁니다. 법과 규정을 회피하는 자들에게 매수됐다는 의심을 사고 싶지 않으면요."

시장은 혀를 찼다. 올리브를 먹은 어린애 같군. 맥베스는 생각했다. 좋아하려면 몇 년이 걸리는 그런 음식을 먹은 아이 같았다. "지금 중요한 건 부정이 저질러졌는지 여부가 아니잖아." 그는 혼잣말처럼 중얼거렸다. "그리고 좀 전에도 얘기했다시피 그런 소문은 진상을 파헤치기가 여간 어려운 게 아니야. 시간이 걸릴 수 있어."

"오랜 시간이 걸리겠죠." 맥베스가 말했다.

"카지노를 폐쇄해야 할 정도로 심각한 소문이 들린다고 관리국에 미리 언질은 주겠네. 그나저나 레이디는 어디 갔나? 덩컨하고 사이가 돈독했던 걸로 아는데……."

"몸이 좀 안 좋아서요. 요 며칠 동안요."

"그렇군. 안부 전해 주게. 내려가서 유족들에게 조의를 표하는 게 좋겠어."

"먼저 가십시오. 곧 따라가겠습니다."

맥베스는 토텔이 뒤뚱뒤뚱 계단을 내려가 덩컨 부인의 손을 양손으로 잡고 머리를 조아리고 입을 달싹이며 심심한 조의를 표하는 것을 지켜보았다. 그러고 있으니 꼭 거북 같았다. 그런데 토텔이 한 얘기 중에 마음에 걸리는 부분이 있었다. 바다는 그런 사람들로 넘쳐 난다고. 도망친 남자들로 넘쳐 난다고.

"괜찮으십니까, 청장님?" 시턴이었다. 그는 밖에서 기다리고 있었다. 그의 말로는 교회를 못 견디겠다는데 뭐, 상관없었다. 전직 경찰 청장에게 원한이 있는 사람이라면 안에서 버틸 도리가 없을 것이다.

"이 도시에서 출발하는 여객선들은 전부 체크했지." 맥베스가 말했다. "하지만 다른 선박도 체크한 사람이 있었나?"

"밀항자 말입니까?"

"그래. 아니면 배에 취직한 사람이라든지."

"없습니다."

"어제 이후로 출항한 모든 선박에 더프의 인상착의를 전달하도록. 당장."

"알겠습니다, 청장님." 시턴은 계단을 두 걸음 만에 내려가서 모퉁이 너머로 사라졌다.

메러디스. 메러디스는 더 이상 존재하지 않았다. 하지만 그의 가슴에 남은 상처는 여전했다. 맥베스는 장례식에 참석하지 않을 작정이었다. 그녀는 없는 사람이 된 지 오래였다. 하도 오래돼서 그녀가 어떤 여자였는지 잊어버렸을 정도였다. 그때 자신이 어떤 남자였는지 잊어버렸을 정도였다.

체중을 옮기자 허벅지 안쪽으로 옷감이 느껴졌고 비에 젖은 모직 냄새가 풍겼다. 그는 몸서리를 쳤다.

27

더프는 조리실에 서서 식당에 앉아 있는 남자들을 쳐다보았다. 그들은 점심 식사를 마치고 이제 담배를 말며 나지막이 대화를 나누고 웃고 담배에 불을 붙이고 커피를 마시는 중이었다. 한 명만 혼자 앉아 있었다. 허친슨이었다. 이마에 붙인 살색의 큼지막한 반창고가 그 자리에 없었던 사람들에게 구타의 진상을 전하는 역할을 했다. 허친슨은 담배를 뻐끔거리며 뭔가를 열심히 생각하는 척했지만 연기가 하도 어설퍼서 어찌할 바를 모르는 사람처럼 보일 따름이었다.

"내일이면 입항이네." 사무장은 불붙인 담배를 들고 레인지에 기대서 있었다. "자네, 일을 배우는 속도가 빠르단 말이지. 한 판 더 때릴 생각인가?"

"네?"

"다음 항해도 같이 갈 작정이냐고."

"아뇨." 더프는 말했다. "하지만 물어봐 주셔서 감사합니다."

사무장은 어깨를 으쓱했다. 더프는 늦게 점심을 먹으러 온 선원이 수프 그릇을 아슬아슬하게 들고 허친슨의 테이블로 걸어가다 그의 정체를 알아차리고 만석인 테이블에 끼어 앉는 광경을 지켜보았다. 허친슨도 그걸 눈치채고는 미친 듯이 눈을 깜빡이며 더 열심히 담배를 피우는 데 집중했다.

"어제 먹은 그 치즈케이크 남은 거 있어?"

더프는 고개를 돌렸다. 1등 기관사였다. 그가 기대에 찬 표정으로 문 앞에 서 있었다.

"죄송합니다." 사무장이 말했다. "다 먹었는데요."

"잠깐만요." 더프가 말했다. "제가 조그만 조각을 하나 싸서 넣어놓은 것 같아요." 그는 냉장실로 가서 포일로 싼 접시를 찾아 들고 왔다. "좀 차가워요."

"괜찮아." 1등 기관사는 입맛을 다셨다. "차갑게 먹는 게 좋으니까."

"그런데……."

"응?"

"허친슨요……."

"허치?"

"네. 좀…… 풀이 죽은 것처럼 보여서요. 선장님이 하신 말씀이 생각났어요. 기관사로서 실력은 좋다던데. 진짜 그래요?"

1등 기관사는 조금 머뭇거리는 표정으로 더프를 바라보며 좌우로 고개를 저었다. "그 정도면 괜찮지."

"그럼 그 친구한테 얘기해 주면 어떨까요?"

"뭘?"

"괜찮은 기관사라고요."

"왜?"

"그런 칭찬을 들을 필요가 있는 것 같아서요."

"글쎄. 치켜세워 주면 다들 수당 올려 받고 휴가 늘릴 생각만 해서."

"기관사님은 젊었을 때 잘한다고 자신감을 심어 준 선배가 있었나요?"

"응. 하지만 나는 진짜 잘했거든."

"그 당시에 기관사님의 실력이 **사실** 어느 정도였는지 기억을 더듬어 보세요."

1등 기관사는 입을 떡 벌렸다.

그때 배가 흔들렸다. 식당에서 비명이 터졌고 더프의 뒤에서 요란하게 쿵 하는 소리가 들렸다.

"지랄하고 자빠졌네!" 사무장이 고함을 질렀다. 더프가 고개를 돌려 보니 바닥으로 떨어진 큼지막한 수프 냄비가 눈에 들어왔다. 더프는 냄비에서 흘러나오는 걸쭉한 초록색의 완두콩 수프를 빤히 쳐다보았다. 위장이 예고도 없이 뒤틀렸고 목까지 치밀어 오른 욕지기가 느껴졌다. 그가 간신히 문틀을 붙잡았을 때 입에서 토사물이 뿜어져 나왔다.

"어이, 신참." 1등 기관사가 말했다. "충고는 이제 끝이지?" 그는 몸을 돌려서 나갔다.

"야 이 씨, 존슨. 이제는 그만할 때도 되지 않았냐?" 사무장은 앓는 소리를 내며 더프에게 키친타월을 건넸다.

"무슨 일이에요?" 더프는 입을 닦으며 물었다.

"너울에 부딪친 거야." 사무장이 말했다. "늘 있는 일이지."

"쉬세요. 여긴 제가 치울게요."

더프는 바닥 청소를 마친 뒤에 그릇을 치우러 식당으로 갔다. 테이블에 남은 사람은 세 명뿐이었고 여기에 꼼짝 않고 그 자리를 지키고 있는 허치가 추가됐다.

더프는 그들의 잡담을 들으며 쟁반에 접시와 컵을 쌓았다.

"지진이나 산사태나 뭐 그런 것 때문에 생긴 파도였을 거야." 그중 한 명이 말했다.

"핵실험이었을 수도 있지." 다른 한 명이 말했다. "소련이 바렌츠해에서 무슨 허튼수작을 저지를 거라는데 충격파가 지구 반대편까지 전달되는 모양이야."

"그런 전갈 받은 적 없나, 스파크스?"

"네." 스파크스는 웃음을 터뜨렸다. "재미있는 소식이라고는 얼굴에 하얀 흉터가 사선으로 난 남자를 찾는다는 것밖에 없던데요."

더프의 몸이 뻣뻣하게 굳었다. 그는 계속 접시를 쌓으며 귀를 기울였다.

"뭐, 내일 육지에 도착한다니 좋구먼."

"염병. 마누라가 또 임신을 했대."

"나 쳐다보지 마."

너털웃음이 테이블을 감싸고 번졌다.

더프는 쟁반을 들고 몸을 돌렸다. 고개를 들고 있던 허친슨이 갑자기 허리를 똑바로 폈다. 소소한 몸싸움을 벌인 이후로 지금까지 몇 번 마주쳤을 때마다 고개를 숙이고 더프의 시선을 피하더니 지금은 눈을 동그랗게 뜨고 더프를 빤히 쳐다보고 있었다. 부상을 당해서 오도 가도 못 하게 된 먹잇감을 생각지도 못하게 발견하고 희희낙락하는 콘도르 같았다.

더프는 발로 조리실 문을 열었고 등 뒤에서 덜거덕하며 문이 닫히는 소리를 들었다. 쟁반을 조리대에 내려놓았다. 젠장, 젠장, 젠장! 이제 와서 이럴 수는 없다. 육지까지 스무 시간도 안 남은 지금에 와서 이럴 수는 없다.

"속도를 좀 늦춰 주세요." 케이스니스가 앞 유리창 너머를 바라보며 말했다.

택시 기사는 액셀러레이터에서 발을 뗐고 그들은 오벨리스크 앞을 천천히 지나갔다. 사람들이 정문에서 길거리로 쏟아져 나오고 있었다. 경찰차 두 대가 인도에 주차되어 있었다. 파란 경광등이 한가롭게 돌아가고 있었다.

"무슨 일이야?" 레녹스가 파란 얼굴을 앞 좌석 사이로 내밀며 물었다. 덩컨의 장례식이 끝나자마자 성당 앞에서 택시를 타고 온 길이라 케이스니스처럼 아직 제복을 입고 있었다.

"도박 및 카지노 관리국에서 오늘 이곳을 폐쇄한대요." 케이스니스가 말했다. "카지노 법규를 위반한 정황이 있어서."

한 경찰관이 가벼운 정장에 꽃무늬 셔츠를 입고 구레나룻을 수북하게 기르고서는 미친 듯이 손을 흔들어 대는 남자를 데리고 나오고 있었다. 남자가 경찰관에게 뭔가를 설명하려고 하지만 경찰관은 무시하고 있는 듯했다.

"슬프네요." 택시 기사가 말했다.

"뭐가요?" 레녹스가 물었다. "법을 집행하는 게요?"

"어쩔 때는 그래요. 오벨리스크에서는 옷차림 신경 안 쓰고 빈털터리로 집으로 돌아갈 걱정 없이 맥주 한잔 마시면서 카드 게임을 할 수 있었거든요. 그나저나 지금 가시려는 공장이 문 닫은 건 아시죠?"

"네." 케이스니스가 대답했다. 그러면서 그 공장에 대해서 아는 건 그게 전부라는 생각을 했다. 그날 아침에 전화한 앵거스 경관이 부정부패척결반의 레녹스 경감을 데리고 에스텍스로 와 달라고 통사정했다. 자세한 이야기는 거기로 오면 들려주겠다고 했다. 최고위층의 부패와 관련된 일이고 일단은 그들의 만남을 아무한테도 얘기하면 안 된다고 했다. 그녀가 앵거스라는 경관이 누군지 모른다고 하자 그는 머리가 긴 특공대원이라고, 엘리베이터에서 만났을 때 그녀가 자신을 보고 웃으며 인사한 적이 있었다고 했다. 그녀는 그를 기억했다. 귀여운 이미지였다. 특공대원이라기보다 서글서글하고 속세를 초월한 히피에 가까웠다.

그들은 길거리를 미끄러지듯 움직였다. 젖은 외투 차림으로 담배를 입에 물고 배고프고 지친 눈빛으로 비를 피해서 벽에 기대고 선 실업자들이 보였다. 하이에나들이었다. 태생이 그런 게 아니었다. 이 도시가 원흉이었다. 덩컨도 얘기했다시피 먹을 게 썩은 고기밖에 없으면 누가 됐건 썩은 고기를 먹을 수밖에 없었다. 그리고 경찰청에서 어떤 사업을 벌이건 범죄율을 낮추는 최고의 방법은 시민들에게 일자리를 제공하는 것이었다.

"에스텍스를 다시 열 거예요?" 기사가 눈을 가늘게 뜨고 케이스니스를 쳐다보며 물었다.

"왜 그렇게 생각하시는데요?"

"맥베스가 덩컨 그 돌대가리보다 영리하잖아요."

"그래요?"

"폐기물 좀 흘렸다고 잘나가던 공장을 폐쇄하다니 말이 돼요? 거기서 일하는 직원들은 죄다 담배를 피워요. 어차피 죽을 목숨이라고요. 거기 일자리가 5천 개였어요. 이 도시에 필요한 일자리가! 캐피틀에서 온 돈 많은 멍청이나 그렇게 잘난 척할 수 있겠죠. 반면에 맥베스는 우리랑 같은 부류예요. 뭘 좀 아는 친구라고요. 당분간 맥베스한테 이 도시를 맡기면 사람들이 다시 택시를 탈 만한 여유가 생길지 몰라요."

"맥베스 얘기가 나왔으니 말인데요." 케이스니스는 뒷좌석을 돌아보며 말했다. "오전 회의를 이틀 연속 취소했고 성당에서 보니까 얼굴이 새하얗던데. 어디 아파요?"

"그가 아니라 레이디가 아파." 레녹스가 말했다. "그는 경찰청에 거의 있지도 않아."

"레이디를 간호하다니 당연히 칭찬할 일이지만 경찰청장은 그 사람인데 우리가 이 도시를 책임지고 있잖아요."

"우리 같은 부하 직원을 거느리고 있는 게 다행이지." 레녹스는 미소를 지었다.

택시는 자물쇠 달린 체인이 걸려 있는 문 앞에서 멈추어 섰다. 닫힘이라고 적힌 팻말이 움푹 파인 아스팔트에 떨어져 있었다. 케이스니스는 택시에서 내렸고 열린 운전석 창문 옆에 서서 거스름돈을 기다리는 동안 폐허가 된 산업 시설을 바라보았다. 공중전화 부스도 없었고 에스텍스는 전화가 끊겼을 것이다.

"돌아가고 싶으면 어떻게 택시를 부르면 될까요?" 그녀가 물었다.

"내가 여기서 기다리고 있을게요." 기사가 말했다. "어차피 돌아가 봐야 손님도 없으니까."

공장 문 안쪽으로 녹이 슨 지게차와 탑처럼 쌓여서 썩어 가는 나무 팰릿이 보였다. 큼지막한 직사각형 문 옆에 달린 보행자용 출입문이 열려 있었다.

케이스니스와 레녹스는 공장 건물 안으로 들어갔다. 밖은 추운데 높은 아치형 천장이 달린 이곳은 더 추웠다. 정사각형 홀의 저 끝까지 거대한 신도석처럼 용광로가 줄줄이 이어졌다.

"아무도 없어요?" 케이스니스는 힘껏 외쳤다. 메아리 소리에 등골이 오싹해졌다.

"여기요!" 현장감독관 사무실과 감시대가 있는 위쪽에서 대답이 들렸다. 교도소 감시탑과 비슷하네. 케이스니스는 생각했다. 아니면 설교단.

거기 서 있는 젊은 남자가 철제 계단을 가리켰다.

케이스니스와 레녹스는 계단을 올라갔다.

"앵거스 경관입니다." 그는 그들과 악수하며 말했다. 불안한 속마음이 표정으로 고스란히 드러났지만 결연한 분위기도 풍겼다.

그들은 그를 따라서 푹 삭힌 땀과 담배 냄새가 나는 현장감독관 사무실로 들어갔다. 공장 바닥이 내다보이는 큼지막한 유리창마다 구워서 만든 것이라도 되는 듯 반투명의 누르스름하고 특이한 유약이 입혀져 있었다. 테이블 위에는 벽에 달린 선반에서 꺼낸 게 분명해 보이는 파일들이 펼쳐진 채로 놓여 있었다. 젊은 남자는 면도를 하지 않았고 몸에 꼭 끼는 물 빠진 청바지에 초록색 밀리터리 재킷을 입고 있었다.

"갑자기 연락드렸는데 와 주셔서 고맙습니다." 앵거스는 이렇게 말하며 칠이 벗겨진 나무 의자를 가리켰다.

"부담을 주기는 싫지만 중요한 일이라야 할 거야." 레녹스가 자리에 앉으며 말했다. "중요한 회의를 하다가 도중에 나왔거든."

"시간이 없다고 하시니, 사실 저희 셋 다 시간이 별로 없으니까 바로 본론으로 들어가겠습니다."

"고맙네."

앵거스는 팔짱을 꼈다. 턱을 움직였고 시선을 이리저리 돌렸지만 결연한 분위기를 풍겼다. 자기가 옳다는 것을 **아는** 사람 같았다.

"저는 신을 두 번 섬겼어요." 앵거스는 이렇게 말하고 나서 침을 삼켰고 케이스니스는 그가 적어 놓고 연습한 원고를 외워서 이야기하고 있다는 것을 알 수 있었다. "그리고 신심을 두 번 잃었죠. 첫 번째는 하느님이었어요. 두 번째는 맥베스였고요. 맥베스는 구세주가 아니라 타락한 살인범이에요. 제가 왜 이러는지 두 분이 알 수 있도록 그 얘기부터 하고 싶었어요. 이 도시에서 맥베스를 제거하기 위해 결심한 일이거든요."

이어지는 침묵 속에서 물방울이 공장 바닥을 때리는 깊은 한숨 소리가 들렸다. 앵거스는 숨을 들이마셨다.

"우리는……."

"잠깐!" 케이스니스가 말했다. "솔직한 건 고맙지만 앵거스, 네 얘기를 계속 들을 생각이 있는지 레녹스 경감과 내가 먼저 결정해야겠어."

"얘기하라고 해." 레녹스가 말했다. "들은 다음에 아무도 없는 데서 의논하면 되지."

"아뇨." 케이스니스가 말했다. "일단 정보를 듣고 나면 돌이킬 방법이 없……."

"우리는 전원 사살하라는 명령을 받고 노스 라이더의 아지트로 출동했어요." 앵거스가 말했다.

"듣고 싶지 않아." 케이스니스는 자리에서 일어섰다.

"아무도 체포되지 않을 거라고 했어요." 앵거스는 언성을 높였다. "우리는 노스 라이더를 향해 발포를 시작했고 그들은 한 발을 쏘았어요……." 그는 목소리만큼이나 부들부들 떨고 있는 집게손가락을 들어 보였다. "자기방어 차원에서 단 한 발을요. 하지만 파이프에 있는……."

케이스니스는 앵거스의 목소리를 묻으려고 요란하게 발소리를 내며 걸어가서 문을 열고 밖으로 나서려던 찰나 그의 이름을 듣고 그자리에서 얼어붙었다.

"더프의 집에서는 달랐어요. 거기서는 총알이 한 발도 날아오지 않았어요. 왜냐하면 그가 집에 없었거든요. 벌집으로 만들어 놓고 집 안으로 들어가 보니 딸과 아들과 아이 엄마가 보였고……." 앵거스는 말을 잇지 못했다.

케이스니스는 몸을 돌렸다. 젊은 남자는 테이블에 몸을 기대고 눈을 질끈 감았다. "엄마가 방 안에서 자기 몸으로 아이들을 보호하려고 하고 있었더라고요."

"아니야, 아니야, 아니야." 케이스니스의 귀에 이렇게 속삭이는 그녀의 목소리가 들렸다.

"맥베스가 내린 명령이었어요." 앵거스는 말했다. "그리고 시턴이 특공대를 동원해 그 명령을 엄수했고요. 그러니까······." 앵거스는 기침을 했다. "저를 포함해서요."

"맥베스가 뭐 하러 그런 식으로······ 깨끗하게 제거하라는 명령을 내렸겠어?" 레녹스가 못 믿겠다는 투로 물었다. "더프도 그렇고 노스 라이더도 그렇고 전부 체포하면 그만인데."

"아니죠." 앵거스가 말했다. "그들에게 약점을 잡혔을 수도 있잖아요. 그래서 입을 다물게 만들었어야 했을지도요."

"예를 들면 어떤 거?"

"노스 라이더가 왜 뱅쿼한테 복수를 감행했는지 생각해 본 적 없으세요? 명령을 내린 맥베스를 죽이지 않고서 말이죠."

"그야 뻔하지." 레녹스는 콧방귀를 뀌었다. "맥베스가 더 철저하게 보호를 받고 있었잖아. 증거 있나?"

"이 눈요." 앵거스가 자기 눈을 가리키며 말했다.

"그건 네 눈이고 너의 주장도 마찬가지야. 우리가 너를 믿어야 하는 이유를 한 가지만 대 봐."

"하나 있긴 해요." 케이스니스가 천천히 자기 자리로 돌아가며 말했다. "다른 특공대원한테 물어보면 저 친구의 주장이 사실인지 아닌지 간단하게 파악할 수 있는데, 거짓으로 밝혀지면 저 친구는 직장을 잃을 테고 기소를 당할 테고 한마디로 미래가 암울해지잖아요. 그리고 저 친구는 그렇다는 걸 알고요."

앵거스는 웃음을 터뜨렸다.

케이스니스는 한쪽 눈썹을 추켜세웠다. "왜, 내가 바보 같은 소릴 했어?"

"특공대잖아." 레녹스가 말했다. "의리, 동지애. 불로 세례받고 피로 하나 된다."

"네?"

"특공대 안에서는 어느 누구도 맥베스한테 불리한 증언을 하지 않을 거예요." 앵거스가 말했다. "시턴한테도요. 다른 동지들한테도요."

케이스니스는 양옆으로 손을 내렸다. "그러니까 증명할 방법이 없다는 걸 알면서 맥베스를 처단해야 한다며 우릴 부른 거야?"

"맥베스가 저더러 아지트에서 무차별 학살을 감행했을 때 죽은 갓난아이의 시신을 태우라고 했어요." 앵거스가 말했다. 그는 목걸이를 만지작거렸다. "여기 있는 용광로에서요."

케이스니스는 몸서리를 쳤다. 그리고 이 자리로 되돌아온 것을 후회했다. 왜 뛰쳐나가지 않았을까? 왜 택시를 타고 진작 여길 뜨지 않았을까?

"저는 싫다고 했어요." 앵거스는 말했다. "하지만 다른 사람이 이미 처리했겠죠. 어쩌면 그가 직접 처리했을 수도 있고요. 용광로를 훑어보니까 한 개가 최근에 쓰인 흔적이 있더라고요. 과학수사반을 동원해서 용광로를 살피면 단서를 찾을 수 있을지 몰라요. 잘은 모르겠지만 지문이나 유골의 잔해나 뭐 그런 걸요. 단서가 발견되면 부정부패 척결반에서 수사를 확대하면 되잖아요."

레녹스와 케이스니스는 서로 흘끗 쳐다보았다.

"경찰은 경찰청장을 수사할 수 없어." 레녹스가 말했다. "그걸 몰랐 단 말이야?"

앵거스는 미간을 찌푸렸다. "하지만…… 부정부패척결반은……?"

"아니, 내부 수사는 하지 못해." 레녹스가 말했다. "경찰청장의 뒤 를 캐고 싶으면 시의회와 토텔한테 문제를 제기해야 해."

앵거스는 결사적으로 고개를 저었다. "안 돼요, 안 돼요, 안 돼요, 그들은 돈으로 매수됐어요, 모두 다! 우리 손으로 해결해야 해요. 내 부에서 맥베스를 끌어내려야 해요."

케이스니스는 아무 대꾸도 하지 않았다. 앵거스의 말이 맞는다는 증거였다. 토텔은 물론이고 시의회 안에서 감히 맥베스에게 공공연 하게 반기를 들 사람은 없었다. 그런 식의 정치 반란이 벌어지면 경 찰청장이 무자비하게 짓밟아도 법적으로 아무 문제가 없도록 케네 스가 기틀을 단단히 다져 놓았다.

레녹스는 손목시계를 확인했다. "나는 20분 뒤에 회의가 있어서. 좀 더 확실한 증거를 포착할 때까지 이 문제는 잠시 보류하는 게 좋 겠는데, 앵거스. 그래야 자네의 주장을 시의회에 접수할 건더기라도 생기지."

앵거스는 믿기지 않는다는 듯이 눈을 깜빡였다. "제 주장이라고 요?" 그는 탁한 목소리로 물었다. 그러고는 케이스니스를 돌아보았 다. 절망, 애원, 공포 그리고 희망이 영화의 한 장면처럼 그의 얼굴을 스치고 지나갔다. 그녀는 앵거스가 단순히 동참을 부탁하는 게 아니라는 것을, 과학수사반에서 용광로를 조사해 주길 바라는 게 아니라는 것을 한눈에 알아차릴 수 있었다. 레녹스가 이런 정보를 못 들은 척할 수 없도록, 어떤 식으로 결론이 내려지든 이걸 빌미로 그를 괴롭히지 못하도록 증인을 확보하려는 것이었다. 케이스니스가 선택된 이유는 엘리베이터에서 그를 보고 미소를 지었기 때문이었다. 믿을 만한 사람처럼 보였기 때문이었다.

"케이스니스 경감님?" 그는 나지막이 애원했다.

그녀는 깊게 숨을 들이마셨다. "레녹스 말이 맞아, 앵거스. 너는 지금 우리더러 종이칼을 들고 곰을 공격하러 나서자고 하고 있어."

앵거스의 눈에 눈물이 고였다. "무서우신 거죠?" 그는 말을 더듬었다. "경감님은 제 말을 믿어요. 그렇지 않으면 진작 이 자리를 박차고 나갔을 거예요. 하지만 무서우신 거예요. 제 말을 믿기 **때문에** 무서우신 거예요. 왜냐하면 저를 통해서 맥베스가 어떤 짓을 저지를 수 있는 인물인지 알게 됐으니까."

"오늘의 만남은 없었던 걸로 하지." 레녹스는 이렇게 말하고 문 쪽으로 걸음을 옮겼다. 케이스니스도 따라가려는 찰나, 앵거스가 그녀의 팔을 잡았다.

"갓난아이요." 그는 울먹이며 속삭였다. "갓난아이가 구두 상자에 들어 있었어요."

"범죄 조직을 상대로 싸우는 과정에서 생긴 무고한 희생자야." 그녀는 말했다. "늘 있는 일이지. 추문이 터지지 않도록 언론에 숨겼다고 해서 맥베스가 살인범이 되는 건 아니야."

케이스니스는 앵거스가 덴 것처럼 그녀의 팔을 놓는 것을 바라보았다. 그는 뒤로 한 발짝 물러나 그녀를 빤히 쳐다보았다. 케이스니스는 몸을 돌려서 밖으로 나섰다.

공장으로 내려가는 철제 계단 위에 서자 냉기가 그녀의 뜨끈한 뺨을 후려쳤다.

그녀는 출입문을 향해 걸어가다 말고 한 용광로 앞에서 걸음을 멈추었다. 회색 가루로 이루어진 줄무늬와 자국이 있었다.

레녹스는 폭우를 뚫고 걸어갈 필요가 없도록 공장 입구에 서서 택시를 손짓으로 불렀다. "앵거스의 목적이 뭐라고 생각해?" 그가 물었다.

"목적요?" 케이스니스는 고개를 돌려서 헛간처럼 생긴 현장감독관의 사무실을 올려다보았다.

"너무 어려서 관리직으로 승진할 수 없다는 건 알 테고." 레녹스는 말했다. "어이! 여기요! 명예와 명성일까?"

"저 친구가 말한 그대로일지도 모르죠. 누군가가 맥베스를 말려야 한다는 거요."

"의무감 때문이라고?" 레녹스는 빙그레 웃었고 케이스니스는 타이어가 자갈을 밟는 소리를 들었다. "인간은 누구나 원하는 게 있기 마련이야, 케이스니스. 같이 갈 거지?"

"네." 케이스니스의 눈에 창문 뒤로 앵거스의 윤곽이 흐릿하게 보였다. 그는 그들이 떠난 뒤에도 꼼짝하지 않았다. 그냥 그 자리에 서 있었다. 뭔가를 기다리는 것처럼.

레녹스는 어느 정도 후에 맥베스에게 반란을 시도한 자가 있었다고 전할까?

앵거스에게 들은 정보를 어떻게 해야 할까?

그녀는 뺨에 손을 갖다 댔다. 왜 그렇게 뜨끈한지 알 수 있었다. 얼굴이 빨개졌기 때문이었다. 부끄러워서 얼굴이 빨개졌기 때문이었다.

레녹스는 지름길로 역사 중앙 홀을 가로질렀다. 그는 지름길을 좋아했다. 항상 그랬다. 그는 사탕을 동원해서 친구를 사귀었고 부둣가 기중기에서 다이빙을 한 적 있고, 인디고 가판대에서 일하는 여자아이한테 돈을 주고 손으로 해 달라고 한 적도 있다고 거짓말을 일삼았다. 남들보다 높은 키 높이 구두를 신었고, 커닝을 했음에도 성적표가 나왔을 때 뻥을 쳐야 했다. 그의 아버지는 깡이 없는 인간이나 지름길을 선택하는 거라고, 대개 가족들이 모인 자리에서 누굴 지칭하는 건지 감추려는 노력조차 하지 않으며 입버릇처럼 얘기했다. 아버지가 이 도시의 사립대학에 자그마한 선물을 한 덕분에 아버지와 아들 모두 공립대학 진학이라는 수치를 모면했고 레녹스는 졸업장을 위조했다. 미래의 사장이 아니라 졸업장을 보자고 한 아버지를 속이기 위해서였다. 물론 그의 시도는 대실패로 돌아갔다. 레녹스는 아버지의 의심의 눈초리와 질문 공세를 감당할 깡이 없었고 아버지는 레녹스와 같은 연체동물이 무슨 수로 똑바로 서 있는지 모르겠다고, 깡이라고는 하나도 없지 않느냐고 했다.

그래도 중얼거리며 다가오는 마약 밀매업자들을 무시할 깡은 있었다. 그들은 손님이 등장하면 한눈에 알아봤다. 하지만 그는 이런 식으로 칵테일을 입수하지 않았다. 익명의 소포로 배달을 받았다. 그가 가끔 특별한 한 방을 요구하는 경우에는 그들이 안대를 씌우고—

전쟁 포로를 총살 집행대로 끌고 가는 것처럼—비밀 주방으로 데려가서 통에 든 것을 곧바로 꽂아 주었다.

그는 버사 버넘 앞을 지나갔다. 캐피틀에서 판사가 온다고 더프를 속인 곳이었다. 하지만 맥베스가 더프의 아내와 아이들을 죽였다는 이야기는 헤카테에게 들은 적이 없었다. 레녹스는 그의 안에서 뭔가가 터지기 전에 서두르는 사람처럼 속도를 높여서 워커스 광장을 지났다.

"청장님은 바쁘신데요." 인버네스 카지노의 안내 데스크 직원이 말했다.

"레녹스 경감이라고 전해 줘. 급한 일이라고, 1분이면 된다고."

"연락해 보겠습니다."

레녹스는 기다리며 주위를 둘러보았다. 뭔지 모르겠지만 뭔가가 부족했다. 마지막 장식이랄까. 어쩌면 분위기가 바뀐 것일 수도 있었다. 전보다 차림새가 후줄근한 남자들이 너무 큰 소리로 웃으며 게임 룸으로 들어가서 그런 것일 수도 있었다. 그런 부류의 손님은 지금까지 본 적이 없었다.

맥베스가 계단을 내려왔다.

"왔나, 레녹스."

"안녕하십니까, 청장님. 오늘은 카지노가 북적거리네요."

"오벨리스크에서 건너온 주중 고객이야. 도박 및 카지노 관리국에서 몇 시간 전에 거길 폐쇄했거든. 시간이 별로 없는데. 여기 앉을까?"

"감사합니다. 오늘 있었던 면담에 대해서 말씀드리려고요."

맥베스는 하품을 했다. "그래?"

레녹스는 숨을 들이마셨다. 머뭇거렸다. 말을 시작하는 데에는 수백만 가지의 방법이 있기 때문이었다. 같은 말이라도 수천 가지로 다르게 표현할 수 있었다. 첫마디로 쓸 수 있는 단어가 수백 개였다. 하지만 선택의 여지가 두 개뿐이었다.

맥베스는 미간을 찌푸렸다.

"청장님." 안내 데스크 직원이 불렀다. "블랙잭 테이블에서 연락이 왔습니다. 딜러를 추가로 보내 줄 수 있겠느냐고요. 손님들이 줄을 섰답니다."

"갈게, 잭. 이야기를 중간에 끊어서 미안해, 레녹스. 원래 이런 일은 레이디가 처리하는데. 뭔데 그래?"

"네. 그게……." 레녹스는 그의 가족에 대해 생각했다. 그의 집, 마당, 아이들이 고약한 사건에 휘말릴 일 없는 안전한 동네, 아이들이 가게 될 대학교에 대해 생각했다. 이 모든 걸 가능하게 만들 월급봉투에 대해 생각했다. 이제는 적자를 면하려면 필수품이 되어 버린 부수입에 대해 생각했다. 그를 위해서 이러는 게 아니었다. 가족, 가족, 가족을 위해서 이러는 거였다. 파이프에 있는 집도 아니고 오로지 **그의 가족**을 위해서…….

"뭔데?"

앞문이 벌컥 열렸다.

"청장님!"

그들은 돌아보았다. 시턴이었다. 숨을 헐떡이고 있었다. "찾았습니다."

"누굴?"

"더프 말입니다. 청장님의 짐작이 맞았습니다. 여기서 출항한 배에 타고 있었습니다. 글래미스호라는 상선에요."

"좋았어!" 맥베스는 레녹스를 돌아보았다. "이 이야기는 나중으로 미루어야겠네, 경감. 지금 당장 출동해야 하거든."

두 사람이 나간 뒤에도 레녹스는 그 자리에 가만히 앉아 있었다.

"바쁘시네." 안내 데스크 직원은 미소를 지었다. "커피 한잔 드릴까요?"

"아니, 됐어요." 레녹스는 멍하니 앞을 바라보며 말했다. 벌써부터 어둠이 깔리기 시작했지만 다음번 주사를 맞으려면 아직 몇 시간이나 남았다. 영원의 시간이 남았다. "아무래도 커피를 마시는 게 좋겠군요. 한잔 주겠어요?" 깡도 없는 남자에게는 영원의 시간이 남았다.

28

"어디 가려고?" 메러디스가 속삭였다.

"나도 몰라." 더프는 그녀의 빰을 쓰다듬으려고 했지만 손이 닿지 않았다. "주소는 있지만 거기에 누가 사는지는 모르거든."

"그런데 왜 가려는 건데?"

"뱅쿼하고 플리언스가 죽기 직전에 적은 곳이라서. **안전한 은신처**라니까 그들이 도망을 다니는 중이었다면 나한테도 은신처가 될 수 있을지 모르잖아. 모르겠어. 내가 가진 게 그뿐이라."

"그렇다면……."

"당신 지금 어디야?"

"여기."

"여기가 어딘데? 그리고 당신 지금 뭐 해?"

메러디스는 미소를 지었다. "다 같이 당신을 기다리고 있어. 생일이 아직 안 끝났잖아."

"아팠어?"

"조금. 금방 끝났어."

더프는 목이 메었다. "유언하고 에밀리는 무서워했어?"

"쉿, 지금은 그 얘기 하지 말자."

"하지만……."

그녀는 그의 입술에 손을 얹었다. "쉿, 애들 자고 있어. 깨우지 마."

그녀의 손. 그는 숨을 쉴 수가 없었다. 그 손을 떼어 내려고 했지만 그녀의 힘이 너무 셌다. 더프는 눈을 떴다.

어둠 속에서 그의 위로 누군가가 보였고 그자가 그의 입을 손으로 막고 있었다. 더프는 비명을 지르며 털이 북슬북슬한 손목을 잡으려고 했지만 상대방의 힘이 너무 셌다. 쿵쿵거리는 소리를 들었을 때 더프는 그자의 정체를 알아차렸다. 허친슨이었다. 허친슨이 그의 위로 허리를 숙이고 귀에 대고 속삭였다.

"찍소리도 내지 마, 존슨. 아니, 더프."

그의 정체가 탄로 났다. 산 채로 끌고 오건 죽은 채로 들고 오건 그의 목에 현상금이 걸렸을까? 허친슨에게 복수의 순간이 찾아왔다. 칼일까? 송곳일까? 망치일까?

"내 말 잘 들어, 존슨. 2층에서 자는 사람을 깨우면 너는 끝장이다. 알겠나?"

이 기관사가 그를 왜 깨웠을까? 왜 그를 아직 죽이지 않았을까?

"우리가 캐피틀로 입항하면 경찰이 너를 기다리고 있을 거다." 그는 더프의 입에서 손을 치웠다. "내가 알려 줬으니까 우리 둘이 이제 비긴 거다."

문이 열리자 선실에 잠깐 불빛이 들어왔다. 잠시 후에 문이 닫혔고 그는 사라졌다.

더프는 어둠 속에서 눈을 깜빡이며 허친슨도 꿈인가 보다고 생각했다. 위에서 누군가가 기침을 했다. 더프로서는 누군지 알 수 없었다. 사무장이 말하길 최근에 "아주 중요한 탄약 상자를 싣고 왔기 때문에" 침대가 부족한 거라고 했다. 그 정도 분량의 폭약은 한곳에 실어야 한다는 규정이 있었기 때문에 2층 침대를 몇 개 없애고 선실 두 개를 창고로 썼다는 것이다. 제복에 줄무늬가 있는 선원에게만 지정 선실이 있었다. 더프는 일어나서 허둥지둥 복도로 나갔다. 엔진실로 사다리를 내려가는 지저분한 에소 티셔츠 뒷면이 보였다.

"잠깐만요!"

허친슨은 고개를 돌렸다.

더프는 종종걸음으로 그에게 다가갔다.

기관사의 눈은 지금도 계속 반짝이고 있었다. 하지만 예전처럼 사악하게 번뜩이지는 않았다.

"그게 무슨 소리예요?" 더프는 물었다. "경찰이라니요? 비겼다니요?"

허친슨은 팔짱을 꼈다. 코를 킁킁거렸다. "내가 스파크스를 만나러 갔거든." 킁킁. "사과를 하려고 말이지. 선장이 무전기에 대고 얘기하고 있었어. 내 쪽을 등지고 서 있었기 때문에 내가 들어가는 소리를 못 들은 거야."

더프는 심장이 멎는 것을 느끼며 팔짱을 꼈다. "그런데요?"

"선장이 인상착의에 들어맞는 존슨이라는 자가 있다고 얘기하더군. 네가 얼굴에 흉터가 있고 바로 그 기간에 선원으로 승선했다고. 무전을 받은 상대방은 선장에게 더프가 위험한 인물이고 경찰을 항구에 배치해 놓을 테니까 아무것도 하지 말라고 했어. 선장은 식당에서 자네의 활약상을 본 적 있기 때문에 가만히 있어도 된다니 다행이라고 대답하더군." 허친슨은 두 손가락으로 자기 이마를 더듬었다.

"나한테 귀띔해 주는 이유가 뭐죠?"

기관사는 어깨를 으쓱했다. "선장이 나더러 스파크스한테 사과하라고 그랬어. 네가 입을 다물어 준 덕분에 내가 잘리지 않은 거라면서. 그리고 나는 이 일을 계속하고 싶거든."

"계속할 거예요?"

기관사는 코를 킁킁거렸다. "아마도. 1등 기관사가 그러는데 내가 잘할 수 있는 게 이것뿐이라잖아."

"아. 그분이 그런 소릴 했어요?"

허친슨은 씩 웃었다. "오늘 저녁에 나를 붙잡더니 잘난 척하지 말고 잘 들으라지 뭐야. 내가 이 배에서 눈엣가시 같은 존재긴 하지만 그래도 기관사로서 실력은 좋다고. 그러더니 가 버리더군. 이 배에는 참 희한한 인간들이 많지?" 그는 웃음을 터뜨렸다. 거의 행복해 보였다. "나는 이제 그만 나를 필요로 하는 곳으로 가 봐야겠다."

"잠깐만요." 더프는 말했다. "죽게 생긴 인간한테 목에 올가미가 씌워져 있다고 알려 준들 무슨 소용입니까? 육지에 닿기 전에는 내가 도망칠 방법도 없는데."

"그야 내가 알 바 아니지, 존슨. 우리는 비겼다니까."

"과연 그럴까요? 이 배가 운반한 기관총에 내 아내와 아이들이 목숨을 잃었어요, 허친슨. 맞아요, 당신이 알 바 아니죠. 선장님이 나더러 당신을 해고할 빌미를 달라고 했을 때도 내가 알 바 아니었듯이."

쿵쿵. "바다로 뛰어들어서 헤엄쳐 가. 별로 멀지 않아. 앞으로 도착예정 시각까지 아홉 시간 남았어, 존슨." 쿵쿵.

더프는 이 배의 내부 깊숙한 곳으로 사라지는 기관사를 그 자리에서서 바라보았다.

현창 앞으로 다가가 바다를 내다보았다. 날이 밝고 있었다. 여덟 시간 후면 그들은 항구에 도착할 것이다. 파도가 높았다. 이런 날씨에 이렇게 차가운 물속에서 얼마나 버틸 수 있을까? 20분? 30분? 육지에 가까워지면 선장이 분명 그에게 감시인을 붙일 것이다. 더프는 유리창에 이마를 댔다.

빠져나갈 방법이 없었다.

그는 다시 선실로 돌아갔다. 손목시계를 확인했다. 5시 15분 전이었다. 이들이 얘기하는 출동 시각까지 아직 15분이 남았다. 그는 침대에 누워서 눈을 감았다. 메러디스가 보였다. 호수 건너편 바위에서 손을 흔들고 있었다. 이리 오라고 손을 흔들고 있었다.

"다 같이 당신을 기다리고 있어."

꼭 꿈을 꾸는 기분이로군. 맥베스는 생각했다. 아니면 물속 작은 동굴에서 헤엄을 치는 기분 같기도 하고. 몽유병의 느낌이 이와 비슷할 것이다. 그는 한 손에 손전등을 들고 다른 손으로는 레이디를 잡고 있었다. 손전등으로 룰렛 테이블과 빈 의자를 비추었다. 벽에 비친 그림자들이 유령처럼 움직였다. 인조 크리스털이 그들의 머리 위에서 반짝였다.

"왜 아무도 없어?" 레이디가 물었다.

"다들 집에 갔으니까." 맥베스는 대답했다. 손전등이 반 정도 남은 포커 테이블 위의 위스키 잔을 비추자 곧바로 약물이 생각났다. 약물의 효과가 다한 게 느껴지기 시작했지만 그는 꿋꿋하게 버티는 중이었다. 그는 강인했다. 그 어느 때보다 강인했다. "당신이랑 나랑 둘뿐이야."

"문을 닫은 건 아니지?" 그녀는 그의 손을 놓았다. "인버네스가 문을 닫았어? 게다가 전부 바꾸어 놨네. 아무것도 못 알아보겠어! 저건 뭐야?"

그들은 다른 방으로 들어섰고 원뿔 모양의 손전등 불빛이 줄줄이 늘어선 슬롯머신을 비추었다. 그 기계들이 일렬로 서 있었다. 꼭 잠이 든 소형 로봇 부대 같네. 맥베스는 생각했다. 절대 깨어날 일 없는 네모난 기계들.

"저것 좀 봐, 애들이 잠든 관이야." 레이디가 말했다. "너무 많다, 너무 많아……." 그녀의 목소리가 잦아들면서 소리 없는 흐느낌으로 대체됐다.

맥베스는 기계 반대 방향으로 그녀를 끌어당겼다. "여긴 인버네스가 아니야. 오벨리스크야. 당신을 위해 준비한 선물을 보여 주고 싶었어. 봐, 여기가 문을 닫았어. 심지어 전기까지 끊겼어. 봐, 여기가 우리가 거둔 승리의 현장이야. 적군의 근사한 전장이야."

"추해, 소름 끼쳐! 그리고 냄새도 지독해. 못 느끼겠어? 시체 냄새가 나잖아. 옷장에서 악취가 풍기고 있어."

"주방에서 나는 냄새야. 증거를 훼손하지 못하게 경찰이 모든 사람들을 곧장 내보냈거든. 봐, 접시에 담긴 스테이크까지 남아 있잖아."

맥베스는 테이블 위로 손전등을 비추었다. 하얀 식탁보, 다 타서 꺼진 양초, 반쯤 먹다 남긴 음식들이 있었다. 불빛이 번뜩이며 그들을 노려보는 두 개의 노란 눈을 비추자 그의 몸이 뻣뻣하게 굳었다. 레이디는 비명을 질렀다. 그는 재킷 안쪽으로 손을 집어넣었지만 호리호리한 근육질의 몸뚱이는 그새 어둠 속으로 사라졌다. 정신을 차리고 보니 그가 은색 단검을 쥐고 있었다.

"진정해." 그가 말했다. "개였어. 음식 냄새를 맡고 어찌어찌 들어왔나 봐. 자, 자, 이제 가고 없어."

"갈래! 나가자! 멀리 가고 싶어!"

"그래, 이 정도 둘러봤으면 충분하지. 이제 인버네스로 돌아가자."

"멀리 가고 싶다고!"

"그게 무슨 소리야? 멀리 어디?"

"멀리!"

"하지만……." 그는 생각을 입 밖으로 내지 못하고 말끝을 흐렸다. 그들에게는 달리 갈 곳이 없었다. 예전부터 그랬지만 이제야 실감이 났다. 남들에게는 가족, 어렸을 때 살았던 집, 친척, 여름 별장, 친구들이 있었다. 그들에게는 서로와 인버네스밖에 없었다. 그는 이것으로 부족할지 모른다는 생각을 한 적이 없었다. 하지만 그들이 세상에 도전장을 내민 지금, 그는 그녀를 잃을 위기에 놓였다. 그녀는 돌아와야 했다. 깨어나야 했다. 그는 그녀가 갇혀 있는 그 어두컴컴한 곳에서 그녀를 끄집어내야 했다. 그녀를 여기로 데려온 것도 그 때문이었다. 하지만 그들의 승전보도 그녀의 현실감각을 일깨우기에는 역부족이었다. 그에게는 주변 상황을 전혀 파악하지 못하고서 말없이 눈물만 흘리는 이 여자가 아니라 그녀가 필요했고, 그녀의 명석한 두뇌와 든든한 손이 필요했다.

"더프를 찾았어." 그는 어둠을 뚫고 출입문 쪽으로 그녀를 잽싸게 데리고 가면서 말했다. "시턴이 비행기를 타고 캐피틀로 갔고 2시면 글래미스호가 입항할 거야." 밖은 환했지만 오벨리스크에는 창문마다 블라인드가 달려 있었기 때문에 영원히 한밤중이고 파티 타임이었다. 지나갈 때 본 기억이 없는 도박용 테이블들이 느닷없이 등장해서 그들의 앞을 가로막았다. 카펫이 그들의 발소리를 죽였고 뒤에서 개가 으르렁거리며 덮치려 드는 소리가 들리는 듯했다. **젠장, 어디 있지? 출입문이 어느 쪽이지?**

레녹스는 파릇파릇한 잔디밭에 서 있었다. 큰길가에 차를 세우고 선글라스를 쓴 참이었다.

이것이 그가 파이프를 선택하지 않을 이유 중 하나였다. 햇빛이 너무 환했다. 화형을 당하게 생긴 빌어먹을 흡혈귀처럼 그의 창백한 분홍색 피부가 벌써부터 화끈거리는 게 느껴졌다.

하지만 그는 흡혈귀가 아니었다. 가까이 다가가기 전에는 보이지 않는 것들이 있었다. 그의 앞에 놓인 하얀색 시골집이 그랬다. 가까이 다가가고 난 다음에서야 그 하얀색 위로 점점이 박힌 검은색의 조그만 구멍들이 보였다.

29

"어서 오게." 도선사가 선교로 들어서자 글래미스호의 선장이 말했다. "오늘은 늦지 않았으면 좋겠어. 이 배를 기다리는 사람이 있거든."

"걱정 마세요." 도선사는 선장과 악수하고 그의 옆자리에 앉았다. "엔진에 아무 문제만 없으면 됩니다."

"엔진에 문제가 있을 이유가 없잖은가."

"기관사 한 명이 제가 타고 온 보트를 타고 갔어요. 1등 기관사가 부품을 하나 가져오라고 했다면서."

"그래?" 선장이 되물었다. "나는 그런 소리 못 들었는데."

"사소한 문제인가 보죠."

"기관사 누구?"

"허치 뭐라던데요. 저기 가네요." 도선사는 빠르게 멀어져 가는 보트를 가리켰다.

선장은 쌍안경을 집었다. 에소 티셔츠 위로 줄무늬 모자를 쓴 사람의 뒷모습이 후갑판에서 보였다.

"무슨 문제라도 있습니까?" 도선사가 물었다.

"아무도 내 허락 없이 배 밖으로 나갈 수 없어." 선장이 말했다. "적어도 오늘은." 그는 인터컴에 달린 조리실 버튼을 눌렀다. "사무장!"

"네, 선장님." 응답이 들렸다.

"존슨한테 커피 두 잔 들고 오라고 해."

"제가 가겠습니다, 선장님."

"존슨을 보내라니까."

"위경련을 일으켜서 제가 입항할 때까지 쉬라고 했어요."

"선실에 있는지 확인해 봐."

"알겠습니다."

선장은 버튼에서 손을 뗐다.

"좌현으로 3도." 도선사가 말했다.

"네, 네." 1등 항해사가 말했다.

시턴 경감은 선장과 전신 기사만 진상을 알고 있어야 더프가 자신의 신분이 들통났다는 걸 알아차리지 못할 거라고 했다. 시턴과 정예 요원 두 명이 부두에서 기다리고 있다가 그들이 항구로 진입하면 승선해 더프를 제압할 작정이었다. 시턴은 그 과정에서 발포할 가능성이 있으니 다치는 사람이 없도록 선원들의 접근을 막아 달라고 강조했다. 하지만 선장이 듣기에는 발포가 **기정사실**처럼 느껴졌다.

"선장님!" 사무장이었다. "존슨은 선실에서 쿨쿨 자고 있는데요. 깨울……."

"아니! 자게 내버려 둬. 선실에 혼자 있나?"

"네, 선장님."

"좋아, 좋아." 선장은 손목시계를 확인했다. 한 시간만 있으면 모든 게 끝나고 그는 아내가 기다리는 집으로 돌아갈 수 있었다. 조만간 2, 3일의 휴가를 즐길 수 있었다. 내일 해운 회사에 출석해 지난 10년 동안 화물칸에서 근무한 선원들 사이에서 동일한 질병의 발병률이 의심스러울 정도로 높다고 지적한 보험사의 보고서와 관련한 질문에 응답하기만 하면 됐다. 아마 혈액상의 문제일 것이다.

"항로는 괜찮습니다." 도선사가 말했다.

"계속 그러길 바라네." 선장은 중얼거렸다. "계속 그러길."

1시 10분. 10분 전에 큰사슴 시계 밖으로 큰사슴이 고개를 내밀고 울음소리로 정각을 알렸다. 앵거스는 주위를 두리번거렸다. 여길 선택한 것을 후회했다. 지금은 대낮이라 실업자와 술꾼들뿐이었지만 브릭레이어스 암스는 특공대의 아지트였고 경찰청 직원의 눈에 띄면 당장 맥베스의 귀에 소문이 전해질 것이었다. 그래도 뒷골목의 아무도 모르는 술집에 앉아 있는 것보다 덜 의심스러워 보이기는 했다.

하지만 앵거스는 불길했다. 큰사슴이 불길했다. 기자가 아직까지 감감무소식인 것도 불길했다. 이번이 마지막 기회가 아니었다면 앵거스는 진작 일어났을 것이다.

"늦어서 미안합니다."

R을 잔뜩 굴리는 발음. 앵거스는 고개를 들었다. 목소리만 들어도 노란색 비옷을 입고 그의 앞에 서 있는 사람이 월터 카이트라는 것

을 알 수 있었다. 앵거스가 읽은 기사에 따르면 이 라디오 기자는 외모가 이야기에 집중하는 것을 방해하기 때문에, 말이 전부이기 때문에 텔레비전에 출연하거나 신문이나 잡지에 사진이 실리는 것을 거부한다고 했다.

"비가 와서 차가 막혔어요." 월트 카이트는 비옷을 벗으며 이렇게 얘기했다. 숱이 적은 머리칼에서 빗물이 흘러내렸다.

"늘 비가 오고 차가 막히죠." 앵거스는 말했다.

"우리는 늘 그런 핑계를 대고요." 라디오 기자는 이렇게 얘기하며 그의 맞은편 자리에 앉았다. "사실은 자전거 체인이 벗겨졌어요."

"월터 카이트는 거짓말을 하지 않는 줄 알았는데요." 앵거스가 말했다.

"라디오 기자 카이트는 절대 거짓말을 하지 않아요." 카이트는 쓴웃음을 지었다. "일반인 월터는 한참 멀었고요."

"혼자 오셨나요?"

"나는 늘 혼자 다녀요. 전화상으로 하지 못했던 얘기를 들려주시죠."

앵거스는 숨을 크게 들이마시고 말문을 열었다. 레녹스와 케이스니스에게 폭로했을 때와 다르게 떨리지 않았다. 아마 주사위가 이미 던져졌기 때문에 그랬을 것이다. 그 전날 에스텍스에서 했던 이야기를 거의 고스란히 반복하되 레녹스와 케이스니스를 만났다고 추가했다. 모든 것을 낱낱이 공개했다. 이름. 노스 라이더의 아지트와 파이프에 얽힌 시시콜콜한 부분들. 갓난아이의 시체를 소각하라는 명령. 이야기를 나누는 동안 카이트는 테이블 위 상자에 담긴 냅킨을 뽑아서 손에 묻은 시커먼 기름얼룩을 닦아 내려고 했다.

"왜 나한테 연락했죠?" 카이트가 냅킨을 두 장째 뽑으며 물었다.

"진정성 있고 용감한 기자로 통하니까요."

"그런 평가를 들으면 기분이 좋긴 하더군요." 카이트는 앵거스를 유심히 살폈다. "다른 젊은 경관들보다 고상한 어휘를 쓰네요."

"신학을 공부했어요."

"그런 어휘를 쓰는 이유와 이런 일에 몸 바치는 이유가 동시에 파악이 되는군요. 선행을 하면 구원을 받는다고 믿는 모양이에요."

"잘못 짚으셨습니다, 카이트 씨. 저는 구원도 신도 믿지 않아요."

"다른 기자하고도 만난 적이 있나요?" 그는 능글맞게 웃었다. "진정성이 있는 기자건 없는 기자건."

앵거스는 고개를 저었다.

"다행이로군요. 내가 이 사건을 맡는다면 100퍼센트 독점으로 진행하고 싶거든요. 그러니까 다른 기자한테는 한마디도 흘리면 안 됩니다, 어느 누구한테도. 동의하십니까?"

앵거스는 고개를 끄덕였다.

"어디로 연락하면 될까요?"

"전화번호가……."

"전화번호 말고 주소요."

앵거스는 기름얼룩이 묻은 냅킨에 주소를 적었다. "이제 어떻게 되는 겁니까?"

카이트는 한숨을 쉬었다. 앞으로 할 일이 산더미라는 걸 아는 사람의 한숨이었다.

"먼저 몇 가지 부분부터 확인을 해야겠죠. 워낙 엄청난 사안이니까요. 잘못된 정보를 제시했다가 덜미가 잡히거나 남의 수작에 놀아나는 거 아니냐고 의심을 사기는 싫거든요."

"저는 진실을 밝히고 맥베스를 막아야 한다는 일념뿐이에요."

앵거스는 손님이 몇 명 안 되기는 하지만 들은 사람이 없는지 주변을 두리번거리는 카이트를 보고 자기가 언성을 높였다는 사실을 깨달았다. "그게 사실이라면 신을 믿지 않는다는 당신의 주장은 거짓이죠."

"신은 존재하지 않습니다."

"**인류** 안에 신성이 존재하잖습니까, 앵거스 씨."

"인류 안에는 인간성이 존재하죠, 카이트 씨. 좋은 일을 하고 싶어 하는 것은 죄를 짓는 것만큼이나 인간적인 행동입니다."

카이트는 천천히 고개를 끄덕였다. "신학도답네요. 솔직히 나는 당신의 주장을 믿지만 그래도 진위를 체크해 보아야 합니다. 그리고 당신이라는 인간에 대해서도요. 그런 게 바로……." 그는 자리에서 일어나 비옷 단추를 채웠다. "진정성이겠죠."

"언제쯤 이 사건이 보도될 수 있을까요?" 앵거스는 숨을 들이마셨다가 다시 내뱉었다. "레녹스는 못 믿겠어요. 그는 맥베스를 찾아갈 거예요."

"이 사건을 최우선으로 조사할 겁니다." 카이트는 말했다. "이틀 안으로 거의 끝내야 해요." 그는 지갑을 꺼냈다.

"감사하지만 제 커피값은 제가 계산하겠습니다."

"그렇군요." 카이트는 재킷 안으로 지갑을 다시 집어넣었다. "당신,

522

이 도시에서 별종인 거 알아요?"

"멸종 직전의 종족이죠." 앵거스는 힘없이 웃었다.

그는 기자가 문밖으로 사라질 때까지 지켜보았다. 술집 안을 둘러보았다. 눈에 띄는 사람은 없었다. 다들 자기 관심사에 여념이 없어 보였다. 이틀. 그 이틀 동안 목숨을 부지할 방법을 마련해야 했다.

시턴은 캐피틀이 싫었다. 넓은 대로와 웅장하고 고풍스러운 의회 건물과 기타 등등이 싫었다. 파릇파릇한 공원, 도서관과 오페라 하우스, 거리의 예술가, 고딕 양식의 조그만 교회와 우스꽝스러우리만치 화려한 성당, 웃는 얼굴로 노천 식당에 앉아 있는 사람들, 대화는 알아들을 수 없고 과대망상에 걸린 왕들은 마지막 장에서 숨을 거두는 젠체하는 연극을 상연하는 비싼 국립극장.

그가 이렇게 시내를 등지고 바다를 내다보며 서 있는 쪽을 선택한 이유도 그 때문이었다.

그들은 항만 사무소 안에 있었고 이제 글래미스호가 보였다.

"정말 지원이 없어도 되겠습니까?" 제복에 '캐피틀 경찰' 배지를 달고 있는 경관이 물었다. 그들이 도착하기 전에 관할구역 문제가 대두됐지만 캐피틀의 경찰청장이 협조적인 태도를 보였다. 그의 설명에 따르면 다른 도시에서 경찰관이 살해당했다는 이야기에 충격을 받기도 했거니와 선상은 예외로 간주할 수 있기 때문이라고 했다.

"걱정해 줘서 고맙지만 정말로 필요 없어요."

"알겠습니다. 하지만 그를 체포해서 육지로 데려오는 순간 우리한테 넘기는 겁니다."

"물론이죠. 트랩이랑 배만 잘 보고 있어요."

"그자는 달아나지 못할 겁니다." 캐피틀 경찰은 사복을 입고 부둣가와 50미터 떨어진 곳에서 두 척의 보트에 나눠 타고 있는 경관들을 가리켰다. 그들은 낚시를 하는 척했지만 더프가 물속으로 뛰어들 경우에 대비해서 만반의 준비를 하고 있었다.

시턴은 고개를 끄덕였다. 그가 다른 항만 사무소에 서서 대기했던 게 얼마 전 일이었다. 그때는 바보 같은 더프가 지원을 거부했다. 하지만 지금은 역할이 바뀌었다. 그는 더프에게 그 사실을 똑똑히 알려줄 작정이었다. 똑똑히 **느끼게** 할 작정이었다. 끝없이 긴 몇 초 동안. 두말하면 잔소리지만 캐피틀 경찰은 맥베스가 어떤 명령을 내렸는지 알지 못했다. 그는 더프를 육지로 끌고 올 생각이 아니라 시신용 부대에 넣어서 운반할 작정이었다.

글래미스호가 180도 방향을 틀자 수면이 채찍을 맞은 듯 갈라졌고 솟구친 하얀 파도가 샴페인처럼 보글거렸다. 시턴은 MP-5에 장전했다. "올라프슨. 리카도. 준비됐나?"

두 특공대원은 고개를 끄덕였다. 그들은 더프가 있는 선실을 표시한 선박의 도면을 들고 있었다.

글래미스호의 이물과 고물에서 부둣가로 하나씩 던져진 굵은 밧줄이 말뚝을 칭칭 동여매고 바짝 당겨졌다. 선박의 옆면이 타이어에 부딪쳐 살짝 밀려나자 타이어가 날카로운 비명을 질렀다. 트랩이 내려졌다.

"지금이다." 시턴이 말했다.

그들은 부둣가를 가로질러 트랩으로 달려 올라갔다. 선원들은 입을 떡 벌리고 그들을 쳐다보았다. 선장이 어찌어찌 보안을 유지한 모양이었다. 그들은 철제 계단을 달려 내려가서 1등 항해사의 선실이라고 적힌 곳을 지났다. 더 깊숙이 내려갔다. 거기서 더 깊숙이 내려갔다. 12라고 적힌 선실 문 앞에서 멈추었다.

시턴은 귀를 기울였지만 자신의 숨소리와 윙윙거리는 엔진 소리만 들릴 뿐이었다. 리카도는 더프가 다른 선실에 있다가 그들의 소리를 듣고 도망치려고 할 경우에 대비해 인근 선실을 감시할 수 있도록 복도 저쪽에 자리를 잡았다.

시턴은 손전등을 켜고 올라프슨에게 고개를 끄덕였다. 그런 다음 안으로 들어갔다. 손전등을 켤 필요가 없었다. 안이 충분히 밝았다. 더프는 담요를 뒤집어쓰고 벽을 등진 채 침대 1층에 누워 있었다. '존슨'이 절대 벗지 않고 항상 큼지막한 안경 바로 위까지 푹 눌러쓰고 다닌다고 선장이 설명했던 초록색 모자를 쓰고 있었다. 선장은 그게 한 번 벗겨졌을 때 흉터를 본 적이 있다고 했다. 시턴은 조만간 더프의 손에 쥐여 줄 총을 꺼내서 그들 뒤편 벽에 대고 두 발 발사했다. 폭발음 때문에 잠시 그의 청각 기능이 마비됐고 2, 3초 동안 시턴의 귀에는 높고 날카로운 비명 소리 말고는 아무것도 들리지 않았다. 더프의 몸이 침대 위에서 뻣뻣하게 굳었다. 시턴은 더프의 귀에 입을 갖다 댔다.

"저들이 비명을 지르네." 그가 말했다. "저들이 지르는 비명 소리가 이렇게 듣기 좋을 수가 있을까. 더프, 너도 살짝 비명을 질러도 돼. 왜냐하면 내가 먼저 배를 쏠 작정이거든. 옛정을 생각해서 말이지, 이 재수 없는 병신아."

더프의 몸에서 코를 찌르는 냄새가 풍겼다. 시턴은 그 냄새를 들이마셨다. 하지만 달콤한 공포의 향기가 아니었다. 그냥…… 땀 냄새였다. 퀴퀴하게 묵은 남자의 땀 냄새였다. 더프가 사라진 며칠보다 더 묵은 냄새였다.

침대에 누워 있던 남자가 그에게로 고개를 돌렸다.

더프의 얼굴이 아니었다.

"응?" 남자는 말했고 담요가 벗겨지면서 아무것도 걸치지 않은 가슴팍과 털이 북슬북슬한 팔뚝이 드러났다.

시턴은 기관총을 남자의 이마에 갖다 댔다. "경찰이다. 넌 여기서 뭐 하는 거고 더프는 어디 있나?"

남자는 코를 킁킁거렸다. "보시다시피 **잠을 자고** 있었는데요. 더프는 누군지 모르겠고요."

"존슨 말이야." 시턴이 총구로 남자의 이마를 하도 세게 누르는 바람에 남자의 머리가 베개 위로 다시 떨구어졌다.

남자는 다시 코를 킁킁거렸다. "조리실 보조 말이오? 조리실 찾아봤어요? 아니면 다른 선실은요? 이번에는 다들 아무 데나 빈 침대에서 자면서 왔거든요. 존슨이 무슨 짓을 저질렀는데요? 보아하니 심각한 잘못을 저지른 모양이네. 내 머리에 구멍을 낼 작정이거든 차라리 총을 쏴서 내 주시지, 찐따 선생."

시턴은 총을 거두었다.

"올라프슨, 리카도를 데리고 가서 배를 수색해." 시턴은 퉁퉁 부은 남자의 얼굴을 유심히 들여다보았다. 그의 냄새를 맡았다. 이자는 정말 겁이 없는 걸까 아니면 다른 신체 기관의 악취가 합쳐져서 공포의 냄새가 묻힌 걸까?

올라프슨이 계속 그의 뒤에 서 있었다.

"배를 수색하라니까!" 시턴은 고함을 질렀다. 그러고는 올라프슨과 리카도가 요란하게 복도를 걸으며 선실 문을 열어젖히는 소리를 들었다.

시턴은 기지개를 켰다. "네 이름은 뭐고 왜 존슨의 모자를 쓰고 있는 거냐?"

"허친슨이오. 그리고 모자는 댁이 가져도 돼요. 보아하니 딸딸이를 칠 물건이 필요할 것 같은데."

시턴은 남자를 후려쳤다. 총에 맞은 남자의 뺨이 찢어지면서 피가 배어 나왔다. 하지만 남자는 두 눈 가득 눈물을 글썽이면서도 눈썹 하나 까딱하지 않았다.

"대답해라." 시턴은 나지막이 쏘아붙였다.

"자다가 추워서 티셔츠를 입으려고 했어요. 저기 저 서랍장 위에 벗어 놨거든. 그런데 티셔츠랑 내 야구 모자가 없어지고 대신 이 모자가 있지 뭐요. 추워서 그냥 이 모자를 썼어요, 됐어요?" 허친슨의 목소리가 떨렸지만 눈물 사이로 증오가 번뜩였다. 공포와 증오, 증오와 공포, 그 둘은 항상 그게 그거였다. 시턴은 그런 생각을 하며 MP-5의 총구에 묻은 핏자국을 닦았다.

복도에서 성난 음성이 들렸다. 시턴은 알고 있었다. 이 배를 이쪽 끝에서 저쪽 끝까지 구석구석 뒤져 봐야 소용없을 것이다. 더프는 이미 자취를 감추었다.

30

더프는 웅장하고 고풍스러운 건물을 지나고 공원을 가로질러서 거리의 악사와 초상화가를 뒤로하며 넓은 대로를 총총히 걸었다. 웃는 얼굴로 노천 식당에 앉아 있던 커플에게 쪽지에 적힌 주소를 보여 주었더니 제대로 길을 가르쳐주었다. 그들은 길을 가르쳐주면서 한쪽이 떨어지기 시작한 그의 수염을 빤히 쳐다보았다. 더프는 달리고 싶은 걸 애써 참으며 캐피틀 성당을 지났다.

허친슨이 돌아왔다.

계단을 내려가다 말고 돌아왔다. 계단을 되짚어 올라왔다. 더프의 이야기를 들었다. 더프도 남에게 들었다면 믿지 못했을 내용을 들으며 계속 고개를 끄덕였다. 인간이 서로에게 무슨 짓을 저지를 수 있는지 알고도 남는다는 듯 계속 고개를 끄덕였다. 더프의 이야기가 끝나자 기관사가 탈출 방법을 제시했다. 자기가 쓰려고 예전에 만들어놓은 게 아닌가 싶을 정도로 단순하고 확실한 방법을 망설임 없이 제시했다. 더프가 허친슨의 옷을 입고 난간 옆에 서 있자는 것이었다.

"선장이 네 얼굴을 보지 못하게, 나인 줄 알게 선교를 등지고 서 있어야 해. 그 옆에 서 있으면 보트 담당이 너한테 사다리를 맡길 거야. 그걸 일찌감치 던져 놓고 도선사를 태운 보트가 오기 전에 내려가서 기다리고 있어. 부둣가 말뚝에 밧줄을 맬 때 필요한 윈치의 교체 부품을 해운 회사 사무실에 가서 들고 와야 해서 글래미스호가 입항하기 전에 육지로 나가야 된다고 해."

"이유가 뭐예요?"

"응?"

"나를 위해 이러는 이유가 뭐냐고요."

허친슨은 어깨를 으쓱했다. "나도 탄약 상자 싣는 걸 거들었거든. 비쩍 마른 대머리 경찰관이 팔짱을 끼고 서 있었는데, 자기 트럭에 그걸 싣는 우리한테 침을 뱉고 싶어 하는 듯한 표정이더군."

더프는 기다렸다. 그게 다가 아니었다.

"사람들이 원래 서로 뒤를 봐주고 그러잖아." 허친슨은 이렇게 말하고 코를 킁킁거렸다. "내가 보기에는 그래." 킁킁. "그리고 내가 이해한 게 맞는다면 너는……." 그는 머리 위 갑판을 가리켰다. "저들을 상대로 혼자 싸우고 있잖아. 나는 그게 어떤 기분인지 조금 알거든."

저들을 상대로. 혼자.

"고마워요."

"괜찮아, 존슨." 기관사는 더프의 손을 잡았다. 잠깐, 수줍은 듯이 잡았다. 그런 다음 이마에 붙인 반창고를 손으로 훑었다. "다음번에는 방심하지 않을 테니까 얻어맞을 준비를 해라."

"알았어요."

더프는 이제 중심가의 동편에 있었다.

"실례합니다. 6구가 어느 쪽인가요?"

"저쪽요."

그는 신문 가판대를 지났다. 집들이 점점 작아지고 길들이 좁아지고 있었다.

"태너리 스트리트가 어딘가요?"

"신호등을 건너 두 번째인가 세 번째 네거리에서 좌회전하면 돼요."

경찰차 사이렌 소리가 커졌다가 작아졌다. 여기 이 수도에서는 사이렌 소리마저 달라서 귀에 거슬리거나 날카롭지 않았다. 음도 달랐다. 그렇게 우울하지도 그렇게 귀가 따갑도록 불협화음을 연출하지도 않았다.

"돌핀이 어딘지 아세요?"

"나이트클럽요? 거기 문 닫지 않았나? 아무튼 저기 저 카페 보이죠? 그 바로 옆이에요." 하지만 상대방은 기억을 더듬는 눈빛으로 흥터를 너무 한참 쳐다보았다.

"고맙습니다."

"별말씀을요."

태너리 스트리트 66번지.

더프는 썩어 가는 큼지막한 나무 문에 달린 초인종마다 적혀 있는 이름들을 하나씩 훑었다. 아는 이름이 전혀 없었다. 그는 문을 잡아당겼다. 열려 있었다. 아니, 좀 더 정확하게 얘기하자면 잠금장치가 부서져 있었다. 안은 어두컴컴했다. 그는 동공이 확대될 때까지 가만 히 서서 기다렸다. 계단. 축축한 신문지에서 풍기는 지린내. 어느 문 뒤에서 들리는 결핵 환자의 기침 소리. 축축한 무언가로 세게 때리 는 듯한 소리. 더프는 계단을 올라갔다. 층마다 현관문이 두 개씩 있 었고 층계참마다 야트막한 문이 한 개씩 달려 있었다. 그는 어느 집 초인종을 눌렀다. 안에서 개가 성을 내며 짖는 소리와 누군가가 발을 질질 끌며 걸어오는 소리가 들렸다. 체구가 아담하고 만화에 나오는 사람처럼 쪼글쪼글한 할머니가 문을 열었다. 안에 체인이 없었다.

"네?"

"안녕하세요. 저는 존슨 경감이라고 합니다."

그녀는 미심쩍어하는 눈빛으로 그를 쳐다보았다. 아마 그녀는 에 소 티셔츠에 남은 허친슨의 냄새를 맡았을 것이다. 아무튼 조그만 털 뭉치 같은 강아지는 냄새를 맡고 조용해진 듯했다.

"사람을 찾고 있는데요……." 그렇다, 그는 누굴 찾고 있었을까? "뱅쿼라는 제 친구가 여기 주소를 알려 줬어요."

"미안해요, 젊은 양반. 나는 뱅쿼라는 사람 몰라요."

"앨피는요?"

"아, 앨피. 2층 오른쪽 집에 살아요. 저기 미안한데…… 음…… 수 염이 떨어져 가고 있네요."

"고맙습니다."

더프는 2층으로 올라가며 수염을 떼고 안경을 벗었다. 오른쪽 집 현관문에 이름은 없고 나선형 쇠 스프링에 버튼이 대롱대롱 매달린 초인종만 있었다.

더프는 문을 두드렸다. 기다렸다. 이번에는 문을 좀 더 세게 두드렸다. 1층에서 또다시 철퍼덕하는 축축한 소리가 들렸다. 그는 문을 잡아당겼다. 잠겨 있었다. 누가 나올 때까지 기다려야 할까? 맨 얼굴로 길거리를 활보하는 것보다 그러는 편이 나았다.

나지막한 기침 소리. 층계참의 야트막한 문 뒤편에서 나는 소리였다. 더프는 다섯 계단을 내려가서 손잡이를 잡고 돌렸다. 안에서 누가 붙잡고 있기라도 한 것처럼 살짝 움직이다가 말았다. 그는 문을 두드렸다.

대답이 없었다.

"저기요? 저기, 안에 누구 계신가요?"

그는 숨을 참고 문에 귀를 갖다 댔다. 종이 부스럭거리는 소리 비슷한 게 들렸다. 누군가가 안에 숨어 있었다.

더프는 요란하게 쿵쾅거리며 계단을 내려가서 아래층에 신발을 벗어 두고 까치발로 살금살금 올라왔다.

문손잡이를 잡고 홱 잡아당겼다. 문이 벌컥 열리면서 뭔가가 날아가는 소리가 들렸다. 끈 조각이었다.

더프는 자기 얼굴을 멀뚱멀뚱 쳐다보았다.

사진은 그다지 크지 않았고 헤드라인 밑으로 오른편 하단에 자리 잡고 있었다.

신문이 아래로 내려갔고 지저분한 수염을 길게 기른 할아버지의 얼굴이 더프를 맞았다. 그는 바지를 발목까지 내리고 몸을 앞으로 숙인 자세로 앉아 있었다.

철퍼덕 상자. 더프는 예전에 강가를 따라 늘어선 노동자 아파트 단지에서 그걸 본 적이 있었다. 아마 위에서 떨어진 배설물이 1층의 통을 때리면 나는 소리에서 그 이름이 유래됐을 것이다. 철퍼덕하는 축축한 소리에서.

"죄송합니다." 더프가 말했다. "앨피 씨 되십니까?"

남자는 아무 대답도 하지 않고 더프를 멀뚱멀뚱 쳐다보기만 했다. 천천히 신문을 뒤집어서 사진을 확인하고 다시 더프의 얼굴을 올려다보았다. 입술을 축였다. "안 들려." 그는 한 손으로 자기 귀를 가리키며 말했다.

더프는 언성을 높였다. "앨피 씨 되십니까?"

"안 들려."

"앨피!"

"쉿. 네, 앨피 맞아요."

아마도 더프는 고함을 지르느라 사람이 내려오는 소리를 듣지 못했을 것이다. 누군가가 딱딱한 물체를 그의 뒤통수에 대고 어디선가 들어 본 듯한 목소리로 그의 귀에 속삭였다. "그리고 맞아요, 이거 총이에요, 경감님. 그러니까 꼼짝하지 말고 어떻게 우리를 찾았는지, 누가 보냈는지 얘기해요."

더프는 고개를 돌리려고 했지만 상대방이 손으로 그의 얼굴을 앞으로 밀어서 사태가 해결된 걸로 간주하고 다시 신문을 읽기 시작한 앨피를 마주 보게 했다.

"나는 당신이 누군지 몰라." 더프가 말했다. "뱅쿼의 차에서 메모지에 남은 글씨 자국을 찾았어. 그리고 누가 보내서 온 거 아니야. 혼자야."

"여긴 찾아온 이유가 뭔데요?"

"맥베스가 나를 죽이려고 하거든. 뱅쿼하고 플리언스도 그가 죽인 게 분명해. 그래서 뱅쿼가 안전한 은신처라고 남긴 주소가 있으면 나한테도 쓸모가 있을지 모른다고 생각했어."

정적이 흘렀다. 고민을 하는 모양이었다.

"따라오세요."

더프는 몸을 돌렸지만 총을 쥔 사람이 여전히 그의 뒤에 있었다. 그는 뒤에서 총으로 쿡쿡 찌르는 대로 초인종을 눌렀던 현관문 앞으로 계단을 올라갔다. 지금은 그 문이 열려 있었고 그가 떠밀려서 들어간 곳은 창문을 활짝 열어 놓았는데도 퀴퀴한 냄새가 나는 널찍한 방이었다. 의자 세 개가 놓인 큼지막한 테이블과 개수대가 달린 부엌 조리대, 냉장고, 좁은 침대, 소파가 있었고 바닥에 매트리스가 깔려 있었다. 그리고 또 한 사람이 있었다. 어떤 남자가 팔뚝과 손을 테이블 위에 얹고 의자에 앉아서 더프를 똑바로 쳐다보고 있었다. 안경은 똑같았고 테이블 밑으로 고개를 내민 긴 다리도 마찬가지였다. 하지만 뭔가가 전과 달랐다. 수염 때문이었을까. 아니면 살이 빠진 얼굴 때문일 수도 있었다.

"부청장님." 더프가 말했다. "살아 계셨군요."

"더프, 앉게."

더프는 부청장의 맞은편 자리에 앉았다.

맬컴은 안경을 벗었다. 닦았다. "자네는 내가 덩컨을 죽이고 물속으로 몸을 던졌다고 생각한 모양이로군?"

"처음에는 그렇게 생각했습니다. 청장님 살인 사건의 배후 인물이 맥베스라는 걸 알기 전까지는요. 그러다 그가 청장의 자리를 노리고 부청장님을 수장했을지도 모른다는 생각이 들었습니다. 유서는 위조된 거고요."

"서명하지 않으면 내 딸아이를 죽이겠다고 맥베스가 협박을 했거든. 원하는 게 뭔가, 더프?"

"이자의 말로는⋯⋯." 더프의 뒤에서 말문을 여는 소리가 들렸다.

"나도 들었어." 맬컴은 말허리를 잘랐다. "그리고 맥베스가 더프 자네를 쫓고 있다는 것도 신문을 봐서 알고 있고. 하지만 당연히 자네가 그와 공조 관계일 가능성도 있지. 메모 어쩌고 하는 건 우리 사이로 침투하기 위한 수작이고."

"우리 가족을 죽인 게 위장 작전이었다고요?"

"그 기사도 읽었지만 나는 이제 아무것도 믿지 않아, 더프. 맥베스와 경찰이 자네를 잡으려고 안달이 났다면 진작 잡았을 것 아닌가."

"제가 운이 좋았습니다."

"그러고는 여길 찾아왔다." 맬컴은 손끝으로 테이블을 두드렸다. "이유가 뭔가?"

"안전한 은신처니까요."

"안전하다고?" 맬컴은 고개를 저었다. "자네는 경찰이야, 더프. 그러니까 자네가 그렇게 쉽게 우릴 찾을 수 있다면 맥베스도 마찬가지라는 걸 알겠지. 지명수배자라면 바보가 아닌 이상 납작 엎드려 지내지 다른 지명수배자를 찾아다니지 않아. 그러니까 더 그럴듯한 답변을 듣고 싶은데. 여길 찾아온 이유가 뭔가?"

"뭐라고 생각하십니까?"

"내가 듣고 싶은 건 자네의 답변이야. 총이 자네의 심장을 겨누고 있다는 걸 명심하게. 거기서 피를 흘리고 있는지 아닌지는 모르겠지만."

더프는 침을 꿀꺽 삼켰다. 여길 찾아온 이유가 뭘까? 너무 원대한 희망이기는 했다. 하지만 그에게 남은 유일한 희망이기도 했다. 승산이 거의 없기는 했지만 계산이 간단했다. 더프는 숨을 크게 들이마셨다.

"뱅쿼는 죽은 날 밤에 저를 만나서 무슨 얘기를 해 주기로 했어요. 부청장님이 실종된 날, 부청장님을 마지막으로 본 사람이 뱅쿼였잖습니까. 그래서 여기로 찾아오면 부청장님을 만날 수 있을지 모른다고 생각했습니다. 그러면 서로 도울 수 있을지 모른다고요. 제 손에는 맥베스가 청장님을 살해했다는 증거가 있습니다. 맥베스도 그걸 알기 때문에 저를 죽이려고 하는 거예요."

맬컴은 한쪽 눈썹을 추켜세웠다. "그런데 우리가 무슨 수로 서로 도울 수 있다는 건가? 여기 이 캐피틀의 경찰에 협조를 요청할 수 있을 거라고 생각하는 건 아니겠지?"

더프는 고개를 끄덕였다. "우리를 체포해서 당장 맥베스에게 이송하라는 지시가 내려진 상태입니다. 하지만 우리 둘이서 맥베스를 쓰러뜨릴 수 있습니다."

"자네 가족의 복수를 위해서."

"네, 저도 처음에는 그게 목적이었죠."

"그런데?"

"복수보다 더 의미 있는 게 있습니다."

"경찰청장이 되는 건가?"

"아뇨."

"그럼?"

더프는 열려 있는 창문을 턱으로 가리켰다. "캐피틀을 보면 우아하지 않습니까? 좋아하지 않을 수가 없죠. 심지어 사랑에 빠질 수밖에 없어요. 두 눈에 햇살을 머금고 미소를 짓는 금발의 미녀라니. 하지만 부청장님과 저는 캐피틀을 사랑할 수가 없는 처지 아닙니까? 서쪽 바닷가의 지저분하고 썩어 가는 도시에 마음을 줘 버렸으니 말입니다. 저는 그 도시와 연을 끊었고 저한테 아무 의미가 없는 곳이라고 생각했어요. 우리 기분을 우울하게 만들고 심장을 변질시키고 수명을 단축시키기만 하는 도시보다는 저와 제 사회적인 성공이 더 중요했죠. 부조리하고 허튼 사랑이라고 생각했어요. 하지만 원래 그런 식인걸요. 우리는 진정으로 사랑하는 대상이 누군지 너무 늦게 깨달을 뿐."

"그런 도시를 위해서 자네를 희생하려고 한다?"

"어려울 것도 없습니다." 더프는 미소를 지었다. "모든 걸 잃었으니까요. 제 목숨 말고는 희생할 게 남아 있지도 않습니다. 부청장님은 어떠신가요?"

"내겐 딸이 있지."

"맥베스를 쓰러뜨려야 따님을 살릴 수 있어요. 잘 들어 보세요. 청장님의 유산을 이어 나갈 분이 부청장님입니다. 그래서 부청장님이 청장의 자리에 앉아서 정의롭게 그 도시를 이끌 생각이 있다면 부청장님을 따르기 위해 여기로 찾아온 겁니다."

맬컴은 신중한 눈빛으로 그를 쳐다보았다. "나를?"

"네."

맬컴은 웃음을 터뜨렸다. "더프, 정신적인 지지는 고맙지만 내가 몇 가지를 먼저 짚고 넘어가야 하겠는데."

"네?"

"첫째, 나는 자네를 좋아한 적이 없었어."

"당연히 그러셨겠죠." 더프가 말했다. "제가 저 말고 다른 사람한테는 신경을 쓴 적이 없으니까요. 제가 다른 사람이 됐다고 말씀드리지는 못하겠지만 이런 일을 겪으면서 시각이 달라진 건 분명합니다. 지금도 영리하다고는 할 수 없겠지만 전처럼 어리석지는 않을지도 모릅니다."

"그럴지도 모르지. 나한테서 원하는 대답을 이끌어 내려고 그런 소리를 하는 것일 수도 있겠지만. 하지만 나는 인간 개조 어쩌고 하는 헛소리는 듣고 싶지 않아. 자네는 조금 달라졌을지 몰라도 세상은 똑같거든."

"그게 무슨 말씀인가요?"

"나를 제법 괜찮은 사람으로 생각해 주는 건 고맙네. 하지만 자네를 내 팀원으로 받아들이려면 천사의 날개 때문에 현실감각을 잃고 헤매는 건 아닌지 파악해야 하거든. 못 본 척 슬쩍 눈감아 주고 그러기도 해야 지금의 내 자리에 오를 수 있다는 건 알고 있겠지? 그러니까…… 기존의 관행을 인정해야 한다는 거지. 누구는 잘못을 저질러도 그냥 넘어갈 수 있지만 누구는 안 되는지, 돈 봉투는 누구 몫인지. 박봉에 시달리는 경찰관에게서 하룻밤 새 모든 걸 빼앗아 버리면 무슨 수로 충성심을 자극할 수 있겠나? 큰 싸움만 고집하다가 계속 지

는 것보다는 어쩌다 한 번씩은 소소한 싸움에서 이기는 게 낫지 않
겠어?"

더프는 진짜 맬컴이 맞는지 확인이라도 하는 것처럼 수염을 기른
남자를 쳐다보았다. "그러니까 헤카테는 제쳐 두고 조무래기들을 때
려잡자는 말씀인가요?"

"내 말은 현실적인 사람이 되자는 걸세, 더프 선생. 세상 물정 모르
는 경찰청장 밑에서는 어느 누구도 얻는 게 없지 않겠나. 우리가 전
임자들보다 더 훌륭하고 깨끗한 도시를 만들어야겠지, 더프. 하지만
그런 일을 하려면 보수를 두둑이 챙겨야 하지 않겠나."

"뇌물을 챙기겠다는 말씀인가요?"

"우리가 헤카테를 이길 수는 없어, 더프. 아직은. 그에게 우리의 월
급을 일부 분담하도록 맡기고 그동안 그 도시의 다른 모든 범죄와
맞서 싸울 태세를 갖추면 어떻겠나. 맞서 싸워야 할 상대도 차고 넘
치고 하니."

처음에 더프는 피로를 느꼈다. 그러고 나서는 이상하게 마음이 놓
였다. 싸움이 끝났다. 이제는 포기할 수 있었다. 이제는 메러디스와
함께 쉴 수 있었다. 그는 고개를 저었다. "그건 받아들일 수 없습니
다. 부청장님은 저하고 생각이 다르시네요. 이로써 저의 마지막 희망
이 사라져 버렸습니다."

"나보다 나은 후보가 있을 거라고 생각하나? **자네**가 나보다 낫다고
생각하나?"

"저는 아니지만 배에서 만난 뱃사람들이 저나 부청장님보다 더 훌
륭하더군요. 그러니까 저는 이제 나가 보겠습니다. 저를 그냥 내보낼

지 아니면 죽일지 결정하세요."

"내 위치가 탄로 난 마당에 자네를 그냥 내보낼 수는 없지. 아무한 테도 폭로하지 않겠다고 자네가 맹세하지 않는 이상."

"배신자들끼리 한 약속이 무슨 의미가 있겠습니까, 부청장님. 그래도 맹세는 하지 않겠습니다. 쏠 때 쏘더라도 머리를 맞혀 주세요. 가족들이 기다리고 있으니까요."

더프는 자리에서 일어났지만 맬컴도 따라 일어나더니 그의 어깨에 두 손을 얹어서 다시 의자에 앉혔다.

"자네가 오늘 나에게 제법 많은 질문을 했지, 더프. 그리고 면접에서는 답변보다 질문이 더 정확하고 더 깊은 뜻을 담고 있을 때가 많고. 나는 계속 거짓말을 했고 자네는 계속 옳은 질문을 했어. 하지만 자네의 의로운 분노가 진짜인지 알 도리가 없었네. 자네가 깨끗한 경찰과 우리 도시를 위해 총에 맞을 각오가 되어 있다는 걸 보여 주기 전까지는."

더프는 눈을 깜빡였다. 몸이 갑자기 너무 무겁게 느껴졌고 기절할 것 같았다.

"이 방에는 세 남자가 있다네." 맬컴이 말했다. "덩컨의 과업을 이을 수 있다면 모든 것을 희생할 각오가 되어 있는 세 남자가." 그는 닦고 있던 안경을 썼다. "이 세 남자는 남들보다 나을 게 없고 이미 너무 많은 걸 잃었기 때문에 희생할 게 많지 않을 수도 있어. 하지만 원래 그런 데서, 그런 논리로 혁명이 시작되는 법이니까 우리가 도덕적으로 우월한 존재인 양 흥분하는 일은 없어야겠지. 그냥 우리에게는 옳은 일을 하고자 하는 의지가 있다고 하세. 의지를 불사르는 원동력이 정의감이 됐건⋯⋯." 그는 어깨를 으쓱했다. "가족의 복수를 하겠다는 가장의 욕망이 됐건, 배신자의 수치심이 됐건, 특권계급의 도덕적인 우월감이 됐건 아니면 지옥의 유황불에 떨어질까 봐 두려워하는 공포심이 됐건 상관없어. 왜냐하면 이 길이 옳은 길이고 지금 우리에게 필요한 건 의지니까. 정의와 순수로 향하는 쉬운 길은 없어, 어려운 길만 있지."

"세 남자라고요." 더프가 말했다.

"자네, 나 그리고⋯⋯?"

"그리고 플리언스겠죠." 더프가 말했다. "무슨 수로 목숨을 부지했나?"

"아버지가 차에서 저를 발로 차서 다리 밑으로 떨어뜨리셨어요." 뒤에서 그의 음성이 들렸다. "맥베스는 저희 아버지한테 절대 배우지 못한 걸 저는 배웠거든요. 수영을요."

더프가 맬컴을 쳐다보자 그는 한숨을 쉬고 미소를 지었다. 놀랍게도 더프 역시 자기가 미소를 짓고 있는 게 느껴졌다. 그리고 뭔가가 울컥하는 게 느껴졌다. 흐느낌이었다. 하지만 막상 터져 나온 것은 눈물이 아니라 웃음이었고 맬컴도, 그 뒤를 이어서 플리언스도 웃음을 터뜨렸다. 전장의 웃음이었다.

"이게 뭔 일이여?"

고개를 돌려 보니 앨피가 신문을 손에 들고 어리둥절한 표정으로 문 앞에 서 있었다. 그걸 보고 그들은 한층 더 껄껄대고 웃었다.

31

레녹스는 창가에 서서 밖을 내다보고 있었다. 손에 쥔 수류탄의 무게를 가늠하고 있었다. 앵거스, 앵거스. 그는 아직 에스텍스에서의 만남에 대해 아무한테도 얘기하지 않았다. 왜 그랬는지는 그도 알 수 없었다. 하루 종일 아무 일도 하지 않았다는 것만 알 수 있을 따름이었다. 어제도, 그제도 그랬다. 보고서를 읽으려고 할 때마다 집중할 수가 없었다. 글자들이 움직여서 새로운 단어를 만드는 듯했다. **보고**가 **고발**이 되고 **참신**이 **배신**이 됐다. 전화를 걸려고 수화기를 들 때마다 너무 무거워서 다시 내려놓아야 했다. 그는 신문을 읽어 보려고 하다가 지머먼이 시장 선거에 출마했다는 사실을 알게 됐다. 지머먼은 논쟁의 소지가 있는 후보도 카리스마가 있는 후보도 아니었다. 어느 정도 능력이 있다고 인정을 받았지만 토텔을 대적할 만한 상대는 되지 못했다. 레녹스는 마약 밀매가 증가하고 있고 유엔에 따르면 무기 밀매 다음으로 규모가 큰 산업이라는 기사도 읽어 보려고 하다가 문맥을 파악하지 못하고 그냥 들여다보고만 있었다는 사실을 깨달았다.

더프가 캐피틀에서 달아난 지 여드레가 지났다. 레녹스와 시턴을 청장실에 세워 놓고 맥베스가 어쩌나 길길이 날뛰었는지 입에 실제로 거품을 물 정도였다. 수도 사람들 눈에 자신이 얼마나 바보 같아 보이겠느냐며 고함을 치자 그의 입가에 침이 부글부글 맺혔다. 그가 이 도시를 지키는 동안 레녹스와 시턴이 임무를 완수하고 더프를 체포했더라면 일어나지 않았을 일이었다. 그런데 레녹스는 더프가 멀쩡히 살아 있다는 데 역설적인 안도감을 느꼈다.

바깥이 거의 어둑어둑해졌는데도 눈이 따끔거렸다. 오늘은 주사를 한 대 더 맞아야 할지 모르겠다. 오늘 하루를 버티기 위해서. 내일이면 모든 게 괜찮아질 것이다.

"그거 진짜 수류탄이야 아니면 재떨이야?"

문 앞에서 누군가의 목소리가 들리자 레녹스는 고개를 돌렸다.

맥베스가 강풍에 맞서는 사람처럼 두 팔을 옆으로 내리고 몸을 앞으로 숙인 이상한 자세로 서 있었다. 고개를 숙이고 눈을 치뜨고서 레녹스를 쳐다보았다.

"제1차 세계대전 때 저희 할아버지 앞으로 던져진 폭탄입니다."

"거짓말." 맥베스는 씩 웃으며 들어와서 등 뒤로 문을 닫았다. "그건 독일에서 제작된 M24 **슈틸한트그라나테** 수류탄이었을 테고. 이건 재떨이지?"

"할아버지께서……."

맥베스는 레녹스에게 수류탄을 건네받아서 손잡이 끝에 달린 줄을 잡아당겼다.

"안 돼요!"

맥베스는 한쪽 눈썹을 추켜세우고 겁에 질린 부정부패척결반장의 얼굴을 쳐다보았다. 부정부패척결반장은 말을 이었다. "그러면 폭, 폭발······."

"그러면 자네 할아버지의 정체가 탄로 날 거라고?" 맥베스는 줄을 다시 집어넣고 수류탄을 테이블에 내려놓았다. "그건 안 되지. 무슨 생각을 하고 있었나, 경감?"

"부정부패에 대해서 생각하고 있었습니다." 레녹스는 수류탄을 서랍에 넣으며 말했다. "그리고 그걸 척결할 방법에 대해서요."

맥베스는 손님용 의자를 앞으로 밀었다. "부정부패가 뭘까, 레녹스? 돈을 받고 국가기구에 침투한 열성적인 혁명가를 썩었다고 할 수 있을까? 부패에 기반을 둔 시스템 안에서 터무니없이 많은 월급을 꼬박꼬박 받아 가는 것 말고는 하는 일이 아무것도 없는, 순종적이지만 소극적인 종복을 썩었다고 할 수 있을까?"

"애매모호한 경우들이 많겠죠, 청장님. 대개는 자신이 썩었는지 아닌지 스스로 알 테고요."

"기분의 문제라는 건가?" 맥베스가 의자에 앉자 레녹스는 그를 내려다보지 않도록 따라서 앉았다.

"먹여 살릴 가족이 있어서 봉급이 없으면 안 되니까 그건 부패가 아니라고 **생각**하면 부패한 인간이 아닌 게 되는 건가? 동기가 훌륭하면—가족이나 시를 위해서라면—부패라는 단어를 예컨대 **실용주의 정치**로 대치할 수 있다는 건가?"

"저는 반대라고 보는데요." 레녹스가 말했다. "탐욕 말고는 동기가 아무것도 없다는 걸 알면 스스로 대치할 단어를 찾으려고 하겠죠. 반면에 도덕적으로 정당한 범죄는 대치할 단어를 찾을 필요가 없고요. 그냥 원래대로 불러도 용납할 수 있으니까요. 부패, 절도, 살인, 이렇게."

"그러니까 이게 자네의 일과인가? 여기서 생각을 하면서 시간을 보내느냔 말이지." 맥베스는 손끝으로 턱을 잡고 물었다. "자네가 부패한 사람인지 아닌지 고민하면서."

"저요?" 레녹스는 빙그레 웃었다. "그야 당연히 수사 중인 사람들을 두고 한 얘기죠."

"그래도 항상 우리 얘기로 귀결이 되는걸. 사람들은 상황이 절박하면 부패에 다른 이름을 갖다 붙이게 되어 있어. 그리고 지위를 이용해서 받은 뇌물은 돈이 아니라 후원금이지. 목숨 줄이고. 이를테면 자기 가족의 목숨 줄. 알겠나?"

"글쎄요……." 레녹스는 말했다.

"내가 예를 하나 들어 주지." 맥베스는 말했다. "경찰청장을 무너뜨릴 만한 정보가 있다고 생각한 젊은 경찰관이 진정성이 있다고 알려진 라디오 기자와 접촉을 해. 딴마음을 먹은 이 경찰관은, 편의상 앵거스라고 하겠는데, 라디오 기자가 경찰청장과 모종의…… 관계를 맺고 있다는 걸 모르지. 기자는 이 경찰청장이 원하는 대로 하지 않으면 가족의 신변을 걱정해야 하는 이유가 있거든. 그래서 기자는 경찰청장에게 그 경찰관의 불온한 계획을 폭로하지. 기자는 젊은 경찰관에게 다시 연락하겠다고 하고 경찰청장은 기자에게 주변에 아무도 없는 곳에서 경찰관을 만나라고 해. 그래야 보스가 아니면 그의 부하들이······. 뭐, 말 안 해도 알겠지?"

레녹스는 아무 대꾸도 하지 않았다. 바지에 대고 손을 닦았다.

"그래서 보스는 안전해. 하지만 그는 당연히 고민에 잠기지. 여기서 부패한 사람은 누구일까. 젊은 경찰관일까, 라디오 기자일까 아니면······ 아니면 누구일까, 레녹스?"

레녹스는 헛기침을 하고 머뭇거렸다. "청장님요?"

"아니지, 아니지, 아니지." 맥베스는 고개를 저었다. "제삼의 인물이 있어. 애초에 경찰청장에게 알렸어야 하는 인물이. 앵거스의 계획을 알았던 사람, 아직은 그들과 한패가 아니지만 보스를 찾아가지 않는 한, 그를 구하지 않는 한 간접적으로 그들과 한패라고 할 수 있는 사람. 그런데 아직 보스를 찾아가지 않은 사람. 왜냐하면 생각을 해야 하거든. 생각에 생각을 거듭해야 하거든. 그렇게 생각을 하는 동안 그는 점점 부패한 인물이 되어 가는 거야. 아닌가?"

레녹스는 맥베스의 눈을 쳐다보려고 했다. 하지만 태양을 쳐다보려고 하는 거나 다름없었다.

"에스텍스에서의 만남, 레녹스. 자네가 언제 그 얘기를 할 생각이었는지 모르겠단 말이지."

레녹스는 눈을 깜빡이지 않을 수 없었다. "계속······ 생각 중이었습니다."

"맞아, 끊기가 쉽지 않지. 생각들이 저절로 막 떠오르잖아, 안 그래? 그리고 우리는 스스로 자유의지라는 게 있다고 생각할지 몰라도 좋으나 싫으나 생각의 지배를 받지. 누가 자네를 찾아왔는지 얘기해, 레녹스."

"그자는······."

"이름을 얘기해."

"그는······."

"이름을 얘기하라고!"

레녹스는 숨을 크게 들이마셨다. "앵거스 경관요."

"그런데?"

"앵거스를 아시잖습니까. 젊고, 충동적이죠. 게다가 근래에 여러 일들이 벌어졌으니 누구라도 조금 이성을 잃을 수 있고요. 그래서 이 심각한 혐의 제기를 들고 청장님을 찾아가기 전에 그와 이성적으로 대화를 나누어 보는 게 좋겠다고 생각했습니다. 좀 진정할 수 있게요."

"나 모르게 말이지. 자네의 상황 판단 능력이 나보다 훌륭하다 이건가? 아니면 내가 내 손으로 직접 특공대원으로 뽑은 앵거스에게 다시 한번 기회를 주지 않을 것 같아서? 지나치게 흥분하기는 했지만 그것 말고는 아무 죄가 없는 그의 머리를 당장 자르기라도 할까봐?"

"저는······." 레녹스는 어떤 식으로 말문을 맺으면 좋을지 고민했다.

"하지만 자네가 틀렸어. 나는 부하 직원들에게 항상 기회를 두 번씩 주거든. 그리고 그 원칙은 자네와 앵거스 두 사람 모두에게 적용이 되지."

"말씀 감사합니다."

"나는 아량의 힘을 믿거든. 그래서 앵거스가 뉘우치는 기미를 보이고 기자가 다시 만날 약속을 잡으러 연락했을 때 만나지 않겠다고 하면 전부 묻어 버리려고 했지. 두 번 다시 생각하지 않기로. 전과 다름없이 지내기로. 안타깝게도 앵거스는 그러지 않았어. 그리고 나에게는 내줄 뺨이 두 개뿐이고."

맥베스는 자리에서 일어나 창가 쪽으로 걸어갔다.

"이렇게 해서 **자네**에게 주어지는 두 번째 기회로 연결이 되는 거지. 기자에게 오늘 만나는 곳으로 자네와 시턴이 찾아갈 거라고 일러두었어. 오늘 저녁 에스텍스 공장이야. 앵거스는 아이의 시신을 소각했다고 주장하는 용광로 사진을 찍으러 사진기자도 오는 줄 알아. 거기서 반역자를 개인적으로 처단하도록."

"처단이라고요?"

"처단 방법은 자네의 선택에 맡기겠어. 죽음이라는 성과를 거두기만 하면 돼." 맥베스는 입으로 숨을 쉬고 있는 레녹스를 돌아보았다.

"이후에 시턴이 시신 처리하는 것을 거들어 줄 거야."

"하지만……."

"세 번째 기회도 존재할지 모르지. 천국에서. 그나저나 자네 가족은 어찌 지내나?"

레녹스가 입을 열자 한 음절의 소리가 새어 나왔다.

"다행이로군." 맥베스가 말했다. "시턴이 6시에 차를 대기시켜 놓을 거야. 자네가 어떤 방식을 선택하는지에 따라 달라지겠지만 한 시간 30분 안에는 끝내야 하니까 저녁에 좀 늦겠다고 아리따운 부인에게 전화를 하도록. 뭘 샀는지 들어 보니 저녁 메뉴가 블랙푸딩*인가

✦ 돼지 피와 기름, 오트밀을 섞어서 만드는 소시지.

보던데."

맥베스는 나가서 등 뒤로 조용히 문을 닫았다.

레녹스는 양손에 머리를 묻었다. 연체동물. 깡이라고는 하나도 없는 인간.

한 방이 필요했다. 주사를 한 방 맞아야 했다.

맥베스는 뒤꿈치로 요란하게 바닥을 찍으며 복도를 성큼성큼 걸었다. 그에게 정권을 장악해야 한다고, 칵테일이 있어야 한다고, 뭐든 있어야 한다고 고함을 지르는 목소리를 잠재우려고 애를 썼다. 그는 지금까지 일주일 넘게 약을 끊었다. 상태가 나빠진 다음에서야 좋아지기 시작하겠지만 아무튼 **좋아지긴** 할 것이다. 전에도 끊은 적이 있었으니 이번에도 할 수 있었다. 문제는 식은땀이었다. 짜증과 공포와 고통의 끔찍한 냄새를 풍기는 그것이었다. 하지만 지나갈 것이다. 모든 게 지나갈 것이다. 지나가야만 했다. 그는 청장실 대기실로 들어섰다.

"청장님……."

"메시지도 전화도 모두 사절이야, 프리실라."

"하지만……."

"지금은 싫어. 나중에."

"손님이 계신데요."

맥베스는 갑작스럽게 걸음을 멈추었다. "손님을 들였다고?" 그는 청장실 문을 가리켰다. "저 안으로?"

"하도 완강하게 말씀하셔서요."

맥베스는 프리실라의 절박한 표정을 바라보았다.

"사모님이세요."

"뭐?" 그의 입에서 놀란 목소리가 튀어나왔다. 그는 제복의 맨 마지막 단추를 채우고 안으로 들어갔다.

그녀는 책상 뒤에 서서 벽에 걸린 그림을 감상하고 있었다. "자기야! 여기 그림 좀 어떻게 해야겠다."

맥베스는 못 미더워하는 눈빛으로 레이디를 빤히 쳐다보았다. 그녀는 수수하고 우아한 모피 코트를 걸치고 있었다. 미용실에서 곧장 달려온 게 분명했고 여유롭고 활기 넘치는 분위기를 풍겼다. 그는 조심스럽게 그녀에게 다가갔다. "몸은…… 좀 어때?"

"아주 좋아." 그녀가 말했다. "이게 선전용 작품이라는 건 알겠는데 뭘 이야기하려는 걸까?"

맥베스는 그녀에게서 눈을 뗄 수가 없었다. 어제 보았던 그 정신병자는 어디로 갔을까? 사라지고 없었다.

"자기야?"

맥베스는 그림을 쳐다보았다. 노동자들의 거친 생김새를 바라보았다. "다른 사람이 걸어 놓은 거야. 바꿀게. 당신 몸이 괜찮아졌다니 정말 기쁘다. 약은…… 먹었어?"

그녀는 고개를 저었다. "아니. 약 끊었어. 전부."

"남은 게 없어서?"

그녀는 얼핏 미소를 지었다. "서랍 열어 보니까 아무것도 없더라? 당신도 끊은 거지?" 그녀는 그의 자리에 앉았다. "이 의자 좀…… 답답하지 않아?"

"그렇게 느껴질 수도 있지." 맥베스는 손님용 의자에 앉았다. 어쩌면 그녀의 광기는 미궁이었고 그녀는 빠져나오는 길을 찾은 것일 수도 있었다.

"당신도 그렇게 생각하다니 듣던 중 반가운 소리다. 오늘 아침에 잭이랑 얘기 나눴어. 당신이 시장 선거 때 어떻게 할 계획인지에 대해서."

"응. 그래서 당신이 생각하기에는 어때?"

그녀는 입을 삐죽 내밀고 고개를 절레절레 흔들었다. "당신은 최선을 다했겠지만 한 가지 깜빡한 게 있어."

"그게 뭔데?"

"선거 직전에 토텔과 이 남자아이와의 관계를 터뜨릴 생각이잖아. 그런 다음 사람들이 투표장으로 출발하기 직전에 스위노를 처단한 당신이 잽싸게 빈자리를 메우려고."

"그런데?" 맥베스는 열띤 목소리로 물었다.

"문제는 지머먼이 출마를 선언하면서 그가 그 빈자리를 메우게 생겼다는 거야."

"그 하품 나는 인간이? 아무도 그자는 안중에 없는데."

"지머먼이 별다른 매력이 없는 건 맞아. 하지만 대중들은 그를 알고 그에게서 어떤 결과를 기대할 수 있는지 알잖아. 그러니까 안정감을 느낄 수 있지. 요즘처럼 요동이 심한 시기에는 안정감이 중요한 요소거든. 토텔이 재선될 가능성이 큰 것도 그 때문이야."

"진심으로 내가 지머먼한테 질 거라고 생각해?"

"응." 레이디가 말했다. "토텔이 스캔들로 타격을 입기 전에 공식적

으로 당신을 지지하고 당신이 헤카테를 처리하지 않는 한. 이 두 가
지가 합쳐지면 당신은 천하무적이 될 거야."

맥베스는 지긋지긋한 안도감을 느꼈다. 그녀가 미궁에서 빠져나왔
다. 그의 곁으로 다시 돌아왔다.

"좋아. 하지만 무슨 수로?"

"토텔한테 최후통첩을 전해. 고령과 건강 악화를 이유로 자진 사퇴
하든지 아니면 공식적인 자리에서 당신을 전적으로 지지하든지, 둘
중 하나를 선택하라고. 아니면 변태 돼지라는 걸 폭로하겠다고 협박
해서 사퇴하게 만들 수도 있겠다. 들통나면 체포돼서 철창신세를 질
텐데 그 안에서 남자아이를 밝히는 인간은 어떤 대접을 받는지 그도
알겠지. 결정하기 아주 어려운 문제는 아닐 거야."

"흠." 맥베스는 수염을 긁적였다. "그러면 우리한테 적이 생길 텐
데."

"토텔 말이야? 천만에. 그는 권력투쟁이 어떤 건지 아니까 우리가
자비로운 대안을 제시하면 고마워할 거야."

"생각해 볼게."

"자기야, 그럴 필요 없어. 고민하고 말고 할 일이 아니거든. 그다음
은 꼭두각시놀음을 하는 헤카테. 이제 그를 제거할 때가 됐어."

"그게 과연 현명한 판단일까? 헤카테는 우리 후원자고 적이 등장
하면 우리한테 힘을 실어 줄 텐데."

"헤카테는 아직 당신을 경찰청장 자리에 앉힌 대가를 요구하지 않
았지." 레이디가 말했다. "하지만 조만간 정산을 해야 하는 때가 올
거야. 그러면 당신은 이렇게 하겠지." 그녀는 끈에 연결되어 있기라

도 한 것처럼 한쪽 팔꿈치를 들었다. "그리고 또 이렇게도." 이번에는 발을 불쑥 내밀었다. "헤카테의 꼭두각시가 되고 싶어? 헤카테와의 전쟁의 규모를 축소하는 정도로는 부족할 거야. 그가 점점 더 많은 걸 요구하다가 결국에는 모든 걸 내놓으라고 할 테니까. 그와 같은 인간은 원래 그런 식이거든. 그러니까 문제는 헤카테가 당신을 통해 이 도시를 마음대로 주무르도록 내버려 둘 작정이냐는 거야. 그 말은 곧……." 그녀는 책상 위에 팔꿈치를 얹었다. "그의 꼭두각시가 되고 싶어? 아니면 헤카테를 체포한 영웅으로 시장의 자리에 오르고 싶어?"

맥베스는 그녀를 뚫어져라 쳐다보았다. 그러다 천천히 고개를 끄덕였다.

"내가 오붓하게 블랙잭 게임을 하자고 토텔을 초대할게." 레이디는 자리에서 일어나며 말했다. "당신은 직접 만나서 할 얘기가 있다고 헤카테한테 전갈을 보내."

"그가 왜 내 요청을 수락할 거라고 생각해?"

"왜냐하면 당신이 경찰청장 자리에 앉혀 줘서 고맙다는 뜻으로 금이 가득 든 여행 가방을 선물할 거거든."

"그럼 그가 미끼를 물 거다?"

"권력에 눈이 먼 사람이 있는가 하면 돈에 눈이 먼 사람도 있거든. 헤카테는 후자야. 자세한 이야기는 나중에 할게."

맥베스는 문까지 그녀를 배웅했다. "내 사랑." 그는 그녀의 등에 손을 얹고 두툼한 모피를 쓰다듬었다. "당신이 돌아오니까 좋다."

"이하 동문이야." 그녀는 그가 입을 맞추도록 뺨을 맡기면서 말했다. "강해져야 해. 우리, 서로에게 힘을 실어 주자."

그는 대기실을 가로지르는 그녀를 바라보며 그녀의 정체를 완벽하게 파악하는 날이 올까, 하는 생각을 했다. 그녀의 정체를 완벽하게 파악하고 싶은 마음이 있는지도 의문이었다. 그래서 그녀에게 이렇게 거부할 수 없는 매력을 느끼는 것 아닐까?

레녹스와 시턴은 에스텍스 건너편 길가에 차를 세웠다. 하도 어두컴컴해서 레녹스의 눈에는 보슬비조차 보이지 않았다. 보슬비가 차지붕과 앞 유리창을 나지막이 때리는 소리만 들릴 따름이었다.

"기자가 오는군요." 시턴이 말했다.

자전거 불빛이 건너편에서 흔들흔들 등장했다. 정문 안쪽으로 방향을 틀어서 사라졌다.

"2분 동안 기다리죠." 시턴은 이렇게 얘기하고 기관총을 살폈다.

레녹스는 기지개를 켰다. 다행히 주사를 맞을 수 있었다.

"시간 됐어요." 시턴이 말했다.

그들은 차에서 내려 어둠을 가르고 정문을 지나 공장 건물로 달려 들어갔다.

높이 달린 현장감독관 사무실에서 목소리가 들렸다.

시턴은 킁킁거리며 냄새를 맡았다. 그러더니 철제 계단 쪽으로 손짓했다.

그들은 까치발로 살금살금 계단을 올라갔고 레녹스는 아무 생각도 나지 않는 황홀경을 느꼈다. 철제 난간이 어찌나 차가운지 손바닥이 화끈거릴 정도였다. 그들은 문 바로 앞에서 걸음을 멈추었다. 그는 약에 취해서, 따뜻하고 아무 걱정거리 없는 방 안에 앉아서 그의 모습을 구경하는 듯한 기분을 느꼈다. 안에서 웅얼거리는 목소리가 들리자 어렸을 때 그가 잠자리에 누운 뒤에도 거실을 지켰던 부모님이 생각났다.

"언제 출간이 됩니까?" 앵거스가 묻고 있었다.

상대방은 거만하게 말끝을 길게 늘이고 R을 한참 동안 굴려 가며 대답했다. "라디오 방송에서는 **출간**이라는 표현을 쓰지 않습니다만 아마……."

시턴이 문을 열자 누군가가 카세트플레이어의 정지 버튼을 누르기라도 한 것처럼 변했다. 월트 카이트의 눈이 안경 뒤에서 동그래졌다. 겁에 질려서. 흥분이 돼서. 아니면 마음이 놓여서? 아무튼 놀라서 그런 건 아니었다. 레녹스와 시턴은 약속 시간을 엄수했다.

"안녕하십니까." 레녹스는 따뜻한 미소가 온 얼굴로 번지는 것을 느끼며 인사를 건넸다.

앵거스는 의자를 넘어뜨려 가며 벌떡 일어나더니 재킷 안쪽으로 손을 넣어서 뭔가를 끄집어내려고 했다. 하지만 시턴의 기관총을 보고 그 자리에서 얼어붙었다.

이어지는 정적 속에서 카이트는 노란색 우비 단추를 채웠다. 꼭 남자 화장실 같았다. 서로 눈빛을 주고받지도 말을 섞지도 않았다. 그는 고개를 숙이고 얼른 자리를 피했다. 그는 제 몫을 완수했다. 구린내가 나는 부분은 남들에게 맡겼다.

"뭘 기다리시나요, 레녹스 경감님?" 앵거스가 물었다.

레녹스는 자신이 손에 총을 쥐고 팔을 앞으로 내밀고 있다는 사실을 깨달았다. "기자가 총성을 듣지 못할 만큼 멀리 사라지길 기다리고 있지."

앵거스의 울대뼈가 위로 올라갔다가 내려왔다. "그러니까 저를 쏘려는 거로군요?"

"자네가 다른 방법을 제안하지 않는 한. 마음대로 처분해도 좋다고 허락을 받았거든."

"좋습니다."

"좋다는 게 **알겠다**는 뜻인가 아니면 **총으로 쏴 달라**는 뜻인가?"

"그건……."

레녹스는 방아쇠를 당겼다. 밀폐된 공간이다 보니 폭발의 압력이 고막으로 느껴졌다. 그는 다시 눈을 떴다. 하지만 앵거스는 입을 떡 벌리고 있다는 것만 다를 뿐, 여전히 그의 앞에 서 있었다. 그의 뒤편 선반에 꽂힌 파일에 구멍이 나 있었다.

"미안." 레녹스는 두 걸음 다가가며 말했다. "이런 상황에서는 예고 없이 머리를 쏘는 게 가장 인도적인 선택일 거라고 생각했거든. 그런데 머리가 워낙 작다 보니. 이제 가만히 있어 주었으면 좋겠는데……." 그의 입술 사이로 자기도 모르게 피식 웃음이 터졌다.

"레녹스 경감……."

두 번째 총탄은 과녁에 명중했다. 세 번째도 마찬가지였다.

"트집을 잡고 싶지는 않지만." 시턴은 시신을 내려다보며 말했다. "용광로 옆으로 내려가라고 한 다음 거기서 처리했으면 좀 더 도움이 됐을 텐데. 이제는 우리 손으로 운반해야 하게 생겼잖아요."

레녹스는 아무 대꾸도 하지 않았다. 청년의 몸에서 자신을 향해 점점 번져 오는 피 웅덩이만 물끄러미 바라보았다. 반짝이는 빨간색과 빨간색 풍선처럼 사방으로 확대되는 형체가 왠지 모르게 아름답게 느껴졌다. 그들은 앵거스를 공장 1층으로 옮기고 탄피를 치우고 바닥을 씻고 벽에 박힌 첫 번째 총알을 빼냈다. 1층으로 내려가서 그의 손목시계와 금색 십자가가 달린 목걸이를 벗기고 시신을 용광로에 넣은 다음 뚜껑을 닫고 불을 지폈다. 기다렸다. 레녹스는 용광로 하단에서 바닥에 놓인 통으로 연결되는 관을 빤히 쳐다보았다. 용광로 안에서 나지막이 쉭쉭거리는 소리가 들렸다.

"시신은……?"

"증발하죠." 시턴이 말했다. "온도가 2000도를 넘어가면 모든 게 증발하거나 재로 변하거든요. 금속은 녹고."

레녹스는 고개를 끄덕였다. 관에서 눈을 뗄 수가 없었다. 코팅이라도 한 것처럼 막이 씌워진 회색 액체 방울이 부들거리며 맺혔다.

"납이에요." 시턴이 말했다. "350도에서 녹죠."

그들은 기다렸다. 안에서 들리던 쉭쉭거리는 소리가 끊겼다.

잠시 후에 금색 방울이 등장했다.

"이제 1000도가 넘은 거예요." 시턴이 말했다.

"저게…… 저게 뭐지?"

"금."

"하지만……."

"금니. 몸속에 쇠가 박혀 있을 경우에 대비해서 1600도가 넘을 때까지 기다리자고요. 그런 다음 청소기로 재를 빨아들이기만 하면 돼요. 이봐요, 괜찮은 거예요?"

레녹스는 고개를 끄덕였다. "살짝 어지럽네. 지금까지…… 음……
누굴 쫘 본 적이 없어서. 자네는 쫘 봤을 테니까 맨 처음에 기분이 어
땠는지 기억할 테지."

"물론." 시턴은 조용히 대답했다.

레녹스는 어땠느냐고 물어보려다가 번뜩이는 시턴의 눈빛을 보고
생각을 바꾸었다.

32

맥베스는 인버네스 카지노 옥상에서 쌍안경으로 동쪽을 바라보았다. 어두워서 잘 보이지 않았지만 에스텍스의 벽돌 굴뚝에서 흘러나오는 저것이 연기가 아닌가 싶었다. 그렇다면 문제가 해결됐다는 뜻이었다. 손에 피를 묻힌 사람이 두 명 그들의 거미줄에 추가됐다. 카이트와 레녹스. 카이트는 곁에 두면 다른 후보가 출마한 경우 시장 선거 때 유용하게 쓸 수 있었다. 그리고 레녹스는 조만간 다른 업자를 찾아봐야 할 것이다. 머지않아 헤카테도 전설 속으로 사라질 테니 말이다.

맥베스가 중앙역 화장실로 내려가는 계단 옆에서 기다린 지 15분이 지났을 때 스트레가가 등장했다. 처음에 그는 마약 봉지를 거절하고 헤카테에게 전할 메시지가 있어서 온 거라고 얘기했다. 가능한 한 빠른 시일 안으로 헤카테를 만나서 자신의 향후 계획을 알리고 맥베스와 레이디가 감사의 뜻에서 마련한 선물을 전하고 싶다고 했다. 헤카테가—금을 좋아한다는 소문이 맞는다면—좋아할 만한 선물이라고 했다.

스트레가는 그녀를 통해 연락이 갈 거라고 했다. 아마 그럴 거라고 했다.

맞았다, 굴뚝에서 연기가 흘러나오고 있었다.

"자기야, 토텔이 왔어."

맥베스는 고개를 돌렸다. 레이디가 문 앞에 서 있었다. 빨간 드레스를 입고 있었다.

"갈게. 당신 예쁘다. 내가 얘기했던가?"

"했어. 그리고 당분간은 그 말만 하면 돼. 우리 계획에 차질이 없도록 내가 대변인 역할을 맡을 테니까."

맥베스는 웃음을 터뜨렸다. 됐다, 그녀가 완벽하게 돌아왔다.

게임룸과 식당에 손님들이 워낙 많아서 그들은 식당 끝의 조그만 별실에 따로 마련한 게임 테이블까지 인파를 헤치고 걸어가야 했다. 그곳에서 토텔이 기다리고 있었다.

"오늘 저녁에는 혼자 오셨네요?" 맥베스는 시장의 손을 세게 잡으며 물었다.

"어린아이들은 시험공부를 해야지." 토텔은 미소를 지었다. "밖에 대기 행렬이 보이더군."

"6시부터 그래요." 레이디가 그의 옆자리에 앉으며 말했다. "손님이 너무 많아서 우리 게임의 딜러를 맡아 달라고 여기 이 잭을 설득해야 했지 뭐예요."

"그래서 이 도시에는 카지노가 두 개라야 하는 거죠." 토텔이 검은색 나비넥타이를 만지작거리며 말했다. "나가서 돈을 쓰지 못하게 막으면 유권자들이 얼마나 불만스러워하는지 아시죠?"

"맞아요." 레이디는 맞장구를 치며 웨이터를 불렀다. "오늘 저녁에 시장님한테 운이 따라 주는 것 같아, 잭?"

"아직은 잘 모르겠는데요." 잭은 빨간색으로 된 딜러 재킷을 입고 그 자리에 선 채로 미소를 지었다. "한 장 더 드릴까요, 시장님?"

토텔은 받은 두 장의 카드를 확인했다. "호랑이를 잡으려면 호랑이 굴로 들어가야 된다고 하죠. 안 그렇습니까, 레이디?"

"그럼요. 제가 오벨리스크를 인수하는 정도가 아니라 새 단장을 거쳐 이 나라를 통틀어 가장 근사한 카지노로 재개장하려는 컨소시엄이 구성됐다고 시장님께 말씀드리려는 이유도 그 때문이에요. 오벨리스크의 평판이 나락으로 떨어졌으니 금전적인 위험이 따르지만 저희는 주인과 외형이 바뀌면 평판도 달라질 거라고 믿어 의심치 않아요."

"저희라고요, 레이디?"

"저도 그 컨소시엄에 동참하고 있거든요. 캐피틀에서 부동산 투자를 하는 야노비치와 함께요. 시장님도 말씀하셨다시피 이 도시를 위해서는 오벨리스크가 다시 영업을 시작해야 해요. 인근 지방에서 유입될 과세소득을 생각해 보세요. 저희가 으리으리하게 새 단장을 한 오벨리스크를 몇 개월 안으로 개장하면 관광명소가 될 거예요. 캐피틀 주민들도 도박을 하려고 우리 도시를 찾아올 테고요, 시장님."

토텔은 잭에게 받은 카드를 확인하고 한숨을 쉬었다. "오늘 저녁은 아무래도 날이 아닌 것 같네."

"아직 속단하지 마세요." 레이디는 얘기했다. "컨소시엄 지분이 아직 남아서 저희는 시장님을 투자자 후보로 점찍어 놓았거든요. 시장님도 임기가 끝나면 기댈 언덕이 있어야 하지 않겠어요?"

"투자자요?" 그는 웃음을 터뜨렸다. "시장인 내가 회사 지분을 인수하면 법에 저촉이 되는 데다 그럴 만한 자금도 없습니다. 보나마나 대박이 나겠지만 저하고는 무관한 일이 되겠네요."

"지분이야 다양한 방식으로 확보할 수 있죠." 레이디가 말했다. "예를 들면 편의를 제공한다든지 하는 식으로요."

"우리 아름다운 공작 부인께서 무슨 말씀을 하고 싶으신 걸까요?"

"맥베스를 시장 후보로 공식적으로 지지해 달라고요."

토텔은 그의 카드를 다시 한번 확인했다. "이미 그러마고 약속했고 저는 약속을 잘 지키기로 유명한 사람입니다만."

"제 말은 **이번** 선거에서요."

토텔은 카드를 보다 말고 고개를 들어서 맥베스를 쳐다보았다. "이번 선거에서?"

레이디는 한 손을 시장의 팔에 얹고 그에게로 몸을 숙였다. "네. 왜냐하면 시장님은 이번에 출마하지 않거든요."

그는 눈을 두 번 깜빡였다. "제가요?"

"처음에는 출마하려고 했지만 생각이 바뀌었어요."

"어째서요?"

"정력적인 사람, 미래 지향적인 사람이 시장이 되어야 하는데 건강이 별로 좋지 않아서요. 시장님은 시장이라는 자리에서 물러나자마자 실질적으로 이 도시의 모든 카지노를 독점하게 될 컨소시엄에 아무 거리낌 없이 합류할 수 있고, 지금 손에 쥔 카드하고는 다르게 그 컨소시엄을 통해 떼부자가 될 수 있어요."

"하지만 그건 내가 원하는 방향이⋯⋯."

"유권자들에게 맥베스를 후임으로 추천하세요. 시민을 **위해** 일을 하고 시민과 **함께** 이끌어 나가는 시민의 충복이니까요. 그리고 경찰 청장으로 재임하던 시절에 스위노와 헤카테를 무너뜨림으로써 한다면 **한다**는 걸 보여 준 사람이니까요."

"헤카테요?"

"맥베스하고 저의 예단이기는 하지만 헤카테는 죽은 목숨이에요. 헤카테에게 면담을 신청할 예정인데 거기서 살아 돌아가지 못할 거 거든요. 이건 약속이에요. 그리고 저도 약속을 잘 지키기로 유명하답 니다, 친애하는 시장님."

"만약 내가 이⋯⋯." 그는 썩은 포도라도 되는 듯이 그 단어를 내뱉 었다. "**지분 거래**를 거부하면요?"

"그럼 유감스러운 선택이 되겠죠."

토텔은 의자를 뒤로 밀고 집게손가락과 가운뎃손가락 사이로 한 쪽 턱을 집어넣었다. "또 어떤 카드를 들고 있는 겁니까?"

"그쯤에서 끝내면 안 될까요?"

잭이 헛기침을 하고 집게손가락으로 카드 더미를 톡톡 두드렸다. "카드는 이제 그만 받으시겠습니까, 시장님?"

"아니!" 토텔은 레이디에게 시선을 고정한 채 으르렁거렸다.

"정 그러시다면 어쩔 수 없네요." 그녀는 한숨을 쉬었다. "미성년 남자아이와 부적절한 관계를 맺은 혐의로 체포될 거예요." 그녀는 잭이 그의 앞에 놓은 카드를 턱으로 가리켰다. "보세요, 욕심이 지나치셨잖아요. 버스트예요."

토텔은 생선처럼 흐리멍덩한 눈으로 그녀를 쳐다보았다. 삐죽 내민 축축한 입술을 실룩거렸다. "당신은 나를 무너뜨리지 못해." 그는 나지막이 쏘아붙였다. "알겠어? 당신은 나를 무너뜨리지 못한다고!"

"헤카테를 무너뜨릴 수 있는데 시장님이야 식은 죽 먹기죠."

토텔은 자리에서 일어났다. 그들을 내려다보았다. 턱과 벌겋게 달아오른 얼굴뿐 아니라 사실상 온몸을 분노로 부들부들 떨었다. 이윽고 그는 몸을 돌려서 허벅지 안쪽을 서로 부딪쳐 가며 뚜벅뚜벅 걸어 나갔다.

"어떻게 생각해?" 그가 물었다.

"아, 우리가 원하는 대로 할 거야." 레이디가 말했다. "바보 같은 철부지가 아니니까. 시간을 두고 따져 본 다음 대본을 짜려는 거겠지."

케이스니스는 앵거스 꿈을 꾸었다. 그가 전화를 했지만 그녀는 전화기에 폭발 장치가 설치됐다는 걸 알기 때문에 감히 수화기를 들지 못했다. 그녀는 눈을 떴고 벨이 울리는 전화기 옆에 놓인 알람 시계를 쳐다보았다. 자정이 지난 시각이었다. 살인 사건일 수밖에 없었다. 그녀는 일상적인 살인 사건이길 바라며…… 수화기를 들었다.

"여보세요?" 에스텍스에 다녀온 뒤로 항상 따라다니는 딸깍 소리가 그녀의 귀에 들렸다.

"늦은 시각에 연락해서 미안." 처음 듣는 젊은 남자의 음성이었다. "내일, 금요일에 평소와 같은 시각에 323호로 오는지 확인하려고."

"뭐라고요?"

"죄송합니다, 제가 전화를 잘못 건 모양이네요. 미트바움 부인 아
닌가요?"

잠이 확 깬 케이스니스는 벌떡 일어나서 앉았다. 입술을 축였다.
어딘가에서, 아마도 경찰청 1층의 감시반 사무실에서 돌아가고 있을
녹음기를 상상했다.

"아닌데요." 그녀는 대답했다. "하지만 나라면 괜한 걱정 하지 않겠
어요. 독일식 성을 쓰는 사람들은 대개 약속 시간을 잘 지키니까요."

"죄송합니다. 안녕히 주무세요."

"안녕히 주무세요."

케이스니스는 쿵쾅거리는 심장을 달래며 침대에 누웠다.

323호. 그녀와 더프가 점심시간에 밀회를 즐겼을 때 미트바움이
라는 이름으로 그랜드 호텔에 예약한 객실이 323호였다.

33

헤카테는 받침대 위에 놓인 망원경을 획 돌렸다. 구름 사이로 고개를 내민 아침 햇살이 기둥처럼 도시 위로 쏟아졌다. "그러니까 맥베스가 만나자고 해 놓고 나를 살해할 생각이라고 했단 말이지?"

"네." 보너스가 말했다.

헤카테는 망원경을 들여다보았다. "이런. 인버네스 앞에 벌써부터 대기 행렬이 진을 치고 있군그래."

보너스는 주변을 두리번거렸다. "오늘은 웨이터가 없습니까?"

"그 남자아이들 말인가? 필요한 경우에만 예약을 한다네, 이 스위트룸처럼. 뭔가를 소유하면 거기에 얽매이게 돼. 사람들의 경우에도 마찬가지고, 보너스. 차 안이 쓰레기로 가득해서 속도가 잘 나지 않으면 차가 아니라 쓰레기를 처분해야 하는데. 맥베스가 그걸 모른단 말이지. 나는 쓰레기가 아니라 차라는 걸. 맥베스한테 연락했나, 스트레가?"

방금 전에 객실로 들어온 키 큰 남자 같은 여자가 그림자 밖으로 걸어 나왔다.

"네."

"어떻게 하기로?"

"그가 내일 6시에 혼자 이쪽으로 와서 사장님을 만나기로 했습니다."

"고마워."

그녀는 다시 그림자 속으로 들어갔다.

"어떻게 감히 그럴 생각을 하는지 모르겠네요." 보너스가 말했다.

"어떻게 감히 그러느냐고?" 헤카테가 말했다. "어쩔 수가 없는 거야. 맥베스는 불빛에, 권력에 속절없이 끌리는 나방이 되었거든."

"그러다 나방처럼 불타 버리겠죠."

"아마도. 맥베스가 가장 두려워해야 하는 상대는―나방도 그렇듯이―자기 자신이야."

케이스니스는 손목시계를 확인했다. 12시 12분 전이었다. 그런 다음 눈앞에 있는 호텔 객실 문 쪽으로 시선을 돌렸다. 그녀는 아무리 오랜 세월이 흘러도, 아무리 많은 남자를 만나서 사랑하고 낮과 밤을 함께 보내더라도 그 놋쇠로 만들어진 번호를 잊지 못할 것이다.

323.

그녀는 지금이라도 돌아갈 수 있었다. 하지만 여기까지 찾아온 걸음이 아닌가. 왜 그랬을까? 더프를 다시 만날 수 있다고, 뭔가가 달라졌다고 생각했기 때문일까? 딱 하나 달라진 게 있다면 그녀는 이제 그가 없어도 완벽하게 잘 살 수 있음을 깨달았다는 것이었다. 아니면 올바른 선택을 할 수 있는 또 한 번의 기회가 저 문 뒤에서 기다리고 있을지 모른다고 생각했기 때문일까? 앵거스를 두고 에스텍스에서 걸어 나왔을 때는 올바른 선택을 하지 못했다. 그녀는 그의 집 전화 번호를 알아냈지만 아무도 전화를 받지 않았다.

그녀는 손을 들었다.

문을 두드리면 문이 폭발할 것이다.

그녀는 문을 두드렸다.

기다렸다. 다시 두드리려는 찰나 문이 열렸다. 젊은 남자가 모습을 드러냈다.

"누구세요?" 그녀는 물었다.

"뱅쿼의 아들 플리언스입니다." 전화기로 들은 그 음성이었다. 그가 옆으로 비켜섰다. "들어오세요, 미트바움 부인."

객실은 예전과 똑같았다.

맬컴도 예전과 똑같았다.

하지만 더프는 아니었다. 그는 나이를 먹었다. 플러시 천으로 덮인 호텔 침대에 앉아서 지금처럼 그녀를 기다리던 모습을 마지막으로 본 몇 달 전, 몇 년 전에 비해서만이 아니라 그녀의 아파트를 마지막으로 나서던 며칠 전에 비해서도 그랬다.

"와 줬네." 더프가 말했다.

그녀는 고개를 끄덕였다.

맬컴은 헛기침을 하고 안경을 닦았다. "우리를 보고도 별로 놀라지 않는 눈치로군, 케이스니스."

"**제가** 여길 찾아왔다는 게 제일 놀라운 사실이거든요." 그녀가 말했다. "이게 어떻게 된 일이에요?"

"어떻게 된 일이면 좋겠나, 케이스니스?"

"맥베스를 제거하러 모인 거였으면 좋겠는데요."

시턴은 철문에 달린 레버를 아래로 내려서 문을 열었다. 맥베스는 안으로 들어가서 스위치를 켰다. 형광등이 두 번 깜빡이다 탄약 상자와 다양한 무기가 놓인 선반 위로 파란색의 차가운 불빛을 드리웠다. 네모반듯한 방바닥에 금고와 반쯤 분해된 개틀링 기관총이 놓여 있었다. 맥베스는 금고 쪽으로 다가가 다이얼을 돌려서 열었다. 얼룩 말 무늬의 여행 가방을 꺼냈다. "이걸 보관해도 될 만큼 벽이 두꺼운 곳이 탄약실밖에 없었지." 그가 말했다. "거기서 다시 금고 안에 넣었고."

"그러니까 폭탄인가요?"

"음." 맥베스는 쭈그리고 앉아서 여행 가방을 열었다. "금괴가 든 가방으로 위장한 폭탄." 그는 바닥을 덮고 있는 금괴를 꺼냈다. "이건 사실 도금한 쇳덩어리들이지만 이 아래 들어 있는 폭탄은……." 그가 뚜껑을 열자 이중 바닥이 드러났다. "진짜지."

"이야." 시턴은 나지막이 휘파람을 불었다. "고전적인 사제 시한폭탄이네요."

"기발하지? 금괴가 든 가방으로 위장했으니 무겁다고 의심을 살 일도 없고. 원래 인버네스 폭발용으로 제작된 폭탄이야."

"아, 그 사건요. 그런데 왜 폐기 처분하지 않으셨나요?"

"내 아이디어였지." 맥베스는 태엽 장치를 살피며 말했다. "워낙 환상적으로 복잡한 작품이었고 작동을 멈추게 해 놓았으니까. 우리 특공대에서 나중에 쓸 일이 있을지 모른다는 생각이 들었거든. 이제 드디어……." 그는 성냥개비 크기의 금속 핀을 건드렸다. "이걸 뽑으면 카운트다운이 시작돼. 간단해 보이지만 해체하는 데 거의 40분이 걸리는 바람에 시간이 25분 55초밖에 안 남았거든. 그러니까 이걸 뽑으면 돌이킬 방법이 없어."

"그럼 헤카테와의 면담을 얼른 끝내야겠군요."

"아, 오래 걸릴 일도 없지. 고마운 마음을 증명하는 뜻에서 금괴를 준비했다고 하고 시장으로 선출될 수 있도록 도와주면 더 준비하겠다고 얘기할 테니까."

"그가 돕겠다고 할까요?"

"모르지. 그리고 10분 뒤면 어차피 죽을 것 아닌가. 관건은 그의 의심을 살 만한 상황을 절대 만들지 않는 거야. 그는 이 도시에서는 뭐든 공짜가 없다는 걸 알거든. 나는 그에게 생각해 보라고 한 다음 손목시계를 확인하고 수녀부와 회의가 있다는 핑계를 대면서—이건 진짜야—나올 거야."

"죄송하지만……." 그들은 문 쪽으로 고개를 돌렸다. 리카도였다. "전화가 왔습니다."

"내가 나중에 건다고 해." 시턴이 말했다.

"대장님이 아니라 청장님께 온 전화입니다."

맥베스는 그의 목소리에서 느껴질락 말락 하게 풍기는 냉랭한 분위기를 감지했다. 전에 특공대를 찾아왔을 때도 느낀 거였다. 다들 웅얼웅얼 깍듯하게 인사를 건넸지만 바쁜 척 얼른 시선을 돌렸다.

"나한테?"

"안내 데스크 직원이 연결했습니다. 시장님이라면서요."

"어디로 가면 되지?"

그는 특공대 베테랑을 따라갔다. 좁고 귀족적인 리카도의 얼굴과 반짝이는 까만 피부와 유연하고 당당한 걸음걸이를 볼 때마다 맥베스는 그가 사자를 사냥하던 부족의 후손인 게 분명하다는 생각을 했다. 이런 남자를 뭐라고 하더라? 충직한 신사. 맥베스도 알다시피 리카도는 필요하다면 사지까지 동지들을 따라갈 것이었다. 진짜 금으로 천금의 가치가 있는 인물이었다.

"무슨 문제라도 있나, 리카도?"

"네?"

"오늘따라 말이 없길래. 내가 모르는 일이라도 있나 해서."

"앵거스 때문에 조금 걱정이 돼서요. 그뿐입니다."

"그 친구가 요즘 기운이 없다는 얘기는 들었어. 이 일이 누구나 할 수 없는 일이긴 하지."

"출근을 하지 않았는데 어디 있는지 아는 사람이 아무도 없어서 그게 걱정입니다."

"곧 나타나겠지. 잠깐 생각할 시간이 필요했던 걸지 모르니까. 하지만 그래, 자네는 그 친구가 뭔가 극단적인 선택을 했을까 봐 걱정하는 눈치로군."

"극단적인 선택은……." 리카도는 열어 놓은 사무실 문 앞에서 걸음을 멈추었다. 수화기가 책상 위에 놓여 있었다. "앵거스가 무슨 짓을 저지르지는 않았을 겁니다."

맥베스는 걸음을 멈추고 그를 쳐다보았다. "그럼 뭔가?"

그들의 시선이 만났다. 예전에 특공대원들은 존경이 담긴 행복한 눈빛으로 맥베스를 바라보았지만 지금 리카도의 눈빛에서는 그런 분위기를 전혀 느낄 수 없었다. 리카도는 시선을 떨구었다. "잘 모르겠습니다, 청장님."

맥베스는 등 뒤로 사무실 문을 닫고 수화기를 집어 들었다.

"네, 시장님."

"통화하려고 시장이라고 거짓말을 했어요. 당신이 거짓말을 했던 것처럼. 사람을 죽이는 일은 없을 거라고 약속했잖습니까."

맥베스는 공포가 오만을 이기는 것을 보면 신기하다는 생각을 했다. 월트 카이트의 목소리에서 오만의 기미는 전혀 느낄 수가 없었다.

"내 말뜻을 오해한 모양이로군." 맥베스는 말했다. "**당신 가족**을 죽이는 일은 없을 거라는 뜻이었는데."

"당신······."

"그리고 앞으로도 그럴 거야. 당신이 계속 내가 시키는 대로 하는 한. 내가 지금 바빠서 다른 용건이 없으면 이만 끊었으면 하는데, 카이트."

수화기 저편에서는 치직거리는 기계음만 이어질 따름이었다.

"그 문제를 해결해서 다행이지 뭔가." 맥베스는 이렇게 말하고 전화를 끊었다. 책상 위 벽에 붙어 있는 사진을 들여다보았다. 브릭레이어스 암스에 모인 특공대원들을 찍은 사진이었다. 함박웃음과 높이 치켜든 맥주잔을 보면 임무를 또 한 차례 성공리에 완수하고 자축하는 자리였다는 것을 알 수 있었다. 뱅쿼가 있었다. 리카도. 앵거스와 다른 대원들. 그리고 맥베스도 있었다. 너무나 어렸다. 웃는 얼굴은 꼭 바보 같았다. 너무나 아는 게 없었다. 축복에 겨울 만큼 너무나 힘이 없었다.

"이게 우리가 세운 계획이야." 맬컴이 말했다. "그리고 자네 말고는 여기에 대해서 아는 사람이 우리 셋뿐이고. 어떻게 생각하나, 케이스니스? 우리와 함께하겠나?"

그들은 비좁은 호텔 객실에 다붓하게 앉아 있었고 케이스니스는 그들의 얼굴을 차례대로 쳐다보았다. "만약 제가 말도 안 되는 계획이라고, 저는 이 일에서 손을 떼겠다고 하면 그냥 내보내 주실 건가요? 맥베스한테 가서 떠벌릴 수도 있는데?"

"물론이야." 맬컴이 말했다.

"너무 순진하신 거 아닌가요?"

"글쎄. 맥베스한테 달려갈 작정이었다면 먼저 훌륭한 계획이라고, 자네도 동참하겠다고 하겠지. 그런 다음 가서 떠벌리겠지. 우리도 자네의 의사를 타진하는 게 위험할 수 있다는 걸 알아. 하지만 선한 사람들이 있다고, 관심을 기울이고 자신의 이익보다 이 도시를 우선으로 생각하는 사람들이 있다고 믿고 싶네."

"제가 그런 사람이라고 생각하시고요?"

"더프가 그렇게 생각하지." 맬컴이 말했다. "사실 그보다 더 강한 표현을 썼어. 자네를 **안다고** 했거든. 자네가 자기보다 나은 사람이라고."

케이스니스는 더프를 쳐다보았다.

"훌륭한 계획이에요. 동참할게요." 그녀가 말했다.

맬컴과 플리언스는 웃음을 터뜨렸고 그녀는 슬프고 생기 없는 더프의 눈빛에서도 언뜻 웃음기가 비치는 것을 확인할 수 있었다.

34

맥베스는 6시 5분 전에 오벨리스크 호텔 로비로 들어섰다. 널찍한 로비에는 도어맨 한 명과 벨보이 두어 명, 장의사처럼 검은 양복을 입고 나지막이 속삭이는 세 명의 안내 데스크 직원 말고는 아무도 없었다.

맥베스는 문이 열려 있는 엘리베이터로 직행해 안으로 들어갔고 19층 버튼을 눌렀다. 기압 차를 없애려고 이를 악물고 숨을 내뱉었다. 이 나라에서 가장 빠른 엘리베이터였고, 시골에 사는 친척들을 유혹하기 위해서였겠지만 심지어 광고까지 했었다. 여행 가방 손잡이가 미끄럽게 느껴졌다. 운이 따라 주지 않았던 도박꾼 콜럼은 왜 하필 얼룩말 무늬를 선택했을까?

엘리베이터 문이 스르르 열렸고 그는 밖으로 나섰다. 건물 도면을 보았기에 펜트하우스 스위트룸으로 가는 계단이 왼편에 있다는 것을 알았다. 그는 짧은 복도를 따라서 그 층에 딱 하나뿐인 문까지 터벅터벅 열다섯 걸음을 걸어갔다. 문을 두드리려고 손을 들었다. 하지만 잠깐 멈추고 손을 들여다보았다. 지금 손이 떨리고 있을까? 베테랑들이 말하길 특공대에서 근무한 지 7년이 지나면 손 떨림이 생긴다고 했다. 7년 차의 수전증. 그는 손 떨림이 전혀 느껴지지 않았다. 그들 말로는 손 떨림이 **없으면** 사태가 더 심각한 거라고, 그러면 그만둘 때가 됐다는 뜻이라고 했다.

맥베스는 문을 두드렸다.

발소리가 들렸다.

그의 숨소리도 들렸다.

무기는 들고 오지 않았다. 수색을 당할 게 뻔한 데다 비즈니스 미팅으로 가장한 마당에 상대를 자극할 이유가 없었다. 시장으로 출마할 생각이라고 얘기하고, 지금까지 받은 후의에 보답하고 향후의 편의를 기약하기 위한 선물이라며 여행 가방을 건네면 된다고 속으로 되뇌었다. 그럴듯하게 둘러대야 했다.

"맥베스 씨 되십니까?" 남자아이였다. 승마 바지를 입고 흰 장갑을 끼고 있었다.

"그런데?"

아이는 한쪽 옆으로 비켜섰다. "들어오세요."

펜트하우스 스위트룸은 360도 전망을 자랑했다. 비가 멎었고 오후의 태양이 서쪽의 인버네스 뒤편으로 보이는 얇은 구름 장막을 주황색으로 물들였다. 맥베스의 시선은 거기서 한 걸음 더 나아가 남쪽의 항구와 동쪽의 공장 건물들로 향했다.

"보이지 않는 손 사장님은 좀 늦으실 거라고 합니다. 많이는 아니고요." 남자아이가 전했다. "샴페인을 가져다드릴게요."

문이 살그머니 닫히고 맥베스 혼자 남겨졌다. 그는 플렉시글라스로 된 원형 테이블 옆쪽의 가죽 의자에 앉았다. "보이지 않는 손이라. 그렇군."

맥베스는 손목시계를 확인했다. 시턴과 특공대 차량에 앉아서 핀을 뽑은 뒤로 정확하게 3분하고 35초가 지났다. 폭발까지 22분 20초가 남은 셈이었다.

그는 자리에서 일어나 한쪽 벽을 차지하고 있는 갈색의 큼지막한 냉장고로 가서 문을 열었다. 안에 아무것도 없었다. 옷장도 마찬가지였다. 침실을 들여다보았다. 손도 대지 않은 상태였다. 이곳은 아무도 살지 않는 객실이었다. 그는 다시 가죽 의자로 가서 앉았다.

20분 6초.

아무 생각도 하지 않으려고 했지만 그래도 생각들이 떠올랐다.

그들이 시간이 다 됐다고 했다.

어둠이 짙어지고 있다고 했다.

죽음이 임박했다고 했다.

맥베스는 차분하게 심호흡을 했다. 지금 죽으면 어떻게 될까? 물론 의미 없는 죽음이 되겠지만 모든 죽음이 그렇지 않을까? 우리에 얽힌 이야기가 중간에 끊기고, 아무런 의미도 결말도 없이, 모든 수수께끼가 해소되는 마지막 장도 없이 어영부영 끝이 난다. 나오다 만 마지막 한 마디가 짧게 울려 퍼지다 끊기고 우리는 잊힌다. 잊히고 잊히고 또 잊혀서 아무리 큼지막한 동상이라도 어쩔 도리가 없다. 나라는 사람이, 나라는 사람을 이루는 **모든 것**이 물둘레보다 더 빠르게 사라진다. 그러니 이렇듯 뚝 끊겨서 짤막하게 찬조 출연한들 무슨 소용 있을까? 삶이 던져 주는 희열과 행복을 움켜쥐며 최대한 분위기를 맞춘들 무슨 소용 있을까? 흔적을 남기고 방향을 바꾸고 세상을 아주 조금 더 살기 좋은 곳으로 만든 다음 떠난들 무슨 소용 있을까? 아니면 인간들이 언젠가는 신의 반열에 오르길 바라며 좀 더 바람직한 꼬마 생명체를 이 땅 위에 탄생시킨다는 데 의의를 두어야 할까? 아니면 그냥 아무 의미가 없는 걸까? 어쩌면 우리는 너도나도 떠들어 대지만 아무도 듣지 않는, 끝없이 혼란스러운 횡설수설 속의 단절된 문장에 불과하고 우리가 가장 두려워하는 예감이 결국 맞는 것으로 밝혀질지 모른다. 우리는 혼자라는 것. 모두가 혼자라는 것.

17분.

그는 혼자였다. 그때 등장한 뱅쿼가 그를 가슴에 품고 가족으로 삼았다. 그리고 이제 그가 뱅쿼를 제거했다. 모두를 제거했다. 그리고 다시 혼자가 됐다. 그와 레이디뿐이었다. 하지만 그가 이걸 통해 얻고자 한 것은 무엇이었을까? 이것은 그가 원한 결과였을까? 아니면 누군가에게 선물하고 싶은 마음이었을까? 그녀를 위한, 레이디를 위한 선물이었을까?

14분.

그는 이것이 영원할 거라고 진심으로 믿었을까? 그들이 건설 중인 이 제국은 시간문제일 뿐 레이디의 정신 상태처럼 모두 아슬아슬하지 않았던가. 와르르 무너질 운명이 아니었던가. 하지만 우리에게 있는 것은 시간뿐, 좌절스러우리만치 덧없는 찰나의 순간뿐이다.

11분.

헤카테는 어디 있을까? 여행 가방을 항구로 들고 가서 바다로 던지기에는 이미 늦었다. 대안은 길거리의 맨홀에 버리고 뚜껑을 닫는 것인데 백주 대낮이라 사람들이 최근 뉴스와 언론에 자주 등장한 맥베스를 알아볼 가능성이 컸다.

7분.

맥베스는 결단을 내렸다. 2분이 지나도 헤카테가 감감무소식이면 떠날 것이다. 여행 가방은 두고 갈 것이다. 폭탄이 터지기 전에 헤카테가 오기만을 바랄 수밖에 없었다.

5분. 4분.

맥베스는 자리에서 일어나 문 앞으로 다가갔다. 귀를 기울였다.

아무 소리도 들리지 않았다.

철수할 시간이었다.

그는 문손잡이를 잡았다. 앞으로 당겼다. 힘껏 당겼다. 문이 잠겨 있었다. 그는 안에 갇혀 버렸다.

"사기를 당했다는 말씀이신가요?" 레이디는 룰렛 테이블 옆에 서 있었다. 손님 하나가 소란을 부린다는 연락을 받고 온 길이었다. 남자는 정신이 멀쩡하지 않았지만 그렇다고 술에 취한 것도 아니었다. 트위드 재킷이 쭈글쭈글했다. 그녀는 머리를 굴릴 필요도 없었다. 오벨리스크를 드나들던 시골뜨기였다.

"당연하죠." 남자가 대답하는 동안 레이디는 게임룸을 살폈다. 오늘 저녁에도 만원이었다. 직원을 추가로 뽑아야 했다. 바에만 최소 두 명이 더 필요했다. "공이 14번에 연속으로 세 번 떨어졌어요. 그럴 확률이 얼마나 되겠어요, 예?"

"하지만……."

"손님." 레이디는 웃으며 남자의 팔을 살짝 건드렸다. "공습이 시작되면 포탄이 떨어진 구멍에 숨어야 한다고, 번개는 절대 같은 곳을 두 번 치지 않는다고 얘기한 사람이 있던가요? 그런 얘기가 바로 사기예요. 하지만 여기는 인버네스 카지노잖아요, 손님." 그녀는 티켓을 건넸다. "제가 살 테니까 바에서 뭐 한잔 드세요. 제가 한 이야기 곰곰이 생각해 보시고 나중에 다시 대화 나누기로 해요. 아셨죠?"

남자는 뒤로 몸을 젖히고 그녀를 훑어보았다. 티켓을 들고 사라졌다.

"레이디."

그녀는 몸을 돌렸다. 키가 크고 어깨가 넓은 여자가 저 위에서 그녀를 내려다보고 있었다. 남자일 수도 있었다.

"보이지 않는 손 사장님께서 잠깐 얘기를 나누고 싶어 하시는데요." 남자 같은 여자는 몇 미터 떨어져 서 있는 노인을 턱으로 가리켰다. 그는 까맣게 염색한 머리에 하얀 양복을 입고 금을 씌운 지팡이를 짚고 서서 위에 달린 샹들리에를 관심 있는 눈빛으로 살피고 있었다.

"잠깐만 기다려 주시면……." 레이디는 미소를 지었다.

"저분은 다른 별명도 하나 있어요. H로 시작하죠."

레이디는 모든 동작을 멈추었다.

"보이지 않는 손이라는 별명을 더 좋아하시지만요." 남자 같은 여자는 미소를 지었다.

레이디는 노인에게로 걸어갔다.

"바카라 크리스털인가요 아니면 보헤미안인가요?" 그는 샹들리에에 시선을 고정한 채 물었다.

"보헤미안이에요." 그녀는 대답했다. "보시다시피 이스탄불의 돌마바흐체 궁전에 있는 샹들리에를 작게 본떠서 만든 거고요."

"아쉽게도 거긴 가 본 적이 없지만 체코슬로바키아의 어느 조그만 마을에 있는 예배당은 간 적이 있죠. 흑사병이 번졌을 때 사방에 나뒹구는 유골을 안치할 공간이 부족했답니다. 그러자 사람들이 외눈박이 수도승에게 유골을 정리해서 쌓는 일을 맡겼어요. 그런데 그는 그걸로 예배당을 장식했죠. 그곳에 두개골과 인골로 만든 근사한 샹들리에가 있어요. 망자에 대한 예의가 아니라고 생각하는 사람도 있겠지만 내 생각은 전혀 달라요." 노인은 샹들리에에서 그녀에게로 시선을 옮겼다. "사후에도 쓰임새가 있음을 통해 불멸의 가능성을 제시했으니 인류에게 이보다 더 큰 선물이 어디 있겠습니까, 부인? 산호초와 비슷한 거죠. 샹들리에. 아니면 하나의 상징이자 길잡이별, 워낙 단명해서 사람들의 머릿속에 좋은 사람, 욕심이 없었던 리더로 남은 경찰청장, 그 역시 과대망상증에 걸린 또 한 명의 부패한 제왕이었건만 정체가 들통날 겨를도 없이 단명의 축복을 누린 경찰청장. 나는 우리에게도 그런 죽음이 필요하다고 생각합니다, 부인. 외눈박이 수도승이 적절한 감사의 인사를 받았길 바랍니다."

레이디는 침을 꿀꺽 삼켰다. 대개 그녀는 상대방의 눈을 보며 무언가를 해석하고 이해해서 활용할 수 있었다. 하지만 이 노인의 눈에서는 아무것도 보이지 않았다. 마치 시각 장애인의 눈을 들여다보는 느낌이었다. "제가 뭘 어떻게 도와드리면 될까요, 보이지 않는 손이라고 불리는 손님?"

"아시다시피 나는 지금 부군과 만나고 있어야 합니다. 부군은 지금 호텔 스위트룸에서 나를 죽이려고 기다리고 있죠."

레이디는 숨통이 조여 오는 것을 느꼈고 지금 입을 열면 높고 날카로운 목소리가 튀어나오리라는 것을 알 수 있었다. 그래서 참았다.

"하지만 나는 죽어서 어떤 용도로 훌륭하게 쓰일 수 있을지 모르겠기에 두 분 중에서 좀 더 지각이 있는 분과 이야기를 나누어 보려고 합니다."

레이디는 그를 쳐다보았다. 그는 고개를 끄덕이고 지혜로운 할아버지처럼 슬프고 다정한 미소를 지었다. 그녀를 이해하는 사람처럼, 변명은 할 필요도 없고 아무 의미도 없다고 얘기하는 듯이 그랬다.

"그렇군요." 레이디는 세게 기침을 했다. "저는 뭘 한잔 마셔야겠는데요. 뭘 드실래요?"

"글쎄요, 여기 바텐더가 더티 마티니를 만들 줄 안다면……?"

"따라오세요."

그들은 사람들이 줄을 서서 기다리고 있는 바로 갔다. 레이디는 그 사이를 뚫고 카운터 뒤편으로 가서 마티니 잔을 두 개 챙기고 진과 마티니를 차례대로 따른 다음 카운터 아래 조리대에서 칵테일을 조제했다. 그녀는 1분도 안 돼서 원래 자리로 돌아가 노인에게 잔을 건넸다. "충분히 더티해야 할 텐데요."

그는 맛을 보았다. "충분해요. 그런데 내가 착각한 게 아니라면 재료가 하나 추가된 것 같습니다만."

"두 가지가 추가됐죠. 저만의 비법이에요. 이쪽으로 가실까요?"

"어떤 재료일까요?"

"그야 당연히 영업 비밀이지만 이렇게 표현할게요. 저는 술에도 지방색이 가미되어야 한다고 생각한다고." 레이디는 노인과 키가 큰 남자 같은 여자를 식당 뒤편의 빈방으로 안내했다.

"나와 같은 위치에 있는 사람은 영업 비밀을 사수하려는 부인에게 공감을 느낄 수밖에 없죠." 헤카테는 남자 같은 여자가 의자를 빼 주는 동안 기다리며 이렇게 얘기했다. "따라서 내 도시를 가로채려는 부인의 의도를 내가 폭로하더라도 이해해 주기 바랍니다. 야심은 존중하지만 나에게는 다른 계획이 있거든요."

레이디는 마티니를 한 모금 마셨다. "내 남편을 죽일 작정인가요?"

헤카테는 대답하지 않았다.

그녀는 똑같은 질문을 반복했다.

맥베스는 문을 쳐다보았고 입 안이 점점 말라 가는 것을 느낄 수 있었다. 객실 안에 갇히다니. 뒤에서 째깍거리는 폭탄의 소리가 **들리는** 것만 같았다. 빠져나갈 다른 방법은 없었다. 그가 건물 도면을 볼 때 항상 체크하는 것이 출구였다. 창문 밖으로는 매끈한 벽이 아스팔트까지 20층 높이로 이어졌다.

갇혔다. 덫에 빠졌다. 헤카테의 덫에. 그의 덫에.

그는 입으로 숨을 쉬며 점점 치밀어 오르는 공포를 차단하려고 했다.

객실을 눈으로 훑었다. 숨을 곳은 없었다. 폭탄이 너무 강력했다. 그의 시선이 다시 문으로 향했다. 손잡이 아래에 섬턴* 잠금장치가

---

* 열쇠로 잠그지 않고 손으로 꼭지를 돌려서 잠그는 방식.

있었다.

섬턴. 그는 바람 빠지는 소리를 내며 안도의 한숨을 길게 내뱉었다. 젠장, 왜 그랬을까? 그는 웃음을 터뜨렸다. 호텔 문은 닫히면 잠기게 **되어** 있다. 그로 말할 것 같으면 호텔이 집이었다. 잠금장치를 돌리기만 하면 문을 열 수 있었다.

그는 손을 내밀었다. 멈칫했다. 이렇게 간단할 리 없다는 생각이 드는 이유가 뭘까? 그럴 턱이 없다는, 그는 어디 있든 빠져나갈 수 없다는, 저 하늘까지 날아갈 운명이라는 생각이 드는 이유가 뭘까?

잠금장치를 감싸는 손가락이 땀으로 미끈거리는 것을 느낄 수 있었다. 돌아갔다.

잠금장치가 돌아갔다.

그는 손잡이를 눌렀다.

문을 밀어서 열었다.

밖으로 나갔다. 조용히 욕설을 내뱉으며 계단을 내려가서 복도를 달렸다.

엘리베이터 앞에 서서 버튼을 눌렀다.

1층에서 올라오고 있다는 표시가 떴다.

손목시계를 확인했다. 2분 40초 남았다.

엘리베이터가 다가오고 있었다. 무슨 소리가 들리는 것 같은데 맞나? 쨍그랑거리는 소리와 사람들 음성인데. 엘리베이터에 사람들이 타고 있나? 헤카테가 타고 있으면 어쩐다? 이제는 스위트룸으로 돌아가서 대화를 나눌 여유가 없었다.

맥베스는 달렸다. 도면에 따르면 왼쪽으로 모퉁이를 돌면 비상계단이 있다고 했다.

있었다.

그가 문을 밀어서 열었을 때 **땡** 하고 엘리베이터가 도착했다는 신호음이 들렸다. 그는 숨을 참고 문을 붙잡고 기다렸다.

목소리가 들렸다. 카랑카랑한 남자아이들의 목소리였다.

"나는 도무지 이해가……."

"보이지 않는 손 사장님은 안 오신대. 30분 동안 그 남자를 붙잡아놓으라고 했어. 샴페인을 좋아해야 할 텐데."

카트 바퀴 소리가 들렸다.

맥베스는 등 뒤로 문을 닫고 계단을 달려 내려갔다.

층마다 숫자가 적혀 있었다.

그는 17에서 멈추었다.

레이디는 고개를 끄덕였다. 숨을 쉬었다. "하지만 언젠가는 죽일 거죠?"

"그야 상황에 따라 다르죠. 사과 주스를 넣었나요?"

"아뇨. 어떤 상황에 따라서요?"

"이게 일시적인 혼란인지 여부에 따라서. 두 사람 다 내 제품을 끊은 눈치던데 모든 당사자를 감안했을 때 잘된 일일지 모릅니다."

"당신은 그이를 죽이지 않을 거예요. 경찰청장으로서 필요하니까요. 그리고 그이의 계획을 한 번 폭로했으니 그이가 교훈을 얻었을 거라고 생각할 테고요. 개는 반항했다가 혼나 본 다음이라야 길들여지는 법이죠."

노인은 남자 같은 여자에게로 고개를 돌렸다. "내가 둘 중에서 똑똑한 쪽은 그녀라고 한 게 어떤 의미에서 한 말인지 이제 알겠지?"

"그래서 저한테 원하시는 게 뭔가요, 보이지 않는 손 사장님?"

"생강인가? 뭐, 비법이 비밀이라고 했으니 제대로 대답도 하지 않을 테죠. 부인에게 어떤 선택지가 있는지 알려 주고 싶었어요. 복종하면 내가 맥베스를 모든 위험 요소로부터 보호할 겁니다. 그가 부인의 티토노스⁺가 될 거예요. 반항하면 길들여지지 않는 개를 죽이듯 두 사람을 죽일 거고요. 주위를 둘러봐요, 레이디. 부인이 잃을 수 있는 모든 걸 생각해 봐요. 꿈꾸었던 모든 걸 손에 넣었잖아요. 그러니까 이제 꿈은 그만 꾸어도 되지 않겠어요? 비법 얘기가 나왔으니 말인데, 꿈이 너무 크면 재앙을 부르는 비법으로 전락하는 법이에요." 노인은 남은 술을 한입에 털어 넣고 잔을 테이블 위에 내려놓았다. "후추. 둘 중 하나는 그거로군요."

"피예요." 레이디가 말했다.

"그래요?" 그는 지팡이에 두 손을 얹고 그걸 지렛대 삼아 몸을 일으켰다. "사람의 피인가요?"

레이디는 어깨를 으쓱했다. "그게 무슨 상관이에요? 보아하니 제 말을 믿으시는 눈치고 배합이 마음에 드신 모양인데."

노인은 웃음을 터뜨렸다. "이런 상황이 아니었다면 우리 둘은 좋은 친구가 될 수도 있었을 텐데요, 레이디."

"다음 생을 기약하세요."

⁺ 그리스 신화에서 새벽의 여신 에오스의 사랑을 받은 미남.

"다음 생을 기약할게요, 내 사랑 릴리." 그는 지팡이로 바닥을 두 번 때렸다. "그냥 앉아 있어요. 우리가 알아서 나갈 테니."

레이디는 그가 사라질 때까지 미소를 머금고 있었다. 그러다 숨을 터뜨리자 방 안이 빙그르르 도는 것처럼 느껴져서 의자 손잡이를 꼭 붙잡아야 했다. **릴리**라니. 그는 알고 있었다. **무슨 수로** 알아냈을까?

17층.

맥베스는 손목시계를 확인했다. 1분 남았다. 그런데 왜 그는 걸음을 멈추었을까? 그들은 카트를 계단 위로 나르고 있을 것이다. 폭탄이 터질 때 그 방에 있을 것이다. 그래서 뭐? 그들은 헤카테의 수족이었다. 이 음모의 일부분이었다. 그런데 뭐가 문제란 말인가. 이 도시에서 아무 죄가 없는 사람은 없었다. 그런데 지금 이 순간에 **뭔가**가 머릿속에 떠오른 이유는 뭘까? 담화문의 일부분이었나? 레이디가 작성하고 그가 낭독한 담화문? 아니면 그보다 훨씬 오래전, 경찰 대학 졸업식에서 한 선서일까? 아니면 그보다도 더 이전에 뱅쿼한테 들은 말일까? 뭔가가 있는데 뭔지 기억이 나지 않았다. 그냥⋯⋯.

젠장, 젠장, 젠장!

50초.

맥베스는 달렸다.

계단을 달려 올라갔다.

35

"나를 따라와!" 맥베스는 고함을 질렀다.

두 남자아이는 펜트하우스 스위트룸 문 앞에 난데없이 등장한 남자를 멀뚱멀뚱 쳐다보았다. 그중 한 명은 샴페인 병을 들고 코르크 마개에 달린 철사를 푸는 중이었다.

"얼른!" 맥베스는 외쳤다.

"손님, 저희는……."

"30초 안에 피하지 않으면 죽어!"

"손님, 진정하세요."

맥베스는 샴페인 쿨러를 집어서 창문으로 던졌다. 얼음들이 탁 소리를 내며 쪽매널 마루를 맞고 튕겼다. 그는 이어지는 정적 속에서 언성을 낮추었다. "25초 뒤에 이 안에서 폭탄이 터진다."

그러고는 몸을 돌려서 내달렸다. 계단을 내려갔다. 귓가에서 요란한 발소리가 들렸다. 엘리베이터 앞을 질주했다. 두 아이를 위해 계단으로 내려가는 문을 잡아 주었다.

"뛰어! 뛰어!"

등 뒤로 문을 닫고 아이들을 따라서 돌진했다.

15초. 폭발의 강도가 어느 정도일지 맥베스로서는 알 수 없었지만 인버네스처럼 튼튼한 건물을 무너뜨리는 용도로 만들어진 폭탄이라면 최대한 멀리 도망쳐야 했다. 16층. 그는 폭발의 압력을 고막과 눈과 입 속으로 벌써부터 감지하기라도 한 듯 두통이 밀려오는 것을 느꼈다. 14층. 손목시계를 확인했다. 15초가 지났다.

11층. 여전히 감감무소식이었다. 카운트다운 장치가 별로 정확하지 않든지 일부러 지연되도록 만들었든지 둘 중 하나였다. 앞에서 뛰던 두 아이가 느려지기 시작했다. 맥베스가 고함을 지르자 다시 속도를 높였다.

8층에 다다르자 두 아이는 비상구를 지나서 복도로 뛰쳐나갔지만 맥베스는 계속 계단으로 내려갔다. 엘리베이터는 죽음의 덫이었다. 1층에 다다랐을 때는 폭발 예정 시각이 거의 3분이나 지나 있었다.

그는 로비로 들어갔다. 좀 전에 보았던 직원들이 그의 등장을 알아차리지 못하고 아무 일도 없는 듯이 카운터 주변에서 서성이고 있었다. 그는 빗속으로 나섰다. 위를 올려다보았다. 목이 아플 때까지 그렇게 서 있었다. 그런 다음 아무도 없는 광장을 가로질러 시턴과 차가 기다리고 있는 곳으로 걸어갔다. 도대체 어떻게 된 걸까? 경찰청 지하실에 보관하는 동안 폭탄에 습기가 찼을까? 그가 펜트하우스 스위트룸을 나선 이후에 누군가가 카운트다운을 중단시켰을까? 아니면 폭발했지만 특공대 폭탄 전문가의 예상보다 위력이 떨어졌을까?

그럼 이제 어떻게 해야 할까? 그는 걸음을 멈추었다. 헤카테나 그의 부하들이 스위트룸으로 들어갔다가 그가 남겨 놓은 폭탄을 발견하면 어쩐다? 다시 돌아가서 여행 가방을 들고 나와야 했다.

맥베스는 몸을 돌렸다. 두 발짝을 뗐다. 자갈길 위로 드리워진 자신의 그림자를 보았을 때 천둥소리 비슷하게 쿵 하는 둔탁한 소음이 들렸다. 그는 순간 우박이 쏟아지는 줄 알았다. 하얀 덩어리들이 그의 얼굴과 손을 때리고, 자갈길 위로 후두둑 떨어지고, 주차된 차량 위에서 춤을 추었다. 샤워기 꼭지가 그의 옆으로 몇 미터 떨어진 지점을 때렸다. 누군가가 위를 올려다보는 그에게 달려들어 그의 몸을 허공으로 날린 순간, 바로 옆에서 와장창하는 소리가 들렸다. 맥베스는 공격을 막으려고 팔을 들었지만 그를 덮쳤던 남자는 벌써 일어나서 회색 외투를 툭툭 털고 도망쳤다. 몇 초 전까지 그가 서 있었던 자리에 박살 난 갈색 냉장고가 떨어져 있었다.

그는 차가운 자갈길에 머리를 댔다.

오벨리스크 꼭대기 층에서 불길이 솟았고 시커먼 연기가 하늘로 피어올랐다. 자갈길을 맞고 튕겨 나온 뭔지 모를 것이 그의 머리 옆까지 굴러왔다. 그는 그걸 집었다. 아직까지 철사가 묶여 있었다.

"어떻게 된 일인가요?" 맥베스가 차에 오르자 시턴이 물었다.

"토텔." 맥베스는 말했다. "그가 헤카테한테 알렸어. 출발해."

"토텔요?" 시턴이 길가에 대어 놓은 차를 출발시키자 와이퍼가 앞 유리창 위로 떨어진 하얀색의 조그만 유리 조각들을 쓸어서 없앴다.

"우리 계획을 아는 사람은 토텔뿐이었으니까 나를 처리해 주길 바라는 마음에 헤카테한테 귀띔한 게 분명해."

"그리고 헤카테는 청장님을 죽이려 하지 않았고요?"

"그래. 오히려 정반대야. 나를 살렸어."

"어째서요?"

"꼭두각시가 필요하거든."

"네?"

"아무것도 아니야, 시턴. 인버네스로 가자."

맥베스는 인도를 살피고, 위를 빤히 쳐다보는 사람들을 살폈다. 회색 외투를 찾았다. 몇 명이나 있었을까? 다들 회색 외투를 입고 있었을까 아니면 몇 명만 입고 있었을까? 늘 그 근처를 지키고 있었을까? 그는 눈을 감았다. 죽지 않는 운명. 목각 인형처럼 죽지 않는 운명. 머리가 점점 터질 것 같았다. 묘한 생각 하나가 머릿속을 스치고 지나갔다. 그를 안전하게 지켜 주겠다는 헤카테의 약속은 축복이 아니라 저주였다. 샴페인 코르크 마개를 손안에서 굴리자 철사가 느껴졌고 맨 먼저 달려온 경찰차의 사이렌 소리가 들렸다.

시턴은 인버네스 앞에서 차를 세웠다. 맥베스는 차에서 막 내리려던 찰나 토텔의 목소리를 들었다.

"라디오 볼륨 좀 키워 봐." 맥베스는 얘기하고 다시 차에 앉았다.

"……소문에 해명하고 친애하는 시민 여러분이 어떤 대리인을 선출했는지 알 권리를 존중하는 차원에서 오늘 이 자리를 빌려 고백하기로 결심한 바, 저는 15년 전의 짧은 외도로 아들을 낳았습니다. 그리고 당사자들, 그러니까 아이의 엄마와 제 아내와의 합의 아래 세간에 공개하지 않기로 했고요. 저는 그들 모자와 꾸준히 연락을 주고받았고 사비로 양육비를 지원했습니다. 이 사실을 공개하지 않은 것은 여러 당사자들의 입장을 감안해서 내린 결정이었습니다. 그 당시 저는 공인이 아니었기에 이 도시는 감안 대상이 아니었고 가까운 사람들 말고는 아무에게도 설명할 필요가 없었습니다. 하지만 지금은 상황이 달라졌기에 이 사실을 밝힐 때가 됐다고 생각합니다. 현재 아이 엄마가 목숨이 위중한 상태라 그녀의 동의 아래 두 달 전부터 아들이 저와 함께 지내고 있습니다. 이후로 케이시를 공개 석상에 데리고 다니며 아들이라고 소개했습니다만 아이러니하게도 저의 솔직한 대처가 뜻밖의 소문으로 발전했더군요. 다들 아시다시피 진실이 가장 믿기 어려운 법이니까요. 15년 전에 저질렀던 불륜을 자랑스럽게 여기지는 않습니다만 가까운 사람들에게 용서를 구하는 것 말고는 달리 어쩔 도리가 없군요. 저의 사생활을 근거로 리더로서의 자질을 판단하겠다는 분들에게도 어쩔 도리가 없듯이 말입니다. 그저 제가 여러분을 믿고 지금 이렇게 너무나 고통스럽고 소중한 저의 일부분을 공개하듯 여러분도 저를 믿어 달라고 말씀드릴 수밖에 없겠죠. 하지만 제가 한 모든 일에 자부심을 느끼지는 않을지 몰라도 열다섯 살 난 아들 케이시는 자랑스럽게 생각합니다. 간밤에 한참 동안 대화를 나누었는데 아이가 제게 온 도시에 알리라고 하더군요. 제가 그 아이의 아버지라는 것을." 토텔은 숨을 크게 들이마시고 누가 들어도 떨리는 목소리로 결론을 내렸다. "그 아이는 제 아들이라는 것을." 그는 기침을 했다. "그리고 다가오는 시장 선거에서 승리하겠다는 것을."

정적이 흘렀다. 감동을 받은 듯한 여자의 목소리가 들렸다.

"토텔 시장의 담화문이었습니다. 이제 다시 뉴스로 돌아가겠습니다. 4구, 정확하게는 오벨리스크 카지노 꼭대기 층에서 대규모 폭발 사고가 있었다는 소식입니다. 사망자나 부상자는 없는 것으로 전해 지지만……."

맥베스는 라디오를 껐다.

"젠장." 그는 중얼거렸다. 그런 다음 웃음을 터뜨렸다.

36

레이디는 베개를 베고 누워서 잠옷 밖으로 한쪽 발을 내밀었다. 침대 끝에 놓인 낮은 의자에 앉아 있는 맥베스를 향해 내밀었다. 빨간색 드레스를 두 벌 걸어 놓았다. 그는 그녀의 가는 발목과 깨끗하게 면도한 다리를 쓰다듬었다.

"그러니까 헤카테가 우리의 계획에 대해서 알고 있었단 말이지." 그가 말했다. "누구한테 들었는지 얘기했어?"

"아니." 레이디가 말했다. "하지만 말을 잘 들으면 당신을 내 티토노스로 만들어 줄 거라고 했어."

"티토노스가 누군데?"

"영생을 약속받은 그리스의 미남. 하지만 말을 안 들으면 훈육을 해도 안 되는 개처럼 죽일 거라고 했어."

"흠. 얘기한 사람이 토텔일 수밖에 없는데."

"자기 지금 세 번째로 그 소리 하고 있는 거 알아?"

"그 약삭빠른 놈이 입만 나불거린 게 아니었어. 그 아이가 진짜 아들이었다니. 이제 문제는 이 도시 주민들이 색골을 시장으로 뽑을 생각이 있는지 여부인데."

"15년 전에 잠깐 그런 건데?" 레이디가 되물었다. "게다가 그 당시에 시인하고 용서를 구하고 지금까지 아이와 엄마를 건사했다잖아. 그러다 엄마가 아프니까 천사처럼 아들을 자기 집으로 데려갔고. 사람들은 열광할 거야. 대부분의 사람들이 이해할 만한 실수를 저지른 뒤에 부끄러워하면서 호의를 베풀었잖아. 이로써 토텔은 만인의 시장이 되었어. 오늘 담화문이 기발한 작전이었지 뭐야. 사람들이 그에게 몰표를 던질 거야."

"토텔이 출마해서 승리할 거다. 그럼 우리는 어째야 하지?"

"어째야 하느냐고? 제일 중요한 일부터 먼저 처리해야지. 어느 드레스가 낫겠어, 잭?"

"스페인 디자인요." 잭은 쟁반에 들고 온 찻잔을 레이디의 침대 옆 테이블에 내려놓으며 얘기했다.

"고마워. 토텔하고 헤카테는, 잭? 뭔가 조치를 취해야 할까 아니면 너무 위험 부담이 따를까?"

"제가 전략가는 못 되는데요, 사장님. 하지만 적이 둘일 때는 두 가지 기본 전략이 있다고 읽었습니다. 첫 번째는 한쪽과 휴전협정을 맺고 다른 쪽을 기습 공격해서 무너뜨리는 데 병력을 집중하는 것이고요. 두 번째는 양쪽을 맞붙여서 양쪽 모두 약해질 때까지 기다렸다가 공격하는 거라고요."

그는 맥베스에게 커피 잔을 건넸다.

"자네를 승진시키는 걸 잊어버리지 않도록 나중에 다시 한번 알려 줘." 맥베스가 말했다.

"아, 이미 승진했어." 레이디가 말했다. "앞으로 2주 동안 예약이 꽉 차서 잭한테 보조가 생겼어. 잭을 팀장님이라고 부르는 보조가."

잭은 웃음을 터뜨렸다. "제가 제안한 것도 아니잖습니까."

"내가 제안한 거지." 레이디가 말했다. "그리고 제안이라고 할 수도 없어. 호칭에 원칙이 있어야 하는 거니까. 그래야 모두에게 계급의식을 심어 주고 오해를 없앨 수 있지. 예를 들어 시장이 비상사태를 선포하면 누가 이 도시를 다스리는지 파악하는 것이 중요하듯이. 누가 다스리게?"

잭은 고개를 저었다.

"경찰청장." 맥베스가 커피를 마시며 대답했다. "경찰청장이 비상사태를 해제하기 전까지."

"그래요?" 잭이 되물었다. "그럼 만약 시장이 죽으면요? 그때도 경찰청장이 인계를 받습니까?"

"음." 맥베스가 말했다. "새로운 시장이 선출될 때까지."

"종전 직후에 케네스가 도입한 원칙이야." 레이디가 말했다. "그 당시에는 위기 상황일 때 역동적이고 적극적인 리더십을 아주 중요하게 생각했거든."

"일리가 있네요." 잭이 말했다.

"비상사태의 매력이라면 경찰청장이 전권을 휘두른다는 거야. 사법부에 브레이크를 걸고 언론을 감시하고 선거를 무기한 연기하고. 한마디로 말해서……."

"독재자네요."

"바로 그거야, 잭." 레이디는 차를 저었다. "안타깝게도 토텔이 비상사태를 선포할 리 없으니 우리는 차선책으로 만족해야 해."

"차선책이 뭔데요?"

"토텔이 죽는 거지." 레이디는 차를 마셨다.

"죽는 거요? 그 말은 곧……?"

"암살당하는 거." 맥베스가 그녀의 허벅지를 살짝 누르며 말했다. "그 말이지? 그렇지?"

그녀는 고개를 끄덕였다. "그러면 경찰청장이 암살 사건을 수사하는 동안 이 도시를 맡겠다고 선포하는 거지. 배후에 정치적인 음모가 도사리고 있을까? 헤카테의 소행일까? 토텔의 불륜과 연관이 있을까? 두말하면 잔소리지만 수사는 지지부진할 거야."

"내가 정권을 잡을 수 있는 기간은 일시적이야." 맥베스가 말했다. "새로운 시장이 선출될 때까지."

"하지만 생각해 봐. 길거리가 온통 핏자국이잖아. 경찰관들이 살해당하고 정치인들은 암살당하고. 이제 시장의 역할을 떠맡은 경찰청장이 비상사태를 선포하지 않을까? 그러고는 사태가 진정될 때까지 선거를 무기한 연기하는 거지. 사태가 진정됐다고 결정할 사람은 경찰청장이고."

맥베스는 고아원 시절에 학교 운동장에서 더프와 함께 왕을 자처하자 나이가 많고 힘센 아이들까지 순순히 따를 수밖에 없었을 때 그랬던 것처럼 유치한 희열을 느꼈다. "사실상 우리가 원하는 기간 동안 권력을 무한대로 누릴 수 있어. 캐피틀에서 개입할 일은 없겠지?"

"내가 오늘 대법원의 어느 판사하고 장시간 흥미진진한 대화를 나눴거든. 케네스가 도입한 조치들이 연방법에 저촉되지만 않으면 캐피틀에서는 제재를 가할 일이 거의 혹은 전혀 없대."

"그렇군." 맥베스는 턱을 문질렀다. "재미있네. 그러니까 우리에게 필요한 건 토텔이 죽거나 자기 입으로 비상사태를 선포하거나 둘 중 하나로군."

잭이 헛기침을 했다. "또 필요한 거 있으십니까, 사장님?"

"아니. 고마워, 잭." 레이디는 쾌활하게 손사래를 치며 그를 내보냈다.

잭이 문을 열자 1층을 공허하게 울리는 베이스 소리가 들렸고 그가 문을 닫자 그 뒤를 잇는 구급차의 사이렌 소리가 들렸다.

"토텔이 우리를 저지할 계획을 세우는 중일 거야." 레이디가 말했다. "얼른 암살해야 해."

"헤카테는 어쩌지? 토텔과 헤카테가 뱀이라면 토텔은 꼬리고 헤카테가 머린데. 꼬리를 잘라 봐야 뱀이 더 위험해지기만 할 뿐이잖아. 머리를 먼저 해치워야 해!"

"아니야."

"아니라고? 말을 듣지 않으면 우리를 죽이겠다고 했다며. 그자의 말 잘 듣는 개가 되고 싶어?"

"가만히 앉아서 내 말 들어 봐. 잭이 한 얘기 들었지? 한쪽과 휴전 협정을 맺고 다른 쪽을 공격하라고. 지금은 헤카테한테 도전할 때가 아니야. 게다가 헤카테와 토텔이 실제로 공조 관계인지도 잘 모르겠어. 만약 그렇다면 헤카테가 우리더러 토텔이나 시장 자리를 건드리지 말라고 했을 거야. 하지만 당신이 출마할 거라고 예상한 뒤에도 그런 말을 하지 않았잖아. 우리가 교훈을 얻었고 이제 말 잘 듣는 개가 되었다고 생각하는 한, 헤카테는 우리가 이 도시를 정치적으로 장악하면 오히려 우리를 향해—그리고 간접적으로는 자기 자신을 향해—박수를 칠 거야. 알겠어? 지금은 적을 한 명 처리하고 원하는 걸 손에 넣어야 해. 그런 다음 헤카테는 어떻게 할지 나중에 고민하고."

맥베스는 무릎을 지나서 그녀의 다리를 계속 쓰다듬었다. 그녀는 가만히 눈을 감았고 그는 그녀의 숨소리에 귀를 기울였다. 무언의 명령을 내리는 숨소리에 따라 그의 손이 있어야 하는 곳과 있으면 안 되는 곳이 정해졌다.

오후를 지나 밤새도록 내린 비가 절대 깨끗해지지 않는 이 도시를 씻어 내렸다. 그랜드 호텔 옥상 위로도 퍼붓는 바람에 플리언스, 더프, 맬컴 그리고 케이스니스는 비가 그칠 때까지 호텔에 있기로 했다. 케이스니스는 새벽 2시에 누가 방문을 두드리는 소리를 듣고 잠에서 깼다. 그녀는 당장 누군지 알아차렸다.

문을 두드린 횟수가 아니라 간격 혹은 세기 때문이었다. 특유의 스타일이 있었다. 그는 손바닥으로 문을 두드렸다. 그리고 그녀는 그 손을 구석구석 하나도 남김없이 알았다.

그녀는 문을 살짝 열었다.

더프는 옷과 머리카락에서 빗물을 뚝뚝 흘렸고, 이를 부딪치고 있었고, 얼굴이 새하얘서 흉터가 거의 보이지 않을 정도였다. "미안. 그런데 뜨거운 물로 샤워를 해야겠어서."

"그 방에는?"

"플리언스랑 나는 2층 침대하고 세면대만 있는 방을 쓰고 있어."

그녀가 문을 좀 더 열자 그가 안으로 들어왔다.

"어디 다녀온 거야?" 그녀가 물었다.

"묘지." 그가 욕실 안에서 말했다.

"이 밤중에?"

"그래야 사람들이 없잖아." 물을 트는 소리가 들렸다. 그녀는 욕실 문 앞에 바짝 섰다. "더프?"

"응."

"그냥, 안타깝다는 얘길 하고 싶어서."

"뭐가?" 그가 큰 소리로 물었다.

그녀는 헛기침을 하고 목소리를 높였다. "당신 가족 말이야."

그녀는 자신의 말을 덮어 버리는 물소리를 들으며 그와 그녀 사이를 가리는 수증기를 물끄러미 들여다보았다.

더프가 욕실에 걸려 있던 가운을 입고 젖은 옷을 한쪽 팔에 걸치고 나왔을 때 케이스니스는 옷을 입고 널찍한 침대에 누워 있었다. 그는 젖은 바지 주머니에서 축축해진 담뱃갑을 꺼냈다. 그녀가 고개를 끄덕이자 그는 그녀의 옆에 누웠다. 케이스니스는 그의 팔에 머리를 얹고 천장에 달린 돔 모양의 노란색 유리등을 올려다보았다. 죽은 벌레들이 안쪽에 점점이 붙어 있었다.

"빛에 너무 가까이 다가가면 저렇게 되는 거야." 그가 말했다. 그녀가 무슨 생각을 하는지 알아맞히는 능력이 죽지 않은 모양이었다.

"이카로스." 그녀가 말했다.

"맥베스." 그는 이렇게 말하고 담배에 불을 붙였다.

"다시 담배를 피우기 시작한 줄 몰랐어." 그녀가 말했다.

"그러게, 좀 이상해. 이 개똥을 한 번도 좋아한 적 없었는데." 그는 얼굴을 찡그리며 큼지막하고 두툼한 도넛을 만들어서 천장으로 불었다.

그녀는 키득거렸다. "그런데 왜 시작했어?"

"내가 얘기 안 했던가?"

"당신이 나한테 얘기하지 않은 게 어디 한두 가지라야 말이지."

그는 기침을 하고 그녀에게 담배를 넘겼다. "맥베스처럼 되고 싶었 거든."

"나는 그가 당신처럼 되고 싶어 한 줄 알았는데."

"우라지게 멋져 보였어. 그리고 너무…… 자유로워 보였고. 그는 자기 자신에 만족했고 자신감이 하늘을 찔렀어. 나는 그런 적이 없었 는데."

"하지만 당신은 똑똑했잖아." 그녀는 담배를 한 모금 빨고 다시 넘 겼다. "당신이 옳다고 남들을 설득하는 능력이 있었고."

"사람들은 자기가 틀렸다는 걸 알면 좋아하지 않아. 그리고 나는 나를 좋아하도록 남들을 설득하는 능력이 없었어. 그 친구에게는 그 런 능력이 있었고."

"싸구려 매력이야, 더프. 지금의 그를 봐. 모두를 속였잖아."

"아니야." 더프는 고개를 저었다. "아니야, 맥베스는 아무도 속이지 않았어. 그는 직설적이고 솔직했어. 성자는 아니지만 숨은 꿍꿍이 없 이…… 보이는 그대로였어. 그가 얘기를 하면 위트가 넘친다거나 기발하다는 인상은 풍기지 않았을지 몰라도 그가 하는 말은 뭐든 믿을 수 있었어. 당연히 그럴 수밖에 없었지."

"믿음직스러웠다고? 그는 아무 감정도 없는 살인범이야, 더프."

"그건 당신의 착각이야. 맥베스는 감정이 풍부해. 그래서 파리 한 마리 죽이지 못하는 거야. 좀 더 정확히 말하자면 그래서 특히 파리 한 마리 죽이지 못하는 거야. 공격적인 말벌이라면 모를까, 방어 능력이 없는 파리라고? 아무리 짜증 나게 굴어도 못 죽여."

"어떻게 그를 변호할 수 있어? 당신은……."

"그를 변호하는 게 아니야. 당연히 그는 살인범이지. 다만 방어 능력이 없는 사람은 죽이지 못한다는 거야. 그런 적은 딱 한 번뿐이었어. 그것도 나를 구하기 위해서."

"아, 그래?" 그녀가 말했다. "어쩌다 그렇게 된 건데?"

그는 담배를 힘껏 빨았다. "포레스 근처의 시골길에서 노스 라이더를 죽였을 때. 내가 자기 조직원을 스위노로 착각하고 죽이는 걸 목격한 젊은 녀석이었지."

"그러니까 그들이 당신한테 총을 들이댄 게 아니었어?"

더프는 고개를 끄덕였다.

"하지만 그래 봐야 맥베스가 당신보다 나을 게 없잖아." 케이스니스가 말했다.

"아니지. 나는 내 자신을 위해서 살인을 저질렀잖아. 그는 다른 사람을 위해서 그랬고."

"그야 경찰이 하는 일이 원래 그런 거니까 그렇지. 우리는 서로 챙기는 사이잖아."

"아니야, 그는 나한테 진 빚이 있다고 생각했어."

케이스니스는 팔꿈치를 짚고 몸을 일으켰다. "당신한테 진 빚이 있다고?"

더프는 천장을 향해 담배를 든 채로 한쪽 눈을 감고 다른 눈으로 불빛 위쪽을 조준했다. "할아버지가 돌아가셨을 때 나는 결국 고아원 신세를 지게 됐는데 하마터면 나이가 너무 많아서 못 들어갈 뻔했어. 열네 살이었거든. 맥베스는 나하고 동갑이었지만 다섯 살 때부터 거기 있었으니까. 맥베스하고 나는 한방을 썼고 곧바로 친구가 됐지. 그 당시에 맥베스는 말을 더듬었거든. 토요일 밤이 다가오면 특히 심해졌어. 그는 토요일이 되면 한밤중에 어디론가 사라졌다가 한 시간 뒤에 돌아왔는데, 어디 다녀왔는지 절대 얘기하지 않았어. 내가 아이들이 무서워하는 로리얼 원장한테 이르겠다고 장난으로 협박했더니 그제야 그래 봐야 별 소용 없을 거라고 하더라고." 더프는 담배를 힘껏 빨았다. "왜냐하면 그 방에 다녀오는 거였으니까."

"그러니까…… 원장이……."

"기억할 수 없을 만큼 오래전부터 맥베스를 성폭행하고 있었던 거지. 나는 내 귀를 의심했어. 로리얼이 그에게 저지른 짓은…… 인간이 다른 인간에게 그런 짓을 저지를 수가 있다는 게, 그런 데서 쾌락을 느낄 수 있다는 게 상상이 되지 않을 정도였거든. 한번은 맥베스가 반항을 했더니 로리얼이 반쯤 죽여서 지하에 있는 이른바 교화실에 2주 동안 가뒀다고 하더군. 진짜 감방에 말이야. 나는 너무 화가 나서 눈물을 흘렸어. 왜냐하면 그 모든 게 사실이라는 걸 알았거든. 맥베스는 절대 거짓말을 하는 일이 없었으니까. 그래서 로리얼을 죽여야 된다고 했어. 내가 돕겠다고. 내 말을 듣고 맥베스는 좋다고 했지."

"그를 **살해할** 계획을 세운 거야?"

"아니." 더프는 대답하고 그녀에게 담배를 건넸다. "계획이랄 것도 없었어. 그냥 죽였지."

"당신이⋯⋯."

"어느 목요일에 그의 방으로 찾아갔어. 로리얼이 코를 골고 있다는 걸 문 앞에서 확인하고 안으로 들어갔지. 맥베스는 그 방 구석구석 모르는 데가 없었어. 내가 문 안쪽에서 망을 보는 동안 맥베스가 침대 앞으로 가서 칼을 들었어. 그런데 시간이 지나서 내 눈이 어둠에 적응됐을 때 보니까 그가 소금 기둥처럼 뻣뻣하게 그냥 서 있지 뭐야. 잠시 후에 일그러진 얼굴로 내게 와서 모, 모, 못 하겠다고 속삭였지. 그래서 내가 칼을 건네받고 로리얼에게 가서 드르렁거리고 있는 입에 힘껏 쑤셔 넣었어. 로리얼은 한 번 더 움찔하더니 드르렁거리던 걸 멈췄어. 피도 별로 나지 않더군. 우리는 곧바로 그 방에서 빠져나왔지."

"맙소사." 케이스니스는 태아처럼 몸을 웅크렸다. "그러고 나서 어떻게 됐어?"

"별일 없었어. 용의자가 200명이었거든. 맥베스가 전보다 더 심하게 말을 더듬는다는 걸 아무도 알아차리지 못했고. 그 뒤로 2, 3주 뒤에 그가 도망쳤을 때도 살인 사건하고 연관 짓는 사람은 아무도 없었어. 애들이 노상 도망치는 게 일이었으니까."

"그러고는 나중에 당신이랑 맥베스랑 다시 만난 거야?"

"중앙역에서 두어 번 마주쳤지. 말을 걸고 싶었지만 그 친구가 도 망치더라고. 꼭 채권자를 만난 빚쟁이처럼. 그러다 몇 년 뒤에 경찰 대학에서 만났어. 그 무렵에 그는 약을 끊었고 말을 더듬는 습관도 완전히 없어졌고…… 전혀 다른 사람이 되어 있었어. **내가 닮고 싶은 사람이.**"

"건전하고 마음씨가 따뜻하고 당신하고 다르게 살인에 대한 죄책 감이 없었기 때문에 닮고 싶었던 거야?"

"맥베스는 잔인하게 살인할 수 있는 능력을, 약점이라면 모를까, 장점이라고 생각한 적이 없어. 그 오랜 기간 동안 특공대 생활을 했 어도 자기나 다른 대원이 공격을 당했을 때만 상대를 죽였고."

"그럼 이 많은 살인 사건들은 어떻게 된 거야?"

"제삼자에게 명령을 내렸지."

"부녀자와 아이들을 죽였잖아. 이제는 당신이 알던 그 친구가 아닌 것 같은데, 더프."

"인간은 변하지 않아."

"**당신은 변했어.**"

"내가?"

"변하지 않았다면 여기 있을 리가 없어. 이런 싸움을 벌일 리가 없 어. 맥베스를 그런 식으로 얘기할 리 없어. 당신은 뼛속까지 이기적 이야. 당신 앞을 가로막는다면 뭐가 됐든 누가 됐든 짓밟고 지나갈 준비가 되어 있지. 당신 동료, 당신 가족. 나."

"내 기억에 진심으로 달라지고 싶었던 적은 딱 한 번뿐이었는데 맥베스처럼 되고 싶었을 때였어. 그게 불가능하다는 걸 깨달았을 때 좀 더 나은 인간이 되는 수밖에 없었지. 헤카테가 그 아이의 눈을 앗아 갔듯이 원래 주인에게 있어야 더 귀하게 쓰일 수 있는 거라도 원하면 차지할 수 있는 사람. 내가 언제 메러디스를 사랑하게 됐는지 알아?"

케이스니스는 고개를 저었다.

"맥베스, 나, 메러디스 그리고 그녀의 친구, 이렇게 넷이 한자리에 있었을 때 맥베스가 어떤 눈빛으로 메러디스를 바라보는지 알아차렸거든."

"농담이라고 얘기해 줘, 더프."

"유감스럽지만 사실이야."

"당신 정말 지질한 인간이다."

"내가 하고 싶은 말이 그거야. 당신은 나더러 다른 사람들을 위해 이 싸움을 벌이고 있지 않느냐고 하지만, 진짜로 그런지 아니면 맥베스가 가지고 싶어 하는 걸 빼앗고 싶은 마음뿐인지 잘 모르겠어."

"하지만 그는 그걸 가지고 싶어 하지 않아, 더프. 이 도시, 권력, 부……. 그런 데에는 눈곱만큼도 관심이 없어. 그가 원하는 건 그녀의 사랑뿐이야."

"레이디."

"레이디의 모든 것. 몰랐어?"

더프는 담배 연기로 찌그러진 도넛을 만들어 천장으로 불었다. "맥베스는 사랑에 눈이 멀었고 나는 시기와 증오에 눈이 멀었지. 그는 자비를 베푸는데 나는 살인을 저지르고 있어. 내일은 내가 한때 가장 친하게 지냈던 친구를—기습해서—살해할 테고, 그러면 자비와 사랑은 갈 길을 잃겠지."

"냉소주의와 자기혐오 못 들어 주겠다, 더프."

"흠." 그는 침대 옆 테이블에 놓인 재떨이에 담배를 비벼서 껐다. "자기 연민을 빼먹었네."

"아, 그래. 자기 연민도."

"나는 평생 오만한 이기주의자로 살았어. 당신이 어떻게 나를 사랑할 수 있었는지 모르겠군."

"자기를 구원해 줄 것 같은 남자한테 사족을 못 쓰는 여자가 있는가 하면 자기가 구원할 수 있을 것 같은 남자한테 사족을 못 쓰는 여자도 있거든."

"아멘." 더프는 말하고 일어났다. "당신네 여자들은 우리 남자들이 변하지 않는다는 걸 몰라. 우리는 사랑을 발견하더라도, 조만간 죽는다는 걸 알게 되더라도 달라지지 않아. 절대."

"자신감이 부족한 걸 감추려고 거만한 척하는 사람도 있지만 당신의 거만함은 진짜야. 완벽한 자신감에서 비롯되는 거고."

더프는 웃으며 축축한 바지를 입었다. "이제 좀 자. 내일은 정신 바짝 차려야 하니까."

그가 나가자 케이스니스는 일어나서 커튼을 한쪽으로 젖히고 길거리를 내려다보았다. 물웅덩이를 쌩하니 지나는 타이어. 빛이 바랜 조이스 햄버거 바 광고, 페킹 세탁소 그리고 탠드렐라 빙고 홀 광고. 골목길에서 잠깐 이글거린 담뱃불.

몇 시간 있으면 날이 밝을 것이다.

그녀는 이제 다시 잠을 이룰 수 없을 것이다.

37

더 심한 폭우와 함께 토요일이 밝았다. 이 도시에서 발행되는 두 신문 모두 1면 기사로 토텔의 담화문과 오벨리스크의 꼭대기 층에서 벌어진 폭발 사건을 다루었다. 《타임스》는 사설을 통해 맥베스가 라디오 인터뷰에서 시장 출마를 명확하게 거부한 건 아니라고 했다. 그리고 토텔은 세인트조디 병원에 입원한 아이 어머니의 병상을 지키고 있기 때문에 코멘트를 들을 수 없었다고 했다. 아침 늦게 비가 그쳤다.

"일찍 퇴근했네." 실라는 현관에서 앞치마에 손을 닦으며 살짝 걱정하는 눈빛으로 남편을 보았다.

"할 일이 없어서. 나 혼자 출근한 것 같더라고." 레녹스는 이렇게 말하며 서랍장 옆에 가방을 내려놓고 옷장에서 옷걸이를 꺼내 외투를 걸었다. 시의회에서 공공 부문에 주5일 근무제를 도입한 지 2년이 지났지만 경찰청에서는 승진하고 싶으면 토요일에도 얼굴을 보여야 한다는 것이 불문율이었다.

레녹스는 아내의 뺨에 가볍게 입을 맞추었다. 그가 알지 못하는 새로운 향수 냄새를 맡자 불쑥 떠오른 생각 하나가 머릿속을 어지럽혔다. 아내가 다른 남자와 침대에 누워 있는 현장을 목격하면 어떻게 해야 할까. 그는 그 생각을 곧바로 떨쳐 버렸다. 첫째, 그녀는 그럴 타입이 아니었다. 둘째, 그녀는 그 정도로 매력적이지 않았다. 그녀가 결국 난쟁이 알비노의 아내가 된 것도 그 때문이었다. 그 생각을 떨쳐 버린 세 번째이자 가장 강력한 이유는 단순했다. 감당하기 너무 힘들기 때문이었다.

"무슨 문제라도 생긴 거야?" 그녀는 거실까지 쫓아오며 물었다.

"문제는 무슨." 그는 말했다. "그냥 피곤해서 그래. 애들은?"

"마당에 있어." 그녀가 말했다. "드디어 날씨가 좀 괜찮아져서."

그는 큼지막한 유리창 옆에 섰다. 아이들이 비명을 지르고 웃고 뭐가 뭔지 알 수 없는 게임을 하며 뛰어다니는 모습을 바라보았다. 도망치기 게임인 듯했다. 배워 놓으면 좋은 기술이었다. 그는 하늘을 올려다보았다. 날씨가 괜찮아졌다고? 오줌 줄기가 다시 쏟아지기 직전의 짧은 소강상태였다. 그는 안락의자에 털썩 주저앉았다. 언제까지 이렇게 버틸 수 있을까?

"점심 먹으려면 한 시간은 있어야 될 텐데." 그녀가 말했다.

"괜찮아, 여보." 그는 그녀를 쳐다보았다. 그녀를 진심으로 좋아했지만 정신없이 사랑한 적이 있었을까? 기억이 나지 않았고 어쩌면 그건 중요한 문제가 아닐지도 몰랐다. 그녀는 아무 얘기도 하지 않았지만 그녀 역시 그를 정신없이 사랑한 적은 없었을 거라고 장담할 수 있었다. 실라는 원래 말수가 없었다. 그의 설득에 넘어가서 그와 사귀다 결국 결혼까지 하게 된 것도 어쩌면 그 때문일 수 있었다. 두 사람 몫을 할 수 있을 만큼 말이 많은 남자를 만난 것이었다.

"아무 문제 없는 거 맞아?"

"그렇다니까. 냄새 좋네. 뭐야?"

"음, 대구." 그녀는 웬일이냐고 묻는 듯이 미간을 찌푸리며 대답했다.

그는 시작도 하지 않은 점심 식사 메뉴가 아니라 향수에 대해서 물은 거라고 설명하려 했지만 그녀가 부엌으로 들어가 버렸기 때문에 의자를 돌려서 마당을 마주 보았다. 큰딸이 그를 보고 얼굴을 환히 빛내며 두 동생에게 뭐라고 소리를 질렀다. 그는 아이들을 향해 손을 흔들었다. 어떻게 별 매력 없는 두 사람 사이에서 저렇게 예쁜 아이들이 태어났을까? 그때 또 어떤 생각이 그의 머리를 스치고 지나갔다. **다른 남자의 아이들일 수도 있지.**

불륜과 배신.

이제는 아들이 그에게 소리를 지르고 있었고—뭐라고 하는지는 들리지 않았다—아버지의 관심을 받는 데 성공하자 잔디 위에서 옆으로 재주를 넘었다. 레녹스가 두 손을 높이 들고 박수를 치자 세 아이 모두 재주를 넘었다. 존경하는 아빠, 본받고 싶은 아빠 앞에서 자랑하기 위해서였다. 그렇게 소리를 지르고 웃음을 터뜨리며 재미있게 놀았다. 레녹스는 파이프에 흐르던 정적과 햇살과 갈가리 찢긴 채 창문 옆에서 펄럭이던 커튼과 들릴락 말락 하게 구슬픈 휘파람 소리를 내며 벽에 뚫린 구멍을 관통하던 산들바람을 떠올렸다. 감당할 수 없는 기억들이었다. 사랑하는 사람을 잃는 방법은 수도 없이 많았다.

그들이 어느 날 남편 또는 아버지의 실체를 알아차리면 어떻게 될까? 그때도 바람은 똑같은 탄식을 내뱉을까?

그는 눈을 감았다. 일말의 휴식을 누렸다. 일말의 괜찮은 날씨를 누렸다.

그는 누군가가 위로 허리를 숙이고 자신을 향해 숨을 내뱉는 것을 느꼈다. 눈을 떴다. 실라였다.

"내가 부르는 소리 못 들었어?" 그녀가 물었다.

"응?"

"전화 왔어. 시턴 경감인가 뭐라던데."

레녹스는 현관 앞 홀로 가서 테이블에 놓인 수화기를 들었다. "여보세요?"

"일찍 퇴근했네요, 레녹스? 오늘 저녁에 도움이 필요한데."

"나는 몸이 좀 안 좋아서. 다른 사람 찾아봐."

"청장님께서 경감님을 데리고 가라고 하셨어요."

레녹스는 침을 꿀꺽 삼켰다. 입에서 납의 맛이 느껴졌다. "데리고 가다니 어디로?"

"병원요. 한 시간 안으로 준비해요. 데리러 갈 테니까." 딸깍하는 소리가 났다. 시턴이 전화를 끊은 것이었다. 납.

"무슨 일이야?" 실라가 부엌에서 큰 소리로 물었다.

주변에 따라 형태가 달라지고, 인간을 중독과 사망에 이르게 하며, 말을 잘 듣고 350도에 녹는 중금속.

"아무 일도 아니야, 여보. 아무 일도 아니야."

맥베스는 죽은 사람이 나오는 꿈을 꾸다 눈을 떴다. 누군가가 문을 두드리고 있었다. 듣자 하니 한참 전부터 두드리고 있었던 듯했다.

"청장님!" 잭의 목소리였다.

"응." 맥베스는 끙끙거리며 주변을 둘러보았다. 햇빛이 방 안을 가득 채우고 있었다. 몇 시일까? 그는 꿈을 꾸고 있었다. 단검을 들고 침대 옆에 서 있는 꿈이었다. 하지만 그가 눈을 깜빡일 때마다 누워 있는 사람의 얼굴이 바뀌었다.

"케이스니스 경감에게 전화가 왔습니다, 청장님. 급한 일이라고 하는데요."

"연결해 줘." 맥베스는 말하며 침대 옆 테이블로 몸을 돌렸다. "케이스니스?"

"토요일에 전화를 드려서 죄송하지만 시신을 발견해서요. 아무래도 청장님께 도움을 부탁드려야 할 것 같습니다." 그녀는 숨을 헐떡이고 있었다.

"어째서?"

"뱅쿼의 아들 플리언스의 시신인 것 같아서요. 훼손이 심한데 이도시에 가까운 친척이 없다 보니 청장님께 신원 확인을 부탁드리는 게 가장 좋지 않을까 싶은데요."

"아." 맥베스는 목구멍이 조여 오는 것을 느꼈다.

"네?"

"응, 그렇겠지." 맥베스는 이불로 몸을 더욱 단단히 감쌌다. "시신이 바닷속에 그토록 오래 있었으니……."

"그게 문젭니다."

"그게 문제라고?"

"시신이 발견된 곳은 바다가 아니라 14번가와 15번가 사이의 골목 길이에요."

"뭐라고?"

"그래서 플리언스가 맞는지 확인한 뒤에 수사를 진행하려는 겁니 다."

"14번가와 15번가 사이라고 했나?"

"14번가와 도히니가 만나는 곳으로 와 주세요. 조이스 햄버거 바 앞에서 기다리고 있겠습니다."

"알았네, 케이스니스. 20분 안으로 가지."

"감사합니다."

맥베스는 전화를 끊었다. 백합. 카펫의 무늬가 백합이었다. 릴리. 레이디가 낳은 아이의 이름이 릴리였다. 그 전까지는 연관성을 왜 몰랐을까? 죽은 사람. 그렇게 많은 죽음을 목격하고 맛보고 먹은 적이 없기 때문이었다. 그는 눈을 감았다. 꿈속에서 계속 바뀌던 얼굴을 떠올렸다. 아무것도 모르는 채 입을 벌리고 코를 골며 자고 있는 고아원장 로리얼의 얼굴이 눈을 뜨고 다 아는 표정으로 그를 쳐다보는 덩컨 경찰청장의 얼굴로 바뀌었다. 그러다 잔인하게 눈을 부릅뜬 채 뻣뻣하게 굳은 뱅쿼의 얼굴로 바뀌었다. 몸은 없고 베개 위에 얼굴만 놓여 있었다. 그러다 아스팔트 위에 무릎을 꿇고 이미 죽은 동료와 자신을 향해 다가오는 맥베스를 쳐다보며 겁에 질린 표정을 지었던 이름 모를 젊은 노스 라이더의 얼굴로 바뀌었다. 그는 천장을 올려다보았다. 악몽을 꾸고 일어나 안도의 한숨을 내뱉었던 수많은 순간들을 떠올렸다. 사실은 그가 모래 늪 속으로 빨려 들어가고 있거나 개들에게 잡아먹히고 있지 않다는 것을 깨닫고 안심했던 순간들을 떠올렸다. 하지만 **느낌**상으로는 악몽에서 깨어난 것 같은데 계속 꿈을 꾸고 있고 계속 늪 속으로 빨려 들어가고 있어서 몇 겹을 뚫고 나온 다음에서야 의식을 되찾는 때도 있었다. 그는 눈을 질끈 감았다. 다시 떴다. 그런 다음 침대에서 일어났다.

가슴이 풍만한 세인트조디 병원 접수계의 흑인 여직원은 레녹스가 내민 신분증을 확인하고 고개를 들었다.

"면회 절대 금지라고 들었는데요……." 그녀는 신분증을 다시 확인했다. "경감님."

"경찰에 관련된 문제입니다." 그는 말했다. "아주 급한 일이에요. 시장님께 곧바로 알려야 해요."

"메시지를 남겨 주시면 제가……."

"긴급한 기밀 사안이라서요."

그녀는 한숨을 쉬었다.

"204호예요, 2층요."

토텔 시장과 남자아이가 널찍한 병실의 어느 침대 옆 나무 의자에 나란히 앉아 있었다. 아버지가 아들의 어깨를 감싸 안고 있었고 레녹스가 뒤로 다가가 헛기침을 하자 둘 다 그를 올려다보았다. 침대에 창백하고 머리숱이 없는 중년의 여자가 누워 있었는데, 아이와 닮았다는 것을 한눈에 알아볼 수 있었다. "안녕하십니까, 시장님. 저를 기억 못 하실 테지만 인버네스 카지노에서 열린 만찬 때 뵌 적이 있습니다."

"레녹스 경감 아닌가? 부정부패척결반장인."

"대단하십니다. 이런 식으로 불쑥 찾아와서 죄송합니다."

"어쩐 일인가, 레녹스?"

"시장님을 조만간 암살하려는 자가 있다는 믿을 만한 정보가 입수됐습니다."

아이는 움찔했지만 토텔은 눈 하나 깜빡하지 않았다. "좀 더 자세히 얘기해 보게, 경감."

"지금 당장은 그게 전부지만 심각한 상황이라고 판단했기에 시장님을 좀 더 안전한 곳으로 모시려고 합니다."

토텔은 한쪽 눈썹을 추켜세웠다. "병원보다 더 안전한 곳이 어디 있겠나?"

"시장님이 여기 계시다고 신문에 보도됐잖습니까. 여긴 아무나 드나들 수 있는 곳입니다. 시장님을 차량까지 모시고 가서 댁에 안전하게 도착할 때까지 수행하겠습니다. 그런 다음 시간을 두고 좀 더 심도 있게 조사를 했으면 하는데요. 그러니까 괜찮으시면 저와 함께……."

"지금? 보다시피……."

"저도 죄송하게 생각합니다만, 시장직을 보호하는 것이 저희 의무이자 시장님의 의무입니다."

"자네가 문 앞에서 보초를 서고 있으면……."

"저는 지시를 받은 대로 따라야 합니다, 시장님."

"내 지시를 따르면 되지."

"가요." 침대에 누워 있던 여자가 들릴락 말락 하게 속삭였다. "가요, 케이시 데리고."

토텔은 그녀에게 손을 얹었다. "하지만 이디스, 당신이……."

"피곤해요. 이제 좀 혼자 있고 싶어요. 케이시는 당신이랑 있어야 더 안전하잖아요. 저 사람 말 들어요."

"그래도 괜……."

"네, 괜찮아요."

여자는 눈을 감았다. 토텔은 그녀의 손을 토닥이고 레녹스를 돌아보았다. "알았네, 가도록 하지."

그들은 병실을 나섰다. 아이가 몇 발짝 앞에서 걸었다.

"저 아이도 알고 있습니까?" 레녹스가 물었다.

"엄마가 살날이 얼마 남지 않았다는 거? 음."

"어떻게 견디고 있습니까?"

"어떤 날은 좀 더 힘들어하고 그렇더군. 안 지 꽤 됐어." 그들은 매점과 출구를 향해 계단을 내려갔다. "하지만 말로는 괜찮다고 해. 우리 둘 중 한 명이라도 있으면 괜찮다고. 가서 담배 좀 사 와야겠네. 기다려 주겠나?"

"저기 있네." 맥베스가 손으로 가리키며 말했다.

잭은 그랜드 호텔 맞은편, 세탁소와 햄버거 가게 사이 길가에 차를 댔다. 두 사람 모두 차에서 내렸고 맥베스는 아무도 없는 길거리를 위아래로 훑었다.

"금세 와 주셔서 감사합니다." 케이스니스가 말했다.

"천만에." 맥베스가 말했다. 그녀에게서 향수 냄새가 강하게 풍겼다. 전에도 그걸 느낀 적이 있는지 기억이 나지 않았다.

"앞장서게." 맥베스가 말했다.

맥베스와 잭은 그녀를 따라갔다. 토요일 저녁이 이제 막 시작되려 하고 있었다. '나체 서비스'라고 적힌 네온사인 밑에 서 있던 양복 입은 도어맨이 케이스니스를 위아래로 훑어보더니 담배꽁초를 바닥으로 던져서 구둣발로 비벼 껐다.

"시턴이랑 같이 오실 줄 알았는데요." 케이스니스가 말했다.

"시턴은 오늘 저녁에 세인트조디에서 볼일이 있어서. 여긴가?"

케이스니스는 살인사건수사반이 들고 다니는 주황색 테이프로 막아 놓은 골목길 입구에서 걸음을 멈추었다. 양쪽 집들에서 뒷문에 내놓은 쓰레기통이 서로 바짝 붙어 있을 정도로 좁은 길이었다. 게다가 하도 어두컴컴해서 아무것도 보이지 않았다.

"제가 먼저 출동했어요. 다른 현장감식팀원들은 나중에 오기로 했고요. 주말에는 그런 식으로 작업을 합니다. 다들 사방으로 흩어져서 일을 하기 때문에." 케이스니스가 테이프를 위로 들어 올렸고 맥베스는 몸을 숙여서 그 아래로 들어갔다. "괜찮으시면 혼자 들어가서 시신을 확인해 주시겠습니까, 청장님? 시트로 덮어 놓았는데 다른 데는 절대 건드리지 말아 주세요. 지문을 최대한 남기지 않았으면 해서요. 기사님은 여기서 기다리고 그동안 저는 다시 조이스에 가서 병리학 전문가를 만나겠습니다. 조만간 도착할 예정이라서요."

맥베스는 그녀를 쳐다보았다. 표정에서 아무것도 읽을 수 없었다. 아직은 그랬다. 그녀는 시턴이 올 줄 알았다고 했다. 독한 향수 냄새를 풍겼다. 다른 냄새를 가리기 위한 용도일 수 있었다.

"알았네." 그는 골목길 안쪽으로 걸음을 옮겼다.

10미터도 채 못 가 대로의 모든 소음이 사라지고 환풍기 돌아가는 소리, 어느 집 열린 창문에서 들리는 기침 소리, 웅얼대는 라디오 소리만 남았다. 토드 룬드그렌의 〈헬로, 이츠 미〉였다. 그는 쓰레기통 사이에 몸을 숨겨 가며 살금살금 앞으로 움직였다. 왜 그러는지 이유는 알 수 없었다. 습관 때문일 것이었다.

시신은 골목길 중간에 놓여 있었고 벽에 달린 가로등이 고깔 모양으로 드리운 불빛에 절반이 걸쳐져 있었다. 반대편 끝으로 15번가가 보였지만 너무 멀어서 그쪽에도 테이프가 쳐져 있는지는 알 수 없었다.

하얀 시트 밑으로 발 두 개가 삐져나와 있었다. 그는 끝이 뾰족한 구두를 한눈에 알아보았다.

시트 쪽으로 다가갔다. 숨을 크게 들이마셨다. 바로 뒤편 문 위로 요란하게 돌아가는 환풍기에서 달짝지근한 드라이클리닝 약품 냄새가 흘러나왔다. 그는 시트 한가운데를 잡고 휙 젖혔다.

"안녕, 맥베스."

맥베스는 어둠 속에 반듯이 누워 있는 남자가 자신을 향해 겨눈 산탄총 총구를 빤히 들여다보았다. 남자의 얼굴에서 흉터가 반짝였다. 맥베스는 숨을 터뜨렸다.

"안녕, 더프."

더프는 맥베스의 손을 쳐다보며 말을 이었다. "맥베스, 너는 이 자리에서 체포됐어. 손가락 하나라도 까딱하면 당장 쏠 거야. 알아서

해."

맥베스는 15번가 쪽을 쳐다보았다. "나는 이 도시의 경찰청장이야, 더프. 나를 체포할 수는 없어."

"권력자가 경찰청장만 있는 건 아니지."

"시장 말이야?" 맥베스는 웃음을 터뜨렸다. "그자는 그때까지 살아 있지도 못할 텐데."

"이 도시의 권력자를 얘기하는 게 아니야." 더프는 맥베스를 겨눈 총구를 1센티미터도 움직이지 않고 일어섰다.

"너는 파이프에서 자행된 살인 사건에 관여한 혐의로 체포됐고 그곳으로 이송돼서 재판을 받을 거야. 그쪽 사람들과 이미 얘기가 끝났어. 파이프에서 벌어진 뱅쿼 살인 사건의 배후 인물로도 기소될 거야. 머리 위로 손 들고 벽을 마주 봐."

맥베스는 그가 시키는 대로 했다. "아무 증거가 없다는 걸 너도 알잖아."

"케이스니스 경감이 앵거스에게 들은 이야기가 있으니까 그거면 너를 파이프에 일주일 동안 감금하기에 충분하지. 네가 그 일주일 동안 자리를 비우면 여기서도 기소 절차를 밟기에 충분하고. 덩컨을 살해한 혐의로 말이야. 법의학적인 증거가 있거든." 더프는 수갑을 꺼냈다. "돌아서서 등 뒤로 손 내밀어. 절차 잘 알잖아."

"나를 쏘지 않을 거야, 더프? 왜 이래, 복수를 위해서 사는 인간이."

더프는 맥베스가 돌아서서 뒤통수에 대고 손깍지를 낄 때까지 기다렸다가 다가갔다.

"네가 죽인 사람이 스위노가 아니라는 걸 알았을 때 충격을 받았다는 거 알아, 더프. 하지만 지금은 네 눈앞에 진범이 있잖아. 메러디스와 아이들의 복수를 하지 않을 참이야? 아니면 어머니가 그들보다 더 중요했나?"

"입 다물고 가만히 서 있어."

"내가 몇 년 동안 입 다물고 있었잖아, 더프. 스위노가 스토크에서 살해한 여경이 너희 어머니였다는 거 알아. 그게 몇 년도에 벌어진 사건이었지? 네 나이가 많지 않았을 텐데."

"어렸지." 더프는 맥베스의 손목에 수갑을 채웠다.

"네 부모님의 성을 버리고 외할아버지 성으로 바꾼 이유는 뭐야?"

더프는 서로 마주 볼 수 있도록 맥베스를 돌려세웠다.

"대답하지 않아도 돼." 맥베스가 말했다. "경찰이나 노스 라이더에서 스토크 대학살 사건과 너를 연관 짓지 못하게 하려고 그랬지. 네가 이 도시에 봉사 어쩌고 하며 우리가 맨 처음 하는 맹세를 실천하기 위해 경찰이 된 게 아니라는 걸 아무도 알아차리지 못하게 하려고. 네 목적은 스위노를 잡아서 복수하는 거였잖아. 너의 원동력은 증오심이었어, 더프. 고아원에서 로리얼을 죽였을 때도 어려울 것 없었지? 눈앞에 있는 사람이 스위노였으니까. 로리얼도 너의 어린 시절을 망친 사람 중 한 명이었으니까."

"그럴지도 모르지." 더프는 맥베스의 갈색 눈에 비친 그의 모습이 보일 정도로 바짝 다가서 있었다.

"그런데 어떻게 된 거야, 더프? 왜 나는 죽이지 않아? 나는 네 가족을 앗아 간 사람이고 지금 이렇게 기회가 찾아왔는데."

"네가 저지른 짓에 책임을 져야 하니까."

"내가 무슨 짓을 저질렀는데?"

더프는 맬컴과 플리언스를 태운 차가 기다리고 있는 15번가 쪽을 흘끗 쳐다보았다. 케이스니스도 그쪽으로 가고 있었다. "아무 죄 없는 사람들을 죽였잖아."

"아무 죄 없는 사람들을 죽이는 게 우리의 **임무**야, 더프. 대의를 위해서라면 감상적이고 고분고분한 우리의 천성을 극복해야 해. 시골 길에서 내가 그 녀석의 목을 딴 건 너를 위해서도 아니었고 내 대신 로리얼을 죽여 준 데 대한 보답도 아니었어. 경찰의 명예가 더럽혀지지 않도록 나 스스로 살인범의 길을 택한 거야. 이 도시를 위해서, 혼란을 방지하기 위해서였어."

"그만해. 가자."

더프는 맥베스의 팔을 잡았지만 맥베스가 비틀어서 뿌리쳤다. "권력에의 욕망이 복수에의 욕망보다 강해진 건가, 더프? 경찰청장을 네 손으로 잡으면 조직범죄수사반장이 될 수 있을 것 같아?"

더프는 총구를 맥베스의 턱 아래 대고 눌렀다. "네가 반항해서 어쩔 수 없었다고 얘기할 수도 있어."

"그런데 결단을 내리기가 어려운 모양이지?" 맥베스는 나지막이 물었다.

"아니." 더프는 총을 내리며 말했다. "이 도시에 시신은 이 정도면 충분하거든."

"그러니까 그들을 사랑하지 않았던 거야? 메러디스하고 아이들 말이야. 아, 그렇지, 미안. 너는 아무도 사랑할 수……."

더프는 총을 휘둘렀다. 총신이 맥베스의 입을 때렸다. "나는 방어 능력이 없는 상대라도 똑바로 쳐다보면서 아무 거리낌 없이 죽일 수 있는 사람이라는 걸 기억하는 게 좋을 거다, 맥베스."

맥베스는 웃으며 피를 뱉었다. 치아일 게 분명한 무언가가 어둠 속으로 튀었다. "그럼 증명해 봐. 네 하나뿐인 친구를 죽여 봐. 얼른. 메러디스를 위해서!"

"두 번 다시 그 이름을 입에 담지 마라."

"메러디스! 메러디스!"

더프는 맥박이 귀를 때리고 심장이 묵직하게 욱신거리며 쿵쾅거리는 것을 느꼈다. 그게 패착이었다. 맥베스의 이마가 더프의 코를 박살 냈다. 하지만 두 사람의 거리가 워낙 가까웠기 때문에 가속도와 강도가 그를 쓰러뜨릴 정도는 되지 못했다. 더프는 뒤로 두 발짝 물러서서 엽총을 어깨로 올렸다.

바로 그때 맥베스 뒤편의 문이 벌컥 열렸다.

문 앞에 서 있는 누군가가 실루엣으로 보였다. 회색 외투로 감싼 팔이 맥베스의 수갑을 움켜쥐고 잡아당겼다. 힘이 어찌나 센지 맥베스는 발이 들린 채로 문을 지나 뒤편의 어둠 속으로 사라졌다.

더프는 방아쇠를 당겼다.

총성이 그의 고막을 때리고 골목길의 벽 사이에서 진동했다.

더프는 반쯤 귀가 먼 채로 문지방을 넘어 어둠 속으로 들어갔다.

그는 공기 중에 어지럽게 날리는 뭔가를 들이마셨다가 내뱉었다. 사람들이 그의 앞에 줄을 서 있는 듯했다. 드라이클리닝 약품 냄새가 코를 찔렀다. 그는 빈손으로 문 옆에 달린 전등 스위치를 찾았다. 사람들이 아니라 이름과 날짜가 적힌 쪽지와 함께 비닐 커버에 들어 있는 재킷과 외투들이 줄줄이 늘어서 있었다. 비닐 커버와 갈색 모피 코트에 뚫린 구멍이 보였고 더프는 그가 뱉고 있었던 게 동물의 털이었다는 사실을 그제야 깨달았다. 가만히 서서 귀를 기울였지만 벽 앞에 서 있는 초록색의 개릿 드라이클리닝 기계가 윙윙거리며 돌아가는 소리 말고는 아무 소리도 들리지 않았다. 그러다 잠시 후 가게 문 위에 달린 종이 울리는 소리 비슷한 게 들렸다. 그가 옷의 벽을 헤치고 옷걸이의 바다를 가르며 카운터 뒤편의 문을 박차고 나가자 중국인 부부가 혼비백산한 얼굴로 그를 빤히 쳐다보았다. 그는 그들을 지나쳐 길거리로 달려 나갔다. 토요일 저녁의 열기가 시작됐다. 한 남자가 와서 부딪치는 바람에 더프는 잠깐 비틀거렸다. 그가 욕설을 퍼붓는 동안 남자는 사과하고 가던 발걸음을 재촉했다.

뒤에서 웃음소리가 들렸다. 고개를 돌려 보니 지저분한 누더기를 걸친 남자가 몇 개 안 남은 이를 드러내며 웃고 있었다.

"도둑맞은 모양이오?"

"네." 더프는 총을 내리며 말했다. "도둑을 맞았네요."

38

레녹스는 케이시와 함께 병원 입구에 서 있었다. 토텔이 담배를 계산하느라 줄을 서서 기다리고 있는 매점을 흘끗 쳐다보았다가 다시 주차장 쪽으로 시선을 돌렸다. 토텔의 리무진 실내등이 켜졌다. 여기서 거기까지 거리가 100미터쯤 됐다. 왼쪽으로 보이는 주차 빌딩의 꼭대기까지의 거리도 비슷했다. 레녹스는 몸을 부르르 떨었다. 날이 맑으면 어쩌다 한 번씩 북동풍이 불었고 그러면 추위가 동반됐다. 이제 바람이 조금만 더 세게 불면 하늘에 구름 한 점 없을 것이다. 달이 떴다면 올라프슨이 어디에서든 토텔을 사살할 수 있었겠지만 어두컴컴하다 보니 불빛이 비치는 주차장을 무대로 정했다.

손목시계를 다시 한번 확인했다. 추위가 몸속으로 스며들자 그는 기침을 했다. 폐가 문제였다. 그는 햇빛도 견디지 못했고 추위도 견디지 못했다. 하느님이 그처럼 갑옷 없이 혼자 고통스러워하는 영혼을, 껍데기 없는 연체동물을 지상으로 내려보낸 이유가 뭘까?

"저희를 도와주셔서 감사해요."

"응?" 레녹스는 아이를 돌아보았다.

"아버지를 구해 주셔서 감사하다고요."

레녹스는 그를 빤히 쳐다보았다. 케이시는 그의 아들과 같은 종류의 데님 재킷을 입고 있었다. 레녹스는 뒤이어서 떠오르는 생각을 막을 도리가 없었다. 그의 아들보다 나이가 그리 많지도 않은 이 아이는 조만간 어머니를 잃게 생겼다. 아버지도 잃게 생겼다. **우리 둘 중 한 명이라도 있으면 괜찮다고 해.**

"이제 갈까?" 토텔이 방금 전에 산 담배를 뻐끔뻐끔 피우며 나와서 물었다.

"네." 레녹스는 말했다. 그들은 길을 건너서 주차장으로 진입했다. 레녹스는 토텔의 왼편으로 자리를 옮겼다. 케이시는 몇 발짝 앞에서 걸었다. 레녹스는 첫 번째 가로등을 통과하는 순간 걸음을 멈춰 사선에서 벗어나기만 하면 끝이었다. 그 이후로는 올라프슨이 알아서 할 것이다.

레녹스는 혀와 손가락과 발가락이 이상하게 마비되는 것을 느낄 수 있었다.

"온다." 시턴이 쌍안경을 내리며 말했다.

"보여요." 올라프슨이 혀짤배기소리를 냈다. 그는 한쪽 무릎을 콘크리트로 된 주차 빌딩 옥상에 대고 서 있었다. 한쪽 눈은 감고, 다른 쪽 눈은 크게 떠서 난간에 걸쳐 놓은 소총의 망원 조준기를 들여다보았다. 시턴은 아무도 없는 게 맞는지 옥상 뒤편을 다시 한번 확인했다. 그들이 타고 온 차 말고는 여기 주차된 차가 없었다. 토요일 저녁에는 문병객이 없는 모양이었다. 아래 길거리에서 울려 퍼지는 음악 소리가 들렸고 향수와 테스토스테론 냄새가 여기까지 풍겼다.

주차장에서는 남자아이가 토텔과 레녹스의 앞에서 걷고 있었기 때문에 사선을 가리지 않았다. 다행이었다. 올라프슨이 숨을 크게 들이마시는 소리가 들렸다. 두 남자가 가로등 불빛 아래로 들어섰다.

시턴은 환희로 심장이 두근거리는 것을 느낄 수 있었다.

지금이었다.

하지만 총성이 들리지 않았다.

두 남자가 불빛에서 벗어나 다시금 어둠 속으로 희끄무레하게 묻혔다.

"어떻게 된 거야?" 시턴이 물었다.

"레녹스가 사선을 가리고 있습니다." 올라프슨이 말했다.

"다음번 가로등을 지날 때는 비키겠지."

시턴은 다시 쌍안경을 들었다.

"나를 노리는 사람이 누군지 혹시 아나, 레녹스?"

"네." 레녹스는 대답했다. 리무진에 도착하기까지 가로등이 두 개 남았다.

"그래?" 토텔은 놀란 목소리로 물으며 걸음을 늦추었다. 레녹스도 얼른 따라서 속도를 늦추었다.

"올려다보지 말고 그냥 들으세요, 시장님. 제 뒤편으로 보이는 주차 빌딩 옥상에서 전문 저격수가 대기 중이고 저희가 조준기 안에 들어가 있습니다. 좀 더 정확하게 표현하자면 **제가** 조준기 안에 들어가 있죠. 그러니까 저랑 똑같은 속도로 걸으세요. 안 그러면 머리를 저격당할 겁니다."

토텔의 표정으로 보았을 때 그의 말을 믿는 눈치였다. "내 아들은……."

"아이는 전혀 걱정하실 필요 없습니다. 계속 걸으세요. 티 내지 마시고요."

레녹스는 심장박동이 점점 빨라져 가는 가운데 거구에 충분한 산소를 공급하려면 그 길밖에 없다는 듯이 토텔이 입을 벌리는 것을 보았다. 잠시 후에 시장은 고개를 끄덕이고 종종걸음으로 발길을 재촉했다.

"여기서 자네 역할은 뭔가, 레녹스?"

"악당요." 레녹스는 대답했다. 그들을 예의 주시하고 있었는지 뒷문을 열려고 차에서 내리는 운전기사가 보였다. "저거 방탄차입니까?"

"나는 대통령이 아니라 시장이야. 악당이라면서 지금 이러는 이유가 뭔가?"

"이 도시를 맥베스의 수중에서 구할 사람이 있어야 하니까요. 저는 그럴 능력이 없으니까 시장님이 해 주셔야 합니다."

"레녹스 저 새끼 뭐 하자는 수작이야?" 시턴은 쌍안경을 눈에서 홱 떼어 내고, 렌즈 너머로 보이는 상황이 주차장의 실제 상황과 일치하는지 확인했다. **"일부러** 토텔을 가리고 있는 건가?"

"그건 모르겠지만 점점 위험해지고 있습니다. 조만간 차에 도착하겠어요."

"네가 쓰는 총탄으로 레녹스를 관통시킬 수 있나?"

"네?"

"레녹스를 관통해서 토텔을 죽일 수 있느냐고."

"저는 FMJ 총탄을 씁니다."

"있다는 거야, 없다는 거야?"

"있습니다!"

"그럼 배신자를 쏴라."

"하지만……."

"쉬이잇." 시턴이 속삭였다.

"네?" 젊은 경찰관의 이마에서 땀이 배어 나왔다.

"아무 말도 하지 말고 아무 생각도 하지 마라, 올라프슨. 방금 전에 네가 들은 건 명령이야."

운전기사는 차를 빙 돌아 나와서 미소를 지으며 뒷문을 열었다. 하지만 토텔의 표정을 확인한 순간 그의 얼굴에서 미소가 사라졌다. 아이는 왼쪽 뒷문으로 걸어갔다.

"들어가서 고개를 숙이세요." 레녹스는 나지막이 쏘아붙였다. "기사님, 출발합시다. 얼른!"

"시장님, 이게……."

"시키는 대로 해." 토텔이 말했다. "지금……."

레녹스는 등에 꽂히는 총탄을 느낀 다음에서야 **퍽** 하는 소리를 들었다. 다리의 힘이 풀리면서 주저앉는 순간 반사적으로 토텔을 감싸 안자 그까지 덩달아 쓰러졌다.

레녹스는 그들을 향해 다가오는 아스팔트를 감지했다. 거기에 부 딪치는 것은 느끼지 못했지만 모든 냄새를 맡았다. 먼지, 기름, 고무, 지린내. 그는 꼼짝할 수 없었고 아무 소리도 낼 수 없었지만 들을 수 는 있었다. 그의 밑에서 토텔이 헐떡거리는 소리가 들렸다. 운전기사 가 놀란 목소리로 "시장님? 시장님?" 하고 외쳤다.

그리고 토텔은 "도망쳐라, 케이시, 도망쳐!"라고 했다.

그들은 거의 성공할 뻔했다. 1미터만 더 갔으면 리무진의 엄호를 받을 수 있었다. 레녹스는 말을 하려고 했지만, 동물의 이름을 얘기 하려고 했지만 여전히 아무 소리도 낼 수 없었다. 손을 움직여 보려 고 했지만 헛수고였다. 그는 죽은 사람이었다. 조만간 허공으로 둥 실 떠올라 자신의 시신을 내려다볼 것이었다. 그들에게서 잽싸게 멀 어지는 발소리와 운전기사가 그들 위로 허리를 숙이고 그를 토텔에 게서 떼어 내려고 애쓰는 소리가 들렸다. "제가 차로 모시겠습니다!" 다시 퍽 하는 소리가 들린 순간 축축한 뭔가가 레녹스의 눈에 튀어서 앞이 보이지 않았다. 그가 눈을 깜빡였던 걸 보면 적어도 눈꺼풀은 움직일 수 있다는 뜻이었다. 운전기사가 그들 옆에 누워서 멍하니 허 공을 응시하고 있었다. 이마가 날아가고 없었다.

"거북." 레녹스는 속삭였다.

"뭐라고?" 그의 밑에서 토텔이 숨을 토했다.

"기어가세요. 저를 껍데기 삼아."

"운전기사를 처치했습니다." 올라프슨이 탄약을 다시 넣으며 말했다.

"서둘러. 토텔이 리무진 뒤편으로 기어가고 있어." 시턴이 말했다. "아이는 달아났고."

올라프슨은 장전을 완료했다. 개머리판을 어깨에 대고 한쪽 눈을 감았다.

"아이를 조준했습니다."

"씨발, 아이한테는 관심 없어!" 시턴은 으르렁거렸다. "토텔을 쏘라고!"

시턴은 올라프슨의 총이 뒤에서 앞으로 휘청거리고, 그가 눈을 깜빡여서 속눈썹에 달린 땀방울을 떨구는 것을 지켜보았다.

"안 보입니다, 대장님."

"늦었어!" 시턴은 손으로 난간을 쳤다. "리무진 뒤편에 숨었어. 내려가서 마무리를 지어야겠군."

레녹스는 토텔이 끙끙거리며 그에게서 빠져나오는 소리를 들었다. 레녹스는 축축한 아스팔트 위에서 몸을 굴렸다. 차 뒤편 너머로 다리를 내밀고 무기력하게 엎드려 있었다. 토텔이 그의 팔을 잡고 안전한 곳으로 끌어당길 때까지 그렇게 있었다.

아스팔트 위에서 고무가 비명을 질렀다. 차 한 대가 그들을 향해 달려오고 있었다. 레녹스는 리무진 아래를 들여다보았지만 저편에 쓰러져 있는 운전기사 말고는 아무것도 보이지 않았다. 토텔은 리무진 옆면에 등을 대고 앉아 있었다. 레녹스는 토텔에게 차를 타고 도망치라고, 그의 목숨이라도 건지라고 얘기하고 싶었지만 소용없었다. 그의 일생을 한 문장으로 요약할 수 있기라도 한 듯이 똑같은 상황이 반복되고 있었다. 그는 머리와 가슴이 원하는 걸 하지 못하는 사람이었다.

차가 섰고 문이 열렸다.

아스팔트에 부딪치는 발소리가 들렸다.

레녹스는 고개를 돌리려고 했지만 돌릴 수가 없었다. 바지와 평행선을 그리는 총신이 곁눈으로 보였다.

그들은 가망이 없었다. 이상하게도 마음이 놓이는 듯이 느껴졌다.

바지가 한 걸음 더 다가왔다. 누군가가 한 손으로 그의 목을 잡았다. 그는 조용히 목이 졸려서 죽을 것이다. 레녹스는 구두에 시선을 고정했다. 유행이 한참 지난, 앞이 뾰족한 구두였다.

"이쪽은 죽었어." 귀에 익은 목소리가 리무진 저편에서 들렸다.

"토텔은 다치지 않았어요." 목을 조를 듯이 그를 잡고 있는 남자가 말했다. "레녹스는 움직이지 않지만 맥은 짚이고요. 그들이 어디서 쐈을까요?"

"주차 빌딩 옥상에서." 토텔이 흐느끼며 얘기했다. "레녹스가 나를 살렸어."

살렸다고?

"부청장님, 이쪽으로 오세요!"

손이 거두어지고 얼굴 하나가 레녹스의 시야에 들어왔다.

더프가 그의 눈을 유심히 들여다보았다.

"의식은 있어요?" 더프의 뒤에서 어떤 여자가 물었다. 케이스니스였다.

"마비됐거나 쇼크 상태야." 더프가 말했다. "눈동자는 움직이는데 움직이거나 말을 하지는 못해. 병원으로 옮겨야겠어."

"차가." 누군가가 말했다. 젊은 남자의 목소리였다. "차 한 대가 주차 빌딩에서 빠져나오고 있어요."

"특공대 차량인 것 같은데." 더프는 일어나서 산탄총을 어깨에 댔다.

2, 3초 동안 정적이 흘렀다. 자동차 엔진 소리가 점점 멀어졌다.

"가게 둬." 맬컴이 말했다.

"케이시." 토텔의 목소리였다.

"네?"

"케이시를 찾아 주게."

케이시는 달렸다. 심장이 목젖을 때렸고 그의 발은 젖은 아스팔트를 점점 더 빠르게 밟았다. 결국에는 겁이 날 때 머릿속에서 들리던 노래만큼이나 빨라졌다. "도와주세요." 그는 차에 타려던 찰나 퍽 하는 소리를 들었고 얼굴이 하얀 경찰관이 등을 맞는 것을 보았다. 그는 아빠 위로 쓰러졌고 아빠는 도망치라고 했다.

그는 무의식적으로 어렸을 때 살았던 강변으로 가는 길을 선택했다. 그곳에는 쥐 소굴이라고 부르며 친구들과 가서 놀던, 불이 난 집이 있었다.

불이 난 집은 하얀색이었고 화장을 너무 짙게 한 늙은 창녀처럼 문과 창문 주변에 검댕이 드문드문 묻어 있었다. 강변에는 서로를 바람막이로 삼으려는 듯이 조그만 집들이 한데 옹기종기 모여 있었다. 따돌림을 당하기라도 한 것처럼 한 집만 예외였다. 나무로 된 파란

집이었고 그 주변으로 풀이 높게 자랐다. 케이시는 계단을 달려 올라가서 문이 떨어져 나간 현관홀을 지났고, 예전에는 부엌이었지만 지금은 사람 이름과 욕설이 벽에 적힌 지린내 나는 껍데기로 변한 공간으로 들어섰다. 거기서 좁은 계단을 지나 방으로 올라갔다. 한 방에 곰팡이 핀 매트리스가 놓여 있었다. 그는 빈 술병과 뻣뻣하게 굳은 쥐의 시체들이 바닥에 나뒹구는 가운데 이 매트리스에서 첫 키스를 했다. 열 살인가 열한 살 때는 두 명의 친구들과 해질 무렵 거기 앉아서—간간히 미칠 듯이 기침을 해 가며—난생처음 담배를 피웠고, 쥐들이 말라서 진흙이 쩍쩍 갈라지고 쓰레기로 뒤덮인 강바닥을 타박타박 건너 이 집을 향해 다가오는 광경을 지켜보았다. 어쩌면 녀석들은 눈을 감기 위해 이곳으로 오는 것일 수도 있었다.

돌아가야 할까? 아니다, 아빠가 도망치라고 했다. 그리고 레녹스라는 다른 남자는 경찰에서 나왔다고 했으니 시장 암살 계획을 파악했다면 더 많은 수의 경찰이 파견될 것이다.

그는 모든 게 끝날 때까지 숨어 있다가 집으로 갈 것이다.

케이시는 한쪽 구석에 있는 큼지막한 옷장 문을 열었다. 전혀 아무것도 없이 텅 빈 옷장이었다. 그는 몸을 움츠리고 안으로 들어가서 문을 닫았다. 나무에 머리를 기댔다. 머릿속에서 들리는 노래를 나지막이 흥얼거렸다. "도와주세요!" 사실 끔찍한 일은 벌어진 적 없는데 비틀스가 허둥지둥 뛰어다니며 빨리 감은 테이프처럼 우스꽝스럽게 놀던 영화가 생각났다. 여기 있으면 아무도 그를 찾을 수 없었다. 그가 어디로 도망쳤는지 알지 못하는 한 그랬다. 게다가 그는 시장도 아니고 몰래 담배를 몇 대 피우고, 물 탄 위스키 반병을 나눠 마시고,

남자 친구가 있는 여자아이 두어 명에게 입을 맞춘 것 말고는 평생 나쁜 짓이라고는 저질러 본 적 없는 꼬맹이에 불과했다.

두근거리던 심장이 차츰 가라앉았다.

그는 귀를 기울였다. 아무 소리도 들리지 않았다. 하지만 조금 기다려야 할 것이다. 호흡도 가라앉아서 이제는 코로 숨을 쉴 수 있었다. 옷들이 언제까지 걸려 있었는지 알 수 없었지만 냄새가 남아 있었다. 알지 못하는 삶의 냄새, 그 삶의 환영이었다. 그들이 지금 어디 있는지는 아무도 모를 일이었다. 엄마는 여기가 알코올과 구타와 그보다 훨씬 심각한 사건의 현장이었다며 불행한 집이었다고 했다. 그는 그를 사랑하고 절대 손찌검을 하는 일이 없는 아버지 밑에서 태어난 걸 감사하게 생각해야 된다고 했다. 케이시는 **진심으로** 행운에 감사했다. 그의 아버지가 시장이라는 사실을 아는 사람은 없었고 그는 자신을 후레자식이라고 부르는 사람들에게도, 아버지의 얼굴을 본 적 없고 심지어 아버지가 누군지도 모르는 다른 후레자식들에게도 그걸 비밀로 했다. 그들을 생각하면 안쓰러웠다. 그는 아버지에게 나중에 그런 아이들을 도울 거라고 했다. 그런 아이들과 에스텍스가 문을 닫은 뒤에 사는 게 힘들어진 다른 사람들을 전부 도울 거라고 했다. 그러자 아버지는 다른 집 아버지들처럼 그의 머리를 토닥이며 껄껄 웃었다. 케이시가 하는 얘기를 귀담아 듣고, 케이시가 진심으로 그럴 생각이 있다면 나중에 적당한 기회가 찾아왔을 때 도와주겠다고 했다. 그렇게 약속했다. 혹시 아느냐고, 나중에 케이시가 시장이 될 수도 있다고, 그보다 더 놀라운 일도 실현된 적 있다고 하고 그를 토텔 2세라고 불렀다.

"도와주세요!"

하지만 세상은 그런 곳이 아니었다. 세상은 선행과 영화에 나오는 재미있는 가수들로 이루어지지 않았다. 어느 누구도 도울 수 없었다. 아버지도 어머니도 다른 아이들도. 오직 자기 자신만 도울 수 있었다.

올라프슨은 앞에 가던 버스가 멈추어 서자 브레이크를 밟았다. 대부분 여성으로 이루어진 젊은 사람들이 우르르 버스에서 내렸다. 토요일 밤. 오늘 밤에 그도 그러고 싶었다. 술을 마시고 여자와 춤을 추고 싶었다. 술에 취해서 운전기사의 모습을 춤으로 날려 버리고 싶었다. 옆에서 시턴이 손을 뻗어서 린디스판의 〈미트 미 온 더 코너〉가 흘러나오던 라디오를 껐다.

"그 인간들이 도대체 어디서 등장한 걸까? 더프. 맬컴. 케이스니스. 그리고 뱅쿼의 아들인 게 분명한 젊은 남자."

"다시 경찰청으로 갈까요?" 올라프슨은 물었다. 지금이라도 신나는 토요일 밤을 보낼 수 있었다.

"아직은 안 돼." 시턴이 말했다. "그 아이를 잡아야지."

"토텔의 아들 말입니까?"

"빈손으로 청장님한테 돌아갈 수는 없잖아. 게다가 그 아이가 쓸모 있을 수도 있고. 여기서 좌회전. 지금보다 더 천천히 가."

올라프슨은 좁은 길로 차를 틀었고, 창문을 내리고 콧구멍을 벌름거리며 공기를 마시는 시턴을 흘긋 쳐다보았다. 올라프슨은 아이가 어디로 도망쳤는지 냄새로 알아낼 수 있느냐고 물으려다 참았다. 건드리기만 해도 어깨를 치료할 수 있는 사람이라면 누가 어디로 갔는지 냄새로 간파하는 능력도 있을지 몰랐다. 그에게 신임 특공대장은 두려운 존재였을까? 그럴 수도 있었다. 예전 특공대장이 더 좋은지 자문한 적은 있었다. 하지만 이런 상황에 다다를 줄은 몰랐다. 그가 아는 것이라고는 의사가 그의 어깨를 촬영한 엑스레이를 가리키며 총탄으로 관절이 손상됐다고 얘기했다는 것뿐이었다. 상이병이 될 테고 두 번 다시 특공대의 명사수로 활약할 수 없을 거라고 했다. 그 의사는 단 몇 초 만에 올라프슨이 꿈꾸었던 모든 것을 앗아 가 버린 셈이었다. 때문에 시턴이 치료해 줄 테니 시키는 대로 하겠느냐고 물었을 때 쉽게 대답할 수 있었다. 그는 심지어 시턴의 말을 믿지도 않았다. 그런 부상을 하루 만에 고칠 수 있는 사람이 어디 있겠는가? 하지만 밑져야 본전이었다. 이미 특공대라는 조직에 충성을 맹세한 마당에 시턴의 요구 사항은 어느 모로 보나 새로울 게 없었다.

이제 와 후회한들 소용없는 일이었다. 그리고 단짝이었던 앵거스가 어떻게 됐는지 보라. 그 바보는 특공대를 배신했다. 그들이 가진 것 중에서 가장 소중했던 것을, 그들의 전부를 배신했다. **불로 세례받고 피로 하나 된다**는 건 말만 번드르르한 문구가 아니라 의무 조항이었고 대안은 없었다. 그가 원한 게 이거였다. 그가 하는 일에 의미가 있음을 느끼는 것. 그가 사람들에게, 동지들에게 의미 있는 존재임을 느끼는 것. 그는 그들이 하는 일에서 아무 의미를 찾을 수 없더라도 상관없었다. 그건 다른 사람들의 역할이었다. 그 우라지게 멍청했던 앵거스의 역할은 아니었다. 그는 정신 줄을 놓은 게 분명했다. 앵거스가 그에게 동참을 권유하려고 했지만 그는 꺼지라고, 특공대를 배신하는 인간하고는 연을 끊고 싶다고 했다. 그러자 앵거스는 그를 빤히 쳐다보며 어깨가 어떻게 그렇게 금세 나았느냐고 물었다. 그 정도 총상이 2, 3일 만에 나을 수는 없는 법이라고 했다. 하지만 올라프슨은 대답하지 않았다. 그에게 문이 있는 쪽을 가리키고는 그만이었다.

길이 끝났다. 그들은 강변에 다다랐다.

"점점 가까워지고 있어." 시턴이 말했다. "가자."

그들은 차에서 내렸고 도로와 강변 사이에 늘어선 돼지우리를 따라 걸었다. 한 집, 두 집 지나는 동안 시턴은 계속 킁킁거리며 냄새를 맡았다. 그는 빨간색 건물 앞에서 걸음을 멈추었다.

"여기인가요?" 올라프슨은 물었다.

시턴은 그 집 쪽을 킁킁거렸다. 그러더니 큰 소리로 "갈보!"라고 외치고 다시 발걸음을 옮겼다. 그들은 불에 탄 집과 철문이 달린 주차장을 지나 계단에 고양이가 앉아 있는 파란색 목조 주택에 다다랐다. 시턴이 다시 걸음을 멈추었다.

"여기다." 그가 말했다.

"여기요?"

케이시는 손목시계를 확인했다. 아버지에게 선물받은 그 시계의 분침과 시침이 어둠 속에서 초록색으로 희미하게 빛났다. 밤이 되면 늑대들의 눈이 모닥불 빛을 받고 그렇게 반짝이지 않을까 싶었다. 20여 분이 지났다. 주차장에서 도망쳤을 때 그를 따라온 사람이 아무도 없었다고 장담할 수 있었다. 지금쯤이면 안전했다. 그는 이 일대라면 손바닥 보듯 훤했고 여기로 곧장 도망친 이유도 그 때문이었다. 페니 다리까지 가서 22번 버스를 타고 서쪽으로 가면 될 것이다. 집으로 가면 될 것이다. 아빠가 집에 있을 것이다. 거기 있을 수밖에 **없었다.** 케이시의 몸이 뻣뻣하게 굳었다. 무슨 소리가 들린 것 같았다. 계단이 삐걱거리는 소리였나? 불에 타지 않고 남은 목재는 거기 하나뿐이었는데, 왜 그런지 몰라도 바람이 불거나 날씨가 바뀌면 삐걱거렸다. 아니면 누가 들어온 것일 수도 있었다. 그는 숨을 참았다. 귀를 기울였다. 아무 소리도 들리지 않았다. 날씨가 바뀌려는 모양이었다.

케이시는 천천히 예순까지 셌다.

그런 다음 발로 문을 열었다.

빤히 쳐다보았다.

"겁에 질렸군." 앞에 서 있던 남자가 그를 쳐다보며 말했다. "옷장에 숨다니 제법이야. 그러면 냄새가 차단되지. 거의." 그는 손바닥이 보이도록 팔을 옆으로 뻗었다. 숨을 들이마셨다. "하지만 여긴 공기가 끝내주고 너의 두려움으로 가득하다."

케이시는 눈을 깜빡였다. 남자는 호리호리했고 눈은 케이시의 손목시계에 달린 시침을 닮았다. 늑대의 눈이었다. 그리고 나이가 많은 게 분명했다. 그렇게 보이지는 않았지만 케이시는 이 남자의 나이가 아주아주 많다는 것을 느낌으로 알 수 있었다.

"도와……." 케이시는 고함을 지르려고 했지만 남자가 한 손을 불쑥 내밀어 그의 목을 움켜쥐었다. 케이시는 숨을 쉴 수가 없었고 자신이 여기로 온 이유를 이제야 알 수 있었다. 그는 강가에 사는 쥐들과 똑같았다. 죽기 위해 이 집을 찾은 거였다.

39

더프는 손목시계를 확인하고 하품하며 의자에 더 깊숙이 몸을 묻었다. 긴 다리가 병원 복도를 가로질러서 거의 케이스니스와 플리언스에게 닿았다. 더프와 케이스니스의 시선이 만났다.

"당신 짐작이 맞았네."

"우리 짐작이 맞은 거지."

그가 욕을 퍼부으며 15번가에서 차에 올라타 맥베스가 도망쳤다고 얘기한 지 한 시간도 지나지 않았다. 모종의 음모가 진행 중이라고, 맥베스가 말하길 시장이 그때까지 살아 있지 못할 거라 했다고 얘기한 지 한 시간도 지나지 않았다.

"암살." 맬컴이 말했다. "정권 탈취. 완전히 정신을 잃었군."

"네?"

"케네스가 만든 법 말이야. 시장이 죽거나 비상사태를 선포하면 추후 공지가 있을 때까지 경찰청장이 전권을 위임받아서 이론상으로는 무소불능의 권력을 휘두를 수 있지. 토텔한테 경고해야 해.”

“세인트조디 병원.” 케이스니스가 말했다. “시턴이 거기 있다고 했어요.”

“달려!” 더프는 고함을 질렀고 플리언스는 액셀러레이터를 밟았다.

여기까지 오는 데 20분이 채 걸리지 않았고 그들이 병원 정문 앞에 주차하고 차에서 내려 계단을 올라가고 있었을 때 주차장에서 첫 번째 총성이 들렸다.

더프는 눈을 감았다. 그는 밤잠을 설쳤다. 원래 계획대로라면 지금쯤 모두 끝이 나서 맥베스가 파이프의 철창에 갇혔어야 했다.

“저기 온다.” 케이스니스가 말했다.

더프는 다시 눈을 떴다. 토텔과 맬컴이 그들을 향해 복도를 걸어오고 있었다.

“생명에는 지장이 없을 거라는군.” 맬컴은 이렇게 얘기하고 자리에 앉았다. “의식을 완전히 되찾았고 말도 하고 손도 움직일 수 있고. 하지만 하반신이 마비됐고 회복될 가망성이 없을 거라고 해. 척추를 맞아서.”

“그 척추가 총탄을 **막은** 거죠.” 토텔이 말했다. “그렇지 않으면 그를 관통해서 나를 맞혔겠죠.”

“가족들이 대기실에 있어.” 맬컴이 말했다. “호출을 받고 레녹스를 문병하러 온 건데, 병원 측에서 오늘은 더 이상 면회를 허락하지 않겠다고 하는군. 진통제를 맞았고 휴식을 취해야 한다면서.”

“케이시 소식은 있나요?” 케이스니스가 물었다.

“아직 집에 오지 않았다고 하네.” 토텔이 말했다. “하지만 길을 아니까. 친구네 집에 갔든지 아니면 어디 숨어 있겠지. 아직은 걱정되지 않아."

"그러세요?"

토텔은 얼굴을 찡그렸다. "아직은."

"그럼 이제 어쩌죠?" 더프가 물었다.

"가족들이 갈 때까지 잠깐 기다려." 맬컴이 말했다. "레녹스와 2분 동안 면회를 할 수 있게 시장님이 의사를 설득했거든. 최대한 빨리 레녹스에게 자백을 받아야 캐피틀에 연락해서 맥베스 앞으로 연방 정부의 체포 영장을 발부받을 수 있어."

"우리의 목격자 진술로는 부족한가요?" 더프가 물었다.

맬컴은 고개를 끄덕였다. "우리 중에서 맥베스에게 직접적으로 살해 위협을 받거나 그가 살인 명령을 내리는 것을 직접적으로 들은 사람이 없잖나."

"협박을 당한 건요?" 케이스니스가 물었다. "시장님, 인버네스의 별실에서 블랙잭을 했을 때 맥베스와 레이디가 오벨리스크의 지분을 미끼로 제시하고 미성년 남자아이와의 부적절한 관계를 폭로하겠다고 협박하면서 사퇴하라고 압력을 행사했다면서요."

"우리 업계에서는 그런 유의 협박을 정치라고 표현하지." 토텔이 말했다. "처벌의 대상이 아니야."

"그럼 맥베스의 말이 맞는 겁니까?" 더프가 물었다. "아무 증거가 없는 건가요?"

"레녹스에게 뭔가가 있길 바라야지." 맬컴이 말했다. "누가 만날 텐가?"

"저요." 더프가 말했다.

맬컴은 생각에 잠긴 눈빛으로 그를 바라보았다. "좋아. 하지만 누군가가 자네나 나를 알아보고 언제 경보를 울릴지 모른다는 게 문제야."

"저는 레녹스가 거짓말을 하면 어떤 표정을 짓는지 알아요." 더프가 말했다. "그리고 그 친구는 제가 안다는 걸 알고요."

"하지만 범행에 협조했다고 폭로하자고 설득할 수 있겠나? 그럼 그 친구가……."

"네." 더프가 말했다.

"노스 라이더 환자를 설득했을 때 썼던 방식은 안 돼, 더프."

"그런 짓을 저지른 사람은 지금의 제가 아닙니다. 지금의 저는 그때와 달라요."

"그래?"

"네."

맬컴은 더프의 눈을 몇 초 동안 들여다보았다. "알았네. 시장님, 더프와 동행해 주시겠습니까?"

"궁금해서 그러는데요." 더프는 토텔과 함께 복도를 걸어가다가 얘기를 꺼냈다. "맥베스가 최후통첩을 날렸을 때 왜 케이시가 시장님의 아들이라고 밝히지 않으셨습니까?"

토텔은 어깨를 으쓱했다. "나한테 총을 겨누고 있는 사람한테 그거 총알이 없는 빈 총이라고 알려 줄 이유가 뭐가 있겠나? 그래 봐야 다른 무기를 찾으러 나서기만 할 텐데."

의사가 닫힌 문 앞에서 기다리고 있었다. 그가 문을 열었다.

"저 친구만 들어갈 거요." 토텔이 더프를 가리키며 말했다.

더프는 안으로 들어갔다.

레녹스는 깔고 덮고 있는 시트만큼이나 새하얬다. 그의 몸에 꽂힌 온갖 관과 선이 링거대에 달린 수액 주머니와 삑삑거리는 기계에 연결돼 있었다. 그는 놀란 아이처럼 눈과 입을 벌리고 더프를 올려다보았다. 더프는 모자와 안경을 벗었다.

레녹스는 눈을 깜빡였다.

"자네가 이 사건의 배후 인물이 맥베스라고 폭로해 주어야 해." 더프가 말했다. "그래 줄 수 있겠나?"

얇은 침 줄기가 반짝거리며 레녹스의 한쪽 입가에서 흘러내렸다.

"저기, 레녹스. 주어진 면회 시간이 2분이야. 그래서……."

"맥베스가 이 사건의 배후 인물이야." 레녹스가 말했다. 나이를 스무 살은 더 먹은 사람처럼 목이 쉬었고 목소리가 허스키했다. 하지만 눈빛은 맑았다. "그가 시턴, 올라프슨 그리고 나한테 토텔을 처단하라는 명령을 내렸어. 이 도시의 전권을 장악하고 싶었기 때문에. 그리고 토텔이 헤카테의 *끄나풀*이라고 생각하기 때문에. 하지만 *끄나풀*은 *그가* 아니야."

"그럼 누군데?"

"내 부탁을 들어주면 알려 줄게."

더프는 코로 숨을 크게 들이마셨다. 말을 고르는 데 집중했다. "그러니까 자네한테 신세를 한 번 지는 셈 치라는 건가?"

레녹스는 다시 눈을 감았다. 눈에서 눈물이 흘러나왔다. 더프는 다친 데가 아파서 그런가 보다고 생각했다.

"아니야." 레녹스는 점점 희미해져 가는 목소리로 속삭였다.

더프는 앞으로 몸을 숙였다. 레녹스가 속삭이자 입에서 당뇨병 환자처럼 코를 찌르는 메스껍고 들큼한 냄새가 풍겼다. "**내가** 헤카테의 끄나풀이거든."

"자네가?" 더프는 들은 정보를 소화하려고, 앞뒤 끼워 맞춰 보려고 애를 썼다.

"응. 헤카테가 그 오랜 시간 동안 무슨 수로 요리조리 빠져나갈 수 있었겠어? 무슨 수로 번번이 우리보다 한발 앞설 수 있었겠어?"

"그러니까 자네가 양쪽 모두의……."

"헤카테와 맥베스 양쪽 모두의 스파이였지. 맥베스 모르게 활동하는. 그래서 토텔이 헤카테의 수하가 아니라는 걸 아는 거야. 맥베스의 수하가 아니라는 것도. 하지만 헤카테한테 경고한 사람이 내가 아니었으니까 다른 끄나풀이 또 있다는 뜻이지. 맥베스와 가까운 사람이."

"시턴일까?"

"그럴지도. 아니면 남자가 아닐 수도 있어."

"여자라고? 왜 그렇게 생각해?"

"나도 모르겠어. 보이지 않는 뭔가가 있어. **잡힐 듯 말 듯한** 뭔가가."

더프는 천천히 고개를 끄덕였다. 눈을 들어서 창밖의 어둠을 들여다보았다.

"기분이 어때?"

"뭐가?"

"자네가 배신자라는 걸 드디어 털어놓은 기분 말이야. 자네 입에서 나온 그 말을 듣고 정말 그렇다는 걸, 자네 잘못으로 이렇게 됐다는 걸 실감하니까 속이 후련해 아니면 마음이 더 무거워져?"

"그걸 알고 싶은 이유가 뭔데?"

"왜냐하면 나도 전부터 궁금했거든." 더프가 말했다. 창밖의 하늘은 시커멓고 구름으로 뒤덮여서 어떤 해답도 징조도 보여 주지 않았다. "가족들한테 전부 털어놓았을 때 어떤 기분일지."

"하지만 털어놓지 않았잖아." 레녹스는 말했다. "우리는 그러지 못해. 괴로워하는 가족들의 표정을 보느니 차라리 나를 파괴하는 쪽을 택할 테니까. 하지만 자네는 선택할 기회조차 없었지."

"아니야, 있었어. 선택했지. 날마다. 거짓말을 하기로."

"나를 도와주겠나, 더프?"

더프는 생각에 잠겨 있다가 퍼뜩 깨어났다. 눈을 깜빡였다. 조만간 눈을 좀 붙여야겠다. "도와달라고?"

"부탁을 들어줘. 베개. 그걸로 내 얼굴을 덮어서 눌러 줘. 그러면 부상 때문에 죽은 것처럼 보일 거야. 그리고 아이들한테는 살인범이자 배신자였던 아버지가 회개했다고 전해 주겠나?"

"나는……."

"내 주변에서 나를 이해할지도 모른다는 생각이 드는 사람이 자네 한 명뿐이야, 더프. 진심으로 사랑하는 사람들을 계속 배신하는 심정을 이해하는 사람이. 엎질러진 물은 주워 담을 수가 없는 법이잖아. 그때가 되면…… 옳은 일을 할 수밖에 없는 상황이 되지만 그런다고 엎질러진 물을 주워 담을 수 있는 건 아니지."

"예를 들면 시장의 목숨을 구하는 것 같은 일 말인가?"

"하지만 그걸로는 부족하지. 안 그래, 더프?" 레녹스의 건조한 웃음이 발작적인 기침으로 바뀌었다. "겉으로 보면 희생이라는 게 최후의 필사적인 조치처럼 보일지 몰라도 내심 그걸 통해 죄를 용서받고 천국의 문이 열리길 바라는 마음이 있잖아. 하지만 그건 지나친 욕심이야, 더프. 자네가 저지른 모든 일을 보상할 방법이 있다고 생각하는 건 아니겠지?"

"응." 더프가 말했다. "맞아, 내가 그 많은 걸 보상할 방법은 없겠지. 하지만 자네를 용서하는 것에서부터 시작할 수는 있어."

"아니야!" 레녹스가 말했다.

"맞아."

"아니야, 그러면 안 돼! 그러지 마, 그러지……." 그의 목소리가 뭉개졌다. 더프는 그를 쳐다보았다. 반짝이는 조그만 눈물방울이 그의 하얀 뺨을 타고 흘러내렸다.

더프는 크게 숨을 들이마셨다. "자네를 용서하지 말까 생각해 보는 대신 한 가지 조건이 있어."

레녹스는 고개를 끄덕였다.

"자네가 오늘 저녁에 라디오 인터뷰를 통해 모든 걸 폭로하고 맬컴의 누명을 벗겨 준다면."

레녹스는 어렵사리 한 손을 들어서 뺨을 닦았다. 그런 다음 눈물 젖은 손으로 더프의 손목을 감쌌다. "프리실라한테 연락해서 여기로 와 달라고 해 줘."

더프가 고개를 끄덕이고 자리에서 일어나자 손목이 풀렸다. 그는 마지막으로 레녹스를 내려다보았다. 레녹스는 정말로 달라졌을까 아니면 가장 쉬운 길을 택한 것일까.

"어떻게 됐나?" 더프가 나가자 토텔이 복도 벽면에 놓인 의자에서 일어났다.

"맥베스가 시장님을 살해하려고 했던 게 맞는다며 인터뷰에 응하 겠답니다." 더프가 말했다. "하지만 헤카테의 끄나풀이 있어요, 맥베 스의 가까이 침투한 자가. 경찰청의 아무라도 될 수 있는데."

"아무튼." 토텔은 복도를 총총히 걸으며 얼굴을 환히 빛냈다. "레녹 스의 증언만 있으면 맥베스는 끝장이야! 캐피틀에 연락해서 연방 정 부의 체포 영장을 발부받아야겠네."

간호사 한 명이 그들에게 다가왔다. "시장님 되십니까?"

"그렇소만."

"시장님의 가정부 애그니스한테서 연락이 왔어요. 케이시가 아직 집에 들어오지 않았다고요."

"고마워요." 토텔이 말했다. 그들은 계속 걸음을 옮겼다. "두고 봐, 아들 녀석은 친구네 집에 가서 나와도 되겠다 싶을 때까지 숨어 있 는 중일 거야."

"아마 그렇겠죠." 더프가 말했다. "가정부 말인데요……."

"응?"

"저는 일하는 사람을 쓴 적이 없어서 모르겠습니다만 어느 정도 시간이 지나면 그들이 집 안의 일부가 되지 않습니까? 그들 앞에서 거리낌 없이 이야기하고 그들이 집 밖으로 그 이야기를 옮기지 않을 거라고 생각하죠?"

"애그니스 말인가? 그렇지. 그렇지, 그녀를 믿어도 되겠다는 확신이 생긴 이후에는. 하지만 그러기까지 시간이 걸리지."

"하지만 상대방이 어떤 생각과 감정을 품고 있는지는 전혀 알 수가 없고요. 그렇지 않습니까?"

"흠. 경찰청에서 근무하는 맥베스의 개인 비서를 의심하는 모양인데……."

"프리실라요?" 더프가 되물었다. "글쎄요. 시장님도 말씀하셨다시피 신뢰를 쌓기까지는 시간이 걸리죠."

"그런데?"

"별실에서 블랙잭을 하는 동안 맥베스와 레이디가 헤카테를 살해하겠다는 계획을 세웠다고 하셨잖습니까. 그런데 블랙잭을 하려면 네 번째 인물이 필요하지 않습니까?"

"응?"

"블랙잭요. 딜러가 있어야 하지 않습니까?"

"잭?"

"네, 레이디." 잭은 손을 거두었다. 같이 서서 숙박부를 내려다보며 새로운 고객의 이름을 어떤 식으로 기입해야 하는지 잭이 설명하는 동안 구부정하게 숙인 빌리의 등에 스스럼없이 놓여 있던 손이었다.

"할 얘기가 있어, 잭. 위로 올라가자."

"알겠습니다. 데스크를 지킬 수 있겠나, 빌리?"

"해 보겠습니다, 보너스 씨."

잭은 미소를 지었고 새로 들어온 아이의 눈을 조금 길게 쳐다보았다. 그런 다음 레이디를 쫓아서 계단을 달려 올라갔다.

"새로 온 아이 어때?" 그가 뒤따라오자 그녀가 물었다.

"아직 평가하기에는 이른데요, 사장님. 조금 어리고 경험이 없긴 하지만 구제 불능은 아닌 듯합니다."

"다행이네. 식당에 웨이터가 두 명 필요해. 오늘 두 명이 새로 들어왔는데, 그야말로 엉망진창이지 뭐야. 젊은 사람들이 뭐라도 **배우겠다**는 진지한 자세 없이 요즘 같은 세상에서 무슨 수로 살아남겠다는 건지 모르겠어. 모든 걸 누가 은 쟁반에 담아서 자기들 앞으로 갖다 줄 거라고 생각하나?"

"그러게요." 잭은 이렇게 말하고 스위트룸 안으로 들어갔다. 레이디가 문을 잡아 주었다. 그가 몸을 돌려 보니 문을 닫은 그녀가 눈물을 흘리며 의자 위로 주저앉아 있었다.

"레이디, 왜 그러세요?"

"릴리." 그녀는 흐느껴 울었다. "릴리. 그자가 그 아이의 이름을 얘기했어."

"릴리? 백합 말씀인가요?"

레이디는 두 손에 얼굴을 묻고 온몸을 들썩이며 오열했다.

잭은 어쩌면 좋을지 알 수가 없었다. 그는 그녀에게로 다가가다 걸음을 멈추었다. "거기에 대해서…… 얘기를 하고 싶으세요?"

"아니!" 그녀는 외쳤다. 어마어마하게 큰 숨을 들이마셨다. "아니, 얘기하고 싶지 않아. 알사커 박사는 거기에 대해서 얘기하고 싶어 하더라. 그 사람 정신병자야. 몰랐어? 자기 입으로 직접 말했어. 하지만 그래서 정신과 의사로서 자격 미달이 아니라 오히려 정반대래. 말은 필요 없어, 잭. 들을 만큼 들었어. 내 말도 다른 사람들의 말도. 그건 더 이상 위로가 되지 않아. 약이 필요해." 그녀는 코를 훌쩍이며 조심스럽게 손등으로 눈 밑을 닦았다. "한마디로 약이 필요해. 그게 없으면 나는 주어진 역할을 수행할 수가 없어."

"무슨 역할인데요?"

"레이디 역할이지, 잭." 그녀는 손에 묻은 마스카라를 쳐다보았다. "자기만 살고 남들은 죽게 내버려 두는 여자. 하지만 맥베스가 약을 끊었기 때문에 약이 없어. 어쩜 그럴까. 그이가 나보다 더 독하다니. 그럴 줄 몰랐지, 응? 그러니까 자기가 가서 좀 사다 줘야겠어, 잭."

"레이디……."

"안 그러면 모든 게 무너질 거야. 아이 울음소리가 계속 들려, 잭. 나는 게임룸에 들어가서 웃고 얘기를 하지." 눈물이 다시 흘러내리기 시작했다. "그 울음소리를 덮으려고 큰 소리로 얘기를 하고 웃는다고. 하지만 이제 더는 안 되겠어. 그가 내 아이 이름을 알았어. 내가 그 아이한테 했던 마지막 말을 내 앞에서 했어."

"그게 무슨 말씀이세요?"

"헤카테. 그 사람이 알고 있었다고. 내가 그 묻는 듯한 파란 눈이 달린 머리를 벽에 대고 박살 내기 전에 했던 말을. **다음 생을 기약할게, 내 사랑 릴리.** 아무한테도 얘기한 적 없는데. 절대! 적어도 정신이 멀쩡한 동안에는. 하지만 꿈을 꾸는 동안에는 얘기했을지 몰라. 자면서 걷는 동안……." 그녀는 말을 멈추었다. 뭔가를 깨달은 사람처럼 미간을 찌푸렸다.

"최면." 잭이 말했다. "최면에 걸렸을 때 얘기하신 겁니다. 헤카테는 알사커 박사에게 전해 들었고요."

"최면?" 그녀는 천천히 고개를 끄덕였다. "그렇게 생각해? 알사커가 나를 배신했다고 생각해? 돈을 받고서?"

"인간은 욕심이 많죠. 그게 인간의 천성이에요, 사장님. 욕심이 없었다면 인간들은 이 세상에서 벌어진 싸움에서 승리를 거두지 못했을 겁니다. 사장님이 일군 성과를 보세요."

"결국에는 **욕심**으로 귀결된다는 거야?"

"꼭 돈 욕심만 있는 게 아니에요. 사람에 따라 대상이 다르죠. 권력, 섹스, 존경, 음식, 사랑, 지식, 공포……"

"자기는 뭐에 욕심이 있는데?"

"저요?" 그는 어깨를 으쓱했다. "저는 손님들이 행복해하고 만족스러워하는 걸 보면 좋습니다. 그러니까 남들의 행복에 욕심이 많은 거죠. 예컨대 사장님의 행복. 사장님이 행복하면 저도 행복합니다."

그녀는 그를 빤히 쳐다보았다. 그러다 자리에서 일어나 거울 앞으로 가서 아래 테이블에 놓인 빗을 집었다. "잭……"

그녀의 목소리가 꺼림칙했지만 그래도 그는 거울 속의 그녀와 눈을 맞추었다. "네, 사장님."

"자기는 외로움이 뭔지 알 필요가 있어."

"제가 안다는 걸 아시잖습니까, 사장님."

그녀는 불덩이처럼 새빨갛고 긴 머리를 빗질하기 시작했다. 상황에 따라 남자들이 매력을 느끼기도 하고 경고의 신호로 받아들이기도 하는 머리칼이었다. "하지만 옆에 아무도 없는 것보다 더 외로울 때가 언제인지 알아? 옆에 누가 있는 줄 알았는데, 가장 친한 친구라고 생각했던 사람이 알고 보니 그렇지 않았을 때야." 빗이 중간에 걸렸지만 그녀가 숱이 많고 거슬거슬한 머리카락 사이로 억지로 잡아 뺐다. "처음부터 속고 있었다는 걸 알았을 때. 그럴 때 얼마나 외로운 지 알아, 잭?"

"아뇨, 모르겠습니다, 사장님."

잭은 그녀를 쳐다보았다. 어떻게 하면 좋을지, 뭐라고 하면 좋을지 알 수가 없었다.

"자기는 속아 본 적 없는 걸 다행으로 알아." 그녀는 빗을 내려놓고 그에게 메모지를 몇 장 건넸다. "자기는 빨판상어야. 너무 작아서 속 임을 당하지는 않고 남을 속이기만 할 수 있지. 자기가 매달려 있어 도 상어가 그냥 내버려 두는 이유는 더 안 좋은 다른 기생충들을 없 애 주기 때문이야. 자기는 그런 식으로 여행을 하지, 누이 좋고 매부 좋은 여행을. 그리고 우정으로 착각할 수 있을 만큼 친밀하고 가까운 관계를 만들지. 좀 더 큼지막하고 건강한 상어가 옆을 지나갈 때까 지. 가, 잭. 가서 칵테일 좀 사다 줘."

"괜찮으시겠습니까, 사장님?"

"효과가 있는 걸 원한다고 얘기해. 강력한 걸로 달라고. 높이, 멀리 날 수 있는 걸로 달라고. 떨어지면 머리가 박살 날 정도로 높이 날 수 있는 걸로. 이렇게 춥고 친구 한 명 없는 세상에서 어느 누가 살고 싶 겠어?"

"어떻게든 구해 보겠습니다, 사장님."

그는 소리 없이 등 뒤로 문을 닫았다.

"어디 가면 구할 수 있는지 알잖아, 잭 보너스." 그녀는 거울에 비 친 자신의 모습을 향해 속삭였다. "그나저나 헤카테한테 안부 전해 줘." 좀 전에 소금기를 남긴 자국 위로 눈물 한 줄기가 다시 흘러내렸다. "말 잘 들었던 우리 잭. 가엾은 우리 잭."

"레녹스 씨?"

레녹스는 눈을 떴다. 손목시계를 확인했다. 자정이 되려면 한 시간 30분이 남았다. 그의 눈꺼풀이 다시 내려왔다. 통사정해서 모르핀을 더 맞은 참이었다. 죄책감으로 잠결에 괴로워하는 한이 있더라도 잠을 자고 싶은 생각뿐이었다.

"레녹스 씨."

그는 다시 눈을 떴다. 마이크를 잡고 있는 손이 맨 먼저 보였다. 그 뒤로 누르스름한 뭔가가 언뜻 보였다. 서서히 눈의 초점이 맞았다. 노란색 방수 재킷을 입은 남자가 병상 옆 의자에 앉아 있었다.

"당신이오?" 그는 속삭였다. "하고 많은 기자들 중에 당신을 보냈단 말이오?"

월트 카이트는 안경을 바로 썼다. "토텔, 맬컴 그리고 다른 사람들은 알아요, 내가…… 내가……."

"당신이 맥베스의 수하에 있다는 걸?" 레녹스는 고개를 들었다. 병실 안에는 그들 두 사람뿐이었다. 그는 침대 머리맡에 달린 호출 버튼을 누르려고 꼼지락거렸지만 라디오 기자가 손으로 버튼을 덮었다.

"그러실 필요 없습니다." 카이트가 침착한 목소리로 말했다.

레녹스는 카이트의 손을 떼어 내려고 했지만 기운이 없었다.

"이제 나를 맥베스에게 먹잇감으로 던져 주겠다?" 레녹스는 콧방귀를 뀌었다. "앵거스를 우리한테 먹잇감으로 던져 주었듯이?"

"저도 경감님처럼 난처한 상황이었어요. 그래서 선택의 여지가 없었어요. 그자가 우리 가족을 들먹이며 협박했기 때문에."

레녹스는 포기하고 털썩 드러누웠다. "그래서 이제 원하는 게 뭐요? 칼 들고 왔어요? 아니면 독약?"

"네. 이거요." 카이트는 마이크를 흔들었다.

"**그걸**로 나를 죽이겠다고?"

"경감님이 아니라 맥베스를요."

"아."

월트 카이트는 마이크를 내려놓고 재킷 단추를 풀고 안경에 서린 김을 닦았다.

"토텔의 연락을 받았을 때 증거를 충분히 확보했다는 걸 알 수 있었죠. 토텔이 의사를 설득해서 5분을 얻어 냈으니 서둘러야 해요. 이야기를 들려주면 방송국으로 직행해서 편집 없이 그대로 내보낼게요."

"한밤중에요?"

"자정 전에 내보낼 수 있어요. 그리고 몇 명만 들어도 충분해요. 누가 들어도 경감님의 목소리라는 걸 알 수 있게만 하면. 나는 지금 훌륭한 언론 보도의 원칙을 모두 어기고 있어요. 응답할 권리, 사실 확인의 의무. 이게 다……."

"위기를 모면하기 위해서 그러는 거겠죠." 레녹스가 말했다. "다시 편을 바꾸려는 수작, 이기는 쪽에 줄을 서려는 수작이기도 하고요."

카이트는 입을 열었다가 다시 다물었다. 침을 꿀꺽 삼켰다. 그러고는 아직까지 김이 서려 있는 안경 뒤에서 눈을 깜빡였다.

"솔직히 인정해요, 카이트. 괜찮아요. 당신만 그런 거 아니에요. 우리가 무슨 영웅도 아니잖아요. 영웅이 되는 꿈을 꿀지는 몰라도 실컷 떠들어 댔던 원칙과 목숨 중에서 하나를 선택해야 하는 평범한 인간이죠. 지지리 평범한 인간."

카이트는 잠깐 미소를 지었다. "맞아요. 나는 오만하고 목소리만 큰 겁쟁이 도덕주의자였죠."

레녹스는 숨을 골랐다. 그가 지금 제정신인지 아니면 약에 취해서 이러는지 이제 더는 알 수가 없었다. "하지만 기회가 주어지면 다른 선택을 할 수 있을 것 같아요?"

"그게 무슨 소리예요?"

"다른 사람이 될 수 있겠어요? 당신의 자존심보다 더 고귀한 것을 위해 희생할 수 있겠어요?"

"예를 들면 어떤 거요?"

"존경받는 기자라는 당신의 명성을 와르르 무너뜨릴 수 있기 때문에 정말 용기를 내야 하는 일요."

맥베스는 눈을 감았다. 그 눈을 다시 뜨면 악몽과 너무 긴 이 밤이 끝나 있길 바랐다. 그의 책상 뒤 선반에 놓인 라디오에서 웅얼거리는 소리가 계속 이어졌다. 기관총으로 일제사격이라도 하듯 R이 나올 때마다 굴려 대는 발음이었다.

"그러니까 레녹스 경감님, 요약해 보겠습니다. 덩컨 경찰청장과 뱅쿼 경감을 살해하고, 노스 라이더의 아지트에서 대학살을 감행하고, 더프 경감의 가족을 살해한 배후의 인물이 맥베스 경찰청장이며, 경감님과 시턴 경감이 그의 명령으로 앵거스 경관을 처형했다는 말씀입니까? 그리고 오늘 오후에는 맥베스 경찰청장이 특공대장인 시턴 경감, 올라프슨 경관을 동원해서 토텔 시장을 암살하려다 실패했고요."

"맞습니다."

"이 말을 끝으로 세인트조디 병원의 병상에서 인터뷰를 진행 중이었던 레녹스 경감님과 작별 인사를 해야겠습니다. 이 인터뷰는 증인의 배석하에 녹음되었기에 레녹스 경감님이 살해되더라도 법정에서 증거로 쓰일 수 있습니다. 그리고 마지막으로 저, 월트 카이트도 여러분에게 진정성 있는 기자로 인정받았음에도 불구하고 살인범인 맥베스 경찰청장에게 놀아나 앵거스 경관 살인 사건을 방조했음을 청취자 여러분들 앞에서 고백하는 바입니다. 법정에서 재판을 받거나 가장 가까운 사람들과 대화를 나눌 때 저와 제 가족이 협박을 받았다는 사실이 정상참작 요인이 될 수 있을지는 모르겠습니다. 하지만 직업적으로는 변명의 여지가 없겠죠. 저도 협박과 이용과 조종을 당하면 여러분에게 거짓말을 할 수 있음을 입증한 셈이니까요. 이로써 저는 제 자신을 실망시켰고 여러분의 기대를 저버렸기에 라디오 기자 월트 카이트의 방송은 오늘을 끝으로 문을 닫습니다. 여러분이 저를 그리워하는 것보다 제가 여러분을 더 그리워할 테지만요. 여러분은 저보다 훌륭한 시민이라는 것을 보여 주시기 바랍니다. 거리로 나가서 맥베스 퇴진 운동에 동참해 주시기 바랍니다. 안녕히 주무십시오. 우리 도시에 하느님의 축복이 함께하길 기원합니다."

테마 음악이 흘렀다.

맥베스는 눈을 떴다. 하지만 그는 여전히 사무실에 있었고 시턴은 여전히 소파에, 올라프슨은 여전히 의자에 앉아 있었고 라디오 방송이 흐르고 있었다.

맥베스는 자리에서 일어나 라디오를 껐다.

"이제 어쩌죠?" 시턴이 물었다.

"쉿." 맥베스가 말했다.

"네?"

"잠깐 입 다물고 있으라고!" 그는 엄지와 검지로 콧잔등을 눌렀다. 피곤했다. 똑바로 생각해야 하는데 너무 피곤해서 잘 되지 않았다. 그래도 똑바로 생각해야 했다. 차후 행보가 결정타가 될 테고 앞으로 몇 시간에 따라 이 도시를 둘러싼 암투의 결과가 달라질 것이다.

"제 이름." 올라프슨이 말했다.

"뭐?"

"라디오에 제 이름이 나왔어요." 그는 겸연쩍은 얼굴로 미소를 지었다. "우리 가족 중에서 라디오에 이름이 소개된 사람은 저밖에 없을 거예요."

맥베스는 정적에 귀를 기울였다. 차량의 소음, 규칙적으로 붕 하며 지나가던 차량의 소음은 어디 갔을까? 온 도시가 숨을 참고 있는 듯했다. 그는 자리에서 일어났다. "나가지."

그들은 엘리베이터를 타고 지하로 내려갔다.

빨간 용이 그려진 특공대 깃발을 지났다.

시턴이 탄약실 문을 열고 불을 켰다.

재갈을 물린 아이가 금고에 묶인 채 기관총 거치대 사이에 앉아 있었다. 동공이 공포로 까맣게 확대돼서 갈색 홍채가 그걸 둘러싼 얇은 띠처럼 보일 정도였다.

"이 아이를 인버네스로 데리고 간다." 맥베스가 말했다.

"인버네스로요?"

"이제는 우리 셋 다 여기 있으면 안전하지 않아. 하지만 인버네스에서는 토텔의 무릎을 꿇게 할 수 있지."

"**우리**가 누굽니까?"

"마지막까지 남은 충성파. 승리를 쟁취했을 때 대가를 누릴 사람들."

"청장님, 저 그리고 올라프슨요? 우리가 이 도시의 무릎을 꿇게 할 거라고요?"

"나만 믿어." 맥베스는 말 잘 듣는 개라도 되는 듯이 케이시의 머리를 쓰다듬었다. "헤카테한테 우리가 필요한 존재이기 때문에 그가 우리를 보호하고 있거든."

"온 도시를 상대로요?" 올라프슨이 물었다.

"헤카테의 조력자들을 합하면 대군이야, 올라프슨. 헤카테처럼 남들 눈에 보이지 않을 뿐, 나를 벌써 두 번 살렸어. 그리고 우리한테는 개틀링 자매와 케네스 법안이 있잖아. 토텔이 버티지 못하고 비상사태를 선포하면 이 도시는 내 것이야. 자? 의리, 동지애?"

올라프슨은 눈을 감았다. "불로 세례받고." 그가 속삭였다. 혀짤배기 시옷 발음이 콘크리트 벽을 타고 울렸다.

시턴은 찡그린 얼굴로 그들을 노려보았다. 하지만 이내 미소가 그의 얇은 입술 위로 서서히 번졌다. "피로 하나 된다."

40

더프는 토텔의 거실 소파에 앉아 있었다. 그들 네 명은 수화기를 귀에 대고 서 있는 시장을 초조한 얼굴로 바라보았다. 밤 12시 2분 전이었다. 기압이 점점 높아져서 천둥이 치기 시작했다. 이 도시는 조만간 무더위라는 벌을 받을 것이다. 시장은 수화기에 대고 '그렇죠'와 '아니지요'를 반복했다. 그러더니 수화기를 내려놓았다. 방금 전에 들은 소식을 소화해서 삼키기라도 하는 듯이 입맛을 다셨다.

"뭐랍니까?" 맬컴이 초조한 목소리로 물었다.

"좋은 소식과 나쁜 소식이 있어요. 좋은 소식은 뭔가 하면 아치볼드 대법관이 그러는데, 우리가 제시한 증거 정도면 연방 정부 차원에서 맥베스의 체포 영장을 발부하고 그에 따라 대법원에서 연방 경찰을 여기로 파견할 수도 있을 거랍니다."

"그럼 나쁜 소식은요?" 맬컴이 물었다.

"정치적으로 복잡한 문제라 시간이 걸릴 거라네요." 토텔이 말했다. "경찰청장을 체포했는데 사건이 성립이 안 되면 어쩝니까. 구체적으로 따지면 우리에게 있는 증거라고는 레녹스가 라디오 인터뷰를 통해서 살인을 방조했다고 고백한 게 전부니까요. 아치볼드 말로는 영장을 발부하려면 상당한 설득이 필요할 거라는데, 그것도 내일 오후에 판결이 나면 그나마 최선이라고 하고요."

"그래도 그때가 되면 결정이 나겠군요." 케이스니스가 말했다. "그러니까 오늘 밤과 내일까지 몇 시간만 더 기다리면 되겠네요."

"그런 것 같군." 맬컴이 말했다. "자축할 수 없는 상황이라는 게 아쉬울 따름이네."

"천만에요." 토텔은 이렇게 대꾸하며 방금 전에 거실로 들어온 가정부를 돌아보았다. "전시에는 승리를 위해 바친 대가가 클수록 더 열심히 자축을 해야죠. 샴페인 부탁하네, 애그니스!"

"네, 시장님. 그런데 전화가 왔습니다."

토텔의 표정이 밝아졌다. "케이시인가?"

"맥베스 씨인 것 같은데요."

그들은 서로 바라보았다.

"이쪽 전화로 연결해 줘." 토텔이 말했다.

맥베스는 수화기를 귀에 대고 의자에 기대앉았다. 천장과 텅 빈 게임룸과 그의 위에서 대롱거리는 샹들리에에 거꾸로 달린 금색 뾰족탑을 올려다보았다. 그는 혼자였다. 중2층에서 시턴과 올라프슨이 개틀링을 조립하는 소리가 계속 들렸지만 그래도 혼자였다. 레이디는 여기 없었다. 그들은 경찰청에서 돌아오자마자 작업에 착수했다.

660

모든 도박꾼과 식사 손님을 내보내는 데 30분이 걸렸다. 그들은 느긋하게 일을 처리하려고 했다. 하지만 진행 중이던 게임을 정리해야 했고, 칩을 현금으로 바꿔 주어야 했고, 어떤 손님은 돈을 안 받겠다는데도 남은 술을 다 마시고 나가겠다고 고집을 부렸다. 마지막까지 남은 손님들은 토요일 밤에 말 그대로 쫓겨나고 있다는 데 불만을 터뜨렸다. 레이디였다면 좀 더 우아하게 대처할 수 있었을 것이다. 맥베스가 스위트룸에 가서 레이디를 데려오라고 잭을 올려 보냈지만 그는 혼자 돌아왔다. 상관없었다. 그녀는 잠을 자야 했을 테고 이건 긴 싸움이 될 예정이었다. 그들은 창문의 철창을 제거하고 중2층 양쪽 끝에 기관총을 설치했다.

"전화 바꿨습니다." 애써 태연한 척하는 목소리가 들렸다.

"안녕하십니까, 시장님. 아무 문제 없으시죠?"

"목숨을 부지하고 있지."

"다행입니다, 다행입니다. 암살 작전을 저희가 저지할 수 있어서 기쁩니다. 아무래도 헤카테가 꾸민 짓인 것 같은데요. 운전기사가 목숨으로 대가를 치러야 했던 건 안타깝게 생각합니다. 레녹스가 부상을 자초하고 헛소리를 늘어놓는 것도요."

토텔은 건조한 웃음을 터뜨렸다. "자네는 이제 끝났어, 맥베스. 모르겠나?"

"요즘 시절이 수상하죠? 호텔 꼭대기에서 폭탄이 터지질 않나, 길거리에서 총격전이 벌어지질 않나, 경찰청장과 시장이 암살 위협에 시달리질 않나. 시장님이 당장 비상사태를 선포해야 하지 않을까 싶어서 연락을 드린 겁니다."

"그럴 일은 없을 걸세, 맥베스. 연방 정부에서 자네 앞으로 체포 영장을 발부할 테니까."

"캐피틀에서 기병대를 부른 모양이로군요. 그럴 줄 알았습니다. 하지만 영장이 발부되기 전에 내가 이 도시의 전권을 넘겨받을 거예요. 그러면 면책특권이 발동될 테니 그때 가서 영장이 발부된들 뒷북이죠. 다들 몰라서 그렇지, 케네스 경찰청장이 선견지명이 있었다니까요?"

"선임 독재자들처럼 이 도시를 멋대로 주무르겠다고?"

"지금처럼 위험한 시기에는 시장님보다 강력한 리더가 키를 잡는 편이 낫지 않을까요?"

"맥베스, 제정신이 아니로군. 내가 도대체 왜 비상사태를 선포하고 자네한테 정권을 넘기겠나?"

"왜냐하면 내가 당신 사생아를 데리고 있고, 시키는 대로 하지 않으면 그 아이의 머리를 자를 테니까."

헉 하고 숨을 들이마시는 소리가 맥베스의 귀에 들렸다.

"그러니까 팔다리 뻗고 잘 생각 하지 마, 토텔. 몇 시간 말미를 줄 테니까 비상사태 선언문을 작성해서 서명해. 내일 해가 뜨기 전에 발효되도록. 아침 첫 햇빛이 내 눈에 닿기 전에 라디오 방송을 통해 공표하지 않으면 케이시는 죽는다."

정적이 흘렀다. 맥베스는 토텔이 혼자가 아닌 듯한 느낌을 받았다. 시턴의 보고에 따르면 더프, 맬컴 그리고 케이스니스, 이 세 명을 포함한 4인조 때문에 세인트조디 병원에서 임무를 완수하지 못했다고 했다.

"내 아들을 죽인 죄는 어떤 식으로 모면할 생각인가, 맥베스?"

터프한 말투였지만 무력감을 완벽하게 감추지는 못했다. 그 정도로 아득하게 절망하다니 맥베스로서는 미처 예상하지 못했던 일이었다. 하지만 그는 잡념을 떨쳐 버렸다. 시장의 떨리는 목소리를 보면 그의 짐작이 맞아떨어졌음을 알 수 있었다. 토텔은 아이를 위해서라면 무엇이든 할 용의가 있었다.

"면책특권. 비상사태. 그거면 될 거야, 시장."

"나는 법을 피할 방법을 물은 게 아니야. 자네의 양심을 어쩔 거냐고 물은 거지. 맥베스, 자네는 괴물이 되어 가고 있어."

"이미 되었는데 되어 가고 있다니. 당신도 가장 높은 값을 부르는 사람한테 언제든 온갖 특권과 영혼을 팔 생각이 있지 않나?"

"밖에서 천둥 치는 소리 안 들리나, 맥베스? 이런 날씨에, 이 도시에서 새벽에 햇빛이 비칠 거라고 믿고 있다니."

"왜냐하면 내가 명령을 내렸거든. 못 믿겠거든 1년 중 이 시기에는 해가 언제쯤 뜨는지 역서를 참고하든지. 그럼 이만."

맥베스는 전화를 끊었다. 천장에 달린 크리스털 위에서 빛이 반짝거렸다. 샹들리에가 움직이고 있다는 뜻이었다. 점점 더워지는 공기 때문일 수도 있고 바닥이 이상하게 떨리는 것 때문일 수도 있고 바깥의 조명이 바뀌어서 그런 것일 수도 있었다. 하지만 물론 네 번째 가능성도 있었다. 움직이는 쪽이 그일 수도 있었다. 사물을 다른 각도에서 보는 자. 그는 재킷 안주머니에서 은색 단검을 꺼냈다. 탱크나 얼굴이 두꺼운 인간을 상대하기에 가장 강력한 무기는 아닐지 몰라도 레이디의 말이 맞았다. 은에는 귀신을 물리치는 효과가 있었다.

며칠째 뱅쿼, 메러디스, 덩컨, 무릎을 꿇고 앉아 있었던 젊은 노스 라이더가 보이지 않았다. 그는 단검을 들어서 불빛에 비추었다.

"잭!"

아무 대답이 없었다. 그는 언성을 높였다. "잭!"

여전히 아무 대답이 없었다.

"잭! 잭!" 그는 목 안쪽이 찢어지는 것 같다는 생각이 들 정도로 미친 듯이 고래고래 소리를 질렀다.

맨 끝 방의 문이 열렸다. "부르셨습니까, 청장님?" 잭의 목소리가 울렸다.

"레이디는 아직도 기척이 없나?"

"네. 가서 깨울까요?"

맥베스는 단검의 뾰족한 끝을 손끝으로 훑었다. 약을 끊은 지 얼마나 됐더라? 꿈도 꾸지 않고 까무룩 깊은 잠을 자고 싶은 마음이 굴뚝같았다. 그는 위로 올라가 그녀의 곁에 누워서 이제 가자고, 인버네스와 이 도시가 없는 곳으로, 당신과 나밖에 없는 곳으로 가자고 얘기할 수도 있었다. 그녀도 그만큼이나 그러고 싶을 것이었다. 그들은 길을 잃었지만 언제든 출발점으로 돌아갈 방법은 있기 마련이었다. 두말하면 잔소리였다. 지금 당장은 보이지 않을 따름이었다. 그녀를 찾아가서 물어보아야 했다. 늘 그랬듯이 길을 가르쳐 달라고 해야 했다. 그런데 뭣 때문에 망설이고 있을까? 무슨 이상한 예감을 느꼈기에 위로 올라가서 사랑하는 사람의 따뜻한 품속에 안겨 있지 않고 아무도 없는 이 차가운 방에 앉아 있을까?

그는 고개를 돌려서 아이를 보았다. 시턴이 방의 한가운데 있는 반짝거리는 기둥에 토텔의 아들을 쇠사슬로 묶고 길고 가느다란 목에 족쇄를 채워 놓았다. 개처럼 그렇게 해 놓았다. 그리고 아이는 개처럼 꼼짝 않고 바닥에 누워서 애원하는 듯한 갈색 눈으로 맥베스를 쳐다보고 있었다. 그 눈은 그들이 이곳으로 자리를 옮긴 이래로 계속 꿋꿋하게 그를 쳐다보고 있었다.

맥베스는 짜증이 섞인 탄성을 뱉으며 의자에서 몸을 일으켰다.

"그럼 같이 올라가 볼까."

두툼한 카펫에 그와 잭의 발소리가 덮이자 유령처럼 계단과 복도 위를 둥둥 떠가는 듯한 기분이 들었다. 잭의 열쇠고리에서 맞는 열쇠를 찾기까지 한참이 걸렸다. 그는 암호라도 들어 있는 것처럼, 그가 아직 모르는 질문의 해답이라도 들어 있는 것처럼 모든 객실의 열쇠를 살폈다.

마침내 그는 문을 열고 안으로 들어갔다. 스탠드가 꺼져 있었지만 커튼 사이로 달빛이 비쳤다. 그는 가만히 서서 귀를 기울였다. 천둥소리가 멈추었다. 모든 게 숨을 참고 있는 듯 고요하기 그지없었다.

그녀는 피부가 창백했고 핏기가 하나도 없었다. 머리카락은 빨간색 부채처럼 베개 위로 펼쳐졌고 눈꺼풀은 투명하게 보였다.

그는 옆으로 다가가 그녀의 이마에 손을 얹었다. 아직 온기가 남아 있었다. 그녀의 옆쪽으로 이불 위에 종이가 한 장 놓여 있었다. 그는 종이를 집어 들었다. 적은 게 몇 줄 되지 않았다.

내일, 내일 그리고 내일. 하루하루가 진흙 속을 엉금엉금 기어가고 결국 그 시간들이 이룬 업적은 태양을 또다시 죽인 것과 모든 인간을 죽음에 한

발짝 다가가게 만든 것뿐.

맥베스는 문 앞에 서 있는 잭을 돌아보았다.

"떠났어."

"⋯⋯네?"

맥베스는 의자를 침대 옆으로 끌고 와서 앉았다. 그녀와 가까이 있고 싶어서 그런 게 아니었다. 그녀는 이제 더 이상 거기 없었다. 그냥 앉고 싶어서 그런 거였다.

그는 등 뒤에서 잭이 지르는 충격의 비명 소리를 듣고 그도 그녀의 팔에 아직까지 대롱대롱 매달려 있는 주사기를 보았다는 것을 알아차렸다.

"설마⋯⋯?"

"응. 주, 주, 죽었어."

"얼마나?"

"오, 오, 오래됐지."

"하지만 저하고 이야기를 나누신 게⋯⋯."

"신발 상자 안에 든 아기를 본 순간부터 주, 주, 죽어 가고 있었던 거야, 잭. 반짝 깨어나긴 했지만 그건 죽기 전의 발작이었을 뿐이야. 그녀는 자기 아이를 보았고, 아이를 다시 만나려면 저승으로 건너가야 한다는 걸 깨달았어. 우리는 그때 레이디를 잃은 거야. 그녀가 저승으로 건너가면 사랑하는 사람들을 만날 수 있다는 사탕발림에 넘어갔을 때."

잭이 한 발짝 다가왔다. "하지만 청장님은 안 믿으시나요?"

"맑은 하늘에서 햇빛이 반짝일 때는 믿지 않아. 하지만 우리는 햇빛이 비치지 않는 도시, 위안이라고는 없는 도시에 살잖아. 그러니까 대체로 믿는다고 볼 수 있지."

맥베스는 자기 자신을 살피며 슬픔도 절망도 느끼지 않는다는 데 놀라워했다. 어쩌면 이런 식으로 끝날 것을 오래전부터 알고 있었기 때문일 수도 있었다. 그걸 알면서도 모르는 체했을 뿐이었다. 지금 느껴지는 것이라고는 공허감뿐이었다. 그는 한밤중에 대합실에 앉아 있는 여행객이었다. 승객은 그 하나뿐이었고 그가 타야 하는 열차는 도착 예정이라고 방송이 됐지만 아직 도착하지 않았다. 도착 예정이라고 방송이 됐지만 아직 도착하지 않았다. 그럴 때 승객들은 어떤 반응을 보일까? 기다린다. 아무 데도 가지 않고 현재 상황을 받아들이며 앞으로 닥칠 일을 기다린다.

맥베스는 종이를 다시 집어 들었다.

내일, 내일 그리고 내일. 하루하루가 진흙 속을 엉금엉금 기어가고 결국 그 시간들이 이룬 업적은 태양을 또다시 죽인 것과 모든 인간을 죽음에 한 발짝 다가가게 만든 것뿐.

41

더프, 맬컴 그리고 관리인을 태운 엘리베이터가 경찰청 지하로 향했다.

"주말인 건 알지만 정말 아무도 없는 게 확실해요?" 더프는 관리인에게 물었다. 토텔의 집에서 맬컴이 한참 동안 통화한 상대였다.

"천만에요." 관리인이 대답했다. "다들 기다리고 있어요."

더프가 뭐라고 반응하기도 전에 엘리베이터가 도착했고 앞에서 문이 열렸다. 검은색 특공대 제복을 입고 무기를 장착한 세 사람이 서 있었다. 더프는 숨을 참았다.

"고맙네." 맬컴이 말했다. "급히 불렀는데 와 줘서."

"이 도시를 위해서 왔습니다." 그중 한 명이 말했다.

"앵거스를 위해서 왔습니다." 다른 한 명이 말했다.

"경찰청장님을 위해서 왔습니다." 허리가 꼿꼿하고 피부가 까만 나머지 한 명이 말했다. "저희가 아는 경찰청장님의 성함이 맬컴이거든요."

"고맙네, 리카도." 맬컴은 엘리베이터에서 내리며 말했다.

허리가 꼿꼿한 경관이 앞장섰다. "다른 사람들하고는 얘기해 보셨습니까?"

"저녁 내내 전화기를 붙잡고 있었어. 증거라고는 내 말밖에 없는데, 목숨과 일자리를 걸어 가며 음모 세력과 싸우자고 설득하기가 쉬울 턱이 없지. 특히 캐피틀에서 당장 지원을 받기 어려울 거라고 덧붙였으니. 그래도 경찰 약 서른 명, 민방위대에서 열에서 열다섯 명, 소방대에서 열 명쯤 지원을 했다네."

"이 싸움 자체는 설득력이 별로 없을지 몰라도 청장님은 다릅니다."

"고맙네, 리카도. 하지만 맥베스의 행동을 보면 누구라도 느낄 수 있지 않을까 싶은데."

"청장님이 하시는 말씀을 두고 하는 얘기가 아닙니다. 청장님의 용기가 더 크게 와닿는다는 거죠."

"나는 모든 걸 빼앗겨서 잃을 게 많지 않아, 리카도. 돌아와서 딸아이를 안전한 곳으로 대피시키긴 했지만. 용기를 낸 사람은 자네지. 지켜야 하는 딸이 있는 것도 아닌데 정의감에 기꺼이 나선 것 아닌가. 선을 추구하는 사람들이 이 도시에 아직 남아 있다는 증거이기도 하지."

그들은 용이 그려진 깃발 앞을 지났다.

"시장님은 어디에 계십니까?" 리카도가 물었다.

"지금 당장은 신경 써야 하는 다른 문제들이 있어서."

리카도는 방공호 입구처럼 생긴 거대한 철문 앞에서 걸음을 멈추었다. 문이 열려 있었다. "여깁니다."

안쪽 선반에 쇠 상자와 화기가 잔뜩 들어 있었다. 맬컴은 기관총을 한 대 집어 들었다.

"개틀링과 거기에 맞는 탄약은 누가 들고 갔더라고요." 리카도가 말했다. "그래서 이게 전부입니다. 여기에 장갑차 한 대요. 장갑차는 지금 당장 중앙역으로 이동시킬 수 있습니다. 인원에 비해 무기가 부족하지만 소방관들은 어차피 화기 훈련도 받지 않았을 테죠. 저희들은 오늘 밤에 당장 공격을 감행할 수 있습니다."

"우리는 맥베스가 자발적으로 포기해 주길 바라는 마음이 더 크다네." 맬컴이 말했다. "인원수를 계산해 보니 시턴과 올라프슨, 이렇게 두 명을 데리고 간 것 같거든. 우리가 몇 명을 동원했는지 확인하면 케이시를 풀어 주고 항복할지 몰라."

"협상을 원하신단 말씀이로군요." 리카도는 고개를 끄덕였다. "인질이 잡힌 상황에서 동원할 수 있는 현대적인 전술이죠."

"내 말이 그 말일세."

"상대가 맥베스라면 소용없는 전술이기도 합니다. 제가 그 밑에서 있어 보았지 않습니까. 지금 그에게는 이 나라에서 가장 실력이 뛰어난 저격수 두 명과 개틀링 두 대가 있어요. 반면에 저희에게는 시간이 별로 없고요."

"개틀링 두 대를 어떤 식으로 상대하면 좋을까?" 맬컴이 물으며 바주카포를 끄집어냈다.

더프의 몸이 뻣뻣하게 굳었다. 바주카포 뒤에 뭐가 있는지 보았기 때문이었다.

"장거리에서는 명중률이 그다지 높지 않습니다." 리카도가 말했다. "그래도 맥베스가 항복하지 않을 경우에 대비해서 어떤 식으로 인버네스를 장악하면 좋을지 제가 계획을 세워 보겠습니다."

"좋아." 맬컴은 이렇게 말하고 더프가 발견한 물건을 쳐다보았다. "맙소사, 저건 어디서 난 거지?"

"노스 라이더 아지트를 습격했을 때 들고 온 압수품입니다." 리카도가 말했다. "그냥 군도이긴 해도 무기니까요."

"그냥 평범한 군도가 아니야." 더프는 이렇게 말하며 손잡이를 세게 움켜쥐었다. 한 번 휘두르고 칼의 무게를 느껴 보았다. "스위노가 쓰던 칼이거든."

"그걸 가져가실 생각은 아니겠죠? 아무 소용도 없을 텐데."

"무슨 소리." 더프는 집게손가락으로 날을 훑었다. "여자들의 배와 아이들의 얼굴을 가를 수 있는 무기야."

맬컴은 리카도 쪽으로 고개를 돌렸다. "무기들을 해가 뜨기 한 시간 전까지 중앙역으로 옮겨다 놓을 수 있겠나?"

"걱정 붙들어 매십시오."

"고맙네. 그동안 우리는 잠깐 눈을 붙일 수 있으려나?"

"청장님?"

맥베스는 레이디의 차가운 가슴에 얹고 있던 고개를 들어서 위를 쳐다보았다. 잭이었다. 그가 다시 돌아와서 문 앞에 서 있었다.

"청장님과 얘기를 하고 싶다고 찾아온 사람이 로비에서 기다리고 있습니다."

"사, 사, 사람을 들였단 말이야?"

"혼자 온 데다 계속 문을 두드려서요. 들어오라고 하는 수밖에 없었어요. 그랬더니 이제는 안 나가겠다고 버팁니다."

"누군데?"

"시바트라는 젊은 남자예요."

"시바트?"

"부둣가에서 노스 라이더를 습격했을 때 청장님 덕분에 목숨을 구했다고 하던데요."

"아, 그 인질. 무, 무, 무슨 일로 왔다고 하던가?"

"청장님 편으로 지원하려고요. 맬컴의 연락을 받았다는데, 맬컴이 인버네스를 공격하려고 사람들을 모으는 중이라고 합니다."

"그렇다면." 맥베스는 레이디의 가슴에 다시 고개를 얹고 눈을 감았다. "가, 가, 가라고 해."

"말을 듣질 않습니다."

맥베스는 한숨을 쉬고 일어나 손을 내밀었다. "자네한테 준 총을 좀 빌려줘."

로비로 내려가 보니 젊은 남자가 초조하게 기다리고 있었다. 맥베스는 계단에서 그에게 총을 겨누었다. "나가!"

"청장님……." 남자는 말을 더듬었다.

"나가! 맬컴의 사주를 받고 나를 죽이러 온 거지? 얼른 나가!"

"아닙니다, 아닙니다, 저는……."

"얼른! 셋까지 세겠다! 하나……."

남자는 뒷걸음질을 쳐서 문손잡이를 붙잡았지만 잠겨 있었다.

"둘!"

잭이 열쇠를 들고 얼른 달려가 문을 열 수 있도록 거들었다.

"셋!"

남자의 뒤에서 쾅 하고 문이 닫혔고 달려가는 소리가 점점 멀어졌다.

"정말로 저자가……."

"아니." 맥베스는 대답하며 잭에게 총을 돌려주었다. "하지만 저렇게 어린 녀석이 있어 봐야 거치적거릴 뿐이야."

"저희 편은 숫자도 많지 않은 데다 올라프슨이랑 나이가 같은데요, 청장님."

"내가 부탁한 일은 처리했나?"

"하고 있습니다."

"다 끝나면 알려 줘. 게임룸에 있을 테니까."

맥베스는 쌍여닫이문을 열고 카지노로 들어갔다. 동쪽으로 난 높은 창문 뒤편에서 밤이 회색으로 무르익어 가고 있었다.

42

태양이 아직 산 뒤에 숨어 있었지만 시뻘겋게 이글거리며 조만간 고개를 내밀 조짐을 보였다. 레녹스 경감은 이 도시에서 이보다 더 근사한 새벽을 본 적이 없다는 생각이 들었다. 본 적 있지만 그때는 느끼지 못한 것일 수도 있었다. 혹은 태양이 아니라 모르핀이 모든 걸 아름답게 물들이는 것일 수도 있었다. 시끌벅적한 토요일 밤을 보내고 난 뒤라 길거리는 박살 난 맥주병과 냄새가 코를 찌르는 토사물과 담배꽁초들로 몸살을 앓고 있었지만, 검은색의 선원 제복에 하얀 모자를 쓴 아담한 남자만 총총히 지나갈 뿐 아무도 없었다. 다른 사람들은 이 도시의 운명이 결정되는 동안 집에서 이불을 뒤집어쓰고 누워 있었다. 그럼에도 불구하고 그의 눈에는 이 도시가 이보다 더 아름다워 보인 적이 없었다.

레녹스는 프리실라가 무릎에 덮어 준 체크무늬 담요를 내려다보았다. 그들은 중앙역의 후줄근한 동문으로 다가가고 있었다. 그는 휠체어가 움직이는 속도가 느려진 것을 알아차렸다. 그녀가 망설이기 때문이었다. 역에 한 번도 가 본 적이 없어서 그런 듯했다.

"무서워할 것 없어, 프리실라. 약을 팔려는 사람들뿐이야. 아니면 사려는 사람들." 가로등 아래를 지날 때 그녀의 그림자를 보니 허리를 꼿꼿하게 펴고 있었다. 휠체어가 움직이는 속도가 빨라졌다.

복도를 지나가던 간호사와 의사들이 앞을 가로막지 못하도록, 약속한 대로 그녀가 아직 동이 트기 전에 그를 데리러 왔다. 그가 얘기한 물건들도 사무실에서 들고 왔다. 심지어 그녀를 설득하거나 설명할 필요도 없었다. 공식적으로는 그가 더 이상 직속상관이 아닌데도 그의 부탁을 즉각 실행에 옮겼다.

"설명 안 하셔도 돼요." 그녀가 말했다. "제 영원한 직속상관은 반장님이니까요. 그리고 맥베스는 어차피 경찰청장 자리에서 쫓겨날 거잖아요."

"어째서?"

"제정신이 아니니까요."

그들은 담배를 피우고 있는 밀매업자와 마약중독자들 앞을 지났다. 마약중독자들은 담요 위에서 꾸벅꾸벅 졸다가 그들이 지나가자 눈을 뜨고 자동적으로 구걸하느라 손을 내밀었다.

하지만 프리실라는 화장실로 내려가는 계단에 도착할 때까지 걸음을 멈추지 않았다.

여기가 만남의 장소였다. 여기 서 있으면 그들이 데리러 왔다. 고글뿐 아니라 귀마개까지 써서 주변 소음을 차단했기 때문에 어디로 데려가는지는 절대 알 수 없었다.

그게 조건의 일부였다. 그는 진정한 여행을 떠나고 싶으면, 저녁때 집이나 사무실에서 시도했다가는 들킬 염려가 있었기 때문에 그들의 안내 아래 칵테일을 만드는 주방으로 갔다. 거기서 전문가만이 제조하고 투여할 수 있는 고도로 순수한 약물을 맞았다. 과거의 아편굴을 연상시키는 안락의자에 앉아 안심할 수 있는 분위기 속에서 약에 취해 잠깐 자고 일어나 도시로 돌아가면 한동안 전보다 훌륭한 새로운 인간으로 거듭날 수 있었다.

어떻게 보면 그가 그런 인간이 될 수 있었던 시절은 끝났다고 할 수 있었다.

프리실라가 선과 관을 모두 뽑고 그를 휠체어 안쪽으로 깊숙이 앉히자 자신이 얼마나 무기력한 존재인지 느낄 수 있었다. 자신이 얼마나 쓸모없는 존재가 되었는지, 할 수 있는 일이 얼마나 적은지 느낄 수 있었다.

"가." 그가 말했다.

"네? 이제 그만 가자고요?"

"**자네**만 가라고."

"반장님을 여기 이렇게 두고요?"

"아무 일 없을 거야. 연락할게. 이제 그만 가."

그녀는 꼼짝하지 않았다.

"명령이야, 프리실라." 그는 미소를 지었다. "자네의 영원한 직속상관이 내리는 명령."

그녀는 한숨을 쉬고 그의 어깨에 가만히 손을 얹었다. 그러다 잠시 후에 떠났다.

10분도 지나지 않아 스트레가가 팔짱을 끼고 그의 앞에 와서 섰다. "와우!" 그녀가 한 말은 이게 전부였다.

"나도 알아." 레녹스가 말했다. "참 지랄 맞은 시각이지?"

그녀는 짤막하게 웃음을 터뜨렸다. "휠체어에 앉았어도 기분이 좋아 보이네? 어쩐 일이야?"

"통증을 없앨 수 있는 걸 맞으면서 안락의자에서 한 시간만 쉬고 싶은데."

그녀는 귀마개와 고글을 건넸다.

"내 다리가 예전 같지 않아서 당신의 도움을 받아야 할지 몰라."

"너 정도야 깃털이지."

"휠체어를 타고 가야 해서."

그녀가 휠체어를 밀었다. 새벽 내내 통증이 심해졌다가 사라지길 반복했지만 몇 분 뒤에 그녀가 휠체어에서 그를 들어 으스러진 돌 같은 데 내려놓자 너무 아파서 눈물이 났다. 그를 감싼 스트레가의 근육질 팔과 압도적인 체취가 느껴졌다. 그녀는 어찌어찌 그를 휠체어에 다시 태워서 밀기 시작했다. 타르와 금속 탄내가 났다. 그들은 철길을 따라 이동하는 중이었다.

이럴 수가! 알고 보니 지금까지 차를 타고 이동했을 때는 짧은 거리를 멀찌감치 돌아서 중앙역이라는 출발점으로 다시 돌아오는 수법이 동원되고 있었다. 비를 맞지 않아서 실내라는 건 알았지만 눈앞의 폐기된 터널에서 마약이 제조되고 있었을 줄이야! 스트레가가 그를 들어서 차갑고 축축한 곳에 엎드리고 눕히자 그는 무기력하게 앓는 소리를 냈다. 콘크리트였다. 잠시 후에 그녀가 그를 다시 휠체어에 앉혔다. 휠체어를 밀었다. 공기가 점점 따뜻하고 건조해지고 있었다. 주방에 점점 가까워지면서 누구라도 정체를 파악할 수 있는 냄새가 풍기자 그의 머릿속에서 뭔가가 켜지면서 맛보기식으로 심장박동을 빨라지게 만들었다. 누군가가 고글과 귀마개를 벗기자 그는 스트레가가 하는 말의 마지막 부분을 들을 수 있었다.

"……뒤에 남은 핏자국을 지워."

"네." 탱크를 젓고 있던 자매 중 한 명이 말했다.

스트레가가 그를 들어서 안락의자로 옮기려고 했지만 레녹스는 손사래를 치고 왼쪽 셔츠 소매를 걷었다. 탱크에서 곧바로 맞는 칵테일. 그보다 더 끝내주는 건 없었다. 약쟁이의 천국이었다. 그가 가고 싶은 곳이 거기였다. 거기로 갈 수 있을까. 두고 보면 알 것이었다. 거기로 갈 수 있을까.

"저 사람, 부정부패척결반의 레녹스 경감 아닌가요?" 잭이 물었다. 그는 반사 유리창 앞에 서서 주방과 휠체어에 앉은 남자를 쳐다보고 있었다.

"맞아." 헤카테가 말했다. 그는 하얀색 리넨 양복을 입고 모자를 쓰고 있었다. "인버네스에 눈과 귀를 심어 놓는 것만으로는 부족하니까."

"레녹스가 맥베스의 살인 혐의를 제기했다는 소식 들으셨죠? 저자도 맥베스가 사장님의 도구라는 걸 압니까?"

"필요 이상으로 많은 걸 아는 사람은 없어. 그건 보너스 자네도 마찬가지고. 다시 하던 얘기로 돌아가서. 레이디가 스스로 목숨을 끊었는데, 맥베스는 심란해하기보다 마비된 것 같다고?"

"제가 보기에는 그렇습니다."

"흠. 만약 토텔이 비상사태를 선포한다면 맥베스가 지금 같은 정신 상태로 정권을 장악하고, 이 도시의 리더가 될 수 있도록 필요한 조치를 취할 수 있을 거라고 보나?"

"글쎄요. 그는…… 관심 없는 눈치예요. 이제는 중요한 게 아무것도 없는 듯이. 그게 아니면 자기를 천하무적으로 간주하는 것일 수도 있고요. 무슨 일이 생기더라도 사장님이 자기를 구해 줄 거라고요."

"흠." 헤카테는 지팡이로 바닥을 두 번 쳤다. "레이디가 없으면 경찰청장으로서 맥베스의 가치가 떨어지는데."

"그래도 사장님의 말을 잘 들을 겁니다."

"지금 정권을 장악하는 데 성공하더라도 그녀가 없으면 유지할 수가 없단 말이지. 게임의 규칙을 이해하고, 나무가 아니라 숲을 볼 줄 알고, 어떤 조치를 취해야 하는지 알아차리는 사람은 그녀였거든. 맥베스가 단검을 잘 던질지는 몰라도 누구한테, 왜 던져야 하는지 옆에서 알려 주는 사람이 있어야 해."

"제가 새로운 고문 역할을 하면 되죠." 잭이 말했다. "그의 신임을 얻어 가고 있으니까요."

헤카테는 웃음을 터뜨렸다. "자네가 진흙을 먹는 도다리와 교활한 포식 물고기, 둘 중 어느 쪽인지 잘 모르겠군, 보너스."

"어쨌거나 물고기인 모양이로군요."

"자네가 그의 부족한 통치 능력은 보완할 수 있을지 몰라도 그의 의지까지 어찌할 수 있을까? 그는 레이디와 다르게 권력욕이 없어. 자네나 나하고는 다른 걸 갈구하는 것 같단 말이지."

"칵테일요?"

"레이디. 여자. 또 어쩌면 친구. 인간과 인간 사이의 사랑이라고 할까. 이제 레이디가 죽었으니 그녀의 권력욕을 충족시키고 싶다는 욕구가 사라진 거지."

"레이디도 사랑을 원했어요." 잭은 조용히 말했다.

"사랑을 받고 싶어 하는 욕구와 사랑을 할 줄 아는 능력이야말로 인간에게 엄청난 힘을 부여하는 동시에 아킬레스건이기도 하다네. 사랑에의 희망이 보이면 산도 움직이는 게 인간이야. 그걸 빼앗으면 한 줄기 바람에 날아가 버리기도 하고."

"그럴지도요."

"만약 맥베스가 바람에 날아가 버리면 경찰청장으로 저기 저 친구는 어떤가?" 헤카테는 유리창을 턱으로 가리켰다. 자매 한 명이 준비를 마친 주사기를 들고 레녹스의 왼쪽 팔을 알코올 솜으로 닦으며 혈관을 찾고 있었다.

"레녹스요?" 잭이 물었다. "진심이세요?"

헤카테는 입맛을 다셨다. "맥베스를 무너뜨린 장본인이잖은가. 이 도시의 시장을 살리기 위해 두 다리를 희생한 영웅. 게다가 레녹스가 내 부하라는 걸 아무도 모르지."

"하지만 맬컴이 돌아왔잖습니까. 그리고 레녹스가 맥베스의 심부름꾼이라는 걸 모르는 사람이 없고요."

"레녹스는 충직한 경찰관답게 명령을 수행했을 뿐이야. 그리고 맬컴과 더프는 다시 사라지면 그만이고. 루스벨트도 휠체어에 앉아서 세계대전을 승리로 이끌었지. 그래, 레녹스를 경찰청장의 자리에 앉히면 되겠어. 자네 생각은 어떤가?"

잭은 레녹스를 쳐다보았다. 아무 대답도 하지 않았다.

헤카테는 웃으며 큼지막하고 폭신한 손을 잭의 좁은 어깨에 얹었다. "자네가 무슨 생각을 하는지 알아, 도다리 선생. 자네는 어떡하느냐고? 맥베스가 잘리면 누가 자네를 써 주겠느냐고? 그러니까 맥베스가 어려운 상황을 잘 헤쳐 나갈 수 있길 바라야겠지? 가지, 내가 배웅하겠네."

잭은 레녹스를 마지막으로 흘끗 쳐다보고 등을 돌려서 헤카테와 함께 화장실 입구와 역사로 다시 걸어 나갔다.

"잠깐." 자매가 주삿바늘을 살갗에 갖다 대자 레녹스가 말했다. 오른손을 휠체어 옆에 달린 큼지막한 주머니에 넣었다. 손잡이 끝에 달린 줄을 뽑았다.

"됐어요." 그가 말했다.

그녀가 바늘을 꽂고 주사기 피스톤을 민 순간, 그는 주머니에서 손을 꺼내 휠체어 옆으로 팔을 낮게 휘두른 다음 손을 놓았다. 프리실라가 사무실에서 챙겨 온 물건이 콘크리트 바닥을 데굴데굴 굴러서 플라스크, 튜브, 관들이 놓여 있는 탱크 옆쪽의 테이블 아래로 사라졌다.

"어이, 저게 뭐야?" 스트레가가 물었다.

"우리 할아버지 말로는 할아버지 머리를 향해 던져진 수류탄이래." 이렇게 대답한 순간 레녹스는 쾌감을 느꼈다. 맨 처음 같을 수는 없겠지만 그래도 희열에 온몸이 부르르 떨렸다. 그는 그 오랜 세월 동안 찾아 헤맸지만 인생의 의미에 이보다 더 가까운 것을 아직 찾지 못했다. 바로 이것. 마침표 말고는.

"M24 **슈틸한트그라나테**일지 몰라. 아니면 재떨이……."

그의 이야기는 이것으로 끝이었다.

잭은 계단을 중간쯤 올라갔을 때 폭발의 충격으로 날아갔다. 그는 일어나서 화장실 쪽을 돌아보았다. 문짝이 날아갔고 안에서 연기가 새어 나오고 있었다. 그는 기다렸다. 잠잠한 것을 확인하고 천천히 계단을 내려가서 화장실 안으로 들어갔다. 칸막이 공간과 주방으로 들어가는 문이 사라졌다. 안에서 불길이 이글거렸고 그 불빛 덕분에 모든 게 파괴됐음을 알 수 있었다. 주방과 그 안의 모든 게 더 이상 존재하지 않았다. 5초 전만 해도 그가 여기에…….

"보너스"

바로 앞에서 누군가의 목소리가 들렸다. 바닥에 쓰러진 철문 아래에서 그것이 기어 나왔다. 하얀색 리넨 양복을 입은, 으스러진 바퀴벌레였다. 반질반질한 얼굴은 똥으로 덮였고 두 눈은 충격으로 까맸다.

"나 좀……."

보너스는 노인의 손을 잡고 화장실 문 쪽으로 끌어당겼다. 그런 다음 똑바로 눕혔다. 그는 온몸이 만신창이였다. 복부가 벌어져서 피가 뿜어져 나오고 있었다. 불멸의 헤카테. 보이지 않는 손이었던 그에게 살날이 몇 분 아니면 몇 초밖에 남지 않았다. 이 피라니…… 잭은 고개를 돌렸다.

"서둘러 줘, 잭. 뭐라도 찾아서……."

"의사를 불러야겠어요." 잭이 말했다.

"아니야! 피가 다 쏟아지기 전에 뭐라도 찾아서 상처를 눌러 줘."

"의료진의 도움을 받아야 해요. 얼른 다녀올게요."

"날 두고 가지 마, 잭! 날 두고……." 그가 몸을 활처럼 구부리며 울부짖었다.

"왜 그러세요?"

"위산! 뭔가가 새고 있어. 젠장, 지독하게 화끈거리네. 도와줘, 잭! 도와……." 그는 외치다 말고 또다시 쉰 목소리로 울부짖었다. 잭은 그 자리에서 옴짝달싹 못 하고 그를 지켜보았다. 정말이지 등을 대고 누워서 팔다리를 하릴없이 버둥거리는 바퀴벌레 같았다.

"얼른 갔다 올게요." 잭이 말했다.

"안 돼, 안 돼!" 헤카테는 비명을 지르면서 그의 다리를 붙잡으려고 했다.

하지만 잭은 옆으로 비켰고 등을 돌려서 빠져나왔다.

계단 꼭대기에 다다랐을 때 그는 걸음을 멈추고 왼쪽, 그러니까 인버네스가 있는 서쪽을 바라보았다. 맥베스가 있는 쪽, 세인트조디 병원이 있는 쪽이었다. 그쪽 대합실에 공중전화 부스가 있었다. 이번에는 동쪽으로 고개를 돌렸다. 산이 있는 쪽, 반대쪽이었다. 새로운 수역, 위험한 망망대해가 있는 쪽이었다. 하지만 인간으로서─그리고 빨판상어로서─살아남으려면 가끔 이런 결단도 내려야 했다.

잭은 숨을 들이마셨다. 망설임에 그런 게 아니라 공기가 필요했기 때문이었다.

그런 다음 동쪽으로 향했다.

맥베스의 머리 위에서 크리스털이 웅얼웅얼 노래를 불렀다. 그는 위를 올려다보았다. 샹들리에가 매달린 줄을 잡아당겨 가며 앞뒤로 흔들리고 있었다.

"저게 뭘까요?" 인버네스의 남동쪽 구석에 개틀링 총을 설치하고 중2층을 지키고 있던 시턴이 외쳤다.

"세상의 종말." 맥베스는 대답했다. 그러고는 나지막이 덧붙였다. "내 희망 사항이지."

"역에서 올라오고 있는데요." 올라프슨이 남서쪽 구석에 설치한 기관총 앞에서 외쳤다. "폭탄이 터진 걸까요?"

"두말하면 잔소리!" 시턴이 명랑하게 외쳤다. "저들이 대포를 투입한 거야."

"정말요?" 올라프슨이 충격을 받은 목소리로 물었다.

시턴의 웃음소리가 벽을 타고 메아리쳤다. 그들은 인버네스를 지킬 방법을 의논했을 때 워커스 광장 쪽에서 공격이 시작될 거라고 쉽게 결론을 내릴 수 있었다. 스리프트 스트리트와 면하고 있는 쪽은 창문 없이 벽돌로 이루어져 있어서 성벽이나 다름없었다.

"네 공포의 냄새가 여기까지 풍긴다, 올라프슨. 거기서도 느껴지십니까, 청장님?"

맥베스는 하품을 했다. "공포의 냄새가 어떤 거였는지 가물가물하다, 시턴." 그는 얼굴을 세게 문질렀다. 깜빡 졸았다가 레이디 옆에 누워 있는데 스위트룸 문이 소리 없이 스르르 열리는 꿈을 꾸었다. 문 앞에 서 있던 사람은 망토를 입고 모자를 푹 눌러쓰고 있었기 때문에 불빛이 비치는 안으로 들어온 다음에서야 뱅쿼라는 걸 알 수 있었다. 한쪽 눈은 사라지고 허연 구멍만 남았다. 벌레들이 뺨과 이마에서 꿈틀꿈틀 기어 나오고 있었다. 맥베스는 재킷 안쪽으로 손을 넣어서 어깨 칼집에 꽂아 두었던 단검을 꺼내 던졌다. 뱅쿼의 이마에 단검이 꽂히자 뼈가 이미 갉아 먹히기라도 한 듯 푹신하게 퍽 하는 소리가 났다. 그래도 유령은 침대 쪽으로 계속 다가왔다. 맥베스는 비명을 지르며 레이디를 흔들었다.

"레이디는 죽었어." 유령이 말했다. "그리고 쇠가 아니라 은으로 된 단검을 던졌어야지." 그건 뱅쿼의 목소리가 아니었다. 그건…….

뱅쿼의 머리가 떨어져서 침대 아래로 데굴데굴 굴러 들어갔고 모자 밑에서 시턴의 얼굴이 그를 보며 웃었다.

"원하는 게 뭐냐?" 맥베스는 속삭였다.

"청장님이 원하는 것과 같습니다. 두 분께 아이를 선물하는 거. 보세요, 레이디가 저를 기다리고 있지 않습니까."

"제정신이 아니로군."

"저를 믿어 보세요. 대가로 많은 걸 바라지도 않습니다."

"레이디는 죽었어. 저리 가."

"인간은 누구나 죽기 마련이죠. 얼른 씨를 뿌리세요. 생각 없으시면 제 씨를 뿌리겠습니다."

"저리 가라니까!"

"비켜라, 맥베스. 내가 레이디를 차지할 테다. 더프가 메러디스를……."

두 번째 단검은 벌리고 있던 시턴의 입에 꽂혔다. 그는 이를 악물더니 손잡이를 잡고 단검을 뽑아서 맥베스에게 돌려주었다. 잘려서 피를 흘리는 혀를 보이며 웃음을 터뜨렸다.

"라디오에서 아무 소식 없습니까?"

맥베스는 움찔하며 정신을 차렸다. 시턴이 외친 소리였다.

"없어." 맥베스는 얼굴을 세게 문지르고 라디오 볼륨을 높였다. "해가 뜨려면 아직 20분이 남았으니까." 그는 곱게 다져서 눈앞의 펠트 위에 일렬로 늘어놓은 하얀 가루를 거울 속으로 들여다보았다. 거울에 비친 자신의 얼굴을 바라보았다. 일렬로 늘어선 가루가 반짝이는 거울 표면을 흉터처럼 갈랐다.

"그 시각이 지나면 아이를 죽이는 겁니까?" 올라프슨이 큰 소리로 물었다.

"그렇다, 올라프슨!" 시턴이 큰 소리로 대답했다. "우리는 계집애가 아니라 사내대장부거든!"

"하지만…… 그러고 나면요? 그럼 협상할 거리가 없어지지 않습니까."

"그거 어디서 많이 듣던 소리 같지 않나, 올라프슨?" 남동쪽에서 다시 웃음소리가 들렸다.

"걱정할 것 없어." 맥베스가 말했다.

"어째서요, 청장님?"

"여자의 몸에서 태어난 사람은 나를 해칠 수 없거든. 헤카테가 약속했다, 버사가 잡으러 오지 않는 이상 내가 경찰청장의 자리에서 내려오는 일은 없을 거라고. 이러니저러니 해도 헤카테는 약속을 지키는 사람이야. 긴장 풀어. 토텔이 항복할 테니." 맥베스는 아무 말 없이 기둥에 등을 대고 앉아서 먼 곳을 응시하고 있는 케이시를 쳐다 보았다. "뭐가 보이나, 시턴?"

"버스 옆에 사람들이 모여 있습니다. 경찰관과 민간인들이 섞인 것 같은데요. 자동화기가 몇 개 보이고 소총과 권총도 있습니다. 저걸로 공격한다면 별로 걱정할 필요가 없겠습니다."

"회색 외투가 보이나?"

"회색 외투요? 아니요."

"그쪽은, 올라프슨?"

"이쪽에서도 안 보입니다, 청장님."

하지만 맥베스는 그들이 밖에 있다는 걸 알았다. 그를 지켜보고 있 다는 걸 알았다.

"티토노스라고 들어 봤나, 시턴?"

"아뇨. 누굽니까?"

"그리스 남자. 레이디한테 듣고 찾아봤지. 새벽의 여신 에오스가 끌고 간 젊은 애인이 바로 티토노스라는 평범한 남자였는데, 여신은 제우스에게 그도 자기처럼 영생을 누리도록 해 달라고 부탁을 했다 는군. 그러니까 이 남자는 영생을 원한 게 아니라 자기 뜻과 상관없 이 부여받은 거야. 하지만 여신이 깜빡하고 영원한 젊음까지 부탁하 지 않은 게 화근이었어. 무슨 말인지 알겠나?"

"알 것 같기도 합니다만, 어떤 의도로 그런 이야기를 꺼내셨는지는 모르겠는데요, 청장님."

"모든 게 사라지고 모든 이가 죽어 가지만 티토노스는 외로움 속 에서 썩어 갈 따름이야. 그는 받은 게 아무것도 없고 오히려 그 반대지. 감옥에 갇혔고 영생은 빌어먹을 저주였으니."

맥베스는 벌떡 일어나는 바람에 현기증을 느꼈다. 약에 취해서 우울해진 마음에 늘어놓은 이야기였다. 그의 발치에 이 도시가 놓여 있었고, 조만간 그것이 돌이킬 수 없는 그만의 것이 될 테고, 그는 티끌만 한 소원마저 남김없이 이룰 수 있었다. 그러고 나면 욕망과 쾌락만 생각하면 됐다. 욕망과 쾌락만.

더프는 버사의 앞쪽에서 바닥에 난 틈을 한 손가락으로 훑고 있었다. 맬컴의 목소리가 들렸다. "미안합니다, 좀 지나갈게요!"

고개를 들어 보니 맬컴이 인파를 뚫고 계단 꼭대기로 올라오고 있었다.

"자네도 들었나?" 그가 숨을 헐떡이며 물었다.

"네." 케이스니스가 대답했다. "지붕이 내려앉는 줄 알았어요. 지하에서 폭발 시험이라도 한 것 같던데."

"아니면 지진이었거나." 더프는 갈라진 틈을 가리키며 말했다.

"내가 생각했던 것보다 인원이 많은 것 같네." 맬컴이 경찰차와 빨간색의 큼지막한 소방차로 바리케이드를 쳐 놓은 뒤편으로 계단 발치에 모여 있는 사람들을 훑어보며 말했다. "다들 소방관 아니면 경찰관인가?"

"아뇨." 한 남자가 계단을 올라오면서 말했다. 맬컴은 그의 검은색 제복을 뜯어보았다.

"해군 장교요?"

"도선사입니다." 키가 작은 남자가 말했다. "프레드 지글러라고 합니다."

"도선사가 여긴 어쩐 일입니까?"

"간밤에 카이트의 라디오 방송을 듣고 여기저기 전화를 돌린 끝에 여기서 어떤 일이 벌어질지 소문을 들었습니다. 제가 할 수 있는 일이 뭐가 있을까요?"

"무기 있나요?"

"아뇨."

"총을 쏠 줄은 알고요?"

"해병대에서 10년 동안 복무했습니다."

"다행이로군. 저기 경찰 제복 입고 있는 사람들을 찾아가면 소총을 줄 겁니다."

"고맙습니다." 도선사는 세 손가락을 하얀 모자에 대고 다시 사라졌다.

"토텔은 뭐랍니까?" 더프가 물었다.

"캐피틀에서도 인질이 잡혀 있다는 걸 알아." 맬컴이 얘기했다. "하지만 오늘 오후에 체포 영장이 발부되기 전에는 그쪽에서 우리를 도울 수가 없지."

"맙소사, 여기 사람들 목숨이 위험한데도요?"

"한 명이잖아. 우리 쪽 경찰청장이 요청하지 않는 한 그 정도 가지고 연방 정부에서 개입할 수는 없어."

"염병할 정치인들 같으니라고! 그래서 토텔은 지금 어디 있는데요?" 더프는 동쪽을 응시했다. 산 가장자리를 따라서 옅은 파란색 하늘이 점점 붉게 물들고 있었다.

"라디오 방송국에 갔어." 케이스니스가 말했다.

"비상사태를 선포할 거야." 맬컴이 말했다. "지금, 아직 시장에게 권한이 남아 있을 때 맥베스를 공격해야 하네. 비상사태가 선포되자마자 우리는 비합법적인 폭도가 되고 저들은 우리와 함께하지 않을 테니까." 그는 모인 사람들 쪽을 턱으로 가리켰다.

"맥베스가 바리케이드를 치고 들어앉았어요." 케이스니스가 말했다. "인명 피해가 있을 거예요."

"그렇지." 맬컴은 입에 확성기를 갖다 댔다. "친애하는 시민 여러분! 진용을 갖추어 주시기 바랍니다!"

사람들이 계단 발치에 구축한 바리케이드를 향해 달려갔다. 자동차 지붕에 무기를 얹고, 특공대 장갑차와 소방차 뒤편에 숨어서 인버네스를 겨냥했다.

맬컴은 같은 방향으로 확성기를 돌렸다. "맥베스! 맬컴 부청장이다. 피차 알다시피 너는 가망이 없는 상황이다. 발버둥 쳐 봐야 필연적인 결과를 늦추는 것에 불과해. 그러니까 인질을 석방하고 항복해라. 1분 주겠다. 다시 한번 반복한다, 1분 주겠다."

"뭐라고 합니까?" 시턴이 큰 소리로 물었다.

"나한테 1분을 주겠대." 맥베스가 말했다. "보이나?"

"네, 계단 맨 꼭대기에 서 있습니다."

"올라프슨, 소총 들어서 맬컴의 입을 막아 버려."

"그러니까……."

"그래, 그 뜻이야."

"맥베스 만세!" 시턴은 웃음을 터뜨렸다.

"주목." 맥베스가 말했다.

더프는 산과 손목시계와 주변 사람들을 번갈아 쳐다보았다. 긴장한 탓에 팔꿈치와 어깨가 움찔거렸다. 떨리기 시작한 무릎과 종아리 때문에 팔꿈치와 어깨가 계속 움직였다. 특공대에서 자원한 여섯 명과 다른 몇 명의 경찰관 말고는 다들 회계 사무소 아니면 소방서에서 근무하는 일반인이었고 그들은 한 번도 분노의 방아쇠를 당겨 본 적이 없었다. 총에 맞은 적도 없었다. 그럼에도 이렇게 모였다. 자격미달이기는 해도 모든 걸 희생할 용의가 있었다. 그는 마지막 3초를 셌다.

아무 일도 벌어지지 않았다.

더프는 맬컴과 시선을 교환하고 어깨를 으쓱했다.

맬컴은 한숨을 쉬고 마이크를 입에 대려고 들었다.

더프는 총성도 거의 듣지 못했다.

맬컴이 뒤로 휘청거렸고 확성기가 요란한 소리와 함께 바닥으로 떨어졌다.

더프와 플리언스는 곧장 바닥으로 쓰러지는 맬컴 위로 몸을 던져서 그를 보호했다. 더프는 피가 나는지 맥이 잡히는지 손으로 더듬었다.

"괜찮아." 맬컴은 끙끙거렸다. "괜찮아. 이제 일어나게. 확성기를 맞혔어. 그뿐이야."

"영영 입을 막아 버리라는 말씀인 줄 알았는데요." 시턴이 큰 소리로 외쳤다. "이제 저들이 우리를 우습게 볼 겁니다."

"아니야." 맥베스가 말했다. "우리가 장난을 치는 게 아니라는 걸, 정신 똑바로 차리고 있다는 걸 알았겠지. 맬컴을 죽였다면 저들에게 정의감을 불태우며 쳐들어올 빌미를 제공했을 것 아닌가. 이제는 계속 망설일 수밖에 없겠지."

"이러나저러나 쳐들어올 것 같은데요." 올라프슨이 말했다. "저길 보세요. 우리 장갑차가 이쪽으로 오고 있어요."

"그렇다면 얘기가 달라지지. 이제는 경찰청장이 자기방어를 할 수 있는 상황이 됐군. 시턴?"

"네?"

"개틀링 아가씨들한테 마이크를 넘기자고."

더프는 버스의 뒤에서 고개를 삐죽 내밀고, 광장을 가로질러서 인버네스로 움직이는 둔해 보이는 장갑차—정식 명칭은 **존더바겐**이었다—의 뒤를 따라갔다. 장갑차 배기관에서 짙은 디젤 연기가 자욱하게 피어올랐다. 여섯 명의 특공대원들이 존더바겐을 타고 입구까지 가서 최루탄을 창문 너머로 던진 다음 방독면을 쓰고 문을 부수고 돌진하기로 했다. 장갑차에서 내려서 최루탄을 던지는 때가 가장 결정적인 순간이었다. 몇 초밖에 안 걸릴 테지만 그 몇 초 동안 주변에서 엄호를 해 주어야 했다.

맬컴의 무전기가 치직거리더니 리카도의 목소리가 들렸다.

"엄호사격 개시, 하나…… 둘…… 셋……."

"발사!" 맬컴이 포효했다.

바리케이드 뒤편에서 일제사격이 시작되자 드럼 두드리는 것과 비슷한 소리가 났다. 너무 작은 드럼을 두드리는 소리지. 더프는 생각했다. 그리고 그 소리마저 반대편에서 점점 솟구치는 아우성에 묻혔다.

"맙소사." 케이스니스가 속삭였다.

처음에는 존더바겐 앞 자갈길 위로 소나기가 쏟아져서 먼지가 튀어 오르는 것처럼 보였다. 그러더니 소나기가 날카로운 비명 소리와 함께 장갑차의 그릴과 철갑과 앞 유리창과 지붕을 때렸다. 장갑차의 무릎이 꺾이면서 주저앉는 것처럼 보였다.

"타이어가." 플리언스가 말했다.

장갑차는 계속 전진했지만 허리케인 속으로 진입이라도 하는 듯이 속도가 느려졌다.

"괜찮아. 장갑차니까." 맬컴이 말했다.

장갑차의 속도가 점점 느려졌다. 그러다 완전히 멈추었다. 사이드미러와 범퍼가 떨어져 나갔다.

"이제는 장갑차가 **아니에요**." 더프가 말했다.

"리카도?" 맬컴이 무전기에 대고 불렀다. "리카도? 철수하게!"

응답이 없었다.

이제는 장갑차가 춤을 추는 듯이 움직였다.

일제사격이 멈추었다. 정적이 광장을 덮었고 지나가는 갈매기의 탄식만이 그 정적을 갈랐다. 연기가 붉은 안개처럼 장갑차에서 피어 올랐다.

"리카도! 응답하라, 리카도!"

여전히 응답이 없었다. 더프는 완파된 장갑차를 쳐다보았다. 생존의 가능성이 보이지 않았다. 이제 그는 알 수 있었다. 그날 오후에 파이프에서 어떤 상황이 벌어졌을지 알 수 있었다.

"리카도!"

"죽었어요." 더프가 말했다. "전원 사망했어요."

맬컴은 그를 모로 흘긋 쳐다보았다.

더프는 손으로 얼굴을 쓸었다. "이제 어쩌죠?"

"나도 모르겠네, 더프. 우리가 세운 작전은 이게 전부라."

"소방차요." 플리언스가 말했다.

모두들 젊은 친구를 쳐다보았다.

그는 시선을 한 몸에 받자 움츠러들었고 그 무게를 감당하지 못하고 잠시 휘청거리는 것처럼 보였다. 하지만 이내 허리를 곧게 펴더니 살짝 떨리는 목소리로 말했다. "소방차를 활용해야죠."

"소용없을 거야." 맬컴이 반대하고 나섰다.

"그렇겠죠. 하지만 뒤편, 그러니까 스리프트 스트리트 쪽으로 돌아가면요." 플리언스는 말을 멈추고 침을 꿀꺽 삼킨 다음 다시 말을 이었다. "보셨다시피 기관총 두 대로 장갑차를 난사했으니까 뒤편은 무방비라는 뜻이잖아요."

"우리가 거기로는 진입하지 못한다는 걸 아니까." 더프가 말했다. "문도 없고 창문도 없고 벽돌뿐이라 공압 드릴이나 중포가 있어야 뚫을 수 있지."

"뚫자는 게 아니에요." 플리언스가 말했다. 이제는 말투가 좀 전보다 단호했다.

"돌아가자는 건가?" 더프가 물었다.

플리언스는 손가락으로 하늘을 가리켰다.

"그렇지!" 케이스니스가 말했다. "소방차니까."

"뭐야. 뭐가 그렇게 당연하다는 거야?" 맬컴은 으르렁거리며 산 쪽을 흘끗 쳐다보았다.

"사다리요." 더프가 말했다. "옥상요."

"저들이 소방차를 움직입니다." 시턴이 외쳤다.

"왜 그럴까?" 맥베스는 하품을 했다. 아이는 책상다리를 하고 눈을 감은 채 바닥에 앉아 있었다. 차분하고 조용하게 운명을 받아들이고 끝을 기다리는 듯했다. 맥베스처럼.

"모르겠는데요."

"네 생각은 어때, 올라프슨?"

"저도 모르겠습니다."

"좋아." 맥베스는 큰 소리로 외쳤다. 그는 은색 단검을 꺼내서 성냥을 뾰족하게 깎아 놓았다. 그걸로 앞니를 쑤셨다. 단검은 펠트 위에 두었다. 칩을 두 개 집어서 양쪽 손가락 사이에 끼우고 뒤집기 시작했다. 서커스단에서 배운 기술이었다. 왼손과 오른손의 운동 능력 격차를 줄이기 위한 훈련이었다. 그는 성냥개비를 빼고 칩을 뒤집으며 어떤 감정이 느껴지는지 살폈다. 아무 감정도 느껴지지 않았다. 그는 자신이 지금 무슨 생각을 하고 있는지 열심히 더듬어 보았다. 뱅쿼 생각도 레이디 생각도 하지 않았다. 그저 아무 감정도 느껴지지 않는다는 생각만 하고 있었다. 그리고 또 한 가지를 생각하고 있었다. **왜**

그럴까? 왜 그럴까……?

그는 잠시 고민하다…….

다시 눈을 감고 열에서부터 카운트다운을 하기 시작했다.

"이건 집에서 쓰는 일반 사다리하고 달라요. 높이 올라갈수록 더 심하게 흔들릴 거예요." 항만 도선사 제복을 입은 남자가 플리언스와 두 명의 다른 지원병에게 말했다. "하지만 한쪽 손, 그다음에 한쪽 발, 이런 식으로 한 번에 하나씩 움직이기만 하면 걱정할 것 없어요."

도선사는 요란하게 하품을 하고 잠깐 웃어 보인 다음 얼른 사다리를 잡고 올라가기 시작했다.

플리언스는 아담한 그를 쳐다보며 자기도 그렇게 씩씩했으면 좋겠다는 생각을 했다. 스리프트 스트리트에는 15미터짜리 사다리를 창문 없는 벽에 대 놓은 소방차 말고는 아무것도 없었다.

플리언스는 도선사를 따라 올라갔다. 희한하게도 한 걸음 옮길 때마다 두려움이 줄었다. 이러니저러니 해도 최악의 순간이 지났다. 그는 설명을 했다. 그들은 귀를 기울였다. 고개를 끄덕이고 알겠다고 했다. 그런 다음 소방차에 올라타서 역을 출발했고 커다랗게 포물선을 그리며 일요일 새벽의 잠잠한 거리를 가르고 적들 모르게 인버네스 뒤편에 도착했다.

플리언스가 위를 올려다보니 도선사가 옥상에서 아무도 없다는 신호를 보내고 있었다.

전날 밤에 인버네스 도면을 워낙 꼼꼼하게 파악했기 때문에 플리언스는 뭐가 어디에 있는지 정확하게 알았다. 평평한 옥상에 달린 문을 열고 들어가서 좁은 사다리를 내려가면 보일러실이 나왔고, 그 문을 열면 호텔의 꼭대기 층 복도가 나왔다. 거기서 그들은 나뉘어서 두 명은 북쪽 계단으로, 두 명은 남쪽 계단으로 내려가기로 했다. 둘 다 중2층으로 이어졌다. 몇 분 뒤에 역에서 발포를 시작해 기관총 사수의 시선을 워커스 광장에 붙잡아 놓고 모든 소음을 덮으면 그동안 플리언스와 나머지 세 명이 뒤에서 살금살금 접근해 기관총 사수를 제거할 것이었다. 세 명의 지원병은 경찰사관생도의 지휘를 따라야 하느냐고 투덜거리는 법 없이 손목시계를 플리언스의 시계에 맞췄다. 그 경찰사관생도는 이런 작전에 대해서 뭘 좀 아는 눈치였다. 그의 아버지가 뭐라고 했던가? **네가 남들보다 판단력이 낫다 싶으면 통솔을 해야지. 그게 이 사회에 대한 너의 우라질 의무야.**

역에서 시작된 발포 소리가 플리언스의 귀에 들렸다.

"따라오세요."

그들은 옥상 문 앞으로 가서 잡아당겼다. 문이 잠겨 있었다. 예상한 대로였다. 그는 한 경찰관을 향해 고개를 끄덕였고, 교통단속반 소속인 그가 문 틈새로 쇠 지렛대를 끼워서 세게 밀었다. 단박에 잠금장치가 부서졌다.

안은 어두웠지만 플리언스는 아래쪽의 보일러실에서 올라오는 열기를 느낄 수 있었다. 사기전담반 소속의 머리 하얀 또 다른 경찰관이 먼저 내려가고 싶어 했지만 플리언스가 저지했다. "따라오세요." 그는 속삭이고 높다란 철제 문지방을 넘었다. 어둠 속에서 형체를 분간해 보려고 했지만 헛수고라 들고 있던 기관총을 내리고 사다리 난간이 어디 있는지 손으로 더듬어야 했다. 그가 조심스럽게 첫발을 내

딛고 다음번 가로대를 딛자 철제 사다리에서 소리가 났다. 눈부신 불빛이 비추자 그는 그 자리에서 얼어붙었다. 손전등이 아래에서 그의 얼굴을 비추고 있었다.

"탕." 손전등 뒤에서 누군가가 말했다. "너는 죽었어."

플리언스는 그가 뒤쪽의 세 명을 몸으로 막고 있다는 것을 알았다. 그리고 기관총을 쏠 겨를이 없을 거라는 것도 알았다. 목소리의 주인이 누구인지 알기 때문이었다.

"어떻게 알고……?"

"곰곰이 생각해 보았지. **화재 경보도 들리지 않는데 왜, 도대체 왜 소방차를 움직이고 있을까?**" 목소리의 주인은 어둠 속에서 쿡쿡 웃었다. "아직까지 내 구두를 신고 있군." 맥 아저씨는 술에 취한 목소리였다. "내 말 잘 들어라, 플리언스. 너는 오늘 여러 사람을 살릴 수 있어. 너와 네 뒤에 있는 세 명의 폭도를 말이야. 이 길로 나가서 바리케이드 뒤로 돌아가라. 거기서 싸워야 나를 잡을 수 있는 가능성이 더 커."

플리언스는 입 안을 혀로 훑으며 수분을 찾았다. "아저씨가 아빠를 죽였죠."

"그랬을지도 모르지." 그의 발음이 뭉개졌다. "아니면 정황상 어쩔 수 없었을 수도 있고. 아니면 가족을 향한 뱅쿼의 욕심이 화근이었을지도. 하지만 아마……." 말이 끊긴 동안 한숨 소리가 들렸다. "내가 원흉이었을 거다. 이제 가라, 플리언스."

맥 아저씨와 집 안 거실 바닥에서 모의 격투를 벌였던 기억이 플리언스의 머릿속을 어지럽혔다. 그는 플리언스에게 져 주는 척하다가 막판에 잽싸게 몸을 뒤집어서 플리언스를 바닥에 꼼짝 못 하게 쓰러뜨렸다. 힘이 세서 그랬던 게 아니라 빠르고 정확했기 때문이었다. 하지만 지금 맥 아저씨는 얼마나 술에 취했을까? 플리언스의 협응력이 얼마나 더 뛰어날까? 그에게 가능성이 있을까? 빠르게 반응하면 한 방 날릴 수 있을지 몰랐다. 케이시를 살릴 수 있을지 몰랐다. 이 도시를 구할 수 있을지 몰랐다. 아버지의 복수를……

"그러지 마라, 플리언스."

하지만 엎질러진 물이었다. 플리언스는 이미 기관총을 들었고 짤막한 총성이 좁은 보일러실에 갇힌 다섯 남자의 고막을 때렸다.

"아악!" 플리언스는 비명을 질렀다.

그러고는 사다리에서 떨어졌다.

그는 바닥에 부딪치는 것을 느끼지 못했다. 눈을 다시 뜰 때까지 아무것도 느끼지 못했다. 눈을 다시 뜬 뒤에도 그의 뺨에 손이 얹혀 있고 귀 바로 옆에서 목소리가 들렸지만 아무것도 보이지 않았다.

"하지 말랬잖아."

"다……다른 사람들은 어디 있어요?"

"내가 시킨 대로 다들 떠났다. 이제 자라, 플리언스."

"하지만……." 그는 자신이 총에 맞았다는 걸 알았다. 피가 흐르고 있었다. 기침을 하자 입 안 가득 피가 고였다.

"자라. 거기 도착하거든 아빠한테 인사하고 내가 곧바로 따라올 거라고 얘기해."

플리언스는 입을 벌렸지만 나오는 건 핏줄기뿐이었다. 그의 눈꺼풀을 가만히 조심스럽게 건드리는 맥베스의 손가락이 느껴졌다. 그 손가락이 그의 눈을 감겼다. 플리언스는 다이빙 준비라도 하는 것처럼 숨을 크게 들이마셨다. 다리에서 강물 속으로, 시커먼 물속으로, 그의 무덤으로 떨어졌을 때 그랬던 것처럼 숨을 크게 들이마셨다.

"안 돼." 더프는 그들을 향해 달려오는 소방차를 보고 중얼거렸다. "안 돼!"

그와 맬컴이 달려가서 맞았고 소방차가 서자마자 양쪽 문이 벌컥 열렸다. 운전자와 두 명의 경찰관과 항만 도선사가 우르르 내렸다.

"맥베스가 우리를 기다리고 있었어요." 도선사가 아직까지 숨을 헐떡거리며 앓는 소리를 냈다. "그가 쏜 총에 플리언스가 맞았어요."

"안 돼, 안 돼, 안 돼!" 더프는 소방차에 몸을 기대고 두 눈을 질끈 감았다.

누군가가 그의 목에 손을 얹었다. 익숙한 손길이었다. 케이스니스의 손길이었다.

검은색의 특공대 제복을 입은 두 남자가 달려와 맬컴 앞에 섰다. "핸슨과 에드먼턴입니다. 소식을 듣고 곧바로 달려왔습니다. 저희 말고도 몇 명 더 있고요."

"고맙네, 제군들. 하지만 우린 끝났어." 맬컴이 손으로 가리켰다. 아직은 태양이 보이지 않았지만 실루엣이 거꾸로 보이는 산꼭대기의 십자가 위로 이미 아침 첫 햇살이 비치고 있었다. "이제는 토텔의 손에 달렸다네."

"인질을 교환합시다." 더프가 말했다. "맥베스한테 원하는 사람을 얘기하라고 해요, 부청장님. 우리 쪽 두 명을요. 케이시와 맞교환하는 조건으로."

"내가 그 생각을 안 해 봤겠나?" 맬컴이 말했다. "맥베스가 시장의 아들을 자네나 나 같은 푼돈과 교환할 리 없지. 토텔이 비상사태를 선포하면 케이시는 목숨을 건질 거야. 자네와 나는 무조건 처형이고. 그러면 누가 맥베스와의 싸움을 이끌겠나?"

"케이스니스요." 더프가 말했다. "그리고 부청장님이 철석같이 믿는다고 말씀하신 이 도시 주민들요. 두려우신 겁니까? 아니면……?"

"부청장님 얘기가 맞아." 케이스니스가 말했다. "살아 있어야 이 도시에 더 많은 도움이 되지."

"젠장!" 더프는 그녀의 손을 떨치고 소방차 쪽으로 걸어갔다.

"어디 가?" 케이스니스가 큰 소리로 물었다.

"받침대."

"뭐라고?"

"받침대를 박살 내야 해. 어이, 팀장!"

소방차를 몰고 온 남자가 자리에서 일어섰다. "어, 저는 팀장이……."

"소방차에 소방용 도끼나 큰 망치 있나?"

"그럼요."

"보세요!" 시턴이 외쳤다. "오벨리스크 위에서 태양이 반짝이고 있어요. 아이는 죽어야 합니다!"

"우리 모두 죽어야 하지." 맥베스는 나지막이 중얼거리고 칩 하나를 빨간색 펠트의 하트 무늬 위에, 다른 하나는 검은색 펠트의 하트 무늬 위에 얹었다. 왼쪽으로 몸을 숙여 룰렛 휠에서 공을 꺼냈다.

"옥상에서 무슨 일이 있었던 겁니까?" 시턴이 큰 소리로 물었다.

"뱅쿼의 아들." 맥베스는 큰 소리로 대답하고 휠을 돌렸다. 세게 돌렸다. "내가 처리했지."

"죽였습니까?"

"내가 처리했다잖아." 맥베스의 앞에서 룰렛 휠이 돌아가자 숫자들이 한데 뭉뚱그려져서 선명한 동그라미를 만들었다. 불분명하면서도 선명한 동그라미였다. 그는 무아의 경지에 돌입하려고 카운트다운을 셌는데도 계속 그 자리에 있었다. 바퀴가 계속 돌았다. 이번에는 바퀴가 절대 멈추지 않을 것이다. 이번에는 그가 절대 무아의 경지에서 벗어나지 못할 것이다. 그가 등 뒤로 문을 닫고 잠가 버렸다. 바퀴. 알 수 없지만 너무나 친숙한 운명을 향해 돌고 도는 바퀴. 결국에는 카지노가 항상 이기기 마련이다. "밖에서 뭘 두드리는 소리가 들리는데 뭔가, 시턴?"

"올라와서 직접 확인하시죠?"

"나는 룰렛 테이블이 더 좋아. 뭔가?"

"가엾은 버사를 두드리고 있습니다. 이제 해가 떴습니다, 청장님. 보여요. 큼지막하고 근사한데요? 시간이 다 됐습니다. 이제……?"

"버사를 때려 부수고 있다고?"

"버사가 놓인 받침대를요. 광장을 잘 보고 있다가 뭐든 다가오는 게 있으면 쏴 버려라, 올라프슨."

"알겠습니다!"

맥베스는 계단을 내려오는 발소리를 듣고 고개를 들었다. 햇볕에 그을리기라도 한 것처럼 시턴의 불그스름한 얼굴빛이 평소보다 도드라지게 느껴졌다. 그는 룰렛 테이블을 지나 케이시가 고개를 숙여서 얼굴 앞으로 머리칼을 늘어뜨리고 구부정하게 앉아 있는 기둥으로 다가갔다.

"자리를 떠도 좋다고 한 사람은 없을 텐데?" 맥베스가 말했다.

"금방이면 됩니다." 시턴은 허리춤에서 검은색 리볼버를 꺼냈다. 케이시의 머리에 댔다.

"멈춰!" 맥베스가 말했다.

"시간을 정확히 명시했잖습니까. 이런 식으로……."

"멈추라고 했다!" 맥베스는 뒤편에 둔 라디오 볼륨을 높였다. "토텔 시장입니다. 덩컨 경찰청장을 비롯해서 최근 들어 여러 건의 살인을 사주한 장본인으로 밝혀진 맥베스 경찰청장이 간밤에 저에게 최후통첩을 전했습니다. 그가 저를 살해하려다 실패한 뒤 제 아들 케이시를 납치했습니다. 비상사태를 선포해 맥베스에게 무소불능의 권한을 부여하고 연방 정부의 간섭을 차단하지 않으면 우리 도시 위로 태양이 떠오르는 순간 아들을 죽이겠다는 것이 그의 최후통첩이었습니다. 하지만 또 다른 폭군의 등장은 **우리**도 원치 않고, **저**도 원치 않고, **여러분**도 원치 않고, 케이시도 원치 않고, **이 도시**도 원치 않는 일입니다. 그렇기 때문에 지난 며칠 동안 선한 사람들이 자신의 목숨을 내놓았습니다. 그리고 아들의 목숨을 내놓았습니다. 두 번의 세계대전으로 민주주의가 위협당했을 때 이 도시와 다른 도시에서 우리 국민들이 아들을 희생시켰듯이 말입니다. 이제 날이 밝았고 맥베스는 라디오 옆에 앉아서 제가 이 날과 이 도시가 그의 것이라고 선포하길 기다리고 있을 겁니다. 맥베스, 내 말 잘 들어라. 아이를 데려가라.

케이시는 너의 것이다. 입장이 바뀌었다면 그 아이도 나를, 아니면 절대 낳을 일 없는 자기 아들을 희생시켰을 것임을 알기에, 그리고 그래 주길 바라기에 그 아이를 희생시키는 거다. 그리고 내 이야기를 듣고 있을지 모르겠지만 케이시야, 잘 가라, 눈에 넣어도 아프지 않을 아이야." 토텔의 목소리가 잠겼다. "너는 나뿐만 아니라 온 도시의 사랑을 받았고 민주주의가 존재하는 한 너의 무덤 앞에 촛불을 밝히마." 그는 헛기침을 했다. "고맙다, 케이시야. 고맙습니다, 시민 여러분. 이제 오늘은 여러분의 날입니다."

잠깐의 정적이 흐른 뒤 남자가 쩌렁쩌렁하게 부르는 〈내 주는 강한 성이오〉가 치직거리는 잡음과 함께 흘러나왔다.

맥베스는 라디오를 껐다.

시턴은 웃으며 방아쇠에 얹은 손에 힘을 주었다. 공이치기가 올라왔다. "놀랐냐, 케이시? 오입쟁이한테 갈보의 아들은 발싸개밖에 안 되는 거야. 하지만 네 영혼을 나한테 바치면 배가 아니라 머리를 쏴서 고통 없이 끝내 주겠다고 약속하마. 그리고 오입쟁이와 그 일당들한테 복수도 하고. 어때?"

"싫어요."

"싫다고?" 시턴은 못 믿겠다는 눈빛으로 그 대답이 나온 곳을 빤히 쳐다보았다.

"안 돼." 맥베스가 말했다. "그 아이를 죽이면 안 돼. 총 거두어라, 시턴."

"그리고 그들이 원하는 소득을 거두도록 내버려 두라고요?"

"내 말 들어. 우리는 방어 능력이 없는 아이들은 쏘지 않는다."

"방어 능력이 없다고요?" 시턴은 으르렁거렸다. "**우리**는 어떤데요? 우리는 방어 능력이 있습니까? 늘 그래 왔던 것처럼 더프와 맬컴이 우리 위로 오줌을 갈기도록 내버려 둘 겁니까? 대의명분을 내동댕이치실 생각입니까? 지금……."

"네 권총이 나를 겨누고 있다, 시턴."

"아마 그럴 거야. 당신이 다가오는 왕국을 막아서도록 내버려 두지 않을 작정이거든. 당신만 소명이 있는 게 아니야. 내가 이제……."

"네가 뭘 어쩌려는지 알겠는데 그 리볼버 치우지 않으면 너는 죽은 목숨이야."

시턴은 웃음을 터뜨렸다. "맥베스, 당신이 나에 대해서 모르는 것들이 있는데 말이지. 예를 들면 나를 죽이지 못한다는 거."

맥베스는 리볼버 총구를 빤히 쳐다보았다. "그럼 저질러라, 시턴. 너는 여자의 몸에서 태어나지 않았고 만들어졌지. 악몽으로, 사악하고 뭐든 부수고 파괴하고 싶어 하는 악몽으로 만들어졌지."

시턴은 고개를 젓고 맥베스에게 시선을 고정한 채 리볼버로 케이시의 머리를 겨누었다. 그 순간 아침 첫 햇살이 중2층의 큼지막한 창문을 관통했다. 맥베스는 햇살이 얼굴을 비추자 시턴이 손을 들어서 눈을 가리는 것을 보았다.

맥베스는 건너편의 나무를 비추는 햇빛을 향해, 나무에 새겨진 하트 모양을 향해 단검을 던졌다. 맞히겠다는 것을, 단검이 그 하트를 향해 날아가겠다는 것을 손금으로, 손가락 끝의 혈관으로 느꼈다.

픽 하는 소리가 났다. 시턴이 비틀거리며 자신의 가슴에서 삐져나온 단검 자루를 내려다보았다. 그러더니 리볼버를 떨어뜨리고 단검을 움켜쥐며 무릎을 꿇었다. 고개를 들고 멍한 눈빛으로 맥베스를 쳐다보았다.

"은이야." 맥베스는 이렇게 말하고 성냥으로 다시 앞니를 쑤셨다. "효과가 있다고 하던데."

시턴은 앞으로 쓰러져 아이의 맨발 앞에 머리를 떨구었다.

맥베스는 돌아가는 룰렛 휠을 감싼 나무틀에 흰색 상아 구슬을 얹고 반대편으로 세게 돌렸다.

"힘내세요!" 더프는 망치와 소방용 도끼로 받침대 앞면을 내리치고 있는 사람들을 향해 외쳤다. 이미 큼지막한 콘크리트 덩어리들이 떨어져 나왔다.

잠시 후에 받침대에 금이 가자 기관차에 달린 쟁기 모양의 배장기[*]가 어마어마한 소리와 함께 내려앉았다. 운전실에 있던 더프는 하마터면 앞으로 넘어질 뻔했지만 레버를 잡고 간신히 버텼다. 전면이 그의 앞에서 아래를 향하고 있었지만 그래도 기관차는 움직이지 않았다.

"정신 차려!"

여전히 감감무소식이었다.

"정신 차리라고, 이 할망구야!"

그러자 더프의 발을 타고 뭔가가 느껴졌다. 기관차가 움직인 것이었다. 아닌가? 혹시……. 낮은 탄식 비슷한 소리가 들렸다. 그렇다,

---

[*] 기관차나 열차의 앞에 달아서 철로 위에 있을지 모르는 장애물을 제거, 탈선을 방지하는 기구.

움직인 게 **맞았다**. 80년 만에 처음으로 버사 버넘이 움직였고 이제 작동이 되는 금속 부품들이 울부짖는 소리가 비명을 지르며 항의하는 수준으로 점점 커졌다. 수십 년에 걸쳐 쌓인 녹과 마찰의 법칙과 관성이 저항하려 들었지만 중력에 당할 재간이 없었다.

"비켜요!" 더프는 날카롭게 외치며 기관총 끈을 조이고 허리춤에 쑤셔 넣은 여분 무기의 개머리판을 잡았다.

동면에서 억지로 깨어난 증기기관차의 바퀴들이 8미터 길이의 선로를 천천히 굴러서 기우뚱 받침대를 벗어났다. 앞바퀴가 계단 꼭대기에 부딪치자 판석들이 엄청난 굉음과 함께 부서졌다. 순간 열차가 거기서 멈추려는 듯이 느껴졌지만 다음번 계단이 부서지는 소리가 들렸다. 그다음 계단도 부서졌다. 천천히 속도를 높이고 있는 이 어마어마한 덩치를 막을 수 있는 건 이제 아무것도 없었다.

더프는 전면으로 시선을 고정했지만 누군가가 열차 안으로 뛰어 올라와서 그의 옆에 서는 것을 곁눈으로 보았다.

"인버네스까지 편도 한 장요." 케이스니스였다.

"청장님!" 올라프슨이었다.

"음?" 맥베스는 덜커덩거리면서 돌아가는 상아 구슬을 눈으로 좇았다.

"아무래도…… 저게…… 우리 쪽으로 달려오는 것 같은데요."

"뭐가 달려오고 있다는 거야?"

"그…… 열차요."

맥베스는 고개를 들었다. "열차?"

"버사요! 버사가…… 이쪽으로 달려오고 있어요! 아무래도……."

그 뒷부분은 주변 소음에 묻혔다. 맥베스는 자리에서 일어났다. 그가 서 있는 게임룸에서 역사는 보이지 않고 높은 창문 너머로 비탈이 진 광장만 보였다. 하지만 소리가 들렸다. 으르렁거리는 괴물이 무언가를 산산이 박살 내는 소리 같았다. 게다가 점점 가까워지고 있었다.

바로 그때 그것이 인버네스 바로 앞 광장을 가로지르며 그의 시야에 들어왔다.

그는 침을 꿀꺽 삼켰다.

버사가 달려오고 있었다.

"발사!"

맬컴 부청장은 망연자실한 눈빛으로 바라보았다. 앞으로 어떻게 될지 몰라도 이런 광경은 죽을 때까지 두 번 다시 볼 수 없을 게 분명하기 때문이었다. 증기기관차가 돌을 씹어 먹으며 워커스 광장을 가로질러서 길을 냈다. 그들의 선조가 쇠로 만든 교통수단이, 너무 묵직하고 튼튼해서 저지할 도리가 없는 그것이 고작 80년 동안 방치된 걸로는 녹이 슬지도 뻑뻑해지지도 않은 볼베어링을 움직여 인버네스 카지노를 향해 곧장 돌진하는데, 기관차 위로 개틀링 총탄이 우박처럼 쏟아져도 불꽃만 튈 뿐 물방울처럼 튕겨져 나갔다.

"저 건물도 튼튼할 텐데요." 누군가가 옆에서 중얼거렸다.

맬컴은 고개를 저었다. "그래 봐야 도박장에 불과해."

"꽉 잡아!" 더프는 고함을 질렀다.

케이스니스는 머리 위로 날아와서 차체에 맞고 튀어나오는 유탄을 피하느라 운전석 옆면에 등을 대고 바닥에 앉아 있었다. 그녀가 얼굴에 잔뜩 힘을 주고 눈을 감은 채 뭐라고 외쳤다.

"뭐라고?" 더프는 큰 소리로 물었다.

"사랑한……."

그 순간 기관차가 인버네스를 들이받았다.

맥베스는 버사가 창문을 가득 채웠다가 뚫고 들어오는 광경을 지켜보았다. 기차가 벽을 뚫고 안으로 들어오자 건물 전체—그가 앉아 있는 바닥과 그 안의 공기까지—가 뒤로 밀려나는 듯한 느낌이 들었다. 소음이 막처럼 그의 고막 위에 내려앉았다. 기관차 굴뚝이 중2층의 동쪽 면을 갈랐고 배장기는 바닥을 파고들었다. 인버네스 때문에 브레이크가 걸렸지만 그래도 버사는 조금씩 계속 전진했다. 그녀가 그의 0.5미터 앞에서 멈추었을 때 굴뚝은 서쪽 중2층 난간에 닿았고 배장기는 룰렛 테이블을 건드렸다. 잠시 완벽한 정적이 흘렀다. 버사가 머리 위에서 샹들리에를 매달고 있던 줄을 끊었다. 그는 피하려는 시도조차 하지 않았고 심지어 올려다보지도 않았다. 모든 것이 어둠으로 덮이기 전에 그가 느낀 것이라고는 보헤미안 크리스털 조각으로 온몸이 뒤덮였다는 사실뿐이었다.

더프는 기관총을 들고 기관차 위로 올라갔다. 옅은 햇살이 먼지를 뚫고 사방을 채웠다.

"남동쪽 개틀링 앞에 아무도 없어!" 케이스니스가 그의 뒤에서 외쳤다. "다른 쪽은……."

"남서쪽도 마찬가지야." 더프가 말했다. "몸에 단검이 꽂힌 시턴이 룰렛 테이블 옆에 쓰러져 있네. 누가 봐도 죽은 듯하고."

"케이시는 여기 있어. 다친 데는 없어 보여."

더프는 게임룸이었던 곳을 슥 훑어보았다. 먼지를 마시고 기침을 했다. 귀를 기울였다. 룰렛 구슬이 휠 안에서 미친 듯이 돌아가는 소리 말고는 잠잠했다. 일요일 새벽이었다. 몇 시간 있으면 교회 종소리가 울려 퍼질 것이다. 그는 기어서 내려갔다. 시턴의 시신을 넘어서 샹들리에 쪽으로 걸어갔다. 군도로 맥베스의 얼굴에 덮인 유리 조각을 걷어 냈다.

맥베스는 놀라서 어린애처럼 눈을 휘둥그레 떴다. 샹들리에에 달려 있었던 금색 뾰족탑의 끝이 그의 오른쪽 어깨에 박혀 있었다. 조명 기구의 부품을 빨아 먹기라도 하는 듯 상처 부위가 리드미컬하게 수축했지만 피가 많이 나지는 않았다.

"굿모닝, 더프."

"굿모닝, 맥베스."

"헤헤. 고아원에서 매일 아침마다 눈을 뜨면 그렇게 인사했던 거 기억나, 더프? 네가 침대 2층을 썼지."

"다른 사람들은 어디 있어? 올라프슨은?"

"그 올라프슨이 영리한 녀석이야. 잽싸게 도망쳐야 하는 때를 알더라고. 너처럼."

"너희 특공대는 도망치지 않잖아." 더프가 말했다.

맥베스는 한숨을 쉬었다. "그래, 네 말이 맞아. 그 녀석이 네 바로 뒤에서 한…… 2초 뒤에 너를 죽이려고 대기 중이라고 하면 믿을래?"

더프는 잠깐 맥베스의 표정을 살폈다. 그러다가 몸을 홱 돌렸다. 중2층이 둘로 나뉜 곳에서 동쪽 벽에 난 구멍을 통해 쏟아져 들어오는 새벽 햇살을 맞고 있는 두 형체가 보였다. 하나는 중세 갑옷이었다. 다른 하나는 난간에 소총을 얹고 무릎을 꿇고 있는 올라프슨이었다. 15미터였다. 그 정도 거리에서 올라프슨은 동전도 맞힐 수 있었다.

총성이 들렸다.

더프는 자신이 죽은 목숨이라는 걸 알았다.

그런데 왜 계속 서 있는 걸까?

총성이 게임룸 안에서 메아리쳤다.

맥베스는 올라프슨이 갑옷 위로 쓰러지는 것을 보았다. 뒤로 넘어진 갑옷이 중2층에 난 틈새로 떨어져 요란한 소리를 내며 게임룸 바닥에 부딪쳤다. 중2층에서는 올라프슨이 난간에 얼굴을 대고 누워 있었다. 뺨이 한쪽 눈 위쪽까지 밀려 올라갔고 다른 쪽 눈은 감고 있어서 레밍턴 700 소총 위에서 잠이 든 것처럼 보였다.

"플리언스!" 케이스니스가 외쳤다.

더프는 중2층의 남쪽 끝으로 고개를 돌렸다.

위층에서 내려오는 계단에 플리언스가 서 있었다. 셔츠는 피로 흠뻑 젖었고 휘청거리며 아직까지 연기가 피어오르는 총을 붙잡고 있었다.

"케이스니스, 케이샤 플리언스 데리고 나가." 더프가 말했다. "얼른."

더프는 룰렛 테이블 옆 의자에 털썩 주저앉았다. 휠 안에서 구슬이 돌아가는 속도가 느려졌다. 소리가 달라졌다.

"이제 어쩔 거냐?" 맥베스는 끙끙거리며 물었다.

"다른 사람들이 올 때까지 여기서 기다려야지. 너를 병원으로 데려갈 거다. 구속하고. 연방 법원에서 재판을 받고. 앞으로 몇 년 동안 사람들이 네 얘기를 하겠지, 맥베스."

"더프, 너는 지금도 내 머리 위에 있다고 생각하는 모양이로군?"

유리 조각들이 덜거덕거리는 소리가 들렸다. 더프는 고개를 들었다. 맥베스가 왼손을 들고 있었다.

"내가 번개처럼 빠르다는 걸 알지? 네가 그 군도를 놓고 총을 잡기도 전에 네 심장에 단검이 꽂혀 있을 거야. 알지?"

"아마도." 더프는 말했다. 공포 대신 엄청난 피로감이 스멀스멀 그를 덮쳤다. "그래도 패배는 너의 차지가 될 거야, 늘 그랬듯이."

맥베스는 웃음을 터뜨렸다. "어째서?"

"생각하는 대로 이루어지는 법이거든. 너는 결국에는 네가 지게 되어 있다는 생각을 평생 하면서 지내 왔잖아. 언제나 그런 확신을 품고 있었지."

"아, 그래? 근데 그 소문 못 들었어? 여자의 몸에서 태어난 사람은 나를 죽이지 못한다는 거. 그게 헤카테가 한 약속이었고 그는 여러 번 약속을 지켰지. 그러니까 나는 지금 일어나서 그냥 나가 버릴 수 있어." 그는 일어나 앉으려고 했지만 샹들리에의 무게에 눌려서 꼼짝하지 못했다.

"헤카테는 나를 깜빡하고서 그런 약속을 했네." 더프는 맥베스의 왼손에 시선을 고정한 채 말했다. "나는 너를 죽일 수 있으니까 가만히 누워 있어."

"귀 먹었냐, 더프? 내가 뭐랬어."

"하지만 나는 여자의 몸에서 태어나지 않았거든." 더프는 숨을 몰아쉬며 말했다.

"여자의 몸에서 태어나지 않았다고?"

"그래. 나는 어머니의 몸에서 태어나지 않고 어머니의 몸을 가르고 나왔어."

맥베스는 어린아이처럼 동그랗게 뜬 눈을 깜빡였다. "네가…… 네가 태어나기 전에 스위노의 손에 어머니가 돌아가신 거냐?"

"나를 임신 중이셨지. 어느 경찰관의 집에서 지혈을 하고 있었을 때 스위노가 이걸 휘둘러서……." 더프는 군도를 들었다. "어머니의 배를 갈랐지."

"그래서 네 얼굴에."

더프는 천천히 고개를 끄덕였다. "너는 나한테서 도망칠 수 없어, 맥베스. 네가 졌어."

"지고 또 지고. 우리는 처음에는 모든 걸 가지고 있다가 모든 걸 잃어버리지. 내 생각에 확실한 건 그거 하나뿐이야, 죽음이 내리는 사면. 하지만 그것도 100퍼센트 보장된 건 아니야. 오직 너만이 나를 죽여서 사랑하는 사람과 다시 만날 수 있는 곳으로 보낼 수 있다, 더프. 내 구세주가 되어 줘."

"싫어. 넌 이제 체포되어 감옥에서 혼자 썩을 거다."

맥베스는 쿡쿡 웃었다. "안 돼. 그리고 너도 참지 못할 거야. 골목길에서 참지 못하고 나를 죽이려고 했던 것처럼. 인간은 천성을 어쩔 수 없어, 더프. 자유의지라는 건 착각이야. 그러니까 하고 싶은 대로 해. 네 **천성**대로 해. 아니면 내가 도와줄까, 그들의 이름을 읊으면서? 메러디스, 에밀리 그리고……."

"유언." 더프가 말했다. "**너야말로** 자기가 원하는 이미지에서 달라지지 못하는 사람이야, 맥베스. 그래서 나는 산 위로 해가 뜬 뒤에도 케이시에게 희망이 남아 있다고 생각했지. 너는 방어 능력이 없는 사람은 절대 죽이지 못하거든. 그리고 너는 스위노보다 더 잔인하고 케네스보다 더 부도덕했던 인간으로 기억되겠지만 네 발목을 잡은 건 사실 너의 장점이었다. 잔인하지 못한 성격 말이지."

"나는 전부터 너하고는 정반대였지. 거울에 비친 네 모습과 같았다고 할까. 그러니까 지금 나를 죽여라."

"왜 그렇게 서두르나? 너 같은 녀석을 기다리는 곳은 지옥인데."

"그러니까 보내 주라."

"죄를 용서해 달라고 부탁하면 그 신세를 면할 수 있을지 모른다."

"그럴 수 있는 기회를 이미 팔아 버렸어, 더프. 다행이지, 왜냐하면 나는 사랑하는 사람을 다시 만나는 순간을 손꼽아 기다리고 있거든. 설령 영원히 불길에 휩싸일 운명일지라도."

"너는 정당한 재판을 거쳐서 너무 무겁지도 않고 너무 가볍지도 않은 형을 선고받을 거야. 그것이 이 도시도 교화할 수 있다는 첫 번째 증거가 될 테고. 다시 완전해질 수 있다는 증거."

"이 바보야!" 맥베스는 고함을 질렀다. "너는 지금 네 자신을 속이고 있어. 너는 지금 네가 **원하던** 바람직한 생각을 하고 있다고, 네가 **원하던** 바람직한 사람이 되었다고 믿고 있지만, 네 머릿속에서는 지금 이렇게 무기력하게 누워 있는 나를 죽일 수 있는 핑계를 미친 듯이 찾고 있잖아. 네 안의 무언가가 거부하는 이유가 바로 그 때문이야. 너의 증오심은 저 기차와 같아. 일단 발동이 걸리면 멈출 수가 없어."

"그건 네 착각이다, 맥베스. 인간은 바뀔 수 있어."

"아, 그래? 그럼 이 단검 맛을 봐라, 자유인아."

더프는 본능적으로 양손으로 군도 손잡이를 잡고 찔렀다.

놀랍게도 칼날은 맥베스의 가슴을 너무나 쉽게 갈랐다. 칼날이 아래 바닥에 닿자 맥베스의 몸에서 군도를 거쳐 그에게로 전해지는 떨림을 느낄 수 있었다. 맥베스의 입에서 긴 한숨이 터졌고 고운 물보라처럼 뿜어져 나온 선혈이 따뜻한 비처럼 더프의 손 위에 내려앉았다. 그는 맥베스의 눈을 내려다보았다. 뭘 찾으려고 그랬는지는 모르겠지만 아무튼 그가 찾던 것은 없었다. 빛이 꺼지면서 점점 확대된 동공이 홍채를 서서히 밀어내는 것만 보일 따름이었다.

더프는 군도를 놓고 두 발짝 뒷걸음질을 쳤다.

정적 속에 그렇게 서 있었다.

일요일 새벽이었다.

워커스 광장에서 점점 다가오는 목소리들이 들렸다.

그는 확인하고 싶지 않았다. 하지만 확인해야 한다는 걸 알았다. 그래서 맥베스의 재킷을 열어젖혔다.

맥베스의 왼손이 가슴 위에 놓여 있었다. 그 안에는 아무것도 없었다. 어깨에 메는 칼집도, 단검도 없이 흰색 셔츠만 점점 빨갛게 물들어 가고 있을 따름이었다.

딱딱거리는 소리가 들렸다. 더프는 고개를 돌렸다. 룰렛 테이블에서 나는 소리였다. 그는 일어섰다. 빨간색 펠트와 검은색 펠트의 하트 아래에 칩이 한 개씩 놓여 있었다. 그러나 소리가 나는 곳은 속도가 점점 느려지고는 있지만 계속 돌아가는 룰렛 휠이었다. 흰색 구슬이 숫자들 사이에서 춤을 추고 있었다. 잠시 후에 휠이 멈추자 마침내 구슬이 한 곳에 갇혔다.

그곳은 초록색 칸이었다. 그 말은 곧, 모든 칩이 하우스의 차지가 된다는 뜻이었다.

플레이어는 누구도 따지 못했다.

43

멀리서 교회 종소리가 울렸다. 눈이 하나뿐인 아이는 중앙역 대합실에 서서 햇살 속을 내다보았다. 이상한 광경이 그를 맞았다. 대합실에서는 항상 버사에 가려서 인버네스가 보이지 않았는데, 지금은 그 오래된 증기기관차가 카지노 앞쪽에 꽂혀 있었다. 심지어 햇빛이 쨍해서 빙글빙글 돌아가는 파란색의 경광등과 사진기자들이 터뜨리는 플래시까지 보였다. 사람들이 워커스 광장에 몰려 있었고 인버네스의 창문 뒤에서 어쩌다 한 번씩 번쩍 불빛이 터졌다. 현장감식팀에서 시신의 사진을 촬영하고 있다는 뜻이었다.

아이는 몸을 돌려서 복도를 따라 걸었다. 화장실로 내려가는 계단 근처에 다다랐을 때 무슨 소리가 들렸다. 개가 계속해서 나지막이 으르렁거리는 듯한 소리였다. 전에도 들은 적이 있는 소리였다. 땡전 한 푼 없는 약쟁이가 약발이 떨어지면 그런 소리를 냈다. 그가 막 걸음을 옮기려는 찰나, 비명에 가까운 외침이 들렸다. "잠깐! 가지 마! 돈을 줄게!"

"미안해요, 할아버지. 나는 약이 없고 할아버지는 돈이 없잖아요. 좋은 하루 보내세요."

"하지만 나한테는 네 눈이 있어!" 아이는 걷다 말고 멈추었다. 난간 쪽으로 다시 몸을 돌렸다. 아래를 내려다보았다. 그 목소리. 설마……? 그는 계단 앞으로 다가가 주위를 두리번거렸다. 아무도 없었다. 그는 차갑고 축축한 어둠 속으로 내려갔다. 한 걸음 내디딜 때마다 악취가 더 지독해졌다.

남자는 남자 화장실 문지방 위에 누워 있었다. 한때는 하얀색 리넨 양복이었을 옷을 입고 있었다. 지금은 피로 흠뻑 젖은 누더기에 불과했다. 남자 역시 마찬가지였다. 피로 흠뻑 젖은 누더기였다. 삼각형 모양의 유리 조각이 까만 앞머리 아래에서 삐죽 고개를 내밀고 있었다. 금을 씌운 손잡이가 달린 지팡이도 있었다. **진짜 그 사람이었다!** 그가 몇 년 동안 찾아 헤맸던 사람. 헤카테. 아이의 눈이 어둠에 익숙해지자 그의 배와 가슴을 벌려 놓고 있는 상처가 보였다. 거기서 피가 나오는데, 그의 몸이 말라 가고 있기라도 한 듯이 양이 많지 않았다. 피가 새로 쏟아질 때마다 배 속에 든 옅은 분홍색의 미끌미끌한 창자가 보였다.

"내 고통을 끝내 주렴." 노인이 쉰 목소리로 말했다. "그런 다음 내 안주머니에 든 돈을 들고 가."

아이는 남자를 빤히 쳐다보았다. 그의 꿈마다, 상상마다 등장했던 남자였다. 고통의 눈물이 노인의 부드러운 뺨을 타고 흘렀다. 아이는 마음만 먹으면 가루를 다질 때 쓰는 짧은 잭나이프를 꺼낼 수 있었다. 예전에 한쪽 눈을 떼어 내는 데도 썼던 그 칼에는 좁은 날이 달려 있었다. 그걸로 노인을 찌를 수 있었다. 그러면 인과응보가 될 것이었다.

"배에 구멍이 뚫렸어요?" 아이는 남자의 재킷 안쪽으로 손을 넣으며 물었다. "상처가 화끈거려요?" 그는 지갑에 뭐가 들었는지 살폈다.

"얼른!" 노인은 흐느꼈다.

"맥베스가 죽었어요." 아이는 얼른 지폐를 세면서 얘기했다. "그러면 세상이 좀 더 살기 좋은 곳이 될 것 같아요?"

"뭐라고?"

"맥베스의 후임은 좀 더 훌륭하고 공평하거나 마음씨가 따뜻할까요? 그럴 거라고 생각하는 이유가 뭐예요?"

"입 다물고 얼른 끝내라. 원하면 내 지팡이를 써도 좋아."

"죽음이 할아버지한테 가장 소중한 거라면 나는 할아버지가 내 눈을 앗아 갔던 것처럼 죽음을 앗아 가지 않겠어요. 왜 그러겠다는 건지 알아요?"

노인은 미간을 찌푸리며 빤히 쳐다보았고 아이는 눈물이 가득 고인 그의 눈에서 안다는 뜻이 담긴 눈빛을 읽었다.

"왜냐하면 우리는 좀 더 나은 모습으로 달라질 수 있거든요." 아이는 너덜너덜한 바지 주머니에 지갑을 넣으며 말했다. "그래서 맥베스의 후임은 좀 더 낫지 않을까 생각하는 거예요. 조금씩, 조금씩이지만 좀 더 좋은 방향으로. 좀 더 인간적인 방향으로. 그나저나 우리가 인간이면서 착하고 마음씨가 따뜻한 사람한테 **인간적**이라는 단어를 쓰는 거, 이상하지 않아요?" 아이가 칼을 꺼내자 칼날이 튕겨져 나왔다. "더군다나 지금까지 서로에게 했던 모든 일을 감안하면 말이죠."

"여기를." 노인은 끙끙대며 자기 목을 가리켰다. "얼른."

"내가 내 손으로 내 눈을 도려내야 했던 거 기억해요?"

"뭐라고?"

아이는 남자의 손에 칼을 쥐여 주었다. "직접 하세요."

"하지만 좀 전에…… 좀 더 인간적인 방향으로……. 나는 못 하겠다. 부탁이야!"

"조금씩, 조금씩." 아이는 일어나서 주머니를 토닥였다. "우리가 나아지고 있긴 하지만 하룻밤 새 천사가 될 순 없잖아요."

아이가 역사를 가로질러 눈부신 햇살 속으로 나설 때까지 울부짖는 소리가 그를 뒤따라왔다.

44

반짝이는 빗방울이 하늘에서 어둠을 뚫고 항구의 어른거리는 불빛들을 향해 떨어졌다. 사나운 북서풍에 날린 빗방울이 느릿느릿 흐르며 이 도시를 둘로 나누는 강의 동쪽과 이 도시를 사선으로 가르는 번잡한 철도 남쪽으로 떨어졌다. 4구를 지나서 오벨리스크와 신축된 스프링 호텔 위로 떨어졌다. 두 곳 모두 캐피틀에서 온 사업가들이 묵는 호텔이었다. 오벨리스크로 찾아와서 예전에는 카지노 아니었느냐고 묻는 시골내기가 어쩌다 한 명씩 있기는 했다. 남들은 거의 대부분 잊어버렸을지 몰라도 그들은 최근에 시립도서관이 개관한 역사 안에 있었던 또 다른 카지노를 모두 기억하고 있었다. 빗방울은 경찰청 위로도 흩날렸다. 그곳에서는 맬컴이 청장실의 불을 환히 밝히고 도시 재건을 주제로 간부 회의를 주관하고 있었다. 토델 시장과 시의회에서 확연하게 낮아진 범죄율을 근거로 제시하며 인원 감축을 요구하자 처음에는 직원들 사이에서 불만이 속출했다. 지난 3년 동안 열심히 활약한 결과가 이거란 말인가? 하지만 그들은 맬컴의 말이 옳았음을 깨달았다. 경찰의 필요성을 최대한 축소하는 것이 경찰의 임무였다. 두말하면 잔소리지만 마약단속반이나 살인 사건수사반처럼 마약 밀매업의 몰락과 간접적으로 연관이 있는 부서가 가장 중점적으로 타격을 입었다. 부정부패척결반은 인원수가 그대로 유지됐고 신설된 금융범죄수사반만 충원이 허용됐다. 이 도시로 보다 많은 사업체가 유입되면서 경제활동이 늘었고, 화이트칼라 범죄자들이 너무 날로 먹는다는 인식이 확산되면서 경찰이 부유층을 최우선적으로 챙긴다는 분위기가 조성됐기 때문이었다. 더프는 범죄를 예방하는 데 필요한 자원을 확보해야 한다고, 전문 범죄 집단이 이 도시에 다시 둥지를 틀면 소탕하는 데 훨씬 더 많은 비용이 든다는 논리를 펼쳐서 조직범죄수사반의 규모를 지켜 냈다. 하지만 그도 남들처럼 인원 감축을 받아들일 수밖에 없다는 점은 인정했다. 살인사건수사반장인 케이스니스는 현재 인원수 정도는 되어야 살인 사건을 효율적으로 수사할 수 있다고 설득력 있는 주장을 펼쳤음에도 사직하라는 압력에 시달렸다. 그래서 마침내 주말이 찾아오자 더프는 기뻤다. 그와 케이스니스는 파이프로 소풍을 다녀오기로 계획을 세운 참이었다. 그는 소풍이 기다려지는 동시에 두려웠다. 그곳의 집은 철거했고 집터는 잡초가 무성해지도록 방치했다. 하지만 오두막집은 계속 남아 있었다. 그는 이글거리는 태양을 이고 거기 누워서 널빤지의 타르 냄새를 맡고 싶었다. 에밀리와 유언의 웃음소리와 즐거운 비명 소리가 아직 그곳에 메아리로 남아 있는지 귀를 기울이고 싶었다. 그런 다음 반질반질한 바위까지 혼자 헤엄치고 싶었다. 예전의 그곳으로—그리고 예전의 나로—돌아갈 방법은 없다고 했다. 그는 정말로 그런지 확인해야 했다. 잊기 위해서가 아니었다. 그래야 앞을 바라볼 수 있기 때문이었다.

계속 동쪽으로 날아간 빗방울은 서2구의 고급 쇼핑가를 지나, 오늘 저녁에는 이 도시에 걸린 금색 목걸이처럼 반짝이는 외곽순환도로 옆의 수풀이 우거진 산비탈을 향해 하강 곡선을 그리기 시작했다. 갤로스 언덕 꼭대기에서 나무 사이로 떨어져 철퍽하는 소리와 함께 초록색의 큼지막한 오크 나뭇잎에 부딪쳤다. 잎사귀 끝으로 조르륵 흘러서 대롱대롱 매달린 채 나무 밑에 서 있는 두 남자를 향해 몇 미터를 날아갈 준비를 하며 중력을 모았다.

"분위기가 달라졌네." 한 남자가 굵은 목소리로 말했다.

"한참 동안 세상을 등지고 지내셨잖습니까, 사장님." 다른 남자가 높고 날카로운 목소리로 대답했다.

"세상을 등졌다. 그래. 내 스스로 나는 세상을 등졌다고 생각하면서 지냈지. 무슨 수로 나를 찾아냈는지 얘기를 못 들었는데, 보너스 씨."

"아, 눈과 귀를 열고 지냈죠. 잘 듣고 잘 보는 것, 그게 저의 재능입니다. 딱 하나뿐인 재능요."

"그 말은 못 믿겠고. 저기—단도직입적으로 얘기하겠는데—나는 당신이 마음에 들지 않아, 보너스 씨. 물속에서 자기보다 덩치 큰 녀석한테 들러붙어 피를 빨아 먹는 생물과 닮은 구석이 너무 많거든."

"빨판상어 말인가요?"

"나는 거머리를 염두에 두고 한 소린데. 조그맣지만 끔찍한 녀석이지. 치명적이지는 않지만. 그러니까 내 도시를 다시 되찾을 수 있도록 나를 도울 방법이 있겠다는 생각이 들거든 내 피를 조금 빨아 먹어도 좋아. 하지만 조심해. 너무 세게 빨면 내가 잘라 내 버릴 테니까. 그럼 이제 얘기해 보시지."

"지금 시장에는 경쟁자가 아무도 없어요. 여기 마약이 씨가 마르니까 약쟁이들이 대부분 캐피틀로 자리를 옮겼거든요. 그러니까 시의회와 경찰청장이 드디어 경계를 늦추기 시작했죠. 인원을 감축하고. 타이밍이 완벽해요. 젊고 새로운 고객을 끌어들일 수 있는 가능성이 무궁무진하고, 헤카테의 약물 공장이 폭발했을 때 살아남은 자매를 제가 찾아냈어요. 제조법을 지금까지 기억하고 있더라고요. 우리가 그 약물을 공급하면 고객들은 선택의 여지가 없을 거예요."

"그런데 나를 필요로 하는 이유가 뭐지?"

"저는 자본도 패기도 사장님 같은 리더십도 없으니까요. 하지만……."

"눈과 귀가 있다? 그리고 잘 빨아 먹는 입도 있고." 노인이 피우다 만 다비도프 롱 파나텔라를 아래로 던졌을 때 머리 위 나뭇가지에 매달려 있던 빗방울이 길어졌다. "생각해 볼게. 당신이 한 얘기를 듣고 생각해 보겠다는 건 아니야. 훌륭한 제품만 있으면 어느 도시든 훌륭한 시장이 될 수 있으니까."

"알겠습니다. 그런데 왜 하필 이 도시를 선택하려고 합니까?"

"왜냐하면 이 도시에서 내 형제와 아지트와…… 모든 걸 빼앗겼거든. 그러니까 갚아야 할 빚이 있는 셈이지."

빗방울이 떨어졌다. 어떤 동물의 뿔을 타고 오토바이 헬멧의 반짝이는 표면 위로 흘러내렸다.

"갚아야 할 빚이 오지게 많은 셈이지."

옮긴이의 말

윌리엄 셰익스피어 서거 400주년을 맞아 당대 최고의 작가들이 그의 대표작을 재해석하는 호가스 셰익스피어 프로젝트가 어느덧 시리즈 7권째를 맞았다. 배턴을 넘겨받은 이번 주자는 노르웨이를 대표하는 미스터리 작가 요 네스뵈. 대학에서 경제학을 전공하고 졸업 후 저널리스트와 증권 중개인, 밴드 보컬을 겸업하다 작가로 변신해 하드보일드의 매력으로 무장한「해리 홀레 시리즈」로 우리나라에서도 많은 인기를 누리고 있는 이 특이한 이력의 작가는 셰익스피어의 희곡을 소설로 각색해 달라는 요청이 들어왔을 때 자신에게『맥베스』를 맡겨 달라는 한 가지 조건을 달았다. 과연 그는 살인 미스터리의 까마득한 선조라 할 수 있는『맥베스』를 어떤 식으로 변주했을까.

때는 1970년대. 무대는 유독성 물질이 안개처럼 허공을 덮었고 비가 그칠 줄 모르는 어느 쇠락한 산업도시. 인근 수도보다 실업률은 여섯 배 높고 약물중독률는 열 배 높으며 공직 사회는 썩을 대로 썩은 그곳. 그곳을 25년 동안 철권통치했던 경찰청장 케네스가 갑작스러운 사고로 유명을 달리하고, 신임 경찰청장 덩컨이 부패 척결과 범죄 조직과의 전쟁을 선포하며 특공대장이었던 맥베스를 조직범죄수사반장으로 승진시키면서 본격적인 이야기가 시작된다. 이 도시를 쥐락펴락하는 헤카테는 "약쟁이나 도덕주의자보다 더 예측하기 쉬운 부류가 딱 하나 있다면 그건 사랑에 빠진 약쟁이 겸 도덕주의자"라는 판단 아래 덩컨을 대체할 인물로 맥베스를 낙점하고, 원작에서 세 마녀에 해당하는 휘하의 수족을 보내 맥베스에게 원작과 똑같은 예언을 한다(왕만 경찰청장으로 바뀌었을 뿐이다). 이 예언을 들은 맥베스는 원작에서처럼 레이디의 부추김에 넘어가 잠을 자는 덩컨을 살해한 뒤 제삼자에게 죄를 뒤집어씌우고 거치적거리는 주변의 인물들을 가차 없이 처단하며 목표했던 대로 경찰청장의 자리에 오르지만, 이때부터 피해망상증과 환각으로 점철된 추락이 시작된다. 원작에서도 그랬듯이 도덕성이 결여된 야망은 살육으로 귀결될 수밖에 없고, 권력 그 자체를 위한 권력을 추구하는 인간은 비참한 최후를 맞이할 수밖에 없다. 맥베스와 레이디는 욕망의 끝이 어디인지 알면서도 거기에서 벗어나지 못하고 기어이 무너지고야 마는 우리 인간의 민낯을 고스란히 보여 준다.

아무리 원작이 살인 미스터리의 기본적인 얼개를 충분히 갖추었다지만 400년 전의 작품을 현대 스릴러물로 개작하는 것은 만만치 않은 작업이었을 것이다. 하지만 이 작품을 읽는 묘미를 꼽으라면 요

네스뵈가 그 도전 과제를 어떤 식으로 해결했는지 확인하는 것이라고 하겠다. 원작에서 맥베스에게 예언을 남긴 여신 헤카테는 마약업계의 대부로 환생했고 휘하의 세 마녀는 마약을 제조, 관리하는 그의 수족이 되었다(따라서 그들이 약에 "두꺼비의 분비물, 호박벌의 날개, 쥐의 꼬리 즙을 쓴다"는 소문이 돈다는 설정은 재미있는 장치라고 할 수 있겠다). 원작에서 맥베스의 성이었던 인버네스는 카지노 겸 호텔로 변신했다. 그중에서도 백미는 요 네스뵈의 기지가 빛나는 버넘 숲의 새로운 탄생. 이렇듯 그는 원작의 궤적을 따르되 맥베스라는 안티히어로를 통해 가차 없는 욕망과 야망, 배신, 살인, 사랑의 이야기를 현대식으로 재현하는 데 성공했다.

맥베스는 죄책감과 불안감으로 소진되어야 마땅한 인물일 것이다. 악행의 무게를 이기지 못하고 자멸해야 할 것이다. 원작도 그렇고 지금까지 구원의 관점에서 『맥베스』를 재해석한 작품은 없었다. 하지만 여기서 맥베스는 끝까지 케이시를 죽이지 않았고 더프를 공격할 생각도 없었다. 거기에서 구원의 희망을 보았다고 하면 지나친 확대 해석일까. 내 개인적으로는 벼랑 끝으로 치닫다가 문득 제동을 걸고 본연의 모습으로 돌아가는 맥베스를 소설이나 영화에서 볼 수 있었으면 하는 바람이 있다. 거기서 맥베스는 욕망과 배신이 아니라 구원과 희망의 상징이 될 수 있을지 모른다.

2018년 10월

이은선

야망의 성취에 관한 매혹적인 이야기이자 "피는 피를 부른다"는 격언에 대한 강력한 증거.

《이브닝 스탠더드》

요 네스뵈는 열병처럼 뜨겁고 강렬한, 종말론적 셰익스피어극을 써냈고, 그 결과는 매우 놀랍다. 셰익스피어에 대해 들어 본 적 없는 독자라면 이 소설을 온전히 서스펜스 범죄소설로 읽을 것이다. 오늘날의 관객에게 『맥베스』는 프랭크 밀러의 영화 〈씬 시티〉나 마틴 스코세이지, 세르지오 레오네의 갱스터 오페라와 같은 작품이 될 수 있다.

《다그블라데트》

특공대장 맥베스, 전직 매춘부가 된 레이디 맥베스 그리고 마약상으로 되살아난 세 마녀. 셰익스피어의 가장 어둡고 강렬한 걸작을 북유럽 스릴러 제왕의 상상력으로 다시 빚어냈다.

《메일 온 선데이》

원작을 읽지 않은 독자라 해도 숨 가쁘게 전개되는 이 소설을 즐기는 데에는 아무런 어려움이 없을 것이다. 셰익스피어가 창조한 인물을 1970년대 부패하고 빈곤한 도시의 경찰에 이식하고도 야망과 배신, 복수라는 고전적 주제들을 변함없이 능숙하게 전달한다.

《북마크》

『맥베스』는 대단히 흥미롭고 근사하게 어두운 소설이다. 네스뵈는 작가로서 가장 도달하기 어려운 문학적 위업을 이루었고 셰익스피어의 최고 걸작 중 한 편에 자신의 족적을 선명히 남겼다.

《데일리 익스프레스》

요 네스뵈는 셰익스피어를 되살려 내는 작업을 훌륭하게 완수했다. 400살 된 희곡을 우리 시대에 걸맞은 것으로 만드는 데 성공했을 뿐 아니라 「해리 홀레 시리즈」를 연상케 하는 경찰 이야기로 자신의 팬들도 만족시켰다. 이 소설은 드러나서는 안 될 범죄에 관한 이야기이며, 또한 필사적으로 권력을 유지하려는 이들이 음모와 광기, 두려움을 어떻게 강력한 도구로 사용하는지를 그린 소설이다.

《베르겐스 티덴데》

독창적이고 매우 만족스러운 작품. 네스뵈의 『맥베스』는 어둡지만 궁극적으로는 희망적이다.

《뉴욕 타임스 북 리뷰》

현대 범죄소설의 명수와 셰익스피어의 핏빛 비극의 완벽한 조화. 네스뵈는 원작의 등장인물 이름 대부분을 그대로 유지하면서도 각각의 역할에 능숙하게 살을 붙여 독자들을 야망과 부패에 관한 현대적 탐험으로 이끈다.

《북페이지》

맥베스는 매혹적인 복합성을 가진 인물이다. 그가 보이는 무자비하고 파괴적인 기질에도 불구하고 독자들은 저도 모르게 빠져들어 맥베스와 자신을 동일시하게 된다.

《아드레세아비센》

원작을 충실히 재현하면서도 음산한 분위기나 갱들 간의 의리(혹은 배신), 궁지에서의 탈출, 경찰과 범죄자 간의 유착 등 작가로서 자신의 관심사를 담아내는 탁월한 균형 감각을 선보인다.

《워싱턴 포스트》

HOGARTH
SHAKESPEARE

'그는 어떤 한 시대의 작가가 아니라 모든 시대의 작가이다.'

벤 존슨

지난 400여 년 동안 셰익스피어의 작품은 전 세계적으로 공연되고, 읽히고, 사랑받아 왔다. 그의 작품들은 새로운 세대마다 10대 영화, 뮤지컬, SF 영화, 일본 무사武士 이야기, 문학적 변형 등 다양한 방식으로 재해석되었다.

호가스 출판사는 1917년에 버지니아 울프와 레너드 울프가 설립했는데 당대의 가장 좋은 새로운 책들만 출판한다는 목표를 가지고 있었다. 2012년에 호가스는 그 전통을 계속 이어 가기 위해 런던과 뉴욕에 설립되었다. 호가스 셰익스피어 프로젝트는 셰익스피어의 작품들을 오늘날의 가장 인기 많은 베스트셀러 작가들이 다시 쓰도록 후원하는 계획이다.

지넷 윈터슨,『겨울 이야기』
하워드 제이컵슨,『베니스의 상인』
앤 타일러,『말괄량이 길들이기』
마거릿 애트우드,『템페스트』
트레이시 슈발리에,『오셀로』
에드워드 세인트 오빈,『리어왕』
요 네스뵈,『맥베스』
길리언 플린,『햄릿』

옮긴이 **이은선**

연세대학교에서 중어중문학을, 국제학대학원에서 동아시아학을 전공했다.
편집자와 저작권 담당자를 거쳐 전문 번역가로 활동 중이다. 존 아이언멍거
의 『고래도 함께』, 캐런·조이 파울러의 『우리는 누구나 정말로 어찌할 바를
모르고 있다』, 스티븐 킹의 『자정 4분 뒤』 『악몽을 파는 가게』 『미스터 메르
세데스』, 마거릿 애트우드의 『그레이스』, 매들린 밀러의 『아킬레우스의 노
래』, 프레드릭 배크만의 『베어타운』 등을 비롯하여 다양한 소설을 우리말로
옮겼다.

맥베스

초판 1쇄 펴낸날 2018년 10월 17일
보급판 1쇄 펴낸날 2021년 6월 10일

지은이 요 네스뵈
옮긴이 이은선
펴낸이 김영정

펴낸곳 (주)현대문학
등록번호 제1-452호
주소 06532 서울시 서초구 신반포로 321(잠원동, 미래엔)
전화 02-2017-0280
팩스 02-516-5433
홈페이지 www.hdmh.co.kr

ⓒ 2021, 현대문학

ISBN 979-11-90885-79-9 03850

• 책값은 뒤표지에 있습니다.
• 파본은 구입처에서 교환해 드립니다.